Les enfants d'Héloïse

Du même auteur :

Les amies d'Héloïse (Éditions de Fallois, 1990)
Prix Goncourt du premier roman 1990

Journal de Suzanne (Éditions de Fallois, 1991)

L'Habit ne fait pas la nonne, (avec Élula Perrin)
(Éditions Double Interligne, 1998)

Ne tirez pas sur la violoniste, (avec Élula Perrin)
(Éditions Double Interligne, 1998)

Hélène de Monferrand

Les enfants d'Héloïse

La Cerisaie

Réalisation : Éditions de La Cerisaie

Maquette : NB'Communications à Billère (64)

17, rue Beautreillis - 75004 Paris

ISBN : 2-914908-02-4

À Jacqueline

1981

Mélanie et Suzanne n'arrivaient pas à s'endormir séparées. Pourtant elles avaient eu, jadis, des lits à barreaux dont il était impossible de sortir. Sans doute, en ce temps-là, s'en accommodaient-elles. Les bébés, c'est bien connu, s'endorment n'importe où, n'importe comment. C'est du moins ce qu'imaginait aujourd'hui Mélanie, presque huit ans, du haut de ses certitudes enfantines. De toute façon, elle ne se souvenait pas de cette époque. Les lits à barreaux, prêtés jadis par leur tante Claire, lui avaient été rendus pour ses nouveaux bébés. Ils avaient été remplacés par des lits marins de facture classique destinés, d'après Maman, à durer longtemps.

— En fait, avait-elle dit, jusqu'au lit à deux places… et elle avait ajouté, avec un de ses rares sourires si difficiles à interpréter : Jusqu'au lit qu'on partage.

Officiellement, Mélanie partageait son lit de marin avec Babyloup, un bébé loup (d'où son nom) gris en peluche. Suzanne possédait aussi une peluche : un Babar en costume d'explorateur surnommé « l'administrateur colonial », mais elle ne l'installait jamais sur son lit ni, à plus forte raison, dedans. Il restait assis sur une petite bibliothèque d'où il paraissait surveiller l'enfilade des trois chambres des enfants, dont les portes restaient ouvertes dans la journée. Le soir les enfants étaient mis au lit par leur gouvernante, ou parfois par leur mère quand elle rentrait assez tôt. On fermait alors les portes de séparation et tout le monde était censé dormir tout de suite. Mais Mélanie, abandonnant Babyloup, rejoignait sa sœur dans son lit, ou bien c'était l'inverse. Le jeu consistait à attendre que tout fût calme, silencieux, et que la lumière du couloir fût éteinte. Alors on pouvait penser qu'Irmgard, la gouvernante autrichienne, avait rejoint sa propre chambre ou bien était sortie et que Maman (la plus redoutable) était redescendue chez elle. La plus audacieuse se levait la première et, sans allumer, rejoignait l'autre. Les deux petites filles bavardaient un peu à voix très basse, avec le délicieux sentiment de transgresser un interdit qui pourtant ne leur avait jamais été clairement signifié, puis elles s'endormaient jusqu'aux premiers bruits du matin prouvant que la maison commençait à se réveiller. Elles n'avaient jamais été prises sur le fait — du moins le pensaient-elles.

En réalité Héloïse savait que ses filles se rejoignaient la nuit. Elle avait coutume de jeter un coup d'œil discret dans les trois chambres avant d'aller elle-même se coucher, et à cette heure-là même un coup de canon n'aurait pas réveillé les enfants. Elle avait tout fait pour séparer ses jumelles dans la journée, allant même jusqu'à les inscrire dans des écoles différentes, mais elle n'était pas opposée à leurs retrouvailles nocturnes, au contraire. Elle croyait en la vertu des règlements sévères et des transgressions secrètes. À six heures du matin elle ouvrait avec violence le robinet de sa baignoire et faisait grincer la tuyauterie au maximum pour avertir les petites filles qu'il était temps de se séparer. Jusqu'à présent le système avait été plus efficace qu'un réveil mécanique posé dans une assiette de boutons.

Pendant l'été 81 on fit d'importants travaux d'agrandissement dans la maison. C'était une maison à géométrie variable située dans un vieil hôtel particulier appartenant à la famille des enfants. Pendant leur bref mariage Héloïse et son mari avaient vécu au rez-de-chaussée de l'aile droite avec le bébé Anne et une fille au pair. Après la mort de son mari et la naissance des filles, Héloïse avait annexé le premier étage pour y installer les trois enfants et leur gouvernante. La décoration était volontairement austère : murs gris-bleu, moquette grise jugée peu salissante et destinée à protéger le parquet dix-septième des roues des petites voitures Majorette ou des rails Märklin format HO avec lesquels, pensait Héloïse, les enfants des deux sexes ne peuvent faire que des dégâts. La moquette était d'ailleurs une concession à l'époque. Dans sa propre enfance on protégeait les parquets des chambres d'enfants avec du linoléum et la moquette dans les pièces de séjour était considérée comme un luxe. Sans que cela lui eût été expressément dit Héloïse avait toujours eu l'impression que c'était un luxe douteux, quelque chose de trop confortable pour être honnête, si bien qu'elle avait vu l'installation de la moquette dans l'appartement de ses parents, quelques années avant, avec une légère réprobation et un peu de nostalgie pour une époque révolue. Les temps changeaient. Qui se souvenait, maintenant, du revêtement de sol appelé familièrement lino ? La moquette bon marché l'avait remplacé dans son rôle protecteur.

Par chance ses enfants ne faisaient guère de dégâts. Anne, à presque neuf ans, était un petit garçon très calme qui préférait monter avec le plus grand soin les aiguillages de son train électrique sans songer à provoquer des déraillements, en quoi il se montrait plus sage que sa mère au même âge. Il dessinait remarquablement bien mais évitait la couleur, donc le risque de taches, parce que c'était son point faible et que ses rares tentatives pour peindre ses dessins avaient tout gâché. Son style était plutôt scientifique : ligne d'horizon, points de fuite, reproduction par petits carrés, toutes choses qu'il n'avait évidemment pas apprises à l'école mais au contact de son grand-père. Son institutrice de CE 2 n'avait guère de goût pour ce qu'il faisait. Elle le trouvait lent et appliqué, peu créatif (péché mortel en 1981 !) et soupçonnait sa mère de l'avoir bloqué avec des méthodes d'éducation d'un autre âge. Anne sentait cette hostilité et bien qu'il n'en montrât rien il était, cette année-là, malheureux à l'école. Ses notes étaient bonnes, sans être les meilleures de la classe, mais les appréciations portées par Mme Chenais étaient toujours décourageantes et lui semblaient injustes. Pourquoi son ami Thibaud Roussel avait-il des notes moins bonnes et des commentaires indulgents ? Thibaud — Anne était bien placé pour le savoir — était un paresseux désinvolte qui faisait efficacement le clown pour se tirer d'un mauvais pas. Anne aimait Thibaud, sans qui l'école eût été une véritable épreuve, mais quelle injustice, quand même !

Mais les grandes passions d'Anne, dans la vie, c'était le piano et sa mère, et ces deux passions allaient fort bien ensemble. Dans ce domaine, il était approuvé et chaudement encouragé. Sa vocation allait de soi dans une famille qui comptait déjà une pianiste professionnelle (sa tante) et plusieurs amateurs de bon niveau. Quand il jouait des morceaux sur le méchant piano casserole de son école il était vraiment le meilleur : celui qu'on admirait et qu'on enviait. Volontairement il choisissait pour s'exhiber des pièces spectaculaires dont il était le seul à savoir qu'elles étaient moins difficiles qu'elles n'en avaient l'air. Enfin, le seul… pas tout à fait. Héloïse, après le dernier spectacle de l'école où il avait joué la *Fantaisie-Imprómptu*, lui avait fait une remarque amusée :

— Dis-moi, petit cabotin, je croyais que tu préférais ta sonate de Haydn toute en finesse ?

Anne avait rougi : non seulement il avait choisi un morceau faussement difficile, mais encore il l'avait un peu « savonné » et Maman l'avait certainement remarqué. Sa sœur Suzanne, qui fréquentait la même école, était venue à son secours :

— Sa sonate, ici ? Ç'aurait été de la confiture à des cochons !

— Je vous trouve bien prétentieux tous les deux, avait dit Héloïse. Même dans l'hypothèse où il n'y aurait eu qu'un seul connaisseur dans cette salle, et à mon avis il y en avait davantage, c'est pour celui-là qu'il fallait jouer. On ne doit pas mépriser son public *a priori*. D'accord, Anne ?

Si Anne n'avait pas eu son piano il est probable qu'il aurait été un peu malheureux chez lui aussi. Sa passion pour sa mère le torturait plutôt qu'elle ne le comblait et il craignait toujours de lui déplaire. Héloïse était une mère distante, curieusement intimidée par des enfants qu'elle traitait comme des adultes miniatures. Toute son attitude semblait dire : « Vous êtes assez sympathiques, mais vous ne m'intéresserez vraiment que quand vous serez grands. » Tout comportement enfantin — qu'elle qualifiait plutôt d'infantile — l'agaçait, et les enfants étaient suffisamment intuitifs pour le sentir. Les deux filles se réfugiaient dans leur propre monde mais Anne était parfois bien seul. Sa grand-mère de Vienne, qu'il ne voyait qu'aux vacances, le câlinait volontiers, mais son autre grand-mère le mettait profondément mal à l'aise, sans qu'il sût très bien pourquoi, et il devait se maîtriser pour ne pas la repousser quand elle l'embrassait. Parfois il grommelait :

— Elle est folle, folle, folle à lier !!! en descendant à toute vitesse l'escalier de l'immeuble de Neuilly où elle vivait ; puis il pensait : Pourquoi faut-il l'appeler Bonne-Maman, celle-là ? Elle n'est pas bonne… pas bonne du tout ! J'veux plus y aller ! Mélanie et Suzanne, elles n'y vont jamais, elles.

Il y avait là une sorte de secret de famille, ou tout au moins un mystère, qui lui faisait peur. Bonne-Maman ne voulait pas voir ses petites-filles. Pourquoi ?

— Parce qu'elle n'aime pas les filles, avait dit Héloïse, c'est peut-être très bizarre, mais c'est ainsi.

— Mais elle est elle-même une fille !

— Tu comprendras plus tard. Les gens qui n'aiment pas leur propre sexe sont très à plaindre parce qu'ils ne s'aiment pas. Ta bonne-maman, qui est fille unique, a été repoussée par ses parents parce qu'elle n'était pas un garçon et que sa famille s'éteignait. Je ne connais pas parfaitement les détails de son enfance mais je crois qu'elle a eu un ou deux frères, peut-être davantage, qui sont morts en bas âge. On a pu le lui reprocher, implicitement ou non. Ces choses-là arrivent, et pas seulement dans la noblesse. Il faut la plaindre.

— Facile à dire ! avait songé le petit garçon.

Et Héloïse, qui haïssait sa belle-mère, avait pensé la même chose au même moment. Elle savait que ce qu'elle expliquait à Anne était vrai, mais au fond d'elle-même elle pensait que ce n'était pas une excuse. Après tout la tante d'Anne, sa propre belle-sœur, avait été élevée aussi dans l'idée qu'elle ne comptait pas et sa réaction avait été à l'opposé puisqu'elle était devenue très féministe. Question d'époque, peut-être, mais aussi question d'intelligence et de cœur. Heureusement dans l'immédiat Anne était bien trop jeune et trop ignorant pour découvrir tout seul ce genre d'arguments. Elle sentait parfaitement, sans qu'il le lui eût dit, qu'il n'aimait pas sa bonne-maman. Inutile d'apporter de l'eau à son moulin et de transformer cette légère hostilité en haine franche.

Les petites filles étaient, dans un genre différent, tout aussi calmes que leur frère, mais moins solitaires, du moins à la maison. Elles formaient un couple dont il se sentait le plus souvent exclu, bien qu'il fût parfois invité à partager leurs jeux. La plupart du temps elles lisaient ou elles bavardaient ensemble, surtout au retour de l'école qui les avait séparées. Anne et Suzanne étaient considérés comme assez raisonnables pour rentrer sans qu'un adulte vînt les chercher. Ils n'avaient qu'une rue à traverser, dans un quartier où les voitures roulent le plus souvent à la vitesse d'un piéton et où les piétons marchent plus souvent sur la chaussée que sur les embryons de trottoirs laissés à leur disposition. Mélanie en revanche, dont l'école était plus éloignée, avait l'ordre d'attendre Irmgard ou, exceptionnellement, d'aller retrouver sa mère dans sa pharmacie à condition de faire très attention en traversant la rue de la Verrerie. Là il se trouvait toujours quelqu'un pour la raccompagner, et le bonheur c'était quand il fallait attendre un peu. Mélanie adorait la pharmacie, rêvait de servir les clients, de faire descendre les médicaments par le monte-charge, de mettre les vignettes sur les feuilles de sécu des vieilles dames qu'il fallait aider à cause de leur mauvaise vue. Elle ne savait d'ailleurs pas ce que signifiait « sécu » et ce mystère lui était un plaisir supplémentaire. Il arrivait qu'Héloïse l'y autorisât, parce qu'après tout c'était un bonheur simple ; elle avait l'arrière-pensée que si les goûts de Mélanie ne changeaient pas elle aurait au moins quelqu'un à qui léguer sa pharmacie, même si pour l'instant cette enfant était bien meilleure en français qu'en calcul. Tout ça pouvait se modifier, pensait-elle. La petite se révélerait peut-être bonne scientifique à terme, ou bien son goût de jouer à la marchande — car au fond ce n'était sans doute que ça — lui passerait. Il était prématuré d'y penser, encore plus d'y faire la moindre allusion tant que Mélanie elle-même n'en parlait pas.

Si Héloïse avait décidé de faire des travaux dans la maison ce n'était pas à cause des enfants mais pour recevoir Erika. Elle aimait Erika et surtout Erika l'aimait. Deux ou trois fois par semaine elle passait la soirée chez Erika, parfois la nuit entière, mais plus rarement depuis que les enfants grandissaient. Erika en faisait autant et cette solution, qui avait au début paru satisfaisante pour ménager tout le monde, commençait à devenir pesante. Certes, la séparation entre l'appartement du rez-de-chaussée et le domaine des enfants était nette et les consignes assez rigoureuses. Mais plus le temps passait plus le risque qu'ils découvrissent par hasard l'absence de leur mère ou — plus grave — la présence d'Erika dans son lit grandissait. Héloïse était encore assez désinvolte à ce sujet, prétendant que la plupart des enfants prennent les choses comme elles viennent, ne s'étonnent de rien et sont en tout cas bien incapables de deviner ce que peuvent faire deux amies dans le même lit, sinon bavarder bien au chaud. Mais Erika n'était pas de cet avis et il est évident que plus le temps passait plus elle avait raison. Finalement, après avoir proposé de déménager dans des endroits tous plus immenses les uns que les autres (Erika avait suffisamment d'argent pour satisfaire son goût immodéré des grands espaces), elle avait tenu compte des arguments raisonnables d'Héloïse : elle s'installerait au rez-de-chaussée de l'aile centrale qui venait de se libérer et on percerait une porte de communication qui sauverait les apparences. Les enfants s'habitueraient à une présence plus constante d'Erika et tôt ou tard ils en tireraient tout seuls les conclusions qui s'imposaient. Tard, de préférence, et même très tard.

— Les enfants, affirmait-elle, n'ont pas besoin de connaître la vie privée des adultes.

Erika, qui osait rarement donner son avis sur ce sujet, était restée silencieuse mais Héloïse, qui sentait son désaccord, avait ajouté :

— Je ne dis pas ça pour me débarrasser d'un problème gênant, mais parce que je désapprouve réellement ces parents qui font supporter à des enfants leurs soucis d'adultes. Cela dit, quand on me pose une question j'y réponds. Si un jour l'un d'entre eux vient me dire : « Maman, couchez-vous avec Erika ? », je dirai oui. Mais je ne prendrai pas les devants avant longtemps. Qu'ils découvrent d'abord l'amour dans son sens le plus général et ensuite on parlera des détails.

Erika avait acquiescé tout en signalant qu'il ne faudrait pas se laisser prendre de vitesse. Si Héloïse elle-même ne donnait pas d'informations avec tout le tact nécessaire, qui sait s'ils n'apprendraient pas les mœurs de leur mère par un tiers ? Et dans quels termes ?

« En attendant, pensait Erika, je suis dans la place. » Elle avait un peu honte de se dire les choses avec un tel cynisme, mais la vie de famille avec Héloïse et les enfants était son but depuis des années. Elle avait d'abord désespéré d'y arriver, puis elle avait commencé à y croire, sans doute en commençant à s'attacher aux enfants et en étant payée de retour. À partir de ce moment-là elle avait avancé ses pions avec prudence, suggéré des idées, prête à reculer (ou plutôt à se replier en bon ordre) si c'était nécessaire. Elle gagnait du terrain lentement, ou en perdait provisoirement, et elle prenait plaisir à cette petite guerre qu'elle comparait, tantôt à celle de 14 après la Marne (son grand-père, un général allemand, l'avait faite d'abord sur le terrain puis dans l'État-major), tantôt à une guerre de partisans composée de petites escarmouches. En aucun cas un *Blitzkrieg* n'aurait convenu avec un « ennemi » comme Héloïse !

Au début de l'été 81 Erika avait perdu et repris Douaumont plusieurs fois. En préparant son déménagement elle se disait que cette fois-ci le fort était bien à elle. Parfait. *Großvati*[1] serait fier d'elle ! Mais il convenait de ne pas se reposer sur ses lauriers, ou plutôt, continuons les métaphores guerrières, de ne pas s'endormir dans les délices de Capoue. Héloïse restait à ses yeux quelqu'un de très mystérieux, donc d'imprévisible. Erika doutait parfois d'être vraiment aimée, et elle avait assurément la certitude d'être celle qui aimait le plus. Elle évitait, autant que possible, de se laisser envahir par ce genre de questions : « Qui aime qui ? Qu'est-ce que l'amour ? À quoi sait-on qu'il est véritable ? » mais c'était plus facile à dire qu'à faire. Sa petite guerre de conquête, menée depuis presque quatre ans, avait eu l'avantage d'occuper concrètement son imagination et donc d'empêcher la folle du logis de la dominer. Mais elle se méfiait d'elle-même, de sa nature trop possessive, autant, sinon plus, que du tempérament secret d'Héloïse. La solution c'était de s'en-

1 Grand-Père.

tourer de garanties : l'équilibre d'une vie de famille agréable et saine en était une. L'affection des enfants, qu'elle avait gagnée au début spontanément, parce qu'ils étaient à ses yeux un prolongement de leur mère, était devenue une autre garantie. En admettant qu'Héloïse tombât un jour amoureuse de quelqu'un d'autre, elle hésiterait certainement à détruire l'équilibre familial, même s'il s'agissait en l'espèce d'une famille hors normes.

Et les choses se déroulaient bien comme prévu. Non seulement Erika dirigeait les travaux de son propre bâtiment mais elle était admise à donner son opinion sur ceux qu'Héloïse avait décidé d'effectuer de son côté. On referait les chambres des enfants en leur demandant leur avis, puisqu'ils n'étaient décidément pas des vandales et avaient l'âge de raison. Avec un peu de chance on échapperait au papier « petits Mickeys » et à toutes les niaiseries de nursery. De toute façon il fallait en courir le risque.

Dans l'entrée de l'ancien appartement d'Erika, il y avait une gravure du dix-septième siècle qui avait toujours fasciné Mélanie. Elle représentait trois enfants en haillons fuyant, semblait-il, une sorte de grand château en flammes, à moins que ce ne fût un petit bourg fortifié. Cette gravure n'avait jamais été assez bien éclairée pour que la petite fille pût en observer les détails, mais il lui semblait que le plus grand des enfants — un petit garçon en sabots dont les cheveux clairs et mal coupés sortaient d'un bonnet de laine — ressemblait à son frère. Elle en avait parlé un jour à Suzanne qui lui avait répondu distraitement :

— Ah oui… tu crois ?

Manifestement elle n'avait pas bien regardé la gravure.

L'avait-elle même remarquée ? Les deux autres enfants étaient un peu plus petits. Il s'agissait d'un garçon et d'une fille encore plus mal vêtus que l'aîné, pieds et tête nus. La fille portait une quenouille et le garçon quelques épis de blé (ou de seigle, ou d'avoine, allez savoir !).

Aujourd'hui, la gravure avait été décrochée et était posée le long du mur, en plein jour. Mélanie s'installa confortablement devant pour en regarder les détails. Incontestablement le garçon au bonnet ressemblait à Anne. Même visage un peu triangulaire, même traits fins, et une coiffure qu'Anne avait parfois à la fin des vacances quand on avait négligé de lui couper les cheveux. Les deux autres enfants, blonds également, ne ressemblaient à personne de connu, mais Mélanie décida qu'il s'agissait de deux filles, dont l'une était déguisée en garçon pour des raisons qu'elle éluciderait plus tard. Ces deux filles, c'était elle et Suzanne. Bonne occasion de se projeter en blondinette quand on est brune et qu'on n'aime pas ça.

Erika surprit Mélanie assise en tailleur devant la gravure qu'elle regardait avec une extrême concentration.

— Tu aimes ces trois petits enfants ?

— Oui. D'où viennent-ils ?

— De Tauberg. Comme je l'aimais bien mon cousin me l'a donnée.

— Non. D'où viennent-ils eux… les enfants ?

— J'ai longtemps pensé que c'était les trois petits enfants sauvés par saint Nicolas, tu connais la chanson ?

— Ah oui…

— Mais ce n'est pas la période. Ils ne sont pas vêtus comme au Moyen Âge et de toute façon ça représente la guerre de Trente Ans. C'est un thème très fréquent en Allemagne, et c'est à peu près d'époque. On m'a dit qu'elle

datait du milieu du dix-septième siècle, donc ça colle. On a brûlé leur maison alors ils se sauvent, je pense.
Mélanie demanda :

— La guerre de Trente Ans ?

— Tu ne la connais pas, c'est normal.

— Je connais celle de Cent Ans.

— Celle de Trente Ans a été pire mais c'est dans les écoles allemandes qu'on l'apprend. Veux-tu que je te donne cette gravure ?

— Oh oui !

Mélanie avait répondu spontanément. Non seulement elle aimait cette gravure mais elle adorait Erika, bien qu'elle prît soin de ne pas trop le montrer. Et avoir, sans motif de fête ou d'anniversaire, un cadeau d'Erika, c'était le paradis. Mais soudain elle fut prise de timidité :

— Si vous l'aimez, il faut la garder. Elle va vous manquer.

— Dans ce cas tu me permettras de venir la regarder dans ta chambre. Tu as choisi ton papier, au fait ?

— Pas encore. Je pensais prendre le même que Suzanne, mais maintenant…

— Maintenant ?

— Il faut qu'il aille avec les trois petits enfants.

Le peintre avait donné aux enfants un classeur « spécial chambres d'enfants » dans lequel Suzanne avait choisi des petits voiliers blancs sur fond vert d'eau. Le vert, proclamait-elle, était sa couleur préférée parce que c'était celle de ses yeux. Comme Mélanie hésitait Suzanne lui avait presque imposé son choix :

— Les mêmes bateaux, mais sur fond bleu parce que tes yeux sont bleus.

Mélanie n'était pas hostile aux bateaux, ni spécialement favorable, mais elle avait tout à coup une indigestion de ce bleu qu'on lui imposait depuis toujours sous prétexte que ça lui allait. Elle avait esquissé une révolte :

— Ma couleur préférée c'est le jaune.

En réalité elle ne le pensait pas vraiment, mais à partir du moment où elle l'avait dit c'était comme si c'était devenu vrai. Suzanne n'avait même pas réagi à cette révélation que sa sœur croyait si importante et avait simplement répondu :

— Ce dessin n'existe pas sur fond jaune.

« Ça c'est tout à fait Suzanne ! » pensa Erika à qui Mélanie racontait l'histoire. Suzanne la logique, surnommée par sa grand-mère « A + B = C », Suzanne la dominatrice, surnommée par son frère « P'tit chef ». Héloïse avait bien fait de les séparer à l'école primaire, décidément, sinon Mélanie la rêveuse, Mélanie la presque soumise, aurait été complètement écrasée. Lors de cette séparation les deux filles avaient pleuré pendant plusieurs jours et Erika avait presque détesté Héloïse de ne pas céder. Maintenant elle comprenait et se rendait compte que cela avait été une sage décision.

— Écoute, dit-elle à Mélanie, on va demander un classeur de papier pour adultes et trouver quelque chose qui mette ta gravure en valeur. Je pense que des petites rayures jaunes et blanches ce ne serait pas mal. Qu'en penses-tu ?

C'est ainsi qu'il fut admis une fois pour toutes — ou du moins pour très longtemps — que Mélanie avait une couleur préférée et que c'était le jaune.

Le garçon s'appelait Mathias, du moins l'avait-on toujours appelé ainsi, mais parfois il croyait se souvenir d'un autre prénom et d'une autre maison où il aurait vécu autrefois. Parmi ses nombreux frères et sœurs il avait eu l'ordre d'emmener dans sa fuite les jumelles Johanna et Sieglinde. Les autres, apparemment, ne risquaient rien.

Leur mère les avait réveillés au milieu de la nuit et les avait habillés précipitamment avec des vêtements de pauvres, puis elle les avait fait sortir de la maison en silence et leur avait dit :

— Fuyez cette ville, fuyez même ce pays si vous le pouvez et essayez de gagner la Poméranie. Toi, Johanna, tâche de conserver ces habits de garçon et fais-toi appeler Johann. C'est important.

Puis, s'adressant de nouveau à Mathias :

— On recherche un garçon et deux filles. Je pense que deux garçons et une fille attireront moins l'attention. Si vous parvenez en Poméranie, allez à Stettin. Il y a un château fort sur le port. Vas-y et montre cette chevalière. Je pense qu'après ça tout ira bien, mais je ne peux pas l'assurer.

En donnant ces instructions, elle avait accroché au cou de Mathias une chevalière en or trop grande pour son doigt. La chaîne qui la tenait était en métal grossier qui n'attirerait pas l'attention, surtout si le garçon boutonnait soigneusement sa chemise. Après cela elle avait ajouté

— Vous devrez travailler pour gagner votre pain en cours de route. Nous avons bien fait de vous apprendre les travaux des champs, finalement… bon… filez maintenant, et que Dieu vous bénisse.

Les enfants avaient marché quelques lieues, puis il leur avait paru sage de faire une halte et de dormir un peu à l'orée d'un bois. La lueur de l'incendie les avait réveillés : c'était leur ville, celle qu'ils venaient de quitter qui brûlait.

Il va de soi que le premier récit fait par Mélanie à son frère, sa sœur et son cousin n'était pas si bien rédigé. D'abord il était oral, ce qui impliquait certaines répétitions, certains retours en arrière, certains repentirs. Ensuite c'était quand même une création collective, bien que Mélanie en fût le maître d'œuvre. Tout avait commencé en Savoie où les trois enfants étaient allés passer le mois de juillet pendant qu'on terminait les travaux à Paris. Victor, le frère d'Héloïse, et sa femme Claire venaient d'acheter un chalet : une ancienne ferme abandonnée dont les travaux d'aménagement étaient loin d'être terminés. Claire avait équipé le grenier comme un refuge de haute montagne : des bat-flanc recouverts de paille sur lesquels couchaient tous les enfants et les adultes les plus jeunes. Anne, Mélanie, Suzanne et leur cousin Héraclès s'étaient installés sur le plus petit bat-flanc, juste au-dessus du trou qui menait à l'étable et par lequel, autrefois, on donnait le foin aux vaches quand la neige bloquait les issues extérieures. Un soir Mélanie avait parlé des trois enfants de la gravure et avait commencé à leur inventer un destin:

— On dirait que la ville en flamme c'est Nuremberg (elle venait de lire L'*Histoire d'un casse-noisettes* et était fascinée par la capitale du jouet), on dirait que le garçon au bonnet s'appelle Johann.

— Non, on dirait qu'il s'appelle Mathias, avait dit Anne qui était entré dans le jeu tout de suite et s'identifiait naturellement à l'aîné.

On lui avait donc laissé le choix du prénom et Mélanie était devenue Johanna-Johann pendant que Suzanne avait choisi Sieglinde parce que ça lui semblait très « vieil allemand ». La ville de Stettin en Poméranie était une trouvaille d'Héraclès, qui se souvenait d'une conversation récente de ses parents, à table, sur les événements de Pologne. Il confondait d'ailleurs Stettin et Dantzig et aurait été prêt à jurer que Stettin était au bord de la mer et qu'on y construisait des bateaux. En tout cas, c'était d'anciens pays allemands que les Polonais avaient annexés contre tout droit et sans traité, de cela il était certain. Il savait aussi qu'en Poméranie il y avait des chevaux, et des chiens qu'on appelait loulous. Quant à savoir comment on allait se rendre de Nuremberg à Stettin ? Pour ça il faudrait se procurer un atlas, et il y en avait probablement un à la bibliothèque du village. En échange de ses recherches, il exigeait un rôle important dans l'histoire. On le lui promit.

Tous les quatre s'endormirent très tard cette nuit-là. Non que le premier chapitre du récit fût très long mais la mise au point en avait été laborieuse. Sur le grand bat-flanc, à l'autre bout du grenier, les deux sœurs aînées d'Héraclès avaient protesté à plusieurs reprises. Mélanie resta éveillée quelque temps encore : elle réfléchissait à la suite de ce qu'elle appelait déjà *Le Feuilleton*.

Claire de Marèges aurait sans doute été étonnée en apprenant comment son fils aîné avait interprété les remarques pourtant nuancées qu'elle avait faites, quelques mois auparavant, sur les territoires contestés entre l'Allemagne et la Pologne. Pour elle en effet l'Allemagne avait normalement perdu ces territoires en perdant la guerre et cela n'était pas à ses yeux plus scandaleux que la perte provisoire de l'Alsace-Lorraine par la France en 1871, celle définitive de la Silésie par l'Autriche en 1742, sans parler d'autres exemples comme celui de l'Algérie en 1962 sur lequel, étant pied-noir, elle évitait de s'appesantir. Sa vision des événements historiques était réaliste et aurait pu donc passer pour cynique si elle l'avait exposée en public : qui perdait une guerre, militairement ou diplomatiquement, devait en accepter les conséquences, quitte à préparer la bien nommée revanche pour récupérer les provinces perdues, sachant que la revanche pouvait conduire à un nouvel échec et par conséquent à d'autres pertes. Donc si les Allemands trouvaient un truc pour reprendre la Poméranie aux Polonais tant mieux pour eux ; et si ce truc était juridique, c'est-à-dire s'appuyait sur l'absence de traité de paix, tant mieux pour tout le monde car on n'avait pas plus qu'en 1939 envie de mourir pour Dantzig.

Voilà ce qu'elle aurait expliqué à Héraclès si elle avait su comment il avait interprété la conversation qu'elle avait eue avec son mari sur les territoires contestés. Elle aurait ajouté quelques considérations sur l'équilibre européen et sur le fait qu'on avait généralement intérêt à s'allier avec le voisin de son voisin plutôt qu'avec son voisin, donc en l'espèce avec la Pologne plutôt qu'avec l'Allemagne. La règle bien entendu souffrait de multiples exceptions mais n'en était pas moins raisonnable et souvent vérifiée. Même Héloïse qui, pour des raisons plus sentimentales que rationnelles, était germanophile, l'aurait admis sans discuter.

Comme la plupart des enfants de sa génération Claire avait presque toujours été exclue des conversations tenues devant elle par les adultes. Quand elle tentait de s'en mêler — ce qui d'ailleurs était rare — on la renvoyait à ses jeux et à ses livres sans ménagement, si bien qu'elle s'était promis que ses enfants à elle ne subiraient pas le même traitement. Dans un sens elle avait tenu parole et ne les envoyait jamais promener quand ils posaient des questions, mais ce qu'elle ne maîtrisait pas c'était les interprétations qu'ils faisaient de ce qu'ils entendaient sans même chercher à en savoir plus. Ils se conduisaient en somme comme elle en se forgeant tout seuls leur vision du monde et la plupart du temps elle ne s'en doutait pas.

Quand sa nièce Mélanie était venue tout à trac lui poser des questions sur la guerre de Trente Ans elle avait été désarçonnée, non que les questions elles-mêmes lui parussent étranges de la part d'une petite fille de presque huit ans, mais parce qu'elle s'apercevait qu'elle n'avait guère de réponses. Autant l'avouer honnêtement :

— La guerre de Trente Ans… une guerre importante, c'est sûr, et qui a la réputation d'être compliquée.

— Pourquoi ?

— Je ne sais pas. Sans doute parce que tout le monde s'en est plus ou moins mêlé, même nous qui avons dû intervenir à la fin alors que ces histoires entre Allemands ne nous regardaient pas. Il est vrai que les traités de Westphalie qui ont terminé l'affaire étaient tout à notre avantage. Ils ont consacré le morcellement de l'Allemagne pour un bon moment et tout le monde s'en est trouvé bien.

— Même les Allemands ?

— Surtout les Allemands.

Claire soupira pendant que Mélanie la regardait gravement sans mot dire. Comment lui expliquer la modernité du nationalisme, la prédominance des problèmes religieux au début du dix-septième siècle, les subtilités du *cujus regio ejus religio* ? Elle s'en tira provisoirement par une question :

— Comment as-tu entendu parler de cette guerre-là ?

C'est Erika.

— Et que t'a-t-elle dit au juste ?

— Que ça avait été pire que la guerre de Cent Ans.

— Oui, je crois qu'elle a raison. Je vais certainement te décevoir en t'avouant que je ne sais pas grand chose…

— Oh non ! Erika a dit qu'on n'apprenait pas ça dans les écoles françaises.

— Ah… si Erika a dit…

— Mais je pensais que peut-être…

— Oui, et tu as raison. Je connais au moins les traités de Westphalie, 1648, et je peux en déduire que la guerre a commencé trente ans avant. Attends… tu as de la chance, ça me revient : 1618, défenestration de Prague. Quelqu'un a jeté trois Tchèques par une fenêtre et ça a déclenché la guerre.

— Et ils sont morts ?

— Bonne question. Non, justement ils ne sont pas morts.

— C'est quand même bizarre !

— Pas vraiment. Quand une guerre se déclenche pour un motif aussi mince c'est qu'elle était prête à démarrer quoiqu'il arrive. Désolée de ne pas en savoir plus long mais je crois qu'il y avait de gros problèmes religieux en Allemagne et dans les environs et que c'est globalement l'origine de la guerre de Trente Ans.

Nuremberg était en flammes et les trois enfants, quand bien même ils l'auraient souhaité, ne pouvaient pas rentrer chez eux. Mathias se demandait si l'incendie avait été allumé délibérément à cause d'eux. La nuit, quand il ne dormait pas, il avait souvent entendu ses parents — ou ceux qui disaient être ses parents — parler de lui et des jumelles.

— Un jour, disait le père, il faudra les envoyer sur les routes, sinon ILS finiront par les retrouver… et là…

Mais la mère protestait :

— Gardons-les encore. Comment pourraient-ILS deviner qu'ils sont chez nous ? Nous les traitons comme nos propres enfants et rien n'indique leur origine.

— Si, justement. Tu leur parles avec trop de déférence. Johanna et Sieglinde ne reçoivent jamais de taloches. Tu les habilles trop joliment le dimanche. Sans compter qu'Hermann se souvient parfaitement de leur arrivée chez nous.

— Hermann ne peut pas se souvenir. Il n'avait que quatre ans.

Mais Hermann se rappelait très bien l'arrivée des trois enfants dans la maison. En ce temps-là il vivait seul avec sa mère. Son père, lui avait-on dit, était en Bohême, mais il reviendrait dès que « Dieu le permettrait ». Hermann avait une petite sœur depuis quelques mois : un bébé à la naissance duquel il avait assisté parce que la matrone n'avait personne d'autre pour l'aider, cette nuit-là, que ce gamin intelligent et débrouillard. C'est dire qu'il faisait parfaitement la différence entre la petite Paula, sortie effectivement de sa mère, et les trois enfants endormis que son père avait rapportés de Bohême… ou d'ailleurs. Ces trois enfants avaient dormi plusieurs jours d'affilée, et la mère disait que c'était à cause du pavot. Le pavot, Hermann connaissait bien : c'est lui qui était chargé de le cueillir et de le faire macérer. On en mettait parfois dans le lait des bébés quand ils pleuraient, et les jumelles ou Paula ne se gênaient pas pour en donner, de leur propre initiative, aux petits frères qu'elles avaient la charge de surveiller. Ainsi ils dormaient, et elles pouvaient aller jouer tranquillement dehors.

Oui, Hermann savait parfaitement que les trois enfants étaient des étrangers, mais cela lui était égal car il les aimait. Lui aussi écoutait les conversations de ses parents, la nuit, et il avait même entendu son père donner l'origine des enfants :

— Je les ai trouvés à Bila Hora, autrement dit La Montagne Blanche.

Il était souvent question de cette montagne blanche, et Hermann imaginait un pic couvert de neige comme il en avait vu en accompagnant son père à Munich.

Héraclès était assez content du rôle qu'on lui avait donné. Il y avait d'ailleurs apporté sa contribution et l'avait bien mérité par son travail de documentaliste. Il avait passé plusieurs jours, avec Mélanie, à fouiller dans la bibliothèque de ses parents, regrettant qu'on n'y trouvât pas autant de livres qu'à Paris. La plupart étaient des doublons un peu usagés ou dépareillés, ou bien des livres distrayants que Claire aimait lire en vacances, avec le délicieux sentiment qu'elle régressait et que les œuvres complètes de Berthe Bernage, dans lesquelles elle se plongeait le soir au lit, ne valaient pas mieux, au fond, que les Harlequin que lisait sa secrétaire. Les enfants avaient trouvé une *Histoire de l'armée allemande* dépareillée qui leur avait donné des renseignements très imprécis sur la bataille de la Montagne Blanche et quelques autres plus détaillés sur les mercenaires Mansfeld et Wallenstein.

— L'ennui avec ce genre de livre, disait Héraclès, c'est que l'auteur suppose que tu connais bien l'histoire et la géographie de l'Allemagne, et moi, franchement… à part la guerre de 70 je ne sais pas grand chose.

Héraclès, qui aimait beaucoup la lecture en général et les romans historiques en particulier, s'était intéressé par hasard à la guerre de 70 parce qu'il avait lu qu'on avait mangé du rat et les animaux du zoo pendant le siège de Paris. Sa grand-mère avait eu beau lui expliquer que c'était une bien petite famine comparée à celle qu'avait connue l'Europe entre… disons 1941 et 1945, où d'ailleurs les Berlinois avaient mangé aussi les animaux de leur propre zoo, Héraclès était resté convaincu que le siège de Paris avait été quelque chose d'exceptionnel, ne fût-ce qu'à cause de ce nom même de siège. Mais il était prêt à s'intéresser à la guerre de Trente Ans, puisque Mélanie lui avait affirmé — à la légère d'ailleurs — qu'il y avait certainement eu de nombreux sièges et des festins de rats.

— Et ça serait de vrais sièges, avait-elle précisé, avec des murailles imprenables et des femmes et des enfants qui jetteraient de la poix bouillante.

— Et des félons qui ouvriraient secrètement la porte ?

— Exactement.

Héraclès était allé consulter la petite bibliothèque de

l'école religieuse de Crest-Voland mais il y avait beaucoup moins de livres intéressants que chez ses parents et le seul atlas qu'il y avait trouvé était très sommaire. Nuremberg s'y trouvait mentionné, ainsi que Prague. Coup de chance : les deux villes ne paraissaient pas trop éloignées. Si elles l'avaient été, d'ailleurs, cela n'aurait rien changé car pour les enfants ce qui avait été décidé, même par hasard, était sacré. On ne pouvait plus toucher au passé du *Feuilleton*. Tout au plus pouvait-on s'efforcer de le rendre vraisemblable en ajoutant des explications *a posteriori*.

Mélanie, qui conduisait toujours le récit, avait découvert les subtiles délices du retour en arrière. Guidée par les interruptions de ses auditeurs, par leurs questions ou par leurs demandes de détails supplémentaires, elle improvisait des réponses si elle y consentait, ou bien elle décidait qu'on verrait plus tard. La naissance de la petite sœur d'Hermann, qui tenait finalement en une phrase, avait été discutée toute une soirée. La question était de savoir si Hermann avait pu assister à la naissance, et même y aider.

— Il est trop jeune ! avait dit Suzanne, qui cependant ne voyait pas d'autre moyen de faire comprendre qu'Hermann faisait la différence entre trois enfants tombés du ciel et une vraie petite sœur sortie de sa mère sous ses yeux.

— Bien sûr que non, soutenait Héraclès. À cette époque on ne pouvait pas cacher ces choses-là parce que ça se passait à la maison. À plus forte raison chez les pauvres qui n'avaient parfois qu'une seule pièce d'habitation.

— Mais sont-ils vraiment pauvres ?

— Non, avait dit Mélanie, pas vraiment. Ce sont d'honnêtes paysans aisés. Hermann a déjà vu les vaches vêler…

— Et les juments pouliner…

— Et les brebis agneler…

— Et les femmes… euh… femeller…

— Enfanter, crétin !

Et ils avaient eu un fou rire interminable, comme tous les enfants qui jouent avec les mots et commencent à avoir sérieusement sommeil.

Tous les matins, après le petit déjeuner, Héraclès et Anne étaient condamnés aux devoirs de vacances. Pour le premier il s'agissait d'une nécessité absolue alors que le second s'y soumettait parce qu'il était trop malheureux de voir son cousin travailler seul dans son coin pendant que les autres s'amusaient. Évidemment il ne l'avait pas avoué, sûr qu'on se paierait sa tête ou qu'on tenterait de le raisonner. Il avait donc prétendu qu'il avait envie de travailler avec Héraclès et Claire, bien qu'elle soupçonnât son vrai mobile, ne l'avait pas contrarié ; après tout un supplément de maths n'a jamais nui à un musicien et il n'y a pas de mal à prendre un peu d'avance dans cette matière souvent mal enseignée. Car le programme du pauvre Héraclès ne comportait que des maths, des maths, toujours des maths, servis sous toutes les formes. Et quelle que fût cette forme, son esprit vagabondait. Les ensembles, leurs inclusions et leurs exclusions, ne servaient même pas de base à sa rêverie. Il les ignorait simplement et pensait à autre chose, comme il ignorait la grammaire parce qu'il n'en comprenait pas les termes. Cela ne l'empêchait pas de rédiger très convenablement en appliquant empiriquement des règles dont il ignorait le nom.

Les problèmes concrets, à l'ancienne mode, fabriqués par sa mère lui plaisaient mieux, mais pas parce qu'il savait les résoudre. Ils étaient le support de songeries sur les voyageurs des trains qui se croisent et sur les conséquences de leur retard s'ils rataient leur correspondance ; sur le destin du plombier qui laissait fuir les robinets : allait-il perdre son travail ? Les habitants de l'immeuble, en recevant la facture d'eau, se douteraient-ils que tout était de la faute d'une fuite au troisième droite mal réparée par un plombier indigne ? Son père avait beau dire que pour faire fortune il valait mieux être plombier qu'auditeur à la Cour des comptes, Héraclès avait de moins en moins envie d'embrasser ce métier à haut risque. Il avait finalement décidé d'être historien sous son vrai nom et romancier d'espionnage sous un pseudonyme. Son premier métier le couvrirait d'honneurs (comte Héraclès de Marèges, de l'Académie française). Il y avait le précédent d'un ancêtre, Honorat de Marèges, grand rhétoriqueur monté de son Piémont natal pour briller à la cour de Louis XII. *L'Histoire de la littérature française* de Lanson le mentionnait d'une plume méprisante mais il est évident que si l'Académie française avait existé l'ancêtre en aurait fait partie et que les critiques de ce M. Lanson n'auraient pas pesé lourd face à cette immortalité. Son second métier l'enrichirait, d'autant qu'il citerait les marques préférées de son héros et toucherait d'appréciables revenus du whisky C., des chemises L., des imperméables B., en plus de droits d'auteur qu'il imaginait confortables. Ça, c'était un plan de carrière ! Était-il nécessaire de faire des devoirs de vacances pour en arriver là ?

À côté de lui Anne calculait, lentement mais sûrement, le montant de la fameuse facture d'eau qui allait provoquer, c'est sûr, une réunion indignée de la copropriété. Il alignait proprement les solutions (à gauche) et les opérations (à droite). Il n'avait pas d'états d'âme particuliers : un problème était un problème et la vie des gens à l'intérieur de ce problème n'avait pas de rapport avec la vraie vie.

Hécube, la fille aînée de Claire, était partie pour son premier camp d'éclaireuses et tout le monde s'en trouvait bien parce qu'elle avait un sale caractère et parvenait à se disputer avec à peu près tout le monde. Hélène, la seconde, qui participait un peu au *Feuilleton*, avait emmené ses cousines à Flumet en passant par les chemins du bois d'en dessous (on ne lui connaissait pas d'autre nom). Ça descendait raide, mais il n'y avait que trois ou quatre kilomètres (une lieue, disait Mélanie), au lieu de dix par la route (deux lieues et demie). La lieue d'Héraclès, que Mélanie avait adoptée avec enthousiasme, faisait exactement quatre kilomètres, ce qui simplifiait la vie, certes, mais n'était pas tout à fait exact. Le but de l'expédition était une assez grande librairie où l'on vendait des cartes routières. Peut-être en trouverait-t-on une d'Allemagne ?

Elles en trouvèrent effectivement une, mais qui ne mentionnait pas Stettin. Toutefois, puisqu'on savait que c'était désormais en Pologne, on avait une idée de la direction et de la distance à parcourir. Dans le car qui les ramenait à Crest-Voland Mélanie convertissait les distances données par la carte en lieues simplifiées pendant que Suzanne et Hélène s'amusaient à fabriquer un problème pour Héraclès où un voyageur russe du dix-septième siècle se voyait confronté à des verstes qu'il fallait transformer en lieues.

Les enfants avaient pris la route de Ratisbonne, sans se douter qu'ils s'éloignaient de leur destination. Personne, parmi les gens qu'ils avaient rencontrés, ne semblait avoir entendu parler de Stettin ou même de la Poméranie. De toute façon le problème de la nourriture n'allait pas tarder à se poser et il faudrait demander du travail dans une ferme. Mais en trouveraient-ils ? Autour d'eux, le pays était ravagé par la guerre. Des bandes de soldats erraient et pillaient sans que l'on pût savoir à quel camp ils appartenaient. Cela n'avait d'ailleurs pas beaucoup d'importance pour les pauvres gens dont les fermes étaient rançonnées. En revanche cela en avait pour les enfants, du moins Mathias le pensait-il. Cette guerre semblait opposer des partisans de l'Empereur, catholique, à des princes protestants ; or les trois enfants étaient protestants dans une province où la majorité des gens était catholique, ou du moins dans l'obligation de le paraître parce que c'était la religion de leur prince. En Poméranie les choses étaient sans doute différentes, mais où se trouvait la Poméranie ? Et pourquoi devaient-ils s'y rendre ?

Ils étaient arrêtés sur le bord de la route en train de manger ce qui leur restait de pain quand ils virent arriver Hermann et Paula montés sur un petit cheval gris.

Hermann et Paula avaient réussi à se sauver quand le quartier où ils vivaient avait commencé à brûler. Hermann avait tout entendu des consignes données par leur mère à Mathias et il avait décidé de se joindre aux fuyards. Mais que faire de Paula ? D'un côté, elle était bien petite encore pour courir les routes. D'un autre côté, elle n'avait plus de foyer et peut-être plus de parents, puisqu'ils ignoraient ce qu'il était advenu d'eux. S'ils étaient les seuls survivants de leur famille, autant ne pas se séparer. Hermann avait donc décidé de prendre la direction de Bamberg, au nord, en pensant que Mathias en avait certainement fait autant. C'est en contournant la ville que les deux enfants avaient eu la chance de croiser un cheval sellé et bridé qui, sans doute, avait perdu son cavalier dans l'incendie et s'était enfui. S'il avait été affolé, il ne l'était plus et broutait paisiblement au bord de la route. Il avait manifestement un heureux caractère, puisqu'il avait laissé les enfants le monter et s'était ensuite dirigé où Hermann le voulait.

Mais au bout d'une dizaine de lieues, il avait fallu se rendre à l'évidence : les trois enfants n'avaient pas pris la route de Bamberg. En admettant qu'ils eussent, eux aussi, trouvé un cheval, ce qui était peu probable, ou une charrette de paysan, quelqu'un les aurait certainement vus. Or aucune des personnes interrogées sur la route ne les avait rencontrés. Peut-être, après tout, ignoraient-ils où se trouvait la Poméranie et avaient-ils emprunté la première route venue : celle de Ratisbonne ?

La carte d'Allemagne au 1/500 000 apportée par les filles avait créé de nouveaux problèmes. D'abord il s'agissait d'une carte d'Allemagne du sud, et son équivalent pour l'Allemagne du nord manquait. Ensuite les enfants s'étaient aperçus que les cartes sommaires du *Dictionnaire Larousse* et de l'atlas qu'ils avaient étudiées jusqu'à présent les avait induits en erreur. Bamberg était bien au nord de Nuremberg, aucun doute là-dessus, mais au nord-ouest, c'est-à-dire pas vraiment dans la direction de la Pologne. La route qu'il aurait fallu prendre était celle de Bayreuth. Mais Anne prétendait qu'en ce temps-là Bayreuth n'existait pas et que c'était une création de Wagner. Quant à Ratisbonne, si elle figurait sur le *Larousse*, elle ne figurait pas sur la nouvelle carte, et c'était vraiment un grand mystère.

Au dîner Mélanie eut un accès d'audace et profita d'un bref silence pour poser sa première question, sans la moindre transition :

— Dites Claire… je voudrais savoir…

— Oui ?

— Bayreuth, ça existait au dix-septième siècle ?

Quelques jours avant Claire avait enregistré *La Walkyrie* qui passait simultanément sur France Musique et à la télévision ; la question ne lui sembla donc pas surprenante et elle répondit très naturellement :

— Non, le festival de Bayreuth date du XIXe siècle. On n'y joue que du Wagner.

— Ah, tu vois ! dit Anne.

— Oui… mais la ville ?

— La ville ? Oh, c'est vieux. Elle date au moins du Moyen Âge. Je crois même que c'était un état indépendant.

Mélanie jeta un coup d'œil triomphant à son frère, qui prit un air confus, puis :

— Et Ratisbonne ?

— Ratisbonne est une très vieille ville, je crois. Pourquoi ?

— On a une carte d'Allemagne et on ne la trouve pas.

— C'est parce qu'en allemand on dit Regensburg. Ça ne ressemble pas beaucoup, alors tu ne pouvais pas deviner.

— Et est-ce que Bayreuth était plus importante que Bamberg ?

— Quelle drôle de question ! Je ne pense pas. Bamberg était très connue, à cause de sa cathédrale, mais maintenant je ne sais pas… et puis la dimension d'une ville n'avait pas grand chose à voir avec son indépendance. En Allemagne, après les traités de Westphalie…

Héraclès interrompit :

— Et AVANT les traités de Westphalie ?

Claire se mit à rire :

— Est-ce que c'est un nouveau jeu ? Et si oui, a-t-il un rapport avec les questions que m'a posées Mélanie l'autre jour sur la guerre de Trente Ans ? Parce que si c'est pour un concours vous risquez d'achopper sur la question subsidiaire…

— Ce n'est pas un concours, c'est une sorte de jeu entre nous.

— Une sorte de jeu de rôles qu'on invente au fur et à mesure, précisa Hélène.

— Et vous devez le finir ici ?

— Non, dit Mélanie qui pour rien au monde n'aurait abandonné *Le Feuilleton.*

— Alors, dit Claire, je vous conseille d'interroger de bons connaisseurs du sujet ou d'attendre d'être à Paris pour trouver un bon livre. Ici on est vraiment au bout du monde pour la documentation.

Au début du mois d'août, les enfants se séparèrent et *Le Feuilleton* fut provisoirement abandonné avec l'arrivée de ses cinq personnages à Dresde. Mélanie et Héraclès avaient une grande envie de continuer mais ils se promirent solennellement, devant témoins, de consacrer le mois d'août à la recherche de la documentation et de ne pas faire avancer l'histoire. On leur concéda toutefois le droit d'étoffer les chapitres déjà conçus et surtout de les écrire. Ça, c'était le plus difficile, mais Hélène insistait :

— Vous croyez que vous vous souviendrez de tout mais vous vous trompez. Et puis c'est bien joli de raconter des histoires, mais si on n'est pas capable de les écrire ça ne sert à rien. Alors on prend tous un cahier de la même taille et on essaie. À la rentrée on mélangera ce qu'on a fait de mieux. D'accord ?

Tauberg était le seul endroit où Erika et Héloïse avaient l'impression d'être en vacances pour de bon, sans doute parce qu'elles y restaient toujours assez longtemps. Pourtant Erika profitait des rencontres avec son cousin et les autres membres de sa famille pour discuter affaires. Cela se faisait toutefois dans une atmosphère désinvolte, exclusivement familiale, et elle aimait ça. C'était même le seul moment où elle avait l'illusion que les Tauberg étaient encore les maîtres absolus, à l'ancienne mode, du groupe qui portait leur nom. En réalité c'était loin d'être le cas, même si la famille avait réussi à conserver, sinon la majorité, du moins la minorité de blocage. Mais parfois elle se demandait ce qui se passerait s'ils cessaient de s'entendre.

Cela ne pouvait certes pas arriver maintenant car elle était sûre de tous les adultes ayant actuellement voix au chapitre. Mais plus tard… qui sait si son neveu Wolfgang ou les enfants que pouvait encore avoir sa sœur Manuela ; qui sait si le bébé (un garçon, paraît-il) qu'attendait sa cousine Ulrike, et il y en aurait certainement d'autres puisqu'elle n'était mariée que depuis un an ; qui sait si les enfants de Kai-Uwe, s'il se décidait à se marier et à en avoir ; qui sait si cette nouvelle génération n'allait pas rompre avec la sacro-sainte harmonie familiale. Qu'ils fassent leur carrière ailleurs que dans le groupe ne serait pas le plus grave ; elle-même avait failli le faire et ne regrettait pas de s'être décidée si tard à ce qui lui avait paru d'abord un sacrifice. Mais qu'au moins aucun d'entre eux n'entre en conflit avec la famille, car les verrouillages légaux qu'on avait pu trouver avaient bien évidemment leurs limites.

Enfin, tout ça c'était pour plus tard, et elle n'allait pas se plaindre qu'une famille qui était presque éteinte en 1918 se retrouvât avec des problèmes dus au grand nombre. Dans l'immédiat elle avait d'autres soucis. Le plus beau rachat de sa carrière, celui que même son père n'avait pas réussi à mener à bien, était menacé de nationalisation. Entre 1979 et 1980 elle avait usé de toutes ses armes pour prendre 51 % des laboratoires Broussard sans considérer une seconde qu'ils avaient toujours été sur la liste des nationalisables du programme commun. Le directeur financier du groupe en Allemagne, Horn, le lui avait fait pourtant remarquer mais sans y attacher beaucoup d'importance, parce qu'après tout qui dit nationalisation dit indemnisation. Son directeur financier en France, Lise Schulberg, qui était aussi une amie, lui avait également rappelé ce risque, plus sérieusement car elle savait qu'Erika tenait suffisamment à

Broussard pour n'être pas consolée par une indemnisation. Mais Erika avait ri, disant que la réélection de Giscard était dans la poche et que ce serait, de surcroît, une réélection de maréchal. On avait vu. Depuis Erika ne riait plus et tremblait pour sa filiale préférée tout en pensant qu'elle allait se battre et qu'elle parviendrait peut-être à s'en tirer. Le temps qu'ils lancent leur programme de nationalisation, et d'abord qu'ils apprennent les bases de l'économie, et elle trouverait peut-être une parade. Mais il fallait y penser tout de suite.

Héloïse la comprenait. Elles avaient en commun un mépris total pour l'économie dirigée, qu'elles avaient probablement puisé aux mêmes sources, ou plutôt à la même source : Frédéric Bastiat, donné à lire par Suzanne, la femme qu'elles avaient toutes les deux aimée dans leur jeunesse. Héloïse se souvenait parfaitement qu'un jour Suzanne lui avait mis *Les Harmonies économiques* entre les mains en lui disant :

— Lis ça : c'est une rareté. C'est très clair, très drôle aussi, ce qui est le comble pour un traité d'économie politique. Quand tu l'auras lu j'espère que tu ne voudras plus jamais intervenir dans les phénomènes économiques et sociaux.

Héloïse avait lu, avait ri, et n'avait plus jamais tenu de propos interventionnistes, ni à Suzanne ni à personne. Il lui paraissait probable qu'Erika avait eu droit, vingt ans plus tôt, aux mêmes discours et au même livre. Mais on n'en parlait pas. Suzanne était un sujet tabou. Du coup elles discutaient ensemble de la doctrine de ce pauvre Bastiat, le méconnu, mais sans le citer de peur que la mention de son nom ne les amenât à parler de celle qui le leur avait fait connaître.

Pourtant Erika aurait maintenant été prête à parler de Suzanne, mais elle pensait qu'Héloïse ne le voulait pas, ce qui était un malentendu. Dans ce domaine comme dans d'autres (ce qu'il fallait expliquer aux enfants, par exemple),

Héloïse n'était pas du genre à dire :

— Il faut que nous ayons une bonne et franche conversation.

Elle attendait qu'on lui posât des questions et répondait le plus nettement possible, avec une sorte de réserve intérieure qui n'incitait pas à aller plus loin. Malgré son âge Erika était, tout autant que les enfants, la victime de ce comportement.

Les enfants, justement, étaient rentrés de Savoie avec une foule de questions. Ces questions, n'étant pas d'ordre intime, enchantaient Héloïse et lui faisaient voir ses enfants sous un autre angle. Tout à coup ils n'étaient plus des êtres inachevés susceptibles de retomber dans la puérilité, donc dans la niaiserie, à tout moment, mais des personnages autonomes, avec des préoccupations d'adolescents précoces. Or Héloïse aimait bien les adolescents et pensait que les comportements négatifs que l'on attribue à cet âge étaient très exagérés, pour ne pas dire presque forgés par les médias. Un adolescent envers qui on ne fait pas preuve de complaisance excessive était à ses yeux un jeune adulte à qui il manquait un peu d'expérience et qu'il fallait aider à en acquérir. D'autre part ce qu'elle prenait pour de la précocité chez ses enfants la flattait. Elle avait été elle-même une enfant précoce, mais par la force des choses beaucoup trop solitaire pour se comparer à d'autres. Son frère aîné avait trois ans de plus qu'elle, le second quatre ans de moins, et elle voyait trop rarement ses cousins germains pour créer un univers complice avec eux. Ses seules amies d'enfance avaient été Pilar, au lycée français de Vienne, et Claire à Paris, mais alors elle n'était plus vraiment une enfant.

Maintenant elle se rendait compte que dans une bande d'enfants assez proches par l'âge les aînés entraînent les plus jeunes vers le haut. Ou plutôt les plus mûrs, ce qui n'est pas nécessairement la même chose. Elle avait toujours pensé, plus ou moins consciemment, que les filles étaient intellectuellement supérieures à Anne. Par « supérieures » elle entendait plus intelligentes, plus vives. Ils étaient tous les trois dans la même classe parce que le garçon avait appris à lire plus lentement et qu'elle n'avait pas obtenu qu'on l'autorisât à sauter le cours préparatoire. La psychologue de l'école avait dit qu'il était encore un peu lent et Héloïse avait eu l'impression qu'on l'accusait de martyriser son fils pour en faire un « petit génie » qui l'aurait flattée. Du coup elle n'avait pas osé insister, s'était dit qu'Anne avait déjà beaucoup de travail avec son piano et qu'il valait mieux se conformer aux nouvelles normes pédagogiques même si elle ne les approuvait pas. Au moins, en lui apprenant elle-même à lire, elle lui avait épargné le risque de la méthode globale ou d'autres expériences encore plus dangereuses, et ce n'était pas si mal.

Par chance Anne avait été assez heureux au CP parce que sa maîtresse l'aimait bien et lui donnait des responsabilités comme aider un peu ses camarades moins avancés. Ça compensait l'ennui qu'il éprouvait à voir les autres apprendre ce qu'il savait déjà. Par la suite ses carnets avaient toujours comporté des remarques comme : « appliqué », « sérieux », « consciencieux ». Sa mère ne pouvait s'empêcher de traduire ça par « besogneux », surtout la dernière année où l'institutrice en rajoutait. Héloïse avait beau sentir là une certaine malveillance, elle était quand même touchée. Claire, à qui elle l'avait avoué, avait ri :

— Tu préférerais un flemmard comme Héraclès ? Lui non plus n'a pas sauté le CP. On me l'a refusé parce qu'il est né en décembre. Et honnêtement… il n'était pas prêt du tout. Et je m'attends qu'on me le fasse redoubler quelque jour !

— Oui, mais je sens chez Héraclès quelque chose de brillant.

— Ah oui ? Eh bien qu'il se ternisse un peu si ça doit le mener au bac. Car il n'est même pas musicien, lui ! Je n'ai pas de solution de repli. Crois-moi, dans cet univers impitoyable l'heure des dilettantes est finie !

— Essaie le sport.

— Le sport ? Mais s'il était doué ça se saurait déjà ! À dix ans les jeux sont faits. Quand je te dis que c'est un univers impitoyable ! Heureusement j'ai mes filles.

Avec ses filles Héloïse n'avait pas non plus de problèmes, du moins d'ordre scolaire. Si les classements avaient encore existé — et elle regrettait leur disparition — elles auraient été parmi les premières. Mélanie semblait plus littéraire, Suzanne plus scientifique, mais tout ça pouvait changer et il ne fallait surtout pas les enfermer dans une catégorie contraignante. L'essentiel était qu'elles ne fussent plus interchangeables comme elles avaient paru l'être en maternelle, et surtout qu'elles se décidassent à se mêler un peu aux autres enfants. Ce dernier point était loin d'être acquis : jamais les filles n'étaient revenues de leurs écoles respectives avec une amie, même éphémère. Mais sans doute était-il trop tôt pour s'en préoccuper.

Et tout à coup ces étranges enfants se mettaient à poser des questions littéralement obsessionnelles sur la guerre de Trente Ans ! Pourquoi cette guerre-là dont personne ne parlait jamais et qui semblait *a priori* moins attirante, pour des enfants, que la guerre de Cent ans ? Héloïse soupçonnait l'influence d'Héraclès, encore qu'elle ne vît pas très bien comment il avait pu tomber sur ce sujet-là ; mais Erika, qui la première avait été bombardée de questions, la détrompa en pensant à la gravure :

— C'est moi qui en ai parlé à Mélanie la première. Elle a dû le raconter aux autres et ils se sont tous mis sur le sujet. Heureusement j'ai des souvenirs assez précis sur cette guerre, qui n'est d'ailleurs pas aussi compliquée qu'on le prétend en France.

— Et ici, il n'y a pas de livres ? C'est une guerre allemande, non ?

— Il y en a certainement dans la bibliothèque, mais l'allemand des enfants n'est quand même pas assez courant. Entre se débrouiller pour parler aux gens, à Vienne et ici, et pouvoir lire Grimmelshausen dans le texte, il y a un abîme.

— Mais oui ! Il y a ce bon vieux Grimmelshausen. Je l'ai lu au lycée. Ça devrait leur plaire.

— Au lycée c'est concevable, en effet. Mais je pense qu'ils sont encore beaucoup trop jeunes. Je vais quand même chercher si *Simplicius Simplicissimus* est ici et je leur servirai une version édulcorée. D'ailleurs il y a peut-être une édition abrégée pour les enfants parce que c'est vraiment un classique.

— Quand j'étais petite j'ai presque tout appris en lisant la collection Contes et Légendes, y compris des histoires allemandes comme la légende de Siegfried. Mais je ne crois pas avoir rencontré la guerre de Trente Ans ou quoi que ce soit qui s'y rapporte. Et vous ?

— Moi ? Ma mère censurait tout ce qui était germanique. Je crois bien que je m'imaginais que Mozart était italien. Quant à Wagner et à Weber, j'ai dû entendre parler d'eux pour la première fois après 1945, et probablement ici !

Pendant toute cette partie de son enfance, entre 1939 et

1945, Erika avait eu la nostalgie de Tauberg dont elle ne parlait jamais, si bien qu'on aurait pu croire qu'elle ne s'en souvenait pas. Le dernier été qu'elle y avait passé, avec ses deux parents réunis, était celui de ses quatre ans. En ce temps-là elle ne se posait pas de questions, ne voyait pas les soucis des adultes, et si on le lui avait demandé elle aurait certainement répondu qu'elle était de nationalité suisse, ce qui juridiquement était le cas. Elle vivait à Bâle avec ses parents et fréquentait un jardin d'enfants privé où on lui apprenait à lire en allemand et en français. Son *Vati*[1] voyageait souvent en Allemagne et en France où se trouvaient ce que l'on appelait « les usines », terme encore mystérieux pour elle. Le dimanche le chauffeur Karl-Heinz les menait, sa mère et elle, à Belfort chez ses grands-parents. Il conduisait une grande voiture noire dont l'avant était séparé de l'arrière par une vitre et qu'on appelait l'Hispano. Erika croyait que c'était un autre nom pour voiture, si bien qu'elle avait continué à appeler l'Hispano les Mercedes que son père conduisait pendant la guerre lorsqu'ils se rencontraient en Suisse.

En septembre 1939 sa mère n'avait pas voulu rester en Suisse et, sous prétexte que sa propre mère venait de mourir et que son père avait besoin d'elle, elle était rentrée à Belfort avec Erika. On avait dit à Erika que ses parents se séparaient à cause de la guerre mais elle n'avait pas tardé à comprendre que ce n'était qu'un prétexte. Sa mère ne dissimulait pas en quelle piètre estime elle tenait « le boche » et Erika, qui avait toujours été plus proche de son père, s'était mise à la détester. Pendant toutes ces années elle avait gardé secrètement la nostalgie de Tauberg et des

1 Papa.

plages de la Baltique. Elle avait la certitude qu'elle y retournerait un jour et qu'elle y mènerait sa vie d'adulte, ce qui en fait n'avait pas été le cas, sauf pendant les vacances. Elle savait maintenant qu'elle avait eu beaucoup de chance de retrouver sa maison. La frontière de zone n'était pas très éloignée de Tauberg et certaines terres que possédait autrefois sa famille étaient désormais de l'autre côté.

La petite fille qui avait retrouvé Tauberg, à dix ans, n'était plus la même. Elle savait que ce passeport suisse qu'elle avait la chance de posséder n'était qu'une fiction administrative. Il ne l'avait pas protégée des persécutions, à Belfort, quand d'autres enfants la traitaient de sale boche. Lorsque son père lui avait fait traverser Hambourg et Lübeck en ruine Erika s'était sentie encore plus allemande, sale boche si l'on veut, et solidaire de ce peuple qui, lui semblait-il, avait trop souffert. Il lui manquait évidemment d'avoir vu Brest ou Le Havre, ce qui lui aurait donné une vision plus objective des événements. C'est alors que, pour la première fois, elle avait entendu parler des livres de Grimmelshausen et de la guerre de Trente Ans. Son père lui avait expliqué combien l'Allemagne avait été ravagée, à cette époque, par des batailles incessantes et des bandes de soldats qui pillaient pour se nourrir et massacraient pour le plaisir. Il l'avait jugée assez grande pour savoir que les hommes sont mauvais, les guerres fréquentes, et qu'il n'était pas réaliste de penser que cela prendrait fin un jour.

— On s'entre-tue par gloriole, par bêtise, on déclenche une guerre en pensant qu'elle sera courte, que de toute façon on a le Droit ou Dieu pour soi, ou bien qu'on a besoin d'espace vital parce qu'on est une race supérieure, et tu vois le résultat. Ça peut durer cent ans, trente ans… ou bien seulement six ans, mais avec les armes modernes on fait autant de ravages en six ans que jadis en trente. Autrefois nous avons eu les Suédois chez nous, maintenant nous avons les Russes… et tout ça pour des querelles qui ont pris naissance en Bohême ou en Autriche… mais là ou ailleurs, tous les prétextes sont bons pour se battre et se haïr. Pauvre Allemagne !

Erika, à l'époque, se sentait très allemande. Sans doute y avait-il le fait qu'elle n'aimait pas sa mère française et aimait son père allemand dont elle avait été privée plusieurs années. Sans doute était-elle aussi à l'âge où l'on prend souvent, par principe, le parti du vaincu. Si son père n'avait pas parlé avec une telle amertume de « ce fou qui nous a conduits à cette catastrophe », elle aurait volontiers jugé avec complaisance le national-socialisme. Après tout, si la race des seigneurs existait, elle en faisait incontestablement partie, et son Alsacienne de mère aussi, malgré qu'elle en eût : il suffisait de les regarder l'une et l'autre. Le fou, en revanche, était un petit brun autrichien dont on se demandait par quelle aberration il avait pu adopter une doctrine raciale qui lui était si peu favorable. Tout ça n'avait guère de sens, il fallait l'admettre, même si c'était dommage pour elle. D'ailleurs, avec son romantisme d'adolescente, elle se sentait plus à sa place parmi les réprouvés que parmi les seigneurs. En France ceux qui imputaient aux Allemands tant de crimes (dont elle doutait parce qu'elle souhaitait en douter) n'avaient pas vu les villes dévastées qu'elle avait traversées, les populations de réfugiés qui fuyaient les Russes et ne trouvaient aucun endroit où se loger dans un territoire devenu trop petit. C'était trop facile d'accabler un pays vaincu et ruiné, lui semblait-il, pour toujours.

Quant aux Suisses elle ne les aimait pas. Pendant qu'autour d'eux les peuples crevaient de faim ils s'étaient installés dans une neutralité confortable. Quand elle serait majeure, c'était certain, elle renoncerait solennellement à cette nationalité de hasard qui lui faisait honte. Les Suédois ne valaient guère mieux et Gustave-Adolphe, décidément, était bien mort !

Plus tard, à quinze ans, elle avait connu Suzanne, qui lui avait remis les idées en place. Les crimes dont on parlait, avec plus d'envolées lyriques que de précisions, avaient bel et bien existé. Suzanne en avait été témoin, ainsi d'ailleurs que de l'immense champ de ruines qu'était devenue l'Allemagne. Il n'y avait là aucune exagération, au contraire, mais il fallait davantage y voir une preuve de la fondamentale sauvagerie de l'espèce humaine qu'une particularité des Allemands. De tout temps il y avait eu des races, des religions ou des classes sociales persécutées par les autres au nom d'une doctrine quelconque. Dans ces cas-là une minorité de suiveurs, par lâcheté ou par méchanceté pure, participait à la persécution en dénonçant leurs voisins. Une autre minorité venait au contraire au secours des persécutés en risquant de le devenir à son tour. Quant à la majorité elle se taisait en attendant que ça passe. Et ça passait toujours… pour revenir. Et il en serait toujours ainsi. Plus tard d'autres peuples, plus chanceux que les autres, joueraient le rôle des Suisses et des Suédois et sembleraient narguer le monde avec leur neutralité.

— Non seulement les neutres sont des sages, disait Suzanne, mais ils sont utiles. Une partie des détenues de mon camp a été libérée par la Croix Rouge suédoise, et toi tu rencontrais ton père en Suisse pendant la guerre. Il y a aussi de nombreuses personnes que l'Espagne a sauvées, et on lui manifeste actuellement bien peu de gratitude, ce qui fait également partie de la nature humaine. Je comprends que la prospérité des Suisses t'ait fait mal, mais elle était nécessaire… et d'ailleurs toute relative. Ils n'ont pas profité de cette guerre, dans l'ensemble.

Suzanne donnait en général l'impression d'avoir bien surmonté toutes les épreuves de la guerre, si bien qu'Erika avait été étonnée de l'entendre tenir des propos aussi péremptoires. Elle savait qu'elle les avait tenus pour son bien, pour lui faire comprendre qu'elle n'avait pas à renier le pays de son père mais qu'il était absurde de l'aimer exagérément. Elle n'aurait supporté de telles remarques de personne en France, mais Suzanne était la première Française qui l'avait reconnue comme allemande et lui avait montré qu'à ses yeux ce n'était pas un crime. Apparemment, pour elle, ce n'était pas non plus une gloire. Mais Erika avait mis de nombreuses années à faire sienne sa vision fondamentalement pessimiste de l'humanité. D'ailleurs Suzanne avait-elle cherché à la lui faire partager ? L'avait-elle même conservée par la suite ? Ça, c'était une question qu'elle aurait bien posée à Héloïse si elle avait osé.

Plus tard Erika avait vécu à Vienne et ce choix n'était pas dû au hasard mais au coup de foudre qu'elle avait éprouvé pour cette ville un peu allemande, un peu slave, un peu italienne, qui ne ressemblait à nulle autre et qu'elle aimait toujours autant. Vienne était un compromis parfait pour une sang-mêlé. D'ailleurs l'Allemagne, redevenue bourgeoise et prospère, lui plaisait beaucoup moins. Les années passées au siège de Tauberg AG, à Francfort, avaient achevé de lui faire comprendre qu'elle était plus française qu'elle ne le croyait, ne serait-ce que par sa manière de travailler dont Lise, parfois, se moquait.

Maintenant elle se sentait prête à mobiliser toute la puissance économique de l'Allemagne dont elle pouvait éventuellement disposer pour tenir en respect un ministre français de l'Industrie qui voudrait lui voler sa filiale préférée. Certes, il n'était pas à lui tout seul responsable du programme économique, mais le fait qu'on eût choisi quelqu'un de la tendance la plus marxiste du parti au pouvoir pour s'occuper de l'industrie était plus qu'inquiétant. Par-dessus le marché il était de Belfort, ce qui était vraiment un comble ! Erika n'avait jamais cessé de détester Belfort et elle n'était pas loin d'assimiler ce nouveau ministre, qui avait à peu près son âge, à l'un de ces garnements qui, pendant l'occupation, l'avaient traitée si souvent de sale boche. Après tout, qui pouvait assurer qu'il n'en avait pas fait partie ? Si ce voyou voulait la guerre, il l'aurait ! Et il l'aurait bien davantage pour le motif irrationnel qu'il était de Belfort que pour le motif rationnel qu'il était marxiste.

Son autre préoccupation, c'était les enfants d'Héloïse qui, apparemment, s'intéressaient aux guerres. Leur intérêt, sans doute, n'était que romanesque. Comme toute leur génération ils étaient bien éloignés de savoir ce qu'était exactement ce fléau ; plus éloignés, même, que les autres enfants qui possédaient chez eux la télévision. Héloïse avait décidé qu'ils ne la regarderaient pas et qu'en conséquence elle-même s'en passerait comme elle s'en était toujours passée. Erika, bien sûr, était arrivée dans l'immeuble avec ses deux postes et son magnétoscope, mais il n'était pas prévu que les enfants entreraient chez elle comme dans un moulin, donc ils en resteraient protégés. Tout ça faisait partie des grands principes d'Héloïse, qu'Erika n'approuvait pas mais sur lesquels elle se gardait bien de donner son avis. La règle finirait bien par s'assouplir, et il y avait des choses plus importantes dans l'immédiat : donner un peu de chaleur à ces enfants élevés trop rigoureusement et qui auraient pu croire qu'ils n'étaient pas assez aimés. Erika avait dû insister pour qu'ils passassent le mois d'août à Tauberg car Héloïse voulait les envoyer à Vienne chez ses parents. L'affaire s'était réglée par un coup de téléphone clandestin à Anne de Marèges, la mère d'Héloïse, qui partageait les soucis d'Erika sur les sentiments maternels de sa fille ou sur sa manière de les manifester. Dans son enfance la petite Anne, comme Erika, avait souffert de la froideur de sa propre mère, encore que le cas d'Erika fût bien plus grave puisque sa mère ne l'aimait pas. Celle d'Anne était une austère protestante des Cévennes qui, même pour l'époque et pour le lieu, poussait la sévérité et la froideur à l'extrême. Parfois Anne pensait que sa fille, sur ce point, ressemblait à sa grand-mère, et elle s'en désolait d'autant plus que cela semblait s'aggraver avec le temps. La petite fille réservée et secrète était devenue une adulte impassible, intimidante même pour sa propre mère. Et l'expérience avait prouvé que derrière cette impassibilité se cachaient des passions susceptibles d'exploser à tout moment. Elle avait pensé que le retour d'Erika dans sa vie serait bénéfique et il l'avait été, mais pas tout à fait assez. « Erika, avait laissé échapper un jour Héloïse, ne sera jamais mon plus grand amour, même si ce doit être le plus durable… oh, ne prenez pas cet air affolé, Maman, je ne la quitterai jamais. C'est comme si on était mariées. Je tiens toujours mes promesses, surtout quand je me les suis faites à moi-même. »

Tout ça était à la fois rassurant et inquiétant. Il est vrai qu'Erika paraissait heureuse et avait quand même de l'influence. Anne était très vite devenue sa complice et avait encouragé le déménagement du mieux qu'elle pouvait. Cet été-là, à la demande d'Erika, elle avait improvisé un prétexte pour ne pas recevoir les enfants avant le 20 août bien qu'ils lui manquassent. Elle avait de plus en plus de petits-enfants, avec les cinq d'Hugo (elle était la seule à refuser de l'appeler Victor) et le futur bébé d'Hippolyte, et elle manquait de place. D'autre part le climat maritime du Schleswig-Holstein était meilleur, en août, que celui étouffant de Vienne.

Contrairement à ce que l'on pouvait penser Héloïse n'avait pas été dupe. On attendait d'elle une vie de famille normale et elle le comprenait. Que cette vie normale eût toutes les apparences de l'anomalie la faisait sourire intérieurement. Sa mère se rendait-elle compte à quel point elle s'éloignait des traditions bourgeoises en encourageant Héloïse et Erika à former un couple conventionnel dans l'intérêt des enfants ? Sans doute pas. Anne avait toujours suivi son chemin sans se préoccuper de l'opinion d'autrui. Cela ne se voyait pas car son chemin avait toujours été assez proche de ce qui était généralement admis, sauf en ce qui concernait son acceptation des mœurs de sa fille et, auparavant, de celles de sa propre sœur qu'elle soupçonnait depuis longtemps. On pouvait même dire qu'elle avait commencé à prouver sa largeur d'esprit avec son amie Suzanne qui était, en somme, la première lesbienne qu'elle rencontrait, du moins en sachant qu'elle l'était.

— Puisque c'est comme ça, songeait Héloïse, je lui demanderai de m'aider lorsque le temps sera venu d'une explication pour les enfants. On verra comment la comtesse se sortira de l'exercice !

Elle avait retrouvé spontanément le surnom que les petits Marèges donnaient à leur mère, entre eux, dans leur enfance : quand un cadet avait un aveu difficile à faire ou redoutait une explication délicate avec sa mère il allait trouver l'un des aînés pour lui demander d'en parler pour lui à la comtesse. En parler à Maman n'avait aucune solennité, en revanche en parler à la comtesse signifiait que l'heure était grave et que l'intercession d'un aîné était jugée indispensable. À ce dernier d'accepter ou non la mission, en fonction de ses propres critères.

Héloïse, dans l'immédiat, refusait énergiquement que la question fût évoquée, et sa mère aussi aurait certainement trouvé ça prématuré, mais elle était consciente qu'il ne fallait pas courir le risque que les enfants découvrissent quelques secrets de famille sans y être préparés. Il y avait deux gros problèmes à aborder un jour : ses mœurs et le suicide de leur père. Les deux choses, heureusement, n'étaient pas liées, et elle ne pensait d'ailleurs pas les aborder de la même manière. Pour le suicide elle estimait que le risque d'indiscrétion était faible. Sa belle-mère avait souhaité étouffer l'affaire et on ne voyait pas pourquoi elle romprait un silence qu'elle avait elle-même exigé. Mais Héloïse, sans trop savoir pourquoi et sans être capable de s'en justifier, estimait que la vérité était due aux enfants sur ce point-là. Plus tard, quand ils seraient plus âgés, à un moment qu'elle estimerait favorable, elle leur parlerait de sa mésentente avec leur père, du projet de divorce et de son suicide, sans éluder ses responsabilités. Ils la détesteraient peut-être, elle en prenait le risque, mais elle dirait la vérité parce qu'elle jugeait que cette vérité-là les regardait. Déjà elle se rendait compte qu'elle avait tort de ne jamais leur parler de leur père mais c'était un sujet extrêmement difficile à aborder. Si au moins sa belle-mère avait joué son rôle et accepté de voir les trois enfants ! Mais malgré les ambassades de sa belle-sœur Marie-Thérèse, il n'en était pas question. Facile, après ça, de passer pour une famille normale ! Les filles rendaient à leur bonne-maman mépris pour mépris :

— Nous on ne veut pas la voir non plus ! mais un jour

elles se douteraient certainement qu'il y avait des cadavres dans le placard. À ce moment-là il faudrait parler.

Pour ses amours il en allait tout autrement : ce n'était pas une affaire de famille mais sa vie à elle toute seule, dans un domaine que des enfants ne peuvent pas encore comprendre. À leur âge on confond souvent « faire l'amour », « aimer » et « faire des enfants ». Elle avait néanmoins tenté de dissocier ces trois choses dans leur esprit, mais sans trop insister, un jour où une occasion lui en avait été donnée. De cette épreuve jugée classique, mais qui ne lui avait pas fait peur, elle s'était très bien tirée. Il ne s'agissait après tout que d'un cours de sciences-nat et elle s'était bien gardée, dès le début, d'y mêler des considérations sentimentales qu'elle estimait à côté du sujet. Il lui paraissait absurde de mélanger les genres en suivant les conseils de spécialistes prétendument bien intentionnés qui veulent voir de l'amour partout alors que tant d'enfants se font par hasard, voire par contrainte. D'ailleurs ce cours d'éducation sexuelle avait été provoqué par des questions de Suzanne et avec Suzanne la logique on ne pouvait pas tricher. Quand elle vous regardait froidement, sans battre des cils, en demandant d'une petite voix neutre :

— Est-il nécessaire de s'aimer pour faire un enfant ? il était inconcevable de trahir sa confiance en disant oui ou en s'embrouillant dans des explications alambiquées. Héloïse avait donc dit :

— Non, ce n'est pas nécessaire. Il suffit d'aimer faire l'amour, ce qui peut être très agréable même avec une personne qu'on n'aime pas vraiment. Tu comprends ?

— Est-ce que tout le monde aime ça ?

— Peut-être pas. Mais la plupart des gens aiment ça.

— C'est pour ça qu'il y a des enfants qu'on n'a pas voulus ?

— Oui, entre autres. Tu comprends, le mécanisme que je vous ai expliqué fonctionne indépendamment des sentiments. On peut aimer et ne pas réussir à avoir des enfants, et… l'inverse.

Suzanne avait paru satisfaite et n'avait plus rien demandé. Héloïse avait un peu hésité, alors, à répondre à une question qu'aucun des trois n'avait posée, et qui peut-être ne les préoccupait pas ? Elle avait finalement ajouté, invoquant intérieurement sainte Pernoud, sainte Dolto et le bienheureux Spock :

— Vous, vous avez été faits exprès.

— On sait, avait répondu Suzanne, même que vous avez eu du mal.

Voilà qui résolvait le problème. Elle aurait dû penser que les enfants avaient entendu parler de ses grossesses difficiles, bien qu'elle-même n'en eût jamais fait état devant eux, ni d'ailleurs devant quiconque. Il faut croire que quelqu'un avait parlé. Sa mère peut-être, ou Claire ? C'était très bien. Suzanne la logique ne pouvait qu'en conclure qu'ils avaient été désirés et les complexités de ce désir resteraient hors de sa portée pendant pas mal d'années. Elle ne leur avait pas non plus parlé de viol ou de contrainte, estimant qu'ils en entendraient bien parler un jour et qu'à leur âge une vision plaisante de l'amour physique était plus positive. Mais si Suzanne avait poussé ses questions jusque-là elle n'aurait pas éludé. Cela n'avait pas été le cas.

À Vienne les enfants retrouvèrent Hélène et Héraclès. Seule Mélanie avait eu le courage de remplir son cahier, avec l'aide d'Erika. Elle n'avait pas pu garder le secret sur *Le Feuilleton*, d'ailleurs avec toutes les questions qu'elle s'était mise à poser ç'aurait été vraiment impossible. Et puis elle ne le voulait pas. La complicité avec Erika était trop précieuse. Cet été-là elle s'était demandé si Erika n'était pas l'être qu'elle aimait le plus au monde. Plus que sa propre sœur, peut-être ? Ou peut-être pas, mais c'était différent. Suzanne avait toujours été une partie d'elle-même, tandis qu'Erika était quelqu'un de mystérieux qui la fascinait totalement, depuis toujours. Plus exactement depuis le soir, à l'âge de quatre ans, où elle l'avait vue pour la première fois, ce dont elle se souvenait très bien. Maman était entrée dans la cuisine où les enfants étaient en train de dîner et leur avait dit :

— Voilà Erika. C'est la sœur de Manuela. Elles se ressemblent, n'est-ce pas ?

Oui, elles se ressemblaient, en effet, plus que Mélanie et Suzanne ne se ressemblaient entre elles, mais Erika avait quelque chose de mieux. Le sourire, peut-être, ou le regard ? Ce regard, elle l'avait plus longuement posé sur Mélanie et la petite fille avait eu l'impression qu'il se passait quelque chose de très particulier entre elles deux. Ce dont elle ne se doutait pas c'est que sa ressemblance avec sa mère avait frappé Erika et avait provoqué ce qu'il fallait bien appeler un coup de foudre. Depuis cette préférence ne s'était pas démentie mais Erika la cachait du mieux qu'elle pouvait. Après tout le garçon aussi était attachant, et Suzanne… Suzanne l'était moins, avec son petit air distant et sa ressemblance amusante, au physique comme au moral, avec son oncle Hippolyte. Suzanne avait surtout, au début, le handicap du prénom. Pour Erika il n'y avait qu'une Suzanne : cette femme qu'elle avait aimée, puis haïe, et envers qui maintenant elle éprouvait des sentiments mêlés. Il était étrange qu'Héloïse eût donné à sa fille ce prénom qui aurait dû rester unique. Il est vrai qu'Anne portait le prénom de sa grand-mère (de ses deux grands-mères, en fait), et qu'Héloïse adorait sa mère. Curieuses coutumes, en somme, mais l'excentricité de la vieille noblesse française dans ce domaine n'était plus à démontrer et à l'intérieur du groupe les Marèges parvenaient encore à se singulariser en n'acceptant qu'une seule initiale — et pas parmi les plus fréquentes — le H. Un prénom, pour ces gens-là, n'avait rien de réellement individuel, ne tenait aucun compte de l'air du temps, bien au contraire, et ne faisait que prouver l'appartenance à une lignée. Au moins Mélanie portait un prénom qui n'était qu'à elle et qui lui allait bien. Héloïse disait l'avoir choisi sur un coup de tête, sans penser à ses sacro-saints ancêtres, et Erika trouvait le résultat à son goût.

Suzanne ne s'était pas pour autant désintéressée du *Feuilleton*, mais elle se montrait, dans ce domaine, assez passive et préférait écouter. Malgré la promesse de ne pas faire avancer l'histoire sans les cousins, elle ne pouvait s'empêcher de réclamer la suite à sa sœur le soir, dans le lit qu'elles partageaient de nouveau clandestinement. Et Mélanie racontait, brodait sur les faits historiques fournis par Erika, revenait en arrière, changeait d'idée, fabriquait des bifurcations malheureusement presque toujours incompatibles entre elles, testait toutes les hypothèses que Suzanne, après les avoir écoutées, éliminait avec sa logique impitoyable.

— Non, ça ne colle pas. Tu ne peux pas les envoyer de Bamberg à Dresde et ensuite, alors qu'ils sont censés se diriger vers Stettin, les expédier au siège de Magdebourg.

— Pourquoi ?

— Ça fait un trop gros détour. Tu dois l'expliquer.

— Peut-être qu'ils se perdent ?

— S'ils se perdent tu dois expliquer pourquoi.

Mélanie protestait :

— Dans *Simplicius*, il va de Hanau à Magdebourg sur un balai de sorcière.

— Oui, mais ensuite il est obligé de préciser que c'est complètement invraisemblable et qu'il faut le croire sur parole. Et c'est vrai : personne ne peut croire ça. D'ailleurs Erika a dit que c'était une faiblesse de l'histoire.

— Elle a dit ça ?

— Oui. T'as pas fait attention ? Elle a dit : « Il ne s'est pas foulé, le père Grimmelshausen ! »

Il fallait bien se rendre à l'évidence. Erika, en effet, avait fait cette remarque entre haut et bas, et Suzanne, mieux que Mélanie, en avait compris la signification. De même quand Mélanie, pour expliquer le trajet Dresde-Magdebourg, proposait un enlèvement sur un bateau remontant l'Elbe et le terminait par une fuite à la nage, Suzanne avait beau jeu de lui faire remarquer que les enfants avaient peu de chances d'avoir appris à nager :

— On est au dix-septième siècle. Crois-tu que leurs parents les envoyaient à la piscine ?

Mais en contrepartie de sa sévérité Suzanne reconnaissait que *Le Feuilleton* appartenait à Mélanie. Non seulement elle lui en accordait la paternité totale, considérant les ajouts des autres comme de simples briques apportées par des aides à un architecte génial, mais encore elle ne lui marchandait pas son admiration. À ses yeux Héraclès était un excellent second, capable lui aussi d'inventer, et les trois autres — dont elle-même — n'étaient que du menu fretin. Pour la première fois de sa vie Mélanie dominait Suzanne et Suzanne n'y trouvait rien à redire. Il est vrai qu'elle ne s'était jamais rendu compte qu'elle dirigeait le couple et même, à l'occasion, son frère aîné. Elle prenait les décisions collectives parce qu'elle pensait vite, voyait tout de suite les conséquences de ses actes, les expliquait clairement quand on le lui demandait. En face d'un rêveur comme Anne et d'une hésitante comme Mélanie, elle agissait ; apparemment tout le monde y trouvait son compte mais bien des possibilités se trouvaient ainsi éliminées car Suzanne était une impatiente qui demandait implicitement à tout le monde de penser et d'agir aussi vite qu'elle.

Héraclès, lui aussi, avait commencé à écrire sur son cahier. Mais au lieu de faire un compte-rendu fidèle des chapitres mis au point en Savoie, il s'était, comme d'habitude, égaré. Au bout de quelques pages il avait commencé à dériver et, sans aller jusqu'à inventer de nouveaux épisodes, à broder sur ceux qui existaient déjà. Mais ses broderies l'avaient tellement éloigné du scénario de départ qu'il était bien incapable d'y revenir. Il ouvrait des histoires dans l'histoire mais il ne savait pas les refermer. Son style se ressentait de cette tournure d'esprit et il avait la plus grande difficulté à écrire (ou même à dire) une phrase courte. Qui plus est il plaçait toutes les incidentes avant la principale, ce qui faisait dire à sa mère qu'il serait bon latiniste et bon germaniste. Mais en attendant qu'il fût capable de s'exprimer dans ces langues il fallait toujours le prier d'en venir au fait rapidement si l'on voulait ne pas se perdre dans ses récits. Néanmoins (en écrivant de plus en plus gros) il avait rempli presque toutes les pages, mais sans jamais réussir à retomber sur ses pieds et à parvenir à l'endroit où l'on s'était arrêté. Mélanie, au contraire, avait fait un récit fidèle, sobre, et n'avait pas fini le cahier parce qu'il n'y avait pas matière à le terminer. Sa sobriété devait beaucoup à la censure de

Suzanne. Pour rester fidèle au projet de remplir le cahier elle l'avait retourné et, en commençant sur la dernière page, elle avait pris des notes sur ce qu'Erika lui avait appris et sur les idées que cela lui avait inspiré.

Dresde était la capitale de l'électeur Jean-Georges de Saxe qui, bien que protestant, avait pris le parti de l'empereur Ferdinand. L'électorat de Saxe, très proche de Nuremberg, était un grand état, surtout si on le comparait à la poussière de petits états et de villes libres qui l'entouraient, et Dresde était une capitale digne de ce pays. Les enfants n'avaient pas prémédité d'y aller — encore moins de s'y arrêter — mais chaque fois qu'ils s'étaient enquis de la route de Stettin on les avait envoyés vers l'Elbe. Quel que fût l'endroit choisi, il fallait traverser ce fleuve. Grâce à leur jeunesse et à leur bonne volonté, ils n'avaient pas eu trop de mal à se procurer du pain et même parfois un peu mieux. Les bandes de soldats, occupés également à vivre sur l'habitant, de gré parfois, de force le plus souvent, les laissaient volontiers se joindre à eux. Tantôt il s'agissait d'impériaux, tantôt de Suédois. Façon de parler, d'ailleurs, car tous étaient de bons Allemands. On ne pouvait même pas les distinguer par la religion, si bien qu'Hermann était obligé de poser des questions très subtiles pour savoir à qui l'on avait affaire. Peu à peu il avait cessé d'y attacher de l'importance en se rendant compte que les soldats eux-mêmes n'en attachaient pas et changeaient de camp en fonction des avantages matériels qui leur étaient offerts. Si un général pouvait payer ses troupes, alors on s'engageait à ses côtés… et on le quittait s'il ne pouvait plus payer. C'est un impérial surnommé le chasseur de Sœst qui leur avait conseillé de se joindre aux Suédois : eux savaient où se trouvait la Poméranie puisque la Suède avait pratiquement conquis le pays et escomptait le conserver. Le conseil était bon, mais les enfants avaient alors rencontré un marchand qui rentrait chez lui, à

Dresde, en voiture et avait proposé de les emmener jusque là. Ça les rapprocherait du but et leur permettrait de se reposer un peu avant de traverser l'Elbe et de continuer dans la direction de l'Oder.

Jusqu'à présent, ils avaient fait presque tout le chemin à pied. Le petit cheval gris, sur lequel les plus fatigués pouvaient monter à tour de rôle, n'avait pas fait long feu. Ils étaient encore aux environs de Bayreuth quand on le leur avait volé. Pourtant ils avaient pris leurs précautions, puisque l'un d'entre eux était toujours chargé de veiller quand ils s'arrêtaient pour dormir. Mais aucun d'eux n'était de taille à s'opposer à un voleur adulte, et ils avaient dû s'estimer heureux qu'on ne leur eût pris que le cheval.

C'est ainsi qu'ils s'étaient retrouvés à Dresde, sans méfiance, persuadés que le marchand ne leur voulait que du bien. Celui-ci les avait invités à passer une nuit dans sa maison, avant de traverser l'Elbe et de se diriger vers Stettin. La maison, pourtant, aurait dû leur paraître étrange. Bien qu'elle fût immense, il n'y avait à demeure qu'un vieux domestique complètement sourd. La femme du marchand et les cinq enfants dont il leur avait parlé tout au long du chemin en les comparant à eux s'étaient rendus, paraît-il, à Meissen. Mais ils auraient dû, au moins, laisser des traces de leur existence. Paula eut soudain le pressentiment qu'il se passait quelque chose de bizarre, mais cette pensée, très confuse, ne résista pas à la fatigue. Le vieux domestique leur servit une soupe chaude et les conduisit dans leurs chambres : Hermann et Paula dans l'une, Mathias, Johanna et Sieglinde dans l'autre. Ils s'endormirent à peine couchés, sans même s'étonner qu'on les eût séparés de cette manière, comme si l'on avait su qu'ils n'étaient pas de la même famille.

Le lendemain Hermann et Paula se réveillèrent dans une maison déserte. Le prétendu marchand et le domestique avaient disparu. Mais surtout Mathias et ses petites sœurs n'étaient plus dans leur chambre. Sans le moindre doute, ils avaient été enlevés.

Et voilà comment on respecte d'instinct, sans vraiment les connaître, les règles du feuilleton populaire. Trois héros aux origines mystérieuses, mais certainement princières, et que l'on recherche manifestement pour leur faire du mal ou les neutraliser ; un marchand trop gentil, un domestique étrange ; et pour finir un enlèvement qui permettrait d'aller à Magdebourg, puisque Mélanie avait décidé qu'on participerait au siège de la ville. Restait à passer à un genre plus proprement policier et à faire la chasse aux indices. Hermann et Paula étaient restés libres pour chercher leurs faux frère et sœurs, et ils allaient s'y employer. En attendant il n'y avait plus qu'à écrire : « à suivre ».

1982

— Ta mère a empoisonné la vie de ton père.

C'était mot pour mot ce que Bonne-Maman avait dit à Anne cet après-midi. Entraîné depuis longtemps à prendre l'air indifférent quand la vieille dame lui parlait de sa mère, le petit garçon avait réussi à rester impassible. C'était pourtant la première fois qu'on lui donnait une information aussi précise. En général Bonne-Maman lui posait des questions, qu'il avait pris l'habitude de classer en deux catégories : les questions ordinaires qui sont le lot de tous les enfants et qu'elle lui posait volontiers en présence de tiers :

— Tu travailles bien ? Quel est ton classement ? On ne classe plus ? Quelle époque ! Tu fais toujours du piano ?

Il répondait docilement, avec tout de même une certaine perfidie car il sentait, par intuition, ce que la vieille dame n'avait pas envie d'entendre :

— Je travaille une fugue de Bach très difficile. Vous voulez l'entendre ?

Bien sûr, elle ne voulait pas. Le piano comme art d'agrément, passe encore, mais que son unique petit-fils devînt un saltimbanque, voilà qui était inadmissible ! Il en rajoutait :

— À la fête de l'école on a joué *Les Plaideurs*. J'ai eu un rôle important. Je faisais Petit-Jean, le valet. C'est drôlement difficile, parce qu'on est tout seul sur la scène pendant… au moins cinquante vers ! Je n'ai pas eu un seul trou de mémoire. J'ai même soufflé des répliques aux autres. La maîtresse a dit que je serais peut-être un bon acteur si je travaillais sans perdre mon naturel.

Anne avait effectivement étonné tout le monde, à commencer par sa propre famille. Il ne faisait pas à première vue un Petit-Jean très vraisemblable, avec son air sage et paisible, mais aucun des enfants plus délurés à qui la maîtresse avait tenté de confier le rôle n'avait été capable de l'apprendre par cœur. En outre Anne savait naturellement dire un alexandrin. Il « sentait » les douze syllabes et leurs quatre mesures sans avoir besoin de les compter, ce qu'on pouvait peut-être attribuer à ses études musicales, et quand un de ses camarades disait un vers faux, il grimaçait et corrigeait impitoyablement.

Si « faire le pianiste » était un métier de saltimbanque, que dire de « faire l'acteur » ? Il était certain que sa bonne-maman n'apprécierait pas ses nouvelles performances, aussi en avait-il rajouté sur le succès qu'il avait eu et le plaisir qu'il avait éprouvé à jouer. Certainement cela avait mis la vieille dame de mauvaise humeur. Et quand elle était mécontente et qu'ils se trouvaient seuls tous les deux, elle commençait à lui parler de sa mère et à lui poser des questions sur leur vie. Anne savait assez bien comment lui déplaire en négligeant volontairement de lui signaler qu'il était devenu soudain l'un des meilleurs élèves de sa classe parce que, cette année-là, son institutrice l'aimait bien, mais il n'était quand même pas assez roué pour deviner vers quel but tendait Bonne-Maman en lui posant des questions sur sa vie de famille. Elle voulait savoir, par exemple, si Maman sortait beaucoup le soir. Non, elle ne sortait pas beaucoup le soir. De temps en temps, seulement. Quelquefois il y avait des amis à dîner. Quels amis ? Ben… des amies… Manuela, Lise et Erika. Erika habitait à côté, maintenant. Parfois Claire et ses enfants venaient le mardi soir et l'on avait la permission de se coucher plus tard. Mais bien sûr si Maman avait voulu sortir après neuf heures il n'en aurait rien su. Non, il n'y avait pas d'hommes à la maison. « Elle est prudente ! » grognait Bonne-Maman. Et Anne faisait semblant de n'avoir rien entendu. À la longue il avait conclu que toutes ces insinuations visaient un éventuel remariage de sa mère. Pourquoi pas, en effet ? Ces choses-là arrivaient et certains de ses camarades d'école avaient un beau-père, en plus du vrai père avec qui ils sortaient le dimanche. Anne, lui, n'avait rien du tout. Il ne lui venait pas à l'idée de se comparer à ces enfants de divorcés dont la mère était bien libre de se remarier. La sienne était veuve et il avait de cette situation rare une vision qu'il avait dû puiser inconsciemment dans les contes de fées de son enfance : une veuve c'était inconsolable et ça ne se remariait pas. Un veuf si, avec une méchante marâtre nantie d'enfants aussi méchants qu'elle. Mais que sa mère pût leur imposer un « parâtre » était proprement inconcevable. Ce dont il était sûr, en tout cas, c'est que Bonne-Maman cherchait à prendre sa mère en défaut parce qu'elle la détestait. Tout se passait à fleurets plus ou moins mouchetés mais il n'était pas nécessaire d'être très fin pour s'en rendre compte et Anne, qui précisément était très fin et sentait les atmosphères comme personne, le savait depuis toujours.

Ce jour-là il avait oublié sa prudence et il n'avait pu se retenir de faire part de sa vision du monde à sa grand-mère en disant :

— Maman ne se remariera pas. Elle n'est pas divorcée, elle.

Et la réponse avait fusé, immédiatement :

— Pas divorcée… ah elle aurait bien voulu divorcer, ta mère ! Elle a empoisonné la vie de ton père, on peut le dire !

Trop tard pour fermer les oreilles. Un peu juste pour faire semblant de n'avoir pas entendu. Anne était resté muet de stupeur et de confusion, puis son instinct lui avait dicté une conduite propre à ne pas aggraver l'incident. Il avait pris sa tasse de chocolat, avait bu une gorgée, s'était essuyé la bouche et avait dit, sur un ton inconsciemment mondain :

— C'est très bon. Vous avez mis un peu plus de cannelle que d'habitude ?

L'arrivée de sa tante Marie-Thérèse, qui venait le chercher, l'avait tiré d'embarras. Dans le métro qui les ramenait chez eux il était resté complètement silencieux. Cela n'avait pas étonné sa tante ; pour elle les enfants (et à un moindre degré les adultes) se divisaient en deux camps : les jacasseurs et les silencieux. Sa propre fille, Camille, faisait partie des jacasseurs, au point que prendre le métro avec elle s'était parfois révélé une véritable épreuve. Heureusement la petite était devenue vers six ou sept ans une fanatique de lecture qui emportait toujours un livre ou une bande dessinée avec elle. Sa mère avait poussé un soupir de soulagement. Jamais elle n'avait osé prier sa fille de se taire cinq minutes et elle savait bien pourquoi. Sa propre enfance avait été hérissée d'interdictions de parler alors qu'elle faisait partie, elle aussi, du clan des jacasseurs ; et son frère, du clan des silencieux, était en permanence invité à s'exprimer, ce dont il n'avait pas la moindre envie. Comme le monde lui avait paru mal fait ! Elle avait tant de choses à dire, tant de questions à poser, et sa mère la faisait toujours taire. Pendant ce temps François se plaignait de n'avoir pas une minute de tranquillité et de ne pas pouvoir rêver en paix. Quand ils étaient seuls ensemble, heureusement, elle parlait pour deux et n'attendait de lui aucune participation à son monologue. La seule chose dont ils étaient certains, car ils en avaient discuté, c'est que si leur père avait vécu leur vie aurait été meilleure. C'était au début une idée assez naïve, comme en ont tous les enfants qui aiment à s'imaginer un destin différent et de préférence beaucoup plus romanesque. Mais dans leur cas, ils n'avaient pas tardé à s'en apercevoir, le romanesque était déjà au rendez-vous. Dans leur génération il était devenu exceptionnel d'être orphelin et encore plus d'être « pupille de la nation », même si cela avait été d'une grande banalité dans la génération précédente. Marie-Thérèse et François en retiraient un certain prestige mais après avoir joui quelques années de ce prestige ils s'étaient rendu compte que leur père, quel qu'il fût, aurait équilibré leur famille. D'abord, c'était certain, ils auraient eu des frères et sœurs, échelonnés sans doute au hasard des affectations et des permissions. « En somme, pensait Marie-Thérèse, nous aurions été une vraie famille d'officier. Après l'Indochine, nous aurions "fait" l'Algérie comme d'autres "font" la Crète au club Méditerranée. Papa aurait régulièrement repeint son grade sur ses cantines de métal vert : lieutenant, puis capitaine, puis chef de bataillon… et là on peut se demander s'il ne se serait pas fourvoyé du côté des putschistes de 1961 au point de terminer sa carrière comme ex-commandant à la centrale de Tulle, parce qu'enfin… il y avait un côté "honneur et patrie" chez Papa, paraît-il… mais admettons qu'il ait été plutôt très gaulliste et très godillot, ou bien discipliné, ou bien simplement en permission pendant le putsch. Il serait sans doute général "quart de place", maintenant. Et François aurait fait Saint-Cyr. Ou bien il se serait classiquement opposé à Papa en devenant objecteur de conscience, pourquoi pas ? Et moi ? Sans doute aurais-je épousé un sous-lieutenant à particule et refait tout le circuit. Allez savoir ! En tout cas, c'est sûr, je le pense encore aujourd'hui, on aurait été plus heureux François et moi. Ce n'est pas que je pense que le père, ce lieu commun freudien, soit indispensable, ça non ! Après tout les orphelins de 14-18 ne sont pas une génération complètement perturbée, ça se saurait. On a la chance d'avoir un bon échantillon statistique pour démolir le mythe de l'Œdipe universel et on ne s'en sert même pas ! Il faudra que je fasse ce travail un jour, et vite tant qu'ils sont encore en vie. Mais dans notre cas il aurait mieux valu avoir Papa, parce que Maman est un fléau. La veuve de guerre classique, d'ailleurs, qui gâche la vie de ses enfants et transforme son fils en lavette. Je me demande ce qu'elle peut raconter à ce malheureux gosse, orphelin lui aussi, c'est une manie chez nous. Les hommes ne font pas de vieux os et les ducs le deviennent de bonne heure, comme les cardinaux-infants à la cour d'Espagne. Il ne dit jamais rien mais je le soupçonne d'en penser long, comme son père au même âge. »

Anne en pensait long, en effet. Il avait pris au pied de la lettre les propos de sa bonne-maman et il se demandait quel poison sa mère avait utilisé et pourquoi elle avait tué son père. L'arme du crime était évidemment à la portée d'une pharmacienne mais le mobile l'intriguait. Bonne-Maman avait dit : « Elle aurait bien voulu divorcer… » Bon. Mais pourquoi ne l'avait-elle pas fait ? Peut-être Papa ne le voulait-il pas ? Anne avait un camarade dont le père ne parvenait pas à divorcer, bien qu'il ne vécût plus avec sa femme et ses enfants, parce que cette dernière s'y opposait. Apparemment ça ne l'avait pas empêché de partir avec une autre femme et d'avoir d'autres enfants avec elle sans être marié. Pourquoi Maman n'en avait-elle pas fait autant ? Non, ce n'était certainement pas une histoire de divorce refusé puisqu'elle ne s'était pas remariée. C'était probablement beaucoup plus grave. Une chose était certaine : si Maman avait tué Papa, elle avait une excellente raison. D'instinct Anne avait pris le parti de celle qu'il connaissait contre celui qu'il ne connaissait pas. Que savait-il de son père, en somme ? Sa mère lui avait expliqué qu'il était étudiant en droit et qu'il était mort accidentellement avant la naissance des filles. Elle avait ajouté que sa mort avait rendu Bonne-Maman « bizarre » et qu'il fallait qu'Anne fît preuve de compréhension à son égard. C'était sans doute pour ça qu'elle ne voulait pas voir les filles, nées après. Pour ça, et aussi parce qu'elle n'aimait pas les filles. Sa cousine Camille venait la voir de temps à autre mais manifestement Bonne-Maman ne l'aimait pas et ne s'intéressait ni à sa réussite scolaire ni à ses loisirs. Camille semblait prendre les choses avec philosophie. On avait dû lui dire, à elle aussi, que Bonne-Maman était « bizarre ». Au fond, pourquoi ne pas interroger Camille ? Ils s'entendaient bien et peut-être savait-elle des choses que lui même ignorait ? Évidemment elle était très bavarde mais Anne la croyait capable de garder un secret si on le lui demandait. Et puis, pour la faire parler, il n'était pas obligé de lui dire tout ce qu'il avait appris aujourd'hui.

Camille, comme la plupart des enfants uniques, était très proche des adultes. Ses parents avaient toujours répondu à ses innombrables questions, partant du principe que si elle les posait elle avait besoin de réponses précises et circonstanciées. C'est dire qu'elle connaissait parfaitement l'enfance de sa mère et pouvait donner quelques explications à son cousin :

— Bonne-Maman n'a jamais aimé les filles. Moi je m'en fiche, parce que ce n'est que ma grand-mère, et d'ailleurs j'en ai une autre qui est très gentille. Mais elle n'aimait pas Maman non plus, et Maman n'avait même pas de papa. Heureusement elle avait son frère. Ils étaient jumeaux, tu sais ce que c'est !

— Oh oui ! soupira Anne en pensant à ses sœurs inséparables.

— Mais ton père, paraît-il, elle le gâtait beaucoup trop. Et en même temps elle l'empêchait de faire ce qu'il voulait. Maman dit qu'elle l'étouffait.

— Et qu'est-ce qu'il voulait faire ?

— Il voulait être officier et elle trouvait ça trop dangereux. Elle l'a aussi empêché d'aller en pension et d'être scout.

— Et c'est ce qu'il voulait ?

— Il paraît. Elle l'élevait dans du coton, tu vois ? Maman dit qu'il était malheureux comme un oiseau en cage mais qu'il avait peur de quitter sa cage. Il était coincé, même si ça paraît bizarre. Moi j'aurais dit « merde » à la vieille et je me serais engagée dans la légion !

— Tu crois ? Moi je comprends qu'il n'ait pas pu.

Anne pensait à sa chatte Tibert qu'il avait tant de mal à faire entrer dans son sac quand il l'emmenait chez le vétérinaire pour ses vaccins. Tibert haïssait son sac de transport et crachait dès qu'Anne le sortait du placard. Cependant, une fois chez le vétérinaire, elle refusait énergiquement d'en sortir et se rencognait dans le fond. Anne était obligé de renverser le sac sur la table de consultation et Tibert le regardait d'un air pathétique comme si on l'avait sortie de son refuge préféré. Et quand Anne, la piqûre terminée, lui présentait le sac, elle se précipitait dedans avec une expression d'intense soulagement. Peut-être ne fallait-il pas pousser la comparaison trop loin, le sac constituant quand même quelque chose de plus rassurant que la perspective d'un examen désagréable suivi d'une piqûre franchement déplaisante, mais Anne avait entendu parler d'animaux capturés qui, une fois habitués, n'osaient pas sortir de leur cage quand on leur ouvrait la porte. C'est sans doute ce qui était arrivé à son père. Même majeur, donc libre, il n'avait pas pu « s'engager dans la légion ». Anne ignorait d'ailleurs qu'au temps de son père la majorité était à vingt et un ans.

C'est tout ce que Camille savait mais ce n'était déjà pas si mal. Sauf que ça n'expliquait pas pourquoi Maman avait tué Papa et sur ce sujet il était inconcevable de poser des questions à sa cousine. Justement elle commençait à se montrer curieuse :

— Pourquoi tu me demandes tout ça ?

— C'est normal que je m'intéresse à mon père, non ?

— Ta mère ne te dit rien ?

— Elle ne l'a pas connu quand il était petit.

— C'est vrai. Et Bonne-Maman raconte certainement n'importe quoi. Qu'est-ce qu'elle te dit, au fait ?

— Oh, des trucs sans intérêt… et maintenant je suis sûr qu'elle ment ! Elle dit qu'il aurait été juge ou avocat.

— Il l'aurait peut-être été mais il voulait être officier et elle ne voulait pas. Ça j'en suis certaine !

— Elle me le donne tout le temps en exemple : il était sage, bon élève, bien élevé, tout le monde l'aimait. Si ça se trouve il était cancre et insupportable et tout le monde le détestait. Ou bien il était faux jeton, ou bien… tu sais… je n'aime pas du tout ce type !

— Mais Anne, tu es fou ! Tu ne le connais pas ! Héloïse t'en parle ?

— Jamais. Je ne lui demande pas, d'ailleurs.

— Alors pourquoi le détestes-tu ?

— Ben… tu as lu *Le Petit Nicolas* ?

— Évidemment. On l'a lu ensemble.

— Oui… eh bien Papa me fait penser à Agnan, le sale chouchou de la maîtresse. Quand Bonne-Maman m'en parle, je pense à Agnan…

— Oui, mais Bonne-Maman dit n'importe quoi.

— Maintenant je m'en rends compte.

— Alors il ne faut pas le détester, si ça se trouve il était super sympa !

Bien sûr, il ne fallait pas le détester. Un garçon qui avait voulu être scout, puis pensionnaire, puis soldat, ne ressemblait certainement pas à Agnan. Et d'ailleurs, même si cela avait été le cas ? Parfois Anne ressentait une certaine compassion pour cet Agnan que personne n'aimait et qui, peut-être, gagnait à être connu. Au fond le seul point commun entre son père et Agnan c'était qu'ils n'existaient pas vraiment et ne pouvaient pas exister tels qu'on les décrivait. Agnan était une caricature, au même titre que les autres écoliers du livre, et son père avait été transformé en image pieuse par Bonne-Maman, qui mentait. À moins qu'elle n'eût oublié à quoi ressemblait son fils ? Ou pire, qu'elle ne l'eût jamais su ? Anne avait tout à coup le vertige devant les perspectives que lui ouvrait cette conversation avec Camille.

— Tu sais, dit-il, on croit voir des images et derrière il y a des gens.

— Qu'est-ce que tu veux dire ?

— Mon père c'était une image, pour moi. Et maintenant je vois quelqu'un. C'est comme Louis XV.

— Quoi ?

— Oui, Louis XV. Il y avait une photo dans un vieux livre d'histoire de Maman, où on le voit en manteau de cour, l'air tout engoncé. Un roi, quoi, pas un petit garçon.

Et Maman m'a dit qu'à l'époque de ce portrait il était très malheureux parce qu'il n'avait plus de parents, était toujours en représentation, et qu'en plus on l'avait séparé de sa gouvernante qui lui servait de mère. Quand on le sait ça change tout. Ce n'est plus Louis XV mais un vrai petit garçon qui est obligé de jouer au roi alors qu'il a envie de pleurer. Tu comprends ? Pour moi il est devenu réel.

— Je vois. Mais quand même… elle est bizarre, ta mère !

— Pourquoi ?

— Elle te parle de Louis XV et elle ne te parle pas de ton père.

— Mais si, elle m'en a parlé un peu. Je t'ai dit que je voulais juste savoir comment il était avant.

Bien sûr Camille ne pouvait pas comprendre. Toujours fourrée avec les grandes personnes qui l'informaient de tout, elle ne supportait pas qu'on pût lui cacher quelque chose, ce qui pourtant était certainement le cas de temps à autre. Cette intimité familiale choquait un peu Anne. Il se souvenait du sentiment de légère répulsion qu'il avait ressenti quand elle lui avait raconté que ses parents essayaient d'avoir un autre enfant mais n'y parvenaient pas. Apparemment Camille était informée au jour le jour des espoirs et des déceptions de sa mère et trouvait ça normal. Tellement normal qu'elle n'hésitait pas à en parler à son cousin. Sûr que si son père était mort elle aurait quand même tout su de lui. Anne, lui, possédait seulement un album de photos que lui avait donné sa mère. On y voyait ses parents le jour de leur mariage, son père en vacances en Bretagne, puis au Danemark avec son fils nouveau-né. Les lieux et les dates étaient inscrits au dos et il n'y avait rien d'antérieur à 1971. Chez Bonne-Maman, en revanche, c'était un véritable musée : aucune photo d'amateur mais des portraits faits en studio : François en barboteuse (quel nom et quel vêtement ridicules !) ; François à sept ans le jour de sa communion privée ; François en aube blanche le jour de sa communion solennelle. Aucun portrait de Marie-Thérèse, toutefois, sauf une photo faite à l'école primaire où l'on voyait les deux enfants en tablier se tenant par la main. Sur leur blouse une médaille qui ressemblait à une Légion d'honneur et qu'on appelait, paraît-il, la croix. Un jour Anne avait demandé à sa tante pourquoi il n'y avait aucune autre photo d'elle et elle lui avait répondu que c'était normal puisqu'elle était encore en vie.

— Des photos de moi j'en ai plein une cantine. Maman en envoyait régulièrement à Papa en Indochine. Si tu veux me voir avec des robes à smocks et de gros nœuds ridicules dans mes baguettes de tambour qu'on tentait de transformer en anglaises… pour quelques heures. Il est vrai que par la suite on a fait moins de photos. À qui les envoyer, désormais ? La photo prise à l'école doit être la dernière du genre, et Dieu merci j'ai mes belles nattes bien raides et je ne suis pas endimanchée. Quelle époque ! Tu ne sais pas la chance que vous avez ! J'ai des souvenirs de goûters d'enfants qui se terminaient dans le drame parce qu'on avait renversé du chocolat sur nos grotesques vêtements du dimanche. Il est vrai qu'il ne suffisait pas de les jeter dans une machine pour les « ravoir », comme on dit. Et en semaine on traînait de vieux chandails retricotés et des jupes retaillées dans du drap militaire et teintes en bleu marine. Ça grattait ! Un vrai cauchemar ! Inutile de te dire que tous les enfants, à la maison comme à l'école, portaient des tabliers pour protéger tout ça.

— Vous étiez pauvres ?

— Nous n'étions pas riches, c'est sûr, mais c'est surtout le pays qui était pauvre, après la guerre. On ne trouvait rien et ça a duré assez longtemps. Mais surtout Maman, qui attachait beaucoup d'importance aux apparences, sacrifiait tout aux « habits du dimanche », comme on disait, qui se portaient aussi le jeudi. Nous sortions beaucoup : goûters, anniversaires, communions privées… tout était prétexte à mondanités. Nous allions dans un cours privé très snob mais, je dois le reconnaître, de très bon niveau scolaire. J'ai appris plus tard, en lisant les papiers qui sont dans la même cantine que les photos, qu'on nous faisait une réduction importante à cause de notre nom. Les enfants de crémiers enrichis au marché noir payaient très cher pour aller en classe avec des enfants de ducs décavés. Ça posait quelques problèmes parce que certains étaient jugés par Maman « infréquentables » en dehors du cours. Avec ma malchance habituelle c'est souvent ceux-là que je préférais. Non qu'ils fussent meilleurs… mais j'avais déjà un certain esprit de contradiction, sans doute.

Finalement Anne n'avait jamais vu ces photos, mais il se promettait désormais de demander à les voir. Fallait-il parler à ses sœurs de ce qu'il avait appris aujourd'hui ? Non, du moins pas pour le moment. Il était partagé entre le regret d'avoir perdu son innocence et le plaisir d'avoir des choses à découvrir, des secrets à percer. Depuis l'été dernier les filles semblaient plus souvent vivre dans l'Allemagne du dix-septième siècle que dans leur famille. On verrait plus tard, si d'aventure elles se mettaient à s'intéresser de nouveau à leur vie quotidienne.

C'est vrai que Mélanie et Suzanne vivaient désormais dans un autre univers. Pas tout à fait au point de se désintéressser de leur travail scolaire mais, pour Mélanie, il s'en était fallu de peu. Pendant les heures de classe elle s'évadait, construisait dans sa tête *Le Feuilleton* que, le soir, elle raconterait à son frère et à sa sœur. La maîtresse s'était inquiétée de ce comportement qui ne ressemblait pas à celui des années précédentes et avait demandé à voir Héloïse :

— Vous comprenez, ce n'est pas que ses notes soient mauvaises… encore qu'il y ait un net fléchissement, mais elle est perpétuellement dans la lune. Quand je l'interroge elle sursaute et me regarde d'un air tragique. Est-ce que tout va bien à la maison ?

Héloïse, naturellement, s'était légèrement rétractée devant cette intrusion dans sa vie privée. Mais l'institutrice était sympathique et la question, finalement, tout à fait admissible. Qu'y avait-il de nouveau à la maison ? Erika, bien sûr. Mais entre Erika et Mélanie il n'y avait jamais eu le moindre problème, au contraire. Elle avait donc répondu :

—Je ne crois pas. Notre vie n'est pas très différente de ce qu'elle était l'année dernière. Peut-être qu'elle s'ennuie ? Ça m'est arrivé. Au lycée, quand je connaissais déjà la question traitée, je rêvassais.

— Mais pas à l'école primaire ?

— Si. Mon école primaire, c'était le lycée français de Vienne. On disait « le lycée », même si à huit ans ça paraissait très prétentieux. Est-ce que Mélanie s'évade quel que soit le sujet dont vous parlez ?

—Je ne sais pas. J'ai parlé d'elle avec Mme Clément qui m'a dit que l'année dernière c'était une petite fille très attentive qui posait beaucoup de questions. C'est ce changement qui m'inquiète. Vous ne voyez vraiment rien ?

Que répondre à ça ? Héloïse observait son interlocutrice : environ trente-cinq ans, pas mariée, cheveux assez courts, toujours vêtue d'un jean et d'un blouson de cuir… Ne pas se fier aux apparences, certes, mais elle aurait parié que si elle avait dit à cette Mlle Varnier : « Je vis avec une femme. » elle se serait entendu répondre quelque chose comme : « Moi aussi. » Elle fut tentée de le dire, par jeu, pour voir. Mais sincèrement elle pensait que le problème de Mélanie, si problème il y avait, était ailleurs. Elle sourit et dit : « Je vais faire ce qu'il y a de plus simple : lui demander. Si elle ne peut pas répondre, il sera temps d'aviser. »

Mais avant d'en parler à l'intéressée elle préférait prendre quelques avis. Sa tante Élisabeth se trouvait justement à Paris et elle devait, le soir même, dîner à la maison avec sa… comment pouvait-on dire, diable ? Bon… un chat est un chat, après tout : sa maîtresse, son amante, sa compagne, sa « minette », bref Nathalie. « Elles s'appellent toutes Nathalie, Valérie ou Isabelle, à cet âge-là, pensait Héloïse. Cette Nathalie, je ne l'ai vue qu'une fois, mais après tout, puisque ça semble durer avec ma tante préférée elle est certainement très bien ; en tout cas elle fait suffisamment partie de la famille pour écouter mes problèmes de mère. Nous dînerons toutes les quatre, puis nous prendrons un café bien serré avant d'emmener les provinciales au Katmandou. Ce serait drôle d'y voir Varnier, tiens… mais non, ce n'est pas le genre. Je la vois mieux militer au MIEL. Oh puis je délire, tiens ! Si ça se trouve elle a un amant instit' barbu qui la comble et c'est tout. Je ne devrais quand même pas me fier aux apparences comme ça, je suis payée pour savoir qu'il n'y a pas de tête de l'emploi ! Et merde pour Varnier ! Ma fille rêvasse parce qu'elle a lu tous ses livres de classe avant la rentrée, comme d'habitude, et qu'elle connaît par cœur tout le programme. Peut-être que Varnier ne sait pas l'intéresser ? Non, ça m'étonnerait. Elle a l'air plus intéressante que Clément. Bon, on verra. Il faut que je cesse de me sentir coupable chaque fois que quelque chose semble marcher de travers dans cette famille ! »

C'est Erika qui émit l'hypothèse la plus intéressante.

— Je crois qu'elle est plongée dans son feuilleton. Elle me pose des questions de temps à autre.

— Quel feuilleton ?

— Vous savez bien. Celui de cet été. La guerre de Trente Ans.

— Ça dure encore ?

Il fallut raconter à Élisabeth et à Nathalie comment les enfants, avec leurs cousins, avaient joué tout l'été à « la guerre de Trente Ans » à partir d'une gravure d'époque qui avait inspiré Mélanie. Élisabeth n'en fut pas particulièrement étonnée car elle appartenait à une génération où les enfants, quand ils n'avaient plus rien à lire, créaient leurs propres histoires, surtout quand ils étaient assez proches par l'âge pour pouvoir se les raconter. Elle-même, avant d'entrer au lycée, avait beaucoup pratiqué ce genre de passe-temps avec son frère Christian. Ils inventaient des histoires de huguenots héroïques mourant pour leur foi, ou bien des récits de naufrages qui, peut-être, étaient à l'origine de la vocation de marin de Christian. Ils mélangeaient des éléments de *L'Île au trésor* avec le naufrage de la Sibylle dans *Les Vacances,* sans compter quelques passages édifiants provenant non pas de *Robinson Crusoé*, qu'ils n'avaient pas lu, mais du *Robinson Suisse.* « Tout de même, reconnut-elle, la guerre de Trente ans ce n'est pas banal ! Qu'en penses-tu, Nathalie ?

— Chaque fois qu'on me raconte quelque chose de ce

genre je regrette amèrement d'avoir été une enfant unique et d'être née trop tard dans un monde trop vieux. Parce que moi, quand je n'avais plus rien à lire, je regardais la télévision !

— Ç'aurait pu être pire, répondit Élisabeth.

— Comment ?

— Tu aurais pu ne prendre un livre que les jours où la télévision aurait été en panne, et dans ce cas-là…

— Dans ce cas-là tu ne m'aurais jamais aimée, c'est sûr.

Héloïse lui sourit. C'est peut-être parce que Nathalie n'aimait pas son époque qu'elle vivait avec une femme d'une autre génération. Dans ces conditions l'affaire avait des chances de durer et elle en fut heureuse pour sa tante.

Héloïse, sûre désormais que l'hypothèse d'Erika était la bonne, fit quelques remontrances à Mélanie.

— Je trouve très bien que tu inventes des histoires mais il y a un temps pour tout. Si chaque fois que l'école te paraît monotone tu t'évades dans un univers imaginaire tu vas finir par ne plus rien écouter. Est-ce que tu t'ennuies en classe ?

— Non, mais quand j'ai une idée il faut que j'y pense tout de suite, que je réfléchisse à ce que je vais en faire…

— Tu ne peux pas les mettre de côté pour plus tard, tes idées ?

— J'ai peur d'oublier.

— Si ce sont vraiment de bonnes idées, elles reviendront toujours… enfin je crois. Au fond je ne connais pas grand chose à ce qu'on appelle l'inspiration. Ce que je sais c'est que le devoir d'état d'une petite fille c'est d'écouter en classe. Puisque tu étais capable de le faire tu dois continuer. De même que tu fais l'effort de te documenter pour ton feuilleton alors que tu pourrais inventer n'importe quoi, ce qui serait ton droit, de même tu dois acquérir la meilleure instruction possible. Ton orthographe est loin d'être bonne pour une petite fille qui lit autant. Il est vrai qu'à la vitesse où tu vas tu n'as sans doute pas le temps de voir le détail des mots. Mais si tu n'écoutes pas pendant les cours de grammaire il y a des choses très utiles que tu auras beaucoup de mal à rattraper.

Au début Mélanie dut faire un gros effort pour empêcher son esprit de vagabonder. Sa mère avait raison en parlant d'évasion. Non seulement elle pensait bien davantage à son feuilleton quand la classe n'était pas intéressante, mais par-dessus le marché, elle s'en rendait compte, c'est sa vie même qu'elle trouvait beaucoup moins passionnante que les vies qu'elle imaginait. À l'école elle n'avait pas d'amis. Elle n'avait pas d'ennemis non plus et ce n'était déjà pas si mal. Sa tête était remplie d'histoires d'écoliers persécutés, l'un à cause de sa belle gibecière, l'autre à cause de ses chaussettes « formant tulipe », le troisième parce qu'il disait ses récitations avec sentiment. À croire que l'enfance des écrivains n'avait été qu'une longue torture. Étaient-ils devenus écrivains parce qu'on les avait persécutés dans leur enfance, ou bien les écrivains étaient-ils, dès le début, si singuliers qu'ils attiraient sur eux la moquerie ?

— Le plus probable, avait répondu Suzanne interrogée sur cette importante question, c'est qu'ils en rajoutent. Ils doivent faire tout un cinéma sur quelques petites taquineries de rien du tout. T'en fais pas, ma vieille, t'es un écrivain, même si personne ne se paie ta tête continuellement.

— Tu crois ?

— J'en suis sûre. Tu inventes des histoires, même si tu n'écris pas assez ce que tu racontes.

— Oui, je sais. Ce que je me demande c'est si les écrivains enfants sont des gens tellement bizarres qu'on se moque tout le temps d'eux à l'école, ou bien s'ils voient de la moquerie là où il n'y en a pas. Ou peut-être même, comme tu le dis, qu'ils enjolivent après coup pour se rendre intéressants.

— Mais c'est sûr ! Regarde Anatole France : il pleurniche sur sa gibecière, mais il a des amis qu'il est bien content de retrouver à la rentrée. Qu'est-ce que tu fais de Fontanet ? Il existe, Fontanet.

Fontanet existait, c'est vrai. À la réflexion Suzanne avait probablement raison. Quant à Gide et à ses chaussettes en tulipe, il aurait fallu lire *Si le grain ne meurt* en entier et l'on aurait peut-être découvert qu'il avait des tas de copains. Les morceaux choisis ne donnaient pas une véritable idée de la réalité. Les adultes qui les sélectionnaient avaient évidemment des idées moralisatrices derrière la tête, un peu comme ceux qui écrivent des romans spécialement pour les enfants. Mélanie aimait bien ce genre de littérature, mais comme quelque chose qui n'avait pas de rapport avec la vraie vie. Il n'y avait que dans les vieux livres pour enfants qu'on pouvait lire des phrases comme : « Oh mon bon maître comme je vous suis reconnaissant des bontés que vous avez pour moi, et comme je vais désormais m'appliquer à les mériter ! » Et dans les romans de L'École des loisirs, pourtant bien modernes, qu'on lui achetait, ce n'était pas plus réaliste. Entre autres choses les garçons et les filles de ces livres se parlaient, jouaient ensemble. Insensé ! Dans son école comme dans celle d'Anne et de Suzanne les enfants pratiquaient d'eux-mêmes la ségrégation la plus totale et les efforts touchants des institutrices pour y remédier se heurtaient à une résistance passive à laquelle elles devaient tôt ou tard se résigner. Les garçons et les filles échangeaient éventuellement quelques mots s'ils se connaissaient en dehors de l'école, mais discrètement, comme s'ils transgressaient un tabou. Et ils tenaient les uns sur les autres des propos extrêmement méprisants. Les filles traitaient les garçons, quand elles daignaient en parler, de petites brutes imbéciles (« y sont bêtes ! ») et Anne affirmait que pour un garçon la pire injure était de se faire traiter de fille. Le seul moyen de prouver qu'on n'en était pas une c'était de se battre. Un jour Anne, attaqué sur son prénom, avait dû le faire. Si Suzanne n'en avait pas été témoin on aurait eu du mal à le croire tant le rôle lui allait mal, mais même Maman avait dit qu'il avait eu raison. Mélanie acceptait de tout son cœur les jugements lapidaires des filles sur les garçons mais en même temps elle se rendait compte que son frère Anne et son ami Thibaud, que l'on voyait souvent à la maison, échappaient à cette classification sommaire, du moins chez eux. En bloc, pouvait-on dire, les garçons étaient « bêtes ». Individuellement ils étaient fréquentables. Il faudrait s'en souvenir plus tard et écrire le « vrai » livre pour enfants qui examinerait de près cette contradiction. Apparemment les auteurs actuels prenaient leurs rêves pour la réalité et créaient une utopie où des garçons et des filles de dix ans jouaient ensemble en toute harmonie. Les écrivains plus anciens étaient, dans ce domaine précis, plus réalistes. On pouvait s'offenser du mépris affiché des garçons de la collection Signe de piste pour les filles mais au moins cela correspondait à une vérité. Dommage que le point de vue des guides et des éclaireuses ne fût jamais présenté. Certainement elles auraient pu en dire long. Décidément, que de livres à écrire !

En même temps qu'elle faisait un effort pour ne plus penser à son feuilleton pendant les heures de classe, elle commença à observer plus attentivement les autres élèves. N'avait-elle pas fait preuve, jusqu'à présent, d'indifférence parce que sa sœur lui tenait lieu de tout ? N'était-il pas possible d'avoir de vraies amies, si elle le décidait ? Oui, mais comment s'y prendre ? Attendre que cela vienne tout seul ? C'était certainement la bonne solution, mais elle sentait que s'il n'y avait pas en elle quelque chose d'ouvert, de disponible, jamais personne n'irait vers elle.

Mais curieusement ce fut Suzanne qui, à la rentrée des vacances de Noël, trouva une amie. Jamais pourtant elle ne s'était préoccupée d'en avoir une. Elle se moquait comme d'une guigne de sa popularité, au point même que cette notion lui était complètement étrangère. On l'avait séparée de sa sœur parce qu'elles refusaient toujours de se quitter à l'école maternelle, et elle avait fini par comprendre que cette séparation était nécessaire. L'école était une chose bien trop sérieuse pour qu'on y mêlât des questions sentimentales. Elle avait détesté la maternelle, ses jeux ridicules qu'elle refusait de partager, la puérilité des institutrices qui lui parlaient d'un ton aussi niais que certaines grandes personnes qu'elle rencontrait dans le métro ou dans l'autobus. Elle avait entraîné Mélanie, beaucoup plus conciliante *a priori*, dans sa révolte. Elles restaient toujours ensemble et se parlaient dans un langage secret que personne ne pouvait comprendre. À la maison, tous les soirs, Héloïse leur donnait à tous les trois un cours de lecture qui durait environ une demi-heure. Elle leur avait fait promettre de n'en parler à personne parce que, disait-elle, à l'école on n'aimerait pas ça.

Mais apparemment on n'avait pas aimé non plus l'isolement hostile des deux petites et leur langage secret. C'est du moins ainsi que Suzanne avait interprété les questions de la psychologue scolaire chez qui Héloïse les avait conduites à la fin de la dernière année de maternelle. La dame les avait d'abord vues ensemble, puis séparément. Suzanne avait commencé à se renfrogner en voyant qu'on voulait la faire jouer avec des cubes, mais la psychologue lui avait expliqué qu'en fait il ne s'agissait pas d'un jeu. Ensuite elle avait réussi à la mettre suffisamment en confiance pour lui faire avouer qu'elle détestait l'école — et pourquoi.

— Il aurait mieux valu les mettre au CP en septembre dernier, avait-elle dit ensuite à Héloïse. Non tellement parce qu'elles savent lire mais parce qu'elles ont besoin d'être prises au sérieux.

— J'ai essayé. Mais rien à faire. À l'école on n'a même pas voulu m'autoriser à vous consulter.

La psychologue avait acquiescé :

— Je sais… ils craignent toujours que les parents bourrent le crâne de leurs prétendus petits génies… et en somme, c'est un peu ce que vous avez fait avec la lecture, non ?

— Pas vraiment. J'avoue que j'ai eu très peur de la méthode globale… et puis chez nous c'est comme ça : l'apprentissage de la lecture, c'est trop important pour être abandonné à des étrangers. Je ne veux pas seulement qu'ils sachent lire, je veux qu'ils aiment ça. Quelqu'un qui aime lire est sauvé… je veux dire qu'il a une source de bonheur pour toute sa vie.

— Bon. En somme vous leur avez appris à lire pour qu'ils soient heureux. Pas pour qu'ils entrent à Polytechnique à quinze ans.

— Exactement.

Suzanne avait été très frappée par ces propos sur la lecture et sur le bonheur, au point qu'elle n'avait pas été très attentive à la suite de la conversation. Il lui semblait se souvenir — et elle en avait demandé confirmation Mélanie — qu'on avait parlé ensuite de la gémellité. La psychologue disait que la pensée personnelle des deux petites filles était très difficile à démêler et que sans doute Suzanne influençait Mélanie.

— À moins que ce ne soit le contraire, ces choses-là sont plus complexes qu'il n'y paraît et le dominé n'est pas toujours celui qu'on croit. Quoiqu'il en soit vous avez raison : il faut impérativement les séparer, sinon elles vont devenir vraiment asociales.

Ce terme d'asocial avait longtemps préoccupé Suzanne. Elle se sentait coupable d'avoir entraîné sa sœur dans son dégoût de l'école maternelle. Car pour elle il n'y avait pas le moindre doute, elle en était responsable. C'est elle qui avait commencé à utiliser un langage d'abord grossièrement codé (un mot pour un autre, pour que personne ne puisse comprendre), et ce langage était devenu de plus en plus complexe et élaboré, grâce aux apports de sa sœur et à leur assez bonne connaissance de l'allemand dont elles détournaient certains mots. Résultat : elles étaient devenues asociales et on les avait séparées. Être asocial, pour elle, c'était une de ces maladies d'écolier comme la dyslexie. Les parents en parlaient entre eux, soupiraient. On allait chez l'orthophoniste ou chez le psychologue. La honte !

À dater de ce jour elle avait renoncé à parler autre chose qu'un français (ou un allemand) précis et châtié. Elle était même devenue puriste et vérifiait la signification de chaque mot (y compris « asocial ») dans le dictionnaire. Cette habitude lui était restée même après avoir entendu, un jour, sa grand-mère dire à sa mère :

— Oh toi, par moments tu es complètement asociale !

Et Héloïse, pas troublée, avait répondu :

— Ça c'est vrai ! Il semblait donc que pour elle ce n'était pas si grave.

Mais au sens atténué où l'entendaient sa mère et sa grand-mère, Suzanne était bel et bien asociale. Elle parlait à ses voisines parce qu'il le fallait bien et participait aux jeux de la récréation parce qu'il était mal vu de s'isoler avec un livre. Un jour elle avait essayé mais la maîtresse était venue lui poser des questions, si bien que pour se tirer d'affaire elle lui avait fait croire que le livre n'était pas à elle et qu'elle devait se dépêcher de le finir pour le rendre. La facilité avec laquelle ce mensonge protecteur lui était venu l'avait un peu effrayée après coup. Les adultes de l'école la croyaient timide parce qu'elle parlait peu mais la vérité c'est qu'elle n'avait rien à leur dire. Elle se rattrapait largement le soir avec sa sœur.

Et puis un mercredi matin, dans les couloirs de la mairie, elle se heurta à Gaëlle Pennec qui sortait de la bibliothèque et, ses livres calés sous le bras, s'amusait à faire des glissades sur le parquet fraîchement ciré. Aucune des deux ne tomba mais il s'en était fallu de peu. Cela n'était pas spécialement étonnant de la part de Gaëlle qui avait une solide réputation de garçon manqué. Elle ressemblait d'ailleurs à un garçon, toujours vêtue d'un jean et d'un pull-over en coton aux armes d'une quelconque université. Aujourd'hui c'était UNIVERSITÄT HEIDELBERG. Suzanne se demanda fugitivement où elle les trouvait, et c'était bien la première fois qu'elle éprouvait de la curiosité pour la vie privée d'une fille de sa classe.

Les livres étaient tombés. Suzanne les ramassa, en compta machinalement huit :

— Tu as le droit d'en prendre tant que ça ?

— J'ai la carte de mon frère. Il ne lit pas. Et elle ajouta, comme à la réflexion : Il est complètement débile !

Suzanne connaissait de vue Tugdual Pennec, dit Tuc, qui

était dans la classe d'Anne. Elle ne l'aurait certainement pas qualifié de débile à première vue mais Gaëlle devait savoir ce qu'elle disait. Elle jeta un coup d'œil aux livres : deux volumes de *Moumine le Troll*, trois *Club des cinq*, deux *Alice* et un titre qu'elle ne connaissait pas : *C'est la vie mon vieux chat.*

— Tu vas lire tout ça en trois semaines ?

— Mon drame, dit Gaëlle d'un ton solennel, c'est que je lis beaucoup trop vite. Je suis toujours en manque. Je n'ai eu que des bouquins pour Noël, je n'ai toujours que des bouquins. Ma marraine voulait m'offrir une poupée Barbie, j'te raconte pas ! Maman l'en a empêchée, elle a dit que je la piétinerais. Je l'aurais piétinée, ça oui !

— Je comprends, dit Suzanne qui avait un peu envie de rire en imaginant la scène, puis elle ajouta — et c'était la première ouverture qu'elle faisait sur sa vie privée :

— Ma sœur aussi lit très vite. C'est en effet un peu gênant.

— Et toi ?

— Moi je lis normalement, je crois... mais c'est ce que je préfère au monde. Et toi ?

— Moi aussi.

— Ma mère dit que quand on aime lire on est heureux toute sa vie.

— La mienne doit le penser aussi. Quelquefois on dîne à n'importe quelle heure parce qu'elle dit qu'elle n'a pas fini son chapitre. Tu te rends compte ?

Les deux petites filles se regardèrent avec complicité. C'était vraiment, pour l'une et l'autre, une découverte. Cette Gaëlle, qui dirigeait toujours les jeux les plus sportifs dans la cour de récréation, qui avait un jour, à la gym, réussi un saut d'un mètre cinq quand de plus grandes qu'elle atteignaient péniblement les quatre-vingt-dix centimètres...

Suzanne aurait juré qu'elle passait ses mercredis et ses dimanches à faire des longueurs de piscine ou à courir autour du Luxembourg avec son frère, et elle lisait. Il semble même qu'elle ne faisait que ça.

— Si tu n'es pas trop pressée, tu peux peut-être m'aider à choisir ? s'entendit-elle dire à son grand étonnement. Jamais en effet Suzanne ne demandait conseil à quiconque, pas même à Mélanie. Sa méthode de choix consistait à repérer un titre alléchant, lire la présentation qui se trouvait parfois sur le dos du livre, et feuilleter un peu le début. Pas la fin, surtout, parce qu'elle ne voulait pas la connaître prématurément. Cette méthode donnait parfois — rarement, à vrai dire — des résultats décevants, mais Suzanne finissait toujours son livre, même si elle ne l'aimait pas.

Ce jour-là leur rencontre se limita à choisir quatre livres ensemble, opération qui, à coup de commentaires chuchotés, dura bien une demi-heure. Elles se séparèrent dans la rue du Roi-de-Sicile où habitait Gaëlle et Suzanne continua son chemin assez troublée. Qu'allait-il se passer le lendemain à l'école ? Elle savait déjà qu'elle serait très déçue si la vie continuait exactement comme avant avec Gaëlle, mais en même temps elle savait qu'elle serait incapable de se conduire autrement qu'à l'ordinaire. Si elle avait poussé sa réflexion plus loin elle aurait conclu qu'elle n'osait pas.

De toute façon la question ne se posa pas car Gaëlle se précipita vers elle :

— Alors, tu as aimé tes livres ? Par quoi as-tu commencé ? J'ai parlé de toi à Maman. Si tu veux tu peux venir à la maison, je t'en prêterai…

Quel flot de paroles ! Suzanne en était à la fois étourdie et charmée. Elle, elle n'avait parlé de sa rencontre à personne.

Mais puisqu'il devait y avoir une suite, elle en parlerait ce soir même à Mélanie.

Cette année-là, pendant les vacances de février passées au Cernix, Anne introduisit dans *Le Feuilleton* ce qu'il appellerait, des années plus tard, « la recherche du père ». Il n'avait finalement parlé à personne de ce qu'il avait appris et s'était contenté d'y réfléchir. Tantôt il croyait que Bonne-Maman avait dit la vérité, tantôt il pensait qu'elle avait menti. La seule chose à laquelle il n'avait pas pensé c'est qu'il avait pu mal comprendre ce qu'il avait entendu. La phrase, désormais, était déformée dans son souvenir et était devenue : « Ta mère a empoisonné ton père. » Si bien que s'il l'avait répétée à quelqu'un il n'aurait évidemment pas pu être détrompé. Oui, Maman pouvait avoir empoisonné Papa, pourquoi pas ? Et Anne ne l'en aimait pas moins. Il l'en admirait même davantage, parce qu'en somme elle avait commis un crime parfait bien meilleur que celui de Roger Ackroyd. Mais Bonne-Maman était folle et menteuse. Qui sait si elle n'avait pas tout inventé ? Qui sait même si ce n'est pas elle qui avait empoisonné son fils parce qu'il avait décidé, finalement, de s'engager dans la Légion ? Tout ce qu'il avait gagné, depuis ce fameux premier janvier où elle lui avait donné quelques éléments pour son train électrique, quelques livres pieux, et plein de soupçons, c'est que désormais il avait de la sympathie pour son père. Mais il n'en était pas plus avancé parce qu'il n'osait pas poser de questions.

Jusqu'à présent les enfants du *Feuilleton* s'étaient dirigés obstinément vers Stettin parce qu'on leur avait dit de le faire. Plus de six mois après leur départ, le temps du *Feuilleton* étant à peu près égal à celui de la vie réelle, ils n'étaient toujours pas arrivés. L'enlèvement de Mathias, Johanna et Sieglinde les avait évidemment retardés. Hermann et Paula les avaient poursuivis sur l'Elbe, comme prévu, et les avaient retrouvés à Magdebourg. On avait pu ainsi participer au siège de la ville par les impériaux et assister à l'incendie final. Quant aux motifs de l'enlèvement, ils étaient restés mystérieux. Deux hypothèses restaient en présence : les enfants avaient simplement été enlevés pour être vendus aux Croates. Les Croates, d'après Erika, étaient l'équivalent de ce qu'on appelait, en d'autres temps et en d'autres lieux, les Bohémiens, mais en plus de leurs activités traditionnelles ils participaient à la guerre comme mercenaires. En revanche ceux qu'on appelait à l'époque les Bohémiens étaient actuellement les Tchèques. Héraclès trouvait ces glissements sémantiques prodigieux. On trouvait toujours dans l'histoire, et c'était pour lui un des charmes de cette matière, des mystères de cette sorte : Marie-Antoinette de Lorraine était surnommée l'Autrichienne, Anne et Marie-Thérèse d'Autriche étaient espagnoles, et il venait d'apprendre que le roi des Belges était un Saxe-Cobourg.

L'autre hypothèse, plus vraisemblable, c'est que les enfants avaient été enlevés pour des raisons qui tenaient à leurs mystérieuses origines. Pourquoi les Croates auraient-ils négligé Hermann et Paula ? Cette sélection devait bien signifier quelque chose. Enfin, pour le moment on avait décidé de laisser l'énigme en l'état. En principe l'arrivée à Stettin donnerait la clé de tous les mystères. Mais Mélanie n'était pas très pressée d'arriver.

Quand Mathias, Johanna et Sieglinde réussirent à s'échapper du bateau qui les emmenait vers une destination inconnue, ils se trouvaient devant une ville entourée de tous les côtés par des campements de soldats. Il leur avait fallu plusieurs jours pour défaire leurs liens, et ils avaient parfois été bien découragés. Mais le faux marchand et ses acolytes étaient probablement trop sûrs d'eux et les surveillaient peu. Sans doute parce que les trois enfants avaient décidé de jouer les imbéciles et gémissaient sans cesse, réclamant à boire, à manger… ce qui curieusement leur était toujours accordé. Dans une certaine mesure, et bien qu'ils fussent ligotés, on semblait prendre soin d'eux. À la longue le jeune garçon (il s'appelait Wolfgang) qui leur déliait les mains quand c'était nécessaire avait fini par faire les nœuds avec moins de soin. Une nuit Sieglinde était parvenue à défaire les siens et à délivrer son frère et sa sœur. Tout le monde dormait sur le bateau. Ils s'étaient emparés du petit canot qui servait à aller à terre et ils avaient pris la direction des feux de camp qu'ils apercevaient sur la rive du fleuve.

Pendant ce temps-là Hermann et Paula descendaient l'Elbe par le chemin de halage. Ils avaient réussi à obtenir le signalement du bateau du faux marchand et ils demandaient à tous les gens qu'ils rencontraient s'ils l'avaient vu. Mais le bateau avait deux jours d'avance sur eux et, malgré tous leurs efforts, ils ne voyaient pas très bien comment ils parviendraient à le rattraper.

Mathias, Johanna et Sieglinde décidèrent d'entrer dans la ville. D'après ce qu'ils avaient compris des propos des soldats qui campaient alentour un siège se préparait. Dans ces conditions où seraient-ils mieux à l'abri, du moins provisoirement ? Leurs ennemis ne pourraient certainement pas entrer et ils auraient le loisir de réfléchir pendant un certain temps à ce qu'il convenait de faire. Évidemment il y avait le risque de mourir de faim si le siège se prolongeait. Mais entre ça et courir la campagne sans savoir de qui il convenait de se méfier…

Quand ils gémissaient, sur le bateau, Wolfgang s'était abondamment moqué d'eux. Il semblait au courant de bien des choses puisqu'il leur avait dit :

— Ah on voit que vous avez été élevés par des paysans ! Si votre père vous voyait il aurait honte de votre lâcheté. Vous êtes indignes du nom que vous portez.

— Quel nom ? avait dit Mathias.

— Tu n'as pas besoin de le savoir. De toute façon tu ne reverras jamais ton père.

Ces intéressantes révélations avaient été interrompues par l'arrivée du marchand. Wolfgang n'avait plus dit un mot, mais Sieglinde pensait qu'elle parviendrait à le faire parler. Il semblait avoir un faible pour elle et il la traitait plus doucement parce que c'était une fille. En tout cas, quelles que fussent les connaissances que Wolfgang avait sur la famille des enfants, il ne semblait pas savoir, pas plus que le marchand, que Johanna était une fille habillée en garçon. Finalement Sieglinde n'avait pas pu le faire parler puisqu'ils étaient parvenus à s'échapper.

— Tu sais Mélanie, interrompit Héraclès, maintenant je pense qu'on ne peut plus croire à l'hypothèse des Croates.

— Je n'y ai jamais cru.

— Nous non plus. » dirent les autres en chœur.

Parmi les autres, il y avait celui qu'Hélène appelait son meilleur ami : Wolfgang. On lui avait offert, sans avoir besoin de changer son nom, un rôle pas très reluisant, mais qu'il avait accepté en disant qu'il se chargerait de le faire évoluer dans le bon sens. Wolfgang était le fils de Manuela, que Claire, Héloïse et Marie-Thérèse avaient connue au lycée, et le neveu d'Erika. Il venait d'avoir douze ans et était en cinquième avec Hélène dans le lycée où leurs mères s'étaient rencontrées. C'était un garçon déjà très grand, très beau et très sportif, et les camarades de classe d'Hélène l'enviaient d'avoir un tel « petit ami ». Hélène avait beau protester :

— Wolf n'est pas mon petit ami mais mon meilleur ami, on ne la croyait qu'à moitié. Tous les deux étaient malheureux de leur apparence, qui ne correspondait ni à leur état civil ni à l'âge mental qu'ils estimaient avoir :

— On a l'air de deux crétins de quinze ans se traînant péniblement en cinquième. Quelle injustice !

En réalité Wolfgang était un garçon très mûr. Vivant seul avec sa mère et sa grand-mère, il avait toujours eu tendance à se considérer comme le seul homme de la maison et à les prendre en charge, ce que pourtant elles ne lui demandaient pas. En même temps il ressentait désespérément — et consciemment — le besoin d'avoir une vie de famille chaleureuse dans le genre de celle d'Hélène. Si seulement sa mère avait épousé un type un peu moins nul et eu de nombreux enfants ! Il ne détestait d'ailleurs pas son père qu'il considérait comme un séducteur désinvolte et sympathique qui proclamait qu'il ne retomberait certainement pas dans le piège du mariage. Wolfgang le regrettait car il aurait aimé avoir une belle-mère et des demi-frères et sœurs, mais à la place il voyait défiler de charmantes jeunes femmes qui ne duraient guère plus de six mois. Quant aux amants de sa mère, il en soupçonnait l'existence mais n'avait là-dessus aucune information.

Depuis quelques semaines il se faisait beaucoup de souci pour elle. Elle semblait triste, fatiguée et distraite. Peut-être avait-elle un chagrin d'amour ? Ces derniers mois elle était beaucoup sortie le soir mais depuis Noël elle était devenue plus casanière. Wolfgang se jugeait expert en chagrins d'amour : les petites amies de son père avaient souvent cet air-là avant de se faire plaquer et il était déjà arrivé que certaines lui fissent des confidences et lui posassent des questions sur d'éventuelles rivales qu'il aurait pu apercevoir. Wolfgang était un garçon qui inspirait confiance et attirait les confidences. Sauf celles de sa mère qui avait sur les rôles respectifs des parents et des enfants de solides principes.

Claire de Marèges
à Héloïse d'Ennecour

Le Cernix, le 15 février 1982

Ave !

Je vais t'annoncer la nouvelle la plus extraordinaire… bon, rassure-toi, je renonce tout de suite à te faire une longue liste d'adjectifs à la Sévigné. Cette dame, qui n'avait rien d'autre à faire qu'à écrire, ne savait pas, contrairement à moi, aller droit à l'essentiel. Je la soupçonne d'ailleurs d'avoir écrit sa célèbre énumération à l'intention de Lagarde et Michard, dont elle devait pressentir la future existence.

Ciel ! Je m'aperçois que je digresse tout en prétendant que je ne le fais pas. N'est-ce pas là ce qu'on appelle de la prétérition ? « Au fait, au fait !, cries-tu. Passons au déluge ! » À la nativité, plutôt, car notre vieille amie Manuela est enceinte. Voilà. C'est ça la nouvelle.

De nos jours, tu penses, il faut l'avoir fait exprès, ou à peu près. Il semble bien que depuis déjà quelques années notre Manuela était très tentée par l'idée d'avoir un enfant. Plus précisément une fille. « La première fois, m'a-t-elle dit, je n'avais vraiment pas de préférences. De toute façon je me sentais tellement piégée par Jean-Michel que je n'avais pas le loisir de fantasmer sur ce futur gosse. Il pouvait déjà s'estimer heureux d'avoir été gardé, si tant est que la vie soit un cadeau, et pour le reste je faisais confiance à la nature. Je n'ai jamais pu voir un nouveau-né — humain ou animal — sans fondre de tendresse. »

C'est précisément ce qui l'a exposée à la tentation. Wolfgang n'a vraiment plus rien d'un bébé. Je me souviens d'ailleurs qu'il s'est transformé très vite en petit garçon et qu'à deux ans il en paraissait déjà trois ou quatre. C'était un adorable petit garçon, certes, mais pour une mère à bébés ce n'est plus tout à fait ça. Nous avons d'ailleurs eu une intéressante conversation sur notre conception de l'enfant idéal. Moi j'aimerais qu'on me les livrât à sept ans clés en mains. Manuela, à cet âge-là, les enverrait volontiers chez les hommes, comme on le faisait autrefois.

Bref, elle a commencé à oublier sa pilule un jour sur deux, sous prétexte qu'elle baisait finalement assez peu. Je lui ai naturellement demandé des précisions sur cet « assez peu », dont le côté vague me gênait :

— Assez peu, c'est une fois par an ou une fois par semaine ?

— Euh… entre les deux.

— Une fois par mois ?

— C'est absurde de compter comme ça… on ne peut pas faire de moyenne. Tu me diras que les stérilets ont été inventés pour les gens comme moi, mais j'avoue que je ne suis pas claire dans ma tête. J'ai recherché l'accident, c'est sûr.

Finalement sa vie sexuelle (elle insiste sur ce vilain mot, car elle n'a pas, selon elle, de vie sentimentale) se limite à deux individus. L'un est un Allemand de Francfort qu'elle voit assez peu parce qu'il est complètement phallocrate, et on ne parlera plus de lui car il ne peut pas être le père. Dommage, d'après elle, parce qu'il est très beau. L'autre est un vieux prof de pharmacologie pas beau du tout (ça doit être pour ça qu'elle ne nous en a jamais parlé) qui est un amant hors pair et qu'elle connaît (bibliquement) depuis des années. Marié, père de grands enfants, très cavaleur.

— Ça peut te sembler bizarre, m'a-t-elle dit, mais je l'aime beaucoup. C'est un ami, un vrai, et il ne me viendrait pas à l'idée d'être amoureuse de lui.

— Et ton Allemand ?

— Celui là, j'aurais pu l'aimer. Mais on n'a pas la même conception de la vie, si bien que ça a vite tourné court. J'ai passé l'âge des grosses bêtises, crois-moi.

— Sauf que tu vas te retrouver fille-mère, si je comprends bien.

— Sois pas bourgeoise, ma vieille !

Tout irait donc pour le mieux dans le meilleur des mondes si cette pauvre Manuela n'était pas épouvantablement malade. Il paraît qu'au temps de Wolfgang c'était déjà comme ça, mais je ne l'ai pas beaucoup vue à cette époque où je galèrais à tenter de m'occuper d'Hécube tout en attendant Hélène et en faisant mes études. En ce temps-là, jeune et toute imprégnée de psychologie simpliste, Manuela attribuait ses maux à un rejet symbolique de la situation. Elle en est bien revenue et ne croit plus qu'aux hormones. Les siennes ne sont pas un cadeau, et même si tout ça n'est pas tragique, je la plains. Elle a vraiment mauvaise mine et j'ai beau essayer de la convaincre que ça ne va pas tarder à s'arranger, j'ai du mal. Surtout quand elle me fait remarquer que c'est elle le médecin, merde, et que si c'est comme au temps de Wolfgang ce sera : 1) quatre mois de nausées, 2) un mois d'accalmie, 3) quatre mois de crampes, gênes, enflures et douleurs diverses allant crescendo jusqu'à une délivrance qui n'aura jamais si bien mérité son nom et qui laissera, comme la première fois, des séquelles. Je te rassure tout de suite sur lesdites séquelles : elle fait allusion à une cellulite quasi imaginaire, selon moi, qui se serait installée à cette époque. Elle est bien la seule à la voir… avec une loupe, j'imagine.

— Et sur l'ensemble des neuf mois, a-t-elle ajouté, quinze heures de sommeil par jour, comme si je n'avais que ça à faire ! Si j'ajoute que j'ai envie d'une fille et qu'il y a une chance sur deux que ce soit un garçon, que par-dessus le marché à l'âge (!) que j'ai il risque d'être mongolien, tout ça pour se retrouver sans père…

Je l'ai interrompue dans son énumération tragique :

— Sans père ? Sois pas bourgeoise, ma vieille !

Tu te doutes que si elle tient des propos aussi défaitistes c'est à cause de sa fatigue, parce que si elle y croyait sérieusement elle ne se serait pas fourrée dans cette situation. Je lui ai conseillé (facile à dire !) d'attendre le mois d'accalmie avec sérénité. Après tout rien ne prouve que la fin de sa grossesse se passera comme elle le prévoit déjà, même si pour le début les jeux sont faits. Je lui ai demandé qui était au courant : « Personne. J'ai d'abord voulu t'en parler à toi. Et puis je me suis dit que la montagne me ferait du bien.

— Ça ne t'en fait pas ?

— Parlons-en ! Au lieu de dormir quinze heures je dors seize heures !

— Réjouis-toi : ça te semblera plus court.

Elle a paru très intéressée par ma remarque :

— Mais c'est vrai, c'est génial ! J'étais sûre qu'une conversation avec toi me ferait du bien. Tu es vraiment une amie !

J'en ai presque rougi. Non que ce soit faux mais nous avons si peu l'habitude, dans notre génération, de nous laisser aller à de pareils aveux ! Je lui ai dit :

— Tu devrais rester ici jusqu'à ce que tu ailles mieux, même après notre retour à Paris. Il te suffirait d'une bonne pile de livres pour les moments où tu ne dors pas.

— Et mon travail ?

— Il t'attendra. Tu ne dois pas être très efficace, je suppose ?

— Non… sans doute. Mais que va dire Erika ?

— Que tu es majeure et vaccinée… et médecin, comme tu viens de me le rappeler. Si tu estimes avoir besoin d'un arrêt de maladie tu es bien placée pour en juger. D'ailleurs ça l'arrangera. Elle a la phobie des femmes enceintes.

— Quoi ? Erika ?

— Mais oui, Erika. C'est malheureux que ce soit moi qui t'apprenne ça ! Que veux-tu… ta sœur…

— Oui, ma sœur est dingue. Et dire que je vais ajouter un membre à cette famille de tarés !

— Le pharmacologue est sain d'esprit ?

— Lui ? C'est le bon sens même. La seule chose qui m'ennuie c'est qu'il est très myope. Oh Claire, je ne VEUX pas d'un môme à lunettes !

— T'inquiète pas Tauberg ! Il sera seulement mongolien.

Après quelques heures de réflexion elle s'est rangée à mon avis et a décidé de rester au moins quelque temps. En fin d'après-midi elle a annoncé, non sans embarras, la nouvelle à Wolfgang, dont la première réaction a été :

— Tu vas te remarier ?

— Non.

— Ah… c'est très bien. Je suis bien content.

— Tu es content que je ne me remarie pas ?

Il a réfléchi, très sérieux comme d'habitude :

— Je suis très content qu'on ait un bébé. Et je préfère que tu ne te remaries pas. Nouveau silence, plein de scrupules, puis : Mais si tu voulais te remarier, je… ce serait bien aussi.

Ce gosse est adorable !

Je me demande ce que les miens vont en penser et, par la

même occasion, les tiens. Peut-être ont-ils été déjà confrontés à des cas de ce genre à l'école ou au lycée, mais il me semble qu'en général il y a toujours un père quelque part. Il est vrai que j'ignore tout des intentions du pharmacologue. Manuela a presque envie de ne pas l'informer et je lui ai dit que ce n'était pas très élégant. Mais comme tu le sais elle a parfois des accès de féminisme radical et de misandrie féroce, et elle a répondu qu'elle avait été piégée une fois, merci, ça suffit.

Bon, on verra bien. Avoue que tout ça est quand même bien amusant.

Tes enfants à toi vont bien. Ils skient, sont très bronzés, et passent leurs soirées au grenier à faire avancer leur feuilleton bien aimé. Hécube se désintéresse ostensiblement de ces mômeries et occupe ses journées à écrire à sa meilleure amie. Pour ça, c'est bien ma fille ! L'amie en question est une éclaireuse qui a deux ans de plus qu'elle et une bonne influence. Dans l'ensemble, d'ailleurs, le scoutisme lui a fait du bien. À la rentrée j'inscrirai peut-être Hélène, mais dans une autre compagnie parce que je crois qu'elles ne sont pas heureuses ensemble.

Héraclès semble avoir fait quelques progrès. J'ai honte de te l'avouer, mais j'ai dû avoir recours à la méthode des récompenses (en argent) pour qu'il fasse un effort. Son père tentait de lui faire peur en lui disant qu'on ne le laisserait jamais passer en sixième, mais il répondait — non sans insolence — qu'il était parfaitement au point pour la sixième puisqu'il savait lire et écrire. Va donc inspirer une peur salutaire à un gamin si bien informé ! Mon système des récompenses a marché à peu près mais ses sœurs sont scandalisées. Mon image de mère infaillible en a pris un sérieux coup. Qu'importe ! De toute façon elles arrivent à l'âge où j'aurai toujours tort, alors pourquoi se gêner ? Héraclès, avec ses gains, s'achète des livres sur la guerre de Trente Ans. Ça pourrait être pire, non ? Je me demande si je ne suis pas assez fière de lui, finalement.

Bon. Tu sais l'essentiel et tu as de quoi raconter à Erika sur l'extension de sa famille. Je rentre dans quatre jours. Si tu as le temps de me répondre, fais vite.

Vale.

— Peut-être que les enfants sont des bâtards, après tout ?

— Non, répondit Mélanie à Anne, ce n'est pas possible !

— Pourquoi ?

Mélanie haussa les épaules. Au fond elle ne savait pas très bien pourquoi. Elle ne voulait pas, c'est tout. Wolfgang intervint :

— En ce temps-là ça ne se faisait pas. La preuve, on disait bâtard : c'est un mot péjoratif.

Héraclès bondit :

— Ça alors ! Mais pas du tout, c'est juste le contraire ! Il y en avait partout, même à la cour d'Espagne ! Et bâtard n'est pas un mot péjoratif, même maintenant.

— Maintenant si. Je me vois dire à une grande personne que ma mère attend un bâtard, tiens !

— Maintenant, dit Suzanne, on ne peut rien dire : ni aveugle, ni sourd…, ni même bâtard pour les chiens : on doit dire croisé.

Héraclès se mit à rire : il imaginait un chien partant pour la croisade avec un petit manteau brodé à ses armes et orné d'une croix.

Anne continuait à réfléchir tout haut :

— Je me demande qui est leur père…

— Et leur mère, tu t'en fous ?

— Leur mère c'est la femme de leur père, puisqu'ils ne sont pas bâtards, donc ça ne compte pas.

Les filles poussèrent des cris indignés.

— Je veux dire… oui ça compte, mais s'il y a un mystère c'est à cause de leurs ancêtres, voilà. C'est un problème dynastique.

— Je suis d'accord, dit Héraclès. Peut-être que ce sont les enfants de Wallenstein ?

— Ah non ! Quand Wallenstein sera mort et perdu de réputation, ils n'auront plus rien !

— Alors, de Christian de Brunswick ?

— Ah non ! Je n'aime pas ce type !

— Pourquoi pas Gustave-Adolphe ?

— C'est mieux, mais Gustave-Adolphe est marié et a une fille qui s'appelle Christine.

— Peut-être qu'avant il y a eu un mariage secret et que…

— On dit un mariage morganatique.

— Si tu veux… et qu'ils sont les véritables héritiers de Gustave-Adolphe.

— Avec un mariage morganatique ce n'est pas possible. En fait ce serait pratiquement comme s'ils étaient bâtards.

— Moi je sais, dit Mélanie. J'ai toujours su. Ce sont les enfants de Boguslav XIV.

— Qui ?

— Bo-gus-lav-qua-torze. Le dernier duc de Poméranie. Mort prétendument sans descendance, mais vous et moi nous savons que ses enfants ont été enlevés. Voilà.

Il y eut un assez long silence respectueux, qu'Héraclès rompit :

— Je sais pourquoi. Tout le monde veut hériter de la Poméranie : le roi de Danemark, le roi de Suède et l'électeur de Brandebourg.

— Mais pourquoi Bogue-machin se laisse-t-il faire, puisqu'il a des enfants ?

— Je ne sais pas encore, dit Mélanie. Mais je trouverai.

Héloïse d'Ennecour
à Claire de Marèges

Paris, le 17 février 1982

Χαῖρε.

Erika est enchantée ! Elle dit que c'est la meilleure idée qu'ait eue Manuela depuis la fabrication de Wolfgang, qu'à l'époque elle n'était pas en état d'apprécier. Ce qui nous a fait rire toutes les deux c'est qu'elle se soit précipitée chez toi pour te le dire en premier. Bon, cela dit, au risque de m'entendre dire : « Sois pas bourgeoise, ma vieille ! » je ferais volontiers, moi, quelques menues réserves.

Longtemps j'ai pensé que les enfants prenaient le milieu et les circonstances de leur naissance comme une donnée et s'en accomodaient. Je me demande même si je n'en faisais pas une affaire de volonté. Les adversaires de l'eugénisme citent toujours le cas de Beethoven, qu'il aurait fallu, en bonne logique, avorter tant il avait une hérédité et un milieu chargés. Cet exemple m'a toujours paru douteux. Beethoven est très important dans l'histoire de la musique, soit, mais il est certain qu'on aurait pu s'en passer. Les poubelles de l'histoire sont pleines, c'est évident, de musiciens géniaux avortés.

Mais les parents, aujourd'hui, se préoccupent surtout d'avoir des enfants heureux et ils ont des idées bien précises (beaucoup trop précises !) sur les conditions de ce bonheur. La question devrait donc être : « Beethoven était-il heureux ? » Et la réponse est non, nous le savons bien. Pouvait-il l'être ? J'en doute : il manquait singulièrement de dispositions et en plus il n'a pas eu de chance.

Je suis bien incapable de tirer des conclusions de tout ça. Autrefois je disais : « On fait avec ce qu'on a. » et les geignards de tout poil accusant Papa et Maman de tous leurs maux ne trouvaient pas chez moi la moindre compassion… pour ne pas dire la moindre compréhension. Mais je suis une enfant gâtée et c'est peut-être très outrecuidant d'avoir une opinion aussi sévère dans ces conditions.

Ces réflexions ne sont pas nouvelles, mais tout ça a pris une certaine acuité récemment quand j'ai appris qu'Anne posait des questions sur son père. Bien entendu ce n'est pas à moi qu'il les pose, et tout mon remords est contenu dans ce « bien entendu ». Il est vrai qu'il ne les a pas posées à une autre grande personne mais à sa cousine Camille, qui les a répercutées à sa mère, qui est venue m'en parler. Et là je dois dire que Marie-Thérèse, toute psy qu'elle soit, est aussi embarrassée que moi. Anne ne s'en souvient probablement pas mais je lui ai parlé de son père quand il était petit. En gros je leur ai dit, à tous les trois, qu'ils avaient un papa, comme tout le monde, mais qu'il était mort. J'ai ajouté qu'on mourait normalement très vieux mais que cela pouvait arriver accidentellement à un être jeune comme l'était leur père. Je sais que j'ai été très « jésuite » en utilisant le mot « accidentellement ». Mais que faire d'autre ? Je répugne à mentir pour de bon (vieille morale calviniste ou crainte d'être découverte un jour ? Les deux, sans doute) et je voulais induire l'idée d'un accident. Même élevés sans télévision les enfants entendent très vite parler des accidents.

Je leur ai précisé que leur père avait lui-même été orphelin de bonne heure et que ces situations, bien que de plus en plus rares, existaient. Je leur ai donné les photos que je possédais, leur ai parlé de leurs ancêtres, et j'ai justifié de mon mieux les sentiments exclusifs de leur bonne-maman pour Anne. À cette époque, d'ailleurs, j'espérais encore qu'elle accepterait de connaître les filles. Curieusement l'idée que les gens puissent être rendus fous par le chagrin leur a paru très naturelle.

Ensuite il n'en a plus guère été question, sauf à l'occasion. Je me suis tenue prête à répondre à des questions que je n'ai pas eues. Erika prétend que je n'attire pas les questions. Possible… mais comment faire pour les attirer ? Je n'ai pas de recette, moi. Se débrouillerait-elle mieux à ma place ? Oui, probablement. Tout le monde se débrouillerait mieux à ma place. Tout le monde se débrouille mieux à ma place : toi bien sûr, et Manuela qui, le moment venu, j'en suis sûre, sortira le pharmacologue de son chapeau à la satisfaction générale.

Je suis à l'évidence responsable de tout ça. J'ai introduit dans le programme de ces trois enfants une instruction très claire : « Ne pose pas de questions, et si vraiment tu dois en poser, pas à moi. » Pourquoi ? Je n'en ai bien sûr pas la moindre idée sauf que pour moi c'est certainement très ancien. Dans mon enfance j'en posais très peu. En général j'essayais de trouver les réponses toute seule. C'est avec ce genre de mentalité qu'on se retrouve, comme Colette enfant, persuadée qu'un presbytère est un escargot et non pas la maison du curé.

Marie-Thérèse est aussi embarrassée que moi. Tant qu'il s'agit de raconter à Anne quel genre de petit garçon était son père elle s'en croit capable. Elle se croit même capable de provoquer une occasion avec le plus grand naturel, et elle pense que c'est à elle de le faire dans la mesure où elle est la seule à avoir participé à l'enfance de son frère. Ce qui nous ennuie c'est la suite éventuelle. Elle pense qu'il faut mentir et entériner nettement la version de l'accident pendant encore quelques années. « Après tout, dit-elle avec un sens de la casuistique que je ne lui connaissais pas, c'en est un. » Moi je ne veux pas. Le mensonge me fait peur. Mais Anne n'a que neuf ans et ça me paraît beaucoup trop jeune pour admettre un suicide sans en être malheureux et, en tout cas, troublé. Sans compter que la question de ma responsabilité, que je ne veux pas non plus éluder, apparaîtra fatalement. Il me reste à espérer qu'il ne posera pas encore cette question-là.

Bon, mais cet enfant à qui il faut faire tant de mystères est né au sein du plus conventionnel et du mieux assorti des mariages. Il arrivait dans un monde bien balisé et il se retrouve dans un univers où les placards recèlent bon nombre de cadavres. Du coup je trouve encore plus ridicules les considérations de certaines personnes qui affirment qu'on n'a pas le droit de mettre au monde un enfant dans des conditions jugées peu idéales. Savent-ils à quelle vitesse ces conditions peuvent changer dans un sens comme dans l'autre ? Marie-Thérèse me parle, à ce sujet, des orphelins de la guerre de quatorze et se demande si elle ne va pas faire une étude approfondie sur cette population. On ne faisait pas tant d'histoires, en ce temps-là, et on fabriquait des enfants sans penser à leur bonheur futur… encore que… je me demande si le ver n'était pas déjà dans le fruit et si la tendance à limiter les naissances ne provenait pas de cet idéal de bonheur à tout prix. « Nous n'en avons qu'un mais nous lui donnons toutes les chances ! » disait-on dans la petite bourgeoisie montante de la Belle Époque. Toutes les chances, cela a été souvent la mort du fils unique dans les tranchées ou pire : un destin de gueule cassée ou de gazé. Il ne me reste donc plus qu'à tenter d'inculquer aux enfants ma philosophie du « on fait avec ce qu'on a ». Et ce qu'on a provient davantage du hasard que de la volonté délibérée des parents. C'est pourquoi tu diras à Manuela que je souhaite beaucoup de bonheur à l'enfant du pharmacologue et à sa mère.

À la réflexion, je t'envoie cette lettre à Paris. Je suis beaucoup plus sûre que tu l'auras dans des délais acceptables.

Vale.

Manuela von Tauberg
est heureuse de vous annoncer
la naissance de
Boris
à Paris, le 4 octobre 1982

Cette fois-ci Marie-Thérèse était vraiment décidée : sa fille unique, et probablement destinée à le rester, serait pensionnaire à la Légion d'honneur. Fallait-il qu'elle eût évolué, depuis son adolescence révoltée, pour souhaiter voir Camille mettre ses pas dans les siens ! La vérité c'est qu'elle avait été heureuse en pension, ou plutôt qu'elle l'aurait été si elle n'avait pas eu l'arrière pensée de se faire aimer par sa mère. Quand son obsession (je veux que Maman m'aime et je veux vivre à la maison avec elle et avec mon frère) la lâchait, elle était heureuse, parfaitement intégrée, bonne élève et populaire. En somme la Légion était sa famille. Il aurait suffit que François eût une scolarité similaire au Prytanée — ce qu'il souhaitait et que sa mère lui avait toujours refusé — pour que Marie-Thérèse fût la fille la plus heureuse du monde.

Camille lui ressemblait énormément. Adaptable, débrouillarde et populaire, elle devrait logiquement être heureuse en pension. La seule chose qu'elle aurait souhaité et n'avait pas obtenu c'est un frère ou une sœur. De préférence plusieurs. Elle avait vite compris que dans ce domaine on ne fait pas ce qu'on veut et, dans un sens, c'était un bon apprentissage pour une enfant un peu trop volontaire qui aurait facilement adopté des devises stupides du genre : « quand on veut on peut. » Dès le début elle s'était heurtée à ce que sa mère appelait le principe de réalité. Ce n'était pas plus mal.

Marie-Thérèse avait vite cerné les limites de sa révolte contre le genre de vie qu'elle avait mené dans son enfance. Après avoir envoyé, par principe, Camille à l'école maternelle du quartier, elle avait craqué — c'est le mot — et opté pour le privé. Il est vrai que la dernière année d'école maternelle avait été particulièrement pénible, aussi bien pour Anne que pour Camille qui étaient tombés sur une institutrice plus gauchiste et fanatique qu'il n'est permis. Et paradoxalement c'est Héloïse qui avait pris les choses avec le plus de philosophie et laissé ses enfants à la « laïque », selon ses propres termes.

— D'accord, disait-elle, je suis réac et je n'approuve pas le laxisme qui règne à l'école, mais comment t'expliquer ? Pour moi c'est toujours l'*alma mater*, le lieu sacré où j'ai été élevée dans le respect de la laïcité et des immortels principes de Jules Ferry. Ils m'ont inculqué l'amour du travail bien fait, des humanités, de la neutralité politique et religieuse. Je pourrais envoyer les enfants dans un lieu de sensibilité protestante comme l'École alsacienne, mais je ne veux pas. Sauf si vraiment ça devient trop catastrophique partout ailleurs !

Marie-Thérèse ne se voulait pas réac, au contraire. Elle était heureuse quand sa belle-sœur les traitait, elle et son mari, de gauchistes. Mais dans ce domaine les deux gauchistes, tous deux issus du même milieu et rapprochés par leur révolte, avaient atteint leur limite. Camille serait bien éduquée, point final. Chez les Prieur les garçons allaient à Franklin et les filles à Sainte-Marie. Pourquoi changer cette tradition qui en valait bien une autre ?

Mais d'un strict point de vue scolaire cela avait été une déception. Bien qu'elle s'en défendît Marie-Thérèse avait mal pris le fait qu'on eût fait redoubler Camille après une année où elle avait attrapé pratiquement toutes les maladies infantiles et beaucoup manqué. L'argument des bonnes sœurs (de toute façon elle est plus jeune que les autres) l'avait agacée, ainsi que des discours sur la pédagogie qui ne lui semblaient pas très différents de ceux de la laïque.

— Normal, avait dit Héloïse. Il n'y a plus d'enseignement libre. Ils sont tous sous contrat, donc vendus à l'hydre (c'est le nom qu'elle donnait à l'Éducation nationale). Et comme tu n'as pas les moyens de te payer un vrai cours privé ou un précepteur tu constates que ce n'est plus comme de ton temps. Je pense que tu es trop perfectionniste. Et ta fille devient calotine. Moi je n'aimerais pas ça.

— Ma fille n'est pas plus calotine que moi au même âge. Et toi tu bouffes du curé depuis la saint Barthélémy… mais bon… je reconnais qu'Alain m'a fait la même remarque. Camille devient bigote et formaliste.

— Ça lui passera. C'est de son âge. Je disais ça pour te taquiner.

— Non, tu as raison. Et parfois je me demande si elle n'attrape pas, en plus, l'accent du seizième. Tu n'as pas remarqué ? Certains aigus en fin de phrase, comme ma mère ! Ça lui passera sans doute mais je ne veux pas non plus qu'elle devienne révoltée. Finalement les bonnes sœurs ça te fabrique des bigots ou des athées militants. Je connais le lycée idéal, et qui ne dépend pas vraiment de l'hydre, et c'est…

— La Légion d'honneur, je sais. Ton *alma mater* à toi, dont néanmoins tu t'es fait virer.

— C'est plus compliqué que ça. J'ai en fait quasiment supplié la surintendante de me virer parce que je voulais rentrer chez moi. Il y a eu des négociations avec ma mère, qui a cédé et ne me l'a d'ailleurs jamais pardonné. Je pensais qu'il était urgent d'aider mon frère mais je n'y suis même pas parvenue. C'était trop tard, ou tout simplement ce n'était pas faisable. J'avais bêtement quitté l'endroit où j'étais heureuse pour rien.

— Tu n'avais pas l'air malheureuse en math-élem avec nous.

— Non, mais je l'étais. Enfin… on s'adapte. Ça m'a préparée à la fac. On ne peut pas rester bien au chaud dans sa pension toute sa vie. »

Héloïse réfléchissait. La pension vue comme un endroit où l'on est heureux, un peu à l'abri des problèmes des adultes, ce n'était pas pour elle une idée neuve. Dans son enfance sa mère le lui avait dit bien souvent :

— L'un des plus beaux jours de ma vie c'est quand je suis entrée en sixième comme pensionnaire.

En ce temps-là les enfants de la campagne n'avaient pas le choix et quand on voulait qu'ils fussent bien éduqués — ce qui était une règle quasi absolue chez les protestants — on les envoyait au lycée en ville. Héloïse elle-même aurait pu y aller et on le lui avait dit bien souvent :

— Si ton père est nommé dans un endroit impossible, tu seras obligée d'aller à la Légion d'honneur car nous n'avons pas les moyens de t'envoyer dans un pensionnat privé.

La petite fille ne disait rien, à la fois attirée et effrayée par cette perspective, sauf un jour, elle s'en souvenait, où elle avait répondu :

— Est-ce que je vous manquerais ?

— Ah oui, énormément ! Sans toi la maison serait tellement triste !

— Alors je souhaite que ça n'arrive jamais.

— Nous aurons peut-être cette chance.

Toute la différence entre son enfance et l'enfance de sa mère se trouvait là. L'une avait fui avec plaisir une mère qu'elle n'aimait pas, l'autre n'aurait quitté ses parents que contrainte et forcée. Mais si cela avait dû arriver il aurait fallu s'en accommoder sans discussion et, surtout, faire bonne figure.

Le sujet du pensionnat avait déjà été débattu à plusieurs reprises avec Marie-Thérèse. Il revenait sur le tapis chaque fois que l'un des enfants rencontrait un problème scolaire, réel ou imaginaire. « Au fond, pensait Héloïse, ces questions préoccupent énormément Marie-Thérèse. Est-ce parce qu'elle est psy ? Ou parce que tous ses œufs sont dans le même panier ? Il serait indélicat de lui rappeler qu'elle est mère d'enfant unique, puisqu'elle en souffre, mais je crois qu'elle devrait relâcher un peu la pression sur Camille. La pension pourrait d'ailleurs être une solution pour qu'elle vive davantage au milieu des enfants de son âge. Quand même, la vie est inattendue ! Lorsque j'étais au lycée avec Claire nous avions dit que plus tard nos enfants seraient amis et que nous remplacerions nos histoires d'élèves par des histoires de parents d'élèves. Après j'ai pensé que je n'aurais jamais ni mari ni enfants. J'aurais mieux fait de m'en tenir là, d'ailleurs. Et finalement c'est quand même à peu près ce qui est arrivé, sauf que c'est avec Marie-Thérèse que je joue au parent d'élèves, alors qu'avec Claire on parle plutôt d'autre chose. Enfin, en gros le programme a été accompli, et c'est encore le plus étonnant. Et cette Marie-Thérèse, la première fois que je l'ai vue… est-ce que je l'ai spécialement remarquée ? Une jolie fille presque blonde, un visage intéressant, probablement celte. Sûre d'elle et bavarde. Excellente en philo, ça s'est vu dès le premier cours. À se demander ce qu'elle faisait en math-élem. Et maintenant j'ai un petit garçon presque blond avec de jolies pommettes de breton, qui lui ressemble comme deux gouttes d'eau et qu'on prend pour son fils. Et je me demande ce que je vais faire de lui à la rentrée, sauf que dans son cas ce ne sera évidemment pas la Légion d'honneur.

Mais pour les filles elle hésitait. La pension comme un refuge, pourquoi pas ? Ou comme un lieu où elles auraient des chances d'être un peu moins sauvages, encore que de ce côté d'immenses progrès eussent été accomplis. En dehors de leurs cousins elles avaient désormais une amie : une seule pour deux, mais enfin c'était déjà bien. Cette adorable petite Gaëlle les avait adoptées toutes les deux et ne semblait pas faire de différence entre elles. Les après-midi passées avec Gaëlle étaient d'ailleurs assez étranges : toutes les trois plongées dans un bouquin, échangeant de temps en temps quelques appréciations. Héloïse ne les avait jamais vues ni entendues jouer. De temps en temps, il est vrai, Mélanie adoptait le rôle du conteur. Elle était, paraît-il, très appréciée chez les parents de Gaëlle où elle inventait des histoires de dragons à l'usage de Lénaïg, la petite sœur de cinq ans.

Si elles allaient en pension, seraient-elles réellement séparées de Gaëlle ? Non, elles pourraient toujours continuer à se rencontrer pendant le week-end, d'autant que c'était déjà ces jours-là qu'elles se voyaient le plus. Et la Légion d'honneur, même en ne tenant pas compte de la propagande nostalgique de sa belle-sœur, présentait de multiples avantages. D'abord, et ce n'était pas négligeable, elles risqueraient moins d'être informées prématurément de la vie privée de leur mère. Ça, c'était un problème *a priori* insoluble. On pouvait dire ce qu'on voulait, militer pour la liberté sexuelle la plus totale, dire que seul l'amour comptait, quand on était confronté à l'éducation de trois jeunes enfants on hésitait. Même Marie-Thérèse, qui ne respectait pas la séparation pourtant souhaitable entre le monde des adultes et celui des enfants, convenait que c'était un problème difficile à résoudre. Pas question de renoncer à Erika, ni d'ailleurs à toute autre femme éventuelle, pour des enfants qui tôt ou tard feraient leur vie d'adulte ailleurs, mais la discrétion s'imposait. Jusqu'à quand ? Erika elle-même ne le savait pas, prise entre son envie de tout proclamer *coram populo* (on s'aime et j'en suis fière) et son désir de préserver les enfants. N'avait-elle pas elle-même dissimulé ses mœurs à son père le plus longtemps possible ? Elle espérait un miracle : un jour les enfants sauraient et béniraient leur couple. C'était bien peu réaliste, certes, mais Erika était incurablement romantique.

Héloïse avait des devoirs envers Erika devant qui elle n'avait jamais cessé de se sentir coupable. Coupable non seulement de l'avoir gravement blessée autrefois, mais surtout de l'aimer moins qu'elle n'en était aimée. Elle savait bien qu'elle n'y pouvait rien mais elle se le reprochait. Elle s'était fait des promesses : quoi qu'il arrive elle ne quitterait jamais Erika. Et plus tard elle imposerait Erika à la face du monde, vivrait ostensiblement avec elle, même si étaler sa vie privée n'était pas son genre. Plus tard, mais pas maintenant. L'idée qu'on puisse jeter à la face d'enfants si jeunes : « Ta mère est une sale gouine » lui faisait très peur et faisait également peur à Erika qui ne se faisait pas la moindre illusion sur la nature humaine.

Alors la pension ? Les petites risquaient de penser, plus tard, qu'on les avait éloignées pour leur cacher les turpitudes maternelles. Et que dirait Erika ? Chaque fois qu'Héloïse avait évoqué la Légion d'honneur elle avait paru choquée, sans oser toutefois protester ouvertement parce qu'elle avait peur. De quoi, finalement ? D'une phrase du genre : « Ça ne vous regarde pas. C'est moi leur mère. » Héloïse n'aurait jamais dit ni pensé une chose pareille, surtout en se sentant si peu mère. Non, la vérité c'est qu'Erika avait toujours peur de voir leur union remise en question. C'était comme ça, on n'y pouvait rien, même si Héloïse était désolée d'inspirer une telle peur. Erika ne pourrait jamais être rassurée. À quatre-vingt-dix ans, c'est sûr, elle vivrait encore avec l'idée qu'elle risquait d'être plaquée demain.

En somme Héloïse avait besoin de l'approbation pleine et entière d'Erika, ce qui n'était pas facile, de celle de sa mère, à qui elle n'avait jamais parlé de pension pour les enfants, et de l'accord des enfants eux-mêmes. Si les filles ne supportaient pas cette idée, elles n'iraient pas. Si elles acceptaient mais qu'elles étaient trop malheureuses, on les retirerait sur-le-champ. C'est ainsi qu'il fallait régler cette affaire.

En général Héloïse ne prenait pas de longues vacances à Noël. Il arrivait même qu'elle n'en prît pas du tout malgré les réprimandes de sa mère qui lui reprochait souvent de consacrer trop de temps à son travail et de ne presque jamais venir à Vienne à la meilleure saison. Héloïse doutait d'ailleurs un peu que ce fût la meilleure saison même si elle avait adoré la période des fêtes à Vienne dans son enfance. Maintenant ce n'était plus pareil. Il lui semblait n'avoir plus rien de commun avec cette petite fille qui pleurait secrètement dans son lit le soir du 25 décembre parce que c'était déjà fini. Bien sûr il y avait le concert du nouvel an, mais quand on a au moins dix fois applaudi rythmiquement sur la *Marche de Radetsky*, on devient blasé. Erika elle-même, et pour les mêmes raisons, s'en était lassée. Quant au bal de la Hofburg, objet de tous ses désirs d'enfant, il avait fallu y renoncer quand elle s'était rendu compte qu'elle ne saurait jamais valser dans le bon sens. On pouvait certes trouver facilement un cavalier gaucher mais on était sûr de rentrer dans tous les autres couples. Quand elle avait onze ans ses parents lui avaient fait prendre des leçons qui l'avaient confirmée dans son incapacité totale à tourner dans le bon sens sans avoir le vertige. Dommage, parce qu'à part ce détail elle était douée. De toute façon elle s'en serait lassée aussi, du moins c'était infiniment probable.

Noël, pour ses parents, était une période de travail intense et de mondanités forcées. On ne pouvait pas parler, en ce qui les concernait, de bonne saison. Mais si elle voulait discuter sérieusement avec sa mère du cas des enfants, en s'y prenant suffisamment à l'avance, il valait mieux y aller maintenant et y rester une bonne semaine. Sa mère, elle le savait, trouverait toujours du temps pour elle. Davantage que quand elle venait à Paris et devait, dans un délai très court, s'occuper de tout le monde.

— Cette année, dit-elle aux enfants début décembre, vous aurez le choix. Soit vous venez à Vienne avec moi, soit vous allez au Cernix comme d'habitude. J'ajoute que vous n'êtes pas obligés de décider maintenant ni de choisir tous les trois la même chose.

— Et Erika ? dit Mélanie.

— Erika n'ira probablement nulle part. Peut-être un ou deux jours à Vienne, mais ce n'est pas sûr. Tu sais, elle a beaucoup de travail en ce moment, et Noël comme le jour de l'an tombent un dimanche. Enfin… rien ne t'interdit d'essayer de la convaincre de prendre quelques jours, mais à ta place je n'y croirais pas trop.

Erika, en effet, ne pouvait pas quitter Paris et cela décida Mélanie à se rallier à l'opinion de sa sœur. Elles iraient au Cernix avec leurs cousins et avec Wolfgang. Plusieurs fois, déjà, Erika était venue les chercher là-bas, et il n'était pas impossible qu'elle le refît cette année, ainsi qu'elle l'avait dit à Mélanie : « Mais attention… je ne te promets rien. » Anne, en revanche, décida d'aller à Vienne avec sa mère. La perspective du concert du nouvel an y était sans doute pour quelque chose, mais surtout les occasions d'être seuls tous les deux étaient si rares qu'il ne pouvait pas laisser passer celle-ci. Il avait même, avec une subtilité dont il était assez fier, poussé ses sœurs à choisir les sports d'hiver. Ce qu'il aimait, quand il était seul avec sa mère, c'est qu'elle lui parlait très sérieusement, comme à un adulte, lui semblait-il. À ce contact il avait l'impression qu'il allait perdre sa timidité et réussir à lui poser les questions qu'il gardait généralement pour lui. Oh certes, il le savait bien, il n'aurait jamais l'audace de lui demander pourquoi elle avait empoisonné son père, mais peut-être oserait-il revenir sur une conversation qui avait tourné court par sa faute quelques mois auparavant. Héloïse était venue le chercher elle-même au conservatoire municipal et, avec un embarras perceptible, lui avait demandé s'il souhaitait savoir quelque chose sur son père. Anne avait rougi et soupçonné Camille de l'avoir trahi. Mais pouvait-on parler de trahison puisqu'il ne lui avait pas demandé le secret ? La discrétion lui avait paru aller de soi mais il savait bien que le monde de Camille était différent. Si elle avait parlé on ne pouvait pas lui en vouloir. Héloïse, consciente de l'embarras d'Anne et très lucide sur le sien propre, avait ajouté :

— À ton âge tu peux avoir envie de savoir des choses qui ne t'intéressaient pas autrefois. Dans ce cas il ne faut pas hésiter à me le demander, d'accord ?

— D'accord, avait dit Anne en se demandant si sa mère lui donnait là une autorisation de poser des questions quand il le voudrait ou si elle lui demandait d'en poser tout de suite. Son impression était plutôt qu'elle ne souhaitait pas en parler, mais il n'en était pas certain. Il avait demandé : Je voudrais savoir s'il était comme Bonne-Maman le dit.

— Non, je ne crois pas. C'était un garçon très gentil, un peu secret comme toi. Je pense que sa mère ne le connaissait pas très bien… et peut-être que moi non plus, va savoir ! Ce qu'il y a de sûr c'est que son père lui a manqué.

— Moi il ne me manque pas.

— Ce n'est pas la même chose. Il avait cinq ou six ans quand il l'a perdu. Tu te souviens quand tu avais cet âge ?

— Très bien.

— Alors essaie d'imaginer. Il le connaissait et il l'a perdu.

— Oui, je vois.

Anne n'avait plus rien demandé et ils étaient restés silencieux tout au long du chemin de retour. Devant leur porte

Héloïse avait semblé se raviser :

— Tu veux peut-être savoir autre chose ?

Anne avait hésité, puis :

— Je ne sais pas.

— Alors n'oublie pas. Tu peux venir me le demander quand tu veux.

Sans ce maudit esprit de l'escalier, c'est sûr, il aurait posé des questions. Mais sur le moment sa tête était restée vide et plus tard il n'avait pas osé.

Les filles furent quand même un peu envieuses quand elles apprirent que leur mère avait réservé un wagon-lit dans le train de nuit. Erika, elle, fut dans un premier temps presque indignée :

— Mais vous n'allez pas fermer l'œil de la nuit ! Sans compter que ce train n'arrive qu'à midi à Vienne, sauf s'il va plus vite qu'autrefois, mais j'en doute. Et ces prétendus wagons-lits de deuxième classe ! Mais ce sont des boîtes à chaussures ! Aucun confort !

— De seconde classe, Erika : on a supprimé la troisième depuis presque trente ans, ce qui implique, pour les puristes, que la deuxième classe est devenue la seconde classe. Et croyez que s'il existait encore, sur ce trajet-là, de vrais wagons-lits de première classe je n'hésiterais pas. Malheureusement c'est ça ou rien et pour Anne c'est sans importance. Les petits garçons modernes, qui prennent l'avion comme nous prenions l'autobus, rêvent de wagons-lits, même au rabais.

— C'est lui qui a voulu prendre le train ?

— Je sais qu'il en a très envie. Je n'en ai pas l'air, comme ça, mais je connais les goûts des petits garçons. Je vais offrir au mien un voyage en chemin de fer et quelques heures d'intimité. C'est bien, non ?

— C'est très bien. Vraiment très bien. »

Erika eut un de ses sourires qu'elle faisait rarement, celui que Suzanne appelait autrefois le sourire total, par opposition à l'autre sourire d'Erika, plus bref et beaucoup plus fréquent. Héloïse voyait ce sourire-là plus souvent que les autres, bien sûr, mais assez rarement pour apprécier quand cela se produisait. Elle dit :

— J'aimerais qu'on fasse un voyage en wagon-lit toutes les deux.

Erika sourit de nouveau, et ce doublé était vraiment rarissime :

— D'accord… mais pas en T2.

— Ils ne sont pas si mal, ces T2, qu'est-ce que tu en penses ?

— Oh, c'est magnifique ! dit Anne en contemplant le tout petit lavabo encastré, les toutes petites bouteilles d'eau d'Évian, c'est magnifique ! Je pourrai dormir en haut ?

— Mais ça va de soi. La couchette du haut a, de toute éternité, été réservée aux enfants. Tu feras attention à ne pas tirer le signal d'alarme par mégarde.

— Oui, bien sûr. Je trouve qu'on devrait toujours voyager comme ça !

— Ce n'est pas le plus rapide, tu sais.

— On ne perd pas de temps, puisqu'on dort.

— C'est vrai… mais nous avons un confort qui était assez rare autrefois, réservé aux gens très riches, et qui d'ailleurs n'existe pas encore dans tous les pays. Pour moi aussi les voyages en train ont toujours été un plaisir, mais on m'a raconté qu'avant ma naissance, pendant la guerre…

Elle s'interrompit. Fallait-il assommer cet enfant avec des récits de cette époque ? Anne la regarda d'un air interrogateur :

— Comment c'était pendant la guerre ?

— Ça t'intéresse ?

— Oh oui !

— Tu as raison... ça vaut bien la guerre de Trente Ans, finalement. Tu vois, je me suis interrompue parce que je pensais à certaines grandes personnes, dans mon enfance, qui nous disaient sans arrêt des choses comme : "Mange tes épinards, pendant la guerre tu aurais été bien contente d'en avoir !" C'était positivement exaspérant !

— Est-ce que Grand-Mère disait ça ?

— Ah non, justement, jamais ! Ta grand-mère avait crevé de faim, comme tout le monde, mais elle le racontait autrement. Elle te racontait, par exemple, qu'elle avait passé la frontière suisse clandestinement et rapporté cinq plaques de chocolat. Tu penses bien qu'elle n'était pas allée en Suisse, au péril de sa vie, pour le chocolat, mais à l'écouter on aurait presque pu l'imaginer ! En entendant ça tu comprenais ce que pouvait être un vrai désir de chocolat, donc une vraie pénurie. Mais en même temps c'était un récit positif. Tu comprends ?

— Oui. Elle n'avait pas un ton geignard.

— Exactement, et plus les plaisirs liés à la nourriture étaient rares plus elle les appréciait.

— Grand-Mère était dans la résistance, hein ?

— Tu en as entendu parler ? Oui, c'est vrai. Ton grand-père aussi, d'ailleurs. Si tu veux en savoir plus long il faut le leur demander, mais certaines choses sont tristes et ta grand-mère n'aime pas en parler.

— Je sais. Ce sont les camps de prisonniers.

— Pas de prisonniers, de concentration. Je t'expliquerai la différence si tu veux. Il y a eu les camps, en effet, et d'autres choses qui accompagnent les guerres : les enfants qui perdent leurs parents, les populations déplacées, les persécutions sélectives, les villes détruites… enfin tu sais tout ça. Toi et tes sœurs vous avez l'air bien au courant, avec votre feuilleton.

Anne osa alors une question plus personnelle :

— Et… euh… Bon-Papa ? Que faisait-il ?

— Bon-Papa ? Ah oui, ton autre grand-père… je suppose en effet que tu l'appellerais Bon-Papa. Il était aux États-Unis avec ton arrière-grand-mère parce qu'elle est juive.

— Oui, je sais. Vous m'avez déjà dit qu'elle était juive et cependant elle va à la messe des catholiques tous les dimanches.

— C'est bien là tout le problème de la race et de la religion, Anne. Ton arrière-grand-mère s'est convertie, et ce n'est pas une conversion de circonstance pour épouser ton arrière-grand-père, puisque rien ne l'oblige à aller encore à la messe. Autrefois on persécutait les juifs pour qu'ils se convertissent et une fois que c'était fait on oubliait complètement leur origine. Avec Hitler c'est devenu différent. On les a persécutés pour leur race, bien que ce soit une notion des plus vagues à laquelle, personnellement, je ne crois pas. Non seulement ton arrière-grand-mère était juive aux yeux de ces gens-là, mais ton grand-père l'était à moitié. Tu comprendras qu'il valait mieux s'enfuir, surtout quand on avait la chance de pouvoir le faire. Il paraît que ton grand-père ne voulait pas s'en aller mais on ne demande pas leur avis aux garçons de quinze ans et ton arrière-grand-mère l'a embarqué de force. À New York elle a passé son temps à le surveiller pour qu'il ne se sauve pas pour s'engager, mais les Américains ne voulaient pas de lui parce qu'il n'était pas américain. Il a quand même fini par filer en Angleterre sur un rafiot louche qui a bien voulu de lui, mais quand il est arrivé c'était trop tard : la France était à peu près libérée. Alors il a été raisonnable et a repris ses études pour entrer à Saint-Cyr. Il a évité les Allemands pour se faire tuer par les Viets… ou si tu préfères il a évité les nazis pour se faire tuer par les communistes.

— Papa voulait aussi entrer à Saint-Cyr.

— Ah tu sais ça ? C'est ta bonne-maman qui… ?

— Non, c'est Camille.

— Oui, bien sûr… c'est vrai. Ton père rêvait d'entrer à Saint-Cyr. À Coët', comme il disait. Sa mère n'a pas voulu.

— Pourquoi ne s'est-il pas engagé dans la Légion ?

— On dit s'engager À la Légion, pas DANS la Légion. Mais… parce que ce n'est pas la même chose, voyons ! Il voulait être officier et on ne le devient pas en s'engageant, sauf bien entendu quand il y a une guerre et qu'on est un très bon soldat. Pour lui il n'y avait qu'une issue : préparer le concours d'entrée dans une classe spéciale, après le bac, qu'on appelle une corniche. Sa mère ne voulait pas et il était mineur. Ça explique tout. Enfin… presque tout. Je crois qu'il doutait d'en être capable, parce que sa mère l'avait tellement découragé ! Je ne sais pas si tu peux comprendre. On peut cesser de croire en soi assez facilement, tu sais. Et il admirait tellement son père ! Comment aurait-il cru qu'il pouvait être à la hauteur de ce héros ? Et de tous ses ancêtres, d'ailleurs. Ah oui, on peut dire qu'elle l'a détruit…

Héloïse s'interrompit, consciente d'être allée trop loin, mais Anne la regarda gravement et dit :

— Je la déteste !

— Eh bien… pour tout t'avouer moi aussi.

Ils se sourirent avec complicité. Anne reprit :

— Si je voulais entrer à Coët', est-ce que vous me laisseriez faire ?

— Mais tu veux être pianiste ? Ce n'est pas parce que tu descends d'une longue lignée de militaires…

— Je veux être pianiste, mais si je voulais entrer à Coët'?

— Tu y entrerais. Toutes les vocations sont sacrées.

— C'est bien ce que je pensais.

Que voulait-il dire ? Qu'en effet toutes les vocations étaient sacrées, ou bien qu'il savait que sa mère ne l'empêcherait jamais de faire ce qu'il voulait, même si c'était le métier le plus dangereux du monde ? Il fallait tout de même faire un effort d'objectivité en faveur de sa bonne-maman :

— Malgré tout, Anne, il faut comprendre. Elle avait perdu son mari à la guerre et elle avait peur d'y perdre son fils.

— Elle n'avait qu'à pas épouser un militaire !

— Tu es très intransigeant. Elle l'aimait.

Que répondre à ça ? Anne se rendait bien compte qu'il manquait d'objectivité envers Bonne-Maman, mais chaque fois que sa mère prenait sa défense il avait l'impression que quelque chose sonnait faux. Elle avait été sincère en avouant, tout à l'heure, qu'elle la détestait, et elle ne l'avait pas réprimandé de l'avoir dit. Contrairement à la plupart des grandes personnes elle l'écoutait avec respect, ne le grondait pas quand il essayait de parler avec sincérité et ne se moquait pas de lui. Il se lança :

— Je pense que quand on aime vraiment quelqu'un on doit vouloir qu'il soit heureux, même s'il risque d'en mourir.

Héloïse sourit, mais sans la moindre trace de moquerie :

— C'est une très belle philosophie, et je suis entièrement de ton avis. Je souhaite d'ailleurs qu'en grandissant tu conserves cette vision des choses. Mais il est nécessaire que tu le saches : la plupart des gens ne pensent pas ainsi ou bien, s'ils prétendent le penser, ne mettent pas leurs actes en accord avec leurs paroles.

— Oui…

Il resta silencieux quelques secondes, puis :

— De toute façon Papa est mort quand même.

Mon Dieu, comme cet enfant approchait dangereusement de la vérité ! Que fallait-il répondre à ça ? Était-il capable, à dix ans, de comprendre ce qui s'était réellement passé alors qu'elle-même n'en était pas si sûre ? Dans les dispositions d'esprit où il était il accuserait sa bonne-maman d'être entièrement responsable du suicide de son père. Il la détestait déjà mais quand il saurait la vérité il la haïrait, refuserait peut-être de la voir, et elle ne pourrait pas l'y obliger. Et la vérité était tellement plus subtile ! Certes la mère avait partiellement détruit le fils, mais la personne sur laquelle il comptait pour s'en sortir, celle qu'il avait épousée, elle-même, lui avait fait défaut en le quittant. Dix ans plus tôt elle avait pris ce même train de nuit, seule avec Anne, pour se réfugier à Vienne. Il ne le savait pas, bien sûr, et elle-même, en décidant de faire ce trajet avec son fils, n'avait pas du tout pensé à ce premier voyage effectué dans un compartiment à quatre couchettes de première classe où, par chance, ils étaient seuls. Elle n'y avait même pas pensé en lui parlant de l'évolution du confort dans les trains, ou plutôt les chemins de fer, comme disait jadis Suzanne. Oui, c'était peut-être le moment de tout lui dire en commençant par lui raconter « le voyage primitif ». Elle hésita vraiment. Retrouverait-elle une autre occasion ? Oui, sans doute. Ce soir Anne était heureux et elle n'avait pas le courage de le bouleverser. D'ailleurs, c'était visible, il commençait à avoir sommeil, ce qui était bien normal à plus de minuit. Alors, avec le sentiment qu'elle manquait peut-être de courage, elle dit :

— On n'échappe pas à son destin. » et en le disant elle avait conscience que c'était non seulement un lieu commun mais encore un lieu commun faux, l'un de ceux que Suzanne lui avait appris à pourchasser. Elle eut un scrupule : Enfin... si, on peut y échapper. Mais c'est un peu compliqué à expliquer à cette heure-ci. Je pense que nous allons dormir pour être en forme demain. D'accord ?

Cependant elle ne parvint pas à s'endormir malgré tous ses efforts pour chasser les pensées parasites. La nuit où elle s'était enfuie elle avait eu, finalement, le sentiment de bien faire. Son mariage avait été une erreur et Anne, fruit de cette erreur, aurait risqué d'en subir les conséquences si elle était restée. Néanmoins ce n'était pas pour lui qu'elle était partie, c'était pour elle. Elle avait songé très lucidement à laisser le bébé à son père mais à la réflexion ne s'en était pas accordé le droit. Non parce qu'on l'aurait mal jugée, ça elle s'en fichait complètement, mais parce qu'elle s'était sentie tout à coup responsable de lui. Pour la première fois, cette nuit-là, elle avait traité ce bébé de six mois comme un être humain et non pas comme une petite larve dont on attend avec impatience qu'elle grandisse. « En somme, c'est cette nuit-là, dans le Paris-Vienne, que j'ai commencé à l'aimer. Il était temps ! Peut-être que je suis normale, finalement ? Une mère d'ancien régime, en somme, comme les décrivent Ariès et Badinter. Bon, faut que je pense à autre chose. À Melitta, par exemple, qui va profiter de ce que je suis toute seule pour me regarder d'un air spécial. Et je ne pourrai probablement pas résister, alors que ça ne devrait pas être si difficile d'être fidèle, quand même ! Si j'essayais ? Erika mérite cet effort, il me semble. Oh, de toute façon on arrive à Strasbourg et je n'ai pas encore fermé l'œil, alors je ne séduirai pas Melitta avec la tête que j'aurai demain : une tronche de cake, comme disent les filles depuis qu'elles fréquentent Gaëlle. Anne sera debout avant sept heures, c'est sûr. De ce côté c'est bien mon fils. Il est vrai qu'il a beaucoup veillé, ce soir… non, hier soir. Avec un peu de chance il dormira jusqu'à huit heures et moi aussi… si je dors. Moi qui me vantais de dormir si facilement en chemin de fer… à condition d'être couchée. Comme Suzanne qui, même pendant la guerre, ne pouvait pas s'endormir assise et me disait que ça tombait bien parce que c'était vulgaire de dormir en public. Ne pas penser à Suzanne, surtout, c'est vraiment pas le moment ! »

Trop tard. Ça se produisait assez rarement, maintenant, mais parfois Héloïse était encore submergée par une vision précise de Suzanne. Elle essaya de la chasser, n'y parvint pas et finit par s'endormir en pleurant.

Le contrôleur les réveilla peu avant Munich comme elle l'avait demandé. On avait accroché un wagon-restaurant de la *Deutche Bundesbahn* et ils purent prendre un petit déjeuner digne de ce nom : jus d'orange, saucisses, œufs brouillés et café français. Ils retournèrent dans leur compartiment, qui avait été arrangé en salon, et se plongèrent chacun dans un livre, sauf pendant l'arrêt à Salzbourg où ils parlèrent un peu de Mozart et où Héloïse promit à son fils qu'ils iraient un jour — et pourquoi pas cet été avec ta grand-mère ? — au festival.

Melitta les attendait à la *Westbahnhof* comme convenu.

Elle avait été, à l'origine, une amante d'Erika, puis une amie. Erika les avait présentées l'une à l'autre et, après leur rupture, Héloïse et Melitta s'étaient retrouvées par hasard au mariage d'une amie commune. Plus tard elles étaient devenues amantes mais il y avait dans cette relation beaucoup plus d'amitié que d'amour. Melitta semblait atteinte d'une incapacité à aimer et ni Erika ni Héloïse ne comprenaient vraiment pourquoi. Elles en avaient souvent parlé ensemble. Héloïse, prenant pour argent comptant ce que lui avait raconté Melitta un jour, pensait qu'elle avait aimé son mari et que sa disparition en Hongrie en 1956 l'avait marquée à jamais. Erika en doutait, partant du principe qu'on ne pouvait pas détester faire l'amour avec quelqu'un tout en prétendant l'aimer. Elles avaient conclu que Melitta avait ses problèmes, c'est sûr, et certainement un passé tragique, mais qu'il était indiscret de s'en mêler et de faire de la psychologie de bazar autour d'une amie qu'elles aimaient sans réserve.

— Je suis peut-être obsédée, avait dit Erika, mais je crois qu'elle a été marquée par la guerre. Nous l'avons toutes été, même Lise qui est plus jeune que nous. Et ce qui caractérise ce genre de passé c'est que nous avons énormément de mal à en parler. Lise a beaucoup de points communs avec Melitta, dont le refus de s'attacher. Un jour je les présenterai l'une à l'autre.

— Et Melitta la collectionneuse essaiera de sauter Lise.

— Aucun danger. Lise est une hétéro pur sucre. D'ailleurs au fond… quelle importance ?

1983

« Quelle importance, en effet ?, pensait Héloïse dans le lit de Melitta au petit matin du 1er janvier. Je suis comme la petite chèvre de M. Seguin qui a lutté toute la nuit. Sauf que moi j'ai résisté plus d'une semaine. À quoi bon, finalement, pour en arriver là ? Il est vrai que Melitta était plutôt de mon avis : ce n'est pas très élégant de faire ça à Erika. Donc elle n'a pas insisté. Donc je n'ai pas tellement de mérite. Donc… il est évident qu'en acceptant de sortir en boîte avec elle je prenais — nous prenions — un risque et que nous le savions toutes les deux. D'ailleurs quand Maman m'a demandé si je serais là au petit déjeuner, n'ai-je pas répondu que ce n'était pas sûr ? En d'autres temps j'aurais peut-être même inventé une justification ? Non, ça n'a jamais été mon genre, même avant que Suzanne ne m'inculque ses grands principes. Maman a-t-elle été dupe ? Peu importe… je suis entrée, depuis quelques heures, dans ma trente-quatrième année et elle le sait. D'ailleurs elle n'ignore pas que si j'avais dû me lancer dans un grand amour avec Melitta ce serait fait depuis des années. Au fond elle aurait sans doute préféré, parce qu'Erika est moins équilibrée, pose plus de problèmes… mais en même temps sa fragilité attendrit Maman… qui trouve Melitta plus saine… et au fond tout ça reste à démontrer parce que Melitta a ses failles, c'est plus que probable. Ce qui est sûr c'est que moi j'ai ces deux femmes dans la peau. Non, rectifions : j'ai Erika dans la peau en permanence et Melitta à l'occasion. Elle est mon dessert, ma cerise sur le gâteau.

Erika c'est "Mon île au loin ma Désirade — Ma rose mon giroflier" ; Melitta c'est "Ma cerise sur le gâteau". C'est bien un octosyllabe mais il n'est pas très joli. Tant pis. »

Melitta se retourna, ouvrit les yeux :

— Tu es réveillée ? À quoi songes-tu de si bonne heure, fille des rues ?

— J'étais en train de composer un poème à ta gloire.

Melitta eut l'air inquiet :

— Tu es sûre que ça va bien ?

— J'ai un peu la gueule de bois, c'est pour ça que je suis réveillée si tôt. Et toi ?

— Moi aussi. Je suis vieille. Quand je pense à ces nuits d'orgies de ma folle jeunesse…

— Tu es très belle et je t'ai dans la peau.

— Toi, plus on vieillit plus on te plaît. Tu es spéciale.

— Pourquoi dis-tu ça ? Tu ne réussis plus aussi bien avec les minettes ?

— Oh, ça va encore. C'est avec mes contemporaines que ça ne va plus si bien. C'est l'âge des problèmes, des plaçages, des ruptures. C'est l'âge où l'on cherche à se caser, se recaser. C'est surtout l'âge où l'on cherche à se justifier quand on trompe sa "régulière".

— Au fond la vie de lesbienne est très bourgeoise.

— Tu l'as dit ! Il y en a même qui ont des enfants… je ne dis pas ça pour toi, fille des rues.

— Encore heureux !

— Des enfants qui sont des sales mômes à qui l'on a donné le droit de juger leur mère. Elles ont passé leur vie à se justifier d'avoir quitté le père, de vivre avec une femme, de faire ce qu'elles aiment, d'exister, quoi ! Et ça leur explose à la figure quand le sale môme décide de culpabiliser à fond sa mère et de jouer les martyrs tout en la traitant de salope. Alors chez qui vient-on se lamenter sur la dureté des temps et la méchanceté des enfants, hein ? Chez cette bonne vieille Melitta qui, pourtant, l'avait bien dit : à force de tout exposer à ces petites personnes immatures, on en fait des juges. Sans compter la dose d'hypocrisie que cela implique : « J'agis dans l'intérêt des enfants », disent-elles toutes. Tu parles ! Elles se soulagent la conscience à bon marché en partageant leurs scrupules idiots avec de pauvres gamins sans défense. Au fond tu n'as pas tort de mettre tes filles en pension.

— Ce n'est pas encore décidé. Et je ne les mettrai pas seulement pour ça.

— Pourquoi ?

— Ce sont des sauvages. Elles ont besoin de se frotter à la collectivité. Et puis la Légion d'honneur est un bon établissement dans lequel on n'en fait quand même pas trop. On travaille, on sélectionne, mais il n'y a pas cet esprit de compétition, cette arrogance que l'on trouve maintenant dans les très grands lycées parisiens. Enfin ce n'est pas mixte, et je suis contre la mixité qui est un faux progrès dont les féministes finiront bien par revenir.

— Les lesbiennes, certainement… pour cause.

— Même les autres si elles réfléchissent. Bref, il y a tout un ensemble, à la Légion, qui me séduit. Tu es plutôt contre la pension, si j'ai bien compris ce que tu disais l'autre jour ?

— Je n'ai pas dit ça. J'ai dit que j'avais été malheureuse en pension, mais les circonstances étaient différentes. Ça t'intéresse ?

— Si ce n'est pas indiscret, oui.

— Alors je vais faire du café et je te raconte.

— Je n'étais pas destinée à aller en pension, tu penses. Quand on vit dans une grande ville comme Vienne avec ses parents, son frère et sa sœur, pourquoi irait-on en pension ? Mais il y a eu la guerre. Au bout d'un certain temps, pas immédiatement d'ailleurs, les autorités ont voulu éloigner les enfants des grandes villes. C'est peut-être habituel… je ne sais pas.

— Ça s'est fait à Londres aussi.

— Oui mais à Londres les parents restaient libres de le faire ou non. Ce n'était pas un pays totalitaire. Ici tu n'avais pas le choix. Moi je considère qu'on m'a arrachée à ma mère pour m'expédier de force dans un couvent près d'Innsbruck. Et crois-moi, c'est un souvenir précis. C'était en 1941, peu de temps avant Noël, et j'avais cinq ans. Mon frère, qui avait douze ans, a été expédié avec les *Hitlerjugend* du côté de Breslau, et ma sœur à Karlsbad.

— Également avec les *Hitlerjugend* ?

— Oui. Ça s'appelait la *Bund Deutcher Mädel*[1] et ça préparait les filles à être de bonnes Allemandes, tu vois le genre ! Ma pauvre sœur, qui avait tout du garçon manqué, a cru en mourir de désespoir, sauf qu'elle espérait quand même que tout ça aurait une fin. Mais moi je n'espérais rien parce que le temps ne s'écoule pas de la même manière à cinq ans qu'à quatorze. Je me souviens seulement que je rayais les jours sur le calendrier et que j'attendais le courrier et les visites de Maman. Les religieuses n'étaient pas mauvaises, dans l'ensemble, mais tu sais ce que c'est : dans une collectivité il y a toujours des sadiques et des imbéciles qui vous gâchent l'existence. Et puis il y a celles qui vous consolent de tout. Je n'ai pas à me plaindre parce que j'en

1 Ligue des jeunes filles allemandes.

ai rencontré. J'ai eu des attachements passionnés pour d'autres pensionnaires plus âgées que moi. Maintenant que je connais la vie je sais que c'était des passions homosexuelles et très physiques, mais comme j'étais très jeune ça passait bien. Si j'étais restée là-bas après la puberté, sûr que j'aurais fini par m'attirer des ennuis.

— Et c'est comme ça que tu es devenue lesbienne ?

— Tu crois qu'on « devient » lesbienne, toi ? À mon avis on l'est, c'est tout, et on a intérêt à s'en rendre compte le plus vite possible. Moi j'ai eu la chance d'avoir très tôt des indices sur ma nature profonde et il est évident que j'aurais dû en tenir compte au lieu de me marier hâtivement avec un ami d'enfance. Mais tous les livres sur le sujet...

— Tu en lisais ?

— Oui, et j'ai eu tort de les croire. Ils parlaient d'immaturité, de consolations de prisonnières, de... enfin tu dois connaître... et ça collait justement parfaitement avec mon expérience de petite prisonnière de six ans arrachée à sa maman. D'ailleurs il est certain que mes passions m'ont aidée à supporter cet enfer : le froid, la faim, les sales bonnes femmes qui t'obligeaient à rester des heures agenouillée dans la chapelle — à même le sol — sous prétexte que tu avais un regard insolent. Il n'y avait rien à attendre des religieuses, là-bas. Soit elles étaient vraiment mauvaises, soit elles planaient complètement et ne voyaient rien des agissements des sous-fifres. Donc je séduisais les grandes élèves. Quand elles étaient tristes je les consolais… par exemple quand elles venaient d'apprendre que leur père était mort sur le front russe, ou simplement était porté disparu…

— Tu faisais ça !

— Mais oui ! Aujourd'hui je n'en suis pas fière, mais essaie de comprendre l'époque ! Les pères tombaient comme des mouches et les mères étaient toujours en noir ! Le premier choc passé, dont je profitais, on n'allait pas en faire toute une histoire !

— Et ton propre père ?

— Mon père est mort en Alsace en 1939. Il n'y en a pas eu beaucoup mais il en a fait partie. Je me souvenais donc à peine de lui. Au début je jouais aussi de ma position de pauvre petite orpheline pour me faire câliner, jusqu'à ce que cette situation soit complètement dévaluée parce que nous étions toutes de pauvres petites orphelines. Et moi j'étais censée avoir eu le temps de m'habituer. Voilà. Je me suis débrouillée pour trouver des consolations mais dans l'ensemble je n'ai pas été heureuse là-bas. Ma sœur et mon frère non plus, d'ailleurs. En plus on avait germanisé leur nom : nous nous appelions Ferenczi et on les avait appelés Franz. Ça se faisait beaucoup.

— Mais les Hongrois étaient dans le même camp que vous !

— Oui, mais va comprendre ce qui se passait dans la tête des nazis ! Nous étions de nationalité autrichienne avant l'*Anschluß*, donc nous étions devenus allemands. Et au fond ils pensaient que les Hongrois étaient des sauvages de mauvaise race : tu sais, les Huns, Attila, tout ça… Moi qui n'avais pas changé de nom, on me l'a fait comprendre assez souvent. Mon futur mari, Tamás Károlyi, avait été baptisé Thomas Karl. C'était un ami d'enfance de mon frère et il a passé toute la guerre avec lui. C'est vrai qu'on avait un peu tendance à se regrouper, à parler hongrois entre nous. Je peux comprendre que les nazis aient souhaité nous assimiler et que les noms magyars ou slaves de la plupart des habitants de Vienne les aient fortement irrités. Au bout du compte ça valait mieux que l'extermination.

— Elle aurait peut-être fini par arriver.

— Possible. Si les Hongrois de Hongrie avaient changé de camp de manière durable je suppose qu'on aurait reparlé de nos origines douteuses. D'ailleurs je me souviens que quand le régent Horthy a demandé l'armistice aux Russes j'ai été mise en quarantaine par certaines élèves et qu'aucune religieuse n'a pris ma défense. Ça n'a pas duré, parce que les Croix fléchées ont tout de suite pris le pouvoir en Hongrie, ce qui était encore pire dans l'absolu mais bien meilleur pour moi parce que la fille dont j'étais amoureuse à ce moment précis était une nazillone fanatique et ne voulait plus me parler. J'espère que mon manque de conscience politique, à huit ans et des poussières, ne te choque pas.

— Tu veux rire !

— D'ailleurs j'en avais quand même un peu : je n'ai jamais renié mes origines hongroises et comme nous parlons une langue qui n'est même pas indo-européenne...

— Je sais.

— Maintenant ce n'est plus qu'une curiosité linguistique mais à l'époque ça nous plaçait loin derrière les Slaves dans l'échelle de l'aryanité. Eh bien moi je proclamais que j'en étais fière et que les Huns valaient largement les Goths. Et en ces temps de mystique guerrière mes arguments étaient imparables... ou presque. Je pense que c'est surtout l'alliance avec Horthy qui me préservait des représailles. Même à l'époque j'en avais vaguement conscience et j'abritais mes audaces derrière ce malheureux régent ! Mon Dieu ! Je me demande comment nous en sommes venues à parler de tout ça !

— À cause de la pension des filles.

— Oui, eh bien tu dois leur laisser le choix. Le pire, dans mon couvent, c'est que je me savais coincée là-bas indéfiniment, et cela malgré le désir de ma mère de m'avoir auprès d'elle. On ne peut pas comparer.

— Elles auront le choix et le droit de partir quand elles voudront.

— Alors tout est bien. C'est vrai ce que tu m'as dit tout à l'heure ?

— J'ai dit tellement de choses !

— Que tu m'avais dans la peau…

— C'est vrai.

— Prouve-le donc, fille des rues. »

Elles se le prouvèrent toute la matinée.

Avant de quitter Grinzing Héloïse téléphona à sa mère qui lui suggéra d'inviter Melitta à déjeuner :

— Un déjeuner intime et léger, tu t'en doutes. Nous en avons tous par-dessus la tête des agapes. Vous n'êtes pas trop fatiguées ?

— Nous avons une légère gueule de bois, c'est tout.

— Erika a téléphoné il y a une heure… je lui ai dit que tu venais de sortir. Il faudra la rappeler.

Après le déjeuner on reparla de la pension. Contrairement à ce qu'avait craint Héloïse, Anne de Marèges ne s'était pas montré hostile à cette idée, ou plus exactement Héloïse n'avait pas senti cette discrète désapprobation, cette inquiétude qu'elle pensait parfois inspirer à sa mère.

— Je trouve presque amusant, avait-elle dit, que tu viennes m'en parler, parce que Claire est venue me voir avec les mêmes questions pour Hécube… ça doit faire deux ou trois ans. Tu le savais ?

— Plus ou moins. Elle y avait pensé, en effet.

— Je me suis permis de le lui déconseiller, mais je suis incapable de savoir si j'ai eu raison.

— Pourquoi ?

— D'abord Hugo était plutôt contre, donc il fallait respecter son sentiment, quel qu'en fût le motif. Ensuite j'avais l'idée qu'Hécube se sentirait punie et cultiverait d'autant cette tendance à se juger persécutée qu'elle a déjà, il faut bien le reconnaître. Bref, je me demandais s'il ne valait pas mieux éloigner Hélène qui pourtant ne le mérite pas. Mais autant Hugo tient à garder Hécube, autant Claire tient à garder Hélène. Nous avons donc conclu qu'Hélène faisait un bon apprentissage de la vie en subissant l'hostilité de sa sœur aînée et que ce n'était pas à nous, les adultes, de nous en mêler. Du moins pas trop. Ça a été une discussion très philosophique, très intellectuelle, comme souvent avec Claire. La mésentente entre les frères et sœurs est finalement une chose fréquente et qu'il faut admettre. Dans mon enfance je détestais ma sœur Judith, et je dois bien reconnaître que ça n'a pas vraiment changé. Mais je ne suis pas fière de ma manière d'agir à cette époque, parce que j'entraînais la douce et tendre Élisabeth dans mon hostilité et que nous formions donc un groupe compact contre Judith. Résultat, elle ne pouvait certainement pas corriger les défauts que je lui reprochais au départ : geignarde, rapporteuse et bigote. C'était sans doute sa manière pour tenter de séduire Maman, puisque personne ne l'aimait. Je ne lui ai pas donné une chance de s'améliorer.

— Et vos frères ?

— Nos frères vivaient dans leur monde de garçons. En ce temps-là la ségrégation était presque totale. Ils étaient pensionnaires à Chambon et nous à Nîmes. Et il est bien évident que le côté pleurnichard de Judith ne pouvait que les exaspérer. Le MLF me pardonne, mais c'était le prototype même de la « quille », comme on disait à cette époque. Il aurait fallu être un saint pour l'accepter dans un jeu avec toutes les histoires qu'elle faisait ! Même Mathieu, qui me paraît assez proche de la sainteté, ne la supportait pas. Voilà comment, à nous cinq, nous avons laissé passer la chance d'améliorer Judith. Et au fond, même si elle ne s'en est jamais rendu compte, elle a eu une enfance malheureuse. Bon, on ne peut pas revenir comme ça sur le passé. Et pour tes filles je ne sais pas quoi te dire. Quels seraient tes motifs ?

— Les mêmes que quand je les ai séparées à l'école primaire. Ce sont des sauvages.

— C'est un bien grand mot, non ?

— Peut-être, mais j'ai entendu l'autre jour Suzanne dire, sur un ton finalement assez satisfait, ou du moins complaisant : « Nous on est asociales. »

— Toujours le « nous on »…

— Oui. Après tout ça m'amuse assez et je ne vais pas les reprendre chaque fois qu'elles le disent. Mais je crois qu'il faut passer à l'étape suivante. Vous savez qu'elles dorment toujours dans le même lit et qu'elles chuchotent une grande partie de la soirée.

— Et c'est si grave ?

— Non, mais un jour elles devront faire leur vie séparément. Je suis un peu à court d'idées pour les différencier, vous savez. À l'école elles sont au même niveau, leurs devoirs me paraissent interchangeables. Au piano quand l'une étudie une sonatine de Diabelli l'autre attaque un rondo de Clementi… et quand l'une a enfin trouvé une amie à l'école elle l'a immédiatement repassée à l'autre. C'est désarmant !

— Et toi tu penses que tout ça n'est pas bien.

— Oui, absolument. J'ai peur pour plus tard. Vous me trouvez stupide ?

— Non, je te trouve incroyablement scrupuleuse, ce qui à la réflexion ne m'étonne pas vraiment. Je n'ose pas te conseiller d'être plus désinvolte. Le pourrais-tu ?

Héloïse se mit à rire :

— Vous avez raison. Ma philosophie devrait me pousser à être plus désinvolte, mais en pratique je n'y arrive pas. Toutefois il y a une chose que je peux vous affirmer : ça ne se voit pas.

— Dis-toi bien que quoi que tu fasses…

— Le résultat est aléatoire, je sais. Vous n'aviez pas de scrupules à notre sujet ?

— Tout le temps ! Tu ne t'en es jamais aperçue ?

— Non. Vous aviez l'air, Papa et vous, de deux rocs bien solides qui détenaient la vérité.

— Parfait. Je pense que tes enfants te prennent aussi pour un roc bien solide. Comment ça va entre eux et Erika ?

— C'est un grand amour réciproque. Je pense qu'elle sera plutôt contre la pension.

— Tant pis. Ce qui compte c'est ce que veulent les petites. C'est par là que tu aurais dû commencer.

Bien sûr, c'était logique. Mais ce qu'Héloïse était venue chercher ce n'était pas tellement l'opinion de sa mère, qu'elle devinait nuancée, c'était une sorte de bénédiction. Elle savait bien que ses scrupules, pour ne pas parler de ses ratiocinations, au sujet des jumelles et même d'Anne provenaient du fait qu'elle ne se sentait pas mère. C'était une tare incurable qu'elle avait du mal à oublier. Deux ou trois années auparavant sa mère lui avait offert *L'Amour en plus*, qui démontrait que l'instinct maternel était une chose très relative. La démonstration avait parfaitement convaincu Héloïse et l'avait partiellement rassurée sur son cas, mais cela signifiait aussi que sa mère avait vu clair en elle. On a beau s'en douter, ce n'est pas très plaisant d'en avoir la preuve. Bon, mais elle venait d'obtenir cette bénédiction qu'elle était venue chercher et c'était très bien, même si cela avait une vertu plus symbolique que pratique.

Pour Anne le choix était simple. Il existait à Paris deux ou trois lycées qui préparaient à une carrière musicale. Dans ce domaine, malheureusement, il fallait se spécialiser assez tôt.

— C'est beaucoup plus facile qu'autrefois, avait dit Hilda, la petite sœur d'Héloïse. Moi je bûchais dur par correspondance en plus du conservatoire, et au fond je me demande bien pourquoi Papa et Maman tenaient tellement à me voir passer le bac !

— Tu le sais très bien, Hilda. Nous te l'avons assez dit à l'époque. Les pianistes qui échouent n'ont même pas le recours de trouver une place dans un orchestre. Sans compter que ça ne fait pas de mal d'être cultivé et de parler plusieurs langues.

— Je ne me plains pas, dit Hilda. Je parle couramment le danois, le suédois et l'allemand — mais pas un mot d'anglais — et j'ai eu le bac avec un quart de point de plus que le minimum requis. Mais je ne sais pas si ça m'aurait avancée à quelque chose si j'avais échoué comme pianiste. À l'idée d'être prof de musique dans un collège j'ai la chair de poule. J'espère que ça n'arrivera pas à Anne, parce que ce bac de musique ne sert qu'à ça.

— De toute façon, dit Héloïse, je me suis renseignée. Il y a très peu de places et il faut donc passer un véritable concours pour y entrer. Il le sait mais j'ai peur qu'il ne soit déçu s'il échoue. Ce n'est pas un élève exceptionnel. À vue de nez je dirais qu'il serait entre dixième et quinzième sur trente s'il y avait encore des classements. Ça suffit largement pour le métier qu'il veut faire, mais si on sélectionne sur d'autres critères que la musique il est fichu. À mon avis ce n'est pas juste. Hilda, un conseil : ne fais pas d'enfants.

— Compte sur moi ! dit Hilda qui n'aimait pas les enfants.

Elle n'aimait pas les enfants dans l'absolu mais elle aimait évidemment son neveu. C'était même un tel miracle qu'Héloïse eût fabriqué ce petit prodige qu'elle ne se risquerait pas à tenter le sort en essayant d'en faire un autre. Enfin, un miracle ? N'exagérons rien. Sa sœur était elle-même assez douée et le père, paraît-il, ne lisait pas une note mais avait des dons pour l'improvisation. Hilda s'en souvenait, d'ailleurs : à Copenhague elle l'avait entendu improviser un ragtime facile sur le grand piano de l'ambassade et elle avait pensé que ce n'était pas si mal que ça. Pourtant Dieu sait qu'elle était prétentieuse et sans la moindre indulgence, à cette époque, et qu'elle n'aimait pas ce garçon. Pourquoi ? L'instinct, sans doute, et le déplaisir de voir Héloïse mariée. Ça ne lui allait pas. Ça ne pouvait se terminer qu'en catastrophe. Ça s'était terminé en catastrophe. Elle avait peut-être de l'intuition mais pas autant qu'elle le pensait, puisqu'elle n'avait jamais deviné que sa sœur aimait les femmes. Le pire c'est que tout le monde devait croire qu'elle était au courant depuis longtemps. Deux années auparavant, à table, ses parents et son frère Hippolyte, qui était de passage à Vienne, avaient parlé comme d'une évidence connue de tous de la liaison d'Héloïse et d'Erika. Hilda n'avait pas réussi — d'ailleurs elle n'avait pas vraiment essayé — à cacher son étonnement et son frère l'avait traitée, comme dans leur enfance, de pauvre cloche. Ses deux frères, même, car Holger avait eu l'audace de faire chorus. D'habitude, pourtant, l'enfant gâté de la maison la respectait davantage, et le fait qu'il fût au courant de tant de choses à seize ans en disait long sur les carences de son éducation. Le plus drôle c'est qu'Hilda se jugeait très affranchie depuis qu'elle avait cédé à une élève de la classe de composition du conservatoire dont les mœurs étaient de notoriété publique. L'expérience ne l'avait pas enthousiasmée, mais enfin ça prouvait qu'elle n'était pas contre un peu de fantaisie et elle pensait qu'à l'occasion elle serait capable de recommencer avec une fille plus à son goût, c'est-à-dire plus féminine. Elle avait tiré de la fierté de sa petite aventure qu'elle croyait très audacieuse. Rue de Madrid on la prenait souvent pour une bourgeoise : eh bien elle avait prouvé que non. Ou plutôt elle se l'était prouvé à elle-même, car elle n'avait pas crié sur les toits que Béatrice Jordan avait réussi à l'avoir.

— Ce que je trouve le plus étonnant, avait-elle dit à Hippolyte plus tard, c'est qu'elle ait réussi à le faire admettre aux parents. Comment a-t-elle fait ?

— Les parents ont tellement vécu qu'ils ont les idées larges. C'est pas la vie d'artiste mais c'est la vie dans les ambassades, pauvre cloche !

Autrefois quand il l'appelait « pauvre cloche » il lui tirait sa natte. Mais elle n'en avait plus depuis longtemps. Dommage.

Hilda vivait à Vienne depuis trois ans dans une maison très isolée du quartier de Schönbrunn où personne n'entendait son piano. Après son premier prix au conservatoire de Paris elle avait été finaliste au concours Marguerite Long, remporté cette année-là, comme d'habitude, par une Soviétique qui avait instantanément disparu du circuit international. On se demandait vraiment pourquoi ces gens-là venaient ramasser des premiers prix dans les concours étant donné l'usage qu'ils en faisaient. Le pire c'est que ces premiers prix étaient mérités : non seulement ils avaient du talent, voire du génie, mais encore ils semblaient ignorer le trac, ou du moins, s'ils le connaissaient, ils savaient l'utiliser à leur profit. Tout ça pour passer sa vie à jouer du Rachmaninov entre Verkhoïansk et Semipalatinsk ! Hilda estimait donc avoir eu beaucoup de chance en étant troisième et elle bénissait le tirage au sort des concertos qui lui avait été favorable. Mais après ce concours il fallait bien se lancer dans la vie, c'est-à-dire dans la carrière, car ce n'était certainement pas en accumulant des places de finaliste dans les concours internationaux — en admettant qu'elle y parvînt encore une fois — qu'elle sortirait du rang. Contrairement à une légende qui l'avait exaspérée quand elle était au conservatoire, elle n'avait pas d'argent. On disait : « Oh, Hilda de Marèges s'en sortira toujours… avec sa famille ! » Au début elle avait protesté mais ça n'avait servi à rien.

Maintenant elle reconnaissait que ces propos n'étaient pas complètement dénués de fondement. Certes elle était pauvre, mais c'est à Vienne qu'elle avait eu ses premiers engagements parce que son père y était connu. Il s'agissait d'une sorte de piston involontaire dont elle avait lucidement profité et fait profiter certains de ses camarades avec qui elle faisait de la musique de chambre. Maintenant, à vingt-quatre ans, elle avait une certaine renommée et elle gagnait bien sa vie. Et comme elle jouait beaucoup, elle avait acquis l'expérience d'une Soviétique après une tournée en Sibérie et tout se passait beaucoup mieux qu'autrefois.

Même en France on commençait à parler d'elle et elle venait de signer un contrat avec une maison de disques. Pourtant elle ne pensait pas retourner y vivre, du moins dans l'immédiat. Ses parents ne quitteraient Vienne qu'en 1985, lorsque son père prendrait sa retraite, et elle était heureuse de les voir presque tous les jours et d'être redevenue, bien qu'elle fût adulte, une petite fille sage. Enfin, à peu près sage, car elle avait de temps à autre des aventures qui duraient rarement plus de quelques mois. Rien à voir avec ce qu'Hippolyte appelait ironiquement sa période « artiste » à Paris. En ce temps-là son unique préoccupation avait été de n'avoir l'air ni sage ni surtout bourgeoise — la tare suprême ! Elle couchait facilement, jetait ses amants avec désinvolture quand elle en avait assez et se dissipait avec application. Mais elle sortait de ses nuits blanches en pleine forme, le teint frais et l'œil clair, et son air sage lui collait à la peau. À la réflexion elle s'était dit qu'elle n'allait quand même pas faire défiler tout le conservatoire — élèves et professeurs — dans son lit uniquement pour avoir l'air affranchie. Il y avait des limites : désormais elle sélectionnerait et ce serait d'autant plus facile qu'elle avait acquis de l'expérience et qu'elle savait quel genre d'hommes elle aimait.

Maintenant elle était à la recherche de l'homme de sa vie et ce n'était pas une mince affaire. Héloïse, à qui elle en avait parlé un peu récemment, lui avait dit qu'elle y mettait trop de détermination :

— Dès qu'ils correspondent à tes critères, d'ailleurs trop sélectifs, tu les regardes comme des maris…

— Pas des maris. Je suis contre le mariage.

— Bon… des concubins possibles…

— Quel horrible mot !

— Il n'y en a pas d'autre. Bref, tu fais tout de suite le grand jeu et ils le sentent, et ils fuient. Les hommes c'est comme ça.

— Ah par exemple ! Tu ne manques pas d'air ! Tu connais les hommes ?

— Je connais la nature humaine.

— Mais les hommes ne sont pas la nature humaine ! C'est bien là tout le problème. S'ils fonctionnaient comme nous ce serait bien facile !

— Petite sœur, tu viens de mettre le doigt sur le sujet qui occupe depuis des années la rédaction de *Cosmopolitan* et de *Marie-Claire* : les hommes ne sont peut-être pas humains. En tout cas la question est ouverte. Je n'ose pas te conseiller les femmes…

— Au lit ce n'est pas ça.

— Qu'est-ce que tu en sais ?

— J'ai essayé.

Pendant qu'Héloïse digérait l'information Hilda prit un air faraud mais finit par avouer qu'elle ne l'avait fait qu'une fois, ou plus exactement avec une seule.

— De toute façon, reprit Héloïse, je ne fais pas de prosélytisme. D'ailleurs je ne sais pas si les femmes sont humaines.

— Tu veux dire que c'est la question qu'ils se posent à la rédaction de *Lui* et de *Playboy* ?

— Certainement. Les pères de l'Église n'ont pas définitivement réglé le problème. La seule chose dont je suis certaine c'est que l'amour vous tombe dessus par hasard, qu'il a rarement l'aspect qu'on imaginait et qu'une certaine disponibilité est nécessaire. D'où mes conseils apparemment contradictoires : ne sois pas trop sélective *a priori*, mais ne prends pas le premier venu pour le prince charmant. C'est clair ?

Héloïse et son fils prirent l'avion du retour le lendemain matin. Anne était plutôt mélancolique mais il se consolait en pensant à tout ce qu'il raconterait à ses sœurs : le concert du nouvel an où il était allé seul avec son grand-père, un autre concert de musique de chambre où Hilda avait joué le *Quintette opus 44* de Schumann, ses promenades avec Grand-Mère qui aurait mérité, plus que l'autre, le nom de Bonne-Maman.

Mais avant de raconter son voyage à ses sœurs, avant d'écouter les récits qu'elles ne manqueraient pas de lui faire, il devait se rendre chez l'autre, la mal nommée Bonne-Maman, pour sa visite du nouvel an. Il savait très bien qu'il n'était pas question d'y échapper. D'abord c'était programmé depuis longtemps, ensuite il ne se faisait pas d'illusions sur le discours que lui tiendrait sa mère s'il essayait de couper à cette corvée. Il n'avait jamais aimé y aller mais cette année c'était pire que tout. Qu'allait-elle lui dire cette fois-ci ? Ces derniers temps il inclinait à penser qu'elle lui mentait sur tout, mais il ne se sentait pas assez sûr de lui pour le lui dire. Ni assez sûr de lui ni assez audacieux, en fait, car on ne secoue pas comme ça dix années d'une éducation très stricte sur le respect qu'on doit aux grandes personnes. En admettant qu'il eût le cran de la traiter de sale menteuse il était certain que Maman ne prendrait pas son parti, même s'il savait désormais qu'elle détestait « la vieille » autant que lui.

Depuis la grande révélation de l'année dernière il ne l'avait vue que trois fois et il était resté très prudent, éludant avec le plus grand soin toutes les questions qui pouvaient, de près ou de loin, concerner sa mère. Les visites étaient brèves : Marie-Thérèse, qui sentait très bien que le malaise entre eux s'était aggravé, venait le chercher plus tôt, avec ou sans Camille. Mais aujourd'hui il y aurait la cérémonie des cadeaux, des vœux, du goûter amélioré. « Tout ça pour quelques wagons et un poste d'aiguillage ! » pensait Anne qui avait pris en grippe son train électrique parce qu'une partie lui en avait été offerte par Bonne-Maman. À Vienne il avait boudé les vitrines de jouets et dit à ses grands-parents qu'il préférait des disques compacts, d'autant qu'il n'en avait encore que deux. « Tu as tort. » lui avait dit son oncle Holger qui possédait un réseau magnifique dont il n'avait pas honte de se servir encore, avec son père, il est vrai, et on se demandait lequel des deux s'amusait le plus…

L'après-midi se passa encore plus mal qu'il ne l'avait imaginé. Manifestement son séjour à Vienne avait déplu. Il éluda du mieux qu'il put les questions sur ses grands-parents maternels, finit par se réfugier dans le récit des concerts auxquels il avait assisté, parla d'Hilda, un peu parce qu'il ne pouvait pas l'éviter, un peu par provocation. De toute façon, quel que fût le sujet abordé chez Bonne-Maman, il y avait des chausse-trapes partout. On aurait dit qu'elle le faisait exprès, qu'elle le provoquait pour voir jusqu'où il était capable d'aller. Cette idée était nouvelle et il tenta, tout en répondant aux questions, de la creuser. En somme, pourquoi Bonne-Maman le plaçait-elle toujours sur le terrain de la musique ? Car à la réflexion c'est elle qui, à chaque fois, lui demandait s'il jouait toujours du piano ou, cette année, s'il était allé à l'opéra. Il savait qu'elle espérait une réponse du genre : « Non, ça ne m'intéresse plus. » mais elle n'avait jamais obtenu cette réponse et il se jurait qu'elle ne l'obtiendrait jamais. Même s'il renonçait à sa vocation ou s'il découvrait, dans quelques années, qu'il n'avait pas assez de talent pour continuer, elle en serait la dernière informée. Il décida d'être délibérément insolent :

— À la rentrée mes sœurs iront peut-être à la Légion d'honneur…

Bonne-Maman eut un geste agacé qui signifiait clairement qu'en ce qui la concernait les filles pouvaient aussi bien être abandonnées sur les marches d'une église ou aller à l'orphelinat.

— … et moi j'entrerai en sixième dans un lycée musical.

Touchée.

— Un lycée musical ? Qu'est-ce que c'est que cette nouveauté ?

— On fait beaucoup de musique mais en même temps on prépare son bac.

— Ce doit être un joli bachot, tiens ! Un bachot au rabais !

Anne avait déjà remarqué que toutes les personnes de cette génération disaient « bachot ». Il trouvait ça un peu ridicule. Le démon qui le poussait à provoquer sa bonne-maman s'agita plus fort, devint presque autonome. Il s'entendit dire :

— Ce n'est pas un ba-cca-lau-ré-at au rabais. D'ailleurs si je n'arrive pas à devenir un pianiste exceptionnel je préparerai Coët'.

Bonne-Maman devint extrêmement pâle et le démon qui s'était emparé d'Anne disparut instantanément. Trop tard. Ils se regardèrent, effrayés l'un et l'autre par ce qu'ils découvraient, et elle lui dit, d'une voix qui n'était pas aussi ferme qu'à l'ordinaire :

— Qui t'a donné cette idée ?

— Personne.

— Allons donc !

— Ben… c'est à cause de tous les ancêtres dont vous m'avez parlé. Au fond je voudrais bien être maréchal de France… ou peut-être amiral. Mon grand-oncle Christian est amiral.

Christian de Puyferrand, qui avait le tort d'être l'oncle d'Héloïse et hérétique de surcroît, fut balayé d'un revers de main. Anne, qui ne l'avait cité que pour dédramatiser une scène pénible, le laissa filer. Bonne-Maman semblait aller mieux. Elle entama un récit sur ses propres ancêtres : des bretons pur sang qui avaient toujours couru les mers. Anne les connaissait déjà et savait qu'il n'y avait jamais eu d'amiral parmi eux. Ces histoires de corsaires lui avaient plu, autrefois, mais depuis quelques années il avait décidé de ne plus s'y intéresser car il pensait que cela déplaisait à sa mère. En réalité Héloïse n'avait rien contre les récits sur les exploits des ancêtres, mais elle avait soupçonné Bonne-Maman d'inculquer de la vanité nobiliaire à Anne et elle y avait coupé court en lui faisant un sermon assez sévère qu'il avait pris au pied de la lettre. Depuis toute allusion à la noblesse de sa famille le faisait rougir, et quand Bonne-Maman entamait un récit sur ce sujet il ne lui posait plus de questions. Il était, sur ce point, bien différent d'Héraclès, toujours à l'affût d'une anecdote intéressante et d'un ancêtre glorieux à exhiber.

Marie-Thérèse et Camille arrivèrent assez tôt pour le délivrer. En embrassant sa bonne-maman il eut le sentiment que quelque chose avait changé et qu'elle le considérait avec méfiance. Une phrase toute faite, qu'il avait dû lire dans un roman, lui revint en mémoire : « J'ai réchauffé un serpent dans mon sein. » Elle semblait penser que c'était lui le serpent. Après tout, peut-être avait-elle raison ? Il se demanda si, tout compte fait, il n'était pas méchant.

Héloïse avait profité du déjeuner pour parler aux enfants de leur avenir. Celui d'Anne avait été évoqué à Vienne en sa présence, mais celui des filles avait été gardé secret, du moins en principe : Anne avait surpris quelques conversations brusquement interrompues à son arrivée et il se doutait de quelque chose, si bien qu'Héloïse avait jugé prudent, dans l'avion du retour, de lui en dire quelques mots :

— J'en parlerai avec tes sœurs cet après-midi pendant que tu seras à Neuilly. En attendant tâche de ne pas montrer que tu es au courant et ne parle même pas du projet que nous avons pour toi, d'accord ?

À vrai dire même s'il avait voulu être indiscret il n'en aurait pas eu le temps, car Héloïse aborda le sujet à table :

— À la rentrée vous allez tous les trois entrer en sixième. Ça vous paraît probablement encore lointain, mais je crois qu'il faut en parler dès maintenant.

— Ce n'est pas si lointain, dit Suzanne. À l'école tout le monde en parle déjà. Mais en principe on doit tous aller à Victor-Hugo. Tandis qu'à l'école de Mélanie…

Elle regarda sa sœur, qui enchaîna :

— Dans mon école on nous parle de Charlemagne ou de Couperin, mais il paraît que Couperin n'est pas aussi bien.

— Ne t'inquiète pas pour ça : ce qui compte c'est l'endroit où tu habites, et si ce Couperin ne te convient pas on fera autrement, c'est tout. Parce que si j'ai la garantie qu'on ne vous met pas dans la même classe vous pourrez aller dans le même collège. Ça vous fait plaisir ?

Mélanie regarda Suzanne qui reprit la parole :

— On vous promet qu'on n'en abusera pas.

Héloïse se retint pour ne pas sourire tant la petite fille avait l'air grave et solennel. Et cette façon qu'elles avaient de se passer et de se repasser la parole d'un simple regard à peine esquissé était irrésistible. Dans une partie de bridge ou de n'importe quel jeu par équipe elles pourraient être redoutables. Au fond pourquoi ne pas le leur apprendre ? On verrait plus tard. Dans l'immédiat il n'était pas question d'arts d'agrément mais de scolarité. Elle continua :

— Nous n'allons pas nous compliquer la vie jusqu'à la fin des temps avec cette séparation. Je sais que vous êtes maintenant assez raisonnables pour apprécier la compagnie des autres. Mais j'ai pensé à une autre possibilité pour vous deux : la Légion d'honneur.

— Comme Camille ?

— Ah tiens… Camille a donc pris sa décision ?

— Oui, ça fait longtemps qu'elle nous en a parlé ! Elle dit qu'on devrait bien y aller aussi.

— Et ça vous plaît ?

— Oui.

C'est Suzanne seule qui avait parlé, avec sa voix nette et précise. Mélanie hocha la tête, mais elle avait l'air moins sûre d'elle.

— Et toi, Mélanie, qu'en penses-tu ?

— Oui, ce serait bien.

— Tu n'es pas obligée de le dire si tu n'en es pas certaine.

As-tu vraiment envie d'être pensionnaire… dans des conditions acceptables, bien sûr : vous rentrerez le samedi et le dimanche, mais ça peut sembler dur. As-tu vraiment envie, ou bien dis-tu « oui » pour faire comme Suzanne ?

Mélanie eut son réflexe habituel et chercha le regard de sa sœur. Mais celle-ci détourna le sien, ce qui voulait dire, supposa Héloïse : « Je ne veux pas t'influencer. » Privée de cet appui elle hésita un peu et dit :

— J'ai envie mais j'ai aussi un peu peur.

— C'est parfaitement normal d'avoir un peu peur. Peux-tu en dire plus long ?

— J'ai peur d'avoir *Heimweh.*

Il était très rare que les enfants employassent un mot allemand quand ils s'exprimaient en français. Le contraire était évidemment un peu plus fréquent. Mélanie, semblait-il, estimait que « mal du pays » ne rendait pas exactement compte du sentiment qu'elle craignait d'éprouver en pension. Ou peut-être imitait-t-elle Erika qui mélangeait parfois les vocabulaires et, pour se justifier, disait : « Je raisonne en français mais je ressens en allemand. » Des mots comme *Heimweh* et *Sehnsucht*[1] faisaient d'ailleurs partie de son langage courant. Ce n'était pas la première fois qu'Héloïse remarquait une influence. Elle ne répondit pas tout de suite à sa fille. Que lui dire ? Si elle craignait *Heimweh* à l'avance, il était bien évident qu'elle l'éprouverait. Mais Mélanie continuait :

— En même temps j'ai envie. Ça m'attire.

— Je crois que tu rencontreras encore ce genre de dilemme. On est souvent obligé… comment dirais-je ? d'aller de l'avant, et on ne peut pas échapper à *Heimweh.* Qu'en penses-tu ?

---

1 Mal du pays et nostalgie.

— C'est tout à fait ça.

Mélanie avait l'air heureuse d'être comprise. Héloïse s'adressa aux deux autres :

— Et vous, vous connaissez *Heimweh* ?

— Oui, dit Suzanne sans la moindre hésitation.

Ça c'était curieux. *A priori* elle semblait à l'abri de sentiments de cet ordre. Mais si elle disait « oui » il n'y avait pas le moindre doute : c'était pesé, analysé, réfléchi. Anne, moins sûr de lui, répondit :

— Je crois… il me semble.

— Et Anne, dit Mélanie, où va-t-il aller ?

— Il va d'abord se dépêcher de finir son dessert pour aller vite chez Bonne-Maman. Et pour l'année prochaine nous pensons à un lycée — pardon, un collège — musical. Si ses notes sont suffisantes.

— Mais il est le meilleur !

— Je ne parle pas de ses notes de musique mais des autres. Il m'a promis — ou plutôt il s'est promis à lui même — de donner un gros coup de collier.

— On t'aidera, dit Suzanne. Maman, je peux vous demander quelque chose ?

— Oui.

— Je voudrais abandonner le piano.

— Mais pourquoi ?

— Je ne suis pas assez bonne.

— Mais tu n'es pas mauvaise du tout ! C'est important de ne pas être la meilleure ?

— Je crois que oui.

— Écoute… si tu n'as pas de plaisir à jouer je peux comprendre, mais je ne pensais pas que c'était le cas. Je t'entends travailler beaucoup. Si tu n'aimes pas ça c'est très courageux.

— J'aime ça mais je ne fais pas de progrès.

— Mais si, tu en fais. Avec des paliers, comme tout le monde. Je n'étais pas meilleure à ton âge, loin de là.

— C'est vrai ?

— Tu as ma parole.

— Vous vous compariez à Hilda ?

— Oh non, Dieu merci ! Quand j'avais ton âge elle venait de naître… sinon peut-être aurais-je été découragée ?

— Bon, dit Suzanne. Je me donne encore une année. Camille dit qu'on peut faire tous les instruments à la Légion. C'est vrai ?

— Tu demanderas à ta tante. On doit pouvoir étudier les principaux, en tout cas. Pour la Légion je vous demande de réfléchir. On a le temps.

— Mais je VEUX y aller !

Ça au moins c'était net. Il ne fallait pas oublier que Suzanne prenait toujours ses décisions très vite et que l'indécision des autres l'agaçait.

— Tu dois savoir que si tu n'es pas heureuse tu pourras partir instantanément… enfin… il vaudra mieux quand même attendre la fin de l'année scolaire ou, à la rigueur, la fin d'un trimestre. Toi, Mélanie, tu as tout ton temps.

— Je préfère y aller aussi.

— Tu es sûre ? C'est vraiment une opinion personnelle ?

— Avec Suzanne et Camille ce sera bien.

— Attention. Vous ne serez ni dans la même classe ni dans le même dortoir. Du moins j'essaierai d'obtenir ça. Il ne sera pas question de continuer à dormir dans le même lit.

Ainsi elle était au courant ! Mélanie rougit et même Suzanne l'impassible se troubla. Il y eut un silence gêné, que Mélanie rompit en disant :

— Il y a autre chose qui me fait un peu peur.

— Quoi donc ?

— C'est la pros… la prox… quand les gens sont toujours les uns avec les autres.

— La promiscuité, souffla Suzanne la puriste.

— C'est un risque réel, en effet. Je ne dirai pas la promiscuité, parce que c'est un peu fort, mais l'absence d'intimité.

— C'est ça.

— Raison de plus pour que tu réfléchisses bien. Et pour que tu décides toute seule. J'insiste.

— Je ne dirai rien, dit Suzanne qui avait compris l'avertissement.

Avec Erika les choses ne furent pas si faciles. Pour commencer Héloïse fut prise de vitesse. Comment en vouloir aux petites de lui en avoir parlé le soir même ? Héloïse s'était attardée à la pharmacie et Erika, qui ne l'avait pas vue depuis plus d'une semaine, était rentrée assez tôt. Résultat, elle s'était fait assaillir, dans la cour, par deux petites filles très excitées qui lui avaient dit : « Nous on va en pension ! » À ce moment précis Marie-Thérèse, Anne et Camille étaient arrivés, et tout le monde s'était mis à discuter de la Légion d'honneur comme si tout était décidé depuis longtemps. Erika ne se sentit pas capable de participer à l'allégresse générale et rentra chez elle pour encaisser la nouvelle. Objectivement, elle devait le reconnaître, la question avait déjà été évoquée devant elle, mais si peu ! Elle n'y croyait pas du tout. Il s'agissait de réactions de colère des deux mères, l'une entraînant l'autre, quand quelque chose n'allait pas très bien à l'école. Mais comment pouvait-on faire une chose pareille à ces enfants ? Et le pire c'est qu'elles avaient l'air contentes ! Pour Erika c'était comme si leur vie de famille, si subtilement construite, s'écroulait. Elle aimait recevoir les visites des enfants qui souvent passaient la voir avant leur dîner, seuls ou en groupe. Elle aimait les raccompagner, s'attarder avec eux, ce qui obligeait Héloïse à en faire autant. Parfois ils dînaient tous ensemble, le mardi soir en général. Les autres jours Héloïse et Erika attendaient que tout le monde fût couché pour redescendre dans les appartements privés de l'une ou de l'autre. Et ces appartements étaient devenus un peu moins privés, même si Héloïse rappelait les règles de vigilance qui s'imposaient si on ne voulait pas s'exposer à des découvertes prématurées.

Erika se sentit envahie par le découragement. Il lui semblait que tout était toujours à refaire. La réalité c'est qu'elle tenait à ces enfants, y compris à Camille, qu'elle adorait vivre en leur compagnie. Pourquoi ? Une solide nostalgie de la maternité, sans doute. Au temps où elle n'avait pas encore retrouvé Héloïse elle avait sérieusement pensé à aller habiter dans l'hôtel particulier de sa belle-mère, rue Barbet-de-Jouy, parce que c'est là que Manuela et Wolfgang vivaient. Sa belle-mère, qui prenait en pitié sa solitude, le lui avait proposé, et Erika avait décidé d'y réfléchir. Elle aimait sa solitude, d'une certaine manière, ou plutôt elle en avait besoin parce qu'elle estimait que les gens malheureux sont mieux seuls. Mais elle aimait aussi sa famille et surtout Wolfgang, et l'hôtel de la rue Barbet-de-Jouy était conçu pour que différents groupes familiaux pussent s'isoler et mener une vie complètement indépendante.

Sur ce point-là l'hôtel d'Ennecour était encore mieux conçu. L'appartement des Prieur, les bureaux de la société de Marie-Thérèse, l'appartement d'Erika, celui d'Héloïse, communiquaient par la cour ou par des couloirs. Seuls les bureaux de Marie-Thérèse étaient en expansion presque continue, et Erika lui était reconnaissante de lui avoir laissé de quoi faire un bel appartement.

Tout ça était désormais remis en question. Enfin, remis en question ? Elle avait appris à se méfier de son pessimisme foncier, de sa tendance à d'abord voir le mauvais côté des choses. Ce qu'Héloïse appelait avoir un verre toujours à moitié vide. Sa première réaction avait été une de ces colères muettes dont elle avait le secret. Maintenant elle était triste.

Elle aperçut Mélanie qui frappait à la porte-fenêtre et alla lui ouvrir :

— Alors, cette pension ? C'est vraiment décidé ?

— Je crois que oui. Suzanne a très envie d'y aller.

— Et toi ?

— J'ai un peu envie et un peu peur. Mais si elle y va…

— Si elle y va tu es obligée d'y aller ?

— Oui.

À sa grande surprise Erika se sentit submergée par la jalousie. Décidément, il ne manquait plus que ça ! « Qu'est-ce que j'ai fait au ciel, pensa-t-elle, pour que cette famille me persécute comme ça ! Après la mère, c'est donc la fille, maintenant ? Et pourquoi pas la grand-mère, oui, pourquoi pas au point où j'en suis ? » Elle soupira, se dit que ces gens-là finiraient par avoir sa peau et que personne ne pourrait rien pour elle, tant pis, après tout elle l'avait voulu !

Difficile de ne pas faire de scène à Héloïse, ou de la supplier de ne pas faire ça. Erika se connaissait. Elle savait que si elle commençait à dire ce qu'elle pensait le ton monterait : le sien, pas celui d'Héloïse qui avait acquis avec l'âge un talent certain pour couper court aux discussions dangereuses avant qu'elles ne devinssent des disputes. Mais ce soir-là Héloïse savait qu'Erika était malheureuse et elle avait accepté de sacrifier sa tranquillité pour en discuter avec elle si c'était nécessaire. Quand Erika souffrait d'une scène rentrée, elle boudait. Non, on ne pouvait pas appeler ça de la bouderie, dans la mesure où il ne s'agissait pas d'une sorte de chantage : Erika était triste et faisait de vaillants efforts pour ne pas le montrer. Dans ce cas-là deux attitudes étaient possibles : soit on la laissait se calmer d'elle-même, réfléchir, parvenir seule à la conclusion que tout ça n'était pas si grave, soit on essayait de l'aider en lui parlant. Ce soir, puisqu'il s'agissait des enfants, on allait parler.

Elle attendit la fin des informations télévisées qu'elles étaient allées regarder chez Erika pour attaquer :

— Erika... j'aurais voulu vous parler la première de cette décision.

— Ça n'aurait pas changé grand chose.

— Les filles ont envie d'y aller, Erika.

— Envie... reste à voir qui leur a donné cette envie.

— Plusieurs personnes... dont moi, évidemment. Je crois que c'est bon pour elles.

— Moi je ne crois pas. Il est vrai que ça ne me regarde pas.

— Mais si, ça vous regarde ! Vous vous souvenez de ce qu'a dit Lise, il n'y a pas longtemps, à propos des enfants et de nous ?

— Je ne crois pas.

— Mais si, elle a dit que vous faisiez la mère et moi le père. Que toute notre attitude...

— Elle plaisantait.

— Pas tout à fait. Il y a beaucoup de vrai dans cette remarque. Le père que je suis pensait qu'il fallait les séparer à l'école primaire, même si elles en pleuraient, et qu'il est bon de les mettre en pension maintenant, ce qui ne leur déplaît pas. Vous, vous jouez le rôle de la mère classique : vous vous tordez les mains en vous lamentant.

Erika ne put s'empêcher de sourire :

— Quand même, vous trichez. Vous avez fait à la fois le père et la mère. Je n'ai pas été consultée.

— Je suis un *pater familias* romain.

— C'est trop facile ! Elles seront malheureuses.

— Non, Erika. Vous, vous serez malheureuse, puis vous vous habituerez. Elles, si elles le sont, pourront revenir. Elles le savent. Elles sont d'accord.

— Mélanie a peur.

— Oui, ce qui prouve qu'elle réfléchit bien à tout. Mais elle est attirée et elle ne quittera pas Suzanne. Il faut vous y faire.

Erika fit la grimace. Sa jalousie avait dû être détectée avant qu'elle-même n'en eût conscience. Héloïse ajouta :

— Une bonne mère n'a pas de préférences.

— Quel mensonge ! C'est ce qu'on a toujours essayé de faire croire. Vous n'avez pas de préférences, vous ?

— Moi je ne suis pas une bonne mère. J'ai des préférences, mais elles varient. En ce moment j'ai un petit faible pour Anne. Mais ça ne change rien, je vous le jure. S'il faut le mettre dans un établissement spécial pour la musique et que je ne trouve rien à Paris, il ira aussi en pension. Même très loin. Même à l'étranger : Hilda m'a proposé de le prendre, mais je ne le ferai que si on ne peut pas faire autrement. Vous comprenez ?

Erika comprenait surtout qu'elle était en train de se faire rouler dans la farine. Héloïse l'avait possédée habilement en lui disant qu'elle était la mère. Elle était probablement sincère, d'ailleurs, et sa déclaration devait être prise en considération, mais ce n'était pas si simple. En réalité les enfants avaient une mère un peu distante, pas si mauvaise finalement, et un père mort qui risquait un jour de prendre pour eux de l'importance. Ils avaient aussi leur famille, leurs ancêtres, comme elle, mais ce n'était pas les mêmes et on n'y changerait jamais rien. Bon… elle était une seconde mère assez convenable, finalement, et elle acceptait le rôle. Elle tenta néanmoins un baroud d'honneur :

— Quand je pense que dans ce quartier on a le choix entre Charlemagne et Victor-Hugo !

— Oui, je sais. Je vais d'ailleurs prendre une inscription conditionnelle à l'un ou l'autre, pour le cas où elles ne supporteraient pas la pension.

— On peut ?

— On doit pouvoir. J'ai quelques relations à l'hydre. Vous avez connu Philippe de Chéméré ?

— Le vieil ami de Suzanne ? Je ne l'ai jamais vu.

— Moi si. Je vais lui demander un peu de piston pour Anne, ça peut servir. Mais je ne souhaite pas que les enfants entrent dans son lycée, du moins dès maintenant. Les ambiances de classe prépa dès la sixième, je suis contre.

Rien à dire à ça. Erika était contre également. Elle soupira. La partie était perdue, elle l'avait su dès le début. Oui, elle s'habituerait. Elle s'habituait toujours. C'est vrai qu'une semaine ça passait vite, c'est vrai qu'elle rentrait parfois si tard du bureau que les enfants étaient déjà couchés, c'est vrai que…

Ce soir-là, bien qu'elles eussent été séparées plus d'une semaine, elles ne firent pas l'amour.

Depuis qu'il avait un petit frère Wolfgang ne s'attardait plus à la sortie du lycée mais rentrait précipitamment chez lui, accompagné le plus souvent par Hélène. Manuela n'était jamais revenue du bureau à cette heure-là et les deux enfants avaient pris l'habitude d'assurer la seconde promenade de Boris : celle du soir. Pour respecter l'éducation dite « à l'anglaise » exigée par Manuela, on sortait le bébé par tous les temps, dans un landau antique qui, en revanche, n'avait rien d'anglais. C'était un modèle belge antédiluvien avec une caisse énorme et de toutes petites roues qui, paraît-il, avait fait l'exode et de la résistance. La légende voulait qu'il eût d'abord traversé la France rempli jusqu'à ras bord par toute la batterie de cuisine d'une famille de restaurateurs liégeois. Échoué à Bordeaux, il avait été récupéré par la cousine de Mme von Tauberg qui venait d'accoucher en plein exode. Elle l'avait utilisé pendant toute la guerre pour promener sa fille et, accessoirement, des piles de tracts communistes. La fille, une fois grande, était devenue trotskiste. « Le transport des tracts, disait Manuela, est peut-être une légende, et je ne garantis pas non plus l'histoire de la batterie de cuisine, mais ma cousine est bel et bien trotskiste, ça c'est une réalité. Enfin, quand Maman a hérité du landau elle m'a couchée sur une simple pile de matelas, sans trace de propagande, et ça m'a sans doute évité d'adhérer à la LCR plus tard. Je tiens beaucoup à ce landau : il a une âme.

— Il a peut-être une âme, grognait Wolfgang en le poussant sur le boulevard des Invalides, mais il est pratique comme un cent de clous avec ses petites roues. Sans compter qu'on se fait remarquer. Ça serait bien si quelqu'un le volait.

— Mais qui en voudrait ?

— Un braqueur de banque pour y cacher ses armes. Ou mieux : une femme. Par exemple une terroriste de la *Rote Armee Fraktion*.

— Et Boris ?

— Le jour où j'en aurai vraiment marre de cette caisse pourrie on sortira Boris, on entrera dans une boutique avec lui et on attendra qu'une disciple d'Ulrike Meinhof vienne le voler. Ce landau a un grand destin. Il n'est pas fait pour promener les bébés.

— Le jour où tu en auras vraiment marre Boris marchera.

— Sûr. Il est précoce, mon Boris.

Hélène haussa les épaules. Aucun doute, Wolf devenait complètement gâteux. C'était inattendu et attendrissant. Ce n'est pas elle qui se serait précipitée chez elle pour avoir le privilège de promener Horace ou Hermione quand ils en étaient au stade du landau. Ni d'ailleurs maintenant : Horace était un gamin insupportable, bruyant et toujours en mouvement et Hermione, plus facile à vivre, était beaucoup trop jeune pour présenter le moindre intérêt. Quand il fallait aider sa mère Hélène le faisait volontiers, mais il ne fallait pas lui demander de prendre les devants. Et quand on pensait que Boris avait une gouvernante pour lui tout seul alors que les petits Marèges se partageaient une fille au pair qui changeait pratiquement chaque année, on ne voyait pas la nécessité d'un tel zèle. Il est vrai que Wolfgang n'aimait pas la gouvernante qu'il avait surnommée « la mercenaire stipendiée ». Il avait montré une surprise scandalisée quand Manuela avait manifesté son intention de retourner travailler à la date normale.

— Mais qu'est-ce que tu t'imagines, Wolf, avait répondu sa mère, j'ai déjà utilisé mes privilèges pour m'octroyer un congé pour grossesse pathologique. Je n'en suis pas fière. Maintenant ça suffit. Si tu savais comme c'est bon d'être en pleine forme après tout ça ! Mais tu ne peux pas savoir, mon petit vieux, ça fait treize ans que tu es en pleine forme et tu ne t'en rends même pas compte. Ah retrouver mon bureau, mon ardeur au travail ! Quel bonheur !

— Mais Boris a besoin de toi !

— Dis-moi, Wolf, aurais-je par hasard réchauffé un petit macho dans mon sein ?

— Il y a des mères qui s'arrêtent quelques années…

— Je n'en fais pas partie.

— Mais on a assez d'argent.

— Ce n'est pas une question d'argent, Wolf. Je suis plus utile en travaillant, c'est tout.

— Bon sang ! Ce que tu peux être boche, par moments !

Manuela s'était fâchée, ce qui était très rare. Des mots comme celui-là étaient tabous dans leur famille, même pour plaisanter, et en l'espèce Wolfgang ne plaisantait pas. Seul son mari s'était permis de la traiter de boche à l'époque où ils se disputaient sans arrêt. En contrepartie elle le traitait de parasite et, un jour, elle était allée jusqu'à « maquereau », ce dont elle n'était pas fière en y repensant. Et maintenant le fils du parasite osait remettre en cause les valeurs qu'elle lui avait inculquées pour que, sur ce point au moins, il ne ressemblât pas à son père. Elle l'envoya au lit sans dîner, ce qui était une première, et il répondit qu'il s'en fichait parce que savoir qu'on allait abandonner ce pauvre petit bébé sans défense lui coupait l'appétit.

« C'est l'âge ingrat, pensa Manuela après que sa propre colère se fut calmée. Il a presque treize ans et jusqu'à présent il a été à peu près parfait. Parfait, même, on peut le dire. Il faut bien qu'un jour les ennuis arrivent. S'il avait deux ou trois ans il serait jaloux de Boris et ça ne serait pas drôle non plus. Là il joue les pères nobles. Ça lui passera. Si ça ne lui passe pas… oh, ça lui passera fatalement. La vie et les filles le dresseront. »

Wolfgang avait demandé pardon le lendemain, et heureusement parce que Manuela était décidée à se conduire avec une rigueur toute prussienne (il verrait ce dont une demi-boche est capable !) s'il ne l'avait pas fait. Mais son instinct protecteur envers Boris était resté le même. Il s'occupait tendrement de lui, allant même occasionnellement jusqu'à accomplir des tâches répugnantes comme changer les couches et nettoyer les diverses fuites. Manuela en était assez fière : elle avait mis au monde un « nouveau père » et la fille qui épouserait Wolfgang pourrait lui dire merci, bien qu'elle ne l'eût, en vérité, pas fait exprès.

Pourtant ils avaient été très déçus, l'un et l'autre, quand elle avait appris que l'enfant était un garçon. Il n'y avait hélas aucun doute : les clichés étaient formels et un examen ultérieur n'avait fait que les confirmer.

— Bon, avait dit Wolfgang, tant pis hein ? Il vaut mieux le savoir à l'avance, comme ça, à sa naissance, il ne se rendra pas compte qu'on est déçus.

— Tu ne devrais pas lire Dolto, avait répondu Manuela, ça te donne des idées idiotes sur la prescience des nouveau-nés et ce n'est pas de ton âge.

— Dolto penserait sûrement que c'est de mon âge puisque je le fais. Ne sois pas trop triste, hein ! Il le sentirait, même maintenant.

— Mon Dieu, c'est déjà si affreux d'être enceinte ! Si je ne peux pas penser tranquillement sans que cette chose le sache ! Je n'ai vraiment aucune intimité ! Heureusement c'est des trucs de charlatan.

— Alors pourquoi lui fais-tu écouter des opéras sans arrêt, hein ?

— Ne dis pas « hein » tout le temps, Wolf. Je lui fais écouter des opéras parce que l'oreille se forme tôt : ça c'est de la médecine. Mais il ne devine pas mes pensées : ça c'est du charlatanisme. Suis-je claire ? En outre l'opéra le calme : il remue moins. Et moi je veux que mes gosses aiment la même musique que moi pour ne pas subir des variétés hurlantes pendant leur adolescence. Avec toi ça a marché. Pourquoi pas avec lui ?

— Qu'est-ce que tu me faisais écouter ?

— Mozart et surtout Wagner. J'étais en pleine période wagnérienne. Tu as failli t'appeler Siegfried. Maintenant je préfère les Italiens et les Russes. On change. Pauvre gosse… dire que je voulais l'appeler Léonor !

— Appelle-le Manrique. »

Finalement ce fut l'opéra russe qui l'emporta. Dimitri fut longtemps favori, mais il y avait des querelles d'experts sur l'orthographe et Manuela n'aimait pas le Y qui seul était vraiment correct. Ce fut donc Boris.

— Léonor, dit Wolfgang, ce sera pour la prochaine fois.

— Tu veux ma mort ? dit Manuela, il n'y aura pas de prochaine fois.

Après la promenade de Boris, Hélène et Wolfgang retrouvaient leurs habitudes des années précédentes. Ils se retiraient dans le bureau de Wolfgang (le veinard disposait d'une chambre et d'un bureau !) et ils faisaient leurs devoirs. L'opération était rondement menée, car à force de travailler ensemble ils avaient acquis une organisation sans faille. Tout le programme de la quinzaine était affiché sur un grand tableau qui étonnait beaucoup Manuela :

— J'ai l'impression, avait-elle dit à Claire, qu'ils sont toujours en train de préparer un examen.

En fait, grâce à ce système et à la rigueur qu'il leur imposait, Wolfgang et Hélène travaillaient calmement et avaient du temps pour ce qu'ils considéraient comme vraiment important. Wolfgang programmait son petit ordinateur ZX 81 et Hélène écrivait son journal intime qu'elle laissait toujours chez Wolfgang. Il était hors de question de le mettre à la portée d'Hécube, en qui elle n'avait aucune confiance. Quand elle avait commencé à écrire, en sixième, elle ne s'était pas méfiée. Sa sœur avait tout lu et s'était moquée d'elle, aussi bien pour le fond, qu'elle trouvait « nul », que pour la forme, qu'elle trouvait pleine de fautes. Hélène avait ravalé sa fureur, tout en admettant intérieurement la valeur de certaines critiques sur son style. Cette garce d'Hécube avait toujours été première en français et il n'était pas mauvais de tenir compte de ses remarques qui, après tout, compensaient le fait qu'elle avait toujours refusé de l'aider à faire ses devoirs.

— Tu as raison, avait-elle dit froidement, c'est nul et je laisse tomber.

Et elle avait transporté son classeur chez Wolfgang. Pendant les vacances elle utilisait des feuilles volantes qu'elle cachait soigneusement ou bien, si le risque était trop grand, elle n'écrivait pas du tout.

— Nous on va aller à la Légion d'honneur, annonça Suzanne à Gaëlle. Et toi ?

— Moi en principe c'est Charlemagne. Pourquoi ta mère vous met-elle dans le privé ?

Mme Pennec intervint :

— La Légion d'honneur n'appartient pas au privé, je crois. Je me trompe, Suzanne ?

— Non, mais ça n'appartient pas à l'Éducation nationale. Je crois que Maman déteste l'Éducation nationale. Elle l'appelle l'hydre et elle dit que c'est aussi pléthorique et inefficace que l'Armée rouge.

Mme Pennec haussa les sourcils. Que l'Éducation nationale fût pléthorique et inefficace, elle était tout à fait d'accord. Mais l'Armée rouge ? Pléthorique, certes, mais inefficace ? Encore une excentricité d'Héloïse d'Ennecour, qui certes n'en manquait pas. Il est vrai que son père était ambassadeur et pouvait savoir des choses que le commun des mortels ignorait. C'est pour ce genre de pensées à contre-courant qu'elle aimait bien Héloïse et prenait plaisir à discuter avec elle. Elles avaient sur l'éducation des enfants, sur la lecture, sur la télévision, des idées communes.

— C'est où la Légion d'honneur ? demanda Gaelle.

— Aux Loges, près de Saint-Germain en Laye.

— Mais c'est très loin !

— C'est une pension. Il n'y a que des pensionnaires.

— Ça alors !

Gaëlle semblait indignée. Suzanne reprit :

— Mais c'est très bien. C'est la campagne. On a un grand parc et la forêt, et on rentre tous les samedis.

Mme Pennec intervint encore :

— Et ce n'est pas mixte. Ta mère est contre la mixité.

— Oh quelle chance ! Ne plus avoir ces pauvres débiles avec toi !

Françoise Pennec et Suzanne se sourirent avec complicité. Gaëlle méprisait les garçons sans y mettre la moindre nuance, ce qui était inattendu puisqu'à bien des égards elle leur ressemblait. Mais quand on le lui faisait remarquer elle protestait :

— Je m'habille comme eux parce que c'est pratique mais je ne suis pas comme eux. Je ne suis pas non plus comme ces filles qui jouent à la poupée. Je suis moi.

Quand Gaëlle avait dit : « Je suis moi » il n'y avait plus rien à ajouter. Ce qu'elle reprochait aux garçons, c'était au fond de ne pas lire. On avait beau lui affirmer que certains le faisaient, elle répondait qu'elle n'en avait jamais rencontré et qu'elle attendait de voir.

— Même ton frère. Il est très gentil, je l'aime bien, mais il ne lit pas.

— Mais si, il lit.

— Pas beaucoup. Moins que Mélanie et toi.

— Il n'a pas beaucoup le temps, avec son piano. Mon cousin Héraclès lit beaucoup.

— Alors tu me le montres et je vérifierai.

Rien à faire. On avait beau lui donner des exemples, précisément dans la littérature, elle répondait que seuls les futurs écrivains lisaient. Suzanne et Mélanie n'avaient pas beaucoup d'arguments à lui opposer, surtout quand Gaëlle entamait ce qu'il fallait bien appeler, malgré son jeune âge, un discours féministe du style : « Ils se croient les maîtres du monde mais c'est fini. » Françoise Pennec avait un jour expliqué à Héloïse comment le féminisme était venu à Gaëlle :

— Dans les livres, comme d'habitude ! Elle devait avoir sept ans. Je lui avais donné à lire des légendes du Moyen Âge, vous savez… Guillaume d'Orange, Roland et Olivier, Ogier le Danois, tout ça. Elle s'est mise en colère parce que tous ces preux n'arrêtaient pas de dire qu'ils ne se conduisaient pas comme des femmelettes. Celui qui a fait déborder le vase c'est un nommé Vivien. Il passe son temps à proclamer qu'il n'est pas une femmelette, à partir pour la guerre, se faire blesser, refuser de se soigner, repartir, se refaire blesser. Entre nous c'est vrai que c'est le prototype du parfait crétin, ce dont je n'avais pas pris conscience en lisant ses aventures dans mon enfance…

— Je me souviens. Il finit par se faire tuer très jeune.

— Oui, quand même ! Et tout le monde l'admire. Gaëlle en était vraiment indignée et j'ai dû lui expliquer que certaines époques avaient besoin de ce genre de brutes. Ça ne l'a pas convaincue et d'ailleurs, entre nous, ce n'est pas convaincant. Les fourbes un peu lâches mais pleins de ruse ont certainement contribué plus efficacement à nous sortir du Haut Moyen Âge. De toute façon, elle n'a jamais digéré le mot "femmelette" et quand je lui ai raconté ma jeunesse soixante-huitarde et mes manifs féministes elle a acquis un solide respect pour moi, tout en me reprochant de n'avoir pas continué. En tout cas depuis sa révélation mon mari et Tugdual filent doux. Elle ne leur passe rien. Je dois dire que ça me convient assez bien.

L'univers de filles que lui décrivait Suzanne avait tout pour séduire Gaëlle, hormis l'uniforme. On avait toujours la plus grande difficulté à lui faire enfiler une robe et quand elle était obligée de le faire elle avait l'air incroyablement empruntée. De toute façon il ne fallait pas espérer y être admise : personne, dans sa famille, n'avait la Légion d'honneur ou le Mérite, ou alors il fallait remonter à la nuit des temps. Elle avait toujours su que le risque de n'être plus dans la même classe, voire dans le même établissement, que Suzanne existait. Néanmoins elle était triste. Pas tellement à cause de la séparation qu'à cause de la désinvolture de Suzanne. Mais ces choses-là ne se disaient pas, du moins pas directement :

— Est-ce que Mélanie est contente aussi ?

— Oui… mais on regrette que tu ne sois pas avec nous.

Ça c'est vraiment dommage.

— Ah…

Elle l'avait dit, et c'était déjà beaucoup. Et même, quand on connaissait Suzanne, c'était énorme. Gaëlle ne pouvait pas faire moins :

— Moi aussi. Vous allez me manquer.

— On se verra le week-end.

— Oui.

Bien sûr, mais en pension elles se feraient d'autres amies. Et elle-même, sans doute, en ferait autant… avec un peu de chance. Gaëlle soupira. Elle avait à peine dix ans et c'était déjà la fin d'une époque.

Anne fut finalement accepté au collège La Fontaine, ce qui n'était certes pas la solution la plus commode mais on n'avait pas le choix. Il avait échoué, à cause des maths, dans les premiers établissements choisis par sa mère. Pendant quelques jours il avait été complètement désespéré, puis la bonne nouvelle était venue : un soir Philippe de Chéméré avait téléphoné pour l'annoncer.

— Je n'ai pas eu besoin d'intervenir, avait-il dit à Héloïse, il était sur une liste complémentaire et il y a eu des désistements. Maintenant le plus dur est fait.

— Et si on le renvoie à cause des maths ?

— Mais non, il n'est pas très mauvais. C'est juste un système de sélection à l'entrée parce qu'il y a trop de demandes pour ces classes-là.

— Soyez honnête, Philippe. Vous l'auriez pris chez vous ?

— Hum… j'en ai de pires mais ils sont solidement pistonnés. J'aurais pris vos filles sans hésiter et Anne en plus pour vous faire plaisir. D'ailleurs mon offre tient toujours si elles ne restent pas à la Légion d'honneur.

Il avait du mérite à lui refaire cette proposition car Héloïse lui avait avoué qu'elle ne pensait pas grand bien de son lycée.

— Pour les classes préparatoires littéraires vous êtes certainement ce qu'il y a de mieux, et si les filles décident de faire hypokhâgne je viendrai vous en parler…

— Ma pauvre enfant ! Dans bien peu d'années je serai condamné à cultiver mon jardin à Chéméré !

— Mais vous aurez encore votre mot à dire, je suppose. En tout cas pour le moment je n'aime pas beaucoup l'ambiance de compétition féroce qui règne ici et qui est de notoriété publique.

— On exagère…

— Tant que ça ?

— On exagère un peu. Bon… c'est vrai, et bien entendu ça séduit les familles. Il y a une telle inégalité, maintenant, que les parents informés font n'importe quoi pour échapper aux collèges de banlieue ou même de Paris. Je sais pertinemment qu'on me donne de fausses adresses et des quittances d'électricité de complaisance. Certains gosses viennent de très loin, par le train. Exactement comme dans ma jeunesse où il n'y avait pratiquement rien en banlieue. Moi je venais tous les jours d'Écouen jusqu'à Stanislas, puis jusqu'au lycée Rollin quand mes parents ont admis que je ne supportais plus les curés. Ces longs trajets étaient monnaie courante. Mais à l'époque tous les lycées se valaient à peu près.

— Mais il y en a encore sur ce modèle. Bons, mais pas trop. Et justement j'en ai deux à côté de chez moi et je ne vais même pas les utiliser.

— Croyez-moi, on entre aussi à Charlemagne et à Victor-Hugo avec de fausses adresses et du piston. Le système est devenu complètement pervers. Il ne profite d'ailleurs pas aux riches, qui préfèrent souvent le privé, mais aux gens bien informés. Par exemple vous ne verrez jamais un enfant de prof dans un collège à racket de grande banlieue, même si c'est là que sa pauvre mère est condamnée à enseigner. Suzanne n'aurait jamais imaginé ça !

— Si. Je crois qu'elle s'en doutait.

— Elle vous en parlait ?

— Un peu. Elle a aussi laissé des écrits.

— Sur l'enseignement ?

— Non, sur tout. Elle a même raconté que vous vous étiez saoulés tous les deux en juin 40.

— Avant de partir pour Bordeaux. Exact.

— Ça vous intéresserait de lire ça ?

— Je pense bien !

— Alors je vous ferai faire une copie. C'est moi qui ai l'original, maintenant. Parfois je me dis que je devrais le faire taper parce que ce n'est pas toujours très lisible, mais de toute façon je garderai toujours le manuscrit.

Ce qu'Héloïse ne disait pas c'est qu'elle avait tenté de dactylographier elle-même le manuscrit en question mais qu'elle n'avait jamais pu continuer au-delà du quatrième chapitre. Il ne s'agissait pas à proprement parler de chapitres car, pour autant qu'elle le sût, Suzanne n'avait pas cherché à organiser ses souvenirs d'une manière si rigoureuse. Son texte représentait quelque chose d'intermédiaire entre le journal et les mémoires. Chaque partie commençait par la date du jour (du 4 mai au 15 juillet 1971), mais Suzanne y racontait ses souvenirs, auxquels se mêlaient fatalement quelques éléments contemporains. Peu à peu le passé se rapprochait du présent, jusqu'à ce 15 juillet où ils se confondaient totalement. Héloïse était incapable de juger ce texte de sang froid mais il lui semblait que pour un travail d'amateur — et d'amateur pressé par le temps — ce n'était pas mal fait. Il lui avait d'ailleurs fallu plusieurs lectures pour parvenir à se détacher assez du fond pour apprécier la forme. Il lui arrivait maintenant de relire certains passages concernant Erika. Suzanne connaissait bien Erika et la comprenait, mais évidemment elle n'avait pas pu suivre son évolution à partir du jour où Héloïse avait choisi Suzanne contre Erika et provoqué une rupture totale entre elles. L'Erika de Suzanne était subtilement différente de celle d'Héloïse : beaucoup plus jeune, surtout, et vue par quelqu'un de plus âgé qui avait donc avec elle des rapports différents. C'était, du début à la fin, une enfant vue par une adulte, une apprentie vue par un maître. Les traits de caractère excessifs d'Erika étaient non seulement notés mais analysés et expliqués, et Héloïse avait même appris des détails sur l'enfance d'Erika qu'elle n'aurait peut-être jamais connus autrement ; mais ce n'était pas le plus important. Le plus important c'était qu'elle avait modifié son angle de vue, sans aller toutefois jusqu'à adopter celui de Suzanne. Quand elle avait connu Erika elle était tellement jeune — pas le moins du monde adulte, malgré les prétentions qu'elle avait à l'époque — qu'elle avait été fascinée par une véritable adulte qui lui paraissait infaillible et admirable en tout point. Sa déception avait donc été grande quand elle avait découvert qu'Erika était vulnérable et, surtout, ne savait pas conduire ses amours avec sagesse et maturité. Elle avait cessé de l'admirer et on pouvait considérer que cela avait été le commencement de la fin. S'ajoutait le fait qu'elle ne parvenait pas, malgré tout, à lui parler d'égale à égale, ce qui aurait peut-être désamorcé les scènes de jalousie d'Erika. Héloïse, à cette époque, était beaucoup plus sage et raisonnable qu'Erika, mais pas encore tout à fait assez pour la comprendre et pour l'aimer malgré ses faiblesses. Peut-être aurait-elle pu y parvenir si Suzanne n'avait pas tout balayé sur son passage. Suzanne ne l'avait jamais déçue et elle savait bien que cela n'aurait pas pu arriver. Quant à Erika, il est certain qu'elle avait remonté la pente avec beaucoup de courage et d'habileté, ce qui était important pour quelqu'un comme Héloïse qui avait besoin d'admirer pour aimer.

Bien entendu elle n'avait rien vu de tout ça lors de sa première lecture, en 1973. Elle avait été submergée par la vision de Suzanne, et de Suzanne seule. Tous les autres personnages lui paraissaient des ombres, sauf peut-être Madeleine que Suzanne avait tant aimée. Elle avait rendu le manuscrit à sa mère en lui disant qu'elle ne le relirait jamais. Mais après avoir retrouvé Erika elle le lui avait redemandé. Elle sentait qu'elle avait besoin de relire avec soin et d'analyser certains passages dont elle ne se souvenait pas parfaitement : non seulement ceux qui concernaient Erika, mais aussi ceux où Suzanne évoquait l'éloignement du fantôme de Madeleine et ce qu'il fallait bien appeler sa lente et laborieuse guérison, si l'on admet qu'un chagrin d'amour est une maladie dont on guérit. Ces passages, c'est évident, avaient été écrits pour elle. Suzanne souhaitait qu'elle en tirât une leçon et elle avait toujours obéi à Suzanne. « Si j'avais lu ce testament — car c'en est un — plus tôt, pensait-elle, peut-être n'aurais-je pas fait certaines erreurs, mais il est bien évident que je n'étais pas en état de le lire, sinon Maman me l'aurait donné dès qu'elle l'a eu entre les mains. D'ailleurs Suzanne l'avait envoyé à son frère, pas à moi. C'était en somme l'exécuteur testamentaire, ou plutôt celui qui devait prendre la décision à sa place. J'ai eu longtemps la vision d'une Suzanne sage et omnisciente mais maintenant je sais qu'elle hésitait, comme tout le monde, et qu'elle ne savait pas toujours ce qui était bon pour moi. Et puis il y avait ce respect fondamental qu'elle avait pour ma liberté, dont témoigne une phrase vraiment étonnante, pour ne pas dire prophétique : *Je ne vais pas lui laisser des consignes. C'est contre mes principes. Me vois-tu lui dire : « Marie-toi, cherche une autre fille, retourne avec la précédente... »* Quand j'ai relu ce passage, dont l'intérêt m'avait évidemment échappé à la première lecture, j'ai été vraiment stupéfaite d'avoir, par le plus grand des hasards, appliqué les consignes qu'elle avait refusé de me laisser. À la lettre et dans l'ordre. Il faut un solide matérialisme pour ne pas se mettre à croire à l'irrationnel après ça, mais heureusement mon absence de foi est inébranlable. Enfin, il se peut que ces consignes données par prétérition m'influencent malgré que j'en aie. Je ne quitterai jamais Erika, c'est sûr. Elle représente la fin du parcours. Soyons honnête, d'ailleurs : il y a une autre phrase où Suzanne dit qu'elle n'imagine pas Erika capable de *tirer parti de la nouvelle donne*. Pourtant Erika l'a fait et la pythie s'est trompée. »

Mais si Héloïse était capable de relire ce journal, elle évitait quand même certaines pages trop douloureuses, ou bien elle les parcourait à toute vitesse sans parvenir, la plupart du temps, à s'empêcher de pleurer. Le début du quatrième chapitre était un de ces passages : Suzanne, à propos du départ de sa gouvernante, écrivait : *Si je mène à bien l'entreprise que j'ai commencée en écrivant sur ce cahier, il va falloir que je m'endurcisse. Cette nuit, submergée par l'émotion qui s'était emparée de moi en évoquant le départ de Miss Jones, je n'ai pas pu continuer*. Était-ce les termes employés (s'endurcir, submergée, emparée) ? Était-ce l'emploi suggestif de la forme passive ? Ou plus probablement la vision d'une petite Suzanne abandonnée doublée d'une Suzanne adulte revivant ce souvenir comme s'il était tout neuf, en tout cas Héloïse était, elle aussi, submergée. Comme Anne, il y a quelques années, qui s'était mis à pleurer quand elle lui avait raconté la séparation du petit Louis XV d'avec Mme de Ventadour. Et elle avait bien failli pleurer avec lui en pensant à Suzanne et à Miss Jones qui s'étaient substituées, dans sa tête, au petit roi et à sa gouvernante.

Bien sûr, il y avait dans ce récit d'autres passages bouleversants. Mais celui-ci était le premier et il l'avait empêchée de dactylographier plus avant. Il faudrait, un jour, confier ce travail à quelqu'un. Mais à qui ? Il s'agissait quand même d'un texte très intime. En attendant de trouver cette personne digne de confiance elle n'avait rien fait. Les cahiers étaient rangés dans une commode chinoise, sous une pile de pull-overs en cachemire, d'où elle les sortait de temps en temps quand elle était seule, tout en se disant qu'il serait peut-être plus prudent de les mettre avec les autres affaires de Suzanne. Car elle possédait aussi une cantine pleine de papiers que Pierre Lacombe, son frère, lui avait donnée quelques années auparavant. On y trouvait, entre autres choses, les journaux que Suzanne avait rédigés de 1930 à 1941, des lettres et de vieux bulletins scolaires. Cette cantine, sur laquelle était peinte, en lettres presque effacées, l'inscription CAPITAINE ULYSSE LACOMBE, avait été entreposée dans les combles à l'endroit où Marie-Thérèse archivait ses vieux livres comptables.

Il aurait été sage d'y ranger aussi le dernier manuscrit de Suzanne mais Héloïse était partagée entre le désir profond de garder tout ça pour elle et l'idée raisonnable de le montrer à Erika. Dans un sens, on ne pouvait pas le nier, ce texte la regardait aussi. Mais comment aborder le sujet ? En attendant qu'elle en trouvât l'occasion et le courage les cahiers restaient dans sa chambre, mais dans un endroit où Erika n'avait qu'une très faible probabilité d'aller voir. Très faible, mais non nulle. Si elle le faisait ce serait évidemment par inadvertance, alors que le bureau d'Héloïse était aussi tabou que le bureau d'Erika l'était pour Héloïse. Elle savait qu'Erika y entreposait son journal en cours mais elle ne l'avait jamais lu et ne le lirait jamais. Sans ce respect élémentaire de l'intimité de chacune toute vie commune aurait été impossible. Donc, en somme, au lieu de mettre le manuscrit de Suzanne bien à l'abri dans son bureau ou dans la cantine du grenier, elle le rangeait avec ses pull-overs en espérant que, peut-être, Erika le verrait et lui en parlerait. Et elle se rendait compte que tout ça était assez ridicule. S'en remettre au hasard, à une probabilité infime, quand il aurait été tellement plus simple d'en parler, c'était un manque de courage caractérisé. D'un autre côté, si un jour l'occasion lui était donnée d'aborder le sujet de façon naturelle, c'est-à-dire, imaginait-elle, au cours d'une de ces conversations qu'elles avaient le plus souvent au lit, elle n'aurait que la chambre à traverser pour sortir les cahiers.

Le printemps fut consacré à préparer le départ des jumelles comme s'il s'agissait d'une expédition à l'autre bout du monde. Grâce à Marie-Thérèse, Héloïse connaissait parfaitement les formalités à accomplir. C'est aussi grâce à elle qu'il fut possible de visiter l'établissement en compagnie d'Anne de Marèges qui était de passage à Paris. Ni

Marie-Thérèse, qui les avait fréquentés, ni Anne de Marèges, qui en avait vu d'autres, ne furent choqués par l'immensité des dortoirs aux lits très rapprochés. Mais Héloïse, qui se souvenait des craintes de Mélanie au sujet de la promiscuité, éprouva un peu d'appréhension. Elle ne put s'empêcher de dire :

— Mon Dieu… si Erika voit ça !

— Nous ne sommes pas obligées de lui faire une description, objecta sa mère.

— Oh si. Elle voudra tout savoir. Rude soirée et nuit glaciale en perspective. Bon, tant pis. Je me débrouillerai. Est-ce que c'était comme ça dans votre lycée de Nîmes ?

— À peu près, surtout dans les petites classes. Et franchement ça ne m'a jamais gênée ni empêchée de dormir. Et vous, Marie-Thérèse ?

— Au contraire : je trouvais ça rassurant. Pendant les vacances, en revanche, j'étais angoissée d'être seule dans ma chambre. À mon avis l'adaptation sera plus difficile pour Camille que pour vos petites-filles.

Héloïse soupira. Après tout, pour faire passer la pilule à Erika elle lui ferait une description dithyrambique du parc. Et puis on verrait bien. Elle lui dirait aussi que les enfants avaient le droit de regarder la télévision dans le foyer de leur classe depuis qu'une « bienfaitrice » américaine, confondant sans doute la Maison d'éducation de la Légion d'honneur avec un collège du fin fond de l'Ohio, avait offert un certain nombre de postes à l'établissement. Il fallait être américaine pour s'imaginer que des enfants aussi encadrées ne pouvaient pas se passer de télévision. Savait-elle même qu'en France il n'y avait que trois chaînes ? Probablement pas. Soit elle pensait qu'il y en avait autant que dans son pays, vision simpliste mais flatteuse, soit elle pensait qu'il n'y en avait qu'une et qu'elle était en noir et blanc. Peu importe ! De toute façon c'était indispensable à ses yeux. Bien entendu la Maison d'éducation avait imposé certaines conditions. Ces conditions (présence d'une dame éducatrice pour contrôler le programme et, en principe, relative rareté de l'événement) semblaient à Héloïse assez douteuses. Elle était persuadée que bon nombre de feuilletons bien niais risquaient d'être jugés acceptables alors qu'une bonne scène d'amour, à son avis plus éducative, serait censurée. Il est vrai que les films à scènes d'amour passaient rarement avant dix ou onze heures et que l'autorisation de dépasser l'heure du couvre-feu ne s'étendait certainement pas si loin. Cette diabolique télévision introduite dans ces lieux réputés pour leur austérité procurerait bien du plaisir à Erika et la ferait triompher à peu de frais. Ce qui était piquant, dans cette affaire, c'est que Marie-Thérèse, qui pourtant laissait Camille regarder à peu près ce qu'elle voulait chez elle, était la plus choquée par cette innovation. Si l'on avait transformé les petits lits de fer modèle « aide de camp à Marengo » en molles couches pour sybarites, elle n'aurait pas été plus indignée.

— Méfie-toi, lui dit Héloïse : tu ressembles à Cicéron en train d'évoquer Caton l'ancien et le poète Ennius.

— J'espérais que la Légion ferait ce que je n'ai jamais eu le courage de faire moi-même. Tu parles ! On ne peut plus se fier à personne ! Quelle époque !

— Je pense quand même qu'elles ne pourront pas la regarder très souvent. Au fond tu peux assimiler ça à une séance exceptionnelle de ciné-club comme il y en a partout. Toutes les élèves bien alignées avec leur dame éducatrice…

— Oui, au début, avec les petites vertes qui sont encore bien sages ! Mais même de mon temps la discipline se relâchait avec le temps.

— Comme partout !

— Si bien que les bleues parviendront à imposer elles-mêmes leur programme à la dame-éduc' et…

— Elles finiront par la ligoter et l'enfermer dans un placard pour regarder tranquillement un porno à minuit !

Marie-Thérèse se mit quand même à rire :

— Non, ça c'est pour Saint-Denis. Aux Loges je crois que c'est encore inconcevable. Mais pour combien de temps ?

— De toute façon, dit Erika, les enfants vont parfois regarder des émissions chez elle ou chez moi quand vous n'êtes pas là.

— Ce n'est pas gentil de les dénoncer.

— Je les dénonce parce que je sais que vous le savez et qu'au fond ça vous amuse.

Mme de Marèges sourit :

— Héloïse a parfaitement compris l'intérêt des règlements sévères. Tout le plaisir est de les tourner ; croyez-en l'expérience d'une ancienne pensionnaire.

— Je sais que vous cherchez à me convaincre mais ce n'est plus la peine. Aucun endroit, même un pensionnat bonapartiste, ne peut être plus vieux jeu que cette maison. Quand je pense que c'est moi qui ai un peu de sang prussien ! Pauvres *Mädchen in Uniform* ! »

Les *Mädchen*[1], encore sans uniforme, entrèrent à ce moment-là et se mirent à poser plein de questions sur les lieux, le trousseau et, précisément, l'uniforme. Erika leur sourit et se montra bonne joueuse, ce qui était finalement la seule chose à faire.

---

1 Jeunes filles..

— Vous aurez des chemises de nuit longues et blanches, leur dit-elle.

— Longues, je ne sais pas encore, mais blanches c'est sûr, précisa Héloïse. Il paraît que vous en aviez assez des pyjamas ?

— Le pyjama, dit Suzanne, c'est pour les bébés.

— Tu crois ? Je parie que vous serez contentes d'en remettre pour le week-end. Les chemises de nuit ça remonte, ça roule et ça fait des plis. C'est comme les cheveux longs... je me suis également laissé dire que vous en aviez assez d'avoir les cheveux courts ?

Décidément, on ne pouvait rien dire à Camille. Tôt ou tard ça remontait aux oreilles de Maman qui, en fin de compte, devait savoir plus de choses qu'elle ne le disait.

— C'est vrai, dit Suzanne. C'est plus joli.

— Bien. À votre âge je suppliais Maman de me les couper. À dix ans elle me l'a permis. Alors si vous y tenez on ne coupera plus. Mais il faudra être patientes.

Les petites se regardèrent. Peut-être que finalement il suffisait de parler à Camille pour obtenir ce qu'on voulait ? Héloïse devina sans doute ce qu'elles pensaient et ajouta :

— Si vous souhaitez quelque chose il suffit de me le demander. Je dirai oui ou non, mais je ne vous mangerai pas.

Les élèves de la Légion d'honneur rentraient toujours de vacances quelques jours après les autres pour compenser le fait que les horaires de la semaine étaient un peu plus chargés. Qui plus est les sixièmes — mais il allait falloir s'habituer à dire les vertes — rentraient après les anciennes. Quand l'événement eut lieu Erika se trouvait aux États-Unis et Héloïse en fut secrètement soulagée. Le voyage avait paru improvisé, mais on pouvait quand même se demander si elle ne s'était pas débrouillée pour quitter la France à ce moment précis pour éviter des adieux bellifontains. À son retour, le lendemain, elle demanda sobrement si ça s'était bien passé, s'entendit répondre que oui, et parla d'aller voir les prisonnières le plus vite possible.

— Le plus vite possible, dit Héloïse, c'est demain à midi. Elles rentrent pour le week-end.

— On est déjà vendredi ?

Ce fut le commencement d'habitudes qui devaient durer quatre ans. Héloïse, prétextant son travail à la pharmacie, laissait Erika aller chercher les filles le samedi, tantôt seule tantôt avec Lise. Le mercredi après-midi il se trouvait toujours quelqu'un — Erika, le plus souvent — pour sortir les petites dans un salon de thé de Saint-Germain-en-Laye. Il ne lui fallut pas longtemps pour apprécier tous les avantages de la nouvelle situation : quelques heures d'intimité avec les filles, y compris Camille, et une sorte d'officialisation de son rôle dans la maison qui pourrait les préparer à comprendre un jour ce qu'elle était pour leur mère. Si elle avait eu moins de mémoire elle aurait été capable de soutenir que la pension lui avait toujours paru une excellente chose.

1984

Anne en avait un peu honte mais il était heureux du départ des jumelles. Il les aimait toujours autant, était ravi quand elles revenaient pour le week-end, mais il avait gagné, dans l'opération, une intimité avec sa mère qui lui était précieuse. La première semaine Erika l'avait accompagné au lycée en voiture. Elle aurait bien continué, tant elle trouvait inhumain un si long voyage pour un si petit garçon, mais Héloïse ne le voulait pas.

— Autrefois, avait-elle rappelé à Erika, les enfants faisaient de longs trajets pour aller en classe. Maintenant on les élève dans du coton. Et inutile de m'objecter que le monde est devenu moins sûr, parce que ce n'est pas vrai. Ce qui est vrai c'est que les parents sont devenus trouillards, c'est tout. Un enfant de onze ans raisonnable et intelligent ne risque rien entre Paris 4e et Paris 16e. Il prendra le 72 à l'Hôtel de ville, ou même le métro s'il y a trop d'embouteillages.

Anne était bien d'accord avec sa mère. Certes, il était très agréable de se faire déposer devant la porte, surtout dans une Mercedes décapotable, mais il aimait beaucoup l'autobus, qu'il prenait au terminus, ce qui fait que la plupart du temps sa place préférée, solitaire et juste derrière le chauffeur, était libre. Il s'y installait avec son violon car le programme du collège imposait l'apprentissage d'un second instrument. Avec un peu de chance il pouvait y rester jusqu'à la porte de Saint-Cloud quand il n'y avait pas trop de monde. Mais la plupart du temps, hélas, il devait céder sa place à une vieille dame. C'est fou ce qu'il y avait comme vieilles dames sur ce trajet ! Elles le remerciaient souvent, lui disaient qu'il était « bien gentil ah là là ce n'est pas comme tous ces jeunes mal élevés d'aujourd'hui », mais aucune ne se transformait en fée aux trois vœux. Et c'était dommage, parce que sa sœur Suzanne lui avait donné un truc :

— Si tu rencontres la fée aux trois vœux, tu dois faire le vœu universel.

— Qu'est-ce que c'est ?

— Tu lui dis : « Je fais le vœu d'avoir le pouvoir de réaliser tous mes vœux. »

— C'est rudement astucieux.

— En tout cas c'est imparable. Le seul ennui c'est qu'on vit dans un monde où on ne rencontre pas facilement des fées aux trois vœux.

Mais depuis qu'il voyageait seul dans Paris Anne s'était rendu compte qu'il suffisait d'adapter les contes de fées à la vie urbaine. Il y avait des mendiants, des infirmes et des vieilles dames pauvres. Il reconnaissait ces dernières au fait qu'elles montraient au conducteur une carte émeraude au lieu d'une carte orange comme la sienne ; à part ce détail elles n'étaient pas différentes des vieilles dames riches. Pourquoi ne pas les considérer comme l'équivalent de la pauvre vieille lourdement chargée des contes qui se transforme en fée bienfaisante ? Ce n'est pas qu'il y croyait, mais il aimait jouer avec cette idée.

La plupart du temps il arrivait très en avance à cause de la marge de sécurité qu'il prenait par crainte des embouteillages. Ça lui était égal car il aimait beaucoup son lycée. La multiplicité des professeurs était vraiment une bonne chose qui mettait à l'abri d'un excès d'arbitraire. Le prof d'histoire-géo était une vraie terreur que tout le monde détestait, mais celle de français était tellement gentille qu'on pouvait se remettre des craintes que l'autre vous avait infligées. Celle d'anglais était également très populaire mais Anne, sans rien en dire, s'en méfiait : il la soupçonnait sans preuves d'être « faux jetone ». Et bien sûr il y avait l'essentiel, c'est-à-dire la musique. On lui avait dit que dans un collège ordinaire le prof de musique était toujours le plus chahuté, « Même de mon temps ! » avait souligné sa mère. « Même du mien ! » avait rajouté sa grand-mère qui était entrée en sixième en 1930. L'une et l'autre, naturellement, n'avaient jamais participé à ces chahuts, mais elles faisaient partie des deux ou trois élèves pour qui la prof se résignait à faire le cours, bien heureuse que les autres, au lieu de faire du bruit, se contentassent de rédiger leurs devoirs ou de se livrer à n'importe quelle activité silencieuse. Ceci lui avait été dit pour qu'il sût bien à quel point la vie d'un professeur de musique est un enfer quotidien. Il ne fallait pas se résigner à faire ce métier s'il ne réussissait pas à devenir pianiste professionnel.

À La Fontaine il en allait tout autrement, du moins dans la section musique-études dont il faisait partie. Les élèves auraient plus volontiers méprisé les autres matières, c'est pourquoi on ne cessait de leur seriner qu'elles étaient indispensables et que certains d'entre eux pourraient bien être renvoyés à cause des maths ou du français. Mais Anne, au bout de quelques semaines, avait cessé d'être inquiet. En fin de compte il ne se débrouillait pas si mal, avait toujours la moyenne et ne se laissait pas déborder. Sa mère lui avait expliqué qu'il fallait tout bien noter sur son cahier de textes et le regarder suffisamment à l'avance pour ne pas faire ses devoirs à la dernière minute.

— Et si tu as la moindre difficulté, si tu ne comprends pas quelque chose ou si tu ne sais pas par quel bout prendre un devoir, viens me voir tout de suite. Au besoin téléphone à la pharmacie. Les bonnes habitudes doivent se prendre immédiatement. Pour tes sœurs ce sera beaucoup plus facile parce qu'elles sont encadrées et que leur programme est moins chargé, mais toi tu ne dois pas avoir honte de demander de l'aide ; surtout que je n'ai pas l'intention de te donner du poisson mais de t'apprendre à pêcher.

Il connaissait déjà la parabole du poisson et de la pêche, dont Héloïse se servait de temps en temps, et il était assez vite devenu un pêcheur expert. Ses camarades de classe, après tout, avaient les mêmes contraintes que lui et n'étaient pas toujours si bien avertis de la nécessité de ne pas négliger les matières générales. Certaines filles de la section danse, en particulier, étaient persuadées qu'elles parviendraient au sommet. Le voisin d'Anne, un certain Thomas Feldmann qui étudiait le violon, les trouvait bien outrecuidantes :

— Moi, si je ne deviens pas Perlman, j'entrerai dans un orchestre. Elles… suffit qu'elles se cassent une jambe et pfft… c'est terminé. Déjà je me demande comment elles arrivent à marcher avec leurs pieds en canard !

— Ça s'appelle la position ouverte, dit Anne. Si on ne l'a pas naturellement on ne peut pas devenir un bon danseur.

— Possible, mais c'est affreux.

Anne ne trouvait pas cette position si laide, moins en tout cas que la position inverse qu'il observait souvent chez certains garçons de son âge. Bien sûr il ne fallait rien exagérer et les filles prenaient souvent des attitudes cabotines en accentuant cette fameuse position. Tous les matins il en voyait quelques unes dans son autobus : cheveux bien tirés pour former le chignon réglementaire et souvent étique, poses gracieuses très étudiées, conversations techniques destinées à éblouir les voyageurs. C'était ridicule mais on pouvait espérer que ça leur passerait. Heureusement aucune n'était dans sa classe car il aurait eu un peu honte de devoir leur parler.

Il aurait bien voulu aller voir ses sœurs aux Loges le mercredi après-midi mais son emploi du temps était beaucoup trop chargé. Même le samedi, parfois le dimanche, il travaillait sa musique avec Thomas. Il s'était trouvé à côté de lui par hasard, parce qu'on les avait appelés par ordre alphabétique le premier jour, et ils s'étaient tout de suite bien entendus, si bien qu'ils étaient restés l'un à côté de l'autre. Mais Thomas était beaucoup moins amusant que Thibaud Roussel, qui désormais poursuivait ses chahuts à Victor-Hugo. Anne ne le voyait presque plus. Il était entré dans un univers fait de sérieux, de travail, de répétitions, comme sa tante Hilda au même âge, comme ses camarades de classe dont certains — les filles surtout — avaient des comportements d'adultes précoces. Mais il ne lui venait pas à l'idée de s'en plaindre, d'autant qu'il en avait à peine conscience.

— Au fond, dit Manuela à Héloïse qui était venue la chercher à son bureau, nous ne savons presque rien de Lise Schulberg.

— Pourquoi dis-tu ça ?

— Nous venons d'avoir une assez longue conversation… je ne peux pas t'en parler maintenant.

— Pourquoi ?

— Parce que… en fait je peux t'en parler si tu le gardes pour toi dans l'immédiat. Mais je ne dois pas le dire à Erika avant que Lise ne l'ait fait elle-même. Elle est enceinte.

— Lise ?

— Oui.

Il y eut un silence. Héloïse était étonnée, et en même temps elle se demandait pourquoi elle était étonnée. Autant faire part de ses réflexions à Manuela :

— Après tout, pourquoi pas ? C'est ton exemple qui l'a poussée à s'y mettre ?

— Penses-tu ! Elle ne l'a pas fait exprès. Pas du tout exprès.

— De nos jours ? À qui veux-tu faire croire ça ?

— Elle avait un stérilet. Que dis-je ? Elle l'a toujours. Tu avoueras que c'est une précaution suffisante, non ?

— Oui, en principe. Il était un peu vieux, peut-être ?

— Je suppose.

— En quinze ans d'officine tu penses bien que j'ai vu quelques cas de ce genre ! Pauvre Lise ! Que va-t-elle faire ?

— Pour tout t'avouer je suis assez fière de moi. Moi, Manuela von Tauberg, luthérienne, j'ai convaincu Lise Schulberg, luthérienne, d'obéir au Pape en gardant son mouflet. C'est beau non ?

— C'est grandiose, mais je ne te savais pas tentée par le catholicisme.

— Ce n'est pas ça. Mais il est évident qu'elle hésitait, sinon pourquoi m'en aurait-elle parlé ? Lise est assez mystérieuse, finalement. Elle ne parle pas beaucoup d'elle-même, sauf peut-être à Erika mais ce n'est pas sûr. Si elle avait été décidée à cent pour cent à avorter elle aurait fait ça discrètement un samedi matin et on n'en aurait jamais rien su. Là elle se pointe dans mon bureau… un peu embarrassée… me parle de Boris… des enfants en général. Pour moi il y avait quelque chose qui clochait et je l'ai poussée à parler.

— Tu penses qu'elle est venue te voir pour ça ?

— En tout cas elle m'a affirmé qu'elle en était au stade où l'on pèse le pour et le contre et elle m'a demandé si j'en avais fait autant, ce qui n'était pas le cas comme tu le sais.

— Mais de nos jours, quand on a de l'argent et un métier, ce n'est pas une affaire d'être fille-mère. J'irais jusqu'à dire que c'est à la mode et que beaucoup de femmes de son âge le font.

— Oui, mais j'ai l'impression qu'elle a peur de s'attacher, de prendre des risques. Elle dit qu'il y a des événements horribles dans le monde, ce qui évidemment est un lieu commun comme tu les détestes et qu'on n'attendrait pas de la part d'une fille aussi positive.

— En effet. Et qui a passé l'âge des ratiocinations métaphysiques sur l'état du monde.

— Oui, en principe. Mais j'ai des raisons de penser qu'elle a quelques souvenirs d'enfance assez violents.

— Lise ?

— Oui ma vieille. On ne le dirait pas mais c'est comme ça. Je te raconterai peut-être ce que je sais, c'est-à-dire pas grand chose, mais…

— Ne le fais pas si tu crois que c'est indiscret.

Indiscret ? Peut-être pas, pensa Manuela. Mais il fallait bien avouer qu'elle n'avait pas grand chose à dire, même si ce pas grand chose ne ressortissait pas vraiment au secret professionnel. Quelques années avant Lise lui avait téléphoné un soir, vers neuf heures :

— Est-ce que je peux passer vous voir ? Ce n'est pas grave mais c'est urgent.

Manuela, un peu étonnée, avait pensé qu'il s'agissait de quelque chose concernant Tauberg SA et que Lise lui téléphonait sans doute de son bureau. Cette pure Allemande partageait avec les Français la mauvaise habitude de traîner dans les locaux jusqu'à des heures indues, ce qui expliquait son excellente adaptation à son pays d'accueil. Mais Lise venait de chez elle et était manifestement très secouée. Elle avait pleuré, c'était visible, et ses mains tremblaient.

— Est-ce que vous êtes en train de regarder la télévision ? avait-elle demandé.

Manuela, un peu surprise, avait répondu :

— Je peux l'éteindre. Je suis en train d'enregistrer *Jeux interdits* pour que Wolfgang puisse le regarder tranquillement un après-midi.

— Oui, je préfère. J'ai commis l'erreur de commencer à le regarder et je ne peux toujours pas le supporter.

Manuela faillit demander pourquoi, hésita. Heureusement Lise continuait :

— C'est tout à fait stupide de ma part, mais ces bombardements me terrifient. Ça me rappelle 1945. Pire : je revis exactement cette époque comme si j'avais encore trois ans. J'ai trois ans, en fait, comme la petite fille du film. J'ai cru que je pourrais regarder ce film jusqu'au bout et vous voyez le résultat ? La première fois que je l'ai vu, au ciné-club de Göttingen, j'ai été obligée de sortir presque au début du film, quand elle court après son chien. On m'a dit que c'était dommage, parce qu'après c'est beaucoup moins dur, mais je ne PEUX pas aller plus loin.

— Il ne faut pas essayer. Pourquoi vous êtes-vous infligé cette épreuve ?

— Le temps a passé et je me suis dit qu'il fallait regarder mes phobies en face. À Göttingen j'avais été prise de court parce que je ne savais pas ce qu'il y avait exactement dans ce film. J'avais lu un résumé, bien sûr, puisque c'était la coutume de nous en distribuer un, mais ma réaction de panique m'a empêchée de voir le vrai sujet : l'histoire de ces deux enfants. Tant pis. Maintenant je sais que je ne pourrai jamais dépasser les dix premières minutes.

— Il ne faut pas regretter. C'est vrai que c'est un film magnifique mais la fin est insoutenable : bien pire que le début, croyez-moi.

— Pourquoi ? Les bombardements recommencent ?

— Non, mais les deux enfants sont séparés et…

— Stop !

Manuela se tut. Elle avait hésité à parler de la fin du film à Lise, qui semblait avoir été bien assez secouée pour la soirée, cependant elle l'avait fait pour voir s'il s'agissait d'une simple panique devant les bombardements ou de quelque chose d'encore plus grave. Maintenant elle savait et Lise pleurait, ce qui était bien la chose la plus étonnante qu'il lui fût donné de voir. Lise toujours si calme, si rationnelle, si solide… Manuela la prit par les épaules et l'assit sur le divan, devant la télévision éteinte et le magnétoscope qui vibrait légèrement en enregistrant le film qu'on ne voyait pas.

— Je vous demande pardon, dit Lise après quelques minutes, j'étais venue vous demander un somnifère ou quelque chose de ce genre.

Ça c'était tout à fait Lise. Elle travaillait dans l'industrie pharmaceutique et elle n'avait chez elle que les deux ou trois médicaments qu'elle jugeait indispensables. Il va de soi que les tranquillisants ou les somnifères n'en faisaient pas partie. Elle avait souvent des paroles sévères pour ces gens qui, sous prétexte qu'ils n'ont qu'à se servir, se shootent avec n'importe quoi quand ils sont fatigués ou prétendument déprimés, alors qu'ils feraient mieux de reconsidérer leur mode de vie et d'admettre que l'existence même pose des problèmes qu'il faut regarder en face. Elle partageait cette méfiance très puritaine avec Héloïse ; Manuela, beaucoup plus laxiste pour son propre compte, admettait qu'elles avaient fondamentalement raison.

— Je vais vous raccompagner chez vous, dit Manuela. Et puis je vous donnerai un somnifère. Vous êtes sûre que c'est ce que vous voulez ?

— Oui... Elle ajouta : Manuela, je peux rentrer toute seule !

— Je ne pense pas, dit Manuela. Pourquoi ne pas l'admettre ? N'avez-vous pas un soir raccompagné Erika chez elle dans des circonstances assez semblables ?

— C'est vrai. D'ailleurs ce soir c'est à elle que j'ai failli téléphoner... mais... je ne sais pas... sans doute aurait-il fallu lui parler. Je crois que je me serais sentie obligée de lui expliquer un peu, de lui raconter des choses. Ce n'est pas que j'y sois hostile, mais pas ce soir.

— Je comprends.

— Ne lui dites rien.

— Ça va de soi.

Le lendemain Lise avait mauvaise mine, mais pas plus que quand elle avait la migraine, et ce fut naturellement le prétexte qu'elle donna à tout le monde. Ni elle ni Manuela ne reparlèrent jamais de la soirée de *Jeux interdits*. Wolfgang le regarda un après-midi avec Hélène, qui pleura à la fin et jura que jamais elle ne verrait cet horrible film une deuxième fois. Wolfgang se moqua un peu d'elle, mais c'est parce qu'il avait lui-même le cœur serré. Son attitude lui valut de sévères remontrances de sa mère, qui consola Hélène et le traita de « petit crétin prétentieux qui se croit trop grand pour pleurer même quand il y a vraiment de quoi, et souviens-toi que tu n'étais pas si fier quand tu as vu *Bambi* à six ans et que j'ai été obligée de te faire quitter la salle tellement tu sanglotais quand le chasseur...

— Stop ! cria Wolfgang, sur un ton plus modéré, toutefois, que celui de Lise quelques jours avant.

— Tout ça est normal, conclut Héloïse après avoir écouté attentivement le récit de Manuela. Lise est née pendant la guerre et elle est prussienne.

— Elle est prussienne ? Comment le sais-tu ?

— Je le sais parce que… attends que je réfléchisse… Erika a dû me le dire. Non. Ce n'est pas Erika c'est Maman. Ou plus exactement c'est Lise elle-même qui a dit un jour à Maman qu'elle avait une pointe d'accent prussien, ce qui est normal puisque Maman a appris l'allemand en Prusse. Lise lui a dit exactement : « Vous avez le même accent que ma mère. Elle n'a jamais pu le perdre complètement bien qu'elle vive dans le Hanovre depuis plus de trente ans. » Après elles ont parlé d'un certain nombre de patelins que personne ne connaît sauf elles deux. J'aurais dû savoir que, puisqu'elle est prussienne, c'est évident, elle a fait l'exode de 1945, même si elle ne s'en souvient pas consciemment. Mais je ne pense jamais à son âge et Maman doit la croire plus jeune qu'elle n'est réellement. Au fond elle n'a pas dit : « Je suis prussienne », mais « Ma mère est prussienne », ce qui est une manière différente de présenter les choses. D'autre part il arrive à Erika de la traiter de Prussienne. Tu n'as pas fait attention ?

— Si, mais c'est une façon de parler.

— Pas pour Erika, tu sais bien. Elle n'est pas du genre à traiter un Berlinois de Prussien. Pour elle un Berlinois est un Brandebourgeois, et quand elle dit qu'elle a elle-même quelques gouttes de sang prussien elle fait allusion à votre arrière-grand-mère de Dantzig…

— Exact. Elle était de Dantzig.

— … qui était donc une femme de Prusse-Occidentale. Lise et les cousins de ma mère sont de Prusse-Orientale, capitale Königsberg. Rien à voir avec le Brandebourg, le Mecklembourg, la Poméranie et toutes ces régions qu'on appelle abusivement la Prusse sous prétexte que l'électeur de Brandebourg s'est fait un jour proclamer roi de Prusse. Ce n'est pas Erika qui traiterait Marlene Dietrich, Josef von Sternberg ou Ernst von Salomon de Prussiens, crois-moi : elle connaît trop bien le sens des mots. Même Bismarck n'était pas prussien, d'ailleurs…

— Ah bon ?

— Il était poméranien, je crois. J'ai l'impression que pour la plupart des gens, maintenant, tout Allemand qui n'est ni bavarois ni rhénan est prussien. Moi j'ai toujours fait la différence parce que mon arrière-grand-mère franc-comtoise racontait que son village avait été occupé par des Bavarois pendant la guerre de 70 et que ça n'empêchait pas les gens de les appeler des Prussiens. Il est vrai que c'était la guerre du roi de Prusse.

— En tout cas maintenant c'est devenu un terme pour désigner les gens rigoureux, bien carrés, sévères…

— Ou complètement rigides, parce que c'est presque toujours péjoratif. Derrière le Uhlan, avec son casque à pointe, se profile le Boche qui coupe la main des enfants belges…

— Puis le nazi, qui le fait réellement. Alors finalement personne n'est prussien ?

— Si : Lise, mes cousins, ton arrière-grand-mère, Emmanuel Kant et Élisabeth Schwarzkopf.

— Les Prussiens sont sympas ! conclut Manuela.

Quelques jours plus tard, quand Erika lui parla de Lise, Héloïse lui avoua que Manuela l'avait déjà mise au courant :

— C'est officiel ? Elle est bien décidée à le garder ?

— Mais bien entendu. Pourquoi ne le ferait-elle pas ?

Héloïse sourit. Elle savait bien qu'Erika, sans aller jusqu'à condamner formellement l'avortement, jugeait sévèrement qu'on y eût recours à la légère. C'était peut-être un peu facile pour une femme qui n'avait jamais couru le moindre risque d'être enceinte, mais c'était ainsi. Lise n'était pas du même avis mais critiquait la nouvelle terminologie. Héloïse se souvenait d'une conversation où elles s'étaient moquées du sigle IVG, manière ridicule de ne plus appeler les choses par leur nom. Mais elles avaient mis dans le même panier les « non voyants », les « économiquement faibles » et les « pays en voie de développement », sans parler des imbéciles qu'il faudrait logiquement appeler des « mal comprenants ». Lise disait qu'un chat n'était plus un chat mais un « félin de petite taille » ou FPT. Néanmoins elle avait bien souligné que cette manière de débaptiser les choses n'avait rien d'innocent : quand un acte avait mauvaise réputation on changeait son nom en espérant que ça passerait mieux. « Moi, avait dit Lise, si je devais avorter j'avorterais sans euphémisme, et si je décidais d'être fille-mère je ne serais pas mère célibataire. »

Sans doute avait-elle dit ça en sachant qu'elle ne risquait rien mais les évènements l'avaient rattrapée avec une certaine ironie. Fille-mère ou avorteuse ? Les sœurs Tauberg semblaient l'avoir poussée dans le clan des filles-mères.

— Personne ne m'a poussée, protesta Lise quelques jours plus tard, mais j'ai l'habitude de m'en remettre au hasard qui, jusqu'à présent, m'a été plutôt favorable. D'ailleurs je n'ai pas dit mon dernier mot et si cet enfant n'est pas normal il ne naîtra pas, quel que soit le nom qu'on donne à cette élimination.

— Avortement thérapeutique, tout simplement.

— Ça me paraît le terme correct. En tout cas personne ne pourra m'influencer à ce sujet, ni même me culpabiliser. Nous autres, Allemands, nous en avons marre qu'on nous parle de Hitler chaque fois que nous faisons des réserves sur la naissance des mongoliens.

— Il faut dire trisomique.

— Je sais. D'ailleurs je suis d'accord, pour une fois. Il n'y a aucune raison d'insulter gratuitement les Mongols. Mais ma concierge ne sait peut-être pas ce que signifie trisomique.

Ça c'était l'argument classique de Lise quand elle refusait un mot ou surtout un sigle. Cependant sa concierge, au demeurant d'origine portugaise, comprenait parfaitement les nouveaux mots pour peu qu'ils fussent utilisés souvent à la télévision. Mais elle refusait le terme de gardienne d'immeuble en s'obstinant à accrocher à la porte de sa loge un vieux carton jauni par les ans : LA CONCIERGE EST DANS L'ESCALIER.

— En somme, disait Lise, ma concierge assume sa conciergitude, et quand elle fait le ménage chez moi elle n'a pas la prétention d'être une « technicienne de surface ».

Pendant qu'Erika et Héloïse s'égaraient sur ce personnage folklorique qu'était devenue la concierge de Lise, celle-ci ajouta :

— Contrairement à Manuela, j'ai atteint l'âge des contrôles sérieux.

Elles se mirent à rire toutes les trois. Manuela, en effet, avait passé tout le début de sa grossesse à se ronger les sangs au sujet d'une possible anomalie du bébé. Elle avait fini par exiger une amniocentèse qu'on lui avait accordée bien qu'elle n'en eût pas atteint l'âge ; c'était, pensait sa gynécologue, une camarade de faculté mère elle-même de quatre enfants, le seul moyen d'avoir la paix. Grave erreur, car Manuela, une fois assurée qu'elle avait un garçon normal, avait cassé les pieds à tout le monde en affirmant qu'il risquait d'être myope. Et les événements lui avaient donné raison puisque le petit Boris, arrivé à l'âge de la poussette, portait déjà des lunettes. On disait qu'avec un peu de chance il n'en aurait pas besoin longtemps mais rien n'était moins sûr. Quoiqu'il en soit Héloïse plaignait de tout son cœur l'ophtalmo : un camarade de fac, lui aussi.

— À propos, le père a-t-il une bonne vue ? demanda Erika.

— Mais… à vrai dire je n'en sais rien.

Lise avait l'air perplexe. Ne savait-elle pas qui était le père ? C'était bien possible, après tout. L'autre hypothèse c'est qu'elle ne le connaissait pas assez bien. On pouvait imaginer un amant d'une nuit, voire de quelques heures, qui aurait gardé ses verres de contact le temps de la brève rencontre. Erika et Héloïse parlaient souvent de la mystérieuse vie sentimentale de Lise ou plutôt, pour reprendre le distinguo de Manuela, de sa vie sexuelle. Dans sa jeunesse, c'est-à-dire avant d'avoir vingt-cinq ans, Lise avait eu quelques attachements qui avaient mal tourné. S'agissait-il de malchance pure ? C'était possible. Mais on pouvait aussi imaginer qu'elle tombait réellement amoureuse quand l'homme ne lui convenait pas, ce qui est après tout assez fréquent. Cette hypothèse n'était pas offensante puisque Lise elle-même en évoquait parfois la probabilité. En tout cas elle était devenue de plus en plus méfiante et avait décidé de se protéger en ne tombant plus amoureuse. La décision elle-même est assez banale mais en général on ne s'y tient pas longtemps. Lise, elle, s'y était tenue, aidée par les circonstances : son amitié pour Erika et son travail qui était devenu de plus en plus absorbant.

Mais pas absorbant au point de l'empêcher d'avoir des amants. Tout ce qu'on savait d'eux c'est qu'ils étaient le plus souvent mariés, n'avaient pas *a priori* la moindre velléité de divorcer et s'accommodaient parfaitement des horaires de Lise qui étaient aussi les leurs. Quand l'un d'entre eux commençait à se plaindre de sa vie conjugale — ou de sa vie en général —, il était immédiatement congédié.

— Le drame, disait Lise, c'est que désormais les hommes divorcent. Et ils le font surtout quand on ne leur demande pas.

D'autre part, elle voyageait beaucoup et avait du succès auprès de ses compagnons de la « classe affaires ». Elle était belle, grande, blonde, au goût du jour en somme, et surtout on la sentait disponible. Aimable, souriante, elle n'avait pas ce côté réfrigérant d'Erika qui, dans sa vie publique, méritait assez souvent son surnom de Fräulein von Eisberg. Erika n'avait même pas besoin de décourager les hommes car dans l'ensemble ils ne la draguaient pas. Lise, en revanche, plaisait aux hommes, qu'elle encourageait, et aux femmes, qu'elle décourageait.

— Je pense qu'elle ne sait tout simplement pas qui c'est, dit Héloïse à Erika quand elles se retrouvèrent seules.

— C'est impossible ! Disons qu'elle ne le connaît pas assez pour avoir une idée des petits défauts de fabrication qu'il pourrait transmettre à un enfant.

— Mais si, c'est possible ! Il suffit d'avoir deux amants en deux ou trois jours.

— Merci, je sais. Mais ça ne doit pas arriver souvent, même à Lise.

Héloïse se tut. Ce n'était pas le moment de lui dire que la chose n'était peut-être pas si rare et qu'elle-même était incapable de savoir si ses filles étaient de François ou de celui que Claire avait surnommé le « second homme » pour signifier qu'il n'y en aurait jamais de troisième. Héloïse n'avait eu qu'une aventure, une seule, le soir où elle avait décidé de quitter son mari. Mais ce garçon pouvait incontestablement être le père des jumelles et Héloïse, plus de dix ans après, n'avait toujours pas la réponse. Pour l'avoir il lui aurait peut-être suffit d'aller voir ce garçon — cet homme, plutôt — dans la pharmacie de l'avenue Mozart qu'il avait héritée de sa mère. Elle savait, par des camarades de faculté, qu'il était marié et avait des enfants. Peut-être leur vue l'aurait-elle éclairée ? En attendant ses filles ressemblaient, l'une à sa grand-mère, l'autre à son oncle Hippolyte. Elles n'avaient en apparence rien de François mais on ne pouvait pas en tirer de conclusions définitives. Toutefois l'incertitude qu'éprouvait Héloïse avait certainement modifié sa réponse à l'attitude de sa belle-mère. Elle ne voulait pas voir les filles, soit. Peut-être, sans le savoir, avait-elle raison ? Héloïse n'était pas loin de penser qu'elle n'avait pas insisté autant qu'elle l'aurait dû parce qu'elle avait un doute.

L'aventure avec le jeune Frédéric faisait partie des choses soigneusement dissimulées à Erika qui n'aurait certainement pas apprécié le passage d'un autre homme, fût-il éphémère. Erika était incapable d'imaginer qu'Héloïse pût être autre chose qu'une pure homosexuelle et, sans que cela eût été clairement exprimé, il était évident qu'elle pensait que le mariage avec François avait été un échec total. Un échec, oui, mais pas au lit. À la fin de leur mariage c'était même la seule chose qui marchait et ils se réconciliaient souvent sur l'oreiller. Pour Héloïse c'était un souvenir assez déplaisant, presque choquant, qui s'apparentait à une sorte de viol auquel elle aurait fini par prendre plaisir. Elle détestait les disputes, les avait toujours détestées, et elle savait que les terminer au lit était à la fois une erreur et une faiblesse. On cédait pour terminer la bagarre ; bien évidemment on en conservait tellement de rancune que rien n'était résolu, au contraire, à plus forte raison si l'on avait éprouvé du plaisir. Sa première liaison avec Erika avait aussi comporté des scènes du même genre mais Erika avait changé. Désormais elles essayaient de résoudre leurs conflits avant d'aller au lit et, s'ils n'étaient pas résolus, elles gardaient leurs distances.

Malgré tout Héloïse avait fini par conclure qu'elle n'était pas fondamentalement bisexuelle. Ce qui lui manquait, à son avis, c'était l'attirance de base. Jamais, en voyant un homme, elle ne se posait la question de savoir s'il était envisageable de coucher ou non avec lui. Elle supposait que certains auraient pu l'en convaincre en lui faisant une cour assidue, que sans doute cela aurait bien marché une fois qu'elle aurait été d'accord, mais que jamais elle n'aurait pris les devants. En revanche il lui arrivait de se retourner pour mieux regarder une silhouette féminine, d'être attirée par certaines clientes de la pharmacie, au point qu'elle avait fini par s'apercevoir qu'elle préférait un certain type de femmes : plus âgées qu'elle, mais ce n'était pas une découverte ; un peu masculines mais pas trop… disons sportives ; des cheveux poivre et sel avec plus de sel que de poivre ; de beaux yeux, ou plus exactement un beau regard. Il était d'ailleurs curieux de constater qu'au fur et à mesure que le temps passait Erika se rapprochait de cet idéal. Elle commençait à blanchir, ce qui ne se voyait malheureusement pas beaucoup puisqu'elle était blonde, et quand elle abandonnait ses tenues « tailleur bon chic bon genre de jeune cadre dynamique et performant », c'est-à-dire quand elle enfilait son jean et son gros pull-over du dimanche, elle était parfaite.

C'est à cause de ce manque d'attirance pour les hommes que le petit Frédéric (deux ans de moins qu'elle... un gosse, quoi !) avait été le dernier. La décision de s'en tenir là n'avait jamais été prise clairement mais s'était imposée toute seule. Pourquoi se compliquer la vie ? Il n'était déjà pas si facile de gérer des aventures féminines à l'époque où elle en avait, avant de retrouver Erika. Les hétéros paraissaient avoir bien des problèmes pour comprendre leurs hommes — leur monsieur, comme on disait dans *Cosmopolitan*. Il fallait beaucoup d'amour envers la gent masculine pour accepter de s'adapter à cette espèce étrangère qui, généralement, demandait des concessions mais se gardait bien d'en faire. « Dans le monde actuel, pensait Héloïse, avec le féminisme à peu près triomphant et les hommes plutôt mal adaptés qui défendent âprement leurs derniers privilèges, quand ils ne cherchent pas carrément à regagner du terrain, j'ai la chance de ne pas avoir besoin d'eux. Je suis peut-être une lesbienne de hasard, orientée par inadvertance... ou peut-être que je le suis fondamentalement... peu importe ! Comme disent les Anglais, c'est un morceau de chance ! Si mes filles le devenaient ce ne serait pas si grave. Et mon fils ? À part que ma belle-mère dirait que c'est de ma faute ! Il échapperait aux revendications des bonnes femmes qui veulent le beurre, l'argent du beurre et la culpabilité du laitier. Comme dit Vigny :

« *Et se jetant de loin un regard irrité*
Les deux sexes mourront chacun de son côté." »

Comme Manuela, Lise aurait préféré avoir une fille et se fit une raison quand elle sut que c'était un garçon.

— Après tout, il est normal, expliqua-t-elle à Camille, Mélanie et Suzanne qu'elle avait emmenées goûter à Saint-Germain, je peux déjà m'estimer heureuse.

— Qu'auriez-vous fait s'il n'avait pas été normal ? demanda Camille qui semblait, comme d'habitude, la mieux informée.

— Je ne l'aurais pas gardé. C'est contre mes principes.

Les trois enfants opinèrent gravement. Elles comprenaient.

— Mais ça m'aurait fait de la peine parce que maintenant j'y suis habituée, à ce gosse. On a déjà passé un certain temps ensemble.

— Ce serait dommage, dit Camille d'un ton pénétré.

— Oui, dit Suzanne. Je peux savoir pourquoi vous auriez préféré une fille ?

— Pourquoi ? Oh, ce n'est pas une préférence bien nette, rassure-toi. C'est probablement à cause de mes petits frères. J'ai le souvenir de sales gamins exaspérants qui prenaient n'importe quel bout de bois, mettaient en joue le premier venu et criaient : « Pan ! pan ! t'es mort ! » Sans compter d'autres jeux encore plus bêtes et plus violents qu'on ne leur avait pas appris à la maison. Je doute fort que la nature des petits garçons ait changé et je pense que le mien ne fera pas exception. Mais je serai plus indulgente, désormais.

— Je ne crois pas qu'Anne ait joué de cette manière, remarqua Mélanie.

— Mais si, interrompit Suzanne, mais pas à la maison. Je l'ai vu faire ça à l'école avec Thibaud Roussel.

— Alors c'est qu'ils sont tous les mêmes. Dans mon école c'était pareil.

— Maintenant on n'a plus de garçons avec nous et on s'en passe très bien. Vous n'aurez qu'à lui dire de ne pas jouer à la guerre à la maison.

— Ce ne serait peut-être pas très adroit, Suzanne. L'attrait du fruit défendu, tu connais ?

— Oh… je vois. Vous aviez combien de petits frères ?

— Trois ! Très rapprochés par l'âge. Et moi j'ai cinq ans de plus que l'aîné, ce qui explique mon agacement. Pourtant, d'une certaine manière, je les aimais… avec quelques réserves. À présent je les aime totalement.

Lise se tut quelques secondes, l'air rêveur, puis ajouta :

— Je pense maintenant que j'avais du mal à les supporter parce que j'avais perdu mon grand frère et que ces trois-là ne lui arrivaient pas à la cheville, du moins c'est ce que je croyais. Mais c'est idiot, bien sûr : des petits frères casse-pieds ne peuvent pas remplacer un grand frère protecteur et certainement un peu idéalisé, je dois le reconnaître. Bon… il faut se dépêcher sinon vous allez être en retard et on ne vous laissera plus sortir.

Parmi les amies de Lise, Erika était la seule à avoir entendu parler de Jenning. Encore Lise ne s'était-elle pas attardée : « Il avait six ans et il est mort sur les routes de l'exode. » Erika avait toujours pensé que Lise était bien trop jeune pour se souvenir avec précision de son frère et de l'exode en question. En quoi elle se trompait : la mémoire de Lise remontait très loin. Elle avait été une petite fille précoce, beaucoup plus intelligente que les autres enfants de son âge, et la mémoire de ces enfants-là est souvent exceptionnelle. À moins qu'il ne faille attribuer l'ancienneté de ses souvenirs au fait que les événements avaient été tellement extraordinaires, tellement violents, qu'elle n'avait pas pu les oublier. En tout cas les faits étaient là : elle avait des souvenirs très précis à partir de l'âge de deux ans… disons deux ans et demi.

Elle se souvenait que sa précocité intellectuelle n'allait pas de pair avec ce que les pédagogues appellent la motricité et que cela lui posait des problèmes. L'âge ne l'avait d'ailleurs pas rendue plus adroite mais cela passait désormais à peu près inaperçu. Pendant les vacances de 1944, alors qu'elle n'avait pas tout à fait trois ans, sa mère, qui était professeur de russe et d'anglais au *Gymnasium* de Labiau, entre Königsberg et Tilsit, avait entrepris de lui apprendre à lire. En gros, d'ailleurs, Lise avait appris toute seule ou au contact de son frère, mais sa mère avait quand même jugé prudent de donner des bases solides à son savoir d'autodidacte.

L'apprentissage de l'écriture, lui, s'était évidemment mal passé, d'autant qu'il était encore d'usage d'apprendre à écrire en gothique en même temps qu'en romain. *Mutti*[1] n'avait pas insisté, partant du principe que ça s'arrangerait tout seul et qu'il ne fallait surtout pas tourmenter une si petite fille. Mais Lise se souvenait combien Jenning se moquait d'elle quand elle tentait de former ses lettres, toute crispée sur son crayon. Ses bâtons transperçaient le papier, dont la qualité laissait évidemment à désirer en ces temps de pénurie. Sur les i, elle faisait des points tellement gros qu'ils ressemblaient à des arbres ; elle n'arrivait pas à dessiner les huit d'un seul trait de crayon et faisait deux ronds l'un par-dessus l'autre. Le résultat lui sem-

1 Maman.

blait à peu près honorable mais Jenning était impitoyable et l'obligeait à faire le bon geste, qu'il persistait à lui montrer beaucoup trop vite en lui disant : « Fais comme moi. » Bien entendu elle n'y parvenait pas et ça se terminait par des pleurs et par l'intervention de leur mère qui intimait à Jenning l'ordre de laisser Lischen tranquille.

Pourtant elle adorait son persécuteur et s'obstinait à quêter son approbation en venant lui montrer ses i et ses huit. Il faut d'ailleurs reconnaître que Jenning était un merveilleux grand frère protecteur à la condition qu'on admît une fois pour toutes qu'il était le chef de meute. Tout ça était assez logique : il pensait remplacer son père, l'*Oberleutnant* Schulberg, disparu sur le front russe à la fin de 1941 quelques mois avant la naissance de Lise. Bien que cela fût peu probable il n'était pas interdit de penser que *Vati* pouvait revenir un jour puisqu'il avait été porté disparu, ce qui lui laissait une faible chance d'avoir été fait prisonnier. Même maintenant il arrivait à Lise de penser que son père n'était pas mort en 1941 mais, peut-être, des années plus tard en Sibérie.

Le front russe, en ce temps-là et dans cette province, on l'appelait le front, sans adjectif, et il se rapprochait dangereusement. De temps en temps, quand le vent venait de l'est, on entendait une sorte de grondement. Les grandes personnes semblaient préoccupées : « C'est le front… mon Dieu ! On dirait qu'il est encore plus près. » Pourtant la radio continuait à dire que tout allait bien, ce qui faisait hausser les épaules à *Mutti*.

— Tout va bien ? Vraiment ? Quand je pense qu'on réquisitionne certains de mes élèves pour aller construire des fortifications à quelques kilomètres de chez nous !

Ce fut aussi cet été-là que des officiers essayèrent de tuer le

Führer. Lise s'en souvenait parfaitement car sa mère, apprenant l'attentat, avait dit que cette tentative — hélas ratée — était toute à l'honneur des Prussiens qui, disait-on, l'avaient organisée et qu'elle était fière d'être de ce pays. Elle avait ajouté, s'adressant en particulier à Jenning qui était très bavard :

— Ne répétez surtout pas ces paroles à l'extérieur de la maison.

— Les autres disent la même chose, avait répondu Jenning.

— Je sais, mais il faut quand même être très prudent. Nous ne sommes pas au bout de nos peines, puisque le fou a encore survécu. Et elle leur avait donné le nom de ceux dont il convenait de se méfier.

Le fou : voilà un terme que Lise entendait souvent pour qualifier le *Führer*, et pas seulement chez elle. Aujourd'hui elle savait bien qu'elle l'aurait beaucoup moins entendu en 1939 qu'en 1944. La catastrophe finale était tellement patente que les gens commençaient à dire, entre haut et bas, ce qu'ils pensaient — même s'ils le pensaient depuis peu. « De nos jours, se disait-elle aujourd'hui, on dirait que la chute de popularité du fou dans les sondages est vertigineuse. » Heureusement pour l'honneur de sa famille, elle savait que sa mère avait eu quelques ennuis en 1939 ou 1940 pour avoir refusé obstinément de s'occuper des filles de la BDM[1] et d'aller à des réunions de propagande au lycée. Plus récemment elle était entrée en conflit ouvert avec un professeur d'histoire originaire de Rhénanie qui enseignait à ses élèves, sur ordre, que les Chevaliers teutoniques avaient gagné la bataille de Tannenberg contre le roi de Pologne Jagellon. Ce jour-là elle était rentrée à la maison

1 Bund Deutcher Mädel : Ligue des jeunes filles allemandes

très en colère et avait expliqué aux enfants qu'il était inadmissible de mentir ainsi à des élèves prussiens qui, la plupart du temps, avait autant de sang allemand que de sang balte ou polonais et en savaient plus long sur les conflits qui avaient ravagé la région au Moyen Âge qu'un fou venu d'Autriche ou une lèche-bottes née à Cologne.

— Déjà je trouve inadmissible qu'un professeur d'histoire — qui soit dit au passage n'a même pas son doctorat — trahisse sa mission en mentant sciemment, mais en plus on n'a pas le droit de faire croire que les Chevaliers teutoniques ont exterminé les Baltes et les Slaves qui vivaient dans ce pays. En réalité tout le monde s'est assimilé et mélangé, comme le prouvent de nombreux noms de famille dans la province, mais ce serait porter atteinte à la pureté du sang allemand que de l'admettre. En outre c'est aussi faire le jeu des Polonais qui ont toujours présenté les Chevaliers teutoniques comme des brutes à la fois sanguinaires et perfides. Quelle époque, mon Dieu ! Ne parlez pas de ça à l'extérieur, surtout ! Si on vous dit « Tannenberg », répondez « Hindenburg, 1914 » parce que celle-là je vous jure qu'on l'a gagnée !

Plus tard les grondements se firent plus nets. Lise imaginait le front comme un immense dragon fâché qui risquait de tuer tout le monde comme il avait (probablement, disait *Mutti*) tué *Vati*. Le monstre grognait de plus en plus fort, quelle que fût la direction du vent. Jenning affirmait que c'était Staline qui jouait de l'orgue et Lise trouvait que cet orgue avait un son bien étrange. Des années plus tard elle apprit que les soldats allemands avait surnommé « les orgues de Staline » les immenses canons russes montés les uns à côté des autres comme des tuyaux d'orgue. Jenning avait dû entendre ce nom dans la rue et il l'avait pris au pied de la lettre, à moins qu'il n'eût voulu faire marcher sa petite sœur, ce qui était encore plus probable. On commençait à voir arriver des réfugiés en provenance de Memel et de Tilsit. Pendant quelques jours les Schulberg hébergèrent une famille originaire de Heidekrug, qui cependant put rentrer chez elle après quelques semaines. Mais d'autres réfugiés n'osaient pas retourner chez eux et préféraient fuir vers ce qu'on appelait le *Reich*. Les Prussiens avaient conservé l'habitude d'appeler « le *Reich* » la partie principale de l'Allemagne dont ils avaient été séparés pendant la période du « couloir ». Peut-être était-ce aussi une manière de se sentir en dehors de tout ça ?

Pourtant la plupart des habitants de Labiau étaient toujours là et le lycée avait rouvert ses portes avec presque deux mois de retard. Le grand départ, le départ définitif, eut lieu quelques jours après l'anniversaire de Lise en janvier 1945. Une nuit, ou plus probablement à l'aube, les enfants furent réveillés, enveloppés dans d'épaisses couvertures, et ils se retrouvèrent dans la carriole de *Herr Doktor* von Lassalle qui était le conservateur du château et du musée. Lise se souvenait parfaitement que la carriole était conduite par Bernard, le prisonnier français qui logeait chez les Lassalle et qui lui apprenait à l'occasion ses premiers mots de français.

Les grandes personnes parlaient de Königsberg où, paraît-il, il ne fallait pas aller à cause des bombardements. La carriole se dirigea vers le sud et tout le monde se retrouva à la gare de Tapiau pour apprendre qu'aucun train n'y passerait parce que les Russes avaient envahi le sud de la Prusse-Orientale avant le nord. Il n'était plus question de les repousser, désormais, mais de fuir. C'est à Tapiau que Lise commença à avoir réellement peur. Pas tellement de ces Russes qui effrayaient les adultes mais dont après tout *Mutti* parlait la langue, mais de la fuite en général, dont elle commençait à voir les effets. Le quai de la petite gare de Tapiau (*Tapiau Hbf*, bien entendu !) était noir de monde. Des écoliers avaient dû s'enfuir précipitamment sans vêtements de rechange, sans baluchon de couvertures, mais avec leur cartable plein de livres et de cahiers désormais inutiles. Ils ne savaient pas où étaient leurs parents puisqu'ils n'avaient pas pu repasser chez eux. Oui, c'est sur le quai de la gare de Tapiau, qu'elle voyait pour la première et pour la dernière fois, qu'elle attrapa ce qu'elle appelait désormais sa phobie des exodes. Plus tard elle pensa que, sans doute, elle avait eu un pressentiment en voyant ces enfants séparés de leur mère peut-être pour toujours. Un pressentiment pas très précis, quand même, puisqu'elle devait tout perdre : son pays, son frère, mais pas sa mère. Pendant les quelques mois que dura leur fuite elle ne cessa pas d'avoir peur, sans rien en montrer. Les catastrophes s'abattaient sur elle comme elles s'abattaient sur toute l'Allemagne et elle attendait le désastre final, celui qui couronnerait tout et la laisserait absolument seule dans un monde hostile. Quelques années après leur arrivée à Celle, dans le *Land* de Basse-Saxe, elle avait toujours peur et cette peur se transforma peu à peu en une sourde angoisse qui n'avait jamais complètement disparu. Elle savait bien que le pire exode c'était le sien : celui dont on ne revient pas. Les Belges et les Français, en 1940, avaient pu rentrer chez eux. Les Prussiens, comme plus tard les pieds-noirs, étaient partis pour toujours. La liste des peuples chassés de leur pays était d'ailleurs sans fin et elle compatissait avec tous sans distinction.

Les Lassalle recueillirent quelques écoliers égarés, autant que la carriole pouvait en contenir, et tout le monde se dirigea vers Königsberg où, malgré les rumeurs, le départ de la population s'organisait très calmement. Il était certainement plus facile d'évacuer des Prussiens que des méridionaux comme les pieds-noirs, s'était dit Lise bien longtemps après en regardant à la télévision *le Coup de Sirocco*. Encore un film qu'elle avait dû interrompre, prise de panique, au moment où la famille Narboni embarquait dans le port d'Oran !

Tout le monde réussit à monter dans un train bondé qui allait à Chemnitz. Les Lassalle comptaient s'arrêter à Francfort-sur-l'Oder où ils avaient de la famille. *Mutti*, très pessimiste, disait que de toute façon les Russes envahiraient toute l'Allemagne jusqu'au Rhin. Si l'évacuation de son pays n'avait pas été obligatoire à cause de l'avancée du front elle serait restée chez elle. Dans l'immédiat les seuls membres de sa famille qui ne résidaient plus en Prusse vivaient à Dresde, en Saxe ; c'est donc là qu'on irait provisoirement et, quand le fou aurait capitulé, on rentrerait à Labiau. « S'ils ne conservent pas la Prusse, disait le docteur von Lassalle mieux informé.

— La Prusse-Orientale est depuis trop longtemps un territoire allemand. C'est nous qui avons construit tout ce qu'il y a là-bas et même quand on nous a imposé le corridor on n'a pas pu nous la prendre parce que notre droit sur ces terres était juridiquement inattaquable.

— Et alors ? Vous croyez que ça va les arrêter, maintenant ?

— Il y a des lois, quand même ! Des traités internationaux…

— Voyons, *Frau Doktor* Schulberg ! Vous savez comme moi que les traités sont des chiffons de papier ! Non seulement les Russes s'empareront de la Prusse mais ils s'offriront, en prime, les pays baltes et la Pologne qu'ils prétendent libérer ! Staline poursuit la politique des tsars avec d'autres moyens. Il cache le droit de conquête pure et simple sous les oripeaux de l'idéologie. Pourquoi croyez-vous que tant de Lithuaniens sont venus se réfugier en Allemagne après 1941 ?

Lise s'était fait expliquer l'expression « chiffon de papier » que Lassalle avait dite en français. Elle ne l'avait jamais oubliée.

Elle était déjà allée chez ses cousins de Dresde, mais elle ne s'en souvenait pas. Jenning, lui, jacassait :

— Tu verras, y a Rolf qui a mon âge ! Y a Petra qui a huit ans ! Pour une fille elle est pas mal !

Il ne parlait pas de l'oncle Hanno, le frère de *Vati*, officier de réserve comme lui, et qui était toujours sur le front, si bien qu'il ne l'avait sans doute jamais vu. L'oncle Hanno, remarié après la guerre, vivait désormais à New-York et Lise le rencontrait chaque fois qu'elle allait aux États-Unis.

Tante Anna accueillit les réfugiés chaleureusement bien que les problèmes de ravitaillement fussent devenus très aigus. Presque tous les jours Tante Anna ou *Mutti*, parfois Petra et Rolf quand ce n'était pas trop éloigné, partaient à bicyclette chez des fermiers des environs pour chercher de quoi manger. Lorsque c'était vraiment loin on devait y passer la nuit et Lise, désormais habitée par la peur, avait beaucoup de mal à s'endormir quand sa mère n'était pas là. C'est sans doute pour ça, avait-elle pensé par la suite, qu'elle avait fait un caprice tout à fait inhabituel le matin du 13 février. Elle avait supplié sa mère de l'emmener avec elle, avait pleuré, et le plus surprenant c'est que *Mutti* avait fini par céder. Dieu sait pourtant que c'était une mère stricte — une Prussienne, n'ayons pas peur des mots — qui ne tolérait pas les caprices et ne leur cédait jamais. Sans compter que traîner avec soi une petite fille de trois ans quand on a l'intention de revenir lourdement chargée ne semble pas une très bonne idée. Peut-être se rendait-elle compte des angoisses de sa fille ? Des années plus tard Lise avait osé lui demander pourquoi elle l'avait finalement emmenée avec elle. *Mutti* l'avait regardée d'un air un peu égaré :

— Je ne sais pas, mais je me refuse à croire que c'était un pressentiment. Il vaut mieux ne plus en parler.

Lise se l'était tenu pour dit.

Comme *Mutti* n'avait pas pu rouler très vite il avait fallu passer la nuit à la ferme, à la grande joie de Lise. Le soir elles avaient regardé les avions de combat qui se dirigeaient, comme d'habitude, vers Berlin ou vers d'autres endroits d'intérêt stratégique. Le lendemain elles étaient rentrées tranquillement, Lise dans son petit fauteuil accroché au guidon, les sacs arrières de la bicyclette pleins de pommes de terre et de navets. *Mutti* peinait dans les côtes et faisait souvent descendre Lise. Elles chantaient *Heidenröslein* et *Erlkönig*. C'était très gai.

La suite se devine aisément : à leur retour il ne restait rien de la plus belle ville de Saxe, rien de Jenning, de Tante Anna, des cousins. Tout avait été bombardé systématiquement à trois reprises au cours de la nuit. À vingt-deux heures et à une heure par les Anglais, à l'aube par les Américains. Ils avaient appelé ce massacre de civils innocents l'opération *coup de tonnerre*. Plus tard Lise avait su à quel point cette destruction avait été inutile puisque les vainqueurs étaient déjà à Yalta en train de dépecer une Allemagne totalement à genoux. Elle savait qu'Hiroshima, quoi qu'on pût en penser, avait provoqué la capitulation des Japonais, impossible autrement, et donc sauvé de nombreuses vies en Extrême Orient. Rien de tel pour le bombardement de Dresde, qui était encore plus impardonnable à ses yeux que celui de Nagasaki. Quand elle s'aventurait à faire cette remarque on lui répondait : « Et Coventry ? Et Birmingham ? » Oui, bien sûr. Elle ne contestait pas la nécessité de bombarder les endroits stratégiques ; elle savait que les bombardiers, eux-mêmes pris en chasse par l'ennemi, ne lâchent pas leurs bombes où ils le veulent, que les populations civiles sont les victimes de ces bavures ; mais le côté prémédité de l'opération *coup de tonnerre* était inadmissible. C'était un crime de guerre, rien de moins, mais les vaincus n'avaient pas le droit d'employer ce terme. Elle en aurait été tout aussi convaincue si son frère n'en avait pas été la victime.

La maison de Hanno Schulberg n'était plus qu'un grand trou. *Mutti*, extrêmement calme, interrogea les survivants qui tentaient de déblayer les décombres. Ils ne purent rien lui dire de précis, bien sûr, mais à l'heure où les bombes étaient tombées il était tellement évident que tout le monde se trouvait dans son lit ! Il ne fallait pas croire aux miracles. Jenning était encore plus certainement mort que son père, même s'il s'agissait, là aussi, de ce qu'on appelle une disparition. Lise était aussi calme que sa mère, soit parce que c'était leur nature à toutes les deux, soit parce qu'elles étaient sonnées. Elles étaient calmes mais elles se comprenaient parfaitement et étaient très proches l'une de l'autre. Après quelques heures passées à interroger les uns et les autres, à tenter vainement d'identifier des objets et même des corps ou ce qu'il en restait, *Mutti* renonça. Elle remit Lise dans son petit fauteuil en lui disant :

— *Los*, Lischen… on n'a plus rien à faire ici.

Et elles suivirent le flot des réfugiés vers l'ouest. De temps en temps elles s'arrêtaient, faisaient cuire quelques pommes de terre.

— Si nous ne pouvons pas rentrer chez nous, Lischen… et je crois maintenant que nous ne le pourrons pas, nous irons quand même sur les bords de la Baltique ou, si les Russes occupent toute l'Allemagne, nous irons au Danemark ou en Suède. C'est sans doute ce qui ressemble le plus à notre pays. Qu'en penses-tu ?

Lise n'en pensait pas grand chose. Elle ne savait pas où se trouvait le Danemark mais elle avait eu l'occasion d'apercevoir, de très loin, les côtes de Suède quand il faisait beau. Elle demanda :

— Pourquoi ne restons-nous pas chez nous avec les Russes, puisque tu peux leur parler ?

— Parce qu'ils sont communistes, ma fille. Plus tard je t'expliquerai. Et par-dessus le marché ils sont gouvernés par un fou, comme nous.

À Iéna elles eurent le bonheur de retrouver Bernard, le prisonnier français des Lassalle. Quand il sut, pour Jenning, il pleura. Pourtant c'était un ennemi, lui aussi, et il commençait à s'apercevoir, comme d'ailleurs la mère de Lise, que les Allemands s'étaient conduits d'une façon bien pire qu'il ne l'avait imaginé, à l'abri au fin fond de la Prusse-Orientale. Lise les entendait parler, la nuit, de camps de concentration, de véritables charniers, et de cadavres ambulants qui erraient sur les routes. Bernard avait décidé de faire un détour par Hameln, la ville du joueur de flûte, avant de rentrer à Belleville (Lise ignorait qu'il s'agissait d'un quartier de Paris). Ils remontèrent tous les trois vers le nord. À Celle, dans la lande de Lüneburg, Lise tomba malade. Ce n'était pas bien grave mais elles durent s'arrêter. Elles furent hébergées par un professeur, comme *Mutti*, qui s'appelait Hermann Krœzus. Moins de deux ans après *Mutti* l'épousait. Elle savait qu'elle ne reverrait jamais l'*Oberleutnant*

Olav Schulberg, ni son pays. C'était ainsi. On tournait la page. À quoi bon s'installer en Suède pour contempler, de loin, son pays dont on l'avait chassée ? Elle pensait que Lise avait tout oublié et que c'était très bien ainsi. Quand sa fille, vers l'âge de dix ou onze ans, lui avait demandé pourquoi elle avait accepté de l'emmener avec elle à la ferme, elle s'était rendu compte que Lise se souvenait et elle avait, pour une fois, déploré cette intelligence et cette mémoire si précoces, tout en admirant la maîtrise de soi de cette petite fille qui n'avait jamais montré qu'elle savait.

Contrairement à sa sœur, Mélanie avait toujours eu le plus grand mal à être correctement habillée. Sur elle, par un phénomène inexplicable, les vêtements tombaient mal, ou plus exactement il y avait toujours quelque chose qui semblait aller de guingois ou manquer. Ses chaussettes plissaient ou rentraient dans ses chaussures, sans symétrie, bien entendu, ce qui aurait été un moindre mal ; elle perdait ses boutons plus souvent qu'à son tour, coinçait ou cassait les fermetures Éclair et, quand on les lui remplaçait par un velcro, elle se débrouillait encore pour l'ajuster de travers. Héloïse n'y attachait guère d'importance, estimant qu'avec l'âge elle se corrigerait tout naturellement en devenant plus attentive. Elle lui avait montré à plusieurs reprises comment placer ses chaussettes — pointes et talons bien droits — pour les faire tenir toute la journée, comment lacer ses chaussures solidement et symétriquement, comment recoudre ou faire recoudre ses boutons aux premiers signes de relâchement, avant qu'ils ne tombent tout seuls. Ça n'avait pas servi à grand chose tant la distraction de Mélanie était grande. Tant pis. Erika et elle avaient pris l'habitude de rajuster presque machinalement ce qui n'allait pas en lui disant, sans grande conviction, qu'elle pourrait quand même faire un peu attention. « Oui, oui… » disait Mélanie en s'en allant. Et une heure plus tard tout était à refaire.

Mais à la Légion d'honneur une telle désinvolture n'était plus de mise et Mélanie s'était vite rendu compte qu'elle devait faire de sérieux efforts dans ce domaine-là aussi. Son travail était bon, sa conduite également, mais la tenue comptait beaucoup. Que penser d'une petite fille qui fait les révérences réglementaires avec des chaussettes de travers et une collerette mal ajustée ? Et bien entendu la plus grande difficulté consistait à bien fixer sa ceinture. Elle n'était d'ailleurs pas la seule à avoir du mal à y parvenir et à devoir se faire aider.

— Mais comment donc s'y prenaient les pensionnaires du dix-neuvième siècle avant l'invention de l'épingle de nourrice, avait-elle demandé à Erika ?

— Et comment faisaient les nourrices pour habiller les bébés ? Tu ne te le demandes pas, bécasse ?

— Parce que je le sais. Elles les emmaillotaient complètement : les bras, les jambes… rien ne dépassait. Dans ces conditions ce n'est pas bien difficile.

— Il fallait quand même réussir à faire tenir le dernier maillot : celui qui bloquait l'ensemble du dispositif.

— Alors comment faisaient-elles ?

— Je n'en ai pas la moindre idée ! »

Elles s'étaient mises à rire toutes les deux et Mélanie avait ajouté :

— C'est comme dans *La Guerre des boutons*. On se demande pourquoi ils n'ont pas de fermeture Éclair. C'est ce que Suzanne a fait remarquer à Maman en sortant du cinéma. Et Maman lui a répondu que le livre datait d'une époque où la fermeture Éclair n'existait pas.

— Et Suzanne n'a plus rien dit ?

— Bien sûr que si. Elle a dit que dans ces conditions le metteur en scène n'aurait pas dû changer l'époque, parce que ça ne tient pas debout. Suzanne voit toujours les détails qui clochent ; on peut compter sur elle pour tout rectifier.

Mélanie faisait allusion à la rigueur impitoyable des remarques de Suzanne sur ses propres inventions littéraires. Désormais, éloignée de sa sœur la nuit, elle n'avait plus cette censure et continuait son feuilleton dans sa tête d'une manière beaucoup plus incohérente. Elle s'en rendait compte mais pensait qu'au fond ça n'avait guère d'importance puisqu'elle n'écrivait rien et se contentait de laisser aller son imagination avant de s'endormir. Cela lui avait été nécessaire dès la première nuit où, après l'extinction des feux, elle avait entendu distinctement les reniflements d'un certain nombre de petites filles et s'était rendu compte que beaucoup pleuraient. L'ennui, avec les pleurs, c'est qu'ils sont contagieux. Elle s'était couchée assez satisfaite de sa journée, prête à la revivre et à analyser ses nouvelles découvertes avant de s'endormir puis, malgré la gentillesse de la surveillante du dortoir, elle avait entendu ces pleurs. Alors elle avait pensé à Suzanne qui, dans un autre dortoir, entendait certainement la même chose. Méprisait-elle ce comportement infantile ? Sans doute : Suzanne avait le mépris facile et prenait souvent sa sœur à témoin de la bêtise ou de la puérilité des autres. Mais il n'aurait pas fallu penser à Suzanne et à l'impossibilité de la rejoindre. Les petites filles qui pleuraient avaient certainement la nostalgie de leur maison, ce fameux *Heimweh* qu'elle avait craint de ressentir, mais elle, elle avait surtout la nostalgie du lit et des récits partagés avec sa sœur. Elle avait senti que les larmes venaient et, délibérément, elle s'était réfugiée dans la guerre de Trente Ans et la vie des nombreux personnages qu'elle avait inventés. Elle n'était plus Mélanie séparée de Suzanne, mais Johanna séparée de Sieglinde. Le dortoir était une grange, ou peut-être l'immense salle d'un château hostile ? Ou, pourquoi pas, la cale d'un navire ? Peu importe : demain il ferait jour et Johanna serait délivrée par Hermann ou par Wolfgang. Et un jour ils arriveraient à Stettin, en Poméranie, où ils triompheraient de leurs ennemis. Mais pas tout de suite, surtout. Imagine-t-on Ulysse de retour chez lui après un trajet paisible de quelques semaines ?

Depuis, tous les soirs, elle continuait. Peu à peu les pleurs de ses voisines étaient devenus moins fréquents et au bout d'environ un mois elle n'avait plus rien entendu. Désormais lorsque le phénomène se reproduisait on pouvait penser que la victime avait eu une rude journée, probablement sanctionnée par un zéro de conduite ou une colle. En somme celle-là aurait aussi bien pleuré chez elle après avoir eu une mauvaise note au lycée suivie d'une punition par ses parents. L'adaptation au pensionnat, elle, semblait terminée.

Mélanie avait de bonnes notes en travail et en conduite mais elle avait eu, au début, de la difficulté à se noter toute seule. Malheureusement c'était la règle et tous les soirs les petites filles devaient évaluer elles-mêmes leur conduite et leur travail. Il ne s'agissait pas, bien entendu, de noter leurs devoirs ; c'était, comme partout, le privilège des professeurs. Mais les enfants devaient juger leur application à l'étude. Ça, ce n'était pas le plus difficile : Mélanie faisait ses devoirs et apprenait ses leçons avec autant de conscience qu'à l'école primaire ; davantage, même, car elle n'était pas exposée à certaines tentations comme aller bavarder avec Erika ou avec Camille, ou bien écouter Anne travailler son piano, voire lui demander carrément de lui faire un vrai récital pour elle toute seule. À la Légion elle était enfermée dans une salle d'études et elle étudiait. Quand elle avait fini elle lisait ou elle prenait des notes pour *Le Feuilleton*. Parfois elle se demandait si elle n'allait pas se mettre à rédiger son journal intime et décidait même de le commencer, mais elle remettait cette entreprise au lendemain, certaine qu'elle n'aurait jamais la discipline de le faire tous les jours et trop scrupuleuse pour ne le faire que de temps en temps.

C'est bien parce qu'elle était scrupuleuse, un peu trop perfectionniste, qu'elle se notait, au début, assez sévèrement en conduite. Sa dame éducatrice lui avait remonté deux fois sa moyenne en lui faisant remarquer qu'elle ne devait pas confondre les mauvaises pensées et les mauvaises actions. Mais c'est surtout l'observation des autres qui lui avait donné une vision réaliste de ce qu'étaient une bonne conduite, une conduite simplement acceptable et une mauvaise conduite. Désormais elle annonçait assez régulièrement : « 8 et 7, s'il vous plaît Madame. » selon la formule consacrée. Si elle avait rêvassé sur son feuilleton avant de faire son travail scolaire elle se retirait systématiquement deux points, et elle seule savait pourquoi, mais c'était rare : la mauvaise conscience et le sentiment que ses devoirs l'attendaient l'empêchaient d'y prendre autant de plaisir, alors à quoi bon ? Éventuellement elle se sanctionnait quand elle avait fait quelque chose de défendu comme aller rejoindre Suzanne au studio de musique quand elle y travaillait. Cette sanction était d'ailleurs une sorte d'hommage rendu à sa mère, car elle ne se l'attribuait pas si elle venait rejoindre une autre élève que Suzanne. Elle ne s'était jamais fait prendre et, bien entendu, elle n'était pas la seule à faire ça. Le jour où cela lui arriverait — à elle ou à une autre — elle connaîtrait le barème et il serait temps d'aviser.

Son seul problème c'était les notes de tenue. Ça, on ne pouvait pas se les attribuer toute seule. Tant qu'il s'agissait des rangements, de la propreté des livres et des cahiers, il n'y avait pas grand chose à dire. Mais les dames éducatrices n'avaient pas la désinvolture de sa mère en ce qui concernait les chaussettes plissées, la collerette de travers ou à moitié sortie, le gilet doté d'un bouton sur deux, et surtout cette damnée ceinture qui semblait avoir été inventée pour compliquer la vie. Gaëlle, devant qui elle s'était lamentée un dimanche, lui avait dit qu'il ne fallait pas attendre d'un uniforme conçu par Napoléon qu'il fût commode pour les femmes.

— D'abord, avait répondu Mélanie, il n'a pas été conçu par lui, parce qu'il y avait déjà ces ceintures à Saint-Cyr au temps de Mme de Maintenon. Sous Napoléon les femmes n'étaient pas habillées d'une façon très compliquée, justement !

Gaëlle avait été obligée de reconnaître le fait. L'inventeur du code qui rendait les femmes mineures n'était pas responsable de cette fichue ceinture. D'ailleurs il est probable que Gaëlle se serait bien débrouillée avec l'uniforme, même si ses convictions philosophiques s'y opposaient. Ses jeans tombaient toujours avec élégance, ses tennis étaient parfaitement blancs et son maillot (aujourd'hui VRIJE UNIVERSITEIT AMSTERDAM) était impeccablement repassé. Le jour où elle serait obligée de changer de tenue elle s'adapterait certainement à merveille.

Après quelques mois, néanmoins, Mélanie avait fait des progrès. Certes, elle se faisait toujours aider par Camille, le matin, pour bien ajuster sa ceinture mais le reste allait bien.

Au fond il suffisait de faire attention. La sévérité du règlement avait produit ce que les remontrances plutôt amusées de sa mère n'avaient pas réussi à obtenir. Ce fut au retour des vacances de Pâques que tout se gâta de nouveau quand Camille lui fit remarquer qu'elle n'était plus assez plate et que sa robe la serrait.

— Ce n'est pas vrai, dit Mélanie au mépris de toute évidence.

— Mais si, c'est vrai. Au début de l'année ta robe flottait un peu. C'est pour ça qu'on avait du mal à mettre ta ceinture. Après Noël ça allait très bien et maintenant elle te serre. Je te signale que c'est normal, à ton âge, et que tu n'es pas la seule.

— Mais Suzanne…

— Ce n'est pas ta vraie jumelle. Vous ne vous ressemblez pas.

— Ça je sais, merci. Mais toi…

— Moi aussi je crois que ça vient.

Et Camille bomba le torse au maximum, sans parvenir à convaincre sa cousine. Peut-être y avait-il en effet une légère saillie ? Mais rien de comparable avec celle de Mélanie. Camille, sans doute consciente de la différence, ajouta :

— Ça se voit surtout quand je n'ai pas de vêtements. Et toi, comment ça fait ?

À leur grande surprise à toutes les deux Mélanie se mit à pleurer. Pour la première fois elle était obligée de regarder la vérité en face et cette vérité, qu'elle éludait depuis quelques mois, ne lui plaisait pas.

— Mais qu'est-ce qui se passe ? Mélanie ! Réponds ! Pourquoi pleures-tu ?

— J'ai même pas onze ans… voilà ce qui se passe ! Tu

trouves que ça ne suffit pas ?

Non, en effet. *A priori* Camille n'aurait jamais pensé que c'était un motif suffisant. Mais en face des larmes de sa cousine, soudain, elle comprenait. Mélanie était encore une petite fille et la puberté allait lui tomber dessus, comme ça, alors qu'elle ne s'y attendait pas. Certainement Héloïse n'avait jamais parlé de ça à ses filles, pensait-elle en jugeant assez sévèrement cette mère qui ne disait jamais rien. Mais à son grand étonnement Mélanie ajouta :

— Maman avait raison.

— Ah bon ? Qu'est-ce qu'elle disait ?

— Que dans sa famille ça commençait souvent très tôt. Elle a dit, à Suzanne et à moi : « Soyez prêtes, les filles. L'hérédité frappe parfois un peu au hasard mais statistiquement certaines choses se vérifient. »

— Bon… ben si tu étais prévenue…

— Je ne voulais pas le croire. D'ailleurs ces choses-là ne m'intéressent pas. Je n'ai pas envie de devenir une grande personne, moi !

— Moi non plus, dit Camille qui se sentait visée. Qu'est-ce que tu crois ?

— Je pensais…

— Tu pensais mal. Je n'ai pas envie de devenir une grande personne parce que je pense que le bon temps c'est maintenant. Mais si tu as un truc pour que ça n'arrive pas…

— Non. Et elle se remit à pleurer.

Camille faillit remarquer que ce n'était quand même pas la fin du monde mais elle se ravisa. Après tout c'était bel et bien la fin d'un monde pour sa cousine, et pour elle aussi. Elle préféra dire :

— Tu dois t'habituer.

— C'est ce que je vais faire, dit Mélanie en s'essuyant

énergiquement les yeux, et je vais même faire semblant d'être contente. Parce que comme ça je finirai par croire que je le suis. Après tout ce n'est pas la fin du monde, hein ?

— Je n'osais pas le dire.

Parfois Camille trouvait Mélanie un peu bizarre, ou tout au moins déconcertante. Sa réaction de ce matin venait encore de le prouver. Avant qu'elles ne fussent pensionnaires ensemble, dans la même classe et dans le même dortoir, Camille la connaissait assez peu et ne la différenciait pas de sa sœur Suzanne, bien qu'Anne lui eût dit à plusieurs reprises qu'elles ne se ressemblaient pas. « Laquelle préfères-tu ? » avait un jour demandé Camille. Anne avait refusé de répondre. Tout ce que Camille avait réussi à tirer de lui c'était que Mélanie était peut-être plus amusante mais que Suzanne était juste. Qu'entendait il par « juste » ? Il n'avait pas pu s'expliquer :

— Quand tu les connaîtras mieux tu verras.

Désormais elle connaissait mieux Mélanie mais elle n'en était pas plus avancée. Que penser d'une petite fille qui se promène dans le parc, en plein hiver, sans manteau ni gilet, sous prétexte qu'il faut s'habituer au froid et que « le sage doit supporter d'une âme égale toutes les températures ?»

— Où es-tu allée chercher ça ? avait demandé Camille passablement étonnée.

— Dans le *Manuel d'Épictète*. Je l'ai lu pendant les vacances de Noël.

— Et si tu prends froid ?

— On ne prend pas froid.

— C'est ton Épictète qui dit ça ?

— Non. C'est Maman. Elle dit que depuis que Pasteur a

inventé les microbes on ne devrait plus s'imaginer qu'on a un rhume parce qu'on a pris froid.

— Pasteur n'a pas inventé les microbes, il…

— Il les a inventés comme on dit qu'on «invente un trésor ». Parfois inventer signifie découvrir. Tu ne savais pas ?

— Non.

— Et pour ces histoires de rhume les gens ne sont pas logiques du tout : ils disent qu'ils ont pris froid, mais en même temps ils disent qu'on leur a passé un rhume. Faut choisir, tu ne crois pas ? Soit c'est contagieux, soit…

— Vous devez avoir raison. Je ferai attention. Donc tu ne veux pas prendre froid… alors pourquoi fais-tu ça ?

— Pour m'endurcir, je te dis. C'est très désagréable mais je ne risque rien. Si ça n'était pas désagréable ça n'aurait aucun intérêt.

— C'est un sacrifice ?

— Non. Ce n'est pas de la religion, c'est du stoïcisme appliqué.

Camille ne voyait pas du tout la différence entre ces pratiques bizarres et celles qu'elle avait connues à Sainte-Marie. Là-bas elle avait eu, surtout la dernière année, des périodes mystiques, mais elle en était bien revenue. D'ailleurs les religieuses n'encourageaient pas du tout ce genre de comportement, au contraire, mais il était quand même bien difficile de ne pas être tentée par le martyre ou par une forme quelconque de macération quand on avait en exemple des saints qui passaient leur existence à manger des sauterelles perchés sur une colonne. Il est vrai que les sœurs leur conseillaient plutôt d'imiter le jeune Louis de Gonzague qui était si confiant en Dieu (ou peut-être trop sûr de lui… allez savoir !) qu'il continuait à jouer pendant la fin du monde.

Curieuse d'avoir là-dessus l'opinion d'Épictète, Camille demanda :

— S'il y avait la fin du monde, que ferais-tu ?

— Mais… je n'en sais rien… Pourquoi ?

— Essaie de répondre.

— Je ne ferais rien. Qu'est-ce que tu veux que je fasse ? C'est la fin du monde… j'attends. Je regarde. Je ne fais rien.

— Et Épictète ?

— Épictète non plus. Ça m'étonnerait qu'il se laisse impressionner.

— Tu es toujours athée ?

— Bien sûr. Et toi ?

— Moi je ne sais pas. Tu me prêteras ton manuel ?

— Il n'est pas à moi. Je l'ai lu chez Claire, en Savoie. Si ça t'intéresse j'essaierai de t'en trouver un.

En repensant à cette conversation Camille se disait que Mélanie avait dû décider d'user du « stoïcisme appliqué » pour supporter le problème de sa puberté naissante. Elle n'avait pas encore acquis assez de sagesse pour ne pas pleurer mais suffisamment pour décider d'arrêter… et apparemment y parvenir. « Tout ça est bien joli, pensait Camille qui, à défaut de lire Épictète, s'était renseignée sur le stoïcisme, mais ça ressemble à ce fameux “fiat” dont on nous rebattait les oreilles à Sainte-Marie. Son stoïcisme, ce n'est rien d'autre que de la religion sans Dieu. Enfin… si ça l'amuse ou si ça lui fait du bien ! En tout cas ça prouve que le bon temps est fini.

L'idée que le bon temps c'était maintenant et que tôt ou tard les ennuis allaient commencer trottait dans la tête de Camille depuis pratiquement toujours. Impossible de savoir comment ça lui était venu. Peut-être était-elle née avec ? Le jour de ses quatre ans, elle s'en souvenait parfaitement, elle avait eu un gros coup de cafard en se disant très clairement que le bonheur était derrière elle.

— Est-ce que c'est bien de vieillir ? avait-elle demandé à sa mère en espérant une réponse un peu magique. Malheureusement elle avait eu une réponse honnête :

— Ce n'est ni bien ni mal. Chaque âge a ses avantages et ses inconvénients.

— Alors à quel âge est-on le plus heureux ?

— Mais je ne sais pas. Ça dépend des gens et des circonstances. Moi, par exemple, c'était à quatre ou cinq ans.

— Pourquoi ?

— Parce que mon père n'était pas mort.

— Après tu n'as plus été heureuse ?

— Mais si, il ne faut pas exagérer. Je suis heureuse maintenant.

— Comme à quatre ans ?

— Non. Je ne suis plus insouciante. Mais c'est un autre genre de bonheur.

Camille avait réfléchi assez longuement, si bien que sa mère avait espéré qu'elle ne poserait plus de questions, puis, en fronçant les sourcils, elle avait dit :

— Je crois que je ne suis plus insouciante.

Marie-Thérèse avait failli sourire mais elle s'était ravisée. Si la petite posait de telles questions, c'est évidemment qu'elle n'était plus insouciante. Peut-être ne l'avait-elle jamais été ? Pourtant elle ne pouvait pas faire de comparaisons entre un avant et un après. Heureusement Camille s'était mise à parler d'autre chose et sa mère avait pensé qu'elle ne se souviendrait probablement pas de cette intéressante conversation. Ce qui était une erreur.

Depuis cette époque Camille avait réfléchi de manière approfondie sur sa crainte de l'avenir. Le pressentiment de ses quatre ans s'était malheureusement avéré et elle avait passé une seconde année de maternelle très désagréable. La maîtresse ne l'aimait pas et ne manquait pas une occasion de lui faire des remarques déplaisantes pour, disait-elle, « lui rabattre le caquet. » Camille et Anne, son autre victime, n'avaient pas tardé à s'apercevoir que c'était une femme méchante ; mais ils étaient bien trop jeunes pour se rendre compte qu'elle était surtout très bête car ils pensaient naïvement, comme tous les jeunes enfants, que quelqu'un qui enseigne est nécessairement très intelligent. Ils n'osaient pas se plaindre mais Marie-Thérèse et Héloïse avaient assez vite constaté que quelque chose n'allait pas. Là, leurs deux philosophies s'étaient opposées :

— Ce n'est pas si grave, disait Héloïse. Il faut que les enfants apprennent le plus vite possible l'injustice et l'arbitraire, puisqu'ils y seront confrontés leur vie durant. L'année prochaine ça ira mieux.

Mais Marie-Thérèse avait maudit tout le système et mis sa fille dans le privé, où Camille avait pu constater que l'injustice et l'arbitraire existaient aussi. Coup de chance : ce n'était plus jamais tombé sur elle. Là-bas personne ne lui reprochait la particule de son cousin, pour l'excellente raison qu'on l'ignorait et que si on l'avait su ç'aurait été plutôt un avantage.

Maintenant elle avait l'impression d'être de nouveau devant un futur menaçant. Pourquoi ? Elle aimait la Légion, travaillait assez bien, était plutôt populaire. Mais à peine entrée aux Loges, elle se voyait les quitter pour Saint-Denis, puis pour… un avenir incertain. Ses cousins avaient des idées précises sur ce qu'ils deviendraient : Anne serait musicien et Mélanie écrivain. C'était là de belles et précises vocations, même si elles n'étaient pas faciles à réaliser. Suzanne, il est vrai, n'avait jamais dit ce qu'elle voulait faire. Avait-elle peur, elle aussi ? Si c'était le cas elle n'en montrait rien, mais après tout Camille non plus. Parfois elle se demandait si sa peur ne provenait pas du fait qu'elle en savait beaucoup plus long que les autres sur le chômage parce que sa mère dirigeait un cabinet de recrutement et que son père, à une certaine époque, avait failli être licencié. Il avait réussi à quitter la société qui l'employait avant le dépôt de bilan fatal mais cela avait été très juste. Elle tentait de se rassurer en se disant que rien n'était jamais fermé à un adulte déterminé. Sa propre mère n'avait-elle pas décidé d'écrire un livre sur les orphelins alors qu'on aurait pu penser que seul le recrutement l'intéressait ? Toutes ces réflexions, elle les gardait pour elle. Sous prétexte qu'elle parlait beaucoup on s'imaginait qu'elle ne cachait rien, mais c'était faux. Et sous prétexte qu'elle fréquentait volontiers les grandes personnes et semblait de plain-pied avec elles on s'imaginait qu'elle souhaitait grandir au plus vite, mais c'était tout aussi faux.

1983

Jenning Schulberg, deuxième du nom, naquit le 11 janvier trois jours avant l'anniversaire de sa mère. À vrai dire Lise supposait qu'il était le deuxième mais elle ne savait, en réalité, presque rien sur ses ancêtres ; elle ne pouvait donc pas exclure l'existence d'autres Jenning dans sa lignée paternelle. La seule chose dont elle était sûre c'est qu'ils étaient prussiens ou baltes depuis la nuit des temps et que, d'origine paysanne, ils avaient commencé à s'enrichir et à s'embourgeoiser à la fin du dix-huitième siècle. La famille de sa mère, née Nikoleit, avait suivi le chemin inverse et s'était progressivement appauvrie en perdant ses terres et ses fermes au moment où les Schulberg entamaient leur ascension. À partir de ce moment la rencontre de ses parents à l'université de Königsberg avait quelque chose de fatal. Ils étaient tous les deux des étudiants brillants attirés par la littérature, la philosophie et les civilisations étrangères.

— Ton père se destinait à la diplomatie, lui avait dit un jour son oncle Hanno, et c'est pour ça que tes parents avaient étudié tant de langues étrangères. Si les événements avaient tourné autrement…

Il n'en avait pas dit plus long car il éprouvait une certaine répugnance à évoquer le bon vieux temps de la Prusse-Orientale, ce que Lise comprenait. Bien sûr, il exécrait « le fou » qui les avait menés à la catastrophe, mais en même temps il avait la nostalgie d'une Allemagne puissante où son frère aurait été un ambassadeur respecté.

— Pour ça, lui avait dit Lise, il aurait fallu s'en tenir à la république de Weimar, au lieu de chercher l'aventure.

— Et le *Diktat* de Versailles ? Il fallait bien effacer cette humiliation. Tu es trop jeune : tu ne peux pas comprendre !

— Sois honnête, Oncle Hanno ! Tu sais bien qu'on avait perdu la guerre de quatorze. Tu ne crois tout de même pas à la théorie de la trahison ?

— Je n'ai pas dit ça. J'ai dit que le *Diktat* de Versailles était trop humiliant, c'est tout.

— Tu as probablement raison. C'est une grande faute psychologique que d'humilier l'ennemi.

— C'est ce que disait ton père. Tu vois qu'il aurait été un grand diplomate. Et toi tu ressembles étonnamment à tes parents. Pourquoi n'as-tu pas d'enfants ?

Voilà une question qui désormais était sans objet. Lise contemplait son petit garçon avec une grande curiosité. Il était laid et fripé mais son teint était clair : « de lys et de roses », comme disent les Français, et un duvet presque blanc et très fin couvrait un crâne déjà assez bien formé. Ses yeux, quand on pouvait les apercevoir, rappelaient ceux d'un chaton nouveau-né : très clairs et très flous, mais Lise n'avait pas vu suffisamment de bébés âgés de quelques heures pour faire des comparaisons significatives. Elle sortit de son gros agenda Hermès (cadeau d'Erika) une photo qu'on ne se serait pas attendu à trouver dans cette reliure bourrée de papiers bien classés et manifestement consacrée aux affaires. C'était un contretype qu'elle avait fait exécuter clandestinement à partir d'une photo empruntée à sa mère. On y voyait un bel homme blond et souriant en uniforme en train de tirer une luge sur laquelle un petit garçon de trois ans, grand pour son âge, riait aux éclats. Chaque fois qu'elle regardait cette photo Lise murmurait rituellement

« Rosebud », car elle avait vu cinq fois *Citizen Kane* et elle conjurait son émotion personnelle en se raccrochant à l'émotion collective suscitée par le film.

Cette fois-ci, après avoir dit « Rosebud », elle regarda attentivement les deux personnages de la photo et le nouveau-né. Incontestablement il y avait une ressemblance. Quoi d'étonnant si l'on pensait au père de l'enfant, dont elle regrettait bien de ne pas posséder la moindre photo ? Mais il ne fallait pas songer à s'en procurer une puisqu'elle ne connaissait que son nom, sa date et son lieu de naissance, la ville où il habitait et la société où il travaillait. C'était certes suffisant pour le retrouver en cas de nécessité mais tout compte fait elle n'y tenait pas du tout. Éventuellement c'est une chose à laquelle elle penserait plus tard si cette question des ressemblances la préoccupait trop, car elle n'avait pas observé attentivement cet homme qu'elle ne pensait pas revoir. Ou plutôt dont elle n'imaginait pas la trace qu'il laisserait dans sa vie. Actuellement elle était capable d'en donner un signalement, certes, mais pas le signalement qu'un policier, par exemple, attend d'un excellent témoin. Tout juste de quoi faire le médiocre portrait-robot d'un très bel homme grand et blond.

L'homme était monté à Kaiserslautern et s'était installé à l'extrémité du compartiment, côté couloir, où Lise était seule depuis Paris. Cette discrétion était agréable. Depuis qu'elle vivait en France Lise avait appris à apprécier les distances que les latins mettent entre eux quand ils le peuvent et à se moquer de l'instinct grégaire — à moins qu'il ne s'agisse d'un goût excessif pour l'ordre — de ses compatriotes, qui remplissent volontiers un compartiment méthodiquement comme s'il s'agissait d'une boîte de sardines. Donc un bon point pour le beau blond qui ne venait pas gâcher sa solitude. Il avait sorti de son attaché-case un roman policier et s'était plongé dans sa lecture, laissant Lise libre de continuer la sienne. Peu de temps après elle avait jugé prudent d'aller au wagon-restaurant dont elle savait par expérience qu'il n'allait pas tarder à se remplir. Quand l'homme, à son tour, avait voulu déjeuner, il ne restait plus qu'une place en face de Lise, et c'est ainsi qu'ils avaient noué connaissance.

— Vous êtes française ? avait-il demandé, abusé sans doute par *L'Allée du roi* de Françoise Chandernagor qu'elle avait laissé dans leur compartiment.

Son accent n'était pas très bon, aussi Lise, supposant qu'il serait plus à l'aise dans sa langue maternelle, lui avait-elle répondu en allemand que non, elle n'était pas française, même si elle songeait parfois à se faire naturaliser car elle vivait à Paris depuis dix ans. Après cette entrée en matière très classique ils avaient eu une conversation assez banale sur l'Europe en général, la France et l'Allemagne en particulier, et l'homme lui avait dit, sans paraître y attacher la moindre importance :

— Je pourrais tout aussi bien être russe ou lithuanien, puisque je suis né à Tilsit.

— Comment vous appelez-vous ? avait demandé Lise intriguée.

— Karl-Heinz, comme tous les Allemands de ma génération, hélas ! et Dannat, ce qui est un nom prussien…

— Je sais. Je suis moi-même prussienne, née à Labiau.

— Je vous aurais crue bien trop jeune pour être née à Labiau.

Il semblait sincère mais on ne pouvait pas exclure qu'il lui fît un compliment pour la draguer ou par simple galanterie. Peu importe, songea Lise qui lui mit les points sur les i :

— Je suis née le 14 janvier 1942.

— Et moi le jour de Noël 1941. C'est vraiment étonnant ! On est du même temps et du même lieu.

— Vous vous souvenez ?

— Bien sûr que non ! Songez que j'ai à peine trois semaines de plus que vous !

Évidemment. Il avait fallu des années à Lise pour admettre que la plupart des autres n'avaient pas de souvenirs de leur petite enfance. Jadis on l'avait mise rudement en face de la réalité en l'accusant de fabuler ou de reconstituer de faux souvenirs à partir des récits des autres. Sauf qu'elle savait que ce ne pouvait pas être le cas puisque personne ne lui avait fait de récits. Depuis cette époque elle ne parlait de sa précocité qu'à des gens en qui elle avait toute confiance et ce Karl-Heinz ne méritait pas encore sa confiance. Il est vrai que l'opinion d'un inconnu rencontré dans le train ne comptait guère, même s'il venait, selon ses propres termes, du même temps et du même lieu qu'elle. Pourquoi ne pas tenter l'expérience ?

— J'ai quelques souvenirs… des images…

— Oui, moi aussi. Mais c'est vraiment très vague, bien sûr.

— Vous vous souvenez de l'exode ?

— Non, heureusement. Vous non plus, je suppose ?

— Un peu.

— Les parents nous ont fait tellement de récits…

C'était une manière polie de dire qu'il n'y croyait pas. Inutile d'insister : on en resterait aux « quelques souvenirs… des images… ». Ils parlèrent de leur travail, ou plutôt il parla du sien et Lise l'écouta avec intérêt sans lui dire que, parmi les raisons qu'elle avait de souhaiter devenir française, il y avait l'attitude si différente des Français vis-à-vis de la carrière des femmes. En Allemagne les hommes avaient vingt ans de retard. Vingt ans ce n'est pas grand chose et ça finit par se rattraper, mais pour elle c'était un décalage suffisant pour choisir la France. Il était quand même curieux de constater que dans son pays natal les femmes ne travaillaient guère à l'extérieur, avaient des emplois moins intéressants et cependant avaient moins d'enfants qu'en France. Celle de Karl-Heinz, d'origine silésienne avait-il précisé, ne faisait pas exception à la règle : autrefois secrétaire à la *Dresdner Bank* où il était cadre, elle l'avait épousé et avait eu un fils : un seul. Ils vivaient dans une maison à la périphérie de Kaiserslautern où Lise serait morte d'ennui au bout de quarante-huit heures. Il lui montra une photo de l'enfant : Dieter, dix ans, un joli blondinet à qui elle trouva l'air niais, mais elle était partiale.

Néanmoins Karl-Heinz passa la nuit chez elle. Lise avait conservé son petit appartement dans la zone piétonnière de Francfort, son premier investissement qui l'avait obligée à se nourrir de nouilles et de pommes de terre pendant deux ans pour rembourser la… *Dresdner Bank*, justement. Elle l'aimait à proportion des efforts qu'il lui avait coûtés et parce que cet achat était son premier geste de femme libre qui venait de mettre dehors son second fiancé et de renoncer à une maisonnette de la périphérie où elle aurait eu 1,3 enfants. Karl-Heinz, il faut lui rendre cette justice, le trouva beau. Il observa que ce n'était peut-être pas très commode si l'on avait une voiture mais qu'après tout on pouvait s'en passer à Francfort, d'autant plus qu'il s'agissait d'un pied-à-terre, ce qu'il fit remarquer « en français dans le texte ». Il fut gentil, bien élevé, pas trop conformiste et se révéla un excellent amant, ce qui étonna Lise qui avait un préjugé contre les hommes trop beaux. Quand il voulut lui donner son adresse (à la banque… on n'est jamais trop prudent !) Lise refusa :

— Laissons faire le hasard. Si nous devons nous revoir nous nous rencontrerons une autre fois dans le Gœthe.

Il eut l'air un peu déçu, peut-être légèrement vexé comme peut l'être un homme à bonnes fortunes plus habitué à être pourchassé qu'à être repoussé, surtout par une femme qui semblait libre, bien qu'elle n'eût pas beaucoup parlé d'elle, et qui avait beaucoup apprécié leur nuit. Il demanda presque timidement :

— Tu le prends souvent ?

— Suffisamment pour qu'on ait une petite chance.

— Alors je souhaite que ça arrive.

Ce fut tout. Karl-Heinz l'oublierait certainement. Il avait reconnu sans hésiter qu'il avait des aventures assez fréquentes et il ne semblait pas suffisamment attaché à ses origines prussiennes pour se souvenir plus particulièrement d'une compatriote. Elle-même n'en aurait gardé qu'un souvenir imprécis s'il n'y avait pas eu cet accident contraceptif.

— Comme on dit dans les romans populaires, pensait-elle, cet homme m'a marquée à jamais. Pas de danger que je l'oublie ! Il sera prudent désormais de prendre l'avion et d'éviter Kaiserslautern ainsi que toutes les agences de la *Dresdner Bank*. Dommage que je ne puisse pas revoir la photo du petit Dieter. Peut-être n'était-il pas si niais, finalement ?

— Comment vas-tu l'appeler ? lui avait demandé sa mère pendant son dernier séjour à Celle.

— Je ne sais pas.

— Tu n'as aucune idée ?

— J'ai trop d'idées… je crois qu'il faut que je le voie

d'abord. Sa tête devrait m'inspirer. Pour le moment il est trop abstrait.

— Abstrait ? Avec toutes les échographies qu'on vous fait maintenant !

Mutti avait ri et Lise, qui pour son malheur avait une grossesse très apparente, avait soupiré :

— Bien visible mais abstrait quand même.

— Si tu veux un conseil, essaie de trouver un prénom qui se prononce aisément en Allemagne et en France.

— Oui, bien sûr. Mais tu sais, *Mutti*, les Français ne respectent même plus leur propre prononciation… alors la nôtre et celle des Belges, des Hollandais et des Scandinaves, tu penses !

— Que veux-tu dire ?

— Ils prononcent Oualtère pour Walter, Maïkol pour Michaël, parce qu'ils croient que tout doit se prononcer à l'anglaise. Quant à traduire les noms étrangers, ils y ont renoncé.

— Les noms étrangers ?

— Les prénoms étrangers. Autrefois on aurait appelé le petit garçon du prince de Galles Guillaume. Maintenant on dit William ; je crois que c'est une forme de décadence. Les Espagnols, pour parler du même enfant, disent Guillermo : je pense que c'est un peuple qui monte.

— Sans doute, mais j'ai toujours entendu les Français dire Ouaterloo.

— Ils ne disent pas encore Ouagram mais ça finira bien par arriver. Ce serait sans doute déjà le cas s'il n'y avait pas une avenue de Wagram à Paris. Tout ça pour te dire que je dois éviter le W, le J et pas mal d'autres pièges. Moi qui hésitais entre Franz-Josef et Friedrich-Wilhelm !

— Lise, voyons ! Pourquoi pas Gustav-Adolf !

— Pas d'Adolf, *Mutti* ! Ils n'aimeraient pas du tout. Et Gustav tout seul ça n'a pas la même classe.

Les conseils de sa mère étaient bons et elle-même avait longuement réfléchi à ces problèmes de prononciation. Le père d'Erika et de Manuela, dans la même situation, s'était fort bien tiré d'affaires. Néanmoins elle allait quand même tomber dans le piège du J qui se prononce Y. Ce bébé avait une tête à s'appeler Jenning et ce point ne pouvait être discuté. Tant pis pour lui ! Il se débrouillerait comme un vaillant petit Prussien pour faire respecter ce prénom, comme le petit Anne d'Ennecour, avec son air paisible et sans défense, avait toujours su faire respecter le sien. En se battant au besoin, ce que, paraît-il, Anne avait fait une fois, ou en opposant une imperturbable dignité à ceux qui y verraient quelque chose à redire. Et après tout, qui sait s'il ne trouverait pas extrêmement chic de prononcer Djennigne à l'américaine ? Lise la puriste devrait bien s'y résigner : il n'aurait pas fallu créer ce déraciné au sens barrésien, ce Prussien de pure race né même pas à Paris mais à Neuilly-sur-Seine.

L'infirmière chargée d'écrire le nom du bébé sur le petit bracelet de toile bleue avait fait « allemand première langue », selon ses propres termes. Elle demanda néanmoins à Lise si c'était un prénom très répandu.

— C'était assez typique de la Prusse-Orientale, je crois. Cela dit je n'en ai jamais rencontré dans le reste de l'Allemagne où nous sommes tous dispersés.

— La Prusse-Orientale, c'est en RDA ?

Lise soupira. On ne leur apprenait donc rien en géographie ? Et puis cette manie toute nouvelle de dire RFA et RDA l'agaçait prodigieusement. Il lui semblait que quand elle était arrivée à Paris on disait encore Allemagne de l'Ouest et Allemagne de l'Est, cette dernière n'étant d'ailleurs évoquée que pour des exploits très louches en natation féminine, si bien qu'au bout du compte on disait l'Allemagne tout court le plus souvent. Mais depuis quelques années elle lisait des *curriculum vitae* où des gamins fraîchement sortis de HEC parlaient de leurs séjours en RFA pour justifier leur désir d'entrer chez Tauberg SA. Récemment elle avait appuyé la candidature d'un petit malin qui évoquait de nombreux séjours dans le Palatinat et dans le Hanovre et un stage ouvrier à Görlitz (Basse-Silésie). Il sortait de Sciences-po, qui était probablement la seule école où un faible pourcentage d'élèves avait entendu parler de la Basse-Silésie. Le directeur du personnel penchait pour un HEC ou un Essec, mais Lise avait imposé son favori et elle ne le regrettait pas. Elle avait l'intuition qu'il irait loin, surtout depuis qu'elle avait appris, par le plus grand des hasards, qu'il s'était renseigné sur elle et avait entendu parler de ce qu'on appelait ses « manies ».

Mais ce garçon était un dinosaure, comme elle ; il le savait et en tirait habilement parti quand une occasion se présentait, mais son langage était naturellement pur et son vocabulaire précis et étendu, si bien que Lise se délectait en lisant ses rapports d'audit où elle guettait le mot rare et la concordance bien placée. La chose devenait si exceptionnelle chez les jeunes cadres de la direction financière qu'à l'approche de la retraite il se sentirait certainement bien seul. Comme elle il devrait se résigner à la RFA jusqu'à la réunification de l'Allemagne qu'il connaîtrait peut-être. Mais elle, c'était certain, ne vivrait pas assez longtemps pour voir ça. À l'époque où elle était étudiante, contaminée par le milieu où elle vivait, il lui était arrivé d'avoir peur de cette réunification qui ne pouvait, hélas, se faire que dans un seul sens. Plus tard elle avait observé avec beaucoup de méfiance les tentatives de rapprochement de Willi Brandt. Maintenant elle ne craignait plus rien des communistes, qu'ils fussent des Russes ou des « *Ossis* ». S'ils étaient assez fous pour déclencher une guerre ils la perdraient. Ils le savaient si bien qu'ils se garderaient bien de le faire, donc l'Allemagne ne serait pas réunifiée et ne récupérerait pas ses territoires perdus. Königsberg resterait Kaliningrad et plus personne ne saurait qu'elle avait pu, pendant des siècles, s'appeler autrement. Elle soupira donc et dit gentiment à l'infirmière :

— Non, c'est encore plus à l'est. La province a été partagée entre la Pologne et l'URSS.

Inutile de s'étendre sur le sujet, même si la jeune femme semblait germanophile. Ça n'aurait pu que se terminer par des lieux communs en sabir franco-allemand du style : « *Krieg groß* malheur ». Elle précisa qu'une amie s'occuperait de la déclaration du bébé, né de père inconnu. C'était en somme devenu assez banal.

Erika devait en effet se charger de la déclaration de X, Y, Z Schulberg, comme elle l'appelait pour se moquer de l'indécision de Lise. Quand elle arriva Lise lui annonça qu'elle avait fait son choix :

— Il s'appelle Jenning, Olav, Hermann. Jenning comme mon frère aîné, Olav comme mon père et Hermann comme mon parâtre. Ça vous plaît ?

— Je ne vous savais pas si traditionaliste. Et l'oncle Hanno ?

— Hum ! quatre prénoms ? C'est beaucoup. Pas d'oncle Hanno. Je ne l'appellerai pas non plus Karl-Heinz comme son père : il y en a trop.

— Ah oui, en effet. Avant la guerre, déjà, le chauffeur de *Vati* s'appelait Karl-Heinz.

Elle s'interrompit. Lise, pour la première fois en sept mois, venait de livrer une information sur le père. Jusqu'ici elle avait éludé avec désinvolture toute question sur ce sujet, si bien qu'Erika imaginait des pères totalement inavouables et avait d'ailleurs fini par adopter l'opinion d'Héloïse : « Elle ne sait pas qui c'est. » Lise souriait, assez contente de son effet.

— Donc vous savez qui c'est !

— Mais bien sûr ! Mes amants ne se succèdent pas à une telle cadence !

Mise au courant de la rencontre avec l'homme de Tilsit, Erika avoua qu'il valait mieux, pour sa tranquillité, qu'il ne sût jamais rien. Elle regarda le bébé, le trouva :

— Très mignon… et un Prussien pur-sang, c'est sûrement une espèce en voie de disparition.

— Pur-sang ? Probablement. Encore qu'on ne sache rien de la mère de ce Dannat, finalement.

— On le lui demande ?

— Non. J'aime les mystères.

— Tu as eu raison de lui donner ce nom, dit *Mutti* quand elle vint voir son petit-fils à Paris. Il lui va bien.

— J'y pensais depuis un petit moment… mais je craignais…

— Quoi, Lischen ?

— Que ça te fasse de la peine.

— On ne peut pas éviter ça. J'espère que lui… aura un autre destin. Il a déjà l'air de tout comprendre… comme Jenning et toi. Vous étiez les plus doués de mes enfants.

Les demi-frères de Lise avaient très bien réussi à l'école et dans la vie, mais Lise comprenait ce que sa mère voulait dire. C'était des garçons normaux, ce que ni Jenning ni elle n'avaient été. Joachim, le troisième, avait quand même quelque chose de très brillant, mais cela n'était pas apparu si vite. Que serait devenu Jenning ? Un vrai surdoué, comme on disait maintenant ? Elle-même estimait qu'elle avait été rattrapée par ses contemporains les plus intelligents vers l'âge de quinze ans. La seule différence c'était sa précocité et la confiance en ses capacités que cela lui avait donnée. Elle soupira en regardant Jenning le bébé

— J'espère que les guerres et les exils lui seront épargnés.

— Je l'espère, mais tu sais certainement qu'il ne faut pas trop compter là-dessus.

Mélanie se trouvait dans la pharmacie de sa mère quand Fédora entra. Évidemment elle ne connaissait pas son nom. Pour elle il ne s'agissait que d'une cliente, la dernière, que Maman, bien entendu, servirait avant de fermer l'officine. Pour le moment Héloïse était en train de ranger quelques affaires dans son bureau et Mélanie était chargée de la prévenir si quelqu'un venait, bien qu'il fût huit heures cinq. Après tout, tant que le rideau de fer n'était pas baissé les gens n'étaient pas censés connaître l'heure exacte et Héloïse se refusait à les éconduire comme, disait-elle, « une employée de la sécu ».

— Vous allez fermer ? dit Fédora en voyant la petite fille en manteau.

— Pas tout à fait. Je vais appeler Maman.

Les deux femmes se regardèrent avec stupéfaction. Mélanie eut l'impression très nette qu'elles restaient figées quelques secondes comme si quelqu'un d'invisible, usant d'une télécommande, avait fait un « arrêt sur image ». Puis la bande redémarra : image et son.

« Héloïse ! » s'exclama la dame. « Fédora ! » dit Maman. Le tout à peu près en même temps. Ensuite elles se demandèrent réciproquement ce qu'elles faisaient là. Fédora, à vrai dire, faisait les demandes et les réponses :

— Évidemment, tu es pharmacienne et je te retrouve dans une pharmacie… c'est normal. Mais je ne te voyais pas dans ce coin. Pourquoi ? Je ne sais pas. Je pensais que tu n'avais pas quitté ton ancien quartier… qui était proche du lycée de…

— C'est ici que j'ai trouvé une bonne pharmacie à vendre, c'est tout.

Elle avait parlé précipitamment, soucieuse d'interrompre Fédora qui, à l'évidence, s'apprêtait à prononcer le nom de Suzanne. Celle-ci comprit, semble-t-il, car elle ajouta :

— C'est un bon quartier, remarque. Tu n'habites pas trop loin ?

— Non. Et toi ? Tu habites toujours sur cette place… à côté de l'avenue de Versailles ?

— Place de Barcelone ? Oh non, c'est fini depuis longtemps. Maintenant j'ai une maison à Montmartre.

Elles se regardèrent et se comprirent. Le vieux projet de la maison à Montmartre appartenait à Suzanne qui, depuis qu'elle était étudiante à Paris, avant la guerre, avait élu ce quartier. Cependant elle ne l'avait jamais habité mais elle avait dû parler de son désir de s'y retirer à Fédora, comme plus tard elle en avait parlé à Héloïse. Fédora reprit :

— C'est une vraie maison et elle est située avenue Junot. Je l'ai achetée au docteur Sourdet. Tu te souviens de lui ?

— Très bien. Qu'est-il devenu ?

— Il s'est retiré dans le Périgord. Elle regarda Mélanie qui était restée discrètement un peu à l'écart : C'est ta fille ?

— Une de mes filles.

— Elle te ressemble. Les autres aussi ?

Héloïse se mit à rire :

— Oh, Fédora ! Il n'y en a qu'une autre ! Tu ne t'imagines pas que j'en ai une douzaine, quand même ?

— Va savoir !

— Il y a quelques années j'ai appris que tu voyais Pierre Lacombe de temps en temps. Il a bien dû te renseigner, non ?

— Oui, un peu.

— Tu sais, pour Erika ?

— Oui.

Fédora était un peu désarçonnée. D'abord Héloïse l'avait empêchée de prononcer le nom de Suzanne, ce qui était compréhensible étant donné la présence de l'enfant, et maintenant elle parlait tranquillement de Pierre Lacombe et d'Erika. Elle savait par lui, en effet, qu'Héloïse et Erika s'étaient retrouvées, mais elle n'en avait pas appris plus long. Vivaient-elles ensemble ? Que savait exactement la petite fille, qui d'ailleurs semblait déjà une adolescente alors qu'elle ne pouvait pas avoir plus de douze ans ? Héloïse répondit partiellement à cette question informulée en présentant Mélanie, puis en lui expliquant qui était Fédora :

— Une amie de Suzanne, tu sais… cette amie de ta grand-mère dont ta sœur porte le prénom.

— Je sais. Celle dont vous avez la photo sur votre piano.

— Exactement.

Voilà qui répondait à la question que Fédora n'avait pas osé poser sur la vie commune d'Héloïse et d'Erika. Impossible d'imaginer cette dernière supportant le portrait de Suzanne chez elle ! Quant à la petite il était évident qu'elle avait une version édulcorée de la dame du piano, une amie de sa grand-mère un point c'est tout.

— Je ne vais pas te retarder plus longtemps, dit-elle. Je suis entrée dans ta pharmacie, malgré l'heure tardive, parce que je sors de chez le dermatologue et que j'ai une ordonnance sur mesure que je comptais laisser jusqu'à lundi ou mardi.

— Avec une préparation ?

— C'est ça. Dans ton rôle de potarde tu es irrésistible.

Héloïse sourit et dit à Mélanie :

— Les gens qui vous ont connue étudiante ont du mal à vous prendre au sérieux. Fédora croit que je joue à la potarde.

— Et vous, dit Fédora, je suppose que vous n'imaginez pas votre mère en étudiante ?

Mélanie, qui détestait que les adultes la tutoyassent sous prétexte qu'elle n'était qu'une enfant, hocha la tête. Cette Fédora, décidément, lui plaisait beaucoup.

— Tu sais, dit Héloïse, Mélanie n'a que onze ans et demi. À cet âge-là on pense que les étudiants sont des grandes personnes.

— Onze ans et demi ! Vous avez l'air plus âgée, dit Fédora.

— Ne lui dis pas ça. Elle a très envie de rester une petite fille.

— Non, dit Mélanie en rougissant… je… je suis très contente comme ça.

Et à sa grande surprise elle se rendit compte que c'était vrai.

Héloïse avait demandé à Fédora de revenir le lundi à midi afin de pouvoir, le cas échéant, l'inviter à déjeuner. Cette rencontre l'avait bouleversée et elle ne songeait même pas à se le dissimuler. Mais elle savait que personne ne s'en était rendu compte. Pendant tout le week-end elle s'était efforcée, avec succès, de ranger Fédora et les réminiscences qu'elle apportait avec elle dans un petit coin de son cerveau. Sur le chemin du retour elle avait demandé à Mélanie, avec une désinvolture qu'elle estimait bien imitée, de ne pas parler de Fédora à Erika.

— Cela lui rappellerait de mauvais souvenirs. Des choses que je ne peux pas te raconter, d'abord parce que ce n'est pas de ton âge, ensuite parce que ce serait indiscret vis-à-vis d'un certain nombre de personnes. C'est le moment de me prouver que tu peux garder un secret.

— Je ne suis pas indiscrète ! avait dit Mélanie dignement.

Et son ton un peu offensé ressemblait bien plus à celui d'une adolescente qu'à celui de la petite fille que, décidément, elle n'était plus. Ce n'était certes pas une promesse dans le vrai sens du terme, mais à coup sûr un engagement. Héloïse avait appris à ses enfants à ne pas jurer, ne pas promettre solennellement, mais à respecter leurs engagements dans la mesure du possible en évitant d'en prendre de trop difficiles à tenir. Elle ne parlerait pas à Erika, c'était certain. Peut-être même ne parlerait-elle pas à sa sœur Suzanne de la rencontre dans la pharmacie, bien que ce point présentât moins d'importance. Bien sûr, elle risquait de se poser des questions, mais peu importe ! La vie des enfants est pleine de mystères auxquels ils sont habitués et elle ne possédait aucun élément pour trouver des réponses. Ça ne la préoccuperait certainement pas longtemps et elle oublierait.

Pourtant Mélanie en parla à sa sœur le soir même. Le samedi soir elles reprenaient leurs anciennes habitudes en dormant dans le même lit mais ce n'était plus du tout comme au temps du *Feuilleton*. Désormais elles parlaient d'elles, se racontaient leur semaine, échangeaient leurs impressions sur les profs, les dames-éduc', les pionnes et surtout les autres élèves. Leur vieille complicité était inaltérable mais leurs routes, d'une certaine manière, s'écartaient l'une de l'autre. Suzanne avait peu changé : toujours logique, un peu froide, elle prenait des allures de forte en thème écartant de sa vie tout ce qui ne pouvait pas s'expliquer. Son professeur de maths la portait aux nues et, curieusement, son professeur de musique également. Loin d'avoir abandonné le piano comme elle avait jadis songé à le faire, elle travaillait beaucoup et écoutait des disques, le dimanche, en suivant sur la partition correspondante. *Le Feuilleton* était devenu pour Mélanie un exercice solitaire. Elle avait délibérément fait croire à Suzanne qu'elle ne s'en occupait plus et Suzanne avait paru trouver ça normal. En réalité Mélanie voulait le garder pour elle toute seule tout en se rendant compte que ce n'était peut-être pas une bonne chose. Privée des questions et des critiques de sa sœur elle dérivait et L*e Feuilleton* s'effilochait. Il lui servait de point de départ à des rêveries imprécises sur les gens, la vie en général, et surtout les attirances secrètes qu'elle ressentait pour certaines élèves à qui elle n'avait, la plupart du temps, jamais parlé. Dans ses rêveries d'avant-sommeil elle était toujours Johanna en route pour Stettin, mais ni Sieglinde ni Mathias ne l'accompagnaient. À leur place il y avait tantôt Erika la Margrave, tantôt Marie la princesse annamite, tantôt Isabelle la *Erlkönigin*[1]. Erika, bien sûr, c'était Erika, et les deux autres étaient des « bleues » qu'elle admirait de loin et qui, hélas, partiraient pour Saint-Denis à la prochaine rentrée. Marie Coulet était à moitié vietna-

1 La reine des Aulnes.

mienne et Isabelle Daulne avait quelque chose d'Erika. Désormais elle leur adjoindrait pendant un certain temps Fédora la princesse russe car, par analogie avec Fédor, elle était persuadée qu'il s'agissait d'un prénom russe.

Elle était bien entendu décidée à ne rien raconter à Erika. Quand cette dernière avait fait remarquer qu'elles rentraient bien tard et que tout le monde avait faim elle avait répondu, à la place d'Héloïse :

— On a eu une ordonnance à la dernière minute. C'était un peu long.

Sa mère lui avait souri gentiment, avec un peu de complicité, peut-être, et elle avait dit qu'elle aussi avait rudement faim.

Mais avec Suzanne c'était différent : elle avait besoin d'avoir son avis sur l'événement. Le fait d'avoir rencontré une ancienne connaissance dans la pharmacie n'avait en soi rien d'étonnant mais l'attitude de Maman lui avait paru bizarre. Il était impossible de s'expliquer nettement pourquoi, sauf si Suzanne l'aidait à y voir clair.

— La seule chose bizarre, dans ton récit, dit Suzanne, c'est que Maman t'ait demandé de ne rien dire à Erika. À part ça je ne vois pas…

— Maman avait l'air gênée.

— Si la dame était une ennemie d'Erika… peut-être ?

— Une ennemie ? Pourquoi ?

— Je ne sais pas. C'est juste une hypothèse. Tu es bien sûre des paroles de Maman ?

— Elle a dit que ça lui rappellerait de mauvais souvenirs.

— C'est très vague.

— Tu vas encore me dire « données insuffisantes », hein ?

Suzanne resta silencieuse quelques secondes, puis elle dit, comme si elle réfléchissait tout haut :

— Je me demande…

— Quoi ?

— Pourquoi Maman a cette photo.

— La photo de Suzanne Lacombe ?

— Oui. Normalement c'est Grand-Mère qui devrait en avoir une.

— Mais Grand-Mère en a une.

— Ah oui ? Où ça ?

— Dans le sous-main qui est sur son bureau, à Vienne.

— Tu as regardé ?

— Oui, un jour qu'elle m'avait demandé de lui apporter une feuille de buvard. D'ailleurs je m'étais trompée parce que ce n'est pas là qu'elle range son buvard. Elle a une photo de Suzanne Lacombe avec Maman. Elles sont devant un canal et derrière la photo il y a écrit : « Stockholm 1966 ».

— 1966… Tu as reconnu Maman ?

— Elle n'a pas beaucoup changé.

— En ce temps-là Maman vivait seule à Paris.

— Avec Victor, quand même.

— Oui, mais ce que je pense c'est que Suzanne remplaçait un peu Grand-Mère, pour elle. Tu ne crois pas que c'est possible ?

— C'est possible.

— Et c'est pour ça qu'elle l'aimait tant. D'ailleurs ça ne s'explique peut-être pas, finalement. Pourquoi aime-t-on telle personne plutôt que telle autre ? Pourquoi aimes-tu tant Erika, par exemple ?

— Tu ne l'aimes pas ?

— Moins que toi, tu sais bien. Je ne la choisirais pas pour remplacer Maman si on devenait orphelines.

— Tu choisirais qui ?

— Je suppose qu'on irait chez Claire et Victor. Ce sont nos plus proches parents.

— Mais QUI choisirais-tu si tu pouvais ? »

Suzanne eut l'air curieusement gênée, comme si elle avait déjà pensé à ce problème mais voulait garder la réponse pour elle : « J'aimerais beaucoup être adoptée par Lise. Voilà ! Tu es contente ? Mais si ça arrivait je n'oserais jamais le lui demander.

— Pourquoi ?

— Pourquoi quoi ?

— Je comprends que tu choisisses Lise, elle est super... mais...

— Je n'oserais pas le lui dire parce que je ne peux pas expliquer pourquoi je la préfère aux autres. Elle penserait que je suis folle. On n'a aucun lien de parenté.

— Et alors ?

— Alors... je n'oserais pas, c'est tout. Il y a des choses qu'on ne peut pas expliquer. Ces choses-là... pourquoi on aime, pourquoi on n'aime pas. Je sais bien qu'on m'accuse de vouloir tout expliquer, mais ça je ne PEUX pas. Je ne sais même pas pourquoi je t'aime, TOI ! Tu te rends compte ?

Elle se tut et Mélanie la regarda, un peu étonnée, puis elle comprit ce qui échappait encore à Suzanne :

— Tu es choquée parce que tu découvres qu'on ne sait pas pourquoi on aime. Mais moi je le sais depuis longtemps... enfin, je veux dire que je n'ai jamais cherché à expliquer ces choses-là. Tandis que toi tu es très logique et tu t'aperçois que tout n'est pas logique. Voilà.

— Oui, c'est exactement ça. Normalement...

— Il n'y a pas de « normalement »...

— Si tu veux. Ah ! tu m'embêtes ! Normalement on doit aimer ses parents, puis ses frères et sœurs. On dit dans tous les livres que les jumeaux aiment d'abord leur jumeau et ça je sais que c'est vrai. Mais…

— Mais on nous ment. Moi je n'aime pas dans l'ordre non plus : j'aime d'abord toi…

— Moi aussi. Et là on suit la règle…

— Oui, mais ensuite j'aime Erika, puis Anne, puis Maman, puis… ça dépend des jours.

— Et moi il y a Grand-Mère, Lise, Anne…

— Et Maman ?

— Maman ? Ça dépend. Elle ne s'intéresse pas à nous. Peut-être qu'elle ne nous aime pas ? Quand on y réfléchit c'est son droit. Pourquoi les parents seraient-ils obligés d'aimer leurs enfants ?

— Maman nous aime !

— Qu'est-ce qui te le prouve ? À mon avis elle nous aime bien, oui… et de nous trois elle préfère Anne.

— Tu dis ça parce qu'elle ne l'a pas mis en pension ?

— Non, ça n'a rien à voir. C'est une idée. Il ressemble à Papa et Maman aimait Papa, sinon elle ne l'aurait pas épousé.

— Évidemment.

— La preuve : elle ne s'est pas remariée.

— Bien sûr. D'ailleurs c'est toujours son mari ou sa femme qu'on aime le plus. Normalement…

Elles se mirent à rire, car elles se rendaient compte qu'elles ne savaient pas par quoi remplacer le mot « normalement » qu'elles venaient pourtant de condamner fermement. Mélanie réfléchit un peu puis tenta une confidence difficile :

— Aux Loges il y des filles que je ne connais pas et que j'aime… enfin je crois que c'est ça.

— Qui ?

— Marie Coulet, par exemple.

— Mais c'est une bleue !

— Oui… et alors ?

— Qu'est-ce qui te plaît ?

— Je ne peux pas t'expliquer. C'est comme ça. J'aimerais qu'on soit amies ou au moins qu'on se parle, mais je n'oserai jamais le dire… ni à elle ni à personne.

— Une violette comme toi ne peut sûrement pas l'intéresser. C'est peut-être parce qu'elle est eurasienne ?

— Il y a aussi Isabelle Daulne.

— Oh, alors je ne comprends pas ! Qu'est-ce que tu peux lui trouver ?

— Elle a l'air d'une princesse lointaine.

— Tu lis trop de romans ! Elle a l'air complètement idiote, oui ! D'ailleurs elle a au moins deux ans de retard.

— Tu crois qu'elle va encore redoubler ?

— Elle sera virée avant que tu aies pu la rattraper !

Mélanie hocha la tête. D'après ce qu'elle savait c'était probablement vrai. Elle se souvint d'une phrase qu'elle avait lue quelque part… mais où ? à propos d'une dame qui s'appelait Fontanges : « Belle comme un ange et sotte comme un panier. » Elle le dit tout haut et Suzanne approuva :

— C'est tout à fait ça !

Fédora revint à midi et demi et, bien qu'il n'y eût plus d'effet de surprise, Héloïse reçut le même choc en la voyant entrer dans la boutique. Elle avait peu changé, finalement : toujours la même démarche, très souple, très jeune, qui donnait l'impression qu'elle marchait sur une ligne étroite comme un chat. Ses cheveux étaient toujours parfaitement noirs, ses yeux obliques, et ses pommettes encore plus asiatiques qu'avant car elle s'était un peu desséchée, comme la plupart des personnes très minces qui, en vieillissant, deviennent maigres. Qu'importe ! Elle était belle et le resterait certainement toute sa vie. « Savoir, pensait Héloïse, ce qu'il y a de naturel là-dedans ? Suzanne l'accusait d'être trop coquette, cependant elle ne se maquille pas. Il est vrai que Suzanne a dû lui imposer son dégoût du maquillage, comme à Erika et à moi. Sauf que moi j'avais déjà ce dégoût, je crois. Dieu qu'elle est belle, ou plutôt, comme nous disions avec Suzanne, qu'elle est bandante, Fédora ! Elle n'est pas mon genre, pourtant… si j'ai vraiment un genre, d'ailleurs, parce que je crois que je n'ai plus les mêmes goûts qu'à vingt ans. De toute façon il est évident qu'elle prend soin d'elle, si j'en juge par l'ordonnance du dermato : couperose imaginaire… acné hypothétique… ou simplement petits défauts si bien soignés qu'on ne les voit même pas. Question à cent balles que je n'oserai pas poser : est-elle liftée ? »

— Où peut-on déjeuner, dans ce coin, demanda Fédora ?

— Chez moi. Je rentre toujours à midi et c'est mieux, pour bavarder, que les restaurants bruyants du quartier.

Fédora acquiesça :

— Je serais curieuse de voir où tu habites. Alors tu t'appelles d'Ennecour, maintenant ?

— Oui. J'ai gardé ce nom pour les enfants. Tu ne savais pas ? Ce n'est pas à cause de ça que tu es entrée dans ma pharmacie alors que tu as dû, logiquement, passer devant Masarik qui ferme à 9 heures ?

— Tu es toujours bon détective ! Mais tu te trompes. Je suis entrée chez toi parce que, en sortant du métro, j'ai vu cette chose rare : une pharmacie qui accepte toutes les cartes de crédit. Je me suis dit : « C'est bien, c'est moderne, il faut encourager ce d'Ennecour, c'est donc à lui que je donnerai mon ordonnance tout à l'heure. » L'autre… comment l'appelles-tu ?

— Masarik.

— A perdu. Cela dit je vais en général dans mon quartier. Je peux te dire que sans tes autocollants sur la porte je ne serais jamais entrée. Voilà !

— Merci American Express.

Fédora sourit :

— Tu es contente de me revoir ?

— Oui. Il y a quelques années tout ce qui me rappelait Suzanne était trop douloureux, mais maintenant ça va.

— Depuis que tu as retrouvé Erika ?

— Non, depuis que j'ai admis que le temps faisait son œuvre pour tout le monde et que je n'étais pas différente des autres.

Elle fit visiter l'appartement à Fédora, lui montra la porte qui le faisait communiquer avec celui d'Erika.

— En réalité elle dort presque tout le temps chez moi mais c'est bien. On a trouvé une solution acceptable pour tout le monde.

— Tu la trompes ?

— Non.

Elle avait répondu sincèrement, sans songer à Melitta. Elle ne parvenait pas à considérer Melitta comme une amante. C'était une amie qu'elles avaient en commun, Erika et elle. La plupart du temps elles se voyaient à trois… cependant quand par hasard elles se rencontraient toutes les deux à Vienne ou même à Paris… tout à coup elle y pensa et elle se troubla. Bien entendu Fédora s'en aperçut.

— C'est bien vrai, ce mensonge-là ?

— Ce n'était pas un mensonge. J'oublie toujours une

vieille amie, à Vienne, avec qui ça arrive de temps en temps. Tu sais, il y a un vieil accord avec Erika : elle ne me demande rien et c'est réciproque.

— Erika a toujours été jalouse comme une tigresse.

— Elle a changé.

— On ne change pas comme ça.

— Elle se domine et elle a confiance en moi. Et en gros elle a raison. Sauf que…

Elle se tut et Fédora la regarda d'un air interrogateur. Héloïse hésita. Pour la seconde fois de sa vie elle se demanda si elle n'allait pas prendre les devants, courir le risque d'une rebuffade à laquelle elle ne croyait pas vraiment mais qu'elle craignait quand même. Ce ne fut pas nécessaire car Fédora s'approcha avec beaucoup de détermination, l'appuya contre le piano et l'embrassa. Sans cesser de s'embrasser elles glissèrent sur le tapis chinois et firent l'amour. Quand Héloïse reprit ses esprits elle constata qu'il y avait, sur le tapis en question, un charmant désordre fait de pulls en cachemire, de jupes et de mocassins Weston (les siens) mêlés à des Charles IX à très petits talons dont l'étiquette intérieure indiquait qu'ils provenaient de chez Céline. Elle nota tout ça en ayant l'intuition qu'elle se souviendrait de cette image toute sa vie. Fédora reposait les yeux fermés comme si elle avait été dans le plus confortable des lits.

— Décidément elle n'est pas tout à fait mon genre, pensa Héloïse… trop maigre, peut-être ? Non… car de ce côté Erika vaut à peine mieux. Seule Melitta est parfaite : mince mais pulpeuse. Comme dirait Sappho : « Εὐμορφοτέρα Μελίττα τᾶς ἀπάλας Φεδόρας », ou même « τᾶς ἀπάλας Ἐρίκας »[1], n'empêche qu'au lit…

---

1 *Melitta est mieux faite que la maigre Fédora... ou que la maigre Erika*

même si ce lit n'est qu'un tapis, dans le feu de l'action, elle est… merveilleusement hussarde. Oui, c'est ça. Ou plutôt cosaque. Et naturellement j'ai faim.

— J'ai faim, dit Fédora en ouvrant les yeux.

— C'est normal. Je t'avais invitée à déjeuner.

— Eh bien allons-y.

Elle se releva, toujours aussi souple qu'un chat, et enfila ses vêtements à toute vitesse, avec ce qui sembla à Héloïse de la désinvolture. « Pour un peu, pensa-t-elle, elle dirait : “Voilà une bonne chose de faite !” » Mais Fédora ne dit rien, regarda Héloïse se rhabiller et la suivit à la cuisine où elle observa, toujours en silence, ses préparatifs. Ce fut quand même elle qui, finalement, rompit ce silence :

— Erika a vraiment confiance en toi ?

Héloïse réfléchit, faillit dire à Fédora qu'après tout ça ne la regardait pas. Mais la question avait été posée sur un ton neutre, comme si Fédora, qui en somme avait connu Erika et avait été témoin de son comportement d'autrefois, se demandait s'il était possible de changer à ce point.

— Je ne sais pas. C'est précisément le genre de question à ne pas lui poser.

— Pourquoi ?

— Réfléchis cinq minutes ! Ce serait le meilleur moyen de la troubler, non ? Et je tiens beaucoup à la sérénité d'Erika. J'ai des devoirs envers elle.

— Oh… si tu en es à évoquer tes devoirs…

— Ce n'est pas la seule raison. Je l'aime. Crois-tu que je pourrais vivre avec quelqu'un que je n'aime pas ?

— Je ne te connais pas assez pour répondre à cette question. Certaines le font. Moi, par exemple.

— Tu ne vis pas seule ?

— Maintenant si, mais j'ai fait des erreurs, comme toi,

après la mort de Suzanne. Peut-être parce qu'elle me manquait, ou bien parce que, dans un certain sens, je me sentais libérée d'elle. La mort est tellement définitive ! Quand elle m'a quittée pour toi je n'étais peut-être pas certaine que c'était pour toujours. Ça te choque ?

— Non. J'ai toujours su que tu l'aimais.

— Dans ce cas tu en savais plus que moi. Mais c'est sans doute vrai. Je l'aimais avec la certitude que tout ça était très précaire et que du jour au lendemain elle pouvait me quitter… comme ça… en cinq minutes. Et c'est ce qui est arrivé.

— Elle avait le même sentiment de précarité à ton sujet. Et elle t'aimait beaucoup.

— Je n'en doute pas mais tout le drame est dans ce « beaucoup ». Sais-tu ce que c'est d'être toujours sur ses gardes, de se dire : « Ne l'aime pas trop, préserve-toi car cette femme n'est pas pour toi » ? Peux-tu imaginer ça ?

— Oui.

— Je me suis répété pendant des années que je ne l'aimais pas vraiment. Je ne lui étais pas fidèle parce que je cherchais quelqu'un d'autre à aimer. À force de me répéter ça j'y croyais. Sa mort m'a libérée et désespérée en même temps. Mais si ça peut te tranquilliser je ne t'en ai jamais voulu. Je t'aimais bien et tu n'y étais pour rien. Ça te rassure ?

— Ça m'est égal. Enfin… plus exactement j'aurais très bien compris que tu me haïsses mais je suis contente que ce n'ait pas été le cas. Je ne suis pas narcissique au point de vouloir que tout le monde m'aime, d'autant plus que je ne le mérite absolument pas. Alors, qu'as-tu fait après la mort de Suzanne ?

— Sentimentalement j'ai cherché le grand amour. Sexuellement j'ai cavalé. Professionnellement j'ai créé ma propre affaire : une agence de mannequins enfants pour la publicité, les catalogues de vêtements, et même éventuellement le cinéma. Comme je suis très sérieuse et que je refuse que ces gosses soient des esclaves, ce qui est plus facile à dire qu'à faire d'ailleurs, mon affaire a très bien marché. Quand j'ai arrêté de faire moi-même le mannequin j'avais de grosses économies ; maintenant je suis riche, ce qui est tout à fait différent.

— Je pense que Suzanne serait fière de toi. Et ton grand amour, tu l'as trouvé ?

— Oui, une fois. Elle m'a pourchassée pendant des mois, a fini par me convaincre ; je me suis laissée aller à l'aimer de plus en plus, à avoir confiance. Puis une fois que j'ai été bel et bien éprise… et prise, comme un poisson au bout d'un fil, elle m'a moins aimée, puis finalement plus du tout. Histoire banale. Nous vivions ensemble. Elle en aimait d'autres, mais jamais très longtemps. J'espérais… puis de moins en moins. Un jour je me suis dit que j'étais un vrai paillasson et j'ai eu honte de moi.

— Et tu l'as quittée ?

— Penses-tu ! De la prise de conscience à la rupture il s'est écoulé deux ans ! Je me contemplais en paillasson comme un personnage de roman russe. Tous les matins, en me regardant dans la glace, je me disais : « Fédora Milanov — certains jours, pour faire plus russe, je disais même Fédora Vassilievna Milanova — tu es abjecte ! » Pour un peu je me serais mise à la vodka. À vrai dire j'ai commencé mais mes habitudes de sobriété sont si anciennes qu'elles me collent à la peau. Un beau jour je l'ai flanquée dehors et j'ai vécu comme un ermite pendant une bonne année en jurant que je n'aimerais plus jamais personne.

— Et finalement ?

— J'ai tenu parole pour le moment.

— Moi j'espère que tu aimeras de nouveau quelqu'un. Ça ne se termine pas toujours en catastrophe, tu sais.

— Je sais mais chez moi les choses s'effacent très lentement. Je suis « ascendant capricorne ». Tu y crois ?

— En principe non.

— Tu es bien comme Suzanne. Enfin, peu importe ! Je me comprends.

— Mais je te comprends aussi. Tu es ce qu'on appelle en caractérologie une secondaire. Moi aussi, bien qu'à ma connaissance je ne sois pas « ascendant capricorne ».

— Tu ignores ton ascendant ?

— Oui, et j'en suis assez fière. Chaque fois qu'une bonne âme se propose de me le calculer je refuse. Comme ça toutes les hypothèses sont ouvertes. Malheureusement je connais assez bien les principes astronomiques qui régissent l'astrologie, ce qui fait que j'ai des soupçons sur mon ascendant et sur celui des enfants. Mais je refuse de vérifier.

— Tu as tort.

Fédora avait l'air extrêmement sévère et Héloïse se souvint des remarques de Suzanne sur sa superstition. Après tout, non seulement c'était innocent mais cela constituait un sujet de conversation dans le monde, à condition de ne pas aller trop loin dans les préjugés et dans les rejets. Avec son ascendant inconnu Héloïse gagnait sur tous les tableaux. Si on l'aimait bien on lui attribuait un ascendant sympathique ; si elle déplaisait on faisait l'inverse. À tout hasard elle prétendait ignorer l'heure de sa naissance pour ne pas tenter les amateurs de calcul.

Il ne fallait pas qu'Erika eût le moindre soupçon mais Héloïse se savait parfaitement capable de donner le change. Après tout il n'y avait jamais eu l'ombre d'un doute en ce qui concernait Melitta. Non que les deux situations fussent vraiment comparables, puisque la plupart du temps elle n'avait fait l'amour avec Melitta qu'à Vienne, et uniquement quand Erika n'y était pas. Il y avait eu deux ou trois exceptions à Paris, mais jamais au domicile… pouvait-on dire conjugal ? « Heureusement, pensait Héloïse, que ça s'est passé sur le tapis du salon. Le flair d'Erika n'est pas un vain mot, y compris au sens propre du terme, et Fédora sent nettement le Shalimar. Je ne la verrai plus ici, c'est sûr. »

Pourquoi se le cacher ? Elle avait l'intention de revoir Fédora et elle n'imaginait pas une seconde que cette dernière refuserait, bien que rien n'eût été dit à ce sujet. Elle savait comment se trahissent les amants adultères : soit ils sont trop distants, soit ils sont trop gentils. Elle, elle s'appliquerait à être comme d'habitude. Ou plutôt non : elle ne s'appliquerait pas mais elle serait naturellement comme d'habitude. Pourquoi être distante ? Elle aimait toujours Erika de la même manière et elle n'aimait pas Fédora. Elle la désirait, c'est tout, et elle ne savait même pas pourquoi, sauf que cela avait toujours été comme ça. La première fois qu'elles s'étaient rencontrées c'était à Dieppe, au temps où Suzanne y vivait encore et où Héloïse, amenée là par Erika, venait de faire sa connaissance. Fédora ne lui avait pas prêté la moindre attention mais cela n'avait pas été tout à fait réciproque car Héloïse, dès le début, l'avait trouvée belle et fascinante ; mais elle n'en avait rien montré. Ce qui l'intéressait, surtout, c'était les rapports de ces deux femmes. Une certaine rudesse affectueuse de la part de Suzanne, une désinvolture totale de la part de Fédora, mais malgré tout elles semblaient s'entendre, bien qu'il n'y eût entre elles aucune tendresse apparente. À quinze ans on a du mal à comprendre ce genre de rapport, surtout qu'Erika avait enfoncé le clou en soulignant qu'elle ne voyait pas ce que Suzanne pouvait bien trouver à Fédora : « Une belle fille à la cervelle complètement vide… mais peut-être qu'au lit, après tout ? En tout cas ça ne suffit pas. » Héloïse avait eu l'intuition que ces deux femmes, pourtant à peu près du même âge, ne s'aimaient pas. Il ne lui avait pas fallu longtemps, à l'aide de rares questions bien placées, pour comprendre qu'Erika n'aimait aucune des amantes de Suzanne et que, certainement, elle en était jalouse. Pourtant c'est Erika qui avait quitté Suzanne, alors pourquoi ? Face à cette inimitié très discrète, mais néanmoins palpable, Fédora restait lisse et froide, mais Héloïse avait l'intuition que c'était une indifférence calculée. C'est à cause de cette attitude qu'elle avait commencé à s'intéresser à elle pour autre chose que pour son physique. Fédora ne correspondait pas à l'idée — d'ailleurs encore naïve — qu'elle se faisait d'une cervelle complètement vide. Les imbéciles, croyait-elle, parlent toujours trop, or Fédora se taisait. Elle écoutait, l'air nonchalant et désinvolte, mais ne disait rien… ou si peu. Mais ce peu n'était jamais une sottise. Si Héloïse avait eu plus confiance dans son propre jugement elle aurait certainement contredit Erika, mais elle aussi avait préféré se taire, d'autant plus qu'elle avait assez vite détecté la jalousie excessive d'Erika et jugeait donc prudent de garder le silence sur ce qui la fascinait chez Fédora. Un jour elle avait ouvertement admiré sa démarche et Erika avait haussé les épaules en faisant observer que c'était un truc de métier. Peut-être, mais c'était beau et extrêmement attirant. Et n'était-ce pas un préjugé de penser que les mannequins ont toujours la tête vide ? Erika, qui était intelligente mais également très belle, n'aurait certainement pas apprécié qu'on la jugeât idiote à cause de son physique. Et ce physique, justement, défauts compris, lui aurait permis de faire le même métier que Fédora si les circonstances l'y avaient obligée. L'une était blonde et l'autre brune mais à part ça elles étaient grandes, minces à la limite de la maigreur, plates, et leurs visages avaient une ossature qui accrochait bien la lumière. Mais l'une était une gosse de riche et l'autre était la fille d'un officier russe devenu chauffeur de taxi et d'une concierge piémontaise qui, avant d'avoir une loge, avait été « placée ». Ils ne lui avaient donné que le don des langues étrangères, l'amour de l'opéra et ce qu'on appelait en ce temps-là « les bonnes manières ».

Quand Héloïse et Erika s'étaient séparées avec violence et que la liaison de la première avec Suzanne avait cessé d'être clandestine, Fédora avait réapparu et Héloïse en avait été heureuse. Celle-là, au moins, ne semblait pas lui en vouloir d'avoir fait tant de dégâts. Certes, Suzanne l'avait déjà rassurée sur ce point en lui disant que lorsqu'on parvient à détruire un couple c'est que ce couple-là, pratiquement, n'existait plus que de nom. De tout temps les couples s'étaient faits et défaits de cette manière et la preuve que tout ça n'était pas bien grave c'est que Fédora et elle étaient restées excellentes amies. Héloïse l'avait crue parce que ça l'arrangeait, mais tout de même... parfois elle se demandait si l'une n'avait pas aimé plus que l'autre et si, après tout, elle n'aimait pas encore, mais à sa manière silencieuse et discrète. Plus tard la lecture du journal de Suzanne lui avait confirmé qu'elle avait probablement raison et que Suzanne n'avait pas su voir l'amour de Fédora... ou pas voulu le voir parce que ça lui convenait mieux. De toute façon elle n'aurait rien pu y faire et feindre de ne pas savoir était peut-être une excellente tactique pour ne pas donner d'épaisseur à cet amour et ne pas augmenter la souffrance de Fédora.

Suzanne n'était pas jalouse comme Erika. Elle aimait bien qu'Héloïse et Fédora s'entendissent et elle s'était rendu compte qu'elles se désiraient car Fédora, quelles qu'en fussent les raisons, avait perdu son indifférence. Soit parce qu'Erika n'était plus là pour l'obliger à se tenir sur ses gardes, soit parce qu'il lui avait fallu du temps pour apprécier Héloïse et ne plus la considérer comme une gamine insignifiante, soit pour toutes ces raisons à la fois. En principe elle préférait les femmes plus âgées qu'elle et elle l'affirmait bien haut, mais elle flirtait légèrement avec « la petite », comme elle disait, sous l'œil indulgent de Suzanne. « La petite » ronronnait avec satisfaction, affirmait que c'était surtout par coquetterie, mais Suzanne n'était sans doute pas dupe. Si bien qu'un soir, peu de temps avant la mort de Suzanne, elles avaient fait l'amour toutes les trois, puis toutes les deux seules quand Suzanne s'était endormie. Cela avait été un grand moment pour l'une et pour l'autre. Et jamais Suzanne n'aurait pris un tel risque, permis une telle folie si elle ne s'était pas sue condamnée.

Évidemment la sagesse aurait été de tirer un trait sur toute cette histoire qui ne pouvait mener à rien. Dire à Fédora : « Je suis très contente de t'avoir revue mais il vaut mieux en rester là parce qu'il n'y a pas de place pour toi dans ma vie. » Oui, c'était la solution raisonnable. Plusieurs fois au cours de la nuit Héloïse décida que ce serait ainsi. Mais plusieurs fois aussi elle décida le contraire. Elle ne s'endormit qu'à quatre heures et demie, c'est-à-dire presque à l'heure où elle se levait d'habitude. À son réveil elle n'était pas plus avancée et elle s'en remit au hasard : soit Fédora lui ferait signe, soit elle ne le ferait pas. Pour le moment elle laisserait la question en suspend. Elle se donna deux semaines, parce qu'il fallait bien se donner un délai, pour téléphoner à Fédora si vraiment son silence lui semblait insupportable, dans l'hypothèse où elle n'aurait pas de nouvelles. Puis elle se rendit compte qu'elle n'avait pas de numéro de téléphone, le chercha sur le minitel et ne le trouva pas. Oui, mais il y avait l'agence : Fédora lui avait dit qu'elle avait une associée et que, pour respecter les traditions de la plupart des sociétés de service, l'agence portait leurs deux noms. De proche en proche elle finit par découvrir un « Barbieri & Milanov » rue de Ponthieu. Ce n'était peut-être pas ça mais elle pourrait toujours se renseigner. Comment affirmer, maintenant, qu'elle renoncerait à Fédora après avoir fait toutes ces recherches ? Elle poussa un soupir et se dit qu'elle était décidément bien mal barrée.

Fédora se faisait le même genre de réflexion en sortant du métro Franklin-Roosevelt et en se dirigeant vers son bureau, toutefois sa décision était prise : elle ne donnerait pas signe de vie à Héloïse qui ne pouvait être pour elle qu'une source de complications. Après tout si cette dernière tenait à la revoir elle se débrouillerait pour la retrouver puisqu'elle avait son adresse. Avec les années elle avait éloigné d'elle le souvenir de Suzanne, ce qui n'avait pas été facile pour sa nature secondaire ou capricorne, peu importe, tout ça ce sont des mots plaqués sur la même réalité. D'ailleurs sa mère prétendait qu'elle était rancunière comme la mule du Pape, ce qui est encore un autre terme pour le même défaut. Ce n'est pas maintenant qu'elle allait changer. Mais puisque décidément elle n'avait pas de chance en amour mieux valait ne pas insister. Une voyante lui avait dit qu'elle ne trouverait pas le véritable amour avant d'avoir cinquante ans. Contrairement à ce qu'imaginaient Héloïse ou Suzanne elle n'y croyait pas vraiment… pas toujours. Mais là elle avait été ébranlée parce que la prédiction, faite quand elle avait une trentaine d'années, était franchement mauvaise, ce qui est rare chez les cartomanciennes que l'appât du gain pousse à faire plaisir à tout prix. Qui plus est la dame avait refusé d'être payée parce qu'elle n'avait vu que ça. Enfin… pas tout à fait : elle lui avait dit, avec des détours et des réserves, qu'il ne s'agissait pas d'amours normales.

— Rassurez-vous, avait dit Fédora, je sais que je suis homosexuelle.

—Je me demandais si vous en aviez déjà pris conscience. J'ai du mal à discerner le temps.

— Mais vous affirmez qu'il n'y aura rien de bon avant vingt ans ?

— Oui, j'en suis sûre. Et j'ai du mal à voir ce qui se passera entre-temps. Désolée. Il y a des jours comme ça.

Fédora y pensait parfois. Elle aurait quarante-sept ans dans un mois, ce qui la rapprochait de l'échéance. Mais il ne pouvait pas s'agir d'Héloïse, certainement pas. Cette gamine (trente-cinq ans, déjà… presque trente-six, même si elle ne les faisait pas) était un être à fuir absolument. Certes, elle n'avait pas de mauvaises intentions et elle avait rendu Suzanne heureuse, on ne pouvait pas le nier. Mais Fédora sentait le danger et l'avait toujours senti. Et puis cette histoire n'était pas pure. Il y avait Suzanne entre elles, même si (et en somme c'était pire) Héloïse n'en avait pas beaucoup parlé. Ce silence seul était suspect et pouvait donner à penser qu'en faisant l'amour avec Fédora c'est en fait à Suzanne qu'elle pensait. Et même si ce n'était pas le cas le fantôme de Suzanne planait quand même sur cette affaire. De toute façon la petite était bel et bien un danger public et le fait qu'elle ne fût dépourvue ni de sensibilité ni d'intuition n'y changeait rien. Erika risquait un jour d'en faire de nouveau les frais, si ce n'était pas déjà fait. Elle n'aimait pas Erika, dont les apparences possessives l'avaient toujours exaspérée. Ce n'était vraiment pas intelligent de montrer à ce point ce que l'on ressent ! C'était bien une lionne, tiens, avec sans doute un ascendant compliqué et pervers genre scorpion. À vérifier. Mais comment ? Elle ne verrait plus Héloïse, en principe, et d'ailleurs cette dernière devait ignorer l'ascendant de sa maîtresse… ou faire semblant. Suzanne aussi était une lionne, mais ascendant capricorne : excellent mélange qui avait quand même l'inconvénient de placer le soleil et les planètes voisines du thème en maison VIII. Pour tout aggraver elle avait Neptune combuste et une très vilaine opposition Uranus Saturne, sans compter la lune en bélier, ce qui expliquait le genre de mort qu'elle avait eue. Mais au moins elle n'avait pas la suffisance exaspérante des lions ni leur sens exagéré de la propriété qui provient à coup sûr de l'idée que tout leur est dû.

Donc il convenait de faire comme si rien n'était arrivé, comme si elle n'avait pas eu l'idée saugrenue d'entrer dans cette pharmacie pour récompenser le nommé H. d'Ennecour d'être aussi moderne qu'un patron de drugstore à New-York. Pourquoi avoir pensé que c'était un homme ? Mauvais réflexe, ça, surtout quand on sait que la plupart des pharmaciens d'officine sont des pharmaciennes. Dominique, sa cousine et associée, ne serait pas fière d'elle quand elle lui raconterait l'épisode, elle qui grinçait des dents chaque fois qu'une lettre arrivait à l'agence au nom de M. Dominique

Barbieri, comme s'il était inconcevable que deux femmes en fussent les dirigeantes. Elle accuserait encore Fédora, que cela faisait rire, d'être complice des vieux schémas « homme-patron femme-esclave », et Fédora lui répondrait que depuis la création de l'agence elle avait compris que ces abominables vieux schémas étaient plus vivants que jamais, surtout quand on voyait ce que les publicitaires demandaient aux petites filles et aux petits garçons. Si l'on juge de l'évolution des mœurs à partir des spots de publicité on sait que l'égalité n'est ni pour demain ni même pour après-demain. En général elles concluaient ensemble que les pauvres enfants étaient des esclaves et leurs parents — les mères surtout, hélas ! — d'abominables exploiteurs. Mais les mères, disait Fédora, avaient des excuses : ne leur avait-on pas appris que seul le physique compte et qu'une femme peut réussir par personne interposée ? Dominique était d'accord ou ne l'était pas, selon les jours. Parfois elle disait qu'elle se serait moins prostituée, aurait moins trahi ses idéaux soixante-huitards, en vendant des armes chez Thomson ou chez Manurhin.

— Chez Thomson, répondait Fédora, tu gagnerais trois francs six sous en grande banlieue et tous les bonshommes te passeraient devant au moment des promotions. Compromis pour compromis, ne vaut-il pas mieux exploiter des petits angelots cabotins sur les Champs-Elysées ?

À ce point de la discussion Dominique ne pouvait qu'acquiescer : son mari vendait des ordinateurs chez Philips et, s'il avait jusqu'à présent échappé à la grande banlieue, son bulletin de salaire faisait plus pitié qu'envie.

Fédora entra dans son bureau, fermement décidée à oublier les pharmaciennes en général et Héloïse en particulier. Ce serait probablement difficile : il lui semblait qu'elles avaient tant de choses à se raconter ! Il n'aurait pas fallu succomber à la tentation et ignorer le regard séducteur de la petite. Ainsi elles auraient pu, sans doute, être simplement amies, se voir en toute innocence. Peut-être ? Non… tôt ou tard elles auraient fait l'amour puisque l'une et l'autre en avaient envie. Bon… eh bien il était temps de passer à autre chose et, en premier lieu, d'utiliser les bonnes vieilles méthodes de diversion. Pour ne plus penser à la baise elle aurait la fatigue du sport. Elle allait rarement à sa salle de gym deux matinées de suite mais aujourd'hui il y aurait une exception. Elle prit ses affaires dans son armoire et traversa la rue. Cela se solderait sans doute par des courbatures mais elle ne l'aurait pas volé !

Le silence de Fédora était-il vraiment insupportable, ou bien n'était-il que vexant ? S'agissait-il d'une blessure d'amour ou d'une blessure d'amour propre ? D'amour… certainement pas, mais peut-être d'amitié. « Après tout, pensait Héloïse, il me semble que nous avions plein de choses à nous dire. Soit elle s'en fout complètement, soit elle se méfie. Elle me refait le coup de Suzanne en 1966, qui refusait de me parler au téléphone parce qu'elle avait peur de resuccomber à mes charmes. Mais je n'ai plus rien d'un pied-tendre, je suis devenue un vieux renard. D'ailleurs même en ce temps-là j'étais déjà un renardeau et je savais manœuvrer, avec l'aide de Claire, comme une jeune Merteuil… ou comme la petite Volanges si elle avait eu un bon QI ou simplement une éducation moderne. Quoique non ! Volanges est une bécasse en tout temps et en tout lieu, et d'ailleurs la question n'est pas là. Que dois-je faire ? Écrire à Claire et lui demander : "*Quid faciam o amicarum optima* ?" Hum… elle me dirait de renoncer à l'adultère qui ne peut m'attirer que des ennuis. À moins que ça ne l'amuse encore ? Dieux, que nous sommes devenues sérieuses ! Des parents d'élèves bien sages et des femmes bien fidèles qui s'écrivent une à deux fois par an pour parler de leurs mouflets ! Quand je pense à tout le papier que nous avons noirci ! Nous n'avions, il est vrai, que ça à faire et ses parents, qui avaient obtenu le téléphone après trois ou quatre ans de liste d'attente, n'auraient pas toléré qu'elle le monopolisât pour me raconter sa vie. Sans compter qu'il se trouvait dans le hall d'entrée de leur maison, ce qui ne favorise guère l'intimité.

Aujourd'hui je ne sais même pas quelle est sa morale en amour. Le savais-je même réellement il y a vingt ans ? Avant d'entrer dans la carrière, c'est-à-dire avant de faire l'amour pour la première fois à quinze ans, ce qui était précoce à l'époque et l'est certainement encore maintenant si l'on tient compte du fait que la plupart des adolescents sont des vantards dans ce domaine, nous prétendions avoir des idées très arrêtées sur la question. Pas tellement sur l'amour physique, où nous admettions que nous ne savions rien, mais sur l'amour tout court et la place qu'il tiendrait dans notre vie future. Claire disait : "Les aventures d'abord, nombreuses de préférence, puis je me range." Drôle de conception, quand j'y réfléchis maintenant, qui ressemblait à la vision bourgeoise qui veut qu'un garçon doive jeter sa gourme avant d'épouser une jeune fille de son milieu. Sauf que Claire étendait l'idée aux filles qui ne devaient en aucun cas rester des oies blanches. Tout ça me paraissait rationnel, bien pensé comme tout ce que pensait Claire, sauf que je ne voyais pas, au fond, la nécessité d'enterrer un jour sa vie de fille et de se ranger. Peut-être que cette fille de physicienne appliquait la méthode de Lavoisier à l'amour : des essais, des erreurs, et quand on a trouvé on arrête.

J'ai donc une idée de sa vision des choses en ce temps-là, bien qu'on ne puisse pas négliger une influence de moi sur elle et, ça va de soi, d'elle sur moi. Cette influence nous poussait certainement à la surenchère et à l'affichage d'un certain cynisme pour cacher notre timidité devant ces choses-là. Mais que pense-t-elle maintenant ? Allons plus loin : que fait-elle ? Pourquoi me semble-t-il inconcevable qu'elle trompe Victor ? Parce que c'est mon frère ? Non, parce que Claire est une femme très occupée, une inspectrice des finances, une mère de famille nombreuse… bref, elle n'a pas le profil. Et puis surtout c'est une sage, au sens grec. Pourquoi se compliquer la vie quand on a le beau Victor, fin baiseur dit-elle, à la maison ? Il est vrai que j'ai Erika, moi, qui dans ce domaine est exceptionnelle, et que je rêvasse sur Fédora… sans compter les petits extras avec Melitta. Je ne suis pas une sage par nature, c'est évident, même s'il m'arrive de le paraître. Ma bonne-maman Marèges avait une expression pour justifier un comportement comme le mien : "Changement de pâture réjouit les veaux." Elle avait dû entendre ça dans son enfance quand elle gardait les vaches de ses parents en Franche-Comté pendant les vacances. Cela témoignait en tout cas d'une philosophie plutôt désinvolte dans ce domaine, soit parce qu'elle avait elle-même fauté, soit parce qu'elle l'avait vu faire autour d'elle et estimait qu'il n'y avait pas là de quoi fouetter un chat. Je pense, comme Bonne-Maman, que tout ça n'est pas bien grave. On a envie de changer un peu sa routine, de se rassurer sur sa capacité à séduire, que sais-je ? C'est une variante moins grandiloquante du "Levez-vous orages désirés !" de Chateaubriand. Donc je changerai un peu de pâture si cette garce de Fédora y consent. Et si elle ne consent pas ? Eh bien je renoncerai, car ses raisons sont certainement excellentes.

Même à ces moments-là, quand les soucis qui l'accablaient auraient pu la rendre indifférente à ceux de son personnel, elle faisait toujours preuve de gentillesse et de compréhension, mais elle était insupportablement triste. Et puis un jour Valérie s'était rendu compte que « l'autre » ne téléphonait plus jamais. Peu après Fédora avait commencé à sortir, à donner ou à recevoir des rendez-vous à la Champmeslé ou au Katmandou, à constater que décidément ce matin elle avait la gueule de bois, sans compter un sérieux déficit de sommeil, parce qu'elle avait passé l'âge de faire la noce impunément. Sa façon de parler de sa vie quotidienne était celle d'une personne qui vit désormais seule : le « je » avait remplacé le « nous » ou le « on », mais c'était un « je » tranquille et satisfait.

« Il s'agit à coup sûr d'Héloïse, pensait Fédora en tripotant machinalement la petite fiche. Que me veut-elle ? Au bout d'un mois je pensais qu'elle m'avait passée par pertes et profits. D'ailleurs elle n'avait peut-être pas envie de me revoir. Pourtant elle téléphone… et elle laisse la balle dans mon camp "si je veux". Est-ce que je veux ? Non. Oui. Peut-être. Et si ce n'était pas elle mais une authentique Dancourt ? Je téléphone ou non ? Pas tout de suite en tout cas. Il convient d'abord d'opérer certains contrôles. »

Dans l'annuaire du téléphone il n'y avait qu'une mention : « ENNECOUR Sarah d', 11 rue de Chanaleilles 7e », mais le *Bottin mondain* était plus intéressant, bien qu'il ne résolût pas le problème. La famille d'Ennecour, réduite à deux mentions principales, avait quand même droit à un petit paragraphe : « d'ENNECOUR (Maison de CHAILLANT) ». Dessous on retrouvait la dame de la rue de Chanaleilles, duchesse

François-Sixte d'Ennecour née Sarah Bernheim, mère de Xavier-Sixte, mort pour la France, et la duchesse Xavier-Sixte d'Ennecour, née Anne de Kerivin, 13 rue Angélique-Vérien à Neuilly et château de Kerivin 29470 Plougastel-Daoulas, mère de François-Xavier (†) et de Marie-Thérèse (Mme Alain Prieur). Et c'était tout. Un rapide regard à Prieur, où aucun Alain ne figurait, et à Marèges, où il n'y avait personne, et la quête était vaine, sauf que Fédora s'était quand même bien amusée à jouer au détective et à constater que la nouvelle génération méprisait le *Bottin mondain*. Elle termina sa recherche par le *Who's who*, car autant aller jusqu'au bout, et elle y trouva le père d'Héloïse, ce qui n'avait rien d'étonnant, son frère Hugo et sa belle-sœur Claire, cette dernière à titre personnel, Erika von Tauberg, qui ne mentionnait que son adresse professionnelle, et (mais elle avait regardé sans y croire) Marie-Thérèse Prieur, qui dirigeait le cabinet de recrutement CEP, lequel était justement situé à la même adresse que l'appartement d'Héloïse. Restait à consulter l'annuaire des professions : la pharmacie y figurait et son numéro de téléphone était le 271 12 21. Le détective Milanov pouvait rédiger son rapport, tout en se reprochant de n'avoir pas commencé par la pharmacie. Imaginait-t-on Héloïse donnant le numéro de son domicile où vivait aussi Erika ? Sans compter que dans la journée on ne l'y trouvait certainement pas. Mais le problème demeurait : fallait-il ou non téléphoner ? Elle respira à fond, prit le téléphone, le reposa, le reprit en se disant qu'elle était ridicule et que cette peur était complètement irrationnelle. Là-bas on lui répondit que Mme d'Ennecour venait de sortir… « ah non… je la vois qui revient… je vous la passe. »

1986

Depuis la naissance de Jenning Lise avait subtilement changé, mais pas de la manière qu'on attend généralement d'une femme qui découvre tardivement la maternité. Elle parlait peu de l'enfant et ne s'émerveillait jamais à son sujet, si bien que quelqu'un ne l'ayant pas rencontrée depuis deux ans aurait pu ignorer cette naissance. Elle avait acheté un appartement plus vaste rue de Jarente et avait recruté une fille au pair autrichienne par l'intermédiaire de la mère d'Héloïse. À part ça son mode de vie n'avait pas changé d'un iota, ses horaires étaient toujours les mêmes, mais ses amants ne mettaient désormais plus les pieds chez elle. Ce qui était différent, aux yeux d'Erika surtout, c'est qu'elle était devenue moins fermée. Très peu de temps après son retour au bureau, à la fin d'un congé de maternité que par ennui elle aurait volontiers écourté si la législation française n'avait pas été si contraignante, elles étaient allées toutes les deux à Francfort et Lise, le soir, avait raconté à Erika son départ de Prusse-Orientale et les circonstances exactes de la mort de son frère.

— Pourquoi ne pas me l'avoir dit plus tôt ? avait demandé Erika. Je sais parfaitement que certaines personnes se souviennent d'événements très anciens. Moi-même, dans ce domaine, je me défends assez bien, je crois… presque aussi bien que vous.

— Je sais, mais je ne pouvais pas en parler. Ne me demandez pas pourquoi. Ce n'est pas parce que je ne vous aimais pas assez, c'est parce que c'était bloqué. Ça ne l'est plus et je trouve d'ailleurs ce phénomène très bizarre, car je pensais que je garderais ça pour moi toute seule — et un peu pour *Mutti* qui sait parfaitement à quoi s'en tenir — toute ma vie.

— J'ai honte, parce que pendant la guerre j'ai été très préservée par rapport à vous et je me plains sans arrêt.

— Sans arrêt ? Je n'avais pas remarqué. D'ailleurs c'est inexact : ma guerre a été plus brève, plus violente, mais nous avons eu la chance de trouver très vite un nouveau foyer. Pour d'autres ce fut pire. Avez-vous entendu parler de ces réfugiés des villes industrielles que ces salauds de Bavarois ont renvoyés dans leurs ruines tout de suite après la capitulation ?

— Oui. Avec *Vati* nous avons traversé Hambourg, en 1946, et nous avons vu un train de marchandises complètement hors d'usage sur une voie de garage. Dedans il y avait des êtres humains dont personne ne voulait et qui avaient traversé l'Allemagne dans ces conditions. *Vati* est allé se plaindre aux autorités anglaises qui ont levé les bras au ciel comme s'ils n'y pouvaient rien. Je ne comprenais pas tout, parce qu'ils parlaient en anglais, mais je sais qu'ils prétendaient que c'était des règlements de compte entre Allemands. Finalement l'intervention de *Vati* a servi à quelque chose parce qu'ils ont été évacués du train et relogés… dans les ruines, évidemment. Qu'y avait-il d'autre à Hambourg ? On en a recueilli quelques uns à Tauberg et ils haïssaient les Bavarois dont le pays était quasiment intact et qui les avaient…

— Déportés. N'ayons pas peur des mots.

— Oui, déportés. Bien sûr, l'antagonisme entre les gens du nord et ceux du sud n'a rien de nouveau en Allemagne, mais il m'en est resté une certaine méfiance envers ces gens-là, ces buveurs de bière en culotte de cuir, ces bons vivants ou prétendus tels dont personne ne se méfie, alors que…

— Hitler a commencé sa brillante carrière en Bavière.

— Oui, et ce sont les Prussiens, au sens large, disons les Allemands du nord et de l'est, qui ont mauvaise réputation, tout ça à cause de ce Bismarck qui a transformé le roi de Prusse en *Kaiser*.

— Vous n'aimez pas Bismarck ? C'est vrai que vous n'avez pas été écolière en Allemagne. On nous a toujours dit que l'unité allemande allait dans le sens de l'histoire.

— C'est facile de le dire après coup mais j'ai toujours pensé que le sens de l'histoire n'existait pas. Mes parents n'étaient d'accord sur rien sauf sur Bismarck. L'un lui reprochait l'annexion du Schleswig, l'autre l'annexion de l'Alsace, et moi je n'ai jamais vu la nécessité de se faire tant d'ennemis pour remplacer la confédération germanique qui fonctionnait très bien.

— Vous avez raison. Sans compter qu'il nous a collé les Bavarois sur le dos, ce qui n'est pas un cadeau. De toute façon, même avant d'avoir entendu parler de la façon dont ils traitaient les réfugiés, *Mutti* ne voulait pas aller vers le sud. Le hasard nous a laissées dans la lande de Lüneburg et, malgré mes souvenirs d'enfance, c'est mon pays. Nous aurions pu tomber plus mal.

Boris von Tauberg avait eu exactement trois ans à la rentrée des classes, du moins c'est ce que pensait Manuela car pour elle les quinze jours qui séparaient le petit garçon de son anniversaire ne comptaient pas. Pourtant c'est l'argument qu'avait utilisé Wolfgang pour tenter de l'empêcher d'envoyer son petit frère à l'école maternelle. Il avait préparé sa campagne d'intoxication dès la fin de l'année scolaire et même avant, quand Manuela avait commencé à parler d'inscription. Elle comptait souvent sur lui et sur son esprit pratique pour qu'il lui rappelât les menues corvées et les démarches à accomplir, et il en avait profité en lui affirmant, pour commencer, qu'elle avait le temps. Mais au début du mois de mai Manuela était revenue à la charge :

— Il faut vraiment que je m'en occupe, sinon il n'y aura plus de places. »

— Oh ça ira ! Y a plus d'enfants, donc y a des places… pour ceux qui ont l'âge.

Manuela n'avait pas relevé le « pour ceux qui ont l'âge » et avait protesté sur le reste :

— Quand il n'y a plus d'enfants on ferme des classes et le problème des files d'attente ne change pas. Il faut que je m'en occupe maintenant parce que je n'ai pas envie d'être obligée de me rabattre sur le privé. Fais-moi penser à passer à la mairie.

Pour Wolfgang cela signifiait qu'il fallait modifier sa technique de dissuasion. Si sa mère était tellement décidée à embrigader le pauvre Boris, quitte à s'adresser au privé, c'est qu'elle ne se laisserait pas arrêter par de vulgaires contingences comme le manque de places. Il se replia sur des positions préparées depuis quelques semaines :

— On risque de te dire qu'il est trop jeune.

— Quoi ? Il aura trois ans en octobre.

— Pas en septembre.

— De mon temps la rentrée avait lieu en octobre et on ne m'a jamais dit, à moi qui suis née début novembre, que j'étais trop jeune.

— Oui mais maintenant ils font la chasse aux trop jeunes.

Il jouait sur du velours en affirmant ça, que sa mère était prête à croire sur parole même si c'était exagéré. Lui-même, né en février, était entré au CP à six ans et demi parce que Manuela avait négligé de faire les démarches nécessaires pour qu'il sautât une classe. Elle avait signalé en passant qu'il savait à peu près lire mais la directrice de l'école avait dû penser qu'elle exagérait. Toutefois son institutrice l'avait expédié d'autorité en CE 1 quand elle s'était rendu compte que c'était vrai et Manuela s'était fait réprimander par la directrice pour n'avoir pas fait lesdites démarches en temps utile. À son arrivée dans sa nouvelle classe Wolfgang, qui avait des amis garçons dans la précédente, ne connaissait qu'Hélène. C'est à partir de ce moment-là qu'ils étaient devenus inséparables et n'avaient pas respecté la ségrégation implacable entre les petites filles et les petits garçons.

Manuela était donc prête à croire que l'arbitraire régnait au point qu'on pouvait refuser un petit garçon d'octobre en maternelle, mais la position adoptée par Wolfgang (convaincre sa mère que Boris était bien trop petit pour cette horrible jungle) se retourna contre lui. Manuela en conclut que, puisqu'il y avait un risque, elle devait se dépêcher de faire ces démarches assommantes pour avoir le temps d'argumenter, de convaincre, et éventuellement de se replier, elle aussi, mais sur un jardin d'enfants privé. Wolfgang, conscient que sa deuxième position n'avait pas été plus solide que la première, se replia sur la troisième qui était désespérée. Il ignorait que sa tante Erika, quand elle manœuvrait dans l'intérêt de Tauberg SA ou de sa vie privée, avait coutume d'invoquer le général von Tauberg qui, de repli stratégique en repli stratégique, avait reculé de la Marne aux Corps-francs de la Baltique avant de se résigner à s'occuper d'industrie chimique pour remplacer ses neveux morts à la guerre. Pourtant il fit comme elle et pensa à son arrière-grand-père qui était à sa connaissance le seul stratège professionnel de la famille. Il brûla donc ses dernières cartouches en affirmant que c'était lui, le grand frère, qui jugeait Boris bien trop petit pour affronter les horreurs de l'école maternelle.

Manuela, depuis presque trois ans, passait sa vie à lutter contre la tendance de Wolfgang à jouer les pères. L'amour du grand pour le petit la touchait mais elle ne voulait pas qu'il dépassât certaines limites, parce qu'après tout Wolfgang n'était qu'un adolescent qui avait sa vie à faire et ses propres enfants à avoir quand il serait réellement un homme. Pour le moment il était, comme c'est normal à son âge, bourré de principes et de grandes idées sur les besoins des enfants en général et du précieux Boris en particulier. Il empruntait des livres de pédagogie à la bibliothèque, écoutait et regardait chaque fois qu'il en avait l'occasion les émissions sur ces sujets-là et, bien qu'on l'eût averti que le marché de la pédagogie était tenu par des psychanalystes, c'est-à-dire par des gens que Manuela considérait comme des charlatans, il croyait qu'il y avait quand même beaucoup de vrai dans tout ça. Manuela maudissait Dolto qui, déguisée en bonne grand-mère pleine de bon sens, faisait plus de ravages qu'une allumée dans le genre de Mélanie Klein n'aurait pu le faire. Encore qu'elle se demandât parfois si Klein la délirante ne se serait pas adaptée aussi bien que Dolto à la télévision et n'aurait pas, comme elle, réservé ses théories de cinglée à ses livres. De toute façon le loup déguisé en grand-mère reste le loup.

C'est dans le but de remettre Wolfgang à sa place, plus que dans l'intérêt de Boris, qu'elle avait renoué avec son amant, Paul le pharmacologue, un an après la naissance de l'enfant. Celui-ci avait attribué l'éloignement de Manuela, le fait qu'elle ne voulait plus le rencontrer, à un nouvel amour, et il avait été heureux d'avoir de ses nouvelles, même quand elle lui avait tout raconté, avec toutefois certains mensonges. En particulier elle lui avait dit qu'elle avait attendu d'avoir la certitude que Boris était son fils avant de lui en parler. Mais la ressemblance, lunettes comprises, était indiscutable. Paul avait vu Boris, avait apprécié cette ressemblance et avait promis à Manuela de ne jamais l'ennuyer en reconnaissant Boris contre son gré ou derrière son dos.

— Mais ne lui cache pas que je suis son père, s'il te plaît.

— Je n'en ai jamais eu l'intention, mentit Manuela, sinon je ne vous aurais jamais présentés l'un à l'autre.

Au début Wolfgang avait fait la gueule à l'intrus, qui cependant ne venait guère plus souvent qu'une fois tous les quinze jours, puis il s'était résigné et avait fini par le trouver sympathique. Il avait même consenti à adopter le surnom de Boris Pavlovitch que sa mère donnait parfois à l'enfant pour lui rappeler qu'il avait un père, car il pensait que Dolto aurait trouvé le truc très astucieux. Ce père biologique, il fallait bien le reconnaître, n'intervenait pas dans l'éducation du petit. Manuela détenait toute l'autorité mais elle avait dit un jour à Wolfgang que si elle avait besoin d'un conseil à ce sujet elle le demanderait à Paul, adulte expérimenté, père de famille, presque grand-père, même, et non pas à lui. Il avait soupiré, résigné : cette femme était implacable.

Il savait qu'il avait perdu pour l'école. Les ruses auraient pu marcher mais la vérité l'avait trahi. Manuela ne prit même pas la peine de lui faire un long discours moralisateur et se contenta de lui faire remarquer qu'il manquait complètement de logique :

— Tu ne cesses de proclamer que ton petit frère est remarquablement intelligent. Je te donne raison en l'envoyant à l'école. D'accord, on lui apprendra à dessiner des petites horreurs, à empiler des cubes ou je ne sais quoi, et pas à lire, écrire et compter, mais tu es passé par là aussi et ça ne t'a pas fait de mal. Tes chers psys ne parlent-ils pas de socialisation à tout bout de champ ? Si Boris se frotte à des petites brutes de son âge tant mieux. De nos jours les lunettes sont incassables et les nez ne saignent pas longtemps.

— C'était à prévoir, lui dit Hélène le lendemain, et tant mieux. Tous les enfants vont à l'école à trois ans, à commencer par toi et moi, et ça leur fait le plus grand bien. Ce qu'il te faudrait, pour relativiser tout ça, c'est plein de frères et sœurs. Tu verrais qu'ils ne sont pas tous aussi agréables que Boris Pavlovitch. Ta mère n'en aura pas d'autres ?

— Elle ne veut pas.

— Oh… la volonté, tu sais…

Hélène prit l'air blasé de celle pour qui les mobiles des mères n'ont plus de secret et ajouta :

— Suffit qu'elle rencontre un homme qu'elle aime et elle voudra un enfant de lui. Les femmes c'est comme ça.

— Je me marierai le plus tôt possible et j'aurai plein d'enfants.

— Si ta femme veut bien.

— Elle le voudra, puisqu'on sera d'accord avant de se marier.

— Oui, oui. Au début elles sont d'accord, et après…

— Après ?

— Après elles mettent de l'eau dans leur vin, comme elles disent. Tu as encore beaucoup à apprendre, mon pauvre Wolf !

Quand il était entré au lycée La Fontaine, deux ans auparavant, Anne avait eu peur de n'être pas à la hauteur dans les matières normales. On lui avait tellement répété que c'était important, qu'à partir de la sixième les maths devenaient vraiment des maths, c'est-à-dire quelque chose d'abstrait, qu'il allait falloir se mettre à cette langue farfelue et imprononçable qu'est l'anglais, organiser son travail à l'avance… et tout ça n'était finalement rien du tout. Non seulement il s'en sortait bien mais il le faisait avec plaisir. Il se demandait maintenant si on ne lui avait pas donné, dans son enfance, une personnalité qui n'était pas la sienne. De tout temps il avait été admis qu'il était un artiste et il commençait sérieusement à en douter. Plus exactement il en doutait les jours où il était vraiment accablé par son insuffisance. Le reste du temps il pensait qu'il était peut-être un artiste, oui, mais de la race médiocre des touche-à-tout. Suffisamment artiste pour se rendre compte qu'il n'obtenait pas ce qu'il voulait au piano et que ce n'était pas une question de technique. La technique ce n'est pas le plus difficile : il suffit de persévérer, d'arrêter provisoirement, de recommencer, et tôt ou tard les problèmes les plus ardus sont vaincus. C'est une chose qu'il avait toujours su faire parce qu'il ne désespérait jamais, essayait toutes les méthodes et finissait par trouver la sienne. Mais pour le reste il n'obtenait pas ce qu'il voulait, alors qu'il voulait quelque chose de très précis, qui bien entendu était informulable. Sa première ambition avait été de jouer comme (ou à peu près comme) Clara Haskil. À défaut comme Maria-Joao Pires ou comme sa tante Hilda. À ses yeux — ou plutôt à ses oreilles — ces trois pianistes avaient quelque chose en commun, un air de famille qui était son idéal.

— Mais ce sont des femmes ! lui avait dit sa sœur

Suzanne à qui il avait fait quelques confidences quand il avait commencé à douter de lui.

— Tu crois que ça a de l'importance ? Je n'y avais même pas pensé !

— Je ne sais pas si c'est important mais tu devrais y réfléchir.

Ils étaient restés silencieux un petit moment. Suzanne aussi réfléchissait. Est-ce qu'on pouvait parler d'un jeu féminin et d'un jeu masculin ? Les critiques le faisaient souvent et spontanément elle leur donnait raison, mais ce n'était qu'une impression.

— Il faudrait faire des auditions à l'aveugle, dit-elle.

— Des quoi ?

— C'est comme les dégustations à l'aveugle pour le vin. On te sert plusieurs verres sans te dire ce que c'est et tu dois classer.

— Alors on écouterait des disques et on devrait classer ?

— Non, ça existe déjà. On devrait deviner si c'est un homme ou une femme.

— On essaiera si tu veux, mais de toute façon ça m'est égal. Je veux jouer comme ça et pas autrement.

— Après tout l'une des trois est ta tante. Ça te laisse une chance. Tu la mets aussi haut que les deux autres ?

— Non, mais ça viendra. L'important c'est qu'on sente qu'elle peut y arriver. Et si moi je sentais que je peux y arriver, même très tard, je continuerais.

— Mais tu DOIS continuer ?

— Pourquoi ?

— Parce que c'est TRÈS beau quand tu joues.

— Ce n'est pas ce que je veux. Et surtout ça ne va pas dans la direction que je veux. C'est seulement consciencieux.

— Peut-être que tu es trop jeune ?

— Ça c'est possible. C'est mon seul espoir.

Mais ce qui l'inquiétait aussi, c'était l'intérêt qu'il portait aux autres matières artistiques de son lycée et la facilité avec laquelle il avait appris, parce que c'était obligatoire, à jouer du violon. En deux ans il avait brûlé les étapes et sa technique, acquise sans beaucoup d'efforts, faisait l'admiration de son copain Feldman. Mais là encore, et Feldman l'admettait, il ne s'agissait que de technique. Lui non plus ne prenait pas les soucis d'Anne très au sérieux, en revanche il avait tendance à lui reprocher ses fréquentations qui, disait-il gravement, le déconcentraient.

Ces fréquentations, c'était une élève de cinquième de la section danse qui le rejoignait tous les matins dans l'autobus à Alma-Marceau. Depuis qu'il la connaissait Anne ne méprisait plus la danse et était un peu traître à sa propre section où il était d'usage de ricaner des danseuses et, encore plus, des danseurs. Anne, au début, avait joué le jeu en refusant de s'avouer qu'il était attiré par la danse et qu'il rêvait d'en faire, ne fût-ce qu'en amateur. Depuis qu'il connaissait Marguerite il admettait mieux cette envie parce qu'elle n'était pas cabotine comme les autres et avait su lui parler de son art d'une manière qui l'avait touché.

S'il n'y avait pas eu ce désir d'apprendre à danser il aurait pu laisser de côté, provisoirement, ses problèmes de pianiste. Non seulement ça pouvait s'arranger avec le temps, car il savait par expérience qu'on progresse par à coups et qu'on peut rester plusieurs mois, sinon plusieurs années, sur un palier, mais encore il lui restait toujours la possibilité de renoncer à son instrument et de faire, par exemple, de la direction d'orchestre. Peut-être même saurait-il un jour composer autre chose que ces thèmes et variations qu'il écrivait avec sa sœur Suzanne à titre d'exercice. Ni l'un ni l'autre n'avaient la moindre idée, la moindre inspiration originale, mais ils prenaient un thème connu, le plus simple possible, et ils le variaient selon les règles. Ensuite ils le jouaient : Suzanne se chargeait des parties les plus faciles et Anne exécutait tout ce qui demandait une bonne technique. Parfois ils organisaient des concerts où ils conviaient toute la famille.

Si décidément il devait se révéler à jamais incapable d'être un musicien professionnel son cas n'était pas désespéré puisqu'il était devenu peu à peu l'un des meilleurs élèves de sa classe. Hilda avait beau dire que les études générales avaient été pour elle du temps perdu, il ne la croyait pas. Elle accusait parfois sa mère de l'avoir persécutée en l'enfermant avec des devoirs de calcul, des comptes rendus de lecture, des poèmes à apprendre par cœur et surtout d'interminables listes de mots allemands. Mme de Marèges haussait les épaules en souriant :

— Hilda était la seule de mes enfants dotée d'une incroyable paresse, et de la pire espèce ! Celle qui vous oppose une inertie souriante, toujours aimable, presque invincible. Si je ne l'avais pas obligée à faire des fractions elle serait une pianiste douce mais sans rigueur et elle jouerait Bach comme Chopin, ce qui était sa tendance dès le début. Je l'enfermais, c'est vrai, mais c'est moi qui étais la plus malheureuse. Étant donné le résultat je ne regrette rien.

Il n'empêche que ces études générales et le piano rendaient presque impossible toute autre activité et qu'Hilda n'avait jamais pratiqué le moindre sport. Sans regret, semble-t-il, puisqu'elle affirmait avoir horreur de ça. Parfois Erika disait, en regardant Anne se hâter :

— Tu n'as jamais une minute à toi, petit garçon ! As-tu le temps de penser ?

— Oui, oui… dans l'autobus.

— Ce n'est pas beaucoup !

— Quelquefois je rêve en faisant mes exercices. Je m'aperçois que j'ai fini et que je ne me suis rendu compte de rien. Je suis obligé de recommencer.

— Pourquoi ?

— Il faut penser à ce qu'on fait.

— Tu crois ? Je me demande si ce n'est pas une bonne chose, parfois, de le faire machinalement.

— Vous croyez ?

— Oui je le crois. Mais si je dis ça tu vas en faire une méthode de travail et ce n'est pas bien non plus. Penser doit être une activité gratuite.

Anne avait poussé un soupir. C'est vrai qu'il n'avait pas beaucoup de temps, mais s'il le reconnaissait on ne lui permettrait jamais d'aller à un cours de danse, même un tout petit peu, et c'est ça qu'il voulait. Il ne serait jamais tranquille tant qu'il ne saurait pas si l'intérêt qu'il ressentait pour tout ce qui tournait autour de la danse et des ballets résisterait à la pratique. Peut-être que regarder lui suffirait et qu'il détesterait toute la gymnastique nécessaire pour parvenir à danser, mais comment savoir s'il n'essayait pas ? Marguerite et ses amies disaient que c'était dur mais qu'on était quand même heureux. Anne était souple, bon en gymnastique, et il s'appliquait à accentuer sa « position ouverte » naturelle. Sans compter qu'on était beaucoup moins exigeant pour les garçons et qu'on les laissait commencer plus tard parce qu'ils étaient peu nombreux. Il désespérait d'être Clara Haskil mais commençait à rêver d'être Patrick Dupond, ce qui n'était pas bien raisonnable et accentuait son sentiment de culpabilité, sa honte d'être peut-être un touche-à-tout.

Cette honte et sa timidité naturelle l'empêchèrent d'en parler à sa mère, jusqu'au jour où sa cousine Camille le surprit en train de travailler ses positions devant un miroir. Elle prit les choses avec simplicité :

— Demande à ta mère de te faire donner des cours. Pourquoi veux-tu qu'elle refuse ?

— Parce que je n'ai pas le temps.

— Tu as bien le temps de t'entraîner tout seul ! Et mal, si ça se trouve. Non, la vérité c'est que tu n'oses pas. Quand on était petits je me demandais si ta mère n'était pas un dragon mais maintenant j'ai compris que le problème vient de toi. Si tu n'oses pas lui parler je le ferai pour toi.

— Je te défends. Je suis assez grand.

— Prouve-le.

Non seulement il le lui prouva mais il se jeta à l'eau brutalement, comme le font souvent les timides, et aborda la question un samedi soir devant ses sœurs, Erika et la famille Prieur au grand complet. Héloïse manifesta tout de suite son approbation :

— C'est une excellente idée ! Tu as certainement besoin de faire un peu plus de sport et celui-là, au moins, est artistique. Si tu n'as pas de préjugés contre la danse…

— Pourquoi des préjugés ?

— Les garçons en ont souvent. Je t'ai entendu te moquer des danseuses avec ton ami Thomas.

Anne devint très rouge et se jeta une seconde fois à l'eau :

— J'étais bête. Je disais comme lui mais je ne le pensais pas.

— Eh bien maintenant il va falloir lui dire que tu as changé d'avis.

— Ça ne fait rien, il comprendra… et s'il ne comprend pas…

Il ne termina pas sa phrase et eut un geste désinvolte qui signifiait probablement, pensa sa mère, que désormais il avait passé l'âge du conformisme et était prêt à imposer ses choix non seulement aux adultes, ce qui n'est pas le plus difficile, mais aussi à ses contemporains.

Héloïse s'était renseignée auprès des professeurs du lycée La Fontaine et avait trouvé un bon cours privé qui ne ferait pas de difficultés pour admettre un garçon de treize ans et lui apprendre les rudiments sans brûler les étapes. Le cours se trouvait à Neuilly, boulevard d'Inkermann, ce qui avait paru assez commode à Héloïse puisque le métro était direct et qu'Anne connaissait le trajet qui menait aussi chez sa Bonne-Maman. Mais il appréciait peu cette proximité et faisait des détours aussi complexes que possible pour éviter une rencontre qu'il jugeait fatale. S'il sortait du côté de la rue Berteaux-Dumas, pensait-il, son compte était bon, il fallait donc éviter d'en conserver le réflexe. Mais de l'autre côté il tombait sur le Monoprix et sur le bureau de poste où il avait l'impression que toutes les vieilles dames du quartier se donnaient rendez-vous, ce qui n'était pas faux. Une fois qu'il avait passé ce coin dangereux en se précipitant tête baissée dans la rue d'Orléans, il restait l'écueil du rond-point Winston-Churchill qu'elle risquait de traverser pour se rendre à l'église Saint-Pierre. Sa mère évidemment l'ignorait, mais lui savait que Bonne-Maman s'y rendait deux fois par jour pour prier.

Au bout de quelques semaines Anne, qui avait un bon sens de l'orientation, avait découvert plusieurs moyens d'aborder le boulevard d'Inkermann sans descendre à la trop dangereuse station Sablons. Il marchait un peu plus longtemps mais au moins il n'était pas obligé de raser les murs, de regarder sans cesse autour de lui ou de se mettre à courir à la moindre silhouette suspecte. Ces attitudes, il s'en rendait bien compte, risquaient de le rendre encore plus visible et cependant il n'osait pas y renoncer sur le trajet normal ; faire un détour était donc la seule solution et dès qu'il en eût pris l'habitude il se sentit tout à fait rassuré.

Beaucoup trop, évidemment, puisqu'ils se trouvèrent face à face, sans échappatoire possible, devant la bibliothèque municipale de la place Parmentier. Elle était avec une autre femme de son âge dont Anne bénit la présence, conscient que cela lui éviterait d'avoir à s'expliquer trop longuement. Il fut quand même obligé de dire où il allait (chez lui) et d'où il venait : « De ma leçon de judo. » Le mensonge lui était venu facilement, presque par réflexe, pour justifier le sac de sport qu'il portait sur l'épaule. Bonne-Maman parut apprécier le judo, soit qu'elle jugeât que c'était un bon sport pour un jeune garçon, soit qu'elle ne voulût pas perdre la face devant sa compagne en ayant l'air de ne pas tout savoir sur les activités de son petit-fils. Anne se rendit compte qu'elle aussi mentait, d'une certaine manière, car toute personne témoin de leur conversation aurait eu l'impression qu'il y avait entre eux une certaine intimité et que seul l'emploi du temps d'Anne était responsable de la rareté de leurs rencontres.

— Ils ont beaucoup de travail au lycée, expliquait-elle à l'autre, et Anne, en plus, étudie beaucoup son piano. Quand même ! (et elle se tourna vers lui) maintenant que tu fais du judo dans le quartier tu devrais venir me voir plus souvent. Ta maman veut sans doute que tu sois rentré avant la nuit ? Tu prends le métro tout seul ?

— C'est direct, dit Anne en pensant qu'elle le prenait vraiment pour un débile et que c'était la première fois qu'Héloïse avait droit à la douce appellation de « ta maman ». Il s'engouffra néanmoins dans l'ouverture qui lui était faite et prit congé poliment en arguant qu'il était attendu et qu'il ne fallait pas qu'on s'inquiétât chez lui. Elle lui fit promettre de venir la voir la prochaine fois, ce qu'il fit bien volontiers tellement il était soulagé de s'en être si bien tiré. La rencontre redoutée avait eu lieu et, en somme, ce n'était vraiment pas la mer à boire.

« Tout de même, songeait-il dans le métro, je ne suis pas très courageux. Pourquoi ne pas lui dire que je fais de la danse ? Ce n'est pas déshonorant ! Parce qu'il y avait l'autre dame avec elle ? Oh non ! Je ne la connais pas et je me fiche de ce qu'elle peut penser ! Mais Bonne-Maman aurait eu honte parce que c'est encore plus saltimbanque, comme elle dit, que le piano. Pourtant elle a raconté, sur un ton plutôt vantard, que je faisais du piano et même beaucoup de piano ! Personne ne l'obligeait à le dire, après tout ! Mais la danse c'est pire, c'est la honte. Peut-être encore pire que le théâtre, et en plus ils pensent tous que c'est pour les filles. Est-ce que j'ai honte, moi ? Non. Alors ? Eh bien je crois que je n'ai pas voulu lui faire honte à elle, c'est tout. Il n'y a pas si longtemps je le lui aurais dit par provocation. Qu'est-ce qui est le mieux ? Oh… de toute façon devant l'autre elle aurait dit, d'un ton sucré, que ma maman avait bien raison ! Hypocrite ! Évidemment elle ne va pas crier sur les toits que Maman a tué Papa… si c'est vrai. Bon… faut que je me renseigne sur la couleur des ceintures au judo car, comme le dit Suzanne, quand on ment il faut rester cohérent. »

Il n'eut pas besoin de le faire, malheureusement, car Bonne-Maman l'avait pris de vitesse. À peine rentrée chez elle, c'est du moins ce que supposa Anne, elle téléphona à Marie-Thérèse pour se plaindre qu'on ne l'eût pas prévenue que son petit-fils passait régulièrement devant chez elle sans venir la voir.

— Cet enfant est monté contre moi. Je suis sûre que sa mère…

— Écoutez, Maman, vous n'allez pas recommencer cet éternel procès. Héloïse n'a aucune raison de le monter contre vous.

— C'est ce que tu crois. Tu as toujours pris son parti.

— En tout cas elle ne le fait pas. Mais il est certain que cet enfant trouve très déplaisant que vous ne vous intéressiez qu'à lui en négligeant complètement ses sœurs et sa cousine. Je vous l'ai dit cent fois : il ne faut pas vous étonner qu'il soit un peu réticent. De nos jours les petits garçons ne sont plus les rois du monde et le mépris envers les filles les choque.

— Je t'en prie ! Épargne-moi tes discours féministes.

— Je tente simplement de vous expliquer pourquoi il hésite à se précipiter chez vous en sortant de son cours de danse.

Il y eut un grand silence au bout du fil, puis :

— Son cours de QUOI ?

— De danse. Oh rassurez-vous, il n'apprend pas encore la valse et le tango. Il fait juste un peu de danse classique en guise de sport. Ce n'est pas un mauvais apprentissage pour un musicien qui peut-être deviendra un jour compositeur.

— Je me demande si je n'aurais pas dû la laisser avec l'idée de la valse et du tango, finalement, dit Marie-Thérèse à Héloïse le soir même. Elle l'aurait très bien admis puisque François et moi, dans la grande tradition des rallyes, avons appris les danses de salon assez tôt. Mais non seulement je suis la reine des gaffeuses mais encore je m'enfonce dès que je me rends compte que je gaffe… un vrai cercle vicieux !

Bref, elle s'est mise à glapir que son petit-fils était un menteur, un voyou bon pour la maison de correction, et j'ai fini par comprendre que le pauvre petit Anne lui avait dit qu'il sortait de sa leçon de judo. Pauvre gosse ! Pourquoi a-t-il raconté ça ?

— Facile à comprendre ! Il connaît mieux que tout le monde les préjugés contre les danseurs.

— Mais il a raison. Elle a hurlé que tu voulais en faire un homosexuel !

Héloïse se mit à rire et son fou rire, bien entendu, contamina sa belle-sœur si bien qu'elles ne purent rien dire de sérieux pendant cinq bonnes minutes. Puis, en essuyant ses larmes, elle ajouta :

— Je ne pense pas qu'il soit au courant de ces préjugés-là, qui d'ailleurs n'en sont peut-être pas car je crois qu'il y a beaucoup d'homosexuels dans ce métier. Disons que c'est à vérifier mais la question n'est pas là : la danse est un sport artistique, ou un art sportif, qui passe pour exclusivement féminin parce que gracieux. Évidemment pour monter un ballet il faut des danseurs, mais tu sais bien que les mères poussent leurs petites filles vers la danse et leurs petits garçons vers le foot. Ta mère, c'est évident, partage ces préjugés et Anne, qui la connaît et qui n'est pas idiot, lui a sorti, d'instinct, un art martial. Veux-tu qu'on lui pose la question ? Il va falloir l'informer du scandale, de toute façon, et je veux qu'il sache que je suis de son côté. Un gosse de treize ans qui ment… la belle affaire !

— Ça m'est venu comme ça, dit Anne. J'ai pensé très très vite que mon sac était trop petit pour l'équitation et j'ai dit judo. C'est fou ce qu'on peut penser vite !

— Ça prouve que tu as d'excellents réflexes quand tu es acculé. Mais pourquoi pas la vérité ?

— Oh Maman ! Elle m'accuse toujours d'être un saltimbanque ! Elle dit que les pianistes sont des saltimbanques. La première fois qu'elle a dit ça j'ai été obligé de regarder dans le dictionnaire.

— Évidemment, si j'en crois l'étymologie c'est quelqu'un qui fait des sauts, alors la danse, hein !

— Oui. D'ailleurs elle n'était pas seule et si je lui avais dit la vérité devant l'autre elle aurait avalé son dentier !

— Si je comprends bien tu as voulu la ménager ?

— Non, non… je n'ai pas eu le temps de penser à tout ça !

— Tu es très honnête de le reconnaître, dit sa tante, mais maintenant ça va être dur pour toi.

— Peut-être qu'elle ne voudra plus me voir ?

— N'y compte pas.

Anne poussa un soupir et regarda sa mère qui lui souriait avec compréhension mais, il le sentait bien, avec fermeté. Jamais elle ne le dispenserait de l'épreuve d'aller voir Bonne-Maman. Et en effet :

— Tu devras supporter de te faire traiter de saltimbanque, ce qui n'est pas bien grave, mais aussi, pendant un certain temps, de voyou et de délinquant. Peut-être même te traitera-t-elle de fille, ce qui est pour elle l'injure suprême. Si tu es sûr d'aimer ce que tu fais tu peux l'accepter, n'est-ce pas ?

Curieusement Anne était moins intimidé par sa mère quand il y avait un témoin, surtout quelqu'un comme sa tante qui avait toujours été proche de lui. C'est pourquoi il eut encore un de ses accès d'audace et ajouta :

— Elle prétend que vous avez tué Papa.

Il fallut de nombreuses questions habilement posées, des appels précis à sa mémoire comme s'il avait été un témoin important dans une affaire embrouillée, pour reconstituer le quiproquo. Finalement Anne retrouva la phrase exacte, son intonation, son contexte : « Ta mère a empoisonné la vie de ton père. » Et bien entendu il comprit le sens figuré d'une expression qu'il avait prise au pied de la lettre. Il faillit pleurer de honte, se retint de justesse mais pas assez vite pour dissimuler à sa mère ses yeux un peu trop brillants.

— J'ai été tellement bête, soupira-t-il, c'est pas possible d'être aussi nul !

— Ce n'est pas de la bêtise, petit Anne. Ce genre de choses arrive à tous les enfants. Si je te racontais ce que j'ai pu croire quand j'étais petite tu me trouverais plus que nulle. Comment dit-on aujourd'hui pour « plus que nul » ?

— Débile… ou d'autres mots que vous n'aimeriez pas. Qu'est-ce que vous avez cru quand vous étiez petite ?

— Des tas de bêtises, je t'assure. Tiens… par exemple je croyais à l'existence du chevalier Jadis. J'avais lu dans un livre « La France au temps jadis » et comme j'avais dû aller trop vite j'avais compris « La France au temps de Jadis », si bien que j'aurais juré, la tête sur le billot, que Jadis était un compagnon de Bayard ou de Du Guesclin. J'ai été très triste quand j'ai compris mon erreur, assez tard d'ailleurs.

— Moi, dit Marie-Thérèse, je croyais que le sinople était un arbre. Dans les papiers de famille on parlait de trois feuilles de sinople sur champ de je ne sais quoi. Comment aurais-je deviné qu'il s'agissait d'une couleur ? Je l'ai cru très longtemps sans même m'étonner de ne jamais rencontrer de plantations de sinoples. Je voyais ça comme un cèdre, d'ailleurs : un arbre oriental plus ou moins lié aux croisades. Je les regrette encore, mes sinoples !

— Le chevalier Jadis adorait rendre la justice sous un

sinople, dit Héloïse. Et au cas où tu ne le saurais pas Colette, petite fille, croyait qu'un presbytère était un escargot.

— Ça je sais.

— Donc tu t'es trompé comme n'importe quel petit garçon de… quel âge avais-tu ?

— Neuf ans. Mais c'est bien plus grave !

— Pourquoi ?

— Le chevalier Jadis et le sinople ça ne fait de mal à personne. Moi j'ai cru que vous aviez empoisonné Papa. Après tout vous êtes pharmacienne !

— Je suis désolée, Anne. Et je ne peux même pas te reprocher de ne pas m'en avoir parlé parce qu'à ta place, j'en suis certaine, je ne l'aurais pas fait non plus. Tu m'as détestée ?

— Pas du tout ! C'est impossible ! J'ai pensé que vous aviez de bonnes raisons.

C'est Héloïse qui, cette fois-ci, faillit pleurer. Ainsi donc ce petit garçon discret, secret même, lui faisait tellement confiance qu'il avait décidé qu'elle avait de bonnes raisons. Qu'avait-elle fait pour mériter un amour aussi inconditionnel ? Et qu'auraient pensé les filles dans la même situation ? Suzanne, certainement, aurait cherché à connaître tous les détails de l'affaire pour les analyser et juger en connaissance de cause. Quant à Mélanie elle s'en serait sans doute remise à sa sœur, considérée comme plus compétente dans ce domaine, pour se prononcer. Anne, lui, avait gardé ce secret pour lui tout seul et décidé que sa mère avait raison. Sans doute était-ce à cette époque qu'il avait commencé à lui poser des questions sur son père ? Elle l'avait jugé trop jeune, à la réflexion, pour lui avouer qu'il s'agissait d'un suicide, mais bien sûr elle ne savait pas qu'il avait dans la tête une hypothèse bien pire et qu'il aurait été préférable de le détromper. Désormais il était hors de question de reculer et elle lui dirait toute la vérité. Mais demain. Il méritait une soirée et une nuit paisibles après le scandale provoqué par sa rencontre avec Bonne-Maman et la découverte de son erreur d'interprétation. Sans compter qu'Erika n'allait pas tarder à rentrer. Elle dit :

— Demain, si tu veux bien, nous prendrons notre petit déjeuner ensemble et je te parlerai de ton père. Je t'expliquerai ce que ta bonne-maman a voulu dire. Tâche de ne pas lui en vouloir : c'est une femme malheureuse et qui a des raisons de ne pas m'aimer.

Le dîner fut assez gai. Erika, mise au courant par Anne lui-même, raconta qu'elle avait longtemps été persuadée qu'un blount était un petit lutin chargé de fermer les portes derrière les gens, et qui se vexait quand on le faisait à sa place, d'où l'avertissement écrit sur la porte : « Ne fermez pas la porte, le blount s'en chargera. » Elle avait supposé ça toute seule, sans doute influencée par les innombrables légendes allemandes sur les lutins, mais une fois devenue adulte et parfaitement renseignée sur le système breveté par Mr Blount, elle avait aggravé son cas en faisant croire à sa petite sœur Manuela ce qu'elle-même avait imaginé de toutes pièces au même âge :

— Manuela me faisait complètement confiance et gobait tout ce que je lui racontais sur le régime des blounts (du lait cru et rien d'autre), leur susceptibilité (ne jamais se retourner pour les voir faire leur travail de portier, sinon ils quittent la maison), leur habitat (les grandes villes exclusivement), les seules personnes qui ont le droit de les nourrir et de leur parler (les concierges), etc. Le jour où je lui ai dit la vérité elle m'en a voulu… non pas de lui avoir menti mais de l'avoir détrompée ! On n'avait jamais voulu lui faire croire au Père Noël et elle s'était rattrapée avec les blounts.

— Maintenant, dit Héloïse à Erika quand elles furent couchées, le jour est venu de lui dire la vérité.

Erika acquiesça, se demanda fugitivement quelle était la vérité, repoussa rapidement cette interrogation parce que ce n'était vraiment pas le moment. La vérité, ou plus exactement les faits, c'était ce qu'on lui avait dit : le garçon s'était suicidé quand Héloïse lui avait annoncé son intention de divorcer. À l'époque elle vivait à Francfort enfermée dans un chagrin d'amour qu'elle estimait définitif, ce qui ne l'empêchait pas de s'informer auprès de Manuela sur les faits et gestes d'Héloïse. Les questions qu'elle posait prouvaient probablement, du moins elle le pensait aujourd'hui, qu'elle avait gardé une lueur d'espoir, et c'est bien ainsi que Manuela l'interprétait, ce qui expliquait ses réticences à tout dire. En ce temps-là, c'est vrai, les probabilités étaient du côté de Manuela et de Lise qui avaient de solides raisons d'affirmer, comme Héraclite : « On ne se baigne pas deux fois dans le même fleuve ». Mais Erika, dans ce domaine, ne raisonnait pas. Elle sentait, c'est tout, et ce qu'elle sentait c'est que tant qu'elle serait vivante il y aurait une possibilité, même infime. Et bien qu'elle eût mis en avant d'autres raisons c'est pour cette infime possibilité, et uniquement pour cela, qu'elle ne s'était pas tuée. Le suicide, en somme, elle connaissait car elle avait vécu en sa compagnie plusieurs années, « y pensant toujours, n'en parlant jamais » et rassurant les autres — ceux qui avaient été témoins de son unique tentative — par son attitude ferme et apparemment raisonnable. Elle souffrait, c'était entendu, mais elle survivrait. Elle seule savait que certaines nuits, à la suite de réflexions trop logiques qui lui montraient noir sur blanc l'inanité de son espoir, elle avait failli passer à l'acte, même après Francfort, même à Paris quelques mois avant de retrouver Héloïse.

En ce temps-là elle croyait, comme la plupart des gens, que le mari d'Héloïse était mort accidentellement. C'est Héloïse elle-même qui l'avait détrompée peu de mois après leurs retrouvailles :

— Je l'ai quitté, je lui ai dit que je voulais divorcer, et il s'est tué. Je ne saurai jamais exactement ce qu'il avait dans la tête, s'il voulait se rater ou non, quels étaient les différents mobiles de son acte. Au minimum je n'ai été qu'un catalyseur mais je refuse de croire à cette hypothèse qui réduit trop ma responsabilité. Je sais que j'ai failli vous tuer aussi.

— Non. De ma part ce n'était pas sérieux. Juste une crise… un accès de folie.

Bien sûr c'était un mensonge, mais l'amour le lui avait dicté et elle n'avait pas l'intention d'y revenir. D'ailleurs cette tentative de jeter sa voiture dans le décor, dont Héloïse, sans doute par Manuela, avait entendu parler, était réellement un accès de folie pour la bonne raison que sa sœur était avec elle et qu'elle avait donc risqué cette vie innocente en plus de la sienne. Ses autres tentations étaient restées secrètes et elle était sûre de ne les avoir évoquées que dans son journal. Elle pouvait donc facilement décharger la femme qu'elle aimait de cette responsabilité et elle l'avait fait sans hésiter. Cependant Héloïse l'avait regardé droit dans les yeux et lui avait dit :

— Est-ce bien sûr ?

— C'est certain.

— Peut-être me mentez-vous ? Ou peut-être êtes-vous sincère mais vous abusez-vous sur vous-même ?… Oh peu importe ! Je ne vais pas vous soumettre à la question, parce qu'un suicide c'est quelque chose de personnel, d'intime…

— Comment le savez-vous ? Vous avez essayé ?

— Jamais ! Et je n'ai même jamais été tentée mais je ne l'exclus pas parce que je sais que c'est parfois la seule porte et que dans ce cas-là on est seul. Suzanne me l'a fait comprendre. Ce qui m'a préoccupée — et le terme est faible — dans celui de François, c'est l'idée qu'il s'agissait peut-être d'un faux suicide qui aurait malencontreusement réussi.

— Donc un accident.

— Oui. Ça lui ressemblait et ce n'est pas parce qu'il est mort que je vais faire croire à tout le monde et à moi-même qu'il était la vertu même. Son immaturité reste une réalité. Sa souffrance aussi, malheureusement. Et c'est tout ça qu'un jour je devrai tenter d'expliquer aux enfants.

— Pourquoi ? Faut-il toujours dire la vérité ?

— Non, sans doute, mais dans ce cas-là je préfère le faire. J'ai l'impression, d'ailleurs irrationnelle, que c'est un devoir, et j'ai en tout cas la certitude que c'est prudent. Un secret que trop de gens connaissent est une bombe à retardement.

— C'est vrai. Quand le ferez-vous ?

— Quand je pourrai.

Erika, toute la nuit, repensa à cette conversation déjà vieille de plusieurs années. Elle avait rassuré Héloïse :

— Oui, il faut tout lui dire dès demain matin et en parler aux filles samedi.

C'était une cause entendue et Héloïse s'était endormie. Erika la connaissait bien maintenant : c'était une fille hésitante, réfléchie, qui pesait longuement le pour et le contre et parfois restait longtemps éveillée à la recherche d'une solution satisfaisante. Mais quand elle avait enfin décidé ou qu'elle était acculée à agir elle se calmait et dormait paisiblement jusqu'au moment de l'action. Erika enviait cette heureuse nature mais ne parvenait pas à l'imiter. Oui, en 1977 ou 78 il lui était facile d'affirmer : « Il faudra le dire aux enfants. » Ils étaient tellement abstraits, ces enfants ! Elle les avait aimés d'instinct, comme un prolongement de leur mère, mais cet amour n'était pas encore enraciné. À l'époque elle avait même pensé, avec un cynisme dont elle avait eu un peu honte, que ce garçon lui avait fait, en somme, un joli cadeau. Pas un *pretium doloris*, non, car ce n'est pas lui mais Suzanne qui lui avait volé Héloïse, mais un cadeau. Il s'était conduit comme le malheureux mâle de la mante religieuse, jouant le rôle que la nature lui avait assigné et disparaissant après. Et elle avait beau prétendre qu'elle aimait les hommes d'amitié et n'avait pas de rancune envers eux, contrairement à Lise l'hétéro, elle devait bien se rendre compte que parfois elle éprouvait une certaine satisfaction, ou plus exactement le sentiment qu'il y avait enfin une justice dans ce monde, quand ils souffraient dans leur vanité d'homme. Tout ça n'était pas très clair. Désinvolture de lesbienne qui se passe si bien d'eux qu'elle peut les tenir pour quantité négligeable ? Rancune de féministe qui se rend compte qu'ils ont détenu — et détiennent encore — tous les leviers du pouvoir ? Les deux, sans doute. Non seulement elle aimait les femmes d'amour depuis toujours, mais encore elle les aimait d'amitié, les recherchait au travail, était souvent agacée par les petits travers des hommes, par leur attitude en groupe, alors qu'elle n'avait qu'indulgence pour les femmes et leur trouvait facilement des excuses. Peut-être après tout était-ce naturel ?

Les enfants… il allait bien falloir heurter leur sensibilité ! Les filles, pour autant qu'elle le sût, semblaient totalement indifférentes à tout ce qui concernait leur origine paternelle. C'était certainement le résultat de l'ignorance volontaire où les tenait leur bonne-maman. Si elles en avaient été choquées, ce qui était possible, tout ça était ancien et parfaitement assimilé. Il n'empêche… une mère en fuite, un père suicidé… était-il bon d'apprendre ça à douze ans ? Et Suzanne qui certainement chercherait à tout savoir, jouerait au détective, déroulerait impitoyablement ses déductions, les confierait à la tendre Mélanie. Au fil du temps Erika avait appris à apprécier Suzanne mais il y avait en elle quelque chose de pur, de tranchant, qui lui faisait un peu peur chez une petite fille, bien qu'elle appréciât infiniment les mêmes qualités chez Hippolyte, le frère d'Héloïse à qui Suzanne ressemblait tant. Quant à la tendre Mélanie, et cet adjectif lui était venu d'instinct, il ne fallait peut-être rien exagérer. Elle était surtout imaginative, romanesque, et ces gens-là ont une vie intérieure qui les préserve et des défenses solides contre le monde extérieur. Si d'aventure Mélanie estimait un jour qu'elle avait eu une enfance malheureuse, ou au moins les éléments d'une enfance malheureuse, certainement elle en ferait une œuvre. Il n'était même pas besoin qu'elle s'estimât elle-même à plaindre, puisqu'il lui suffisait d'imaginer une situation dramatique à partir d'événements qu'elle était parfaitement capable de surmonter. En somme il restait Anne qui était incontestablement un garçon très sensible et qui s'était intéressé à son père.

La sagesse aurait été de faire comme Héloïse et de dormir, puisque les jeux étaient faits. Impossible. On a beau se dire, se répéter, que toute enfance subit son lot de malheurs, petits ou gros, et qu'elle-même, Lise, Melitta, enfants de la guerre, avaient eu plus que leur part et étaient devenues malgré cela des adultes plutôt équilibrées ou du moins correctement adaptées, on a beau se dire tout ça, on a peur. À deux heures du matin la folle du logis la dominait complètement et elle voyait Anne tomber dans la délinquance, la drogue ou la haine de sa mère. Serait-il comme ce cinéaste mort récemment à qui Héloïse reprochait d'avoir toujours pleurniché sur son enfance malheureuse et d'en avoir fait quasiment un fonds de commerce alors qu'après tout on n'avait jamais pris la peine de demander à la mère jugée mal aimante de faire connaître son point de vue ? Non, Anne aimait sa mère de manière, semble-t-il, inconditionnelle. Et la délinquance, la drogue… à part le fait qu'il trouvait normal qu'une pharmacienne expédiât son mari dans l'autre monde, il n'avait pas l'air prédisposé. L'excès même de son angoisse calma Erika en la faisant rire. Demain il ferait jour. Héloïse se lèverait à cinq heures et demie, comme d'habitude, mais au lieu d'aller au Gymnase club de la rue de Ponthieu, le seul qui ouvrait à sept heures pour accueillir les fous dans son genre, elle irait parler à Anne et elle le ferait très bien.

Quand elle se réveilla, vers sept heures et demie, Héloïse n'était plus là mais le petit sac à dos vert et jaune dans lequel elle rangeait ses affaires de gym était resté à sa place. Donc elle était probablement à l'étage supérieur en train de parler avec Anne, à moins qu'ils ne fussent partis ensemble. Ses angoisses de la nuit lui paraissaient dérisoires mais elle en gardait malgré tout une sensation de malaise, comme si une catastrophe était imminente. Elle téléphona à la pharmacie à dix heures en vain, puis à onze heures.

— Ça s'est bien passé, lui dit Héloïse, du moins je le pense. Je viens d'arriver parce que finalement je suis allée à la gym. J'en avais besoin. On en parlera ce soir, d'accord ?

— D'accord.

Elle raccrocha lentement, soupira. Le malaise était toujours là mais il ne s'agissait plus de son inquiétude pour le petit Anne. C'était quelque chose de plus ancien, de plus sournois, qui durait depuis… un an peut-être ? Quelque chose en rapport avec ce Gymnase club où Héloïse se rendait ponctuellement trois fois par semaine. Cette mode de la gymnastique, ces clubs qui fleurissaient comme des champignons, elle n'avait rien contre sauf que pour rien au monde elle ne serait allée gambiller sur ces musiques assourdissantes au rythme primaire, vêtue comme Papagena après sa métamorphose, les plumes en moins. Lise avait succombé à l'attrait de cette gymnastique collective mais se faisait un point d'honneur d'enfiler un justaucorps noir de chez Repetto complètement démodé. Quant à Héloïse elle méprisait aussi ces exercices collectifs mais pratiquait la musculation avec des appareils (de torture, selon Erika), d'où le choix de la salle la mieux équipée dans ce domaine. En somme tout le monde avait réagi à sa manière quand cette mode s'était imposée : Erika en haussant les épaules et en disant qu'elle laissait ces tortures aux masochistes ; Manuela en s'inscrivant et en renonçant à venir au bout de trois ou quatre séances, avec de temps à autre des velléités de recommencer ; Lise en s'entraînant sérieusement comme une brave petite Prussienne qui a probablement le pas de l'oie inscrit dans ses gènes depuis le règne du Roi Sergent ; Héloïse en se musclant solitairement comme une aristo protestante qui pense qu'on est comptable du bon fonctionnement de son corps devant l'Éternel mais qu'on n'est pas obligé de se mêler aux autres pour ça. Esthétiquement Erika ne voyait pas de différence mais elle la sentait. Ce corps qu'elle connaissait par cœur était devenu plus dur, rappelait celui de la très jeune femme de quinze ans dont elle se souvenait si parfaitement à Francfort. Quand elle avait retrouvé Héloïse elle avait été frappée par une différence de contact pourtant subtile, quelque chose de plus souple, de moins ferme, à quoi elle s'était immédiatement habituée au point d'oublier la dureté du corps de l'adolescente d'autrefois. Cette dureté était revenue. Était-ce une bonne chose ? Une mauvaise ? Elle n'en savait rien mais l'essentiel était qu'Héloïse fût satisfaite de son nouvel état sans aller trop loin. Il est vrai que comme la plupart des gens longilignes elle ne risquait pas grand chose et que la véritable « gonflette » n'était pas à sa portée.

Mais il y avait, dans cette nouvelle habitude, quelque chose qui perturbait Erika et lui donnait le sentiment d'un danger. Les rencontres ? Les tentations que pouvait lui donner la vue de ces femmes à moitié nues, ou même probablement complètement nues, dans les vestiaires ? Non, c'était absurde. Héloïse, quand elle lui racontait sa journée, lui parlait surtout de « ces gros malabars très gentils qui parfois m'expliquent comment il faut utiliser tel ou tel appareil. Ils ne sont pas du tout machos, c'est étonnant. Toujours prêts à aider les rares femmes qui font comme moi. Entre nous j'en soupçonne certains de prendre des anabolisants. Pas question de dire que je suis pharmacienne ! » Il n'y avait rien à craindre des malabars en question, c'était évident, mais Erika avait le sentiment qu'il se passait quelque chose et que ce quelque chose était lié à la salle de gym. Pourquoi ? Intuition, c'est tout. Elle se souvenait d'une phrase de Suzanne, jadis :

— L'intuition tout le monde croit en avoir et la plupart des gens se trompent une fois sur deux… sauf que certains sont plus aptes à détecter les signaux subtils et que toi, Erika, tu en fais partie. Mais méfie-toi quand même car tu peux aussi te tromper, surtout quand la jalousie entre en ligne de compte. C'est quelque chose qui peut t'aveugler.

La jalousie, dans ce cas précis, entrait-elle en ligne de compte ? Oui, sans doute, mais avait-elle nécessairement tort ? Parfois Héloïse « séchait » sa séance mais c'est la veille qu'elle en décidait. Aujourd'hui, malgré la conversation importante qu'elle avait eue avec son fils, elle y était allée. Pour soulager une tension ou parce qu'elle avait rendez-vous ? Elle aurait pu, c'est vrai, décider de ne parler à Anne que le soir. D'autre part il est évident qu'elle était allée rue de Ponthieu avec au moins une heure de retard et que cela tendait à prouver qu'elle n'y avait pas rendez-vous. À moins que ce rendez-vous souffrît sans inconvénient une heure de décalage ? Tout était possible. La folle du logis était décidément de nouveau en marche et rien ne pourrait la calmer aujourd'hui. L'instinct d'Erika l'aurait poussée à confier ses angoisses à Lise mais en même temps elle s'en voulait d'être si absurdement obsessionnelle. N'avait-elle pas fait porter à cette amie de lourds fardeaux, déjà ? Elle savait, parce que Manuela le lui avait avoué sous le sceau du secret, que c'était Lise qui s'était entremise pour que les retrouvailles avec Héloïse eussent lieu. Erika, qui pleurait si rarement, en avait eu les larmes aux yeux et Manuela, pour détendre l'atmosphère, lui avait dit : « Tu lui cassais tellement les pieds avec ton grand amour qu'elle a décidé d'aller te le chercher pour avoir la paix. » Elles avaient ri, Erika avait juré de ne rien dire et elle avait tenu parole. Maintenant qu'elle avait ce qu'elle voulait elle avait honte de se gâcher l'existence avec de vagues soupçons dont, c'est évident, tout le monde lui démontrerait l'inanité. Et puis même ? Si elle était trompée la belle affaire ! N'avait-elle pas accepté la liberté d'Héloïse ? N'était-elle pas aimée de toutes les manières possibles ? Non seulement elle participait à la vie de famille mais encore elle avait des nuits — des siestes quand c'était possible — inoubliables. La seule personne qui avait eu plus qu'elle c'était Suzanne, encore que… elle avait été plus aimée, certes, mais elle n'avait pas eu les enfants, la vie commune, et elle avait probablement été hantée par la différence d'âge qui devait lui faire craindre d'être abandonnée quelque jour. À moins qu'elle n'eût été certaine que rien de ce genre ne pouvait lui arriver mais c'était peu probable de la part d'une femme intelligente, réaliste, et que la vie n'avait pas gâtée.

« Un jour, se disait Erika, j'essaierai de comprendre, de pardonner à Suzanne. Pour ça j'irai parler d'elle à Anne de Marèges puisqu'elle est de retour à Paris. Mais pour le moment je vais mal. Je suis le genre de fille dont le verre est toujours à moitié vide et j'en ai honte. Je suis jalouse d'une salle de gym ! Comment peut-on tomber si bas ? »

Héloïse jeta un coup d'œil rapide dans la salle de musculation avant de monter au vestiaire, mais il était plus de neuf heures et Fédora n'y était plus. Elle la retrouva aux douches

— Tu n'es pas en avance ! Je suis restée le plus longtemps possible en espérant que tu me rejoindrais mais maintenant il faut que j'aille au bureau. J'ai un rendez-vous.

— Tant pis, je comprends. Je vais quand même faire… disons la moitié de mon programme.

Fédora la regarda attentivement :

— Il s'est passé quelque chose, Chaton ?

— Oui. Pas avec Erika, rassure-toi.

— Je m'en doute. Sinon tu ne serais pas ici, alors ?

— Avec mon fils. Mais ce n'est pas grave.

— Écoute… ne te déshabille pas. On a quand même le temps de prendre un café au bureau si tu veux. Tu me raconteras.

Fédora connaissait le passé d'Héloïse qui ne lui avait rien caché. Elle avait même éprouvé une sorte de libération dont elle ne se serait pas crue capable en lui racontant dans les moindres détails, tout en essayant d'analyser ses mobiles les plus obscurs, ce qu'elle avait fait après la mort de Suzanne. Fédora comprenait tout. Fédora était à la fois quelqu'un qui avait aimé Suzanne et quelqu'un qui avait subi son influence et avait des réactions qui lui ressemblaient, et c'est pour cela qu'elle était devenue nécessaire à Héloïse. Elle ne le lui avouait pas, Fédora ne disait rien non plus, mais elles savaient toutes les deux qu'elles étaient dépendantes l'une de l'autre et que c'était peut-être une forme d'amour qui se nourrissait de leur ressemblance.

— Je ne savais pas que tu étais si secrète, si profonde, lui avait dit un jour Fédora. Je ne parle pas de ton intelligence, bien sûr, mais du fait que tu es comme un puits sur lequel on se penche et dont on ne voit pas le fond. As-tu toujours été ainsi ?

— Ma mère le pense, en tout cas. Et toi tu es pareille mais honnêtement j'en ai toujours eu l'intuition. Ton vernis superficiel donne mal le change. Je pense que tu as mieux dupé Suzanne que moi.

— C'est seulement parce que j'ai vieilli. J'ai réellement un vernis superficiel mais il craque de plus en plus. Je suis gémeaux ascendant capricorne et je t'interdis d'en rire !

— Après tout c'est une terminologie comme une autre, peut-être pas plus idiote que les tempéraments d'Hippocrate ou toutes les classifications qu'on ne cesse d'inventer. Moi je suis balance ascendant inconnu et je te comprends.

— Tu es née à quelle heure, déjà ?

— Je ne me souviens pas. J'étais trop petite quand c'est arrivé.

« Encore raté ! » songea Fédora qui ne désespérait pas d'avoir un jour le renseignement, dût-elle pour cela faire appel à un détective privé.

C'est entendu, elle était superstitieuse comme une Italienne et croyait au mauvais œil. On ne la convaincrait jamais que cela n'existait pas, ni surtout qu'Héloïse ne l'avait pas. Elle n'en était pas responsable, bien sûr, mais quiconque remettait sa vie entre ses mains par amour finissait mal. Erika avait failli y passer, y passerait peut-être, qui sait ? Suzanne, qui n'avait pas, elle, le mauvais œil mais une poisse incroyable, en était morte. Le jeune mari ne s'était pas raté, et pour finir elle-même, Fédora, était en danger. Elle l'acceptait avec fatalisme car elle était aussi russe. Cette manière de jouer avec ses origines faisait rire Héloïse :

— Tu t'autosuggestionnes complètement ! Si ça se trouve tu as été échangée à la maternité avec un bébé juif américain qui est persuadé qu'il a le sens des affaires et du pragmatisme à revendre par atavisme ! On devient ce que l'on s'imagine être et je ne crois ni à l'âme slave, ni au tempérament italien, ni à un quelconque peuple élu pour jouer quelque rôle que ce soit !

— Et mon physique ? Il est juif américain, peut-être ?

— Oh… le physique… je te l'accorde mais ça ne prouve rien de plus.

Peut-être. Néanmoins Fédora savait qu'elle jouait avec le feu en continuant à voir cette fille trop séduisante et dangereuse. Un jour il faudrait rompre et le plus tôt serait sans doute le mieux. Le moment approchait où elle aurait cinquante ans et rencontrerait le véritable amour ou du moins la personne qui lui était destinée. Cette prédiction à laquelle elle croyait s'accomplirait, soit parce qu'on n'échappe pas à son destin, soit parce qu'une prédiction positive aide à se prendre en mains pour l'obliger à se réaliser. C'est cette certitude qui la protégeait, l'empêchait d'aimer trop Héloïse et de se perdre. Et c'était bien entendu le seul secret qu'elle ne partageait pas avec elle ni d'ailleurs avec quiconque.

La vision d'Héloïse en empoisonneuse ne la fit rire que superficiellement. La belle-mère, en somme, semblait avoir détecté ce fameux « mauvais œil » sans connaître le passé de sa belle-fille. Évidemment, Fédora l'admettait, c'était elle, la mère abusive, qui avait gâché la vie de son fils et en avait fait un être faible. Sur ce point Héloïse n'était d'ailleurs pas si affirmative et estimait que pour qu'une mère abusive pût manifester tous ses pouvoirs il fallait encore qu'elle tombât sur un terrain favorable. Mais c'était une querelle d'école et au fond elle n'était sûre de rien.

— Le plus étrange, tu sais, c'est que mon petit Anne a soulevé cette question. Il m'a demandé si son père n'était pas fondamentalement un faible. Et je crois qu'il ne jugeait pas.

— Et qu'as-tu répondu ?

— La vérité. Que je n'en savais rien. Mais que dans l'hypothèse où il aurait été faible il n'avait pas été aidé à devenir fort. Il se fera son opinion, s'il y tient, en interrogeant sa tante. C'est ce que je lui ai conseillé. Moi j'ai parlé de ma responsabilité et de notre fuite à Vienne, qu'il a trouvée très romanesque. Je crois qu'il comprend tout le monde : son père, moi… peut-être sa bonne-maman, mais c'est moins sûr parce qu'il la déteste depuis longtemps. Franchement je n'ai pas l'intention de lui faire la morale sur ce point parce que ça ne servirait à rien et que j'en ai bien assez fait. L'affection se mérite. Tu te souviens de ce que disait Suzanne ?

— Soyez aimable et on vous aimera.

— Oui. Il faut croire que pour cet enfant j'ai été aimable et pas elle. Pourtant j'ai toujours eu l'impression d'en faire si peu. Comment expliques-tu ça ?

— Tu lui convenais, c'est tout. Et tes filles ?

— Mystère. Samedi je les prends entre quatre z'yeux et je dis tout. On verra.

Anne était quand même resté rêveur toute la journée et sa distraction avait été remarquée. D'abord par Marguerite, dans l'autobus, puis par Thomas. Mais il n'avait rien dit de ce qu'il avait appris. Non qu'il jugeât que c'était un secret inavouable mais il voulait d'abord en faire le tour, comprendre tout ce que sa mère lui avait dit. Au lycée, comme jadis à l'école primaire, tout le monde connaissait sa situation familiale. Le fait d'avoir perdu son père si jeune était rare mais ce qui étonnait le plus ses camarades c'était que sa mère ne se fût jamais remariée. « Les veuves, disait Anne, ce n'est pas comme les divorcées : ça ne se remarie pas. » Jusqu'à présent personne ne lui avait démontré qu'il se trompait parce que personne ne connaissait de veuves de cet âge. En outre partager la croyance d'Anne sur les veuves inconsolables était plus romanesque et convenait donc mieux à des enfants et à des adolescents. Mais maintenant il savait qu'il avait failli être un très banal enfant de divorcés. Sa mère lui avait expliqué les causes de son départ : la mauvaise entente, les disputes, le fait qu'elle avait fait une erreur et qu'elle ne voulait pas que son bébé en subît les conséquences, ni d'ailleurs elle-même. Il était désormais au courant des tranquillisants que son père avait pris la mauvaise habitude de consommer et comme il avait toujours entendu parler de ces produits, à la maison, sur un ton très critique, il les avait assimilés à de la drogue. Sa mère ne parlait-elle pas de drogues légales ? Ne se réjouissait-elle pas tout haut, avec Erika, quand l'un de ces produits passait au tableau B ? Elles parlaient aussi des cambriolages des pharmacies, des précautions qu'il fallait prendre au moment de la fermeture de l'officine, du changement de législation sur la vente des seringues, et rien de tout ça n'était caché aux enfants. Donc il était le fils d'un drogué et c'était, à ses yeux, plus grave que d'être le fils d'un suicidé. Mais Héloïse avait insisté :

— Ce n'était pas sa faute mais celle de quelques médecins qui ont cru que le malheur existentiel se soignait. Et le malheur existentiel de ton père c'est d'avoir été empêché de faire ce qu'il voulait. Ces médicaments qu'il prenait sont encore considérés comme inoffensifs par trop de gens et ils sont énormément prescrits.

— Moi je refuserai toujours d'en prendre.

— J'espère bien. Et ne te laisse pas non plus séduire par ce qu'on pourrait te proposer contre le trac, car c'est la tentation des artistes. N'oublie pas qu'on s'est sauvés, tous les deux, pour qu'on ne mette pas de Théralène dans ton biberon !

— Vous ne pouvez pas refuser d'en vendre ?

— Voyons, Anne ! Tu crois que j'ai le choix ? On me présente une ordonnance et j'exécute. Mais quand j'ai l'occasion de donner un bon conseil aux clients je le fais. Et puis n'oublie pas les rares cas où ces médicaments sont bien indiqués. En outre, et c'est bien ça le pire, je comprends partiellement les médecins qui en prescrivent parce que si ce n'était pas eux ce serait le voisin… et ils gagnent si mal leur vie, maintenant ! Je ne suis pas pure et je fais des compromis.

Il comprenait encore mieux, désormais, pourquoi elle était revenue si souvent sur le sujet dans leur enfance. Ce n'était pas seulement de la déformation professionnelle ou une obsession qui lui aurait été particulière. Les parents des autres enfants les avertissaient souvent contre la drogue qu'on risquait de leur vendre à la sortie du collège ou du lycée, mais la plupart du temps cet avertissement leur était fait assez tard et de façon solennelle, et l'on n'y incluait pas les médicaments. Pour ses sœurs et pour lui il n'y avait jamais eu de discours précis mais une atmosphère générale de méfiance et de discrétion. Si c'était nécessaire on prenait un médicament mais on évitait de le faire en public et on n'en parlait pas. Il convenait de se méfier de tout, même de l'aspirine qui d'ailleurs, comme tout le reste, était sous clé. Au lycée c'était la même chose et l'infirmière soignait les maux de tête des enfants en leur badigeonnant le front avec du camphre. Anne ne s'en était jamais étonné mais ses camarades se plaignaient :

— Elle pourrait quand même nous donner de l'aspirine ! Moi, ma mère elle me donne un cachet…

— D'abord on ne dit pas un cachet mais un comprimé. Et moi, ma mère elle dit que ça peut être dangereux !

Ils s'étaient ainsi disputés à coup de « moi ma mère… », mais celle d'Anne, ainsi qu'il l'avait souligné, était pharmacienne. Ainsi, sans le savoir, elle avait vaincu les autres « moi ma mère » de ses camarades.

Il fallait donc réviser l'image de ce père qu'il s'était fabriquée depuis quelques années. Le fils du héros qui n'avait pas osé braver sa mère pour s'engager à la Légion était, par-dessus le marché, un drogué. Maman avait beau avoir répété que ce n'était pas de sa faute il n'en était pas si sûr. D'abord elle l'avait beaucoup trop répété ! Ce n'était, en somme, de la faute de personne, à l'entendre, et elle trouvait des excuses à tout le monde, même à Bonne-Maman. Elle avait perdu son mari à la guerre et craignait donc pour son fils ? La belle affaire ! Elle avait qu'à ne pas épouser un Saint-Cyrien ! Cette manière qu'avait eu Héloïse de répartir les responsabilités sur un peu tout le monde, y compris elle-même, revenait exactement à ne les répartir sur personne et c'était insupportable ! À croire qu'elle lui cachait quelque chose ! Non, c'était peu probable. Elle le ménageait comme le gamin qu'il n'était plus et cherchait à ne pas le brouiller avec Bonne-Maman. Mais il n'était pas un faible, lui, et s'il décidait de ne plus aller la voir il n'irait plus et personne ne l'y obligerait. Et s'il consentait à y aller il serait odieux et lui dirait tout ce qu'il avait sur le cœur. Une chose en tout cas était sûre : c'est lui qui choisirait.

Une fois mises au courant ses sœurs l'approuvèrent, du moins pour le principe car pour la mise en application elles prévoyaient des difficultés. Ne plus aller chez Bonne-Maman était complètement irréaliste car rien ne pourrait fléchir Héloïse si elle avait décidé qu'il ne devait pas cesser ses visites. Quant à « sécher », c'était impossible. Les événements n'avaient-ils pas prouvé qu'un simple coup de téléphone pouvait le trahir ?

— D'ailleurs, dit Mélanie, tu n'y vas pas si souvent, quand même ?

— Trois ou quatre fois par an, mais c'est parce que je n'ai pas beaucoup de temps.

— Non. C'est Maman qui se débrouille pour dire que tu n'as pas le temps et elle le fait pour te rendre service. Depuis que Grand-Mère est rentrée de Vienne tu vas très souvent la voir.

C'était vrai. Et maintenant que sa colère s'était un peu calmée il devait bien reconnaître que Bonne-Maman n'était pas vraiment responsable de la mauvaise interprétation qu'il avait donnée à sa phrase. Trois jours s'étaient écoulés et il commençait à comprendre ce que lui avait dit sa mère sur la longue chaîne de responsabilités qui avaient conduit à cette lamentable histoire. Bonne-Maman, d'après Héloïse, n'était évidemment pas devenue misogyne toute seule car c'était trop contre nature. Ses parents lui en avaient voulu de n'être qu'une fille, ou du moins l'un de ses deux parents, et elle avait acquis précocement le sentiment qu'elle ne valait rien. Mais ces parents eux-mêmes s'étaient conformés aux préjugés de l'époque dont, peut-être, la propre mère de Bonne-Maman avait été aussi la victime. Et c'est ainsi que les filles méprisées méprisent leurs propres filles, que les enfants battus battent leurs propres enfants. Bonne-Maman avait été une jeune fille à qui l'on avait fait porter la responsabilité de l'extinction d'une lignée et qui s'était sentie coupable quand ses frères étaient morts. Elle avait connu sa revanche en épousant un vrai duc, ce qui n'est tout de même pas si courant, mais le sentiment d'être une fille minable ne l'avait pas quittée pour autant. La seule chose qui pouvait peut-être la racheter c'était d'avoir elle-même un fils, puis un petit-fils. Le reste ne comptait pas. Elle avait donc protégé ce fils unique en lui interdisant un métier qu'elle considérait comme dangereux. Sans doute s'y était-elle prise maladroitement mais on ne peut reprocher à personne de n'être pas intelligent. À ce point de son explication Héloïse s'était interrompue en souriant :

— Quelle malchance, quand même ! Depuis il n'y a plus eu la moindre guerre et ton malheureux père serait sans doute chef de bataillon à Verdun ou à Montauban, nostalgique d'un baroud qu'il n'aurait pas connu, traînant ses nombreux enfants de garnison en garnison, songeant peut-être à se chercher un bon boulot dans le civil…

— Et vous ? Vous auriez aimé ça ?

— Ce n'est pas pire que la vie de ta grand-mère qui est allée d'ambassade en ambassade. D'autre part je n'aurais pas épousé ce garçon-là, ce Saint-Cyrien heureux. Ce qui m'a attirée chez lui c'est son côté perdu et sa nostalgie de « Couette », comme il disait.

— Alors vous l'aimiez parce qu'il était malheureux ?

— Je croyais l'aimer et c'était une forme de pitié.

Elle s'était tue, avait regardé attentivement Anne qui la regardait aussi et avait ajouté :

— Ce n'était pas de l'amour. Je suis désolée d'être obligée de te le dire. J'avais presque vingt-deux ans et je venais d'avoir un très grand chagrin d'amour. J'ai cru que je pourrais faire un mariage très raisonnable avec un gentil garçon que j'aimais bien. Ne tombe jamais dans ce piège ! Tu auras probablement des chagrins d'amour dans ta vie, petits ou grands… eh bien pendant que tu seras dans cet état ne fais rien, ne prends aucune décision. En épousant ton père j'ai joué mon rôle dans toute la chaîne d'erreurs successives qui l'ont tué. Tu t'en souviendras ?

— Oui.

C'était, pour les trois enfants, la révélation la plus étonnante. Ainsi Maman n'avait pas aimé Papa ! Suzanne, qui était souvent la plus critique envers sa mère, en était restée — mais pas très longtemps — muette de stupéfaction. C'était bien pourtant la seule certitude qu'elle avait toujours eue sur leur mystérieuse mère, la seule explication logique à la vie qu'elle menait. En veuve inconsolable Héloïse avait quelque chose de cohérent et cela justifiait aussi la préférence qu'elle semblait avoir pour Anne. Mélanie, elle, ne croyait pas à cette préférence et elle pensait de plus en plus qu'il y avait d'innombrables mystères dans le passé et dans le présent de leur mère. Mais sa sœur l'accusait d'être trop romanesque et de se fier exclusivement à son imagination. Désormais elle pouvait triompher tranquillement et dire à Suzanne que la logique n'avait pas réponse à tout.

— Ce qui m'étonne le plus, disait Suzanne, et même ce que j'admire le plus, c'est qu'elle ait dit tranquillement à Anne, puis à nous deux, qu'elle n'avait jamais vraiment aimé Papa ! Tu en connais beaucoup des parents qui seraient aussi francs ?

— Je ne sais pas.

— Je t'assure que la plupart te racontent toujours des histoires à ce sujet. Les parents d'Armelle Bouvier se sont disputés comme des chiffonniers pendant des années avant de divorcer. Pourtant ils lui ont toujours fait croire qu'ils s'aimaient ou qu'ils s'étaient aimés.

— C'est peut-être vrai.

— Oui mais elle a découvert qu'elle était née six mois après leur mariage, alors elle n'y croit plus.

— Ça ne prouve rien mais tu as peut-être raison parce que les gens se mentent à eux-mêmes. Ils ont cru s'aimer, peut-être ?

— Après tout on s'en fiche. Maman, elle, ne ment pas. Souviens-toi du jour où elle nous a expliqué qu'il n'était pas nécessaire de s'aimer pour faire un bébé. Maintenant on sait tous que beaucoup d'enfants sont conçus accidentellement mais à l'époque je ne l'imaginais pas du tout. Et de toute façon j'étais loin de me douter que c'était notre cas.

— Mais elle a dit qu'on avait été faits exprès, souviens-toi !

— Elle a fait tout ce qu'il fallait pour nous garder, tu sais bien, et pour moi ça revient au même. Notre vie n'a tenu qu'à un fil.

— Ça change quelque chose ? demanda Anne.

Suzanne haussa les épaules :

— Finalement non. Toi tu as été fabriqué pour faire plaisir à ton père et à ta bonne-maman…

— Ce sont aussi les tiens.

— Papa je veux bien. Bonne-Maman je te la laisse.

— Merci, c'est vraiment trop gentil ! Comme si je n'avais pas assez d'ennuis avec cette femme !

— C'est vrai, dit Mélanie. On a toujours dit qu'on ne voulait pas la voir et qu'on te plaignait.

— Ce que je veux dire c'est que ni toi ni nous n'avons été faits par amour. Mais il semble que Maman était contente de nous avoir.

— Elle vous l'a dit ?

— Mais oui ! Et comme elle ne ment pas pour le reste je ne vois pas pourquoi ce serait faux. Elle a dit qu'elle était contente de nous attendre, malgré sa demande en divorce, parce qu'elle pensait que les enfants uniques n'étaient pas aussi heureux que les autres et qu'elle avait envie d'une fille. Elle a même ajouté qu'elle était ravie d'en attendre deux d'un coup alors que tant de gens considèrent ça comme une catastrophe.

— Ce qui est bizarre c'est qu'elle ne se soit pas remariée.

— On ne le fait pas toujours. Regarde Manuela : elle a eu Boris et elle ne s'est pas remariée. Et Wolfgang, si tu t'en souviens, était très étonné quand il a appris qu'il allait avoir un petit frère, parce qu'évidemment elle n'allait pas lui raconter qu'elle allait voir un homme.

— Wolfgang n'était pas étonné. Il a toujours prétendu qu'il s'en doutait.

— Nous on n'est jamais là et on ne sait pas très bien ce que fabrique Maman pendant la semaine. Mais toi, Anne, crois-tu que Maman a un amant ?

Anne rougit, ce qui lui arrivait facilement et faisait toujours rire ses sœurs. L'idée était nouvelle et ne lui plaisait pas. Mais il ne fallait pas protester sous peine d'entendre l'impitoyable Suzanne le pousser dans ses retranchements en lui démontrant que non seulement Maman pouvait avoir un ou plusieurs amants mais encore qu'il était bien normal qu'elle en eût. Il éluda :

— Je ne suis jamais là non plus, du moins dans la journée.

— Normalement elle devrait en avoir, dit Suzanne. Moi, à sa place…

— Toi ? Qu'est-ce que tu en sais, à ton âge ?

Suzanne ne répondit pas mais seule Mélanie comprit qu'elle était vexée. À douze ans et demi (et elle tenait au « et demi ») elle était loin d'être aussi grande que sa sœur. On avait beau lui dire que c'est elle qui était normale et qu'un jour ces différences s'estomperaient, elle commençait à craindre d'arriver à Saint-Denis, dans un an et demi, en restant la plus petite de sa classe. Comment, dans ces conditions, être prise au sérieux ? Si en plus Anne se mettait à jouer au frère aîné qui sait tout ! Elle se sentait quand même plus qualifiée que lui pour savoir ce que font, en général, les femmes. Mais encore une fois il l'étonna en ajoutant :

— J'ai tort de te dire ça. C'est parce que je n'ai pas envie que Maman ait un amant.

— Pourquoi ? dit Mélanie.

— Si elle amenait cet homme à la maison, si elle avait d'autres enfants…

— Pour les enfants ça m'étonnerait. Elle a eu bien trop de mal à nous avoir. Et puis ça me plairait assez.

— Les enfants d'accord. Mais pas l'homme. Ils veulent tout régenter, ils disent toujours que les enfants d'avant…

— On dit « du premier lit ».

— Je sais, oui. Ils disent qu'ils sont mal élevés. Et le pire c'est quand ils ont eux-mêmes des enfants de leur premier lit à eux qu'on n'aime pas forcément…

— La plupart du temps ils les laissent à leur mère.

— Sauf en vacances. Et on est obligé de les fréquenter même si on les trouve infects. Je détesterais ça !

Ils se turent tous les trois, réfléchissant aux nombreux cas de ce genre qu'ils connaissaient. Chacun, dans sa classe, en avait rencontré, surtout les filles.

— Quand même, dit finalement Mélanie, je me demande si ce n'est pas un peu exagéré. Toutes ces filles qui se plaignent, à la Légion, d'être abandonnées en pension à cause du beau-père qui les déteste, vous ne croyez pas qu'elles en rajoutent ?

— Armelle Bouvier aime beaucoup sa fausse sœur. Elle dit que c'est le meilleur cadeau qu'on pouvait lui faire. Elle est triste de ne la voir que le week-end.

— Pourquoi ne la mettent-ils pas à la Légion ?

— Parce que c'est le père d'Armelle qui est décoré. C'est un haut fonctionnaire. La fausse sœur n'a aucun droit alors qu'elle rêve d'être pensionnaire. C'est la vie !

Pour finir je crois que Mélanie a raison : la plupart de ces filles exagèrent pour se faire plaindre. Mais moi j'aime notre vie comme elle est maintenant et je ne voudrais pas d'un étranger dans la maison. D'ailleurs peut-être que Maman a plein d'amants ou qu'elle en change sans arrêt, comme Lise. Ça, ce serait vraiment parfait !

Ils continuèrent tous les trois d'y penser, chacun de son côté, mais ils n'en parlèrent plus entre eux. Anne songeait que décidément la vie des adultes était pleine de mystères mais qu'il les découvrirait en son temps ou en paraissant ne pas s'y intéresser. Le samedi matin il n'avait aucun cours et il en profitait pour aller voir sa grand-mère qui lui donnait, sans en avoir l'air, des cours d'interprétation.

— La technique, pour toi, ce n'est pas bien difficile. Ce qu'il faut c'est que tu apprennes à faire sortir ce que tu as en toi. Rien de plus, rien de moins. Ta mère, à ton âge, y parvenait assez bien mais je me demande si le public l'aurait comprise parce que c'était quand même un jeu très intériorisé. De toute façon elle était limitée techniquement et je l'ai très vite su parce que c'était exactement mes limites à moi. Je pense que ça l'a laissée assez indifférente… encore qu'il ne soit pas facile de connaître la pensée de ta mère. Elle disait qu'elle voulait rester amateur au sens étymologique. D'ailleurs elle était douée pour tout et je n'avais aucun souci à me faire pour elle.

— Maman prend toujours beaucoup de plaisir à jouer et elle le fait presque tous les jours. En ce moment elle est sur *Le Carnaval de Vienne*. Vous savez le jouer ?

— Je pense bien ! C'était un de mes morceaux de bravoure quand j'avais ton âge. À cette époque j'avais décidé de renoncer à Mozart parce que je n'en étais pas digne. Tu comprends ça ?

— Oh oui !

Elle comprit qu'elle avait touché un point sensible et que cet enfant traversait une crise de doute. Elle le pressentait depuis quelque temps et ses questions avaient été orientées de manière à en avoir la preuve. Elle savait, pour l'avoir vécu, ce que l'on peut ressentir quand on a une idée du but à atteindre mais que la distance est infranchissable ou semble l'être. Dans son enfance elle avait voulu, comme elle le disait : « Être Clara Schumann ou rien. » Elle n'attendait nulle compréhension de sa mère qui réprouvait toutes les ambitions terrestres et souhaitait que ses enfants restassent à la place où Dieu les avait mis. Toutefois cela aurait pu être pire puisque la famille était traditionnellement musicienne et que la Bible, qui avait réponse à tout, affirmait qu'on ne met pas la lumière sous le boisseau. Mais la petite Anne de Puyferrand ne se voyait pas seulement aussi bonne musicienne que Dieu l'aurait décidé pour elle : elle se voyait sur scène, fêtée, adulée, recevant des bouquets jetés par ses admirateurs ; elle voyait son nom (qu'elle trouvait très beau et très élégant !) affiché sur les murs des salles de concerts. Bien entendu elle se gardait d'en parler car elle savait bien qu'il s'agissait là du pire des péchés : celui d'orgueil.

Le dilemme s'était résolu de lui-même. Elle n'avait pas assez de talent, sa lumière vacillante resterait sous le boisseau parce que c'était sa place, mais avec un peu de chance elle épouserait un homme dans le genre de Robert Schumann et ses enfants seraient musiciens. Peut-être même y aurait-il un génie parmi eux.

Ces dispositions pour la musique, seuls trois enfants sur cinq les avaient eues, ce qui n'était pas si mal. D'ailleurs ce n'était pas tout à fait exact car Hugo et Hippolyte, s'ils avaient abandonné très vite le piano, jouaient très bien, comme ils le disaient eux-mêmes avec ironie, de la chaîne stéréo. En outre Hippolyte avait été sopraniste solo dans une chorale de Stockholm jusqu'à l'âge de quinze ans. Héloïse, elle, avait connu les mêmes doutes et cela s'était terminé de la même façon par un constat d'insuffisance. Hilda, en revanche, avait toujours surmonté les siens avec l'aide de sa mère qui savait que cette fille-là, contrairement à sa sœur, pouvait et devait y arriver. Le dernier, Holger, avait été un bon violoniste jusqu'au jour où il avait décidé que son avenir n'était pas là mais au Quai d'Orsay. Il avait rangé provisoirement son instrument et commencé à apprendre quelques langues rares pour pouvoir entrer au Quai même s'il échouait à l'ENA. En somme sur cinq enfants elle avait eu deux mélomanes, deux musiciens amateurs et une professionnelle. Et ce petit-fils qui pouvait, elle en était certaine, devenir aussi un professionnel, peut-être un compositeur, qui sait ? Dans ce domaine, et elle le constatait avec une certaine désolation, les garçons se sont toujours mieux débrouillés que les filles.

Mais il fallait éviter de lui faire subir une pression trop importante. Souvent, avec Hilda, elle avait eu des scrupules. Certes la petite semblait heureuse et se précipitait d'elle-même sur son piano tous les matins. Elle rechignait beaucoup plus à faire ses devoirs, ce qui prouvait sans doute qu'elle n'avait pas une nature docile et que sa passion pour son instrument venait d'elle-même. Mais il y a tant de parents qui imposent à leurs enfants de faire ce qu'ils n'ont pas réussi eux-mêmes ! Ceux qui l'imposent de force ne réussissent généralement pas mais il existe un conditionnement plus sournois qui consiste à convaincre le jeune enfant qu'il est doué et que, par conséquent, sa voie est toute trouvée. Ses filles, après tout, s'étaient peut-être intéressées très jeunes au piano pour faire comme Maman. Quand on a une mère qui laisse brûler le dîner (c'était arrivé !) parce qu'elle veut finir sa sonate ou le chapitre de son livre, on se dit que quelque chose qui absorbe tant un adulte censé raisonnable doit être un tel plaisir qu'il faut apprendre le plus vite possible à en faire autant. C'est pourquoi ils avaient tous les cinq — mais surtout les filles — réclamé d'apprendre les lettres et les notes.

Elle n'avait malheureusement pas assisté à la naissance de la vocation, naturelle ou conditionnée, d'Anne. Un jour, à Vienne, alors que le petit garçon avait à peine plus de trois ans, Héloïse lui avait dit :

— Anne a appris tout seul *Le Gai Laboureur*. Je n'en suis pas encore revenue parce qu'en plus il le joue bien ! Pas comme un petit singe qui copie une interprétation mais comme un petit garçon qui a son idée sur les laboureurs qui reviennent du travail. Il a commencé par le jouer vivement, un peu comme tout le monde, puis quand je lui ai dit que le vrai nom allemand donné par Schumann était *Fröhlicher Landmann von der Arbeit zurückkehrend*[1], il a changé d'interprétation et en a fait quelque chose qui signifiait très clairement : « Ce laboureur est fatigué et très heureux de rentrer chez lui pour se reposer. » S'il n'est pas trop intimidé je lui demanderai de vous le jouer. Croyez-vous qu'il faut déjà lui apprendre les notes ? Ou bien est-ce que je dois le laisser jouer comme ça, à l'oreille ?

— À mon avis il n'est jamais trop tôt pour apprendre les

1 Le joyeux paysan rentrant du travail.

notes, mais tu peux peut-être attendre qu'il te le demande ?

L'année suivante Anne déchiffrait convenablement tout en s'aidant de sa mémoire et d'un sens du rythme inné qui l'empêchait d'allonger ou de raccourcir ses notes comme le font souvent les débutants. Il avait dit à sa grand-mère qu'il serait pianiste et Héloïse avait confirmé qu'il l'avait décidé tout seul.

— Je lui ai dit que c'était une très bonne idée mais qu'il avait le droit de changer d'avis. On verra bien ! En attendant il aura les meilleurs profs parce que ce n'est jamais perdu.

Une dizaine d'années plus tard il n'avait pas changé d'avis, du moins sa grand-mère l'espérait, mais il se rendait compte du chemin qu'il avait encore à parcourir et il était peut-être découragé. Il le lui confirma en ajoutant :

— Je ne fais plus de progrès du tout. Ça ne sert à rien de travailler !

— Tu sais bien qu'il y a toujours des paliers. D'ailleurs ce que tu dis est faux : tu as fait certains progrès mais ils ne sont pas techniques. Ton jeu commence à te ressembler.

— Qu'est-ce que ça veut dire ?

— Ça veut dire qu'on y décèle ta personnalité. Fais-moi confiance : je te connais bien. Tu dois jouer de cette manière et ne pas tenter d'imiter Hilda comme tu faisais encore il n'y a pas si longtemps. Elle-même te le dirait. Crois-tu que tu dois être le clone de quelqu'un, même si c'est ta tante ?

— On a tous un modèle. Au lycée les autres aussi en ont un.

— Oui, je comprends, mais c'est parce que vous écoutez trop de disques. De mon temps il n'y en avait pas, ou si peu… On allait parfois au concert à Montpellier ou à Nîmes. Les solistes n'étaient pas toujours très bons, les grands interprètes, quand ils venaient, faisaient quelques fausses notes mais ça n'avait pas d'importance parce que nous n'avions pas dans la tête ces interprétations parfaites des disques, qui sont souvent obtenues, comme tu le sais, en plusieurs prises. Je possédais en tout et pour tout deux disques qui m'avaient été offerts par mon oncle Jérémie : *Le Carnaval de Vienne* par Cortot et la *première sonate* de Bach par Szigeti. Je ne devrais d'ailleurs pas dire deux disques parce que chaque œuvre tenait sur plusieurs disques très fragiles qu'on rangeait dans une petite mallette pour ne pas les casser. Il fallait sans cesse changer l'aiguille du phono et ça n'empêchait pas les bruits de fond. Je ne te dirai pas que c'était le bon temps mais comme nous avions peu de références nous apprenions à avoir de la personnalité. Un jour j'ai dit à Hilda, qui possédait autant de microsillons que tu as de compacts, de cesser d'écouter les concertos de Mozart par Clara Haskil de façon si obsessionnelle. Je lui ai dit d'étudier la partition et de faire ce qu'elle voulait. Ça lui a fait franchir une étape.

— Elle avait quel âge ?

— Le tien.

— Nous nous demandons, Suzanne et moi, s'il y a un jeu féminin et un jeu masculin.

— On le prétend mais je n'en suis pas sûre. En tout cas essaie de ne pas penser à ça.

L'après-midi les filles, en sortant de la Légion d'honneur, rejoignaient leur frère avenue de Breteuil. Les enfants de Claire, eux aussi, étaient souvent là et ces réunions de famille semblaient à Mélanie un peu étranges, comme décalées. Ses amies de la Légion, qui parfois étaient issues de familles nombreuses, lui avaient souvent parlé d'après-midi passés chez leurs grands-parents avec toute une bande de cousins. Parfois ces grands-parents leur servaient de correspondants quand les parents étaient au loin, ce qui n'était pas rare. Mais Suzanne et Mélanie, au contraire des autres, avaient leurs grands-parents à l'étranger et ne les voyaient pas très souvent. Et c'est au moment où leurs camarades commençaient à se lasser de ces réunions familiales qu'elles en faisaient enfin l'expérience.

Cette année-là Mélanie n'avait pas de meilleure amie en titre mais elle était incorporée à un petit groupe de cinq filles, dont faisait partie aussi Camille, discrètement rebelles en ce sens qu'elles se faisaient un point d'honneur à tourner le règlement pour le plaisir mais sans jamais se faire prendre. Dans la bande Mélanie montrait un aspect superficiel de sa personnalité, était appréciée pour ses idées et pour sa bonne humeur, mais elle ne disait rien d'elle-même, de ses rêveries éveillées au dortoir, de ce qu'elle imaginait et de ce qu'elle écrivait. En étude, quand elle était à jour dans son travail, elle écrivait un journal très elliptique sur des feuilles volantes qu'elle recopiait, le dimanche, sur le vieil ordinateur Apple II qu'Héloïse avait donné à ses filles quand elle s'en était acheté un autre pour tenir la comptabilité de la pharmacie. Les notes prises hâtivement étaient transformées en un vrai texte proprement rédigé qu'elle sauvegardait sur deux disquettes dissimulées dans la poche intérieure de son cartable. Deux autres disquettes étaient consacrées aux poèmes et deux autres aux nouvelles et aux débuts de romans. Dans son étude et dans son dortoir d'autres filles écrivaient leur journal mais elles utilisaient des cahiers spéciaux fermant à clé et se donnaient beaucoup de mal pour les cacher, à moins qu'elles ne les laissassent traîner avec complaisance dans l'espoir inavoué d'être lues. Mélanie, elle, avait résolu son problème d'une manière qu'elle estimait très astucieuse : l'ordinateur à la maison, les disquettes avec elle en pension, c'était vraiment la sécurité absolue.

Les poèmes, à la rigueur, auraient pu être lus car elle était assez fière de leur forme et n'y mettait rien de vraiment personnel. Il faut dire qu'elle n'était pas venue à la poésie à cause d'un désir irrépressible d'exprimer ses états d'âme mais parce que sa cousine Hélène lui avait fait cadeau d'un traité de versification trouvé sur les quais et lui avait fait l'éloge de la contrainte formelle pour apprendre à canaliser ses idées. Depuis elle se perfectionnait, cherchait ses rimes au hasard des livres comme le poète Strigelius décrit par Jules Romains dans *Les Hommes de bonne volonté*, ne laissait passer aucune approximation et recherchait même la difficulté en essayant tous les poèmes à forme fixe dont elle trouvait la description dans son manuel. Un sonnet, finalement, ce n'était pas grand chose, mais un rondeau redoublé, un pantoum ou une ballade, ça c'était une gageure digne d'elle. Héraclès lui avait parlé de leur ancêtre Honorat, grand rhétoriqueur dont malheureusement on ne trouvait les productions qu'à la Bibliothèque nationale. De l'avis des membres de la famille qui en avaient entendu parler il ne gagnait rien à être connu et il aurait été plus flatteur de descendre de Marot, mais personne ne s'était vraiment donné la peine de le vérifier.

Malheureusement elle ne parvenait pas à appliquer la rigueur de la versification à ses ébauches de roman. Seule Suzanne avait eu le droit de lire des extraits parmi ceux que Mélanie ne jugeait pas trop mauvais et elle se rendait bien compte que ça manquait… de quoi, exactement ? Elle ne le savait pas. De maturité ? De métier ? Les deux, sans doute. Mélanie voyait trop grand en essayant de monter une vaste fresque historique à partir de la guerre de Trente

Ans. À son âge on n'en est pas encore capable. Elle enviait secrètement les petits prodiges de moins de quinze ans qu'on publiait depuis quelques années, mais en même temps elle jugeait sévèrement leur production :

— Que font-elles d'autre que raconter leur vie ? Et cette vie n'est même pas originale ! Entre l'une qui se fait enfermer chez les dingues parce qu'elle refuse de manger et l'autre qui fait une fugue parce qu'elle mange des cornichons avec du chocolat, tu peux me dire où est l'intérêt ? Moi un bouquin comme ça je te l'écris en deux mois.

— Je n'en doute pas. Mais n'oublie pas que tu dois te révolter contre tes parents, sinon tu n'intéresseras personne.

— Oh c'est facile ! Mon père s'est suicidé avant ma naissance, ma mère m'a flanquée en pension…

— Et Anne et moi, qu'est-ce que tu en fais ?

— Vous n'existez pas. L'enfant unique ça fait beaucoup mieux. Ou alors je mets un grand frère adoré par sa maman pendant que moi on me déteste. Non… ce serait dégoûtant parce que c'est bien ce qui est arrivé à Marie-Thérèse pour de bon.

— Ce ne serait pas dégoûtant si c'était bien fait. Je ne vois pas ce qui interdit d'utiliser les histoires de sa famille. Tu n'es pas obligée de tout inventer.

— Il y a une fille de quinze ans, une Belge qui n'est jamais sortie de sa famille bourgeoise, paraît-il, qui a écrit un roman qui se passe chez les putes à Pigalle, je crois. Il faut que je lise ça.

— J'espère qu'elle s'est bien documentée, parce que personne ne t'a jamais empêchée de lire sur la guerre de Trente Ans, mais je ne vois pas la pauvre gosse demander des livres sur les putes dans une bibliothèque en expliquant qu'elle veut écrire sur ce sujet.

— Au moins elle n'a pas raconté sa vie et quand on a de l'imagination on est sauvé !

1987

Dans le langage commun ce sont les nouveaux que l'on appelle les bleus, mais aux Loges c'est exactement le contraire. Mélanie savait qu'autrefois les trois établissements des Loges, d'Écouen et de Saint-Denis ne recevaient pas les élèves selon les mêmes critères. Elles n'étaient pas séparées par l'âge mais par l'origine sociale de leur famille. Les filles d'officiers supérieurs allaient à Saint-Denis pour toute leur scolarité tandis que celles de sous-officiers allaient aux Loges ou à Écouen et y recevaient une éducation destinée à en faire… des femmes de sous-officiers. En ce temps-là chacun était censé rester à sa place, surtout les femmes. Ce Napoléon dont on rebattait les oreilles des élèves admettait peut-être l'avancement pour les hommes, et l'on devait reconnaître que dans son armée il était possible de débuter comme simple soldat pour finir roi de Suède sans même avoir la chance d'appartenir à la famille Bonaparte, mais pour les femmes la seule solution était de miser sur le bon cheval : celui qui deviendrait au moins général. Mélanie n'aimait pas Napoléon et ne l'avait jamais aimé. Dans son enfance elle en avait toujours entendu parler de façon péjorative, surtout par son grand-père qui l'accusait d'avoir reconstruit l'Europe avec une logique d'artilleur, distribuant les trônes à sa famille pour avoir l'illusion d'en conserver le contrôle, unifiant des pays qui n'en avaient nul besoin et n'y avaient même jamais songé, démolissant la géniale construction diplomatique des traités de Westphalie ou du moins ce qu'il en restait, bref un jacobin rationaliste de la pire espèce, un pur fruit de la Révolution dans ce qu'elle avait de plus totalitaire. En outre on ne pouvait même pas lui attribuer l'idée de la maison d'éducation qui était un plagiat intégral du Saint-Cyr de Mme de Maintenon. Il aurait été plus juste de mettre partout le portrait de cette femme plutôt que celui de l'Empereur, mais à vrai dire Mélanie ne le voyait même plus tant il était intégré au décor.

Aujourd'hui le château d'Écouen avait été transformé en musée et celui des Loges était un collège dont les bleues, élèves de troisième, étaient les plus âgées, sinon les plus anciennes, car toutes n'étaient pas entrées dans l'établissement dès la sixième. Les vertes étaient des bleues au sens argotique, et une nouvelle élève était apparue dans la classe de Mélanie qui s'appelait Aurore. Les aurores étant les élèves de quatrième, on pouvait dire que cette fille-là avait raté son entrée, ce qu'on n'avait pas manqué de lui faire remarquer. La nouvelle avait haussé les épaules en souriant :

— Aucune importance puisqu'ici on ne m'appelle que Charpentier.

— Tu sais, avait dit Mélanie qui voulait défendre son école, c'est plus pratique. Si tu criais « Nathalie, ou Sophie, ou Laurence », tu verrais arriver le quart de l'école.

— Et si on a une sœur ?

— J'en ai une. Exceptionnellement, s'il y a un risque de confusion, nous avons droit à notre prénom.

— Ça me convient. Charpentier est un beau nom et j'ai horreur que des adultes que je ne connais même pas me tutoient. Il paraît qu'autrefois ce n'était pas comme ça.

— Il paraît. Et ici on fait comme autrefois. On a vingt ou trente ans de retard.

— Tant mieux.

— Oui, tant mieux.

— Serais-tu aussi réactionnaire, d'Ennecour ?

Mélanie se tut pour mieux réfléchir à cette question qu'elle ne s'était jamais posée mais elle n'hésita pas longtemps :

— Je pense que je le suis, Charpentier.

— Parfait.

Et c'est sur ce constat que commença leur amitié.

Charpentier était un crack et toutes celles qui avaient eu, jadis, la prétention d'être les meilleures élèves de la classe se trouvèrent vite surclassées. Mélanie n'y attachait aucune importance car elle avait depuis longtemps limité ses ambitions au français, à l'histoire et à la musique. Pour le reste elle se maintenait à flot sans trop d'efforts mais elle ne cherchait pas à briller. De toute façon il était entendu depuis les premiers mois de leur sixième que la plus douée des sœurs d'Ennecour était Suzanne. Suzanne semblait destinée à la section C de toute éternité et quand il avait fallu choisir, à cause de la fameuse séparation exigée par leur mère, celle qui irait dans la classe maîtrisienne, c'est-à-dire celle où l'on faisait beaucoup de musique mais pas de travaux manuels ni de dessin, c'est Suzanne qui avait été choisie. Il y avait à cela de bonnes raisons : elle déchiffrait beaucoup mieux que sa sœur et dessinait, en revanche, assez mal. Mélanie, néanmoins, avait droit à des leçons de piano, ce qui pour elle était l'essentiel, et si elle détestait les travaux manuels elle aimait beaucoup le dessin.

Elle fut donc très étonnée et un peu indignée quand elle apprit qu'aux yeux de ses professeurs elle était, elle aussi, destinée au bac C, du moins si ses notes restaient les mêmes quand elle serait à Saint-Denis.

— Mais ça ne m'intéresse pas du tout ! dit-elle à Aurore qui lui avait rapporté le propos. Je veux écrire, moi, pas faire des maths !

— Et alors ? Mon frère est en khâgne et il a le bac C.

— On est obligé d'avoir le bac C pour faire khâgne ?

— Je crois que c'est mieux. Regarde les résultats du concours général : même les premiers prix en latin ou en français sont en C.

— Eh bien moi je ne marche pas. D'ailleurs je ne veux pas non plus aller en khâgne.

— Alors tu veux faire quoi ?

— Écrire, je te dis.

— Ça ne nourrit pas sa femme.

— Bon… j'y penserai plus tard.

— Dans ce cas-là offre-toi le meilleur bac, puisque tu le peux.

— Je HAIS les maths.

— C'est vrai ?

— Non, ça m'ennuie, c'est tout. Autrefois ce n'était pas comme ça et je suis réactionnaire, comme tu le sais. Je ne vois pas pourquoi on a décidé qu'il fallait faire beaucoup de maths pour prouver qu'on est intelligent.

— C'est utile, quand même !

— C'est utile d'en faire un peu et c'est exactement ce que je veux faire. J'irai donc en A, que cela leur plaise ou non.

— Mon grand-père est polytechnicien et il a fait latin et grec. Tu penses que c'était mieux ?

— Mais oui, je le pense. Je suppose qu'on ne l'y a pas obligé.

— Je crois que si. En ce temps-là il fallait faire latin et grec pour prouver… comment as-tu dit, déjà ?

— Prouver qu'on est intelligent. Si c'est vrai c'était une époque aussi bête que maintenant. Il faut faire un peu de tout et beaucoup de ce qu'on aime.

— Oui mais plus tard ? Quand tu veux choisir un métier ?

— C'est pour ça qu'il faut faire un peu de tout. Moi, par exemple, je déteste l'anglais mais j'ai compris qu'on ne pouvait pas l'éviter. Maman n'en a pas fait au lycée et maintenant elle le regrette un peu. Elle a fait latin-grec, comme ton grand-père, mais ensuite elle est allée en section C, sauf que ça s'appelait math-élem, en ce temps-là.

— Je sais. Et maintenant, qu'est-ce qu'elle fait ?

— Je ne t'ai pas encore dit qu'elle est pharmacienne ?

— Non. Et ton père ? »

Mélanie se mit à rire en pensant fugitivement aux révélations de l'année précédente : « Je te dirais bien que Maman l'a tué avec le contenu d'une des fioles de sa pharmacie, mais tu me dirais que c'est un roman. Il est mort, c'est tout. Je ne l'ai jamais connu.

— C'est pour ça que ta mère travaille ?

— Je ne crois pas. Si elle a fait des études de pharmacie c'est certainement pour s'en servir, sinon je ne vois pas l'intérêt. Il est vrai que maintenant elle n'a pas le choix.

— C'est elle qui vient vous chercher le samedi ? Elle ne te ressemble pas.

— Non, justement, ce n'est pas elle, parce qu'elle travaille le samedi. D'ailleurs elle n'a pas de voiture. Celle qui vient nous chercher, en général, c'est Erika… une amie de Maman.

Mélanie se tut. Elle n'avait pas encore envie de parler d'Erika pour tout un tas de raison. Elle savait tout de la famille d'Aurore, de son père directeur de création (qu'est-ce que ça voulait dire exactement ?) à l'agence ABCG. (Aldhuy, Benhamou, Charpentier, Gascoin), de sa mère sans profession, de ses quatre frères, de son grand-père maternel, député MRG, grâce à la décoration duquel elle était ici. Pour Aurore parler des siens allait de soi mais Mélanie, et elle se demandait bien pourquoi, était incapable de l'imiter et se jugeait sévèrement. Sa famille, pourtant, était honorable et valait bien celle d'Aurore qui, en bonne réactionnaire, prétendait être honteuse d'avoir un grand-père radical de gauche. Néanmoins elle ne le cachait pas alors qu'elle aurait pu le faire facilement puisqu'ils ne portaient pas le même nom. Sans doute en était-elle plus fière qu'elle ne le disait.

Les pensées d'Aurore avaient sans doute suivi un chemin parallèle, car elle dit :

— Au fond je ne sais rien de toi.

— Quoi ? Tu es la seule à avoir lu certaines de mes nouvelles ! Même Suzanne…

— Ce que tu écris ce n'est pas toi.

Mélanie, encore une fois, se tut. On ne pouvait pas le nier : les nouvelles qu'elle avait fait lire à Aurore n'avaient rien de personnel. Elle les lui avait montrées pour avoir son avis sur son style, pour lui prouver que quand elle disait : « Je veux être écrivain » il ne s'agissait pas d'une de ces vocations d'enfants qui veulent tous être pompiers, infirmières ou acteurs mais ne s'imaginent jamais en experts-comptables, chefs du contentieux ou directeurs de création. C'était des œuvres de pure imagination, parfois même de science-fiction, où rien de sa biographie ne pouvait apparaître. Or elle en avait écrit bien d'autres qui étaient inspirées, du moins au départ, par sa vie ou par la vie des gens qu'elle connaissait. Pourquoi ce goût du secret qu'elle semblait être la seule à posséder et qui, manifestement, n'était pas normal ? Après tout le mieux était de le demander à Aurore.

— Crois-tu que je suis trop secrète ?

— Tu es plus secrète que les autres. Je suis ici depuis presque six mois et tu es ma préférée depuis le début, or tu es celle sur qui j'en sais le moins et les autres, apparemment, n'en savent pas plus long. Pourquoi ?

— Je n'ai rien à cacher.

— Heureusement ! Ton attitude suffirait à attirer l'attention sur ce que tu veux cacher !

— Pose-moi des questions !

— Mais ça ne marche pas comme ça ! Je ne suis pas un flic !

— Je comprends. Il faut que tout naturellement je parle de moi comme les autres parlent d'elles. Mais ma vie n'est pas intéressante.

— Parce que tu t'imagines que la nôtre l'est davantage ?

— Je ne sais pas. J'aime bien écouter et j'ai peut-être pris l'habitude de n'avoir que ma sœur pour confidente.

— Pourquoi n'êtes-vous pas dans la même classe ?

— Maman ne veut pas.

— Tu ne lui montres pas tout ce que tu écris ?

— Non, je ne lui montre que ce qui peut l'intéresser et j'en montre encore moins à Camille, parce que Camille c'est vraiment le tombeau des secrets !

— Mais dans ce cas…

— Ça veut dire qu'un secret que tu lui confies est mort.

— Très drôle, d'Ennecour !

— J'exagère peut-être mais elle cause… elle cause ! Je sais bien que ça peut te sembler bizarre mais si je disais certaines choses qui me passent par la tête je te paraîtrais encore plus bizarre. J'ai l'impression d'avoir des idées qui ne sont qu'à moi et ça m'ennuie d'en parler.

— Comment sais-tu qu'elles ne sont qu'à toi ?

— Je lis. Qu'on le veuille ou non les livres disent les idées qu'il faut avoir.

— Tu ne les as pas tous lus ! On te laisse lire ce que tu veux, chez toi ?

— Je vais à la bibliothèque, comme ici, et on m'en achète. Parfois Maman me prête un des siens en me disant : « Maintenant tu devrais aimer celui-là. » et en général elle a raison : ce sont des livres que je n'aurais pas compris deux ans plus tôt et que la plupart des autres adultes trouvent quand même étrange de me voir lire. Par exemple elle m'a prêté les *Rougon-Macquart*.

— Les quoi ?

— C'est une série de Zola. J'adore !

— J'ai lu *Le Rêve*.

— Il fait partie de la série. Donc elle nous les a prêtés, à Suzanne et à moi, et aussi bien ma tante Marie-Thérèse qu'Erika ont dit : « Déjà ! Elles sont trop jeunes. » C'est assez souvent comme ça. Maman nous donne des livres qui ne seraient sans doute pas autorisés ici et qu'elle nous conseille de laisser à la maison à cause du règlement. Mais je n'ai pas encore trouvé la réponse à certaines questions que je me pose.

— Quel genre de questions ?

— Je t'ai dit que je ne voulais pas en parler.

— Sur l'amour ? Sur le sexe ?

— Mais non ! Je sais tout ça depuis longtemps, d'abord parce qu'on m'en a parlé et ensuite parce que c'est dans tous les livres. Écoute… si un jour je trouve un livre où il y a des personnages qui ressentent ce que je ressens je t'en parlerai. Pas avant. C'est impossible !

D'autres auraient peut-être insisté, mais pas Aurore. Elle se contenta de dire que Mélanie, au fond, avait bien de la chance de pouvoir lire ce qu'elle voulait. Elle, en dehors du programme scolaire, n'avait pas grand chose à sa disposition. Sa mère contrôlait tout depuis toujours, fouillait dans ses affaires et ne lui permettait de lire que des romans des grands auteurs classiques — et certainement pas tous — ou des livres pour adolescents dont elle vérifiait probablement le contenu.

— C'est tout juste si elle n'épingle pas certaines pages, comme la mère de Simone de Beauvoir, mais si elle le faisait j'enlèverais les épingles, moi !

— Comment sais-tu que la mère de Simone de Beauvoir mettait des épingles ?

— C'est dans *Les Mémoires d'une jeune fille rangée.*

— Tu l'as lu ?

— En cachette, voyons ! Et je n'ai même pas pu le finir parce que c'était chez mes grands-parents pendant les vacances. Chez nous il n'y a RIEN à lire !

— Rien ?

— Presque rien. Des belles reliures dans une vitrine et c'est tout.

— Et c'est bien, Beauvoir ?

— Oui, mais il n'y a pas de quoi fouetter un chat et j'attendais des choses plus interdites. Peut-être qu'il y en a quelques unes à la fin. Tu crois que ta mère te permettrait de le lire ?

— Certainement. Je le lui demanderai quand j'aurai fini mon Zola.

Elle avait répondu un peu à la hâte, fière que sa mère fût beaucoup plus libérale que celle d'Aurore, mais à la réflexion elle n'était pas sûre de pouvoir obtenir si facilement

Les Mémoires en question. À deux ou trois reprises elle avait demandé si elle pouvait lire des livres dont elle trouvait le titre alléchant et elle s'était attiré la réponse :

— Je pense qu'il vaudrait mieux attendre quelques années. Il y a des choses que tu ne comprendrais pas et qui t'ennuieraient.

Elle se souvenait d'avoir été déçue, vers l'âge de dix ou onze ans, qu'on lui eût refusé *Claudine à l'école* alors qu'elle avait eu le droit de lire *La Maison de Claudine*. Le titre, pourtant, semblait fait pour une écolière mais sa mère lui avait dit qu'il ne fallait pas se fier aux titres :

— As-tu envie de lire *Chronique du règne de Charles IX* ?

— Euh… non, pas maintenant.

— Pourquoi ?

— J'ai envie d'un roman.

— Tu n'oses pas dire que tu te fiches éperdument de Charles IX ?

— Je… si, j'ose.

— Si tu as confiance en moi, prends-le.

Naturellement elle l'avait dévoré en deux jours et l'avait rendu à sa mère en lui disant :

— Pourquoi Mérimée a-t-il choisi ce titre idiot ?

— Sans doute voulait-il être pris au sérieux. Dumas raconte à peu près la même chose dans *La Reine Margot* mais il y a des longueurs, des passages qu'on a envie de sauter. Je suis sûre que tu aimerais lire *La Reine Margot*.

— Je peux ?

— Bien sûr. »

Elle avait donc lu toute la série d'Alexandre Dumas sur les guerres de Religion, puis celle de Robert Merle sur la même époque, et elle avait déclaré : « La meilleure Saint-Barthélemy c'est celle de Mérimée ! », propos qui avaient fait rire toute la famille tant elle les avait prononcés gravement, avec une mine de connaisseur.

De cette histoire elle avait retenu qu'il ne faut jamais se fier au titre d'un livre et que sa mère était quelqu'un en qui l'on pouvait avoir confiance et à qui il fallait demander conseil. Mais le soir, après avoir relaté cette conversation avec Aurore dans son journal juste avant l'extinction des feux, elle se prit tout à coup à douter. La mère d'Aurore censurait, la maison d'éducation censurait, la bibliothèque municipale aussi, dans un sens, puisqu'on n'avait pas le droit de se servir dans la section des adultes. La plupart de ses camarades n'avaient pas lu ce qu'elle avait lu, ce qui prouvait peut-être que leurs parents censuraient aussi. D'ailleurs cela expliquait qu'elle n'eût pas le droit de faire entrer dans l'établissement une partie de ce que sa mère l'autorisait à lire, parce que ses condisciples auraient pu être tentées. En somme seules Gaëlle, Suzanne et elle semblaient avoir tous les droits. Mais était-ce bien sûr ? Le « Il y a des choses qui t'ennuieraient… » de sa mère ne signifiait-il pas : « Il y a des choses qui ne te regardent pas ? » Comment savoir ? Si elle lisait en cachette ce qu'on lui avait déconseillé peut-être découvrirait-elle les secrets des adultes. Mais y avait-il des secrets ? Serait-elle au contraire déçue parce qu'il n'y en avait pas ? Cette question la préoccupa une bonne partie de la nuit et elle dormit mal sans parvenir à entrer dans son feuilleton qui, généralement, la menait jusqu'au sommeil. Le lendemain elle avait pris une décision : d'abord en parler à Suzanne dès samedi, ensuite demander *Les Mémoires d'une jeune fille rangée*. Après on verrait.

— Tu te trompes complètement, dit Suzanne. Quand on a le droit de lire ce que je lis c'est qu'il n'y a aucune censure.

Elle lisait moins vite que Mélanie et en était au milieu de *La Faute de l'Abbé Mouret* alors que sa sœur terminait *Son Excellence Eugène Rougon* qu'elle avait trouvé plutôt rasoir. C'est ce qu'elle fit remarquer :

— Normalement Maman aurait dû me dire qu'*Eugène Rougon* allait m'ennuyer.

— Maman a dit que c'était inégal, comme la plupart des séries, et que nous pouvions ne lire que les meilleurs si nous voulions. C'est toi qui as décidé de tout lire dans l'ordre. Il faudrait savoir ce que tu veux !

Il n'y avait rien à objecter à cela. Un jour Mélanie, parce qu'elle n'avait plus rien à lire chez sa grand-mère, était tombée sur un volume isolé des *Hommes de bonne volonté* qui s'appelait *Les Créateurs*. Elle avait été complètement perdue au milieu de tous les héros, n'avait apprécié que quelques passages ponctuels qui, hélas, ne duraient pas. À peine commençait-on à s'intéresser à un personnage, à peine commençait-on à le connaître que l'auteur passait à un autre et que tout le travail de familiarisation était à refaire. Or le seul chapitre qui l'avait vraiment séduite c'était celui où le poète Strigelius trouve une méthode pour composer des poèmes sans inspiration. Malheureusement il était abandonné en plein milieu du livre avec sa jolie strophe de décasyllabes et on ne le revoyait jamais, ce qu'elle avait vérifié en feuilletant rapidement la suite. Écœurée, elle avait renoncé à finir le livre dans l'immédiat, d'autant plus que son grand-père l'avait taquinée en lui affirmant que Strigelius ne réapparaîtrait que dans cinq ou six volumes, et encore avec un peu de chance et pas pour longtemps :

— C'est ce qu'on appelle l'unanimisme ! Moi je n'ai lu que le résumé final et l'index des personnages et j'en sais plus long que ta grand-mère qui a tout lu. Je lui pose même des colles auxquelles elle est incapable de répondre ! Depuis Mélanie lisait tout ou rien, et dans l'ordre. Elle avait d'ailleurs appris à lire en diagonale les passages qui ne l'intéressaient pas, quitte à y revenir s'ils étaient nécessaires à la compréhension de l'histoire.

Elle dut admettre que le sujet traité dans *La Faute de l'Abbé Mouret* (plutôt rasoir, lui aussi) prouvait qu'il n'y avait aucune censure, rien qu'on cherchât à leur cacher, mais cela ne la soulagea pas, au contraire. Il y avait des sentiments, des sensations qu'elle éprouvait et que personne ne partageait… à moins que… il ne fallait pas se décourager puisqu'elle n'avait pas encore tout lu. Elle fit un effort de volonté, invoqua Épictète qui, certainement, aurait dit que le sage doit se détourner des problèmes qui ont des « données insuffisantes ».

— *Les Mémoires d'une jeune fille rangée* ? Tu as envie de lire ça ? Oui, je pense que ça t'intéressera. Tu pourras peut-être même aller jusqu'à *La Force de l'âge* parce que ça donne une vision intéressante, quoique très partiale, de l'avant-guerre. Je vais te chercher ça.

Mélanie dut expliquer que pour le moment elle préférait finir ses Rougon-Macquart mais que c'était pour Aurore Charpentier qui n'avait pas pu le finir.

— Si ses parents refusent qu'elle le lise je n'ai pas le droit de me substituer à eux, tu dois le comprendre. D'autre part ce livre ne sera certainement pas admis aux Loges.

— Je le lirai et je lui raconterai la fin. Je peux ?

— C'est de la casuistique, Mélanie.

— De toute façon elle a lu le début en cachette.

— C'est son affaire. Ni toi ni moi ne devons en être complices.

— Alors comment faire ?

Héloïse regarda attentivement sa fille :

— Lui as-tu promis de le lui procurer ?

— Non. Mais j'ai dit que vous me permettriez certainement de le lire.

— Bon. Je te le donnerai pendant les vacances, pas avant. Et il y a une chose que tu peux lui dire de ma part : la fin est moins intéressante que le début et elle a eu le meilleur. Pour le reste elle attendra quelques années.

Le ton semblait définitif et Mélanie pensa qu'il n'y avait rien à faire, mais à sa grande surprise sa mère ajouta en souriant :

— On le trouve en édition bon marché dans toutes les librairies et je suppose que la petite Charpentier a un peu d'argent de poche… donc si elle le veut vraiment…

C'est en lisant *Nana* que Mélanie sut que cette fois-ci elle était vraiment sur une piste. Cela commença par le sentiment confus qu'il y avait des allusions qui, volontairement ou non, n'étaient pas précisées. Dans ce roman sur la prostitution ou, pour paraphraser l'emphase de l'auteur, sur le vice, certaines choses étaient tellement pires que le reste qu'on ne les nommait même pas. Ce restaurant bon marché de Pigalle, *Chez Laure*, où les putes embrassaient la patronne sur la bouche, avait quelque chose d'étrange à cause, justement, du ton allusif de l'auteur. S'il n'y avait pas eu ces sous-entendus Mélanie n'aurait peut-être même pas remarqué cette coutume qui, objectivement, n'était pas plus bizarre que celle des Russes qui s'embrassent aussi sur la bouche pour un oui ou pour un non. Autres temps autres mœurs, et quand on lit beaucoup on en a vu bien d'autres ! Mais là l'atmosphère était incontestablement trouble parce que, justement, Zola ne procédait que par allusions. Donc cet auteur réputé réaliste reculait devant certaines choses parce qu'elles étaient… encore plus tarées que tout ce que pouvait faire une famille aussi tarée que ces Rougon-Macquart ! Lorsque Satin et Nana se retrouvèrent dans une chambre d'hôtel Mélanie sut qu'elle brûlait mais ce n'était pas encore très clair. Elle faillit sauter des pages, se retint, lut la suite en diagonale jusqu'au moment où Satin réapparut dans la vie de Nana : *Dès lors Nana eut une passion qui l'occupa. Satin fut son vice. […] Et des après-midi de tendresse commencèrent entre les deux femmes, des mots caressants, des baisers coupés de rires. […] Puis un beau soir cela devint sérieux. Nana, si dégoûtée chez Laure, comprenait maintenant. Elle en fut bouleversée, enragée…*

Donc cela existait et c'était tellement horrible que même Zola en était écœuré. Donc elle n'était pas seule et c'était rassurant. Enfin, rassurant ? Dans la mesure où cela prouvait qu'elle n'était pas folle, c'est tout. Elle était tarée, et après tout quoi d'étonnant ? On prétend toujours que les nobles sont dégénérés et elle l'était, ce qui constituait une excuse. Pendant que ses camarades rêvaient à des garçons elle rêvait à des filles et cela durait depuis… au moins deux ans sinon plus. Les symptômes de dégénérescence sont très variables et chez les Rougon-Macquart cela prenait toutes les formes. Certains membres de la famille, par exemple la mère de la petite Jeanne dans *Une Page d'amour*, n'avaient rien mais transmettaient. Elle, elle avait une grand-mère folle, un père suicidé, un arrière-grand-père qui avait perdu sa fortune au jeu… voilà pour les d'Ennecour. Côté Marèges ça avait l'air mieux mais sait-on jamais ? En tout cas elle garderait ça pour elle et personne n'en devinerait jamais rien. Elle ne se marierait pas et elle écrirait. Dans ses livres elle se transformerait en homme et décrirait des femmes, des âmes de femme, des corps de femme, ce qui serait une manière de les aimer que personne ne pourrait critiquer.

Au troisième trimestre il y eut la soirée où des adultes, parents d'élèves ou anciens élèves, venaient présenter leur métier. Cette soirée était à l'usage exclusif des bleues qui étaient censées commencer à penser à leur future orientation. Mélanie apprit ainsi du père d'Aurore ce qu'était un directeur de création, ou une directrice de création car ce métier était très ouvert aux femmes. Malheureusement il n'y avait pas, cette année-là, de journaliste dans la salle, mais M. Charpentier lui expliqua le métier de concepteur-rédacteur dans une agence de publicité.

— Mais si vous tenez tant à écrire, pourquoi ne pas devenir simplement professeur ?

— Je n'ai pas envie du tout.

— Pourquoi ?

— Il me semble qu'on ne sort jamais de l'école. On est élève, parce qu'il faut bien, puis on reste à l'école, mais de l'autre côté. Alors, que peut-on connaître de la vraie vie ? Et que peut-on écrire quand on ne connaît pas la vraie vie ?

Il en convint et, un peu plus tard, elle l'entendit dire à Héloïse que sa fille savait ce qu'elle voulait et que, sans nul doute, elle irait loin.

— Et votre pharmacie, à qui la donnerez-vous ?

— Peut-être à Suzanne si elle veut. Sinon je la vendrai. Il y a eu, ce soir, quelques petites filles intéressées par ce métier, dont la vôtre. Et vous, vous avez eu du succès ?

— Auprès de celles qui ont un joli coup de crayon. Ça leur ouvre des horizons. Plus tard je ferai faire un stage à Mélanie.

— Et moi je m'occuperai d'Aurore si ça l'intéresse toujours.

Erika était venue aussi et avait parlé, de façon très générale, des métiers de l'industrie pharmaceutique. Dans la voiture elles évoquèrent les parents d'Aurore et surtout sa mère dont Héloïse admit qu'elle semblait très conventionnelle et, d'une certaine manière, vieux jeu.

— Oh là là ! Elle fait carrément bourge ! dit Suzanne. Pauvre Charpentier !

— Tu parles du mari ou de la fille ?

— La fille. Le mari aussi fait bourge !

— Quelle vilaine expression ! Et nous, qu'est-ce que nous sommes ?

— Vous… vous n'êtes pas pareilles.

— Et moi ? dit Erika qui s'amusait bien.

— Je disais ça pour vous deux. Vous êtes différentes, vous n'êtes pas aussi… je ne trouve pas le mot… vous êtes plus simples.

Héloïse et Erika se jetèrent un coup d'œil que les filles ne pouvaient pas intercepter puisqu'elles étaient à l'arrière. Que voulait dire exactement Suzanne ? Le savait-elle elle-même ? Percevait-elle une différence ou bien se contentait-elle de noter que la mère d'Aurore était plus sophistiquée ?

— Je suis déçue, dit Erika pour tâter le terrain. J'espérais avoir l'air d'une vraie femme d'affaires dynamique et performante.

— Oui, mais la mère d'Aurore elle a l'air d'une dame qui ne fait rien, qui va chez le coiffeur tous les jours et qui attend que l'argent tombe tout seul.

— Elle a eu cinq enfants, objecta Héloïse.

— Oui… bon, d'accord… il en faut.

Manifestement Suzanne n'était pas convaincue et il n'aurait pas fallu la pousser beaucoup pour lui faire dire que Mme Charpentier était un parasite et que d'ailleurs il n'y avait rien à attendre de bon d'une femme qui censurait les lectures de sa fille. Héloïse songea à Simone de Beauvoir et à sa mère qui épinglait les pages des livres, et elle demanda, par association d'idée :

— Où en êtes-vous, dans Zola ?

— Je commence *Nana*, dit Suzanne.

Mélanie sentit qu'elle devenait très rouge mais dans l'obscurité de la voiture personne ne pouvait s'en apercevoir. Elle dit, très vite :

— Je commence *L'Argent*.

— Alors tu as presque fini. Quel est ton préféré, jusqu'à présent ?

Mélanie réfléchit. *Nana* la fascinait elle en relisait des passages, mais il ne fallait pas en parler. D'ailleurs on ne pouvait pas dire qu'il s'agissait de son préféré. Ce livre la troublait mais, objectivement, il ne lui paraissait pas le meilleur. — Je crois que c'est *Au bonheur des dames*.

— Moi, dit Suzanne, jusqu'à présent c'est *L'Assommoir*.

— Moi aussi, dit Erika. *L'Assommoir* et *La Bête humaine*.

— Vous n'êtes pas gaies, dit Héloïse. Moi je suis plutôt du côté de Mélanie : *Pot-Bouille* et *Au bonheur des dames*.

Mélanie fut un peu déçue. Sa mère était de son avis et c'était bien, mais elle aurait préféré avoir l'approbation d'Erika. Elle demanda :

— Lequel est le plus mauvais ?

Sans s'être concertées Erika et Héloïse répondirent en chœur :

— *Le Docteur Pascal*.

Au début de l'été le cousin d'Erika mourut et elle dut partir précipitamment pour l'Allemagne. Il n'y avait rien dans cette mort qui pût étonner les enfants d'Héloïse, sauf le mystère qu'on semblait faire autour de la maladie qui l'avait précédée. Le baron Ernst leur était quelque peu apparenté, ou plutôt allié, puisque sa fille Ulrike avait épousé leur oncle Hippolyte, mais ils ne l'avaient pas vu très souvent et le considéraient comme un vieil homme un peu intimidant qui, quand il venait à Tauberg en été, s'enfermait avec Erika pour parler « affaires ». Son âge, à leurs yeux d'adolescents, suffisait à expliquer sa mort puisqu'il était né pendant la guerre de quatorze. Si l'on faisait ainsi des mystères c'était sans doute à cause des fameuses « affaires », car le cousin Ernst était le plus important personnage de Tauberg AG.

Mais quand Wolfgang, qui était allé à l'enterrement, les rejoignit en Savoie, ils comprirent que les chuchotements autour de la maladie et de la mort d'Ernst von Tauberg avaient une toute autre cause. Wolfgang n'avait pas reçu la moindre confidence des adultes mais il avait surpris suffisamment de conversations qui ne lui étaient pas destinées pour s'être fait une idée précise de l'affaire et il ne se sentait pas tenu au secret. Après tout on ne lui avait rien dit, on s'était tu brusquement en sa présence et cela l'avait blessé parce qu'il avait quand même dix-sept ans et aimait beaucoup Ernst. Si sa mère lui avait dit la vérité en lui demandant de la garder pour lui il l'aurait fait, mais elle l'avait traité comme un gamin en lui cachant cette maladie au sujet de laquelle, pourtant, elle ne lui ménageait pas les avertissements depuis au moins deux ans.

— C'est bien joli, avait-il dit à Hélène, de me parler du sida dans l'abstrait ! Pourtant le jour où notre cousin meurt de ÇA on ne me juge pas digne d'être informé. Tu trouves ça normal ?

— Mais ce n'est pas possible ! Tu es sûr que tu as bien entendu ?

— J'en suis certain. Erika a même dit à Kai-Uwe qu'elle espérait qu'il faisait très attention et il a répondu que ça faisait des années qu'il prenait ses précautions et que d'ailleurs, contrairement à ce qu'on pouvait penser, il était beaucoup moins cavaleur que son père. J'étais loin de m'imaginer qu'Ernst courait les filles.

— Mais Wolf ! Est-ce que tu te rends compte de ta naïveté ? Ça veut dire qu'il courait les garçons, pas les filles, et c'est pour ça qu'on fait tant de mystères et qu'on ne t'a rien dit.

— Ce n'est pas possible !

— Démontre-moi pourquoi.

— Parce que… il ne ressemble pas à un pédé.

— Qui ne ressemble pas à un pédé ? demanda Héraclès qui venait d'entrer dans la grange où ses aînés discutaient.

— Le cousin de Wolfgang.

— Kai-Uwe ? Si, pourquoi pas ?

— Pas Kai-Uwe, son père.

Dans ce cas il faut dire qu'il ne ressemblait pas à un pédé, parce qu'il est mort.

— Qu'est-ce qu'un pédé ? demanda Mélanie qui entrait à son tour avec Suzanne.

— Un homosexuel, dit Suzanne qui, apparemment, était mieux renseignée.

Wolfgang gémit :

— Mon Dieu ! Pour la divulgation des secrets de famille je suis champion. Maintenant il y a quatre personnes au courant !

— Cinq avec toi. Où est Anne ? Il ne va quand même pas être le seul à mourir idiot !

— Un homosexuel, demanda Mélanie, c'est quelqu'un qui… euh… pratique le sexe avec un homme ?

— Pour une fille qui apprend le grec tu me déçois. Si c'était ça on dirait un androsexuel. Un homosexuel c'est quelqu'un qui fait l'amour avec quelqu'un du même sexe que lui.

– Ὅμοιος = semblable, dit Suzanne. Platon l'était, c'est comme ça que j'ai appris ce que ça voulait dire. On peut donc dire un homosexuel ou une homosexuelle.

— Et ça ne veut pas dire une femme qui aime les hommes, Mélanie.

— Oh ça va ! J'ai compris.

Elle était écarlate mais dans la pénombre de la grange cela ne se voyait pas trop. Seule Suzanne s'en aperçut mais elle crut qu'elle était vexée d'avoir fait une faute d'étymologie. Elle lui prit la main discrètement pour la consoler et Mélanie, qui avait tendance à fuir les contacts depuis quelques mois, la lui laissa. Elle était au bord des larmes et ne voulait pas, néanmoins, échapper à cette conversation si instructive. À la Légion la classe de grec était la seule où elle retrouvait Suzanne et cependant celle-ci avait réussi à apprendre sur Platon des choses dont Mélanie n'avait jamais entendu parler. Avait-elle mal écouté ? Non. Suzanne avait certainement lu ça ailleurs. Et puis quelle importance, au fond ? L'essentiel était qu'elle se trouvait, tout à coup, en présence de réalités banales et considérées comme acceptables alors qu'elle s'était crue quasiment unique. Platon était quand même une meilleure référence que Nana. Wolfgang continuait :

— Mais bon sang ! Il n'y a pas que les pédés qui ont le sida, quand même !

— C'est un groupe à risque, dit Héraclès. Tout le monde sait ça.

— Mais les putes aussi. Peut-être qu'il allait chez les putes ?

— Peut-être, après tout. Qu'est-ce que ça change ?

Wolfgang fronça les sourcils, réfléchit, puis :

— Tout compte fait je préfère qu'il ait attrapé ça avec des hommes. Un type bien ne va pas chez les putes. On n'est plus en 1900 et on ne paie plus pour ça. Mon cousin pouvait avoir toutes les femmes et tous les hommes qu'il voulait rien qu'en claquant des doigts, non pas parce qu'il était riche mais parce qu'il était beau et gentil. Je l'aimais beaucoup.

— Maman ne nous a pas tout dit. C'est bien joli d'expliquer comment on fait les enfants, mais ça ne suffit pas.

— Je ne vois pas ce qu'elle pouvait nous dire de plus à cette époque. Quel âge avions-nous ?

— Je ne sais plus. Six ou sept ans, peut-être ?

— À cct âge-là beaucoup d'enfants ne savent même pas comment ils ont été fabriqués ; d'ailleurs je ne me souviens pas si elle nous a vraiment expliqué le mécanisme.

— Si.

— Alors où est le problème ? Que te manque-t-il ?

— Pourquoi y a-t-il des homosexuels et comment remplacent-ils… ce que tu appelles le mécanisme ?

— Je ne sais pas mais maintenant on est assez grandes pour le lui demander.

— Jamais !

Par miracle Suzanne comprit tout de suite. D'un seul coup ce qu'il y avait de bizarre chez sa sœur, depui quelques mois, peut-être plus, lui parut évident. Elle ne chercha pas à biaiser et posa tout de suite la question essentielle :

— Comment sais-tu que tu l'es ?

Mélanie se mit à pleurer, ce qui était une réponse, puis elle dit :

— J'ai toujours su.

Mais en même temps qu'elle prononçait ces mots elle se rendait compte qu'ils ne correspondaient pas exactement à la réalité et que Suzanne n'allait pas manquer de lui faire remarquer que ce « toujours » n'avait aucun sens. Pourtant Suzanne, consciente que l'heure était grave, n'ergota pas, serra sa sœur un peu plus fort contre elle et répondit simplement :

— Tu peux m'expliquer ?

— Il y a des filles avec qui j'ai envie d'être amie. Mais c'est plus que de l'amitié.

— C'est comment ?

— J'ai envie de les serrer dans mes bras, de les toucher, et je me fiche pas mal que ce soit ou non des filles intéressantes avec qui j'aimerais discuter. C'est autre chose. J'en rêve la nuit. Je ne pense qu'à ça.

— Tu m'avais parlé, je ne sais plus quand, de Coulet et de Daulne.

— Tu te souviens ? C'était déjà ça. Depuis ça n'a fait qu'empirer.

— Bon. Mais tu n'as rien fait ?

— Bien sûr que non !

— Je me demande si ce n'est pas quelque chose de normal… je veux dire d'assez répandu. J'ai entendu dire que dans les pensionnats religieux, autrefois, on séparait les filles et les garçons qui restaient trop souvent par deux sans se mêler aux autres. Ça m'avait choquée mais maintenant je crois que je comprends : ils ont peur que ce soit plus que de l'amitié. Dans ce cas-là tu ne dois pas être la seule et ça ne doit pas être si grave.

— Et que deviennent-ils plus tard, ces garçons et ces filles ?

— Je ne sais pas.

Suzanne poussa un gros soupir, consciente qu'elle ne savait rien parce qu'elle était beaucoup trop jeune. Comment aider Mélanie ? Comment même la comprendre ? Elle n'avait jamais été attirée par personne, ni garçons ni filles, et elle avait généralisé son indifférence. Quand des camarades de la Légion lui parlaient de garçons, de flirts de vacances, elle trouvait ça tellement bizarre qu'elle les soupçonnait de se vanter. C'était même la première idée qui lui était venue : « Elles jouent aux grandes ! » Maintenant, sans aller jusqu'à remettre en cause complètement son diagnostic, elle se demandait si elle n'avait pas été un peu sévère et d'où lui était venu cet instinct de ne pas y croire. Parce que certaines en parlaient trop ? Possible. Par exemple Anne-Sophie de Fontbellaire qui, à l'entendre, changeait de flirt sans arrêt et se vantait d'avoir embrassé plus de trente garçons sur la bouche. Cela ne pouvait pas être vrai mais cela témoignait d'une certaine obsession, donc d'une envie. Facile de penser (et même de dire) : « Elle prétend ça parce que ça fait bien. » Armelle Bouvier, qui sans être vraiment une amie était assez proche de Suzanne, avait dit :

— Plus on en parle et moins on le fait. D'ailleurs quel garçon normal voudrait embrasser ce cageot ?

Le cageot, sans doute, conscient de sa laideur, se vantait. Mais le cageot avait peut-être désespérément envie d'être embrassé ? Comment savoir ? Elle décida d'en parler à Mélanie et elles conclurent que tout était possible : les trente garçons, une dizaine, un ou deux, aucun. Et Anne-Sophie pouvait avoir de nombreuses raisons de se vanter : prouver aux autres qu'elle pouvait plaire ou ressentir de réels besoins physiques qu'elle extériorisait de cette manière.

— Après tout, dit Mélanie, elle a quinze ans et tu n'en as pas tout à fait quatorze. D'ailleurs elle n'est pas si laide, Fontbellaire. Si sa mère l'emmenait chez le dermato au lieu de s'imaginer probablement que l'acné passe avec l'âge, elle serait passable. Son corps est bien. Moi je la mets à la vitamine A acide et au shampooing au soufre et elle est transformée.

— Je lui ferai passer le message.

— Avec délicatesse, s'il te plaît.

— D'accord, on ne va pas lui faire de mal à ta Fontbellaire. Je te raconte ça pour t'expliquer que je suis trop jeune pour comprendre certaines choses.

— Mais pas du tout ! Tu comprends très bien.

— Je comprends mais je ne ressens pas. Tu as toujours été en avance sur moi et je suppose qu'il y a un rapport. Comme dit Maman : « *Tota mulier in utero.* » Je ne m'inquiète pas du tout pour moi car « un jour mon prince viendra. » Mais pour savoir si tu es vraiment homosexuelle ou si c'est juste un moment de la vie où tu crois l'être je ne peux pas t'aider. Il faut que tu demandes à quelqu'un de plus âgé.

— Je ne demanderai jamais à personne ! Il faut que je trouve des livres, c'est tout.

— Si tu préfères… mais Maman…

— Quoi, Maman ?

— Je crois qu'elle te répondrait honnêtement.

— Non !

— Alors une autre grande personne ? Grand-Mère, par exemple ?

— Non !

— Comme tu veux, mais je ne comprends pas.

— C'est trop intime. Je dois me débrouiller toute seule. Je dois d'abord savoir si c'est si horrible que ça.

— Je suis sûre que non. Regarde dans Zola : Nana et Satin sont homosexuelles et ça ne fait pas tant d'histoires.

— Mais c'est justement en lisant ce livre que j'ai compris à quel point c'était affreux !

— Ça ne m'a pas fait cette impression. Il faudra le relire. Écoute… n'y pense plus et à la rentrée on va chercher des livres. Je t'aiderai. On fera comme les autres : on lira en cachette. Attends… et Erika ? Tu pourrais lui en parler ?

— Non, parce qu'Erika, justement, je l'aime un peu plus… un peu bizarrement… depuis longtemps.

— Depuis toujours ?

— Si tu veux dire par là depuis la première fois que je l'ai vue, c'est possible.

Suzanne, bonne joueuse, se mit à rire comme chaque fois que sa sœur la prenait en flagrant délit d'imprécision :

— C'est ce que je voulais dire. On était pourtant bien jeunes !

— Oui, et c'est bien pour ça que je n'affirme rien. Mais il y a quelque chose… je ne saurai jamais l'expliquer clairement… je ne saurai même jamais l'écrire.

— Mais si tu sauras un jour. Écrire des sensations ça s'apprend, comme le reste !

Ça c'était le côté positif de Suzanne. Quand elle encourageait quelqu'un elle trouvait les mots qu'il fallait et sa sincérité était évidente. C'était ce qu'Anne appelait sa « justice », le contrepoids de sa sévérité. « J'ai de la chance qu'elle soit ma sœur, pensait Mélanie, parce qu'autrement elle m'aurait tellement intimidée que je n'aurais pas pu l'avoir comme amie. Sans elle je ne serais pas ce que je suis. Sans elle je serais une rêveuse, une brasseuse de vent. Si un jour je parviens à écrire ce que j'ai ressenti le jour où Erika… »

Elle pensait à un événement qui avait eu lieu quand elle avait à peine douze ans. Erika était allée les chercher aux Loges et elle avait remarqué que Mélanie avait très mauvaise mine.

— Tu es malade ?

— Non, ça va.

— C'est bien vrai, ça ?

Camille, bien entendu, avait mis son grain de sel :

— Elle a mal dormi parce qu'elle avait mal au ventre.

— Ah… c'est ça. Tu as encore mal ?

Mélanie avait haussé les épaules :

— Un peu.

— Un peu seulement ? Je ne crois pas.

— De toute façon on n'y peut rien.

— Mais si on y peut quelque chose. Attends seulement d'être à la maison.

À la maison Erika était allée chercher une bouillotte plate qu'elle avait remplie d'eau très chaude et elle l'avait posée elle-même sur le ventre de Mélanie, en bas, à l'endroit précis où ça faisait si mal :

— C'est un vieux truc que j'ai utilisé quand j'avais ton âge… non, un peu plus parce que je n'étais pas très en avance. Tu m'en diras des nouvelles !

Quand elle était revenue, environ une demi-heure après, Mélanie n'avait presque plus mal.

— Je t'enlève la bouillotte ou tu préfères que je remette de l'eau chaude ?

— Non, je crois que ça ira comme ça.

Elle s'était relevée rapidement et, dans sa précipitation à rabattre sa robe, elle avait laissé tomber la bouillotte. Tout, sauf laisser Erika la lui reposer sur le ventre ! Car malgré sa douleur elle avait ressenti, au moment de ce geste, quelque chose qui… était bizarre, agréable… en tout cas troublant. Erika ne s'était pas formalisée de sa brusquerie.

— Tu as souvent mal comme ça ?

— Quelquefois.

— Tu peux le dire. Ce n'est pas déshonorant et il est peut-être utile que ta mère le sache.

— C'est vrai. Pas plus de… deux ou trois fois par an.

— Dans ce cas je crois que tu es normale et que ça s'arrangera tout seul. Promets-moi d'en parler à ta mère quand même, sinon je le ferai moi-même.

— Je vous promets.

— Tu sais, Mélanie… ça arrive quand on est très jeune ou quand on est… disons quand on a à peu près mon âge. Le reste du temps on est tranquille. Ne t'inquiète pas.

— D'accord, avait soufflé Mélanie un peu gênée.

— Mais ne te résigne pas non plus. Tu peux garder cette bouillotte : je n'en ai plus besoin.

Cette scène, elle ne l'avait jamais oubliée. Ce mélange de trouble, de reconnaissance, de gêne… elle avait pensé qu'Erika avait cinquante ans. Est-ce à cela qu'elle faisait allusion en disant « Je n'en ai plus besoin » ? Elle l'avait dit très calmement, avec douceur, mais Mélanie, sans savoir exactement pourquoi, en avait éprouvé de la tristesse.

— Dans six mois, dit Fédora, j'aurai cinquante ans.

— À qui réussiras-tu à faire croire ça ?

Fédora sourit, secrètement flattée parce qu'elle savait que le compliment d'Héloïse était sincère. Cette dernière ajouta :

— J'adore les quinquagénaires.

— Oh ça, on le sait ! Heureusement qu'il existe des filles comme toi.

— Mais quinquagénaire ou pas, je trouve que tu as passé l'âge de compter en demi-années. Même mes enfants ne le font plus.

— En es-tu bien sûre ?

— Non.

— J'ai cinq cent quatre-vingt-quatorze mois.

— Tu m'impressionnes. Que suis-je censée répondre ?

— Rien. C'est une étape, c'est tout.

— C'est très arbitraire. Si on comptait autrement tu aurais un autre âge.

— Ne fais pas ta raisonneuse ! Avec ce genre de remarques tu devais être insupportable quand tu étais petite !

— Quand j'étais petite je me taisais.

— Tu as bien changé.

— Inexact. Je ne parle qu'à toi.

— Et Erika ?

— Je n'aime pas que tu évoques Erika.

— Tu as des remords envers elle ?

— Non. Elle ne sait rien.

— Tu serais capable de la quitter ?

— Non. Elle m'est indispensable… mais toi aussi.

— Moi quoi ?

— Tu m'es indispensable. Je t'aime.

— Ce n'est pas vrai.

— Si, et ça n'a rien de drôle. D'ailleurs ça m'est complètement égal que tu ne me croies pas. Quand je détiens la vérité je n'ai pas besoin de la partager. Ça m'est aussi parfaitement égal que tu ne m'aimes pas.

Fédora ne répondit pas. S'il s'agissait d'un appel pour

recevoir une déclaration d'amour elle n'allait pas tomber dans ce piège grossier. Il est vrai qu'Héloïse n'était pas le genre de fille à tendre des pièges. Elle le prouva en ajoutant :

— Je veux dire que ça m'est parfaitement égal SI tu ne m'aimes pas. Mais je sais que, d'une certaine manière, tu m'aimes.

— Ça ne nous avance à rien.

— Non, mais il était bon que ces choses fussent dites.

— Arrête avec ta concordance ! On croirait entendre Balladur.

— J'aime quand il cause dans le poste !

— Tâche d'en profiter. Il n'y en a plus pour très longtemps.

— Pas sûr. Et puis si c'est Barre qui passe il fait aussi la concordance des temps.

— Tu planes. Aucune chance !

— Ça m'est égal. De toute façon ils veulent tous bloquer mes marges pour boucher le trou de la sécu.

— Tu vas me faire pleurer !

— Et je vends moins de couches et de petits pots parce qu'il n'y a plus d'enfants. Je me rattrape sur les crèmes antirides.

— Et les couches pour vieux ?

— J'en vends de plus en plus. C'est tragique !

— Un jour c'est ça que tu m'apporteras au lieu de tes échantillons de crèmes aux liposomes. Je vais avoir cinquante ans !

— On le saura ! Et ce n'est pas la fin du monde !

En réalité Fédora espérait que ce serait le commencement du monde. Entre la vieille prédiction qu'on lui avait faite et son ascendant capricorne elle avait de quoi espérer. Pour les capricornes la vie commence à cinquante ans, au moment où elle s'arrête pour les gémeaux. Quelle chance d'être les deux à la fois ! Bien sûr, quand elle examinait attentivement sa carte du ciel elle se rendait compte que tout n'était pas joué d'avance, mais étant donné les échecs amoureux qu'elle avait connus jusqu'à présent elle pouvait espérer que la chance allait tourner. Héloïse n'était pas libre et ne le serait jamais, mais ce n'était pas plus mal et il paraissait raisonnable de la laisser à Erika qui l'avait tant attendue. Cette obstination presque folle, qui avait fini par payer, était bien la seule qualité qu'elle concédait à Erika, mais c'était une qualité qu'on pouvait réellement admirer.

Que devait-elle faire, maintenant ? Héloïse semblait croire que tout allait continuer éternellement. Pour elle c'était facile : rencontres à la salle de gym, « blitz » au bureau, parfois quelques siestes dans la maison de Fédora, de préférence quand Erika n'était pas à Paris. Jamais de nuits, jamais de petits voyages. Fédora ne supportait cela que parce qu'elle n'avait pas le choix, que c'était mieux que rien, qu'elle comprenait la nécessité de prendre des précautions, mais ce n'était pas — ce n'était plus — sa conception de la vie qu'on doit mener quand on aime. Il y a trois ans elle n'était pas prête à recommencer une vie « conjugale » avec quelqu'un, mais maintenant elle en ressentait la nécessité. Une étape avait été franchie. Grâce à Héloïse, certainement, ou grâce au temps, peu importe. Elle allait avoir cinquante ans et sa princesse charmante allait arriver. Il fallait mettre toutes les chances de son côté. Peut-être aimait-elle Héloïse, mais pas au point de courir le risque de ne pas rencontrer la femme qu'elle attendait.

« Et si je la quitte pour une fille qui me décevra ? Et si je lâche la proie pour l'ombre ? Avec Héloïse je partage beaucoup de choses : le calme, jamais de scènes, des conversations… l'amitié, en somme. Sans compter qu'au lit, ou sur la moquette, ou n'importe où... il n'y en a pas beaucoup qui la valent. Mais c'est aussi la clandestinité. J'ai une jolie fille que je ne peux même pas montrer. Est-ce que c'est important ? Oui, un peu. Et puis je ne veux plus dormir seule, sortir seule ; je veux apporter — ou qu'on m'apporte — le petit déjeuner au lit. Je veux les croissants du dimanche, les week-ends au bord de la mer. Je veux tout et tout de suite. Alors je tue Erika ou je quitte Héloïse. Au choix. Non, je la quitte car elle porte malheur. La preuve : c'est la première fois que je songe — même pour plaisanter — à tuer Erika. »

Elle se remit à sortir presque tous les soirs, en tout cas plus souvent qu'elle ne l'avait fait pendant les deux années écoulées. Elle se remit à accepter les invitations, les soirées où les femmes du ghetto (la secte, disait Héloïse) se retrouvaient. Elle laissa entendre que désormais elle était libre, ou à peu près libre, décidée en tout cas à en finir avec sa « femme mariée ». Entre temps des couples qu'elle avait connus s'étaient défaits, qu'elle avait pourtant crus solides. D'autres s'étaient refaits. Michèle, son ex, redevenue libre, lui fit quelques avances qu'elle repoussa, mais elles renouèrent des liens d'amitié, tentèrent de comprendre pourquoi ça n'avait pas pu marcher entre elles bien qu'elles se fussent incontestablement aimées. Elle lui parla d'Héloïse, sans la nommer et sans lui dire qu'elle l'avait déjà connue du temps de Suzanne. Ce n'était pas vraiment un manque de confiance mais elle se savait dans un milieu un peu fermé sur lui-même où tout circule vite malgré les précautions que l'on peut prendre. Erika avait jadis fréquenté ces milieux, les fréquentait encore de temps à autre et, en tout cas, y demeurait connue. Parfois Héloïse disait à Fédora : « Ce soir nous sortons avec Melitta », ou bien « avec ma tante

Élisabeth et Nathalie. » Cela voulait dire : « Ce soir, s'il te plaît, ne te montre ni au Kat ni à la Champ. »

La princesse charmante n'apparaissait toujours pas mais Fédora ne manifestait aucune impatience. Son fatalisme l'aidait : si les années passaient sans que la princesse apparût, tant pis, ou plutôt *nitchevo*. Elle se sentait capable de continuer indéfiniment sa double vie qui comportait des moments de plaisir intense et une agréable liberté. Qui sait si ce n'était pas ça, le bonheur ? Quant à la prédiction, étant donné l'imprécision des dates dans ce genre d'affaires, imprécision que la voyante n'avait pas manqué de souligner honnêtement, il pouvait s'agir d'Héloïse qu'elle avait retrouvée à quarante-sept ans. On verrait bien.

— Pourquoi ne vas-tu pas en voir une autre ? demanda Michèle qui partageait son goût pour l'occulte. J'en connais une qui…

— Non. La plupart te disent ce que tu souhaites entendre et ne voient pas l'essentiel.

— C'est-à-dire ?

— Mes mœurs. Elles s'imaginent que j'attends l'homme providentiel.

— C'est une façon de parler. Symboliquement c'est la même chose.

— Je regrette, mais je ne suis pas d'accord. Je ne leur demande pas de me jeter à la tête que je suis lesbienne mais je leur demande de sentir, d'insinuer, qu'il y a chez moi quelque chose qui sort de l'ordinaire. Une seule l'a fait et je crois en elle. Même les astrologues ne le disent pas alors que ça saute aux yeux quand on voit ma lune en bélier au carré de mars. Tous des charlatans !

— Je me demande si elle ne l'influence pas, ta Louise ! (C'est ainsi que Fédora nommait Héloïse quand elle en parlait.)

— Non. Elle n'y croit pas du tout et elle a tort, mais moi je ne suis pas une imbécile qui gobe n'importe quoi et je ne l'ai jamais été. Je suis un mauvais sujet pour les voyants parce que je les piège en ne me livrant pas. Si tout le monde faisait comme moi il ne resterait que les vrais, ceux qui ont un don.

— Va voir la mienne. Je peux t'avoir un rendez-vous en priorité.

— Tu veux que je la piège ?

— Oui.

— Alors attends un peu. Je ne me sens pas prête et j'ai un peu peur. Suppose que celle-là soit bonne ?

— Et alors ?

— En ce moment il est important pour moi de rester dans l'incertitude.

— Pourquoi ?

— Je veux que ça change, et en même temps je ne le veux pas.

Le jour de la rentrée, à Saint-Denis, Aurore Charpentier apporta *Les Mémoires d'une jeune fille rangée* à Mélanie en lui disant :

— J'ai suivi ton conseil et je l'ai acheté. Maintenant il faut que tu m'aides à le cacher.

Certes le livre était soigneusement emballé mais Mélanie eut peur :

— Tu es dingue, Charpentier ! Si je me fais piquer avec ça mon compte est bon et je n'ai pas envie d'être reprise pour un bouquin que je n'ai même pas lu !

— Je te demande seulement de le rapporter chez toi samedi.

— Mais d'ici là…

— Bon. Je te le remettrai samedi.

— Ah non ! Si tu te faisais prendre tu n'aurais pas seulement la surinten' sur le dos mais aussi ta mère. Moi je risque moins, donc je le garde.

— Tu peux peut-être essayer de le faire signer à l'inspectrice en disant que ta mère te l'a donné. On est en seconde, quand même !

— Oui, peut-être. Tu l'as fini ?

— Oui.

— Dans ce cas tu aurais dû le jeter.

— Ça ne me viendrait pas à l'idée de jeter un livre !

— Ah bon ? Drôle de tabou. Alors tu aurais pu le vendre sur les quais ou chez Gibert.

Aurore soupira en mesurant la liberté dont disposait Mélanie. Aller sur les quais ou chez Gibert ! Mais il lui était impossible de sortir sans dire où elle allait et pourquoi elle y allait ! Même l'achat de ce livre lui avait coûté mille ruses ! C'est ce qu'elle dut expliquer, et Mélanie lui demanda pardon de n'avoir pas compris à quel point leurs vies étaient différentes. Elle décida donc de garder le livre et de le présenter à l'inspectrice. Elle savait bien qu'aux Loges les aurores et surtout les bleues avaient tendance à négliger cette formalité, mais celles qui étaient découvertes avec un mauvais livre étaient punies et on n'aurait même eu le droit de reprendre une élève qui aurait eu en mains un livre convenable mais non signé. De toute façon elle venait d'entrer dans un territoire inconnu dont il fallait se méfier. On disait qu'à Saint-Denis le règlement s'assouplissait. Voire ! N'était-ce pas plutôt les élèves qui en prenaient plus facilement à leur aise ? En attendant de se faire une opinion il convenait d'être prudent.

— Si votre mère vous l'a donné je pense que vous pouvez le garder, mais ne le prêtez pas, lui dit l'inspectrice.

— C'est parce que je l'ai commencé pendant les vacances et que je voudrais le finir.

— Je comprends. Mais vous savez que nous ne pouvons pas être plus laxistes que certains parents, n'est-ce pas ?

— Je le rapporterai samedi et je le laisserai à la maison.

Elle rejoignit Aurore, lui fit un signe discret pour lui dire que tout allait bien, puis :

— Maintenant qu'il est officiellement à moi je vais le lire. C'est bien ?

— Bof ! Ta mère avait raison : la fin ne vaut pas le début. As-tu fini tes Zola ?

— Oui. J'attaque *Les Hommes de bonne volonté*. Vingt-sept volumes !

— Tu es folle, d'Ennecour ! Il n'y a pas que les livres dans la vie.

— Ah oui ? Quoi d'autre ?

— L'amour !

— L'amour est aussi dans les livres. Il est même dans les programmes scolaires, figure-toi. L'année prochaine, avec un peu de chance, on nous parlera d'une vieille qui aime son beau-fils et qui en fait toute une histoire.

— Ah bon ? Dans quoi ?

— *Phèdre*, de Racine.

— Et on jouait ça à Saint-Cyr ?

— Non. Pour Saint-Cyr on lui passait des commandes spéciales et naturellement c'était beaucoup moins bon. Esther c'est complètement nul ! Après il a fait Athalie, qui n'est pas mauvais, et la vieille guenipe a estimé que l'expérience avait assez duré.

— Qui est la vieille guenipe ?

— Mme de Maintenon. C'est la Princesse Palatine qui

l'appelait comme ça. Je me demande bien pourquoi, d'ailleurs, parce que Maintenon était une belle femme et la Palatine une horreur !

— Elle était sans doute jalouse. Où as-tu appris tout ça ?

— Dans les livres, Charpentier. Tout est dans les livres !

Elle était quand même spéciale, Charpentier ! Comment pouvait-elle être la meilleure élève de la classe et savoir si peu de choses ? Il est vrai que son point fort c'était les maths, mais même en français elle était bonne. Allait-elle le rester, maintenant qu'on passait aux choses sérieuses c'est-à-dire aux dissertations ? On verrait. Mélanie elle-même n'était pas sûre d'y parvenir mais elle essaierait. Elle expédia le Beauvoir en deux jours, le trouva intéressant mais assez mal écrit, n'y découvrit rien qui fît allusion à son problème personnel. Charpentier avait parlé de l'amour et elle avait préféré ne pas le relever dans l'immédiat. Avant de discuter de ces choses-là il fallait être certaine d'être sur la même longueur d'onde. Cette année Anne-Sophie de Fontbellaire, celle qui se vantait d'avoir embrassé trente garçons, se trouvait dans sa classe. Avait-elle amélioré son record pendant les vacances ? Impossible de le lui demander tant qu'elle n'était pas censée être au courant, et d'ailleurs elle s'en fichait. Bientôt, comme la marquise, elle en serait à quatre-vingts chasseurs… réels ou imaginaires. Mieux valait sans doute qu'ils fussent imaginaires parce que tôt ou tard elle ne se contenterait pas de les embrasser et elle finirait comme Ernst von Tauberg.

Le premier samedi de la rentrée elle remit le livre d'Aurore à sa mère en lui expliquant ce qui s'était passé. Héloïse rit et demanda à Mélanie s'il n'était pas possible d'inviter de temps à autre cette pauvre Aurore « Ou plutôt, pour parler comme toi, Charpentier », à la maison. Mélanie acquiesça. Elle était moins secrète, parlait plus souvent de sa famille à Aurore qui s'y intéressait. Cela lui permettait de rester discrète sur ses préoccupations profondes. Elle s'était d'ailleurs rendu compte, à cette occasion, qu'il est très agréable de susciter l'envie. Pourquoi avait-elle toujours eu l'arrière-pensée qu'il y avait quelque chose d'étrange dans sa famille et qu'il valait mieux le garder pour soi ? Le fait de ne pas avoir de père ? Peut-être, mais tant d'autres ne voyaient jamais le leur. Non, il s'agissait probablement de l'intimité qu'elle avait toujours eue avec Suzanne et qui l'avait coupée du monde, au point de lui faire croire que leur mère avait quelque chose de distant, quelque chose qui les rejetait. Puisque son frère n'avait jamais eu cette impression c'était certainement une illusion due à l'effet de couple. Qui sait si leur mère n'avait pas été gênée par le petit bloc compact qu'elle avait en face d'elle ? Depuis quelques mois elle avait l'impression d'être proche de sa mère, de la comprendre et d'en être comprise. Cela datait, en gros, du jour où elle lui avait demandé le livre de Beauvoir, et cela s'était renforcé quand Charpentier et d'autres élèves lui avaient fait part de leur admiration pour une mère… elle ne se souvenait pas des adjectifs employés, sauf qu'il y avait pas mal de « super », mot qu'elle détestait depuis un certain temps sans oser le dire… bref une mère qui avait réussi sa prestation et suscité, sans doute passagèrement, quelques vocations de potardes. À quatorze ou quinze ans beaucoup de ses camarades avaient soif d'indépendance, ne supportaient plus les gestes de tendresse et les surnoms donnés en public, aspiraient à lire ce qu'elles voulaient, à sortir le soir et, car il fallait bien en arriver là, à fréquenter des garçons. Ni Mélanie ni Suzanne ne sortaient le soir mais elles étaient libres, le week-end, d'aller où elles voulaient. Héloïse leur avait acheté une carte de téléphone et leur avait donné l'ordre absolu de téléphoner si par hasard quelque chose les empêchait de rentrer à l'heure prévue. Peut-être cette liberté était-elle banale chez les lycéennes externes de leur âge mais à la Légion elle n'était pas monnaie courante et on les enviait.

Désormais elles passèrent souvent leurs fins de semaine à quatre, avec Gaëlle. Gaëlle aussi avait changé : elle lisait un peu moins (un tout petit peu) et écrivait régulièrement à un garçon qu'elle avait connu l'été dernier à Concarneau et qu'elle prétendait aimer.

— L'as-tu embrassé ? lui demanda un jour Aurore.

— Évidemment, et pas qu'une seule fois !

— Ça te plaît ?

Gaëlle ne répondit pas tout de suite et finit par avouer :

— Oui, mais au début j'ai trouvé ça absolument dégueu-lasse !

— Moi aussi ! J'étais drôlement inquiète ! Je me demandais si j'étais normale !

Mélanie et Suzanne les regardaient, attendant la suite. Ce fut Gaëlle qui continua :

— Il paraît que c'est souvent comme ça, et quand on couche c'est pareil et en plus ça fait mal. Mais on finit par aimer.

— Qui t'a dit ça ?

— Maman.

Mme Pennec venait de marquer des points contre Héloïse. Gaëlle ajouta :

— C'est comme le whisky. La première fois on trouve ça dégueulasse.

— Tu en as bu.

— Juste un peu dans le verre de Maman.

— Si on essayait ? proposa Suzanne.

— Mais comment ?

— Maman n'est pas là mais on peut demander à Erika si elle veut bien nous en donner.

— Je ne pense pas que votre mère refuserait, dit Erika, mais à votre place je commencerais par un alcool moins fort. Que diriez-vous d'un kir ?

— Non, dit Gaëlle, il faut du whisky.

— S'il s'agit d'un rituel d'initiation je ne peux pas discuter. C'est ça ?

— C'est exactement ça.

Erika dosa elle-même les quatre verres, demanda si elle pouvait participer et, après l'accord des filles, se servit un verre normal. Elles burent avec prudence.

— C'est un peu moins mauvais que la première fois, constata Gaëlle. Je sens que je vais aimer ça, mais pas tout de suite.

Aurore et Suzanne firent la grimace et affirmèrent qu'elles ne s'habitueraient jamais. Mélanie renifla, goûta comme sa mère quand elle débouchait un vieux Médoc, et finalement déclara qu'elle trouvait ça plutôt bon.

— C'est un pur malt, dit Erika. Si tu avais bu ton premier whisky dans unc boum, commc tout lc mondc, tu nc scrais pas si bien tombée.

— C'est peut-être pour ça qu'il est meilleur que celui de Maman, dit Gaëlle.

— C'est possible. Mais c'est peut-être aussi parce que c'est ton deuxième. Je ne connais personne qui ait aimé son premier whisky, sauf Mélanie.

— Mélanie est spéciale.

Suzanne regarda sa sœur qui demeura impavide. Soit elle

avait beaucoup de sang-froid, soit elle n'avait pas fait le rapprochement avec ce qu'elle lui avait raconté l'été dernier. Il est vrai qu'Aurore, qui n'était pas au courant, n'avait pu faire cette remarque qu'en toute innocence.

— Cet après-midi, dit Erika à Héloïse, j'ai soûlé les filles.

— Comment les avez-vous dessoûlées ? Je les ai trouvées normales.

— Elles ont voulu goûter du whisky et je leur en ai donné un tout petit peu. Mélanie a aimé ça. C'est étonnant, non ?

— C'est ma fille. Moi aussi j'ai aimé mon premier whisky. Claire non. Après, quand on faisait nos devoirs dans le jardin de ses parents, je buvais un whisky et elle un cognac.

— Et on vous laissait faire ?

— J'ai l'impression qu'en ce temps-là on n'empêchait pas les adolescents de boire un peu. Il me semble que dans les livres bien pensant on voyait couramment des gamins de quinze ans siffler un petit verre en cas de coup dur… ou même autrement. Dans les Signe de piste, par exemple, je jurerais que le « chat-tigre » buvait, ou même les héros de Jean d'Izieu. Ni Claire ni moi ne sommes devenues alcooliques. D'ailleurs à quinze ans j'en faisais bien d'autres !

Erika sourit avec un peu de nostalgie :

— Je me demande comment j'ai pu être assez folle, assez inconsciente, pour détourner une mineure de même pas quinze ans ! J'ai eu beaucoup de chance.

— Vous aviez vous-même commencé à quinze ans.

— Oui, mais on oublie. D'ailleurs ce n'était pas la même chose parce qu'à quinze ans c'est moi qui, délibérément, étais allée déclarer ma flamme à une adulte.

— Ce n'est pas si rare. L'adulte séducteur… l'enfant séduit… je suppose que c'est le cas le plus fréquent mais on ne peut pas généraliser. D'ailleurs à quinze ans, la plupart du temps, on n'est plus un enfant.

— Pourtant il me semble que si la même chose arrivait aux filles je serais… je ne sais pas… outrée, choquée.

— Si elles allaient séduire un adulte, ou si un adulte les séduisait ?

— Les deux. J'aurais peur.

— Peur de quoi ?

— On est si fragile, à quinze ans !

— Croyez-vous ? Quand nous nous sommes rencontrées qui était la plus fragile, vous ou moi ?

— Les événements ont prouvé que c'était moi, cependant on ne peut pas nier que les adolescents sont fragiles.

— Je ne le nie pas mais la plupart passent le cap. Autant vous l'avouer maintenant, j'ai été parfois terrifiée en pensant qu'il allait falloir leur parler de leur père. J'avais beau me dire que c'était irrationnel, que si je m'y prenais bien ils encaisseraient ce sombre épisode sans problèmes, j'avais peur. Et pendant que j'y pensais, que je me rassurais en me disant qu'il était encore trop tôt pour en parler, Anne se faisaient des idées qui étaient bien pires que la réalité. Maintenant je me sens mieux avec eux parce que tout s'est bien passé et que je n'ai plus ce souci. Et puis ils vieillissent et se rapprochent de moi. Même ma vieille culpabilité à leur égard est en train de s'atténuer.

— Il reste un sacré morceau à faire passer : nous !

— Je sais mais je suis prête. L'été dernier c'est vous qui m'avez empêchée de saisir l'occasion. J'ai accepté parce que vous étiez triste mais je crois que c'était une erreur.

— Oui. Maintenant je le pense aussi.

Héloïse se rapprocha, la serra dans ses bras en murmurant :

— Erika… Erikchen… tout le monde peut se tromper, surtout quand on a du chagrin. Et après tout vos arguments n'étaient pas si mauvais.

Erika sourit, enleva les lunettes qu'elle portait pour lire au lit et entreprit d'ôter sa montre à Héloïse, qui se défendit comme le rituel l'exigeait.

Erika s'était endormie sur le champ de bataille. Héloïse n'avait pas sommeil mais elle n'avait plus envie de lire. Elle éteignit la lumière et se mit à réfléchir. La mort d'Ernst von Tauberg n'avait pas été une surprise, l'été dernier, car il avait dit à Erika, presque un an avant, qu'il avait le sida et qu'il devait prendre d'importantes décisions concernant sa succession. Sa femme Anneliese, qui était aussi une cousine, l'avait quitté en 1981 pour vivre avec un autre homme mais ils n'avaient pas divorcé et ils étaient restés d'excellents amis. Anneliese avait toujours connu la vérité et avait accepté ce mariage qui était, en somme, un arrangement dynastique. Le seul qui avait éprouvé des réticences, à cette époque, c'était le père d'Erika qui estimait qu'il y avait beaucoup de personnes pas très équilibrées dans cette famille et que la consanguinité risquait d'aggraver les choses. Encore ignorait-il à l'époque l'homosexualité de son neveu et avait-il cru qu'il s'agissait d'un mariage d'amour. Mais cela avait été un vrai mariage d'amitié dont étaient nés Kai-Uwe et Ulrike. Kai-Uwe ne cachait pas qu'il était bisexuel et Ulrike avait épousé le frère d'Héloïse qui lui avait donné trois garçons et une fille.

Ernst vivait dans un grand appartement de Francfort qui

avait été divisé en deux afin qu'il pût le partager discrètement avec l'homme qu'il aimait : un garçon d'une trentaine d'années qu'Erika avait parfois rencontré et dont elle ne connaissait que le prénom : Werner. C'est ce Werner qui était mort le premier et c'est à ce moment-là qu'Ernst avait parlé de sa maladie à Erika. Pourquoi en avait-elle été étonnée ? Elle savait bien que ce milieu était en train de payer un lourd tribut à cette nouvelle maladie mais elle n'avait pas pensé que son cousin Ernst pouvait en être la victime. Kai-Uwe, oui, avec son air tout fou et cavaleur, mais pas Ernst le sérieux[1], Ernst qui vivait une vie un peu bourgeoise, un peu clandestine, qui ressemblait tant à la sienne. Il est vrai qu'il pouvait l'avoir attrapé depuis des années, à moins que Werner ? Mais même sur ce point il l'avait détrompée :

— C'est ainsi, Erika : des hommes peuvent s'aimer et chercher quand même l'aventure d'un soir. Vous, les femmes, vous ne comprenez pas ça. Werner et moi nous ne nous sommes pas méfiés assez tôt.

Ensuite ils avaient discuté des mesures à prendre. Kai-Uwe se désintéressait ostensiblement du groupe et ne le cachait pas. Après avoir travaillé à la rubrique économique de la *Frankfurter Allgemeine* il avait monté une petite société de presse spécialisée dans la vulgarisation scientifique et, depuis peu, dans la micro-informatique. Il prétendait que c'était exactement ce qu'il voulait faire et Erika le comprenait, encore qu'elle se demandât parfois s'il n'allait pas faire fortune par mégarde alors qu'il ne le souhaitait pas. Ulrike ne s'intéressait qu'à la recherche pure et ne demandait qu'une chose : de l'argent pour chercher. Les retombées la laissaient

---

1 En allemand Ernst signifie sérieux.

indifférentes et elle se justifiait en disant que de tout temps les résultats pratiques avaient été imprévisibles. L'ancêtre inventeur du gaz moutarde n'avait pas eu d'idée préconçue sur les applications de sa découverte qui, si elle avait commencé par faire des dégâts dans les tranchées françaises (et même allemandes quand le vent tournait), était devenue finalement l'ancêtre de la chimiothérapie moderne. Restait Hippolyte qui, dans le couple qu'ils formaient, avait de l'esprit pratique pour deux. Ce serait donc lui qui prendrait le pouvoir à Francfort, mais Erika devrait y regarder de près.

Quand Ernst mourut Héloïse proposa à Erika d'en discuter avec les enfants :

— Ils ont entendu parler du sida, comme tout le monde, et ils me paraissent avoir exactement le bon âge pour qu'on leur explique ce qu'est l'homosexualité, en admettant qu'ils ne le sachent pas encore malgré les précautions que j'ai prises.

En disant cela elle reconnaissait qu'elle avait exercé une censure discrète, sournoise même, sur leurs lectures. Elle savait qu'un roman était paru sur ce sujet à l'École des loisirs et elle s'était débrouillée pour qu'il ne tombât pas entre leurs mains. Elle avait détourné Mélanie de *Claudine à l'école* en lui disant que ça l'ennuierait. Mais elle avait une excuse : les filles lisaient à dix ans ce qui était prévu pour les adolescents de quatorze ans. D'autres mères, comme celle de Gaëlle, n'auraient sans doute pas hésité, mais ce n'était pas la même chose puisqu'elle n'était pas impliquée. Donner à lire *Valérie et Chloé* aux enfants sans leur dire qu'elle-même était homosexuelle aurait été franchement malhonnête. Si elles tombaient dessus par hasard tant pis, ou plutôt tant mieux, mais la bibliothèque du 4e arrondissement, craignant sans doute l'indignation de certains parents, n'avait pas le livre.

Ces parents d'ailleurs, en toute naïveté, laissaient leur progéniture lire *Le Club des cinq* sans se rendre compte que Claude, l'héroïne, était bien partie pour rejouer *Le Puits de solitude* à l'âge adulte ! Et ça, Héloïse elle-même se souvenait d'y avoir pensé quand elle avait dix ou onze ans.

Mais à la mort d'Ernst Anne avait presque quinze ans et les filles treize ans et demi. Cela semblait le bon âge pour commencer à en parler. Erika n'avait pas consenti, disant qu'elle ne voulait pas de cette association entre la mort, le sida et leur amour. Cela se défendait et Héloïse n'avait pas insisté, secrètement soulagée de pouvoir encore reculer. Maintenant elles le regrettaient toutes les deux.

— Écoute ça, dit Suzanne, je crois que je tiens quelque chose.

Ce qu'elle tenait, c'était un livre recouvert d'une jaquette illustrée qui représentait une femme à cheval. La cavalière était blonde, très floue, mais malgré des cheveux plus longs il sembla à Mélanie qu'elle avait quelque chose d'Erika ou de Manuela. Suzanne avait ouvert le livre et lisait le texte écrit sur le revers de la couverture : *Mais pendant que la jeune fille mène ce combat, son cœur est en proie au tumulte. Lors d'un voyage à Paris elle a rencontré la célèbre cantatrice Elina Kranz. Pour la première fois, elle est vraiment amoureuse. Cet amour, malgré des moments passionnés, connaît bien des obstacles.* Elle se tut, tendit d'un geste décidé le livre au marchand qui fit à peine attention à elle, donna un billet de cinquante francs, attendit calmement sa monnaie sous l'œil ébloui de Mélanie que tant de hardiesse stupéfiait. Ensuite elle ouvrit le sac à dos de sa sœur et y rangea le livre :

— Voilà. Maintenant on va dans un coin tranquille pour

examiner cette trouvaille d'un peu plus près. J'espère qu'il s'agit bien de ce qui nous intéresse !

Elles s'installèrent avenue Victoria sur le banc de l'arrêt du 74 qui ne circulait pas le dimanche. Mélanie enleva son sac à dos, sortit le livre sans oser l'ouvrir, de peur d'être déçue. L'auteur s'appelait Jeanne Galzy, le titre en était *La Cavalière.*

— Qu'est-ce que tu attends ? dit Suzanne.

— Je ne sais pas.

— Ce que tu cherches ne se trouve certainement pas au début. La plupart du temps les auteurs attendent des siècles avant d'en venir au fait. Tu peux peut-être le feuilleter ?

— Non, je n'aime pas ça. S'il y a du suspense je dois jouer le jeu.

Le livre s'ouvrait sur un arbre généalogique qu'elles regardèrent rapidement.

— On n'a pas de chance, dit Suzanne, ça doit faire partie d'une série.

— Tant pis.

Elle tourna la page et commença à lire tout haut : *Elle se redressa sur le coude et la regarda dormir. La respiration soulevait cet étroit espace qui séparait les seins, un menton ferme s'incrustait dans le rond de l'épaule et le visage était tourné vers l'espace de la chambre à peine éclairée. Encore contre elle par la douceur de la peau, elle sentait sa vie jumelée à cette autre vie proche.*

Elle referma le livre et leva les yeux vers Suzanne qui, copiant une expression de sa mère, murmura :

— Vains dieux ! Ça au moins c'est un début ! Elle ne tourne pas autour du pot, Jeanne ! Qu'y a-t-il après ?

— On verra plus tard. J'ai besoin de lire ce livre toute seule.

— Je te comprends. Heureusement que tu lis vite, parce que je suis impatiente que tu me le passes. Tu permets ?

Elle reprit le livre, regarda de nouveau l'arbre généalogique, puis les dernières pages :

— La notice semble dire que c'est le troisième volume d'une série. Regarde ! Elle a écrit plein de choses cette Jeanne Galzy : *Jeunes Filles en serre chaude*…

— Ça promet !

— Elle a eu le prix Femina.

— Avec quel livre ?

— *Les Allongés.*

— De mieux en mieux !

— Je crois que c'est un livre très convenable qui se passe dans un sanatorium. J'en ai entendu parler je ne sais plus quand ni où.

— Je sais ! Maman en a parlé à propos de Berck-Plage et de la faillite des sanatoriums. Donc elle connaît Jeanne Galzy.

— Ce n'est pas étonnant parce que ce n'est sûrement pas un auteur marginal. Elle a même écrit sur Agrippa d'Aubigné.

— Oui mais ça m'étonnerait que je puisse faire signer *La Cavalière* à Saint-Denis. Et où le cacher ?

Elle avait beau lire vite, c'était quand même un très gros livre écrit petit. À deux heures du matin elle en avait à peine dépassé la moitié et elle tombait de sommeil. Elle dut se résigner à éteindre. Le lendemain, avant de partir pour Saint-Denis, elle alla trouver son frère qui travaillait silencieusement sur son piano électronique. Elle lui tapa sur l'épaule parce que son casque l'empêchait d'entendre :

— Eh l'artiste !

— Oui ?

— Tu peux me rendre un service ?

— Possible.

— Tu mets ce livre dans tes affaires et tu me le gardes jusqu'à samedi prochain.

— Tu l'as piqué à Grand-Mère ?

— Non, je l'ai acheté.

— Eh bien tu es une conne, parce que Grand-Mère l'a dans sa bibliothèque.

— Ah bon… ça ne fait rien. Tu peux faire ça ?

— D'accord.

Il prit le livre et le rangea dans la poche extérieure de son étui à violon. Mélanie se demanda s'il aurait la curiosité de le lire, faillit lui demander de ne pas le faire mais se dit que c'était peut-être le meilleur moyen pour qu'il le fît. Avec un peu de chance il n'y penserait même pas.

— Alors, demanda Suzanne dans le métro, cette *Cavalière* ?

— Passionnant. Il faut absolument que je lise les autres, parce que l'héroïne est homosexuelle mais j'ai cru comprendre qu'elle n'était pas la seule. Indépendamment de ça c'est un très bon livre. Anne prétend que Grand-Mère l'a dans sa bibliothèque et ça ne m'étonne pas parce que ce sont des histoires de son pays et de son milieu.

Pour Mélanie ce fut une merveilleuse semaine. Elle retrouvait ce bonheur, connu dans l'enfance, de savoir qu'un livre passionnant l'attendait, et elle se demandait comment elle avait pu se tourmenter à ce point pour une particularité somme toute banale. Enfin banale ? On se rendait bien compte, en lisant Galzy, que ces choses n'étaient pas très bien admises dans la famille de protestants languedociens où l'histoire se déroulait. Il y avait des secrets, des mystères qu'elle comprendrait peut-être en lisant les deux premiers livres. Sa grand-mère avait dû s'y intéresser à cause d'une certaine ressemblance entre ces Deshandrès et sa propre famille dont elle parlait parfois à ses petits-enfants. Mais quoi qu'il en soit on n'était plus du tout dans les sous-entendus effrayants de Zola. Héloïse, d'ailleurs, avait expliqué à ses filles, après qu'elles avaient fini les *Rougon-Macquart*, que la théorie des tares chère à Zola était très sommaire et ne lui avait servi qu'à donner un fil conducteur à son œuvre.

— L'hérédité existe mais ça ne se passe pas comme il l'imaginait dans son scientisme naïf. N'importe qui ne transmet pas n'importe quoi, ce que l'on appelait en ce temps-là l'hérédité alcoolique a été largement surestimé, et il restera toujours le mystère des mutations qui font apparaître dans une famille des tares que les ancêtres n'avaient pas.

Elle leur avait parlé de l'hémophilie, des chromosomes, de la hanche celtique et de quelques phénomènes dont l'origine restait — et resterait peut-être longtemps — douteuse.

— À en croire Zola même les enfants malingres auraient hérité de tares, or en ce temps-là les enfants tombaient comme des mouches parce qu'on ne connaissait pas les antibiotiques et qu'ils étaient souvent élevés d'une manière très peu hygiénique qui n'arrangeait rien. Je me demande si mon frère aîné aurait survécu, au dix-neuvième siècle, car je n'ai jamais vu un môme aussi souvent malade ! Quand on le voit maintenant on a peine à le croire mais c'est pourtant la vérité.

Oui, les héroïnes de Galzy se cachaient, mais elles n'avaient pas l'air de se sentir malades ou coupables. Et cette Amédée, une fois perdu son grand amour, n'hésitait pas à se donner du bon temps avec une certaine Delphine qui avait son fiancé au front. Donc on pouvait aimer les hommes et les femmes et ne pas en faire toute une histoire. Devrait-elle demander les autres livres à sa grand-mère ? Non, malgré tout elle n'oserait jamais. Ou alors elle le ferait en ayant l'air de s'intéresser aux protestants cévenols. Ça, c'était sans doute une excellente méthode car on ne pouvait certainement pas compter une seconde fois sur le hasard heureux d'une trouvaille sur les quais.

1988

Au mois de janvier les filles héritèrent du vieux Macintosh (à peine deux ans !) de leur mère, qui venait de le remplacer par le tout dernier modèle. Mélanie profita du changement de machine pour éliminer une partie de sa production et la détruire à tout jamais. Le reste fut ressaisi et corrigé. Elle transportait toujours ses disquettes, désormais moins encombrantes, avec elle et elle les sortait ostensiblement pour les protéger des appareils de détection dont étaient équipés les grands magasins et les lieux publics depuis la vague d'attentats qu'avait connue Paris l'année précédente. Suzanne haussait les épaules :

— Qu'est-ce que ça peut faire puisque tu en as un double à la Légion ? Tu ferais mieux de les laisser à la maison où personne ne s'amuserait à les chercher. Depuis que tu connais des filles dont les parents lisent les papiers tu deviens complètement parano !

Sans doute avait-elle raison et Mélanie, dans son for intérieur, l'admettait, mais il y avait, dans sa manière de protéger ses œuvres, une sorte de jeu. Au fond elle aurait aimé courir de vrais risques, être espionnée, pouvoir intoxiquer l'ennemi avec de fausses informations. C'est ce que faisait Aurore qui laissait volontairement traîner dans son bureau des débuts de lettres écrites à des garçons imaginaires, ou bien des bouts de poèmes que lui fabriquait Mélanie. Elle disposait ensuite ses affaires dans un désordre très étudié pour que la moindre trace d'inspection apparût du premier coup. Malheureusement il lui était difficile de savoir, quand elle examinait son bureau le samedi, si c'était sa mère ou la femme de ménage qui avait réaligné ses affaires. Mme Charpentier ne disait rien, ne faisait aucune allusion, soit qu'elle eût percé à jour les manœuvres de sa fille, soit qu'elle jugeât plus diplomatique de ne pas y attacher d'importance, soit qu'elle eût décidé qu'Aurore était assez grande pour avoir droit à ses secrets et qu'il ne fallait plus regarder dans ce bureau. « Bref, échec sur toute la ligne ! » disait Aurore. Et Mélanie, tout en trouvant le jeu amusant, se demandait ce que ferait son amie si elle avait de graves secrets à cacher : des secrets comme les siens par exemple. En même temps Mme Charpentier remontait dans son estime. Cette femme n'était peut-être pas le dragon décrit avec complaisance par sa fille et, en tout cas, elle faisait preuve de discrétion ou de finesse.

Finalement elle n'avait pas confié ses préoccupations à Aurore et quand cette dernière lui avait parlé du garçon avec qui elle avait flirté pendant les grandes vacances elle l'avait écoutée avec intérêt mais sans prendre l'affaire très au sérieux. Contrairement à Gaëlle qui échangeait des lettres avec son amoureux de l'été, Aurore ne le faisait pas. Elle lui avait écrit une lettre, puis deux, lui demandant de répondre chez Mélanie. Le garçon n'en avait rien fait et Aurore s'était résignée :

— Soit il m'a oubliée, soit il s'en fiche. D'ailleurs les Corses sont des machos et quand tu les as embrassés ils te méprisent. Je te jure, d'Ennecour, les Corses et moi c'est fini ! Ils se croient parce qu'ils nous ont donné un empereur, mais quand je vois le portrait de l'autre abruti, là-haut, qui surveille nos repas, je me dis qu'ils auraient mieux fait de se le garder.

— Après tout il ne sait peut-être pas écrire, ton Ange ?

— Tu crois ? C'est vrai qu'il est dans une classe genre parking pour débiles.

— Qu'est-ce que tu lui trouvais ?

— Les hommes je ne leur demande pas de penser ! Tu verras quand tu seras grande, d'Ennecour !

Mélanie avait ri. Elle avait expliqué son absence de goût pour les garçons en disant qu'elle était probablement trop jeune pour voir l'intérêt d'échanger de la salive avec le premier venu :

— Comme dit ma mère : « *Tota mulier in utero.* » Moi je ne dois pas être encore au point. D'ailleurs le flirt ne m'intéresse pas et je trouve qu'il vaut mieux coucher tout de suite. Quand je m'y mettrai tu seras étonnée.

— Et tes livres ? Tu ne t'imagines pas que tu pourras parler d'amour sans l'avoir fait !

— Pourquoi pas ? De toute façon sois tranquille : je finirai par y passer.

C'est pourtant bien ainsi qu'elle procédait : elle parlait d'amour sans l'avoir connu et, bien entendu, sans l'avoir fait. D'ailleurs il ne lui serait pas venu à l'idée de se lancer dans des descriptions techniques, même si elle avait été plus affranchie, parce qu'elle trouvait ça dégoûtant et que Galzy, son modèle, ne le faisait pas. Mais elle essayait d'imiter ce qui lui avait paru si attirant, si sensuel, dans la première phrase de *La Cavalière* et parfois elle pensait être sur le point d'y parvenir. Elle avait contemplé le dos des quatre volumes de Galzy dans la bibliothèque de sa grand-mère, avait failli en parler mais n'avait pas osé malgré le regard muet de Suzanne qui semblait lui dire : « Vas-y ! Elle ne te mangera pas ! » Suzanne, ce même après-midi, avait posé à Anne de Marèges des questions sur son enfance cévenole :

— C'est vrai que votre père lisait un verset de la Bible tous les soirs ?

— Mais oui, et qui plus est il le commentait. Et quand il n'était pas là c'est mon frère aîné, Emmanuel, qui s'en chargeait.

— Vous aviez tous des prénoms bibliques. C'était obligatoire ?

— Rien n'est obligatoire mais cela se faisait dans cette région. À ma connaissance cela se fait toujours chez les plus pieux. Je me souviens que pendant la guerre, quand nous avons cessé d'être en zone libre, les Allemands regardaient tous ces David, Sarah et autres Judith avec suspicion.

— Est-ce qu'Arnold est un prénom biblique ?

— Pas du tout, pourquoi ?

— J'ai entendu parler d'un protestant de la région qui porte ce nom.

— Ça prouve bien que rien n'est obligatoire. Ce serait d'ailleurs la négation même des principes calvinistes : pas de reliques, pas de culte des saints, pas de commémorations et même, pour les plus logiques, pas de lieux saints. Quand il a été question de faire un barrage qui aurait noyé quelques hauts lieux camisards certains pasteurs ont protesté et ils ont eu tort. Seuls les historiens, quelle que fût leur religion, pouvaient le faire.

— Je comprends. Est-ce que vous êtes attachée à cette religion ?

— Mais c'est un véritable interrogatoire ! Pour te parler franchement je dirai que je l'ai détestée mais que maintenant, sans doute parce que je suis vieille, je ne suis pas mécontente d'avoir été élevée ainsi. Sans ma religion je serais allée dans un quelconque Sacré-Cœur et je pense que le lycée était mieux. Et puis la sévérité de notre éducation créait une véritable solidarité entre les frères et sœurs. Les moments de plaisir et les rares gestes de tendresse avaient beaucoup de prix. Cela dit je n'ai pas voulu ça pour mes propres enfants.

Quand Suzanne avait posé des questions sur le prénom « Arnold », Mélanie avait eu très peur. C'était en effet le seul prénom non biblique de la famille Deshandrès et elle craignait que sa grand-mère, puisqu'elle avait lu les livres, ne s'en souvînt et ne fît le rapprochement. Apparemment cela n'avait pas été le cas. Suzanne, le soir même, la traita d'idiote :

— J'ai fait de mon mieux et tu ne m'as pas aidée ! Comment veux-tu obtenir ces livres si tu restes passive ?

— Je sais. Mais c'est trop important pour moi. Je n'ose pas.

— Je vais finir par les demander moi-même !

— Attends un peu. D'ici là il se produira peut-être quelque chose !

Anne de Marèges pensa à *La Surprise de vivre* le soir même qui suivit cette conversation. Sans doute son cerveau avait-il établi une liaison inconsciente entre le prénom « Arnold » et ce livre, car elle se souvenait d'avoir remarqué, en le lisant, que ce petit garçon avait un prénom qui échappait curieusement à la loi commune. Mais pour elle *La Surprise de vivre* n'était pas un livre sur les protestants, bien qu'elle eût au passage apprécié en connaisseuse les points communs entre les Deshandrès et les Puyferrand, c'était un livre sur l'homosexualité féminine. « Peut-être aurais-je dû le prêter à Suzanne, puisqu'elle s'intéresse à l'atmosphère calviniste ? Oui, mais le sujet réel ? Héloïse est-elle prête à l'aborder ? Il serait temps ! Les petites vont avoir quinze ans et ça m'étonnerait qu'elles n'aient jamais entendu parler de ces choses-là ! Surtout qu'elles sont en pension ! Il est vrai que je suis payée pour savoir que la réputation des pensionnats est très exagérée. En admettant qu'il y ait eu quelques amitiés particulières dans mon lycée, et c'est possible, je ne m'en suis jamais aperçue. Même Élisabeth a dû attendre d'être en vacances en Prusse-Orientale pour avoir son premier flirt, et je ne me suis bien entendu rendu compte de rien ! Pauvre Élisabeth, séparée de son premier amour par la guerre ! Quel âge avait-elle quand nous sommes allées là-bas pour la dernière fois ? Quinze ans, puisque c'était en 38. Et Héloïse avait quinze ans quand elle a rencontré Erika. À l'occasion je lui dirai qu'il est vraiment temps d'en parler ! »

Journal de Mélanie d'Ennecour

Paris, le 20 mars 1988

Comment n'ai-je pas vu ce qui était l'évidence même, ce qui me crevait tellement les yeux que n'importe quelle personne extérieure à notre famille s'en serait rendu compte ? Je ne suis pas fière de moi ! Ni de Suzanne dont les capacités déductives n'ont pas été à la hauteur. Maman et Erika… Erika et Maman… Elles vivent ensemble, elles s'aiment, elles couchent ensemble. C'est un couple. Que puis-je dire de plus ?

Il faut que j'explique comment je l'ai appris.

Hier j'ai eu la permission de sortir à onze heures parce que Mme Dreyfus était malade et que, par conséquent, le cours de chimie sautait. Maman était d'ailleurs au courant car il avait bien fallu lui téléphoner pour obtenir la permission en question. Je me retrouve donc seule à la maison, vers midi, et je décide de profiter de ma solitude pour écrire un peu. J'ai commencé la semaine dernière une nouvelle sur deux femmes qui se rencontrent à Trieste. Je n'ai jamais mis les pieds à Trieste et je n'ai que des notions imprécises — disons déductives — sur ce que font les femmes qui s'aiment, à Trieste ou ailleurs. Tout ce que je sais c'est que ça se terminera très mal, avec une petite, toute petite lueur d'espoir comme dans *Autant en emporte le vent.* Si Suzanne ne pleure pas en la lisant ce sera raté. Je retravaillerai ma nouvelle jusqu'à ce qu'elle pleure !

Quand je l'aurai finie, parce que pour le moment d'autres choses me préoccupent.

Je me suis aperçue que je n'avais plus assez de place sur mes disquettes et que si je voulais écrire quelque chose d'assez long je ne parviendrais pas à le sauvegarder. Or pas question de laisser traîner mon futur chef d'œuvre sur un disque dur ouvert à tout vent ! Je téléphone donc à Maman pour lui demander si par hasard elle n'avait pas de disquettes, sinon à la maison du moins à la pharmacie.

Maman me répond qu'elle en a quelques unes dans un tiroir de son bureau :

— Celui qui se trouve au-dessus des dossiers suspendus. Tu n'as qu'à te servir.

Je descends et je regarde. Effectivement il y avait une boîte même pas entamée et j'aurais dû, logiquement, m'en tenir là. Mais j'ai pensé à Aurore et à sa mère et je me suis dit que les rôles étaient inversés : j'avais la possibilité de fouiller dans le bureau de ma mère qui, certainement, ne s'était pas amusée à le piéger comme Aurore le fait avec le sien. Alors j'ai ouvert le caisson des dossiers suspendus qui n'est d'ailleurs même pas fermé à clé bien qu'il comporte une serrure. C'est dire que j'avais peu de chances d'y découvrir des secrets extraordinaires et en effet : je n'y ai trouvé qu'une piste. Le plus intéressant, à mes yeux, c'était trois dossiers marqués à nos noms : Anne, Mélanie, Suzanne. Le reste ne concernait que des histoires d'argent, des relevés de compte, des rapports de société, etc. J'ai jeté un coup d'œil sur nos dossiers, à Suzanne et à moi, mais ils ne contenaient que des bulletins scolaires, des rapports de la Légion et du courrier administratif avec la Grande Chancellerie. Alors j'ai regardé celui d'Anne. Même chose, apparemment : ses vieux bulletins du collège La Fontaine, le dernier du lycée Racine et les traces des démarches faites à l'époque où il est entré au collège. Je me suis souvenue, en en retrouvant les vestiges, que son dossier avait été refusé, puis que La Fontaine l'avait accepté *in extremis*. C'est dans cette chemise que j'ai trouvé (et lu) une correspondance entre le proviseur de Henri IV et Maman. Elle lui parlait d'Anne, bien sûr, et accessoirement de nous, mais surtout elle lui parlait de la photocopie d'un texte qu'elle lui envoyait par le même courrier et elle lui expliquait qu'elle n'avait pas eu la force de le dactylographier malgré un manque certain de lisibilité. C'était très allusif, comme s'ils en avaient déjà parlé, et elle précisait qu'elle conservait ce manuscrit dans un tiroir en espérant qu'elle aurait un jour le courage de le taper et l'occasion de le montrer à Erika.

La première chose que je me suis demandée c'est si Maman écrivait en secret. Dans ce cas-là parler d'illisibilité aurait été un peu étrange parce que Maman écrit très lisiblement. D'ailleurs en ce temps-là elle tapait tout directement, sans brouillon, sur une Olivetti à boule à touches vertes dont je me souviens parfaitement et elle faisait toujours deux copies sur papier carbone. Mais après tout rien ne me prouvait qu'il en avait toujours été ainsi. Peut-être avait-elle écrit à la main, autrefois, et voulait-elle montrer au protal de H. IV ses œuvres de jeunesse. Claire nous a parlé de ses poèmes mais peut-être y a-t-il eu aussi des nouvelles ou des romans ? Ça valait la peine de chercher mais je n'y croyais pas étant donné que cette lettre datait d'il y a cinq ans !

J'avais tort. Dans le troisième tiroir de sa commode chinoise, au milieu d'une pile de pull-overs, j'ai trouvé trois cahiers rangés dans une grosse enveloppe non cachetée. J'ai tout de suite vu que ce n'était pas elle qui les avait écrits et j'ai pris le premier, avec un peu d'inquiétude mais pas trop. L'enveloppe, avec les deux cahiers qui restaient, était à peine moins épaisse. J'ai tout rangé avec le plus grand soin en me disant que je trouverais bien un moyen de replacer mon larcin et de prendre le deuxième cahier si le premier se révélait intéressant.

Malheureusement il était hors de question de le lire tout de suite. Suzanne, en principe, serait là vers une heure et demie et Maman aussi. Quant à Anne, il déjeune généralement chez Grand-Mère parce que sa répétitrice de piano habite rue d'Estrées. Le mieux c'était de mettre l'objet sous mon oreiller et d'attendre le soir. J'ai donc continué à taper ma nouvelle mais je n'ai pas pu aller bien loin parce que je ne parvenais pas à me concentrer tellement j'avais envie de récupérer le cahier dans mon lit pour le commencer immédiatement, ce qui aurait été très imprudent. Je n'avais lu que la première phrase : *De 1930 à 1947, j'ai écrit un journal.* À coup sûr ce ne pouvait pas être Maman, même s'il s'était agi d'un roman, car l'écriture n'était pas la sienne. Ce n'était pas non plus celle de Grand-Mère qui, elle, aurait pu écrire un journal entre 1930 et 1947. Ma tante Élisabeth, peut-être ? Cela aurait signifié qu'elle aurait commencé son journal à sept ans ! Pourquoi pas ? En ce temps-là les enfants étaient précoces et ma tante Élisabeth, tout le monde le sait, est un cerveau. D'ailleurs je suis persuadée que moi aussi j'aurais pu en commencer un à sept ans si j'y avais pensé. Évidemment il aurait été très puéril, mais cela ne m'aurait pas gênée sur le moment.

J'étais bien loin de Trieste quand j'ai entendu le bruit de la voiture d'Erika dans la cour. Je suis descendue à sa rencontre et nous avons bavardé cinq minutes. Ensuite Maman et Suzanne sont arrivées à peu près en même temps. J'avais eu raison d'être prudente. Déjeuner banal où nous avons raconté notre semaine. L'après-midi j'ai refusé de sortir sous prétexte que j'avais ma nouvelle à écrire. Suzanne a paru un peu étonnée mais elle n'a rien dit et elle est allée toute seule chez Grand-Mère ; Maman est retournée à la pharmacie et Erika est rentrée chez elle. Peu de temps après j'ai entendu sa voiture qui, cette fois-ci, s'en allait. Ça c'était une chance ! J'étais sûre ainsi d'être tranquille un bon moment. Erika a une porte de communication avec le salon de Maman, en bas. Maintenant je sais pourquoi.

Au bout de… même pas trois pages j'avais compris qu'il s'agissait d'un récit écrit par Suzanne Lacombe, l'amie de Grand-Mère. Avant même de deviner qui était l'auteur je savais que c'était encore une femme comme Galzy, ou plutôt comme Amédée Deshandrès, parce que rien ne prouve que Galzy, sous prétexte qu'elle écrivait sur ce sujet, le connaissait mieux que je ne connais Trieste. Dès la deuxième page j'ai relevé (avec stupéfaction) cette phrase : *Je faisais rarement l'amour entre juin 1940 et décembre 1941, puisque je vivais à Paris et elle à Bordeaux*. Je me suis arrêtée parce que je n'y croyais pas. Je devenais à coup sûr complètement obsédée et j'avais pris pour le récit d'une femme ce qui était le récit d'un homme. Ce n'aurait pas été la première fois que je partais sur une fausse piste parce que je lis si vite que je ne vois pas les mots. Retour en arrière : *Lorsque j'ai été prisonnière*... Parfait. Je ne suis donc pas obsédée mais poursuivie par des réalités que je n'avais jamais rencontrées auparavant. Ou plutôt jamais reconnues auparavant parce qu'on ne reconnaît pas ce qu'on ne connaît pas. D'accord, je ne suis pas claire mais je me comprends : je me suis dit, en fait, que j'avais dû croiser cent et mille fois des homosexuels des deux sexes sans les reconnaître parce que j'ignorais l'existence de cette minorité. Qui sait même si, dans les livres que j'avais lus, je n'avais pas été victime du même aveuglement ? Je n'ai que trop tendance à sauter les passages ennuyeux, ceux qui contiennent des allusions que je ne comprends pas ou des références historiques que j'ai la flemme de vérifier. Désormais j'avais les yeux grand ouverts et j'en venais à me demander jusqu'à quel point cette minorité était minoritaire. En un mot : combien ? « Entre 1 % et 49 % ! » n'aurait pas manqué de répondre ma sœur. J'ai ri toute seule de cette réplique pourtant imaginaire et j'ai continué ma lecture. J'ai noté au passage qu'elle faisait allusion à ma mère et à ses migraines et je suis entrée dans le vif du sujet, c'est-à-dire le retour en arrière qu'elle faisait sur sa vie. J'avais quand même noté au passage qu'elle parlait de Bordeaux, ce qui m'avait permis de l'identifier, mais aussi de Belfort, ce qui m'avait fait croire un bref moment qu'il pouvait s'agir d'Erika. Mais en 1930 Erika n'était pas née et, de même qu'il n'y a pas qu'un âne à la foire qui s'appelle Martin, comme dit souvent Maman, il y a des tas de gens qui sont allés, vont ou iront à Belfort. À Bordeaux aussi, d'ailleurs, mais elle parlait tellement vite du Château-Lacombe que c'est comme si elle avait dit son nom.

Comme elle me plaisait, cette petite fille, et comme j'aurais voulu être son amie si nous avions eu le même âge ! Je sympathisais, au sens étymologique, avec presque tout ce qu'elle racontait : sa mère morte ne lui avait pas manqué parce qu'elle ne l'avait jamais connue. Moi c'est mon père mais l'indifférence est la même et s'explique de la même manière. Ensuite elle écrivait que son petit frère venait la rejoindre dans son lit et qu'elle lui racontait *un long feuilleton dans lequel deux petits enfants nommés Susan et Peter, orphelins comme il se doit, erraient dans une Angleterre de fantaisie à la recherche d'un mystérieux trésor*. Peut-être que les enfants qui ont joué à se raconter des histoires sont nombreux, finalement ? Comme je plains les enfants uniques ou ceux qui sont trop éloignés les uns des autres par l'âge !

Après j'ai plongé dans l'histoire avec avidité et j'ai tout oublié de ce qui m'entourait. Des noms défilaient, que je connaissais parfois : Erika, Philippe de Chéméré (le protal de H. IV à qui Maman avait écrit), mes grands-parents, une certaine Fédora qui pouvait bien être la femme rencontrée dans la pharmacie dont il ne fallait pas parler à Erika, et surtout Maman, encore Maman, toujours Maman qui était sa maîtresse au moment du récit (1971). Sur ce point il ne pouvait pas y avoir le moindre doute et il paraissait également indubitable que Lacombe l'avait piquée à Erika. Qui l'avait, à l'évidence, récupérée après la mort de Papa. Quant à Lacombe je sais qu'elle est morte l'année où elle a écrit ce récit. Faut suivre !

J'étais en pleine guerre quand j'ai entendu la porte du premier étage s'ouvrir. Maman, en principe, passe par le rez-de-chaussée et d'ailleurs ne rentre pas si tôt, mais on ne sait jamais. J'ai replacé le cahier dans mon lit et je me suis installée devant l'ordinateur d'un air dégagé. Mais c'était seulement Suzanne et Anne, et ce dernier ne s'est pas attardé parce qu'il avait juste le temps de prendre ses affaires pour aller à son nouveau cours de danse rue du Temple. Suzanne avait l'air un peu mystérieux ou, plutôt, triomphant. Elle m'a dit :

— J'ai emprunté *La Surprise de vivre* à Grand-Mère. Difficile de la décevoir en lui disant que je n'en étais plus là. D'ailleurs cela aurait été faux car mon envie de lire ce livre est encore bien réelle, mais il y a des priorités. Alors je lui ai répondu :

— Félicitations. Comment as-tu fait ?

— Ça m'a paru plus facile parce que tu n'étais pas là. Je lui ai demandé s'il y avait de bons livres sur les protestants des Cévennes et elle m'a donné un livre d'histoire sur les camisards et le Galzy : « Pour l'ambiance. Si ça te plaît je te prêterai les autres tomes. » Pas mal, hein ? Et ta nouvelle, ça avance ?

— Je n'ai pas écrit un mot. En ton absence j'ai découvert que Maman et Erika vivaient ensemble.

Elle m'a regardée, un peu étonnée quoiqu'elle eût ensuite prétendu le contraire, puis :

— Que veux-tu dire par vivre ?

— À ton avis ?

— Euh… coucher, baiser, faire l'amour, forniquer, se connaître bibliquement, copuler, accomplir l'acte sexuel… il doit y avoir d'autres mots. C'est ça ?

— Exactement.

— Ça ne m'étonne pas.

— Allons donc !

— Si, parce que c'est la seule explication qui soit simple et qui rende précisément compte de tout ce que nous savons sans nous obliger à distordre les faits. C'est encore le principe du rasoir d'Ockham, ma vieille !

Je dois noter au passage que le rasoir d'Ockham est la dernière découverte de ma sœur et qu'elle prend un air incroyablement radieux, presque sensuel, quand elle découvre des situations qui corroborent sa théorie. En l'espèce ça collait, je l'avoue, mais j'étais un tout petit peu déçue d'avoir raté mon effet. Elle a quand même ajouté :

— Je suppose malgré tout que ce n'est pas une simple déduction de ta part. Comment le sais-tu ? Tu les as surprises en train de s'embrasser derrière une porte ?

J'étais en train de tout lui raconter quand nous avons entendu (et vu de la fenêtre) la voiture d'Erika. Il était plus de sept heures. En principe Maman rentrerait dans une heure et Anne aussi.

— On en reparlera ce soir, m'a dit Suzanne, mais je pense que Guillaume d'Ockham ne manquerait pas de déduire des évènements que c'est héréditaire.

— Tu crois ?

— Mais non ! Ou peut-être oui, mais je peux fournir quantité d'autres explications aussi simples. L'atmosphère, des choses presque invisibles entre Maman et Erika que tu as captées sans t'en apercevoir. Peut-être même es-tu un peu amoureuse d'Erika, je le croirais volontiers, d'autant plus que tu m'as avoué qu'elle te troublait. Bref tu as fait ton Œdipe à l'envers.

— Maman ne croit pas à Freud.

— Et qui te prouve qu'elle a raison ?

— Le rasoir d'Ockham. Freud tord trop la réalité dans le but de la faire coller avec sa théorie.

J'avais quand même réussi à marquer le dernier point.

Cette fois-ci Mélanie ne fut pas obligée de s'interrompre parce qu'elle avait sommeil mais parce qu'elle avait fini le cahier. On ne pouvait certainement pas accuser l'auteur d'avoir fait exprès de le terminer à un moment vraiment passionnant, mais c'est hélas ce qui s'était passé, du moins pour ce qui intéressait Mélanie. Sa grand-mère et Suzanne Lacombe venaient de faire connaissance dans le train qui les déportait et elles s'étaient raconté comment elles en étaient arrivées là. Mélanie n'ignorait pas les activités de ses grands-parents pendant la guerre mais personne ne lui en avait jamais raconté les détails. Le sujet, semble-t-il, était tabou, ou plus exactement il n'était abordé — quand il l'était — que d'une manière très générale. Grand-Père, parfois, piquait une colère froide en lisant un article qui présentait certains événements de l'époque sous un jour qui lui paraissait faux et manichéen, ou bien en apprenant qu'un tel ou une telle se paraient du titre de résistant ou laissaient dire qu'ils l'étaient. Il accusait globalement les historiens américains et leurs suiveurs français de ne rien comprendre aux subtilités d'une époque difficile et, en se fiant exclusivement aux archives officielles, de ne pas admettre qu'un double jeu, par définition, ne laisse pas beaucoup de traces archivables. Ces colères étaient de plus en plus fréquentes parce que l'ignorance gagnait du terrain. Grand-Mère haussait les épaules, lui disait qu'il avait raison mais qu'il se battait contre des moulins à vent et que les erreurs historiques avaient toujours existé :

— Tous les historiens sérieux, c'est-à-dire trois ou quatre personnes, savent que Richard III n'a pas assassiné les enfants d'Édouard. Il n'empêche qu'on apprend toujours aux écoliers anglais qu'il l'a fait.

— Je me fiche de Richard III. Il est mort et enterré depuis belle lurette !

— Vous avez tort. Qu'elle se soit passée au quinzième siècle ou maintenant l'injustice est toujours la même. Soit on lutte contre elle, soit on se résigne, mais il n'y a pas deux poids deux mesures.

— Alors qu'allons-nous faire ?

— Je pense que nous allons nous résigner, non par principe mais parce que nous sommes impuissants.

Mélanie avait toujours vu, dans le bureau de sa grand-mère, la reproduction d'un portrait de Richard III qui provenait de la Tate Gallery. C'était probablement sa manière de rendre justice à un homme indûment déshonoré tout en soulignant qu'elle ne pouvait rien faire de plus, ni pour lui ni pour les autres que l'histoire avait injustement salis.

Suzanne était en train de lire *La Surprise de vivre* quand Mélanie entra dans sa chambre :

— Je te propose un échange.

— Tu as déjà fini ?

— Oui, et je ne vois aucun moyen de me procurer la suite avant… je me demande bien quand.

— Et si Maman découvre qu'il manque un cahier ?

— Tu crois que je n'y ai pas pensé ?

— Si je te dis qu'il faut se faire aider par Anne tu vas encore dire non.

— Non. Je veux dire… oui.

— J'ai du mal à suivre.

— Je suis d'accord pour en parler à Anne.

— Te voilà enfin raisonnable. On y va ?

Mais sous la porte de la chambre d'Anne on ne voyait

plus le moindre rai de lumière. Suzanne regarda sa montre, constata qu'il était dix heures et que le frère, décidément, s'endormait toujours aussi tôt.

— On verra demain. En attendant j'accepte l'échange mais j'ai du mérite parce que, à mon avis, ce Galzy-là est encore meilleur que l'autre.

Mais quand Mélanie se décida à éteindre, à plus de minuit, elle constata que sa sœur ne l'avait pas encore fait. Le Galzy était excellent, on ne pouvait pas le nier, mais Suzanne ne semblait pas avoir perdu au change.

— Vous avez beaucoup de chance, dit Anne, parce qu'aujourd'hui Maman est de garde. En principe on devrait pouvoir faire l'échange mais…

— Mais quoi ?

— Je voudrais bien lire ces cahiers. Après tout ça me regarde autant que vous.

— En réalité, dit Suzanne, ça ne regarde aucun de nous mais je m'en fiche. Dieux, que c'est embêtant qu'on soit dimanche !

— Pourquoi, puisqu'on a la chance qu'elle soit de garde ?

— Parce que je serais allée acheter des cahiers de la même taille au BHV et on les aurait mis dans l'enveloppe pour qu'elle garde la même épaisseur.

— Non, dit Mélanie, impossible ! Pendant toute la semaine je mourrais d'angoisse à l'idée qu'elle puisse s'en apercevoir !

— Ce n'est pas comme ça qu'il faut faire, dit Anne. Moi j'ai de vieux cahiers à spirale comme ceux-là et je vais les mettre à la place en attendant. Et demain je vais faire photocopier les originaux et les remettre ensuite dans le tiroir. Il y a une grande boutique qui fait ça rue de la Coutellerie. Est-ce que vous avez un peu d'argent ?

Ils rassemblèrent leurs ressources, environ six cents francs, en espérant que ça suffirait.

— Comment saura-t-on que tu as réussi ? demanda Mélanie.

— Je téléphonerai.

— Avec ta voix qui mue on refusera peut-être de croire que tu es notre frère. Tu comprends, c'est un truc trop connu !

Ils réfléchirent en silence tous les trois. Ce fut évidemment Suzanne qui trouva la solution :

— Je vais oublier toutes mes partitions dans ta chambre. Tu le signaleras à Maman qui téléphonera pour me prévenir. C'est bien le moins qu'elle nous aide sans le savoir ! Si personne ne téléphone c'est que tu n'auras pas réussi.

— Je réussirai.

Ce fut le lundi soir que Suzanne reçut le coup de fil attendu :

— Tête de linotte ! Tu as oublié toutes tes partitions chez ton frère.

— Je sais Maman. Je vais essayer de m'en passer.

— Mais non ! Anne te les apportera en sortant du lycée. J'ai signalé son passage demain vers six heures.

— Tu as réussi à entrer dans le saint des saints ? demanda Erika à Anne à son retour.

— Oui. J'ai même aperçu quelques filles qui traînaient dans le parc. En fin de compte ce n'est pas un couvent.

Il regardait Erika autrement, désormais, et il espérait que

cela ne se voyait pas. Elle avait toujours été pour lui une présence sur qui l'on ne s'interroge pas. Elle était là, lui parlait gentiment, lui caressait la tête en l'appelant « petit garçon » et il savait que, réellement, elle l'aimait bien. Lui aussi l'aimait bien. S'il s'était posé des questions sur son rôle dans la maison — mais ce n'avait pas été le cas — il l'aurait considérée comme une tante supplémentaire. Quoi d'étonnant ? La plupart de ses camarades appelaient « tante » non seulement celles qui l'étaient vraiment mais celles qui étaient simplement des amies d'enfance de leur mère ou des cousines plus âgées. Chez lui on ne le faisait pas : c'était le prénom direct et le voussoiement, mais il n'en était pas à une singularité près.

Désormais elle était sa belle-mère, sa marâtre, sa… à coup sûr aucune appellation ne convenait réellement. Jamais elle n'en avait joué le rôle, du moins jamais de la manière que ses camarades reprochaient à leur beau-père.
Aucune intervention dans son éducation, aucune remarque sur ses défauts. De la gentillesse, oui, et même de l'aide. Elle l'avait accompagné au collège ou dans d'autres endroits quand il le fallait, avait accompli certaines formalités à la place de sa mère, mais c'est parce que sa mère n'était libre ni le samedi ni les dimanches de garde. De même elle s'était occupée de sortir ses sœurs et sa cousine à Saint-Germain le mercredi chaque fois qu'elle le pouvait. Il avait toujours été dit qu'Erika travaillait beaucoup mais qu'elle avait une certaine liberté dans ses horaires puisqu'elle était son propre maître. Plus que Maman qui avait une boutique à ouvrir et à fermer.

Et puis elle avait eu une enfance malheureuse, ce qu'il avait toujours ignoré. Son point faible, à lui, c'était l'enfance malheureuse des autres. Dès qu'il apprenait que tel personnage historique avait subi une enfance de ce genre il fondait d'attendrissement et se mettait à l'aimer hors de proportion avec ses mérites réels. Après Louis XV cela avait été Louis XVI, ce pauvre enfant victime de son salaud de frère aîné, négligé par ses parents, raillé par ses cadets et pour finir méprisé par la postérité. Il n'y avait là aucune identification car il pensait que lui avait été un enfant heureux, avec juste ce qu'il fallait de petits malheurs pour lui permettre de mieux apprécier sa chance.

Heureusement en grandissant il ne pleurait presque plus, contrairement à Mélanie qui s'était mise à avoir la larme facile vers l'âge de onze ou douze ans. Dans son enfance la vision de la petite Erika pourchassée par les sales gosses qui la traitaient de boche l'aurait fait fondre en larmes mais désormais son chagrin ne s'extériorisait plus. Cela s'était fait tout seul, en même temps que la mue de sa voix, et il en avait été heureux parce que c'était quand même bien plus commode.

Mais que comptait faire leur mère, finalement ? Les informer un jour de ce qu'était réellement Erika pour elle ? Ne rien dire ? Il était presque confus de l'avoir appris à son insu mais il était hors de question de lui faire comprendre qu'il savait. D'abord les filles ne seraient certainement pas d'accord, surtout Mélanie qui avait délibérément fouillé dans les affaires de leur mère. Lui, pensait-il, ne l'aurait jamais fait. Mais était-ce bien sûr ? De toute façon il était complice. Un complice très actif qui avait fait les photos et lu l'intégralité du texte avant ses sœurs. Suzanne Lacombe, marraine secrète de sa sœur, le laissait perplexe. Drôle de femme, sèche et parfois tendre, d'une lucidité gênante, sans indulgence, dure pour elle et pour les autres, trop sûre d'avoir toujours raison… mais elle avait eu, elle aussi, sa

Mme de Ventadour dont on l'avait séparée. Pouvait-on néanmoins lui pardonner d'avoir fait tant de mal à Erika ? Il est vrai que de ce côté-là Maman ne valait pas mieux. Il haussa les épaules, se dit que les affaires des adultes — et en particulier des femmes — le dépassaient. « C'est comme dans *Andromaque* ! Ils passent deux heures à se courir les uns après les autres et à changer d'avis ! Et moi, là-dedans, je me serais enfui tout de suite, si j'avais été Oreste ou Pyrrhus, et j'aurais laissé cette Hermione déblatérer toute seule contre la terre entière et contre l'inconstant qu'elle aurait préféré fidèle, ce qui est le plus gros mensonge que j'aie jamais entendu de ma vie parce que s'il avait été fidèle elle ne l'aurait même pas regardé ! Quant à l'autre, la veuve de guerre, je l'aurais laissée pleurer sur son Hector qui, si ça se trouve, la battait. D'ailleurs il y a un vers de Racine où il dit qu'il faut sacrifier Hermione. Oui, mais ce n'est pas dans Andromaque, c'est dans Iphigénie.

Si du crime d'Hélène on punit la famille
Faites chercher à Sparte Hermione sa fille.

C'était effectivement une solution, parce qu'on n'aurait pas fiancé Iphigénie à Oreste vu que c'était sa sœur et il n'y aurait pas eu d'histoire. Pyrrhus aurait épousé Andromaque et dit qu'Astyanax était un enfant mal élevé. La vraie vie, quoi !

Les avis sur Suzanne Lacombe étaient partagés, c'est le moins qu'on puisse dire. Mélanie, prenant fait et cause pour Erika, la détestait. Suzanne, sans la moindre nuance, la trouvait extraordinaire.

— Elle est dure, égoïste, toujours sûre d'avoir raison, disait Mélanie.

— Pas du tout. Ce que tu appelles dureté n'est rien d'autre que de la lucidité. Elle ne se passe rien.

— Elle ne passe rien à personne !

— Pas d'accord. Elle tente de comprendre les autres et elle ne se donne jamais le beau rôle. D'ailleurs quand tu n'avais lu que le premier cahier tu disais que tu l'aimais bien.

Mélanie se tut, regarda Anne en espérant qu'il viendrait à sa rescousse, mais il était lui-même trop hésitant pour donner tout de suite son opinion.

— D'accord, dit Mélanie, je l'ai dit. Mais Erika…

— Tu trouves que c'est joli ce qu'Erika lui a fait à Dieppe ? « J'en aime une autre… je t'ai assez vue… »

— Elle a regretté.

— Et alors ?

— Ta Suzanne se console vite. Le soir même elle est dans les bras d'une autre !

— Ma Suzanne, comme tu dis, est un personnage qui serre les dents au lieu de pleurnicher.

Anne intervint :

— Ce n'est pas un personnage, c'est une vraie femme.

— Voilà exactement ce qu'il fallait dire. Tu as raison.

— Erika aussi est une vraie femme.

— Qui a dit le contraire ? Et entre les vraies femmes les choses ne peuvent pas se passer aussi schématiquement qu'entre les personnages. Maman, qui soit dit au passage est aussi une vraie femme, n'a pas toujours le beau rôle dans l'histoire. Tu es d'accord, Anne ?

— Oui.

— Tu vois ! Le champion de Maman m'approuve.

Anne avait eu plus de temps que les filles pour réfléchir à tous les aspects contradictoires du récit. Sa première réaction avait été une sorte de rejet global :

— Ces problèmes de bonnes femmes sont trop compliqués pour moi !

Mais il avait changé d'avis sans même s'en apercevoir :

— Je crois que ceux qui ont les plus grands torts, dans cette histoire, sont toujours les plus jeunes. Ensuite ils vieillissent et ils font moins d'erreurs. Erika et Maman comme les autres. Essayez d'imaginer ce qu'a été sa vie après la mort de Suzanne !

Les yeux de Mélanie se remplirent de larmes, qui néanmoins ne coulèrent pas :

— J'imagine très bien. C'est le fameux chagrin d'amour à cause duquel elle a épousé Papa. Et quand on sait qu'elle n'aime pas les hommes c'est pire que tout !

— Tu crois qu'elle ne les aime pas ?

— C'est évident.

Anne haussa les épaules, dépassé. Si Mélanie l'affirmait c'était certainement vrai. Mais dans ces conditions comment avait-elle pu… ? Suzanne intervint :

— Elle a fait ce que n'a pas fait Suzanne Lacombe avec Gaston. Elle l'a supporté, puis finalement elle est partie.

— Ce n'est pas pour ça qu'elle est partie.

— Qui te dit qu'elle nous a raconté la vérité ?

— Toi. Tu as dit que Maman était très franche.

— Je me suis peut-être laissé abuser. Je n'avais pas toutes les données.

Elle fronça les sourcils, comme toujours quand un problème la dépassait, ce qui était rare :

— Je crois que Maman ment peu et seulement par omission. Ce qu'elle nous a dit était vrai mais incomplet.

— Je le pense aussi, dit Mélanie.

— Et Melitta ? Et Pilar ?

— Tu as besoin d'un dessin ? Maman file à Vienne chez

Pilar parce qu'elle pense qu'on ne la cherchera jamais là. Trois jours après, d'après ce qu'elle t'a dit, elle est chez Melitta qu'elle connaissait beaucoup moins bien et qui, cependant, l'héberge. Ça me paraît clair puisqu'on sait, à présent, que Melitta est aussi… ce genre de femme. Et quand on pense aux questions que se posait Grand-Mère à propos de sa sœur Élisabeth je crois qu'on a aussi la réponse. As-tu déjà vu Élisabeth sans Nathalie ? C'est vraiment héréditaire !

— Ça ne fait que deux personnes.

— Non, dit Mélanie, trois avec moi.

Anne la regarda avec stupéfaction :

— Toi ?

— Oui.

— Mais avec qui…

— Personne, mais ça viendra.

— Mais comment peux-tu dire ça ? Tu veux imiter Maman ?

— Non, dit Suzanne. Elle s'en est aperçue avant et je peux en témoigner.

— Mais qu'est-ce qui te prouve que ça va durer ?

— J'en suis sûre.

Il haussa les épaules :

— C'est ridicule ! Tu n'as jamais essayé !

— Et toi ? Est-ce que tu aimes les filles ou les garçons ?

— Les filles, bien sûr !

— Est-ce que tu as « essayé », comme tu dis ?

— Ben oui… j'en ai embrassé deux.

— Et avant de les embrasser tu en avais envie ?

— Évidemment, sinon je ne l'aurais pas fait.

— Tu vois ! On sait à l'avance par quoi on est attiré. D'ailleurs Lacombe le savait.

— C'est vrai.

Il se tut, conscient qu'il n'avait plus d'argument à lui opposer. Suzanne vint quand même à son secours en disant à Mélanie :

— Lacombe savait, tu sembles savoir, Erika savait aussi, mais Maman, elle, n'avait pas l'air bien fixée sur son cas, alors ce n'est peut-être pas toujours si simple !

Mélanie pensait à Fédora. Sa sœur ne semblait pas avoir fait le rapprochement entre cette ancienne amante de Suzanne Lacombe et la rencontre dans la pharmacie, que pourtant Mélanie lui avait racontée le soir même. Fédora avait fait partie des femmes, connues ou entrevues, dont rêvait Mélanie avant de s'endormir, puis peu à peu elle avait disparu, remplacée par d'autres. De quand exactement datait cette rencontre ? Trois ans ? Quatre ans ? Si elle avait tenu son journal, à cette époque, elle n'aurait pas besoin de chercher dans sa mémoire et d'essayer de trouver des points de repère. Elle n'était plus une verte, c'était certain, et Marie Coulet était encore aux Loges. Donc elle était violette et la rencontre ne datait que d'un peu plus de trois ans. Oui… c'est ça ! Elle avait associé Coulet et Daulne à Fédora dans son feuilleton intérieur. L'année suivante Coulet et Daulne étaient parties, l'une pour Saint-Denis l'autre pour une quelconque boîte à bac, sans doute, parce qu'elle était bien gentille, bien sage, mais vraiment nulle, la malheureuse ! Mélanie se souvenait de ses révérences impeccables, de sa tenue irréprochable et de cet air absent et un peu las qu'elle trouvait romantique mais que sa sœur avait démoli d'une seule phrase : « Belle comme un ange et sotte comme un panier. » Coulet, en revanche, était une bonne élève. Mélanie la regardait de loin, à Saint-Denis, mais seulement parce qu'elle se rappelait son attirance passée et lui donnait désormais un nom. Mais elle ne l'intéressait plus du tout. Trop jeune, trop lisse, pas assez mystérieuse, finalement, malgré son regard d'eurasienne. En revanche Fédora était revenue, obsédante. Mélanie se souvenait parfaitement de son regard et la description qu'en avait faite Suzanne Lacombe restituait exactement ce qu'elle avait vu. C'était un regard de cosaque, elle n'aurait pas mieux dit. Qu'était-elle devenue ? Maman l'avait-elle revue ? Sans doute. Elles avaient probablement parlé du passé. Il n'y avait, hélas, aucun moyen de le savoir.

À Saint-Denis Mélanie n'était plus amoureuse de personne. Les élèves ? Trop jeunes, trop banales surtout. Leur vie ne présentait aucun mystère et leur inexpérience était manifeste. Les profs ou les adultes de l'administration ? Aucune n'avait cette qualité particulière que Mélanie ne savait pas définir mais qui provoquait, chez elle, l'émotion. Sur certaines de ces femmes des légendes couraient, comme aux Loges, mais elle avait passé l'âge d'y croire et, surtout, de trouver ça intéressant. C'était du romanesque de bas étage, des hypothèses d'une affligeante banalité. La réalité c'était que beaucoup d'élèves flirtaient à l'occasion avec des garçons, en parlaient, échangeaient des confidences à ce sujet. D'autres, certainement, avaient couché, s'apprêtaient à le faire ou se demandaient si elles allaient, oui ou non, se décider. Il fallait laisser sa part à la vantardise, certes, mais cette part était de plus en plus faible au fur et à mesure que l'on changeait de classe. En tout cas tout le monde paraissait renseigné et ne le cachait pas. Mélanie, qui avait tendance à s'imaginer qu'elle était la seule à connaître certaines réalités et à juger, de ce fait, ses camarades avec un peu de condescendance, fut remise à sa place le jour où sa nouvelle amie Blanche d'Eygurande, qui avait seize ans et demi, affirma que de toute évidence Mlle Milan, professeur d'histoire-géo, était « gouine ». Mélanie, bien entendu, n'allait pas demander ce que c'était ni surtout faire remarquer que ce mot était laid et péjoratif. Elle se contenta de hausser les épaules :

— Qu'est-ce que tu en sais ?

— Mais enfin ! Ça se voit !

— À quoi ? Elle t'a draguée ?

Blanche parut choquée et Mélanie en fut enchantée. Ça lui apprendrait à utiliser d'aussi vilains mots. Les autres témoins se contentèrent de rire et de prendre cette remarque pour une plaisanterie inoffensive. Mais Blanche insista :

— Il suffit de la regarder ! Je ne vois pas pourquoi tu prends sa défense !

— Mais je me fiche de Milan ! Je pense simplement qu'il ne faut pas se fier aux apparences. Elle a l'air d'un mec, d'accord, mais c'est peut-être parce qu'elle a un problème hormonal. Moi je suis une fille dans le genre de saint Thomas et il me faut des preuves. Tant que Milan ne t'aura pas mis la main aux fesses…

— Pourquoi à moi ?

— T'as pas d'humour, d'Eygurande ! À toi ou à n'importe qui d'autre, même à moi si tu veux. J'essaie juste de t'apprendre la différence entre une rumeur et la réalité. Si Milan est lesbienne (et elle tenta de souligner par son intonation qu'elle employait, elle, un terme irréprochable) elle ferait mieux d'avoir une allure plus discrète, surtout dans un pensionnat de filles. À mon avis c'est simplement une vieille pucelle et je me méfierais plutôt de Dreyfus. Elle fait trop « poupée Barbie » pour être honnête !

— Dreyfus est mariée, observa Charpentier.

— Oui, c'est vrai. C'était un exemple pris au hasard.

Ce n'était quand même pas le moment de dire que ça ne prouvait rien. Sans compter que Dreyfus ne méritait pas que l'on fît courir une rumeur sur elle pour couvrir Milan. Une chose était sûre : ni l'une ni l'autre ne plaisaient à Mélanie et elle devait apprendre à se montrer prudente dans l'immédiat. Comment ces filles conformistes qui fantasmaient sur le bal du Prytanée de La Flèche auraient-elles pu comprendre ? Blanche, peut-être, mais certainement pas Aurore qui, décidément, la décevait. Elle avait trouvé bien agréable au début d'être admirée à cause de tout ce qu'elle savait, d'être celle à qui l'on pose des questions sur tout ce qui est hors programme. Quand Aurore, à propos de n'importe quoi, disait : « On n'a qu'à demander à Mélanie, elle saura », elle s'était rengorgée secrètement et avait volontiers fait la pédante. Mais elle était lasse de ce rôle et déçue qu'Aurore ne changeât rien à son comportement et attendît toujours que les réponses lui tombassent toutes rôties dans le bec.

Blanche d'Eygurande l'avait donc remplacée dans ses préférences, mais il leur avait d'abord fallu apprendre à se connaître. Quand Mélanie était entrée à Saint-Denis Blanche redoublait sa seconde et avait la réputation d'être une élève fantaisiste et très souvent punie. Aux Loges, d'ailleurs, Mélanie l'avait déjà remarquée à cause de sa tenue négligée. Elle ressemblait à ce que Mélanie aurait été elle-même si elle n'avait pas fait des efforts si constants, en classe verte, pour être impeccable. D'Eygurande n'avait pas fait cet effort, soit parce qu'elle s'en fichait complètement, soit parce que cela avait été au-dessus de ses moyens. Elle était maladroite dans tous les sens du terme car elle faisait partie de ces gauchers malhabiles qui ne réussissent dans aucun sport et dans aucune activité manuelle et dont on soupçonne souvent (à tort) les parents de les avoir contrariés. On disait aussi qu'elle était très intelligente mais très insolente et qu'elle ne faisait que ce qui lui plaisait. En somme, aux yeux de Mélanie, un personnage plutôt sympathique.

Au bout de quelques mois passés dans la même classe Mélanie s'était fait une opinion : Blanche passait pour insolente parce qu'elle osait mettre certains professeurs en face de leurs contradictions et remarquer leurs erreurs. Quand elle ne comprenait pas quelque chose elle demandait des précisions, mais toujours en donnant l'impression que ce n'était pas elle qui était idiote mais la prof qui ne savait pas s'exprimer, ce qui, d'après Mélanie, était exact. Elle employait un langage poli mais direct avec les adultes et refusait l'arbitraire et les remarques du genre :

— Et si tout le monde faisait comme vous ?

Dans ces cas-là elle répondait que personne ne faisait jamais comme elle, ou si peu de gens que ça ne valait même pas la peine d'en parler. Néanmoins elle avait toujours réussi à ne pas aller trop loin dans l'indiscipline et à ne pas se faire renvoyer. Peut-être avait-on pour elle de l'indulgence parce sa mère était une ancienne élève et que ses deux petites sœurs, aux Loges, étaient des modèles de sagesse ? On savait aussi que le lieutenant-colonel d'Eygurande n'avait que sa solde pour faire vivre une famille de sept enfants et que Blanche, quand elle le voulait, était très brillante. Mais là aussi sa désinvolture lui avait joué des tours et son redoublement était dû au fait qu'elle avait de sérieuses lacunes dans certaines matières. Mélanie ne tarda pas à s'apercevoir que cette redoublante à la réputation douteuse était extrêmement cultivée et en savait bien plus long que la bonne élève Charpentier dans tous les domaines, même en maths. Mais ce qu'elle savait ne se trouvait pas toujours dans les programmes. Elles commencèrent à se parler et s'aperçurent qu'elles avaient des liens de parenté très anciens par les Puyferrand et que la famille de Blanche était à moitié protestante. À partir de ce jour-là Blanche s'intégra réellement à sa nouvelle classe et cessa de fréquenter ses compagnes de l'année précédente.

Suzanne et Mélanie lui trouvaient des points communs avec Héraclès, et ce fut aussi l'avis d'Héloïse quand les filles lui présentèrent leur « cousine ». Héloïse pensait d'ailleurs que les problèmes scolaires de Blanche provenaient d'un excès de facilité qui l'avait empêchée d'acquérir le sens de l'effort et de la discipline et que ses filles devaient l'aider, ce qu'elles firent. Elles lui apprirent aussi le minimum de diplomatie nécessaire à une écolière :

— Nous on sait depuis belle lurette que les profs sont parfois idiots mais on fait semblant de les admirer s'il le faut. On a même remarqué que plus ils sont bêtes plus ils ont besoin d'admiration et on en a fait un jeu. Tu peux le jouer avec nous.

Blanche devint rapidement experte à ce jeu. Parfois son audace dans la flagornerie faisait presque peur à Mélanie mais le résultat ne se fit pas attendre. À la Légion les profs se félicitaient que l'aînée des d'Eygurande fût enfin sortie de l'âge ingrat en devenant raisonnable.

Quand Fédora rencontra Chantal au cours d'un dîner organisé par un couple d'amies, elle ne la reconnut pas. Pourtant — mais tout le monde l'ignorait — c'était une de ses « ex ». L'aventure avait été brève et discontinue. En ce temps-là Fédora avait vingt-sept ou vingt-huit ans et songeait de plus en plus souvent à prendre sa retraite de mannequin. Chantal en avait dix-huit, ce qui veut dire que selon la loi de cette époque elle était mineure. Dans le milieu où elles évoluaient cela n'avait pas beaucoup d'importance mais il fallait quand même être prudent.

— Tu comprends, avait dit Fédora à sa conquête de la veille, moi je n'ai rien à perdre mais toi si. Les hommes qui nous font travailler te pardonneront peut-être d'être un peu bisexuelle mais jamais de ne pas les aimer du tout. Tu es trop jeune pour te montrer telle que tu es.

— Mais ils te le pardonnent, à toi ! Tout le monde est au courant ! Comment crois-tu que j'ai su que je pouvais te faire des avances ?

— Ils me le pardonnent parce que je suis finie. Je travaille parce que je suis connue mais fondamentalement je suis finie. Même si je me faisais des illusions en me regardant, les remarques que l'on me fait certains jours me mettraient les points sur les i.

Chantal, cette gamine de dix-huit ans sans expérience, l'avait alors étonnée :

— Mais tu n'as rien compris ! D'abord nous recevons toutes des vannes méchantes et injustes et la plupart du temps ce sont des pédés qui nous les font. Et toi on t'en fait davantage dans la mesure où c'est bien plus facile de déstabiliser une femme de ton âge. C'est de la méchanceté pure parce que la plupart de ces hommes détestent les femmes. C'est vrai que les homosexuels des deux sexes devraient être solidaires mais ce n'est pas le cas, du moins dans ce milieu.

— Il y a quelques hétéros, quand même !

— D'accord. Ceux-là se vengent peut-être de ne pas pouvoir te sauter, mais la question n'est pas là. On t'attaque sur le point sur lequel tu te montres vulnérable. Prends l'air indifférent, ou plutôt sois réellement indifférente. Je te trouve parfaite et je m'y connais.

— Dans ce cas faisons un pacte. Quand je serai vraiment sur le déclin tu me le diras. Promis ?

Chantal avait tenu parole. Quand Suzanne avait quitté Fédora, qui avait fait bonne figure mais avait quand même accusé le coup, elle lui avait juré que cela ne se voyait pas. En revanche la mort de Suzanne avait précipité un déclin qui, déjà, s'amorçait.

— Cette fois-ci, avait dit Fédora, je crois que c'est un vrai coup de vieux dont je ne me remettrai pas. En plus j'ai trop de chagrin pour continuer.

— Tu as raison. Pourras-tu me rendre le même service le jour où ce sera pareil pour moi ?

— Bien sûr, mais pourquoi ne pas demander à Martine ?

— D'abord parce que nous ne serons peut-être plus ensemble à ce moment-là. Ensuite parce que j'ai besoin de l'avis d'une professionnelle.

Fédora avait promis, trop absorbée dans son chagrin pour demander à Chantal si elle avait des raisons de craindre de ne plus vivre avec cette Martine qui était son amante depuis deux ans. Plus tard elle avait appris par une relation commune que la rupture avait eu lieu et elle avait éprouvé des remords de ne pas avoir posé quelques questions, montré un minimum d'intérêt et de compassion. Trop tard. Elle les avait perdues de vue l'une et l'autre car en se séparant elles avaient déménagé. C'est pourquoi elle n'avait pas pu tenir sa promesse.

Comment aurait-elle identifié, dans la femme quadragénaire à l'allure un peu androgyne qu'on lui présentait, la jeune fille très féminine, toujours vêtue avec recherche et maquillée avec soin, même en dehors des périodes de travail, qu'elle avait connue. Évidemment il restait l'extrême minceur, la taille au-dessus de la moyenne et la démarche, mais ce n'est pas le genre de détail qu'on perçoit en quelques secondes.

— Est-ce que j'ai tellement changé, Fédora ? dit l'inconnue en souriant, et Fédora reconnut le sourire, la voix et les yeux, qui semblaient plus foncés parce que les cheveux de Chantal avait blanchi mais qui étaient toujours, quand on y regardait de près, d'un très joli et très rare brun doré.

— Non, répondit-elle, tu n'as changé que superficiellement. Mais c'est quand même une métamorphose.

Il fallut expliquer où et quand elles s'étaient connues, et jusqu'à quel point. La maîtresse de maison les plaça l'une à côté de l'autre et elles refirent connaissance. Chantal revenait de New York où elle avait vécu une douzaine d'années avec une universitaire avec qui elle avait rompu récemment. Elle vivait — assez médiocrement selon elle — en donnant des cours d'américain à des cadres en mal de recyclage mais, disait-elle, elle était enfin libre et ça n'avait pas de prix. Fédora en conclut que l'Américaine avait dû l'entretenir, au moins partiellement, et le lui faire payer en lui serrant la vis, mais elle apprit plus tard que cela avait été tout le contraire. Chantal lui avait financé de longues études et avait acheté à leurs deux noms l'appartement où elles vivaient et tout ce qu'il contenait. Ensuite la situation s'était dégradée, l'Américaine s'était mise à la tromper de manière visible et Chantal avait appris qu'en réalité cela durait depuis longtemps et qu'elle avait, sans le savoir, entretenu deux personnes au lieu d'une.

— Alors j'ai fait mes bagages et je suis partie.

— En laissant tout ?

— Oui.

— C'est une erreur.

— Je sais mais j'étais trop sonnée pour faire autrement. Pendant onze ans j'avais aimé une personne qui n'existait pas réellement. Tu imagines ? À Paris je me suis mise à sortir dans les mêmes lieux qu'autrefois, du moins ceux qui existent encore, et je suis prête à reconquérir le monde, c'est-à-dire les femmes. Et toi ?

— Je vis dans la clandestinité avec une femme mariée.

— Une bi ?

— Non, c'est une façon de parler. Elle vit avec une femme qu'elle ne quittera jamais. Moi je joue *Back Street* en espérant qu'une princesse charmante viendra me tirer de cette impasse.

— Tu l'aimes ?

— Je pense que oui.

Elles se remirent à coucher ensemble à l'occasion, comme au temps de Suzanne. Elles s'entendaient bien, se comprenaient, mais Fédora se rendait compte que ce n'était pas comme avec Héloïse, bien que les deux situations fussent étonnamment semblables. Elles avaient un passé en commun, pouvaient en parler, ne s'ennuyaient jamais ensemble, mais à l'évidence chacune était pour l'autre la cinquième roue du carrosse. Chantal pensait encore à Jill, son Américaine, et elle ne s'en cachait pas ; quant à Fédora, elle était prise entre le passé et l'avenir. Le passé c'était Héloïse, du moins dans sa tête, car parler de passé à propos d'une femme avec qui l'on n'a pas rompu ne correspond pas vraiment à la réalité. L'avenir c'était la princesse charmante qu'elle ne pouvait s'empêcher d'attendre comme si on la lui avait réellement promise pour son anniversaire. Elle était ridicule et elle le savait, mais aucun raisonnement ne parvenait à la convaincre. La princesse charmante avait fini par avoir une sorte de réalité virtuelle : c'était une Héloïse libre comme l'air, dotée des mêmes qualités, du même charme surtout, mais sans « le mauvais œil », encore que sur ce dernier point Fédora fût prête à faire des concessions parce qu'elle pensait que ce fameux charme était lié inextricablement au don — et elle employait le mot « don » dans son sens magique — de porter malheur.

Seule Chantal, parce qu'elle l'avait connue autrefois et qu'elles s'étaient fait, à l'époque, certaines confidences, était au courant de l'identité de la mystérieuse « femme mariée » de Fédora et de ses liens avec Suzanne. Un jour elle était allée à la pharmacie et avait dit à Fédora :

— Je ne comprends pas ce que tu lui trouves ! Elle a une belle gueule, c'est vrai, mais elle est glaciale et n'a vraiment rien de magique. Pardonne-moi de te dire ça mais je ne parviens pas à l'imaginer au lit avec quiconque.

Fédora n'avait pas voulu entamer une polémique et s'était contentée de dire qu'il ne fallait pas se fier aux apparences et que l'accord entre deux êtres, au lit, était quelque chose de très personnel :

— La bombe sexuelle, dans l'absolu, ça n'existe pas. En revanche ça existe dans le relatif et cette femme en est une pour moi. D'ailleurs tu ne vas pas attendre d'une personne qui te sert de l'aspirine qu'elle te fasse le grand jeu !

— Est-elle capable de faire le grand jeu, comme tu dis ?

— Non. C'est autre chose.

Elle avait tenté de changer de conversation mais Chantal était revenue à la charge, si bien que Fédora avait dû être claire :

— Je ne veux plus en parler. Ça m'ennuie et de toute façon c'est incommunicable.

Autrefois elle n'aurait pas hésité à dire ce qu'elle pensait sans se rendre compte qu'elle pouvait blesser. Maintenant elle savait se taire. Inutile de dire qu'avec Héloïse, pour reprendre l'ancienne échelle de Suzanne, c'était toujours de force 7 à 10, alors que quand elle atteignait force 6 avec Chantal c'était vraiment une performance exceptionnelle. Au fond ça n'avait pas tellement d'importance mais ça lui compliquait la vie en rendant l'inévitable, la salutaire rupture encore plus difficile.

Chantal ne revint pas sur le sujet et Fédora lui en sut gré. Les difficultés commencèrent après les vacances qu'elles avaient décidé de passer ensemble en Scandinavie, et ce fut la réussite de ces vacances qui les provoqua. Elles s'entendaient bien, étaient d'accord sur à peu près tout et, quand ce n'était pas le cas, elles se montraient tolérantes l'une envers l'autre et se séparaient pour aller voir isolément ce qui les intéressait. Au retour elles passèrent plus souvent la nuit ensemble, chez Fédora, et Chantal commença à revenir sur le sujet d'Héloïse. Au début ce fut insidieux : de simples questions auxquelles Fédora répondait volontiers. Quand les questions devinrent plus insistantes et d'ordre plus intime elle éluda. Mais on ne peut pas éluder indéfiniment. Un jour elle eut ce qu'elle cherchait désespérément à éviter : une scène de jalousie. Chantal n'avait plus vingt ans et était assez habile pour ne pas sommer Fédora de choisir. Elle était également assez fine pour ne pas démolir sa rivale mais elle souligna le point faible de cette dernière :

— Elle n'est pas libre, elle ne le sera jamais et tu perds ton temps. Et moi je suis malheureuse parce que je t'aime, donc ça ne peut plus durer et il faut que je me sorte de ce guêpier avant d'y laisser trop de plumes.

— Je ne pensais pas que tu m'aimais. Tu aurais dû me le

dire plus tôt. Je pensais qu'on était de bonnes amies qui couchent ensemble, c'est tout.

— C'est ce que je pensais aussi mais depuis cet été c'est différent.

Peut-être disait-elle la vérité mais Fédora avait l'intuition que ça datait d'avant. Sans doute de l'époque où elle était allée à la pharmacie pour voir à quoi ressemblait la « femme fatale » de Fédora. Pour le reste il y avait eu des manœuvres et elle le sentait. Des vacances de rêve, une intimité nouvelle, une présence pas trop pesante… et un peu de calcul derrière tout ça, mais cela ne mettait pas en cause la sincérité de sa déclaration. L'amour se sent. Fédora l'avait senti et c'est pour ça qu'elle éludait. Et la déclaration arrivait à point nommé au moment où Fédora était si heureuse d'avoir ce qu'elle voulait : des nuits, des week-ends, et ces fameux croissants du petit déjeuner qui avaient valeur de symbole. Quant à Héloïse elle n'était pas encore rentrée d'Allemagne. Fédora avait pensé à elle en traversant le Schleswig-Holstein ; elle avait ressenti une violente nostalgie pour son corps et avait fait profiter Chantal de ces dispositions dans un hôtel de l'île de Sylt où elle avait atteint force… disons 8 en pensant à l'autre. Le lendemain, à Husum, elle lui avait récité du Theodor Storm[1] (*Du graue Stadt am Meer…*) ce qui prouvait qu'elle faisait une solide crise de romantisme et qu'elle n'était donc pas dans son état normal. Elle pensait crise de romantisme comme les coloniaux disent crise de paludisme.

Oui, mais pendant qu'elle récitait du Storm sur la digue de Husum il était bien probable qu'Héloïse et Erika s'envoyaient

1 Theodor Storm (1817-1888), né à Husum qu'il appelle, dans un poème célèbre, « la ville grise du bord de mer ».

en l'air (ou l'avaient fait, ou allaient le faire) de l'autre côté du *Land*. Et Chantal n'avait pas demandé à visiter Schleswig ou Lübeck, villes pourtant plus intéressantes que celles de la côte ouest, parce qu'elle savait pourquoi Fédora avait choisi de longer la mer du Nord plutôt que la Baltique où le risque d'une rencontre était loin d'être négligeable.

Maintenant elle était au pied du mur et presque obligée de prendre une décision. Il y avait trois femmes dans sa vie et deux de ces femmes existaient réellement. La troisième n'était qu'une vue de l'esprit et il n'était pas exclu qu'elle fût Chantal en personne. Elle avait lu quelque part que les miracles, quand ils se produisent, ont une allure si banale, si quotidienne, qu'on ne les reconnaît pas. À force d'attendre la princesse charmante elle avait dû se faire tout un cinéma de midinette du genre : « Je suis dans une grande pièce pleine de monde, ELLE entre et tout devient flou sauf nous deux ». En réalité elle s'était trouvée dans une pièce de taille moyenne où il n'y avait qu'une dizaine de femmes et elle avait retrouvé — sans même la reconnaître du premier coup — une vieille copine. Les cent un violons ne s'étaient pas fait entendre, ni même un seul, pour annoncer l'événement ! Non. Même cette remarque était fausse puisque la platine laser jouait en sourdine la *Sonate* de Franck et que Fédora avait demandé qu'on la mît un peu plus fort.

Il ne fallait pas réfléchir trop longtemps car la décision était bien trop difficile à prendre et elle ne se sentait pas la force de changer d'avis toutes les heures, de se tourner et de se retourner dans son lit plusieurs nuits d'affilée à la recherche d'une solution. Toutes les solutions, de toute façon, étaient mauvaises. Elle se jeta à l'eau :

— Je vais dire à Héloïse que c'est fini.

Chantal parut surprise, presque choquée d'une victoire si facile :

— Je ne t'ai pas demandé ça !

— Mais si, d'une certaine manière. Et tu as raison. Je dois le faire.

— Réfléchis d'abord.

— Non !

Et, à sa grande surprise, elle se mit à pleurer comme elle ne l'avait pas fait depuis longtemps et dut expliquer à Chantal, qui tentait de la consoler, qu'elle ne savait pas si c'était vraiment à cause d'Héloïse ou parce qu'une partie de sa jeunesse disparaissait d'un seul coup. Par « jeunesse » elle entendait illusions, attente de la réalisation d'une vieille prédiction à laquelle elle avait cru et qui l'avait aidée à tenir dans les moments difficiles. Impossible d'expliquer ça. Tant pis ! Chantal s'imaginerait qu'en perdant Héloïse elle perdait aussi Suzanne une seconde fois, et après tout ce n'était pas non plus tout à fait faux. Elle tournait la page et elle la tournait d'une façon moins romantique qu'elle ne l'avait espéré, mais il fallait le faire. Elle lui dit qu'elle était désolée, que d'une certaine manière elle l'aimait aussi, sinon elle n'aurait pas décidé de quitter Héloïse, mais que ce soir elle préférait rester seule et qu'il ne fallait pas lui en vouloir.

Une heure après Chantal lui téléphona pour lui dire qu'elle avait réfléchi et qu'elle acceptait de continuer comme avant :

— Si tu as de la peine à ce point-là je ne veux pas que tu la quittes pour moi.

— Je la quitte pour toi et aussi pour moi. N'insiste pas. C'est absolument décidé.

— Bon. Mais tu peux changer d'avis.

— Non. Si je veux garder un bon souvenir de cet amour je dois amputer.

Il y avait, dans cette concession que lui faisait Chantal, une habileté, et elle le savait bien. Il est toujours bon de montrer de la grandeur d'âme et, la plupart du temps, c'est payant. Elle pouvait supposer aussi qu'Héloïse ne se laisserait pas larguer facilement et, peut-être, quitterait Erika, ce qui était un risque. Mais Fédora, elle, ne se faisait aucune illusion à ce sujet et savait que la rupture serait propre. Elle savait aussi que si cette rupture nette n'avait pas lieu Chantal lui ferait tôt ou tard une vie difficile, puis impossible. À quoi bon s'exposer à ce risque et gâcher cet amour d'occasion qui était probablement sa dernière chance ? L'une ne valait pas tout à fait l'autre, ni moralement sans doute, ni physiquement à coup sûr. Mais l'une était libre et l'autre ne l'était pas. Restait à attendre son retour d'Allemagne et à frapper.

— Je ne te crois pas ! dit Héloïse.

Ça commençait bien, et d'une manière plutôt inattendue ! Fédora se demanda fugitivement si elle ne s'était pas trompée et si la « femme à histoires », en fin de compte, ce n'était pas Héloïse. Un comble ! Mais celle-ci reprenait :

— Je crois que tu veux me quitter, je crois que tu as de bonnes raisons, mais tu ne me feras jamais avaler que tu aimes quelqu'un d'autre. Jamais !

— Pourquoi ?

— Je l'aurais senti. Si une apôtre de l'intuition comme toi s'imagine qu'elle peut me faire gober une telle absurdité, c'est que...

Elle s'interrompit et interrompit en même temps, d'un geste, Fédora qui s'apprêtait à parler :

— Ne t'imagine pas que je me crois tellement extraordinaire qu'on ne peut pas tomber amoureuse de quelqu'un d'autre quand on a la chance de m'avoir ! Ce n'est pas ça du tout ! D'ailleurs, au fond, je m'en fiche ! Tu peux penser ce que tu veux !

— Je sais, dit Fédora.

Elle l'avait entendu tant de fois, ce petit discours ! Quand Héloïse disait la vérité elle se fichait qu'on la crût ou non ; en revanche quand elle mentait elle était ennuyée de susciter le scepticisme parce que cela prouvait qu'elle n'avait pas été une bonne menteuse. Et comme elle ne mentait que par intérêt ou par politesse elle tenait beaucoup à le faire bien.

— Et si tu me disais la vérité ?

— La vérité c'est qu'il y a une autre femme, que je l'aime moins que toi, mais que je l'ai choisie.

— Ça je peux le croire, et j'ajoute que tu as raison.

— Alors pourquoi pleures-tu, Chaton ?

— Parce que je suis en colère ! Parce que j'ai la larme facile et que tu le sais bien ! Parce que je t'aime ! Parce que j'ai besoin de toi !

— Écoute... ça ne fait que rendre les choses plus difficiles.

— Et alors ? Tu voulais que je te dise : « Très bien, merci de ces charmantes années passées ensemble. » C'est ça que tu voulais ?

— Non. Honnêtement non. Ça m'aurait même vexée.

Elles se mirent à rire toutes les deux. Héloïse, comme la plupart des grandes pleureuses, savait faire les deux à la fois. Fédora la prit dans ses bras, lui murmura qu'elle avait les plus beaux yeux du monde, ça ce n'était pas nouveau, mais qu'elle avait aussi de très belles larmes en relief qui lui auraient valu une réussite spectaculaire à Hollywood.

— Je sais, répondit Héloïse, parce que ma mère me le disait déjà. Malheureusement quand ces jolies larmes sont sèches j'ai les yeux rouges et l'air complètement abruti. Ça passait vite quand j'avais neuf ans mais maintenant j'en ai trente-neuf. Pour parler comme toi l'année dernière, je vais avoir quarante ans.

— Dans un an seulement, Chaton.

— L'autre a quel âge ?

— Un mois de plus que toi. Ce n'est donc pas…

— Je sais. D'ailleurs tu n'es pas du genre à t'intéresser aux minettes, et puis même si c'était le cas, quelle importance ? Tu as raison de me quitter parce que je ne serai jamais libre. Tu aurais dû le faire plus tôt.

— Je n'avais pas de raisons de le faire avant d'avoir rencontré… l'autre.

— Ça dure depuis combien de temps ?

— Sept ou huit mois, mais elle ne m'a demandé de choisir qu'à la fin août.

— Et tu n'as pas accepté tout de suite ?

— Si, mais j'ai préféré attendre le meilleur moment pour toi. Quand tu m'as dit qu'Erika était à Francfort pour plusieurs jours je t'ai demandé de venir tout de suite parce que…

— J'ai compris. C'est très gentil de ta part. Il est certain que dans trois jours je ferai meilleure figure.

— C'est ce que j'ai pensé.

— En tout cas j'aurai le temps d'inventer quelque chose si ça ne va pas mieux.

— Ça ira mieux, tu verras.

Héloïse haussa les épaules :

— Tu sais très bien que non. Toi et moi on se connaît et on ne peut pas se raconter d'histoires. Mais ne t'inquiète pas. Je me débrouillerai.

Bien sûr, elle se débrouillerait. Avait-elle le choix ? Elle se retrouva sur le pont Caulaincourt sans même se rappeler comment elle était arrivée là. À pied, c'est sûr, car elle se souvenait d'avoir descendu des escaliers, des rues. D'habitude, quand elle quittait Fédora, elle prenait le Montmartrobus et le 67 pour rentrer chez elle. Aujourd'hui il n'était pas question de rentrer avant d'avoir mis un peu d'ordre dans sa tête. C'était un bel après-midi d'automne, sa saison préférée. Des parents promenaient des landaus ou des poussettes dans les allées du cimetière qui était le seul espace vert du quartier. Elle chercha l'entrée, se souvint qu'il fallait descendre les quelques marches qui menaient avenue Rachel. Elle entra, après avoir vérifié prudemment l'heure de fermeture, et s'assit sur le bord du premier caveau accueillant qu'elle croisa. « Bon… eh bien c'est arrivé. Je suis plaquée. Je ne la verrai plus. J'ai probablement descendu toute la rue Caulaincourt en pleurant. Les passants ont dû me regarder d'un drôle d'air. Maintenant je suis dans un cimetière où il est admissible de pleurer, sauf que je devrais chercher une autre tombe que celle de Waldeck-Rousseau pour m'installer parce qu'on aura du mal à penser que je viens de l'enterrer. » Elle se releva, se souvint qu'elle n'avait pas le sens de l'orientation et qu'elle devait éviter de s'éloigner de l'entrée, trouva néanmoins une contre-allée tranquille où elle pourrait s'installer un moment.

La cloche qui annonçait la fermeture du cimetière la tira de sa rêverie. Elle ne pleurait plus que par intermittence mais elle avait l'impression d'avoir la tête prise dans un étau. Migraine ou simple céphalée ? De toute façon il était trop tard pour prendre un médicament. Elle aurait un excellent prétexte pour rentrer directement à la maison, téléphoner à la pharmacie qu'on fasse la fermeture sans elle et aller se coucher dans le noir. Ce ne serait pas la première fois et Anne se débrouillait très bien tout seul. Il pouvait d'ailleurs, s'il en éprouvait le besoin, aller chez Marie-Thérèse. C'est à ce moment qu'elle se souvint qu'il y avait, ce soir-là, un dîner chez sa belle-sœur avec Lise, Manuela et Anne. Marie-Thérèse, qui avait presque terminé sa grande étude sur les orphelins de père et était prête à passer à la rédaction finale, voulait leur en parler. Il était bien normal que Lise et Anne, qui avaient répondu scrupuleusement aux questions posées, fussent les premiers informés des résultats d'un travail qui avait duré plusieurs années. Ces conclusions Héloïse les connaissait déjà parce qu'elle avait aidé sa belle-sœur dans son enquête, avait dépouillé, classé et indexé les nombreux questionnaires. Elle était même allée sur le terrain, avec l'aide de Manuela, en traduisant le questionnaire en allemand et en allant interroger des orphelins des deux guerres mondiales, ce que ni Lise ni Melitta n'avaient le droit de faire à leur place puisqu'elles étaient des sujets de l'étude. La procédure avait été d'une extrême rigueur et l'échantillon, par prudence et parce que c'était matériellement possible, était trois fois plus étendu que ce que les statisticiens les plus sévères demandent habituellement.

Tant pis. Elle avait la migraine et elle n'irait pas. Au fond cette maladie était une véritable bénédiction car son absence n'inquiéterait personne. Il fallait se dépêcher pour ne pas croiser Anne, à qui elle laisserait un mot. Un 74 était en train de traverser la place Clichy et elle avait juste le temps de l'attraper. Une fois à l'intérieur elle sortit de son sac le livre qu'elle avait toujours avec elle, tenta de s'y plonger mais n'y parvint pas. Au lycée elle avait disserté, comme tout le monde, sur la phrase : « Je n'ai jamais eu de chagrin qu'une heure de lecture ne m'ait ôté. » Était-ce de

Montaigne ou de Montesquieu ? Peu importe ! C'était en tout cas la phrase d'un individu au cœur sec ou d'un vantard qui essayait d'imiter Sénèque, lequel avait bien été capable d'écrire quelque chose de ce genre dans le *De Tranquillitate Animi.* À l'époque elle avait traité le sujet comme il le fallait, avec un plan du genre : « introduction/oui/non/ça dépend des cas/conclusion. » Maintenant elle savait comment faire : « non/non/non/non/non ! » Encore s'agissait-il d'un chagrin qu'elle surmonterait, tolérable, en somme. Après la mort de Suzanne, paraît-il, elle n'avait pas ouvert un livre pendant deux ou trois mois. Sa mère le lui avait dit mais elle ne s'en souvenait pas.

— Il vaut mieux ne pas y aller, dit Lise à Manuela. Je sais par expérience qu'on ne supporte pas d'être dérangé quand on a la migraine.

— Pas Maman, dit Anne. On peut lui parler doucement à condition de ne pas allumer. C'est la lumière qu'elle ne supporte pas.

— Dans ce cas-là j'y vais. Je veux être sûre qu'elle n'a besoin de rien.

Héloïse avait fermé soigneusement les volets intérieurs et tiré les doubles rideaux comme elle le faisait d'ailleurs tous les soirs. Mais sa lampe de chevet était allumée et Manuela, après avoir un peu hésité, frappa.

— C'est moi, Manuela.

— Alors tu peux entrer.

— J'ai vu la lumière. Tu n'as plus la migraine ?

— J'ai très mal à la tête mais ce n'est pas la migraine, finalement. Peux-tu me trouver de l'aspirine ? Il n'y en a plus à cet étage.

— Certainement pas avant de savoir pourquoi tu as mal à la tête et une mine épouvantable. À mon avis tu as de la fièvre.

— Ne joue pas les toubibs avec moi. Je pourrais te tromper en feignant d'avoir la grippe mais en réalité j'ai eu... disons un gros choc cet après-midi et j'ai pleuré. Si tu insistes je suis capable de recommencer.

— Tu es en train de recommencer. C'est grave ce gros choc ? Tu peux en parler ? Je peux t'aider ?

— Je pense que ce n'est pas très grave. Je suis incapable d'en parler ce soir et je ne pense pas que tu puisses m'aider. J'ai répondu dans l'ordre, tu vois.

— Tu n'as pas changé ! Toujours aussi fermée... et ça m'inquiète, parce qu'avec toi...

Héloïse la regarda. Elle devait faire allusion à son comportement après la mort de Suzanne et en particulier au jour où elles étaient allées à Zurich toutes les deux. De toute façon Manuela avait toujours été quelqu'un d'angoissé, même si elle le dissimulait pour ne pas en faire porter le poids aux autres. À cause de ça, pour lui éviter d'imaginer le pire, Héloïse lui devait la vérité :

— Depuis quelques années j'avais une... aventure extra... comment peut-on dire ? Bref, je trompais Erika. Nous avons rompu aujourd'hui. Plus exactement elle a rompu. Je m'en remettrai.

— Eh bien heureusement qu'Erika est à Francfort !

— Ce n'est pas un hasard. L'autre, qui est une femme très bien, a choisi de me congédier aujourd'hui parce qu'elle connaissait l'absence d'Erika. Je dispose de trois jours pour récupérer... en principe, parce que Francfort n'est pas loin et que si l'une des réunions prévues saute ou change de date je suis bien mal barrée.

— Ça m'étonnerait parce que Lise y va demain. De toute façon je me renseignerai au jour le jour pour te tenir au courant. Je peux te demander quelque chose ?

— Quoi ?

— Tu aimes toujours Erika ?

— Évidemment. Je n'ai jamais cessé de l'aimer, mais j'aimais aussi l'autre. Je sais bien que c'est complètement fou mais…

— Ne dramatise pas, Marèges ! Ton cas est très banal ! Ce qu'il te faut c'est deux aspirines et un somnifère. Pour le reste on verra demain. Je suppose que si tu as réussi à tromper… pardon… à donner le change à Erika pendant… combien de temps ?

— Quatre ans.

— Bravo ! Ce n'est pas maintenant que tu vas tout gâcher, n'est ce pas ? Je t'aiderai.

— Merci.

— Je le fais aussi pour Erika.

— Je sais bien. Moi je n'ai que ce que je mérite.

— Mais cesse donc de faire une tragédie d'un petit adultère de rien du tout ! Tu as vraiment un surmoi rigide !

— De rien du tout ? Non, justement. C'était…

Sa voix s'étrangla et elle se remit à pleurer.

— Pardonne-moi, dit Manuela en lui essuyant les yeux, je me suis mal exprimée. Je sais bien qu'une histoire d'amour qui a duré quatre ans ce n'est pas « rien du tout. » Ce que je voulais dire c'est que ce n'est pas le plus grand des crimes et que ça arrive à beaucoup de gens.

— Plût aux dieux que ce fût le dernier de mes crimes !

— Ça me dit quelque chose.

— À une lettre près c'est le dernier vers de Britannicus.

— Oh… si tu cites Racine tu es sauvée.

— Normal. Je n'ai jamais eu de chagrin qu'un vers de Racine ne m'ait ôté.

Manuela ne chercha pas à comprendre, alla chercher l'aspirine et le somnifère et prévint les autres qu'Héloïse n'avait pas la migraine mais quelque chose qui se situait entre le gros rhume ou la petite grippe.

— Inutile d'en parler à Erika, dit-elle à Lise un peu plus tard. Vous la connaissez !

— Ça ne me viendrait même pas à l'idée ! dit Lise qui, effectivement, connaissait bien Erika.

Pour la première fois depuis leur dernière année de maternelle Mélanie et Suzanne se trouvaient dans la même classe. Mélanie, après avoir proclamé qu'elle détestait les maths et surtout l'idée qu'une matière aussi limitée servait à sélectionner pour tout, avait finalement cédé. Cela datait d'une conversation avec sa mère, au mois d'avril dernier, où cette dernière, après avoir habilement commencé par donner raison à sa fille, lui avait démontré qu'il fallait s'adapter à la situation telle qu'elle était sous peine de se voir fermer beaucoup de portes.

— Je suis d'accord avec toi : les ingénieurs et les élèves des écoles commerciales n'ont aucune culture. Mais si tu t'imagines que les étudiants en lettres en ont tu vas tomber de très haut.

— Mais c'est peut-être parce qu'on leur a fait faire trop de maths et pas assez de lettres ?

— Si tu veux dire par là que les études deviennent bassement utilitaires trop vite, je suis de ton avis. Mais il n'y a pas que ça. De mon temps c'était à peine mieux.

Mélanie en resta muette d'étonnement. C'était bien la

première fois qu'elle entendait un adulte dire que de son temps ce n'était pas mieux.

— Je sais que je vais contre les idées reçues, poursuivit sa mère, mais seule une faible minorité d'entre nous avait des connaissances en dehors du sacro-saint programme, et le plus souvent nous le devions à notre famille qui nous avait donné de la curiosité. Certains avaient sans doute cette curiosité innée, comme un cygne qui naît dans une couvée de canards, mais la plupart du temps nous faisions comme nos parents. Et la majorité des parents avait le culte du programme et considérait le reste comme une perte de temps. Si bien qu'un premier de la classe pouvait être ignare selon mes critères.

— Comme Charpentier.

— Oui, sans doute. Évidemment plus le programme était riche mieux ça valait, et de ce côté-là il y a sans doute eu une régression. Mais je veux te démontrer que si tu vas dans une section « A » contre l'avis de tes profs tu rencontreras des gens qui ne seront bons ni en maths ni en lettres.

— Mais c'est de la faute de la sélection par les maths !

— Peut-être. Mais la situation est ainsi et tu dois en tirer le meilleur parti. Il y a une forme de snobisme assez répandue qui consiste à dire, d'un ton désinvolte : « Oh moi je n'ai jamais rien compris aux chiffres ! Je suis un artiste ! Je ne sais même pas remplir une feuille d'impôt ! ». Tu trouves ça bien ?

— Non, mais moi je ne suis pas comme ça. D'ailleurs je suis ASSEZ bonne en maths.

— Si tu ne l'étais pas la question dont nous débattons ne se poserait pas. Mais tu veux être écrivain, ce dont je ne me moque pas, et en même temps tu refuses d'être prof, ce que je comprends. Il faut donc choisir un métier alimentaire.

— Je veux être conceptrice-rédactrice.

— Excellente idée. Sauf que c'est un métier très prenant qui occupe souvent bien plus de dix heures par jour. Alors on est crevé et on n'écrit plus.

— Vous croyez ?

— Je l'ai entendu dire. C'est peut-être une rumeur lancée par des velléitaires qui parlent d'écrire et qui ne le font pas. Après tout ta tante, qui travaille beaucoup, a fini par venir à bout de son étude sur les orphelins. Mais si elle n'avait pas fait des unités de statistique et de probabilités à la fac elle n'aurait jamais pu l'écrire. Cela dit si tu insistes pour aller en « A » tu es libre.

« Libre mais responsable, avait pensé Mélanie, autrement dit si ça tourne mal ce sera de ma faute. Drôle de liberté ! Si je vais en "A" elle ne me le reprochera jamais, ce n'est pas son genre, mais elle pensera tellement fort que je me suis trompée que ce sera palpable. En plus elle a Suzanne dans son camp, qui raisonne exactement de la même manière. Et aurai-je le courage d'affronter le conseil de classe en leur disant que la première "S" ne m'intéresse pas ? Non. Donc je ne suis pas libre et je ne vais pas me cogner la tête contre les murs pour si peu. Suzanne et Camille vont en "S", Charpentier et d'Eygurande aussi. On a de grandes chances de rester ensemble et c'est tant mieux. Moi je bouderai en faisant la grève des maths pour éviter la terminale "C". Voilà ! »

Mais elle savait déjà qu'elle ne le ferait pas. Elle pousserait de gros soupirs accablés, jouerait les incomprises, ferait preuve d'un zèle ostentatoire pendant les cours de français, mais elle n'aurait même pas le courage de se mettre en grève pour protester contre ce qu'on lui avait imposé. Ce fut la conclusion à laquelle elle parvint, le soir, dans son journal où elle nota avec complaisance : « Je suis lâche mais je suis lucide. Après tout ce n'est pas donné à tout le monde ! »

— Erika s'inquiète beaucoup à ton sujet, dit Manuela à Héloïse qu'elle avait appelée au téléphone.

— Elle n'a aucune raison de le faire. Je suis parfaite. Tu sais bien qu'Erika n'a que trop tendance à battre la campagne !

Manuela ne répondit rien, sûre qu'Héloïse allait lui donner des précisions d'une manière ou d'une autre, par exemple en se fâchant. Elle avait remarqué que c'était souvent la meilleure façon de la faire parler.

— C'est tout de même un comble ! Je la trompe pendant quatre ans à la satisfaction générale et quand c'est fini elle me soupçonne ! Mais où va-t-on ?

— Primo c'est assez classique. Secondo en l'espèce ce n'est pas ça. Elle pense que tu es malade.

— Ah bon… je préfère. Je dors beaucoup et je ne vais plus à la gym. Je lui ai dit que j'étais fatiguée.

— C'est ce qu'elle m'a dit.

— À partir du moment où on lui a fait croire que j'avais eu la grippe elle devrait trouver ça normal. Tout le monde sait que c'est épuisant et que je n'ai plus vingt ans. Bon sang, Manuela ! Crois-tu que je fais exprès d'avoir le cafard ?

— Et si c'était une dépression ? dit Manuela qui, sachant à qui elle avait affaire, s'attendait à provoquer une explosion. Elle ne fut pas déçue.

— Mais vous voulez tout médicaliser à tout prix ! Quelle époque ! J'ai un chagrin d'amour, point final. Et j'en ai eu de plus gros, tu le sais bien. J'admets d'ailleurs qu'à cette époque j'aie pu disjoncter mais on n'en est plus là. Tu ne penses tout de même pas que je vais me jeter sur tous les tranquillisants de ma boutique comme les dactylos en mal de prince charmant qui viennent s'y approvisionner !

— Je t'ai connue plus compatissante envers les problèmes de tes clientes.

— Tu as raison, parce que la plupart du temps elles n'ont pas la chance que j'ai. Qu'as-tu dit à Erika ?

— J'ai suivi la ligne que nous avons définie. Tu as eu la grippe, tu ne t'es pas reposée suffisamment et tu es vieille. Là elle a failli m'arracher les yeux parce que tu es toujours la plus belle et la plus jeune. C'est ça l'amour, Marèges !

— Je sais, Tauberg. Pour mériter cet amour je vais faire un gros effort.

— Un effort c'est une chose. Se soigner c'est mieux.

— Je vais faire un effort et, si ça ne marche pas, me soigner. Ça te convient ?

Manuela raccrocha en pensant qu'elle avait quand même obtenu quelque chose. Quant à Héloïse elle retourna à son piano, jeta un coup d'œil un peu écœuré sur les partitions qui traînaient, toutes plus ou moins déchiffrées, aucune vraiment travaillée. Il y avait la pile bien rangée d'Anne qui travaillait souvent sur son Bösendorfer. Elle y trouva *Les Chants de l'aube* de Schumann qu'elle avait étudiés quelques années auparavant… au temps où elle avait rencontré Fédora et où, sur ce tapis… Décidément, pas moyen de l'oublier, celle-là ! Autant aller jusqu'au bout dans la déréliction ! Elle reprit le 4e mouvement, *bewegt*, qui était son préféré. Exaspérant ce Schumann, avec ses indications en allemand ! *Bewegt* ! Comme si ça voulait dire quelque chose ! Même elle qui parlait allemand couramment était bien incapable de décider si l'on devait le traduire par mouvementé ou par agité. Erika saurait peut-être ? Non… elle dirait que c'était intraduisible et que cela signifiait… *bewegt.* La peste soit de l'âme allemande et, d'ailleurs, de l'âme slave ! De même que le latin est la langue de l'Église, de même l'italien est la langue de la musique. Tout le monde sait ce que signifie *allegro* ou *adagio*, même les chanteurs de variété. Au moins Erik Satie, quand il donnait des indications, faisait de l'humour. On n'y comprenait rien mais c'était drôle. Schumann, lui, était un snob pangermaniste qui annonçait l'infâme Wagner. Bon, mais sans s'en apercevoir, tout en injuriant intérieurement le compositeur préféré de sa mère, elle était arrivée au bout du morceau et elle ne l'avait pas vraiment oublié. Elle le reprit, le travailla mesure par mesure, essaya de déchiffrer les indications gribouillées par la répétitrice de son fils et les trouva bonnes. Quand elle s'arrêta elle s'aperçut qu'Anne était sur le seuil de la porte et l'écoutait.

— Tu es là depuis longtemps ?

— Oui. Vous êtes drôlement bonne !

— Merci. À ton avis que veut dire *bewegt* ?

— Oh… je ne sais pas. Faut faire comme on sent.

— C'est ta répétitrice qui dit ça ?

— Non, c'est Grand-Mère. Elle dit aussi que quand vous jouez les *Variations Goldberg* ça signifie que vous êtes triste. Vous les avez jouées aujourd'hui ?

— Non, pas aujourd'hui.

Elle jeta un coup d'œil sur la partition usagée des *Goldberg* qui effectivement servait beaucoup en ce moment, éprouva quand même le besoin de se justifier :

— Je ne suis pas triste mais fatiguée. C'est pour ça que je ne suis pas allée à la pharmacie cet après-midi. D'ailleurs ce n'est pas une partition triste, c'est une partition austère. Nuance !

— Oui, dit Anne, mais quand on a été élevé comme Grand-Mère on a du mal à faire la différence.

— Je pense que je vais aller à Vienne pour changer d'air. Ça ne vous ennuie pas de garder les enfants ?

Erika sourit, dit qu'ils avaient passé l'âge de se faire garder et demanda :

— Pourquoi Vienne ? C'est un autre air mais ce n'est pas un air très sain.

— Hilda a acheté un chalet à Reichenau. Vous voyez où c'est ?

— Dans les Raxalpen, je crois.

— Oui. Manuela m'a conseillé d'aller en montagne et je préfère cette solution au chalet de mon frère. Pour tout vous avouer j'ai la nostalgie de Vienne et une grande envie de voir ma petite sœur et Melitta.

— C'est une très bonne idée mais il faudra rester aussi longtemps que ce sera nécessaire. Je viendrai vous voir.

En réalité Héloïse avait passé un accord avec Manuela :

— J'accepte de me soigner mais à l'ancienne. Autrefois les jeunes filles neurasthéniques allaient oublier leurs amours impossibles à l'étranger et moi j'ai besoin d'aller à Vienne et de voir Melitta. Toi ton boulot consiste à rassurer Erika en lui affirmant que je n'ai rien de grave.

— Si je lui disais que tu as une mononucléose ?

— Ça c'est très astucieux… sauf que… suppose que j'en attrape une vraie dans quelques années ?

— Ce n'est pas très probable à ton âge. Tu dois être immunisée depuis belle lurette. On prend le risque ?

— Oui.

Elle se souvenait que son frère Victor en avait eu une

dans son enfance d'éternel malade. Et plus tard c'était aussi arrivé à Hippolyte. Elle, avec son insolente bonne santé, avait dû l'attraper de l'un ou de l'autre et rester une porteuse saine. C'est ce qu'elle expliqua à Manuela qui fut de son avis.

— Donc nous sommes d'accord. Tu rassures Erika…

— C'est une tâche difficile !

— Et moi je vais voir Melitta.

— Couches-tu encore avec elle ?

— Ça arrive.

— Tu ne changeras donc jamais, Marèges ?

— Changement de pâture réjouit les veaux, Tauberg !

— Tu n'as pas bonne mine, fille des rues. Je vais te monter à Reichenau sans attendre ! Hilda est partie pour Bratislava mais j'ai les clés.

— Qu'est-ce qu'elle fait à Presbourg ?

— Ce qu'elle fait à Pozsony ? Elle donne un concert avec son violoncelliste préféré.

— Attends… je ne comprends pas. Où est-elle exactement ?

— À Pozsony. Pour te montrer que je respecte l'indépendance des Tchécoslovaques je dis Bratislava, et toi tu joues les réactionnaires en disant Preßburg. Dans ces conditions je préfère encore le dire en hongrois.

— Vous avez toujours des vues sur la Slovaquie, hein ? En réalité je dis Presbourg parce que c'est le nom français. J'écris ça P.R.E.S.B.O.U.R.G. Et je te ferai remarquer que sur les panneaux indicateurs, ici, on écrit Preßburg.

— Plus maintenant. Tu devrais venir plus souvent.

— Je voudrais bien ! Mais depuis que mes parents sont à

Paris les occasions me manquent. Je ne veux pas aller à Reichenau tout de suite, je préfère rester quelques jours avec toi… si ça ne te dérange pas, bien entendu. Comment vont tes amours, ces temps-ci ?

— Stables mais un peu clandestines. C'est une femme divorcée qui a des enfants de l'âge des tiens. Or l'ex-mari lui a complètement démoli sa précédente liaison en la menaçant de lui retirer la garde des enfants.

— Classique !

— Oui, mais elle était tombée sur une militante très radicale qui refusait de faire les concessions que la situation imposait. Tu la connais, d'ailleurs : c'est Edeltraud.

— Oh mon Dieu, oui !

Chaque fois ou presque qu'Héloïse avait rencontré Edeltraud elle s'était attiré des remarques sur son mode de vie, sa tenue, ses opinions politiques réelles ou supposées et même le métier de son père. Ces attaques avaient culminé en 81 quand Edeltraud lui avait dit que, bien évidemment, son père ne tarderait pas à être limogé.

— Je ne comprends pas, avait dit Héloïse. L'ennemi de Papa c'était De Gaulle. Dans ces conditions je ne vois pas pourquoi Mitterrand le mettrait en pénitence. À mon avis il l'enverra plutôt dans un pays moins minable que l'Autriche, parce qu'ici il ne peut que garder l'œil fixé sur le rideau de fer pour voir s'il bouge ; or il ne se passe rien et il ne se passera jamais rien.

Elle ne le pensait pas et de toute façon son attaque était mal ciblée parce qu'on ne pouvait pas accuser Edeltraud d'être nationaliste. Mais elle en avait assez de ne jamais se défendre, de laisser passer les allusions en ayant l'air de ne pas les comprendre, de sourire poliment devant les perfidies de l'autre qui en profitait pour pousser les attaques de plus en plus loin. Puisque la diplomatie avait échoué elle avait choisi la guerre et gagné la première et dernière bataille. Edeltraud, depuis, lui fichait la paix.

— Moi ça me convient, reprit Melitta. Nous sommes très bien ensemble et mon indépendance est préservée. J'ai l'impression, pour une fois, d'être arrivée quelque part où je suis bien. Pourvu que ça dure !

— Et quand ses enfants seront majeurs ?

— Par chance ils sont au courant et ils ont pris le parti de leur mère. Le père, vois-tu, n'a pas su divorcer proprement et les enfants ne pardonnent jamais ça. Quand la dernière sera majeure nous ne vivrons peut-être pas complètement ensemble mais nous ne nous cacherons plus. J'ai cinquante-deux ans et Tamás ne reviendra pas. D'ailleurs même s'il revenait…

— Tu ne crois pas non plus à la libéralisation de l'URSS dont on nous rebat les oreilles ?

— Bien sûr que non, pas plus que toi. On en a trop vu ! Qu'en pense ton père ?

— Mon père et moi, sans nous être vraiment concertés, nous faisons la même analyse. La doctrine Brejnev sur les pays de l'Est est plus que jamais en vigueur mais l'Armée rouge n'a plus les moyens — et depuis longtemps — de la faire respecter. Le fait qu'elle ne soit pas entrée en Pologne en est la preuve. Le jour où les pays occidentaux daigneront s'en apercevoir on pourra agir. Ou ne rien faire, parce que je suis sûre que les Américains connaissent dans les moindres détails l'état de l'Armée rouge mais que le communisme des Russes leur convient. Si l'Ukraine redevenait le grenier à blé de l'Europe que se passerait-il dans le Middle West ? La seule chance des pays de l'Est c'est de prendre conscience de la situation et de se libérer tout seuls.

Quant aux Russes ? Après tout pourquoi pas ? Ce qui leur est arrivé est tellement nouveau que je ne sais pas quoi penser.

— Qu'est-ce qui est nouveau ?

— Une dictature qui dure soixante-dix ans. Tu peux chercher dans l'histoire, tu ne trouveras pas. Ça a dû forcément modifier leur vision du monde. Sans compter qu'ils ont un empire et qu'ils y tiennent. Mais leurs colonies souffrent d'un nationalisme refoulé qui pourrait les aider à réagir.

— Ça oui ! Si tu entendais ce que j'entends à Budapest quand j'y vais !

— As-tu eu des nouvelles plus précises de Tamás ?

— J'en suis toujours au même point et c'est normal. La dernière personne qui l'a aperçu en 1956 vit à Budapest et j'ai réussi à la rencontrer et à l'interroger il y a huit ans. Ce qu'elle a vu c'est des soldats de l'Armée rouge qui étaient en train de le pousser, avec d'autres, dans un camion.

— Ça accrédite l'idée de la survie, du moins provisoire.

— Oui, parce que le témoignage précédent, que je n'avais pas recueilli moi-même mais qu'on m'avait rapporté, disait que c'était des membres de l'AVO[1] qui l'avaient poussé dans ce camion. J'ai peut-être une vision sommaire de la situation mais je crois, et je ne suis pas la seule, que l'AVO fusillait et que l'Armée rouge déportait.

— Et tu es sûre de ton témoin ?

— Oui. J'ai bien entendu recoupé l'information mais c'est un témoignage d'une extrême précision fait par quelqu'un qui ne mentait pas. J'aurais tellement préféré entendre le contraire ! Pas pour me libérer, tu penses, car je suis parfaitement libre, mais parce qu'entre une fusillade rapide et une longue agonie en Sibérie personne

---

1 Police politique du régime communiste hongrois.

n'hésiterait. C'est en tout cas ce qu'affirme ta mère et elle s'y connaît.

— Tu en as parlé à Maman ?

— Tes parents m'ont beaucoup aidée dans mes recherches.

— J'aurais dû y penser. C'est logique.

— Si tu savais comme je regrette leur départ ! Quelquefois nous passons une soirée chez Hilda et nous parlons du bon vieux temps.

— Qui c'est, nous ?

— Sonja et moi. Parfois le violoncelliste de ta sœur est là. L'as tu déjà rencontré ?

— Mais oui, il y a très longtemps à Copenhague. Il travaillait déjà son violoncelle avec Hilda. C'était un vilain petit garçon très maigre et beaucoup trop blond. Je ne comprends pas comment elle a pu tomber amoureuse d'un ami d'enfance au point de s'installer avec lui.

Melitta se mit à rire :

— Tu es difficile ! C'est le prototype même du beau viking grand et musclé ! Quand il empoigne son violoncelle il a un geste ample et décidé qui te rendrait hétéro ! Je te fais le pari que s'il a envie de lui faire un enfant elle acceptera.

— Hilda ? Impossible !

Mais elle se garda bien de relever réellement le pari.

Elles résolurent finalement d'aller à Bratislava pour le concert, ce qui permit à Héloïse de faire remarquer à Melitta que les panneaux de l'autoroute indiquaient Bratislava ET Preßburg et qu'à sa connaissance cela avait toujours été le cas.

— Sauf que ce n'est plus dans le même ordre… dit Melitta avec mauvaise foi.

Elles étaient d'abord passées à Grinzing où Héloïse avait dormi deux heures, ce qui avait conforté Melitta dans l'idée qu'elle était malade.

— Il faut que tu montes à Reichenau le plus tôt possible. Vienne n'est pas une ville particulièrement saine.

— Je ne suis pas vraiment malade. Je t'expliquerai demain parce que ce soir j'ai décidé de ne penser qu'au beau viking de ma sœur et à la musique. En réalité j'ai besoin de me changer les idées et je ne crois pas qu'un chalet isolé…

— Tu as des ennuis ? Erika ?

— Erika m'adore et j'adore Erika.

— Les enfants ?

— Pour autant que je le sache ils vont très bien.

— Et mon petit Anne ?

— Ton petit Anne est un homme, et qui plus est un très bel homme.

— Déjà !

— Il a eu beaucoup de chance. Il a échappé à l'acné, il a mué en moins d'un mois, passant d'un mezzo banal à un baryton harmonieux en évitant le stade fausset. Il se rase deux ou trois fois par semaine et la danse lui a donné un corps parfait. Il est encore plus beau que son père qui, honnêtement, n'était pas mal. Il a d'ailleurs le regard et les mains de mon père à moi mais c'est bien tout ce que les Marèges lui ont donné.

— Et la musique.

— La musique lui vient plutôt de Maman. La seule chose qui me préoccupe un peu c'est ça. Je suppose qu'il entrera au conservatoire, mais je ne crois pas qu'il soit aussi bon pianiste qu'Hilda au même âge. À moins que mes souvenirs ne me trompent, parce que j'ai peu entendu Hilda quand elle avait seize ans, ou que je ne sois devenue plus exigeante. Bref, il faut que j'en parle avec elle.

— Et les filles ?

— Il n'y a plus « les filles » mais Suzanne d'un côté et Mélanie de l'autre. Suzanne fait ce qu'on attend d'elle et Mélanie a tenté une petite révolte contre le conseil de classe qui, Dieu merci, n'a pas duré.

— Sont-ils au courant de ta vie ?

— Non, et ça devient ridicule ! J'ai laissé passer toutes les occasions et maintenant je ne sais plus quoi faire. Je vais finir par demander à Maman, et à sa place je refuserais. J'en arrive à me demander si je n'aurais pas dû, dès le début…

— Je ne sais pas. Tu avais de bons arguments, souviens-toi.

— Oui, mais j'avais surtout une grande difficulté à parler à des enfants. Dans ces cas-là tu trouves n'importe quelle justification pour faire ce qui t'arrange. À l'époque j'étais sûre d'avoir raison et maintenant je doute. Mais c'est peut-être parce que je souhaiterais avoir ce problème derrière moi !

— D'après ce que j'ai vu autour de moi ce n'est pas toujours bon de le dire trop tôt.

— Moi je l'aurais dit sous la forme « c'est comme ça et pas autrement » sans tenter de me justifier.

— Tu crois ? Possible. De toute façon il n'y a pas de solution.

— Comment a-t-elle fait ta Sonja ?

— Le père, fou de rage, a dit aux enfants : « Votre mère est une sale gouine ! » Ils ont dit : « C'est quoi une gouine ? » et elle a dû leur expliquer. Elle prétend que ce jour-là il a perdu ses dernières chances de la garder. L'avantage c'est que ses enfants l'ont toujours protégée en affirmant qu'il n'y avait jamais de femme à la maison, ce qui était faux. Prends garde que les tiens ne l'apprennent pas d'une manière aussi désagréable !

— Autrement dit je dois me dépêcher ?

— Oui.

Elles se turent car on arrivait à la frontière. Chacune montra son passeport sur lequel les douaniers jetèrent un coup d'œil négligent. « Si c'est ça le rideau de fer ! » dit Héloïse qui n'était pas allée là-bas depuis plus de dix ans.

— Pour nous ce n'est que ça mais pour eux, crois-moi, ce n'est pas si facile !

C'est vrai qu'il avait changé, le petit Nils. Hilda aussi, d'ailleurs, qui avait décidé de laisser repousser ses cheveux. Mais cela n'avait peut-être aucun rapport. En tout cas ils s'accordaient à la perfection. Héloïse ne put s'empêcher de sourire quand elle vit, sur le programme, qu'ils allaient jouer la *Sonate* de Franck dans la transposition pour violoncelle de Delsart. Dire que sa sœur prétendait avoir l'oreille si absolue qu'elle ne supportait pas les changements de tonalité ! L'amour, semble-t-il, l'avait rendue moins délicate. Il est vrai que par principe Hilda mettait presque toujours dans ses concerts un morceau de musique française pour montrer à tous ces Autrichiens (et accessoirement aux anciens sujets des Habsbourg) que la musique de chambre ne se limitait pas à Haydn, Mozart ou Schubert et qu'il n'était pas nécessaire d'avoir vécu à Vienne pour en composer.

Le programme commençait par la *Sonate Arpeggione* jouée par Hilda et Nils. Héloïse apprécia la beauté du garçon qu'elle persista néanmoins à trouver trop blond.

— Passe encore pour les cheveux, murmura-t-elle à Melitta en profitant de la séance rituelle de toux et de raclements de gorge qui séparait les deux premiers mouvements, mais il devrait se faire teindre les cils.

Melitta haussa les épaules en souriant et mit un doigt devant sa bouche. Nils se réaccordait. Il fallait se taire.

Après l'*Arpeggione* les autres membres du quatuor Larsen firent leur entrée. Il se composait de Karen Larsen-Holm, premier violon et sœur de Nils, de Sven Larsen, alto et frère aîné des deux autres, et enfin d'une adolescente à qui Héloïse aurait donné une douzaine d'années mais qui, d'après le programme, en avait quinze : c'était Inger Larsen, fille de Sven et second violon. Elle ressemblait étonnamment à son oncle enfant et Héloïse lui souhaita de tout son cœur de sortir le plus vite possible de cet âge ingrat prolongé. Ils attaquèrent le *Quintette La Truite*. Héloïse était fascinée par le jeu de la petite, qui certes était encore loin d'égaler celui de sa tante mais qui promettait. Elle pensa à sa mère qui aurait envié cette famille capable de former un quatuor et à laquelle, semble-t-il, Hilda s'était complètement intégrée. Mais sa mère, sans doute, était au courant. Elle avait probablement connu certains membres de la famille Larsen à Copenhague et Hilda lui avait tout dit de sa nouvelle vie sentimentale. Ses retrouvailles avec Nils dataient d'environ un an. Il faisait de longs séjours chez elle à Vienne et elle allait souvent lui rendre visite à Copenhague. En somme, si la prédiction de Melitta sur leurs futurs enfants s'avérait, elle pourrait toujours vivre au Danemark, mais Héloïse n'y croyait pas.

L'entracte fut bref et Héloïse n'eut que le temps d'aller signaler leur présence à Hilda. Pendant la *Sonate* de Franck elle s'évada, ce qui lui arrivait souvent au concert, pensa à sa petite sœur, à son fils qui, lui aussi, jouait cette sonate avec son ami Feldmann. De toute façon la difficulté de ce morceau n'était pas pour le pianiste mais pour le violoniste. Nils jouait bien mais cette sonate ne convenait pas à son instrument. « Au fond c'est peut-être parce que je la connais trop. Le changement me gêne. C'est comme quand les concertistes jouent une cadence nouvelle. C'est eux qui ont raison, parce qu'ils respectent le principe même de la cadence, mais je suis déçue. Je veux les couples célèbres, les Brahms/Joachim, les Beethoven/Kreisler. Le pire c'est quand la cadence est de l'interprète lui-même. D'abord je me dis qu'il se l'est fabriquée sur mesure pour dissimuler ses faiblesses, ensuite j'ai peur qu'il flanque des dissonances modernes sur un morceau romantique. C'est d'ailleurs souvent le cas. Je suis une vieille maniaque, une routinière attachée aux vieux airs de son enfance, comme Fédora. »

C'est alors qu'elle se rendit compte qu'elle n'avait pas pensé à Fédora depuis… plusieurs heures. C'était un progrès mais il fallait tenir. Nils et Hilda attaquaient le canon du quatrième mouvement. Elle se concentra. Après tout, cette musique pouvait bien lui faire venir les larmes aux yeux, ce n'était pas déshonorant !

Héloïse d'Ennecour
à Manuela von Tauberg

Reichenau, le 2 décembre 1988

Grüss Gott !

Il n'est pas si mal ce chalet, finalement ! Au début j'ai éprouvé un peu d'appréhension en l'apercevant de Reichenau, si loin, si haut, si isolé surtout. Est-ce que c'était une bonne idée d'aller faire une retraite à 1800 mètres d'altitude quand on n'est pas réellement malade ? Puis je me suis dit que si j'avais le cafard il me suffirait de retourner à Vienne, voire de rentrer à Paris. Melitta sait maintenant pourquoi je suis ici mais Hilda, bien entendu, n'est pas au courant. Pourquoi bien entendu ? Parce que moins il y a de personnes informées de mes sottises mieux ça vaut.

Hilda a fait installer un système de climatisation très sophistiqué pour que son vieux Steinway ne souffre pas trop du froid ni, surtout, de l'humidité. Il y a des tonnes de partitions et je m'en sers beaucoup. Quatre ou cinq heures par jour ! Je crois que ça ne m'était jamais arrivé, mais inutile de te dire que je ne fais pas de progrès parce que mon seuil d'incompétence est atteint depuis longtemps. Le reste de la journée se passe à lire, de préférence d'énormes pavés, et à écouter des disques : concertos, musique de chambre, sonates… mais pas d'opéras ! Je n'ai pas eu l'occasion de te le dire mais Fédora avait un point commun avec toi : elle n'écoutait que du lyrique ou presque. Mais contrairement à toi elle ne faisait pas l'impasse sur les opéras français ni même sur ce qui semble le comble de l'horreur aux puristes dans ton genre : les opéras étrangers traduits, dont elle allait jusqu'à déplorer la disparition !

Je me demande pourquoi je parle de cette femme à l'imparfait. Pour autant que je le sache elle est encore en vie !

Je me demande aussi si je n'avais pas besoin depuis longtemps de prendre des vacances, de partir seule. L'absence d'obligations sociales est divine, « l'air est pur, la route est large… » Non, c'est en vérité un chemin qu'on ne peut emprunter qu'avec un 4 x 4. Hilda a donc une Jeep (une authentique signée American Motors) et c'est avec ça que je fais les courses à Reichenau ou à Gloggnitz.

Erika me téléphone deux ou trois fois par jour. Elle viendra la semaine prochaine et tu devrais bien l'accompagner si tu le peux. Melitta est montée le week-end dernier, mais pas seule. Tu peux en déduire que je suis d'une sagesse exemplaire. Une vraie retraite ne doit-elle pas s'accompagner de chasteté ?

Embrasse pour moi Wolf et le petit Boris.

Vale.

— Je crois que je vais rentrer à la maison, dit Héloïse à Erika qui venait d'arriver pour son deuxième séjour.

Erika la regarda, partagée entre son désir de revenir à une vie normale et sa prudence. Elle était elle-même très fatiguée et se rendait compte qu'elle avait vécu, depuis le mois d'octobre, dans une tension insupportable au point d'avoir accueilli avec soulagement le diagnostic fait par sa sœur. Elle lui devait une fière chandelle parce que si Manuela n'avait pas insisté pour faire faire une prise de sang à Héloïse elle en serait toujours au même point. Le doute, l'angoisse, les questions que l'on se pose la nuit : pourquoi cette tristesse, pourquoi surtout cet effort un peu trop visible pour la cacher ? Cet effort était discret, d'ailleurs. Il aurait trompé n'importe qui sauf elle. Elle s'était accusée, encore une fois, de battre la campagne. Quand elle risquait une question on lui répondait : « Je suis fatiguée, c'est tout. » L'agacement, lui aussi, était discret… mais pour elle perceptible. Héloïse allait se coucher de très bonne heure et quand Erika la rejoignait elle dormait déjà. Le matin elle dormait encore quand Erika s'en allait. En somme elles se voyaient à peine et Erika en était venue à se demander s'il ne s'agissait pas d'une tactique pour l'éviter. En même temps elle avait honte de faire une telle hypothèse, qui n'était pas fondée. Quand elle avait dû passer quelques jours aux États-Unis, en novembre, Héloïse lui avait dit, à son retour :

— Vous m'avez manqué ! Je me suis sentie affreusement seule dans ce grand lit !

— Plus que d'habitude ? avait demandé Erika.

— Beaucoup plus. J'ai besoin de vous.

Quelques jours après, le départ pour Reichenau avait été décidé. Erika s'était sentie soulagée mais en même temps elle en avait honte. Héloïse avait de bonnes raisons d'être épuisée et avait fait preuve de vaillance et elle, égoïstement, se réjouissait qu'il ne s'agît que d'une maladie. Tout ce qu'elle pensait c'est : « Elle est heureuse avec moi donc tout va bien. »

Cette fois-ci il ne fallait pas être égoïste mais, au contraire, se montrer raisonnable pour deux. Elle dit :

— C'est trop tôt et je pense que Manuela ne sera pas d'accord. D'ailleurs elle compte venir ici avec Boris pour Noël.

— Jusqu'à Noël d'accord. Mais je veux être chez moi le 1er janvier et il faudra bien que Manuela s'incline.

— Pourquoi le 1er janvier ?

— C'est symbolique. Ce jour-là je suis de garde.

Lui démontrer que sa présence un jour de garde n'était pas du tout indispensable n'aurait servi à rien. Erika préféra lui dire qu'elle était elle-même assez fatiguée et qu'elle apprécierait de passer quelques jours dans ce chalet en famille et de faire la connaissance de Nils. S'il y avait trop de monde on logerait à l'hôtel ou on louerait un autre chalet. Héloïse la regarda avec un peu d'inquiétude : Erika avait maigri et avait cet air qu'Anne de Marèges appelait son air de chat siamois famélique. Cet air-là, on le lui avait vu en 1982 quand elle s'était battue pour garder une partie de Broussard, puis en 1986 quand elle avait récupéré ce qu'elle avait dû céder. Cette fatigue prouvait qu'elle avait vécu une tension extrême dont Héloïse se savait responsable.

— D'accord, lui dit-elle tendrement, on restera un peu. Vous avez besoin de repos et je suggère que vous alliez tout de suite au lit.

— À cinq heures du soir ? Pas toute seule !

— Il n'a jamais été question d'y aller toute seule.

1989

Quand Manuela, à son retour de Reichenau, annonça à tout le monde qu'elle était amoureuse comme jamais elle ne l'avait été de sa vie, personne n'y trouva rien à redire, au contraire. Qu'une fille aussi sérieuse, aussi mesurée dans le choix de ses termes, prononçât des mots aussi définitifs, on ne pouvait que s'en réjouir. En revanche quand elle proclama qu'elle allait faire un enfant avec l'homme qu'elle aimait ce fut un beau tollé. Même sa propre mère se mit de la partie et lui avoua, à cette occasion, que si elle n'avait jamais eu d'autres enfants c'est parce que sa grossesse s'était tellement mal passée qu'elle n'avait jamais eu le courage de recommencer. Manuela fut indignée de ne l'apprendre qu'aujourd'hui :

— Comment, tu ne m'as jamais raconté ça ! J'en aurais déduit que c'était héréditaire et j'aurais eu moins honte de moi !

— Je te fais remarquer que tu ne nous as rien dit quand tu attendais Wolfgang. Et même pour Boris tu es allée te cacher à la montagne et tu ne t'es jamais vraiment plainte, du moins à moi. Je ne l'ai su qu'après, et qui plus est par Wolfgang.

— Maman, c'est important d'avoir un enfant de l'homme qu'on aime. Je ne peux pas expliquer pourquoi.

— Mais je comprends.

— Et c'est la première fois que j'aime.

— Tu as aimé Thévenet.

— Oui, mais je ne l'aimais plus quand j'ai attendu

Wolfgang. Je sais que je suis ridicule, à plus de quarante ans, de raisonner comme une midinette, mais après tout Sven raisonne aussi comme ça. Il a une fille, il a eu un fils, mais ça ne suffit pas.

— Il a eu un fils ?

— Oui, un fils à qui il disait toujours de s'asseoir bien au fond de son siège en voiture. Mais le gosse passait son temps à se relever et à se tenir debout entre les deux sièges, comme ils le font tous. Un jour sa femme l'a emmené à son club de voile, ils ont eu un accident et ils sont morts tous les deux. Tu te souviens comme j'obligeais Wolf à s'asseoir ?

— Il râlait sans arrêt ! Boris n'a pas le choix, lui, puisque la loi s'en est mêlée. Donc tu vas épouser ce Sven ?

— Mais non, pourquoi ? On ne se marie plus, ça ne sert à rien. Tu verras, Maman, tu l'adoreras ! Tu seras obligée de lui parler en allemand au début.

— Ce n'est pas pour me déplaire.

— Mais je pense qu'il se mettra vite au français puisqu'il doit vivre partiellement ici.

— Du moment qu'on ne me demande pas d'apprendre le danois !

— Un enfant, dit Claire, pourquoi pas ? Tu sais mieux que personne à quoi tu t'exposes. Mais encore faut-il y parvenir. Moi ça fait neuf mois que j'essaie !

— Neuf mois ? Ce n'est pas encore alarmant.

— Je sais. Mais j'avais l'habitude d'y arriver du premier coup… non, je me vante, disons en deux ou trois essais bien ciblés. Si bien que, comme une idiote, je suis allée me plaindre à ma gynécologue il y a trois mois.

— Elle a ri ?

— Pire que ça ! Tu comprends avant j'avais un vieux gynéco sympa à l'ancienne mode, cultivé et très libéral. Je voulais des enfants ? Très bien. Je n'en voulais plus ? Parfait aussi. Quelqu'un m'avait dit qu'il pratiquait parfois des avortements gratuits avant 75, et je le crois volontiers. Mais il a pris sa retraite il y a un an et j'ai été « vendue » à cette femme que j'ai eu très peu l'occasion de fréquenter. Je lui ai envoyé Hécube pour les examens de routine quand elle a voulu la pilule et c'est à peu près tout. Donc, après avoir moi-même cessé de la prendre pendant un peu plus de six mois, je suis allée la voir en me disant qu'il y avait peut-être un obstacle et qu'elle le verrait. Si elle s'était un peu payé ma tête j'aurais ri avec elle, mais pas du tout. En gros elle m'a dit que j'étais trop vieille et que j'avais bien assez d'enfants.

— Comme ça ?

— Je te le traduis en français mais elle a employé des termes beaucoup plus pédants et m'a parlé, entre autres, de mon horloge biologique. C'est la première fois que j'entendais ce mot ! Puis elle est partie dans un discours sur le désir d'enfants et la rivalité mère fille, insinuant carrément que ma fille était en âge de procréer, que j'en étais jalouse et que ça m'empêchait d'y arriver. La relation de cause à effet m'échappe mais c'est bien ce qu'elle a dit. J'ai donc répondu que si elle entendait par là que la fécondité baissait avec l'âge je n'en disconvenais pas, encore que les statistiques sur le sujet manquassent de précision, mais que je voulais juste savoir s'il y avait un obstacle physiologique ; pour le psychologique je m'en chargeais, merci, et avec d'autant moins de scrupules que ma décision d'avoir encore quelques enfants était ancienne, pour ne pas dire programmée. Ce mot ne lui a pas plu du tout mais je l'avais fait exprès. On s'en est tenu là. Le soir j'ai téléphoné à Hécube pour avoir son avis sur cette Rosenberg et elle m'a répondu :

— C'est une conne ! Si Hélène se décide à baiser ne l'envoie pas chez elle. Moi je l'ai mouchée mais elle, elle ne saurait pas.

Ce point reste à démontrer mais j'imagine sans peine comment Hécube a pu moucher la dame !

— Et depuis ?

— Depuis je baise consciencieusement et j'attends. Quand je serai enceinte j'hésite entre deux attitudes. L'une, raisonnable, consisterait à aller chez une autre gynéco, la tienne par exemple. L'autre, enfantine, consisterait à retourner voir Rosenberg et à lui dire : « Ksss, ksss ! bisque, bisque, rage ! »

— À ta place je ferais les deux.

— Ouais… mais ça fait neuf mois que j'attends. C'est vrai cette histoire d'horloge ?

— Ce n'est pas ma spécialité mais je me renseignerai. Enfin si l'on en juge par toutes ces mères de onze ou douze enfants d'autrefois j'en doute un peu.

— Elles auraient bien voulu que ce fût vrai !

Le livre de Marie-Thérèse sur les orphelins de père était un bouquin très austère. Bourré de chiffres, de tableaux, de courbes, il semblait à Héloïse aussi attrayant que les études de Zazzo qu'elle avait lues à l'époque où elle se préoccupait du destin de ses jumelles. Pour elle, c'était évident, Marie-Thérèse aurait l'estime de ses pairs et sa place dans toutes les bibliothèques universitaires, département psychologie. Peut-être même aurait-elle des ennemis, ce qui était la consécration suprême. On la citerait, on la réfuterait, elle ferait l'objet de notes de bas de page (Marie-Thérèse Prieur, *op. cit.*) et c'était un destin très enviable.

Mais elles avaient toutes les deux sous-estimé l'aspect anecdotique, qui n'était pas négligeable. Les récits choisis pour illustrer l'étude étaient intéressants, bien écrits, vivants. Sur les conseils de son éditeur — en fait une éditrice spécialisée dans ce genre d'ouvrage et très habile à les vendre — Marie-Thérèse avait écrit un avant-propos expliquant comment l'idée lui était venue de rechercher l'universalité de l'Œdipe, pour l'infirmer ou pour la confirmer, dans le métro où elle voyageait avec son neveu orphelin de père. Elle s'était tout à coup rendu compte qu'elle disposait d'un échantillon exceptionnel avec la génération des pupilles de la nation de 14-18 et qu'il fallait se dépêcher de les interroger avant qu'ils ne fussent tous morts. Cette génération avait également l'avantage d'être arrivée à quelque chose, d'avoir eu une vie suffisamment longue et bien remplie pour que l'on pût analyser les conséquences de sa singularité. Bref, un échantillon de rêve, un régal de statisticien ! Quelle chance que personne ne l'eût devancée !

Ce qu'elle ne précisait pas c'est qu'*a priori* elle avait toujours douté de ce fameux Œdipe, du moins passé l'époque de son adolescence où elle croyait tout ce qu'elle lisait. Ç'aurait été donner à ses détracteurs des verges pour la fouetter, et d'ailleurs elle s'était juré que si elle parvenait à des conclusions opposées à sa croyance de départ elle changerait sa croyance.

Elle n'y était pas parvenue. Cette génération avait eu un comportement social totalement conforme à celui des témoins. Le nombre d'homosexuels des deux sexes était strictement identique et même le mythe de la mère hyper-protectrice qui efféminé son fils avait volé en éclats, au point que

Marie-Thérèse avait ri en constatant qu'elle était tombée, avec la sienne, sur un des rares spécimens de ce type. Bien entendu certains de ces enfants avaient regretté leur père, même s'ils ne l'avaient jamais vu. D'autres avaient accueilli avec hostilité le retour d'un prisonnier qui venait rompre leur intimité avec leur mère, surtout à une époque où il était d'usage que les pères fissent preuve d'autorité. Ces étrangers sévères avaient été considérés comme des gêneurs et avaient souvent eu du mal à se faire accepter. La plupart du temps ils ne s'en étaient pas doutés parce que « En ce temps-là on n'aurait jamais osé le dire et on avait même honte de le penser ! » avait avoué une charmante vieille dame née en août 14, qui avait même ajouté : « Les pupilles de la nation, je les enviais ! »

Mais malgré la variété de leurs réactions immédiates, ces gens-là étaient restés normaux au sens statistique. Impossible de les distinguer de l'échantillon témoin élevé par papa/maman. Marie-Thérèse n'en tirait pas de conclusions excessives. Elle constatait, disait que sans doute la nature humaine était solide et s'accommodait de tout, ce qui revenait à ses yeux à enfoncer une porte ouverte. Elle égratignait au passage les dogmatiques, les partisans des stades obligatoires de l'évolution des enfants qui exigent de l'ordre sous peine de graves séquelles, ceux qui culpabilisent les mères — plus souvent que les pères, précisait-elle —, ceux qui écrivent que tout se joue avant… six ans, trois ans, six mois, avant la naissance, voire avant la conception. Même Piaget, qui n'avait jamais eu la réputation d'un charlatan, voyait un certain nombre de ses résultats contestés.

Pourtant ce fut un beau tollé ! Et un succès de librairie tout à fait inattendu. Cela commença tout doucement, comme l'air de la calomnie de Rossini, par des articles plutôt élogieux dans la presse sérieuse ; mais ces articles n'hésitaient pas à affirmer que Marie-Thérèse Prieur, non contente d'avoir « tué le père », portait le coup de grâce à Freud. Les freudiens, suivis par les lacaniens, ripostèrent en démolissant l'ouvrage. On dut réimprimer et *Les Pupilles de la nation* apparurent à la dixième place du classement des essais de *l'Express*. À ce moment-là une critique bien connue pour sa hargne accusa les lecteurs de l'acheter mais de ne pas le lire. Elle, en tout cas, ne semblait pas l'avoir fait et s'était apparemment contentée de compiler des critiques déjà parues en les déformant, si bien que Marie-Thérèse ne reconnaissait ni sa pensée, ce qu'elle pouvait accepter, ni même son texte, ce qui lui semblait inadmissible. Finalement elle fut invitée à Apostrophes avec un aréopage de psys de toutes tendances qui avaient publié quelque chose récemment.

— Ce ne sont pas vraiment des psys, expliqua-t-elle à Héloïse après avoir reçu les livres qu'elle devait lire avant l'émission, mais je ne trouve pas de mot pour les désigner.

— Des parapsys ?

— Mais non ! Ils ne font pas tourner les tables !

— Des vulgarisateurs ?

— Oui, des vulgarisateurs en psycho-pédagogie, mais ce n'est pas péjoratif. Le grand public a besoin de ça. L'ennui c'est que je ne sais pas par qui commencer et que j'ai peur de ne pas avoir le temps de finir. Et si je lis en diagonale je risque de mal interpréter, ce qui n'est pas bien.

— Je vais t'aider. On va se partager tout ça et je te ferai un résumé d'une parfaite objectivité. Si je ne comprends pas tout je te demanderai.

— Ça m'étonnerait. L'ennui c'est qu'on partage un peu les mêmes préjugés et que…

— Et alors ? N'es-tu pas sûre d'avoir raison ? Ce ne sont pas des préjugés que nous partageons, ce sont des postjugés !

Ce soir-là Lise ne parvint pas à coucher Jenning. Elle eut beau lui promettre qu'elle enregistrerait l'émission, qu'elle le laisserait même faire la programmation lui-même puisqu'il n'avait pas confiance en ses capacités à sélectionner la bonne chaîne, il n'y eut rien à faire. Elle céda, sachant pertinemment qu'il se relèverait après son départ pour regarder quand même. Elle le retrouverait endormi sur le canapé devant le poste allumé avec son lapin en peluche dans les bras et il lui soutiendrait que « C'est Benjamin qui a voulu regarder, *Mutti* ! » Ce mélange de comportement puéril et de maturité ne cessait de l'étonner. Il était évident qu'au sens où l'entendait Marie-Thérèse il n'était pas normal. Depuis un an il refusait d'être gardé quand elle sortait en prétendant qu'il ne supportait pas un étranger « chez lui ». Ce qu'il ne supportait pas, en fait, c'était de se coucher tôt. Il avait mené la vie dure à quelques *baby sitters* qui comptaient sur cette soirée de garde pour étudier tranquillement leurs cours et avaient trouvé cet enfant de trois ans aussi pénible qu'un sale gosse de huit ans. C'est davantage par égard pour ces étudiants que Lise avait cédé, mais elle se le reprochait. Pourquoi n'avait-elle pas l'autorité de sa propre mère ? Jenning, après tout, n'était pas plus anormal que son frère et elle au même âge.

À Celle il abusait de sa grand-mère de la même manière et Lise ne pouvait pas lui reprocher de tout laisser faire à cet enfant. Sa mère avait passé l'âge de la sévérité, elle le comprenait, et l'époque n'était plus la même. Jenning n'obéissait que quand on lui avait expliqué pourquoi il devait agir de telle ou telle manière, mais quand il avait compris on pouvait absolument compter sur lui.

— Ton frère était pareil et je pense, finalement, que c'était une chance dans le monde où nous vivions. N'importe quel autre enfant serait allé répéter naïvement que je tenais des propos subversifs mais lui, une fois qu'il a bien compris le danger, n'a jamais rien dit. Toi non plus, mais tu avais la discipline dans le sang.

— Penses-tu, *Mutti* ! Il me terrifiait en me disant qu'il m'arracherait les cheveux un par un si je bavardais stupidement comme toutes les filles.

— Et tu le croyais ?

— Non, pas vraiment, mais j'étais tellement humiliée d'être traitée de fille stupide que je cherchais désespérément à lui prouver le contraire. Il faut te faire une raison : c'était un petit macho.

— C'est l'époque qui voulait ça, Lise.

— Je sais bien. Et si j'avais été l'aînée je l'aurais peut-être martyrisé, va savoir !

Son fils était dans l'ensemble un petit dormeur, ou plus exactement il dormait quand il voulait. Elle savait qu'il se relevait souvent la nuit, errait dans la maison, allait boire un de ces yaourts liquides aux fruits dont il raffolait et allumait la télévision en baissant le son au maximum. En revanche il s'endormait à la maternelle dès qu'il pensait qu'il ne se passait rien d'intéressant et refusait parfois de le faire à l'heure de la sieste. C'était à la fois volontaire et involontaire, car si on lui proposait quelque chose de plaisant au moment où il avait décidé de s'endormir il y renonçait immédiatement et semblait très en forme. Curieusement ce comportement fantaisiste n'était pas mal vu et aucune institutrice n'avait tenté de le discipliner. Lise ne s'en étonnait pas, sachant qu'on vivait à une époque où la sagesse et l'obéissance des enfants sont suspectes. Plus tard, à l'école primaire, elle lui expliquerait elle-même la nécessité d'être plus conformiste et il le comprendrait.

Dans l'immédiat elle n'avait pas vraiment le choix. Ils réglèrent tous les deux le magnétoscope et prirent le chemin de la rue Pavée. Jenning, parfaitement éveillé, jacassait pendant que Lise s'imaginait que les rares passants qu'ils croisaient s'indignaient qu'on pût laisser sortir à cette heure-là un enfant si jeune. En même temps elle savait bien que personne ne pensait rien de tel et qu'il ne s'agissait que d'un conflit intérieur entre ses principes et la réalité.

Ni Erika ni Héloïse ne s'étonnèrent de la présence de Jenning. Les difficultés que rencontrait Lise pour en faire un enfant modèle étaient de notoriété publique. Cela faisait sourire Erika qui pensait que Lise, de toute façon, mettait la barre beaucoup trop haut et faisait preuve d'une rigueur tellement théorique qu'elle n'était pas applicable — ni Dieu merci appliquée. Héloïse, en revanche, approuvait les principes de Lise mais considérait Jenning comme un petit garçon tellement exceptionnel qu'on ne pouvait pas le traiter comme un véritable enfant. Il ne faisait jamais de bruit, posait des questions tranquillement, d'une voix si douce qu'on l'entendait finalement mieux qu'un gamin braillard en train de crier : « Dis, Maman ! Dis, Maman ! DIS, MAMAN ! ! ! » Il semblait avoir trouvé tout seul ce truc de métier bien connu des meneurs de réunions et cela avait la même efficacité : on l'entendait et on lui répondait. On le faisait avec d'autant plus de plaisir que ses questions étaient pertinentes, qu'il attendait le moment favorable pour les poser et qu'il considérait comme normale une réponse du genre : « Je ne sais pas mais je me renseignerai. » Même ce qu'il avait de puéril était charmant. Il traînait toujours avec lui son lapin Benjamin, le traitait comme une personne, mais Héloïse, parfois, le soupçonnait de jouer à l'enfant à la manière du garçon de café de Sartre et de penser : « Je suis un petit garçon de quatre ans et je dois avoir un jouet favori parce que c'est la norme. » Si elle en avait parlé à Lise elle aurait su que cette dernière avait parfois le même soupçon.

Après la présentation des différents participants, qui l'intéressa beaucoup, il demanda à quel moment ce serait le tour de Marie-Thérèse. On lui répondit que personne n'en savait rien.

— Si tu t'ennuies endors-toi, lui dit Héloïse. Je te promets qu'on te réveillera au bon moment.

— Je sais. Mais je pense qu'il vaut mieux voir aussi les autres, non ?

— Je pense que oui.

— Bon.

Et il s'installa, assis bien droit avec son lapin sur les genoux, dans la position de celui qui n'a pas la moindre intention de dormir. Il avait toujours eu confiance en cette femme qui le traitait comme un adulte. Sa mère, certes, lui convenait très bien, mais avec Héloïse il s'accordait intuitivement et savait qu'il pouvait se montrer tel qu'il était, ce qui revenait à reconnaître qu'avec la plupart des autres adultes, y compris avec sa mère, il trichait un peu et présentait volontairement une personnalité plus conforme à ce qu'on semblait attendre de lui. Seules *Oma*[1] et Héloïse méritaient une confiance totale mais malheureusement il ne les voyait pas aussi souvent qu'il l'aurait souhaité.

---

1 Diminutif allemand pour Grand-Mère.

Il ne posa pas la moindre question pendant l'émission, trop occupé à enregistrer les paroles des écrivains et à observer leurs gestes. Pourquoi, d'ailleurs, faisaient-ils tant de gestes ? Il retrouvait d'instinct la méfiance du nordique envers ces latins qui ponctuent toutes leurs phrases de mouvements inutiles et agaçants. Sans doute cela se voyait-il plus nettement à la télévision que dans la vie quotidienne. Désormais il regarderait mieux autour de lui. Marie-Thérèse, qui passa en quatrième position, faisait peu de gestes et il en fut satisfait. Elle s'exprimait de façon paisible, répondait exactement aux questions posées et se défendait avec beaucoup de calme. Elle protesta très gentiment quand Pivot lui fit remarquer que certains critiques avaient dit que pour elle le père ne comptait pas.

— Je n'ai pas écrit ça. J'ai écrit que la plupart des enfants qui n'avaient pas connu leur père n'avaient montré aucun déséquilibre par la suite et que la proportion d'enfants perturbés était la même que dans mon échantillon témoin.

— Et le substitut de père ? demanda une psychanalyste qui venait d'écrire sur l'autisme en le présentant comme la conséquence d'un rejet de l'enfant par sa mère.

— Dans l'échantillon que j'ai conservé il n'y a pas eu de substitut.

— Ce n'est pas possible !

— Vous sous-estimez l'hécatombe de la guerre de 14-18. Avec qui les veuves se seraient-elles remariées ? Où étaient les hommes ?

— Il y a toujours un substitut.

— Si vous voulez, dit Marie-Thérèse d'un ton las, mais c'est de votre part un acte de foi. Les gens à qui j'ai parlé n'avaient pas d'« image du père ».

— Consciemment, mais…

— Je n'étais pas là pour fouiller leur inconscient.

Un professeur de philosophie qui venait d'écrire sur le déclin de l'enseignement vola à son secours :

— De toute façon, substitut ou pas, vous concluez que ces enfants sont devenus des adultes normaux.

— Normaux au sens statistique.

— C'est bien ainsi que je l'entendais. Pour vous leur situation particulière ne les a pas perturbés. Pourtant les enfants ne supportent pas d'être différents des autres ?

— C'est vrai, mais ceux-là étaient nombreux. Que croyez-vous qu'il arrive quand la moitié d'une classe, dans une école, est pupille de la nation ?

Le prof montra qu'il connaissait bien les enfants :

— Il se forme deux clans et ils se battent entre eux.

— Exactement.

Tout le monde rit et Pivot demanda à Marie-Thérèse si, à son avis, la situation était la même pour les orphelins de mère. Elle hésita :

— J'ai le sentiment que c'est la même chose mais je ne peux pas le prouver. Il n'y a pas d'échantillon.

— Est-ce qu'un jour vous chercherez à le prouver ?

— Si je peux oui, bien sûr ! Mais c'est le même problème que pour les études à base de vrais jumeaux élevés séparément. On n'en trouve pas assez et ça désespère les chercheurs. Du temps que les mères mouraient souvent en couches il y a eu quantité d'enfants orphelins de mère. Je pense qu'ils étaient normaux (elle se tourna vers le professeur en ajoutant : « au sens statistique ») mais je ne peux pas les interroger car ils sont tous morts.

Sur le chemin du retour Jenning demanda à Lise :

— Et toi, est-ce que tu étais dans l'échantillon ?

— Non. J'ai eu un substitut puisque *Mutti* s'est remariée,

donc Marie-Thérèse m'a éliminée après m'avoir quand même interrogée.

— Eh oui ! Normal ! Et les enfants d'Héloïse ?

— Trop jeunes. On ne peut pas affirmer qu'ils seront normaux. Mais ils ont été aussi interrogés, bien sûr.

— Dans ce cas j'aurais dû l'être aussi. Je n'ai pas de père.

— Tout le monde a un père, tu le sais puisque je te l'ai expliqué.

— Je veux dire que je ne le connais pas. Pourquoi ?

— Oh Jenning, c'est une longue histoire ! Puisque tu as attendu quatre ans avant de me poser cette question peux-tu attendre encore jusqu'à demain matin ?

— Pas de problème ! l'essentiel c'est que je sois normal !

— Au sens statistique !

Ils se mirent à rire tous les deux. Et c'est bien entendu à ce moment-là, en tournant à l'angle de la rue de Sévigné, qu'ils croisèrent un couple qui les regarda sévèrement. La femme dit à l'homme, assez fort pour être entendue, qu'un enfant de cet âge devrait être couché depuis longtemps.

— De quoi elle se mêle ? dit Jenning.

— Je t'autorise à lui tirer la langue.

— Vrai ?

Mais quand il se retourna pour le faire le couple avait déjà disparu.

À son retour du bureau, le lundi qui suivit l'émission, Lise trouva Jenning à plat ventre sur la moquette, le nez plongé dans une carte d'Allemagne. Pour une fois la télévision était éteinte. Il la regarda d'un air un peu embarrassé :

— Tu rentres tôt !

— Mais non, comme d'habitude. Tu ne regardes pas tes

Schtroumpfs aujourd'hui ?

Il parut encore plus embarrassé :

— J'ai oublié !

— C'est vraiment un événement ! Où as-tu trouvé cette carte ? Je peux la voir ?

— J'ai demandé à Laurence de me l'acheter.

Laurence était l'étudiante en allemand qui l'emmenait et allait le chercher à l'école depuis un an. Elle avait remplacé la gouvernante autrichienne qui s'était occupée de lui les trois premières années. Jenning replia la carte avec une adresse que Lise lui envia et la lui tendit :

— J'ai trouvé Kaiserslautern mais pas Kaliningrad.

— Laurence t'a montré ?

— Non.

— Alors comment as-tu fait ?

— Ben… j'ai vu : c'est là.

Il redéploya la carte et posa son doigt au bon endroit sans la moindre hésitation en ajoutant :

— Peux-tu me montrer Kaliningrad ?

— Tu sais lire ?

— Un peu.

— Jenning ! On sait ou on ne sait pas !

— Je ne comprends pas ce mot-là.

Et il lui montra, non loin de Kaiserslautern, un nom dont il ne pouvait évidemment pas deviner le sens : LUDWIGSHFN. Lise se mit à rire :

— Mon pauvre Jenning ! C'est une abréviation pour Ludwigshafen. Tu peux me l'épeler ?

Il essaya, trouva quelques lettres mais pas toutes. En revanche il répondit sans hésiter quand elle lui désigna des points sur la carte : Koblenz, Mainz, Praha, Frankfurtam (là il n'avait pas compris que le A et le M, séparés, signifiaient

« am Main »), Karlsruhe. Pour Lise le test était concluant. Il savait lire et sans doute avait-il appris tout seul par la méthode globale. Ses souvenirs sur son propre apprentissage de la lecture étaient flous, mais il lui semblait que cela c'était passé de la même manière et qu'ensuite sa mère lui avait montré les lettres une à une.

— Où est Kaliningrad ? demanda Jenning avec obstination.

— Kaliningrad n'est pas sur cette carte.

— Pourquoi ?

— Parce que c'est une carte récente de l'Allemagne actuelle. Kaliningrad est trop loin de la nouvelle frontière pour y figurer.

— On a perdu un si gros morceau ?

— Oui, et puis Königsberg était vraiment à l'extrémité de l'Allemagne.

— Alors comment je peux voir ?

— Je vais te chercher un bon atlas.

Elle sortit de sa bibliothèque un livre bleu et le lui tendit :

— Peux-tu me dire ce que c'est ?

— Oui : Westermanns *Atlas zur Welt Geschichte*[1]. Qu'est-ce que ça veut dire *Westermanns* ?

Lise hésita, consciente des difficultés qu'elle rencontrerait désormais pour lui expliquer tout ce qu'il voudrait savoir :

— C'est un nom de famille.

— Ah… c'est le monsieur qui a écrit le livre ?

— Pas vraiment. C'est… un éditeur de livres d'histoire. Écoute… je t'expliquerai plus tard ce qu'est un éditeur, un atlas, tout ce que tu veux, mais chaque chose en son temps. Tu vas chercher toi-même Königsberg et regarder toutes les

---

1 Atlas Westermann de l'histoire du monde

cartes, d'accord ? Je te conseille de commencer par la fin.

Elle l'observa pendant qu'il lisait. Il suivait avec son doigt, fronçait les sourcils, mais il était à la bonne distance ce qui prouvait qu'il voyait parfaitement et que les lettres n'étaient pas trop petites pour lui. Après avoir tourné quelques pages il observa qu'en effet on voyait Königsberg partout mais pas Tilsit ni Labiau.

— Königsberg était la capitale et la plus grande ville de la province. Tu trouveras peut-être Tilsit mais certainement pas Labiau.

— Ah bon…

Il continua à feuilleter, trouva Tilsit, puis, alors que Lise l'avait quitté pour se rendre à la cuisine, il poussa un cri :

— *Mutti*, *Mutti* ! J'ai trouvé Labiau !

— Ce n'est pas possible !

— Regarde !

Il avait raison. C'était écrit en tout petit mais c'était écrit sur une carte du seizième siècle et Lise ne l'avait jamais remarqué. Elle eut une vision soudaine du château, aussi précise qu'une hallucination, et les larmes lui montèrent aux yeux. Pourquoi le simple fait de voir cette petite ville sur la carte l'émouvait à ce point ? Jenning la regarda et, bien qu'il ne l'eût jamais vue pleurer, il sembla comprendre :

— Ne pleure pas, *Mutti*. Peut-être qu'on ira un jour !

— Je ne crois pas. Je ne sais même pas si je le souhaite.

— Pourquoi ?

Comment lui expliquer ? Cette forteresse qu'elle revoyait immense, impressionnante, elle savait bien qu'elle était minable. Elle verrait, à sa place, un petit château entouré d'eau sans grand intérêt, dans l'hypothèse où les Russes ne l'auraient pas détruit ou, plus probablement, laissé tomber en ruines. Le reste c'était pareil : sa maison, le lycée où enseignait sa mère, le *Rathaus*[1] tout neuf encadré de quatre chevaliers teutoniques qu'elle trouvait si beau, bien que sa mère en critiquât le style pompeux, rien ne devait ressembler à ses souvenirs. Elle lui répondit que c'était trop difficile à expliquer, qu'il fallait avoir beaucoup vécu pour comprendre. Il n'insista pas.

Après le dîner elle l'envoya au lit. Il tenta de résister mais elle lui dit fermement :

— Mon petit vieux, c'est comme ça. D'ailleurs à partir de maintenant tu pourras emporter un bouquin.

Il la regarda d'un air troublé, comme s'il se demandait comment il fallait interpréter cette remarque un peu ironique, et elle eut honte d'elle-même. Qui sait s'il ne se sentait pas coupable de savoir lire sans avoir respecté les règles d'apprentissage ? La vérité c'est qu'elle voulait être seule pour réfléchir et pour téléphoner à sa mère, mais comment aurait-il pu le deviner ? Elle ajouta donc, pour le rassurer :

— Je suis très contente que tu saches lire. Pourquoi ne me l'as-tu pas dit ?

— Je ne savais pas… je n'étais pas sûr que je savais. À l'école on nous dit qu'un jour on apprendra… alors…

— Je comprends. À ton âge je savais aussi. Ce sont des choses qui arrivent.

— *Mutti*… je ne peux pas aller me coucher parce que je n'ai pas de livre à moi.

Elle céda devant son regard suppliant :

— D'accord mais demain tu en auras. Fais ce que tu veux mais ne fais pas de bruit. Je dois téléphoner à ta grand-mère pour lui demander conseil à ton sujet. Je ne me souviens pas de ce qu'elle a fait quand elle s'est aperçue que j'avais appris à lire toute seule.

---

1 *Hôtel de ville.*

— Hitler le défendait ?

— Mais non !

— Mais on dit qu'il brûlait des livres ?

— Jenning ! Comment as-tu entendu parler de ça ?

— À l'école.

Tout à coup elle eut peur, repensa aux persécutions subies par Erika dans son enfance. On croit que les temps sont changés mais qui sait si l'on n'avait pas fait des remarques à ce petit garçon un peu bizarre. Le lui aurait-il dit ? Elle le lui demanda.

— Oh… on m'appelle l'Allemand mais ce n'est pas méchant.

— C'est tout ?

— Un jour Julien Dumesnil a dit qu'on appelait les Allemands les frisés et que je n'étais pas frisé. La maîtresse a expliqué pourquoi et depuis on m'appelle aussi le frisé ou le fritz. Je te jure que ce n'est pas méchant.

Lise bénit la maîtresse qui, manifestement savait s'y prendre. L'école de Jenning, d'ailleurs, comme la plupart des écoles du Marais, était fréquentée par des Espagnols, des Portugais, des juifs, pratiquants ou non, et surtout de nombreux Chinois ou Vietnamiens. Néanmoins ce quartier redevenu élégant était l'ancien ghetto de Paris. Un jour, c'était certain, on jetterait à la figure de cet enfant les crimes de ses ancêtres. D'une façon ou d'une autre il en avait certainement entendu parler car il affirmait avec un peu trop de véhémence que « ce n'était pas méchant. » Que faire ? Il était certainement de taille à se défendre mais elle, elle en souffrait d'avance pour lui. Elle lui ébouriffa ses cheveux raides et lui dit :

— À la rentrée tu iras à l'école bilingue avec d'autres frisés. La maternelle ne te suffit plus.

Sa mère lui confirma qu'en effet elle avait appris à lire toute seule mais qu'il avait fallu, ensuite, lui enseigner les lettres une par une.

— J'ai toujours supposé que ton frère t'avait montré des mots et que cela t'avait aidée mais au fond ce n'est pas sûr.

— Avait-il appris tout seul ?

— Non. Je lui ai donné des leçons avec un vieil abécédaire parce qu'il me l'avait demandé. En ce temps-là c'était la seule méthode. Ensuite je l'ai utilisé pour toi et j'ai bien regretté de ne plus l'avoir pour tes frères. À mon avis tu dois donner des bases sérieuses à Jenning sinon il risque d'avoir une mauvaise orthographe, et le fait d'être bilingue peut rendre les choses encore plus difficiles à cause des différences de prononciation.

— C'est bien ce que je pensais. Je vais essayer.

Elle se doutait que ce ne serait pas facile, mais pas à ce point. Jenning n'arrivait pas à admettre la nécessité de décomposer des mots qu'il comprenait et il n'acceptait pas son autorité. Quelle autorité, d'ailleurs ? Avec l'intuition de la plupart des enfants il savait bien qu'elle était en conflit avec elle-même à ce sujet. Elle avait trop souvent changé d'avis, cédé après avoir dit non, et elle l'avait fait d'autant plus que c'était un enfant facile et accessible au raisonnement. S'il avait été capricieux elle n'aurait eu aucun scrupule à lui dire : « C'est comme ça parce que c'est moi qui décide. » Mais il la désarmait avec ses questions posées d'une voix douce, ses regards candides ou faussement candides ; il la culpabilisait en restant calme quand elle s'énervait… bref, un petit manipulateur. Peut-être sa mère et elle-même se trompaient-elles en l'obligeant à revenir à la méthode syllabique, peut-être avait-il raison de dire :

— Ce n'est pas la peine d'apprendre puisque je sais !

Mais elle ne pouvait plus revenir en arrière parce que c'était sa dernière chance de faire preuve de fermeté. Pourquoi avait-elle une autorité si naturelle, si facilement acceptée, dans sa vie professionnelle et ne pouvait-elle pas l'imposer à son fils ?

— Il faut lui donner un précepteur, lui dit Manuela. Les étrangers réussissent souvent mieux que les parents.

— Mais Héloïse et Claire se sont débrouillées toutes seules !

— Claire a parfois eu du mal. Quant à Héloïse c'est spécial parce qu'elle n'avait aucune intimité avec ses enfants. La gouvernante qu'elle avait à l'époque s'occupait des basses besognes et Héloïse se gardait les tâches nobles. Je ne critique pas mais c'est une façon de procéder complètement démodée.

— Dommage. Ça m'aurait convenu.

— Vous auriez pu en faire autant si vous l'aviez vraiment voulu, non ?

— Sans doute. Au dix-neuvième siècle je l'aurais mis dans une pension et je serais allée le voir en me faisant passer pour sa tante. Il n'aurait jamais connu le secret de sa naissance et…

— Il serait mort d'une fluxion de poitrine ou du croup en appelant sa tante Lise pendant que vous auriez été avec un « protecteur » à Deauville ou à Eugénie-les-Bains. J'ai une idée !

— Une idée sérieuse ?

— Très sérieuse. Demandez à Héloïse de lui donner des leçons. Après tout elle est à peu près bilingue et je la soupçonne d'avoir un faible pour le Prussien. Je vous rendrais volontiers ce service moi-même mais — j'ai honte de l'avouer — je n'ai aucune autorité !

Pendant les vacances de Pâques la grand-mère de Jenning constata qu'il connaissait son alphabet à l'endroit, à l'envers, en minuscules, en majuscules, qu'il comptait dans les deux langues et commençait à faire des multiplications simples. Elle félicita Lise qui lui avoua qu'elle avait dû déléguer.

— Sa préceptrice envisage de lui faire commencer le grec et de lui apprendre ses notes. Tout ce qu'elle lui demande, il le fait.

— Où as-tu trouvé cette perle rare ?

— C'est Héloïse, l'amie d'Erika. De temps en temps elle l'emmène chez sa propre mère qui lui parle de la Prusse-Orientale.

— Ça… je me demande si c'est une bonne chose.

— Bien sûr. Pour lui c'est une sorte de mythe et il ne risque pas d'en souffrir.

— Et l'homme de Kaiserslautern ?

— Je ne sais pas si son père l'intéresse vraiment pour le moment. Il parle parfois de son demi-frère, se demande s'il n'en a pas un autre. Je sais bien qu'un jour il faudra que je prenne contact avec cet homme. On verra.

À la Légion Camille était devenue quelqu'un d'important. Non seulement sa mère venait d'écrire un livre dont on parlait beaucoup, mais encore cette mère était une ancienne élève et avait traité un sujet qui touchait directement de nombreuses pensionnaires et anciennes pensionnaires de la maison d'éducation. En 1920 la proportion de pupilles de la nation y était encore plus élevée que dans n'importe quelle autre école et beaucoup de ces anciennes avaient fait partie du fameux échantillon. Le professeur de maths, Mme Tomasi, félicita Camille d'avoir une mère qui, loin de se laisser intimider par l'air du temps, se réfugiait derrière la rigueur des chiffres pour apporter un témoignage « incontournable ». Mélanie, à qui sa grand-mère avait dit récemment que ce mot dont on abusait ne pouvait s'appliquer qu'à la place de l'Étoile, fit un léger clin d'œil à Suzanne. Camille, bien entendu, était fière de sa mère mais elle était heureuse que le nom de Prieur fût assez répandu pour que, en dehors de son école, personne ne fît le rapprochement. Car l'émission, loin d'avoir calmé la controverse, avait déclenché de nouvelles attaques et — bien entendu — de nouvelles défenses. Pour certaines féministes on avait démontré que le père ne comptait pas et elles en faisaient un cheval de bataille. Les différents mouvements de défense du droit des pères, au contraire, criaient au complot. Marie-Thérèse se rendit un jour à une autre émission de télévision où elle fut confrontée à l'un de ces hommes qui lui reprocha de faire le jeu des juges qui accordaient toujours la garde des enfants à la mère. Quand il lui donna le pourcentage de gardes accordées aux pères elle lui répondit qu'elle le croyait sur parole en ce qui concernait ce chiffre, faute de l'avoir vérifié elle-même, mais qu'elle doutait que les pères demandassent très souvent la garde d'enfants en bas âge dont, la plupart du temps, ils ne savaient ni ne voulaient s'occuper.

— Je sais que j'aurais mieux fait de me taire, dit-elle à Héloïse le lendemain, mais il m'agaçait et je ne suis pas une sainte. On m'accuse d'avoir écrit des choses que je n'ai pas écrites ! Comment veux-tu que je ne craque pas de temps en temps ?

— Sans compter que tu as probablement raison.

— J'ai raison, mais comme je ne pouvais pas le prouver avec des statistiques irréfutables j'aurais mieux fait de la fermer. Malheureusement on trouve toujours un crétin pour vous affirmer qu'il sait changer une couche sale comme personne et qu'il aime ça, et que par conséquent tous les « nouveaux » hommes sont comme lui. C'est le classique : « Toutes les Anglaises sont rousses. »

— Je sais. Si tu savais ce que je peux entendre à la pharmacie sur ces gens dont le grand-père buvait comme un trou, fumait comme un sapeur, et est mort centenaire dans son lit, ce qui prouve bien que tout ce qu'on nous dit sur les cancers c'est de la blague !

— Et comment réagis-tu ?

— Neuf fois sur dix je ne relève même pas et tu finiras par en faire autant, crois-moi ! tu souriras poliment : « Oui, oui, certainement… » et tu penseras : « Cause toujours ! » C'est la vie, d'Ennecour ! Et si tu n'écris aucun autre brûlot on t'oubliera. Tu finiras respectée de tes pairs et négligée des autres. Le complexe d'Œdipe a encore de beaux jours devant lui. Comment ça se passe avec tes clients ?

— Les gains sont supérieurs aux pertes jusqu'à présent.

— Alors tout va bien.

— Mais les féministes veulent me récupérer.

— N'es-tu pas féministe ?

— Oui, mais pas au point de fausser un résultat au profit de qui que ce soit. Je ne PEUX pas.

— On te le demande ?

— Essaie de comprendre ! J'aurais démontré le peu d'importance du père et justifié tout un tas de choses comme, par exemple, l'insémination artificielle pour les femmes seules…

— Et alors ? Si une femme seule peut se faire engrosser par le premier venu de façon naturelle pourquoi ne pourrait-elle pas se faire inséminer ? Que peux-tu répondre à ça ?

— Tu m'emmerdes, Marèges !

— Je t'emmerde parce que j'ai raison et que tu es coincée.

— Oui, mais aussi parce que j'ai fait un travail dont je ne voyais pas les implications. Bien sûr j'avais envie de contrer ce bourgeois viennois et son « envie de pénis » qui ne lui sert qu'à justifier l'oppression des femmes ! Bien sûr je suis ravie de l'avoir fait ! Mais je ne me rendais pas compte de la suite. Comme tu le dis, le freudisme s'en remettra ; en revanche moi j'ai des ennemis partout : les nouveaux pères, les nouvelles mères, les nouveaux curés, les nouveaux pédagogues, les partisans de l'acquis qui me traitent de facho, les partisans de l'inné qui me traitent de gaucho, les militaristes, les antimilitaristes...

— Et ta mère, au fait ?

— Je n'en sais rien et je m'en fiche ! Tu avoueras que c'est quand même dur pour une fille dont la seule ambition était de finir en note de bas de page *ad usum collegarum*.

Cependant elle se rendit compte que la question d'Héloïse n'était pas si mal venue quand sa mère lui téléphona pour lui dire qu'elle aurait dû écrire ce livre sous son propre nom. Elle était désormais assez détachée des conflits qui avaient empoisonné son enfance et son adolescence pour interpréter favorablement cette remarque. À sa manière sa mère la félicitait d'avoir réussi quelque chose et regrettait que la famille d'Ennecour n'en tirât aucune gloire. Marie-Thérèse pensa aux innombrables médailles de travail et de conduite qu'elle avait rapportées de la Légion d'honneur, aux places de première qu'elle avait tenté (et souvent réussi) de décrocher dans des matières où elle n'était pas spécialement douée... tout ça pour rien. Elle ne recevait ni félicitations ni reproches. En ce temps-là elle avait même envié certaines de ses camarades qui se faisaient réprimander quand elles n'étaient QUE deuxièmes ou troisièmes. Il ne lui était pourtant jamais venu à l'idée de devenir cancre pour attirer enfin l'attention de sa mère, au contraire elle était persuadée qu'elle devait faire toujours plus et toujours mieux. Jusqu'au jour où elle avait compris que la partie était perdue et que tout le mal qu'elle s'était donné ne servirait jamais à rien. Elle était alors en première et pendant quelques jours elle avait été complètement désespérée ; et c'est à ce moment-là que les propos tenus par son professeur de français-latin au cours de sa première classe de « verte » lui étaient revenus en mémoire : « N'oubliez jamais, mesdemoiselles, que vous travaillez pour vous-mêmes. » C'était un lieu commun, certes, et tous les écoliers du monde avaient dû l'entendre un jour ou l'autre, mais cela l'avait sauvée du désespoir et de la tentation de décrocher. « Si j'avais travaillé pour moi-même, avait-elle pensé, je n'en aurais pas fait autant, mais maintenant c'est moi qui vais encaisser le bénéfice de mes efforts. J'étais une littéraire par nature et je suis devenue… pas une matheuse, non, ce serait exagéré, mais une fille qui donne l'illusion qu'elle l'est. Personne ne sait à quel point j'ai bossé pour me maintenir simplement au niveau et personne ne le saura jamais. C'était pour elle. Désormais ce sera pour moi. »

Mélanie avait renoncé à faire la grève des maths depuis que Charpentier lui avait confirmé que la vie dans les agences de publicité était faite de « galères » et de « charrettes ». Les galères elle savait en gros de quoi il s'agissait puisque ce mot était à la mode depuis si longtemps qu'elle le prenait pour un terme argotique, certes, mais classique. Elle aurait été bien étonnée d'apprendre que cela ne se disait pas au temps où sa mère allait au lycée, d'autant plus qu'Héloïse, qui le trouvait imagé, l'employait parfois. Pour les charrettes elle demanda une explication et en retint qu'il s'agissait d'une sorte d'embouteillage dû le plus souvent au client, c'est-à-dire quelqu'un qu'il ne faut surtout pas contrarier, et que les malheureuses victimes de la charrette étaient condamnées à passer la nuit au travail, à provoquer d'autres charrettes chez leurs fournisseurs, lesquels choisissaient généralement ce moment-là pour avoir une machine en panne ou un problème technique insoluble.

Cette découverte coïncida avec le départ de leur mère pour l'Autriche. Elle constata que la pharmacie pouvait très bien se passer d'elle un certain temps, comme l'avait toujours affirmé Erika qui disait parfois qu'il n'était pas normal qu'elle fût la seule à y aller six jours sur sept. Héloïse avait toujours répondu qu'elle prenait beaucoup de temps pour déjeuner, qu'elle préférait s'organiser de cette manière et qu'il n'était pas question de s'octroyer des privilèges. Pourtant, depuis le mois d'octobre, il lui arrivait de ne pas y aller et Anne en avait été témoin. En somme cela signifiait qu'elle était libre. Voilà bien un métier où il n'y avait jamais de « charrettes », tout au plus quelques files d'attente. Mélanie se souvenait d'une époque, dans son enfance, où l'officine avait été fermée le lundi matin ce qui semblait être la règle partout. Ensuite, après quelques négociations avec les nouveaux propriétaires de la pharmacie d'en face qui venaient de s'installer et étaient, paraît-il, très endettés, elle avait ouvert le lundi matin et fermé le samedi après-midi. L'expérience avait duré environ deux ans jusqu'à ce que les Masarik se plaignissent d'avoir TROP de monde le samedi après-midi. Héloïse avait donc décidé d'ouvrir six jours sur sept en expliquant à Erika que c'était conforme aux besoins du quartier et que les gardes du dimanche étaient devenues beaucoup plus rares depuis que les pharmaciens s'étaient mis en grève à la suite d'un blocage (encore un !) des marges… à moins qu'il ne s'agît d'autre chose, Mélanie avait oublié. Elle se souvenait simplement qu'Erika n'était pas contente, qu'Héloïse lui avait promis de réduire ses horaires mais qu'Erika avait haussé les épaules en affirmant qu'elle le ferait peut-être au début mais que ça ne durerait pas.

Héloïse avait un petit bureau au fond de l'officine où, quand il n'y avait pas grand monde, elle se retirait pour faire du courrier, des comptes, ou tout simplement lire. Elle était libre et aurait pu en profiter davantage, elle n'avait aucun souci matériel, tout ça au prix de quelques années d'études qui d'ailleurs lui avaient plu. Mélanie savait désormais qu'elle avait acheté la pharmacie avec de l'argent légué par Suzanne Lacombe mais avant elle ne s'était jamais vraiment posé la question, supposant que sa mère avait emprunté et remboursé depuis longtemps. Ce qu'elle voyait aujourd'hui c'est qu'elle avait à sa portée un métier qui lui laisserait la liberté d'écrire si elle décidait de faire les mêmes études que sa mère. Héloïse avait dit plusieurs fois que si aucun de ses enfants ou de ses neveux ne voulait ou ne pouvait lui succéder elle vendrait, tant pis, même si c'était dommage. En somme il lui suffirait de travailler dur quelques années en maths, en physique et en chimie pour résoudre son problème alimentaire. Sauf si Suzanne, bien plus douée qu'elle dans ces matières, avait la même idée. Il fallait donc lui en parler avant tout.

— C'est impossible ! dit Suzanne. Tu m'imagines en train de jouer à la marchande ?

— Pourquoi ?

— Parce que je suis asociale.

Elle employait désormais ce mot sans le juger péjoratif ni d'ailleurs spécialement flatteur. Mélanie haussa les épaules :

— Tu n'es pas plus asociale que Maman. À mon avis tu es plutôt timide et ça te passera.

— Possible. En tout cas je n'ai pas envie de ce genre de liberté. Moi ce qui m'intéresse c'est l'armée.

— QUOI ? !

— Qu'est-ce qui t'étonne ? La plupart des frères de nos amies veulent entrer à « Couette ».

— Ce sont des garçons.

— Et alors ? Tu as bien vu qu'au défilé du 14 juillet il y a quelques filles, non ? Ne me dis pas que ça te choque.

— Pas du tout mais j'ai peur qu'elles n'aillent pas bien loin.

— Moi j'irai loin. Général ou rien.

— Tu as quand même de drôles d'idées ! Les filles de notre classe rêvent toutes de rencontrer leur futur mari au bal de La Flèche et toi tu veux, carrément…

— Mais je n'ai rien contre les garçons du Prytanée. Je peux en épouser un et on sera général ensemble !

— Mais que dira Maman ?

— Que je suis libre. Pourquoi veux-tu que ça la choque ? Nous descendons de militaires de tous les côtés, elle dira donc que c'est l'atavisme. D'ailleurs même Erika est la petite-fille d'un général. De quelque côté que je me tourne : le père, la mère, la maîtresse de la mère, je vois des uniformes. Et toi tu vas lui résoudre son problème avec la pharmacie, donc tout est pour le mieux dans le meilleur des mondes !

Héloïse n'en montra rien mais le moins qu'on puisse dire c'est qu'elle n'était pas enthousiasmée. Pour la première fois elle se demanda si la Légion d'honneur, avec ses traditions bonapartistes et son jumelage de fait — sinon de droit — avec le Prytanée avait été une bonne idée. Suzanne, lui semblait-il, méritait mieux que « Couette » où elle serait toujours un officier au rabais par rapport aux garçons et où son intelligence ne serait peut-être pas bien employée. Elle l'avait imaginée… informaticienne, peut-être ? Ou chercheuse ? On voyait mal Suzanne l'intello en train de ramper dans la boue ou de chanter *Le Pékin de bahut.* Tout compte fait elle était probablement la fille de François et elle le prouvait de cette manière. En revanche l'idée de Mélanie était une bonne surprise qu'elle ne pouvait qu'encourager. Encore fallait-il qu'elle y parvînt, parce que le *numerus clausus* avait rendu les études de pharmacie beaucoup plus difficiles que de son temps. Suzanne en était capable, mais Mélanie ?

— Bien sûr qu'elle y arrivera, affirma Erika le soir même, la plupart des pharmaciens qui entrent chez nous ne sont pas plus futés.

— Oui, mais c'est une littéraire.

— Ce n'est pas un handicap.

— Peut-être. Je comprends son idée, qui est très astucieuse, mais je ne veux pas qu'elle s'imagine qu'elle pourra buller tranquillement sous prétexte qu'elle héritera de la pharmacie de Maman.

— Écrire ce n'est pas buller.

— Peut-être… ça dépend. Je reconnais qu'elle écrit et qu'elle ne néglige pas son travail scolaire. Il y a autre chose : dans l'hypothèse où la littérature réussirait à la faire vivre je ne veux pas qu'elle abandonne MA pharmacie. Il est vrai que je n'ai pas l'intention de prendre ma retraite quand elle aura fini ses études.

— Dommage !

— Prenez d'abord la vôtre et on en reparlera. Après tout peut-être qu'elle épousera un potard et qu'ils me feront plein de petits potards.

— Oui, dit Erika qui se rendit compte tout à coup qu'elle n'imaginait pas Mélanie mariée. Pourquoi ? Elle chassa cette idée et reprit :

— Pour Suzanne il suffit de lui démontrer que Saint-Cyr ne lui permettra sans doute pas de faire une belle carrière. Suggérez-lui de passer par Polytechnique et de faire Coëtquidan comme école d'application. Avec un peu de chance elle renoncera et entrera aux Mines ou aux Ponts, comme tout le monde.

Héloïse regarda Erika et lui demanda si elle se rendait compte à quel point elle était géniale.

— Oui, répondit Erika, parfois. Et si elle persiste dans sa vocation militaire c'est vrai que Polytechnique lui offrira de meilleures chances. Tout le monde peut le lui prouver.

— En effet, dans la mesure où c'est plus prestigieux, mais les X, c'est bien connu, font de très mauvais militaires. Ils manquent de bon sens.

— Si vous allez par là ils font aussi de très mauvais dirigeants de société et la France le paie très cher.

— Propos d'Allemande…

— Non, propos de sang-mêlé très objective. Cela dit il y a quantité d'exceptions et Suzanne, qui a du bon sens maintenant, ne risque pas de le perdre pendant ses études.

— C'est sans doute vrai.

Elle se tut quelques secondes, fronça les sourcils :

— Encore faut-il y arriver. Polytechnique ce n'est pas à la portée de la première venue. D'autres s'y sont cassé les dents.

— Quand je pense que c'est moi qu'on accuse d'avoir toujours un verre à moitié vide ! Ce soir vous voyez tout en noir !

— Pas du tout. J'évalue les chances et les risques « en bon père de famille », c'est tout. Dans l'ensemble tout ça me paraît assez réaliste. Suzanne, si elle échoue à l'X, se repliera sur Coët' ou sur n'importe quelle école scientifique si elle a changé d'avis. D'ailleurs elle a probablement plus de chances à Polytechnique qu'ailleurs parce que le coefficient de français est élevé et que ce détail fait souvent la différence entre des candidats qui sont tous au même niveau en maths. Mélanie me semble suffisamment consciencieuse pour ne pas jouer les héritières si elle décroche son diplôme. Quant à Anne… avec lui je vis avec l'idée de l'échec depuis qu'il a décidé d'être pianiste, je suis habituée. Après tout ils ne sont qu'en première. Tout peut arriver y compris la fin du monde.

La fin du monde ne fut pas pour cette année-là. Pourtant Erika et Héloïse se demandèrent par la suite si le commencement de la fin d'un certain monde ne datait pas de ce mois d'avril. Quelques jours après leur conversation sur la vocation des enfants elles apprirent que les Hongrois avaient organisé une messe de requiem pour l'impératrice Zita dans l'église Saint-Mathias de Buda, en présence de son fils, l'archiduc Otto, qu'Héloïse, légitimiste jusqu'au bout, appelait le roi de Hongrie et de Bohême. Elle téléphona à Melitta qui lui dit que la présence de l'archiduc n'avait rien d'étonnant, puisqu'on le voyait beaucoup en Hongrie ces derniers temps, mais que le plus surprenant c'était que Miklós Németh lui-même avait assisté à la cérémonie.

— Qui est Miklós Németh ? demanda Héloïse.

— Le premier ministre.

— Mais qu'avez-vous fait de Kádár ?

— Moi personnellement rien, et je le regrette. Mais si tu suivais un peu tu saurais qu'on l'a mis à la retraite d'office il y a presque un an.

— Ah bon ? Tu aurais pu me le dire en novembre.

— Tu sais, pour moi Kádár ou Németh c'est la même chose.

— Donc il ne se passe rien d'important ?

Melitta hésita :

— C'est ce que je pensais, mais parfois je me pose des questions. Tu devrais en parler à ton père.

— Pourquoi serait-il mieux informé que toi ?

— J'ai des tonnes d'information, en fait. Beaucoup trop. Des rumeurs, des vérités, je ne sais pas, mais ce n'est pas mon métier de les trier. En réalité, je peux te l'avouer, j'ai très peur.

— Mais de quoi ?

— De tout. De l'Armée rouge, ce qui est ridicule de ma part...

— Non. Tu sais qu'il n'y a rien à craindre d'elle mais, étant donné ton passé, tu as peur quand même et c'est normal.

— Sans doute. Mais les Russes peuvent nous faire le coup de Jaruzelski, ou bien ils peuvent nous envoyer les Allemands de l'Est comme on prétend qu'ils voulaient le faire en Pologne.

— C'est différent. Les Polonais et les Allemands de l'Est ont un contentieux territorial et se haïssent cordialement, donc c'était une assez bonne idée mais ils ne l'ont quand même pas exécutée. En revanche il serait très astucieux de leur part de vous envoyer l'armée roumaine.

— On en parle, figure-toi, mais je ne pense pas que Ceaucescu soit maîtrisable. D'abord, avant d'entrer en Hongrie, il faut qu'il neutralise sa minorité transylvanienne en la déportant ou en la massacrant, ce que même lui ne peut pas faire en cinq minutes, et d'ailleurs l'armée hongroise sera à Kolozsvár et à Temesvár avant qu'il ait pu terminer le travail, et je te garantis que si nous entrons en Roumanie le peu d'herbe qu'a laissé Ceaucescu ne repoussera jamais.

— Bande de sauvages !

— Parfaitement ! Ensuite, dans l'hypothèse invraisemblable où ce dingue arriverait à nous vaincre, il se retournerait immédiatement vers l'est pour réclamer la Moldavie aux Soviétiques… que dis-je ? Il ne la réclamerait pas, il la prendrait.

— Je ne vois pas ce que Papa pourrait dire de mieux. Tu es une experte.

— Possible, mais j'ai peur.

— Tu souhaites que Papa te dise la vérité telle qu'il peut la connaître, ou bien tu souhaites qu'il te rassure ?

— Je souhaite qu'il me dise des vérités rassurantes.

— As-tu remarqué que chaque fois que tu parles des évènements de Hongrie tu dis « nous » alors que tu proclames sans cesse que tu es une citoyenne autrichienne ?

— Je ne suis pas à une contradiction près. Quand viens-tu à Vienne ?

— Dès qu'il se passera quelque chose d'intéressant et de significatif. Préviens-moi.

— Cette situation bizarre peut durer des années, fille des rues.

— Dans ce cas je viendrai avant, fille d'Attila.

Elle interrogea son père qui lui fit remarquer qu'il y avait une grande similitude entre la conjoncture de 1956 et celle de 1989. Selon lui les Russes ne bougeraient pas, les Roumains étaient trop explosifs pour être manipulés, bref l'hypothèse d'une neutralisation de la Hongrie, comme ils l'avaient d'ailleurs demandé en 56, n'était pas absurde. Contamineraient-ils leurs voisins ? Les Polonais, certainement, qui étaient à bout de patience. On allait probablement vers des guerres civiles, des révoltes des minorités, une explosion générale en Europe centrale et même à la périphérie de l'Union Soviétique… et naturellement ça arrivait quand on l'avait mis à la retraite. Comme l'avait dit un jour sa femme il ne serait jamais Paléologue à Pétersbourg. Il aurait été malhonnête de rassurer Melitta mais tout était possible, y compris le plus improbable : une solution pacifique.

Héloïse se mit à lire régulièrement les journaux, ce qu'elle ne faisait plus depuis des années, et à regarder les informations télévisées en entier au lieu de se contenter du bulletin météo. Erika salua ce changement de comportement en constatant qu'elle devenait enfin moins asociale, mais Héloïse lui fit observer qu'il était rare que les événements politiques fussent de nature à l'intéresser, que dans son enfance elle avait eu quelques gros chagrins dans ce domaine à un âge où les autres petites filles jouaient à la poupée et que, par conséquent, elle avait décidé de ne plus se soucier des drames du monde, sauf bien entendu s'ils concernaient les fameux chagrins de son enfance.

— À sept ans j'ai pris en pleine figure l'échec de la révolution hongroise et la répression qui a suivi. À onze ans et demi j'ai eu droit successivement au fiasco du putsch d'Alger et à la construction du mur de Berlin. À presque treize ans j'ai vu débarquer, comme prévu, des réfugiés nommés pudiquement rapatriés, et on les a accueillis d'une façon tellement ignoble que j'ai eu honte d'être française.

Désormais j'attends la reconquête de l'Algérie et la fin du communisme partout dans le monde. Faute de ça je pourrais me contenter de la délivrance des pays de l'est et de la Russie. Le reste ne m'intéresse pas. Comme disaient jadis les dames d'œuvre : « J'ai mes pauvres ! » Voilà comment je suis devenue asociale. En ce qui concerne les événements de l'est, d'ailleurs, je suis en train de me refaire piéger comme en 56. Je commence à y croire un tout petit peu, et si ça échoue encore…

— Ça n'échouera pas. Ce sera peut-être très sanglant mais ça n'échouera pas.

— Ça m'est égal que ce soit sanglant si le résultat est atteint. Je suis prête à tout y compris à y aller pour me battre.

— Je comprends, répéta Erika.

Mais elle était quand même très étonnée. Donc on pouvait vivre des années à côté de quelqu'un sans s'apercevoir qu'il dissimulait des passions dans un domaine où il avait toujours montré de l'indifférence, voire de l'hostilité ? Héloïse ne lisait que les pages économiques et culturelles des journaux et n'avait jamais été inscrite sur la moindre liste électorale. Elle se disait ultra libérale en économie, souhaitait que l'État ne s'occupât que de la sécurité intérieure et extérieure et abandonnât toutes ses prérogatives abusives au privé, critiquait bien évidemment la gauche au pouvoir de ne pas avoir compris ça. Mais elle reprochait aussi à la droite, surtout la prétendue nouvelle droite, de pratiquer un faux libéralisme et de faire sienne cette phrase grotesque de De Gaulle : « L'intendance suivra. » Il est évident qu'avec ce genre d'idées elle ne pouvait être qu'anticommuniste, mais de là à parler de prendre les armes, à presque quarante ans, pour libérer des pays qui n'étaient pas le sien ! Erika se demanda tout à coup si elle-même en serait capable. Pour l'Allemagne, oui, peut-être. Et Melitta se battrait sans doute pour la Hongrie. Elle regarda Héloïse qui s'était replongée dans son journal :

— Vous feriez ça pour tous les pays de l'est ?

— Quoi ?

— Vous battre.

— Oui, pour tous. Mais j'ai quelques préférences.

— On peut savoir ?

— Les Hongrois par fidélité à mon enfance et pour Melitta. Les Allemands parce que je les aime et aussi pour Lise et vous. Les Russes parce que je les admire.

— Pourquoi ?

— Entre autres choses parce qu'ils ont réussi à aller dans l'espace malgré le communisme.

— On prétend que c'est grâce au communisme.

— Propagande. Sous prétexte qu'ils avaient un peu de retard sur l'occident on les a pris pour des sauvages, mais un peuple qui a produit tant d'écrivains, de compositeurs, d'artistes, de mathématiciens, est un grand peuple. Même sous les communistes ils ont continué à écrire, composer, faire des découvertes en mathématique. C'est un grand peuple qui n'a pas eu de chance. Il faut que ça cesse.

Elle n'avait jamais cru que les Russes, ni d'ailleurs les Chinois, avaient été plongés dans un obscurantisme affreux avant l'instauration du communisme. Elle savait trop bien, pour avoir lu Lavisse et Mathiez, qu'on disait la même chose de la France avant 1789 et que c'était faux. Si un pays libre comme le sien, dont la terreur révolutionnaire avait duré très peu de temps, propageait ces fables aux enfants des écoles qui, loin de les remettre en question, continuaient à y croire quand ils étaient adultes, comment un pays totalitaire comme l'Union Soviétique n'aurait-il pas menti pendant soixante-dix ans à ses sujets ? Il en avait les moyens. L'ennui c'est qu'on avait réussi à faire gober aux étrangers la fable de l'arriération des Russes et de la résignation de l'âme slave. Les Français allaient même jusqu'à prétendre que ce peuple avait toujours été un peuple d'ivrognes sous prétexte que, de temps à autre, les Russes blancs réfugiés faisaient des fêtes où la vodka coulait à flot ; comme s'il y avait le moindre rapport entre ce comportement occasionnel et l'alcoolisme réel des Soviétiques désespérés qui allaient jusqu'à boire de l'antigel ou des mixtures étonnantes, prouvant ainsi que leur capacité à inventer et à se débrouiller avec les moyens du bord était bien réelle.

Cet intérêt pour la Russie était toutefois demeuré assez platonique jusqu'à sa rencontre avec Fédora. Son père, comme la plupart des chauffeurs de taxi russes, était un officier de l'armée tsariste.

— On s'est beaucoup moqué de ces réfugiés-là, lui avait raconté Fédora, en prétendant qu'ils se faisaient tous passer pour princes. Mais qui d'autre qu'un officier noble aurait su parler français et conduire une automobile ? Mon père était un cadet de petite noblesse très récente mais certains de ses amis, chauffeurs de taxi comme lui, étaient princes. En Russie une classe moyenne était en train de naître et c'est un mensonge de prétendre qu'il n'y avait que des moujiks ignares et des princes arrogants. Plus j'y réfléchis moins je comprends pourquoi cette catastrophe s'est abattue sur nous.

— À cause de la guerre de quatorze, d'une part, et parce que les pays où une classe moyenne est en train de se former sont plus fragiles que les autres.

— C'est ce que disait Suzanne. Mais ce qui me scandalise c'est que si peu de gens l'admettent.

— Tu n'y changeras rien. Chaque fois qu'un événement historique se produit tout le monde affirme qu'il était inévitable, ce qui est faux.

— C'est tout juste s'ils ne disent pas qu'après tout le communisme est bien assez bon pour les Russes ! Alors qu'ils n'en voudraient pas pour eux ! Les Russes sont censés tout supporter avec fatalisme et passer d'une tyrannie à une autre…

— Mais Fédora, j'en suis encore plus convaincue que toi ! Chaque fois que tu mets en avant ton âme slave je me paie ta tête.

— Tu es une insupportable raisonneuse ! Tu m'agaces mais, hélas, tu as raison. Encore que…

— Encore que quoi ?

— S'il me plaît, à moi, de jouer les slaves ?

— Pense à ta pauvre mère, que tu fais d'ailleurs passer pour italienne alors qu'elle est piémontaise.

— Ça fait une grosse différence ?

— Pour moi oui. »

Fédora avait haussé les épaules en souriant et renoncé à discuter. Pour l'essentiel Héloïse était d'accord avec elle, admirait les Russes et les plaignait d'avoir subi une injustice de l'histoire. Il était difficile de lui reprocher de pousser son raisonnement jusqu'à son terme et de nier le fatalisme russe. Au fond elle avait sans doute raison, même si c'était moins amusant.

Il fallait quand même lire la presse avec beaucoup de soin pour être correctement informé sur les événements de

Hongrie. Héloïse achetait tous les jours une brassée de journaux au kiosque de la rue des Archives, les lisait, constatait qu'il n'y en avait décidément que pour ce Gorbatchev au libéralisme duquel elle ne croyait pas. Selon elle il pratiquait la vieille méthode consistant à feindre d'être l'organisateur d'événements qui le dépassaient. Bien entendu il en profitait pour tendre la sébile aux occidentaux, vieille technique éculée mais souvent efficace qu'Héloïse avait baptisée le « T'as pas cent balles ? » Les mendiants, dans le métro, faisaient exactement la même chose en disant aux voyageurs qu'ils préféraient faire la manche plutôt que de voler : menace voilée, appel aux bons sentiments... et il se trouvait toujours des poires pour ouvrir leur porte-monnaie ou, dans le cas des demandes de Gorbatchev, pour faire un gros virement à la banque de l'Europe du Nord. Lénine l'avait bien dit : « Ils nous vendront la corde avec laquelle nous les pendrons ! » Mais il s'était trompé en croyant que des capitalistes au gros cigare entre les dents vendraient ladite corde par avidité. En réalité ils le faisaient par charité ou pour se donner bonne conscience tout en sachant pertinemment qu'ils ne seraient jamais payés. On pouvait même interpréter ça comme de la lâcheté. La peur de grands désordres les poussait à maintenir le plus longtemps possible le *statu quo ante*, et cela se faisait au détriment du peuple russe dont tout le monde se fichait éperdument.

Au début du mois de juin Melitta lui téléphona pour lui signaler qu'on allait organiser à Budapest, sur la place des Héros, des funérailles officielles pour Imre Nagy et quatre de ses collaborateurs exécutés le 16 juin 1958.

— Ils ont même prévu un sixième cercueil vide en hommage aux victimes de l'insurrection.

— Je vois : le cercueil de l'insurgé inconnu. C'est peut-être un symbole significatif mais permets-moi de te dire que ça leur fera une belle jambe ! Tu vas y aller ?

— Non. Voir le cercueil de l'insurgé inconnu, comme tu dis, me ferait souffrir inutilement. Pour le moment je ne bouge pas et j'attends la suite.

— Quelle suite ?

— La liberté de la Hongrie ou la guerre.

— Et si c'est la guerre, tu y vas ?

— Oui.

— Parfait. Je te rejoindrai donc à ce moment-là.

Il y eut un silence au bout du fil. Melitta accusait le coup.

— Tu es sérieuse ?

— Oui, très sérieuse.

— Mais… et Erika ?

— Il n'est pas exclu que je la persuade de venir avec moi.

— Et tes enfants ?

— Mais enfin, tu es extraordinaire ! Si j'y vais c'est pour gagner, pas pour me faire tuer !

Melitta se mit à rire :

— C'est une saine vision des choses, en effet. C'est drôle parce que moi j'imagine plutôt un combat perdu d'avance : une poignée de piétons devant les chars…

— Parce que tu revois les images d'octobre 56, comme moi, mais désormais les chars russes déjantent au bout de cent mètres et ceux qu'ils donnent à leurs alliés sont totalement hors d'usage.

— De toute façon il n'y aura pas de guerre et je suis devenue très optimiste. Il y a de grands travaux de déminage dans le *no man's land* et on parle sérieusement de couper le rideau de fer.

Le père d'Héloïse confirma l'information. On ouvrait les postes frontières entre l'Autriche et la Hongrie et une suppression officielle des barbelés, dont il ignorait encore la date, était prévue.

— Les Hongrois obtiendront leur neutralité et je pense qu'ils entraîneront la Pologne. Pour les autres je ne me prononce pas.

— Mais si le rideau de fer devient une passoire ?

— N'exagérons rien. On peut toujours le reconstruire un peu plus loin. Il est vrai qu'il faudrait aller vite et que les Tchèques ne se hâteront pas, bien trop heureux de profiter de la brèche. Les Yougoslaves ne le feront pas non plus et leur pays est déjà ouvert, comme tu as pu le constater si tu prends le métro. Les Roumains, en revanche, en bons staliniens…

— N'oubliez pas leur minorité transylvanienne, Papa. Melitta prétend que les Hongrois seront à Kolozsvár avant que Ceaucescu n'ait eu le temps d'éternuer.

— La bouillante Melitta exagère peut-être un peu. Cela dit vous raisonnez assez bien l'une et l'autre. Pourquoi n'es-tu pas entrée au Quai au lieu de vendre de l'aspirine ?

— Entre autres choses parce que dans ma génération les femmes n'avaient aucune chance de finir ambassadeur. Et même maintenant…

— Oui, même maintenant… à la rigueur dans ces organismes ridicules comme l'Unesco, et je n'aurais pas voulu ça pour toi.

— Merci Papa. Et le Vatican ?

— Ça ma fille, ce n'est ni pour demain ni pour après-demain !

— Mais il y a déjà eu un protestant, alors pourquoi pas une femme ?

— Parce que nous ne sommes plus au bon vieux temps où la République — la vraie, c'est-à-dire la troisième — s'amusait à provoquer les curés.

Manuela était aux premières loges pour suivre les événements de Hongrie mais elle n'était pas vraiment en état d'apprécier. Dès le milieu du mois de mai elle s'était réfugiée au chalet de Reichenau pour dissimuler ses malaises que personne ne prenait vraiment au sérieux. Sauf bien entendu le futur père qui, en amoureux transi, venait lui tenir la main entre deux concerts. Héloïse lui téléphona pour lui demander si les visites étaient autorisées et si, éventuellement, elle pouvait aussi venir lui tenir la main.

— Si tu m'avais téléphoné ce matin je t'aurais dit non, bien sûr, mais le soir ça va toujours beaucoup mieux. Pourquoi veux-tu venir ? Tu as de nouveau besoin d'un refuge ?

— Non, mais Melitta m'a invitée à venir assister à la chute du rideau de fer et j'en profiterais volontiers pour te rendre visite.

— Tu vas t'installer chez Melitta ?

Le ton de Manuela était sévère, ce qui fit rire Héloïse.

— Tu deviens bourgeoise, Tauberg ! Je vais chez Melitta, chez Hilda et au chalet. Je te rappelle que Melitta n'est plus libre, d'une part, et qu'avec elle je ne risque rien. Si nous avions dû nous aimer ce serait fait depuis longtemps.

— D'accord, mais prends garde à Sonja.

— Elle est jalouse ?

— Je crois.

— Eh bien ça promet !

Melitta l'attendait à Schwechat, aussi insouciante, en apparence, que s'il ne s'était rien passé en Hongrie. Elle ne semblait pas non plus pourchassée par une tigresse jalouse prête à arracher les yeux de toutes ses « ex » car elle parla de Sonja qui était restée à la maison pour préparer le déjeuner. C'était en somme extrêmement bourgeois et Héloïse lui demanda si elles vivaient ensemble désormais.

— Non, pas complètement. C'est un mi-temps. Mais elle est un peu jalouse de toi, donc…

— De moi seulement ?

— De toi surtout.

— C'est idiot.

— Évidemment, mais je n'y peux rien. Tout Vienne sait qu'il ne s'est plus rien passé entre toi et moi depuis que tu as retrouvé Erika mais, Dieu sait pourquoi, elle pense que nous avons continué à l'occasion.

— Ce qui est exact.

— Oui mais personne ne le sait. Souviens-toi des précautions que nous avons toujours prises. Seulement on ne prête qu'aux riches et dans ce domaine nous avons, toi et moi, une solide réputation. Comme les soupçons de Sonja sont quand même très imprécis je prends tout ça avec le sourire et je lui dis que tu ne tromperais pas Erika, d'une part, et que moi j'ai trop d'amitié envers elle pour… bref je mens, je donne une image fausse de moi et ça m'agace. Mais le moyen de faire autrement ?

— Il vaut mieux que j'aille chez Hilda.

— Non justement. Tu dois faire ce qui est prévu. Je compte absolument sur toi pour être naturelle. Il se peut qu'après ta visite elle se calme.

Le déjeuner fut paisible et si Héloïse n'avait pas été prévenue elle ne se serait doutée de rien. Certes Sonja avait une propension à marquer son territoire dans la maison de Melitta, mais la chose est assez banale et elle n'y aurait probablement pas pris garde en temps normal. Melitta l'appela « fille des rues » à plusieurs reprises ; elle lui répondit « fille d'Attila » tout en pensant que la fille d'Attila se rangeait, que c'était peut-être un peu triste parce qu'une page de sa jeunesse se tournait, mais qu'on ne pouvait pas le lui reprocher.

Héloïse ne parvint pas à convaincre Manuela d'assister au coup de cisailles officiel donné par les deux ministres des Affaires étrangères. Elle prétendait qu'elle le verrait beaucoup mieux à la télévision, ce qui n'était pas faux. En revanche elle lui demanda d'emmener Boris qui venait d'arriver avec Erika. Héloïse avait passé quelques jours avec elle au chalet et constaté avec une certaine surprise qu'elle n'en gardait pas de trop mauvais souvenirs. Fédora était perdue pour toujours mais elle pensait à elle avec tendresse et sans rancune. Elles auraient pu être simplement amies si elles ne s'étaient pas désirées si fort mais Héloïse ne regrettait pas cette parenthèse de quatre ans qui lui avait, paradoxalement, rendu la vie plus légère. Elle avait pu parler de Suzanne et raconter des choses que la fragile Erika n'aurait jamais pu entendre sans souffrir. Elle avait pu aussi parler d'elle-même et de ses contradictions. Fédora la discrète avait, elle aussi, beaucoup parlé. Héloïse espérait qu'elle lui avait fait du bien et que maintenant elle était heureuse. Certainement il existait un univers parallèle où elles finissaient leur vie ensemble, un autre où la double vie d'Héloïse continuait indéfiniment, mais dans cet univers-ci il avait fallu choisir de se séparer et il n'existait aucune méthode pour changer d'univers à volonté.

Manuela n'écoutait presque plus d'opéras, d'abord parce que la discothèque d'Hilda en contenait assez peu, ensuite parce qu'elle s'était prise d'une passion toute nouvelle pour la musique de chambre. Ce que ni sa sœur ni Héloïse n'avaient pu obtenir en lui serinant que la musique ne se limitait pas à l'art lyrique, Sven l'avait obtenu en débarquant dans sa vie avec son alto. Manuela déplorait désormais que les œuvres pour alto solo ne fussent pas plus nombreuses et Héloïse, qui l'avait toujours pensé, lui donnait raison.

Toutefois elle ne tarda pas à se lasser de l'*Opus 120* de Brahms et, surtout, de *Harold en Italie*. Passe pour Brahms, qu'elle avait toujours aimé, mais ce Berlioz, avec ses aigus criards que ses contemporains avaient eu bien raison de lui reprocher, finissait par lui taper sur les nerfs. Quand elle se décida à le signaler à Manuela celle-ci avoua — non sans complaisance — qu'être enceinte l'avait toujours rendue obsessionnelle et que les touches de programmation et de répétition de sa télécommande la poussait probablement à exagérer. Elle consentit donc, par amitié, à changer de disque et Sven fut remplacé par sa sœur Karen qui avait enregistré des pièces célèbres comme le *Poème* de Chausson et la *Méditation de Thaïs*, sans compter d'autres pièces plus brillantes de Sarasate, de Saint-Saëns, de Wieniawski, de Kreisler et d'autres compositeurs de la même farine qu'Héloïse aurait volontiers écoutées mais qui ne semblaient pas, hélas, « coller » à l'humeur sentimentale — pour ne pas dire sirupeuse — de Manuela. Elle se résigna donc et poussa le dévouement jusqu'à offrir à Manuela une intégrale de *Thaïs*. Après tout c'était une des œuvres préférées de Fédora qui s'y connaissait.

— Le rideau de fer est coupé.

Héloïse téléphona cette simple phrase à son père en imitant le mieux possible le ton et la voix nasale de Paul Reynaud qui, presque un demi-siècle avant, avait annoncé que la route du fer était coupée. L'ambassadeur rit et pronostiqua que, de même que la phrase de Paul Reynaud avait précédé de peu l'arrivée des Allemands à Paris, de même celle d'Héloïse allait précéder un exode massif des

Allemands de l'Est vers l'Allemagne de l'Ouest via la Hongrie et l'Autriche.

— Ou alors c'est que les Hongrois auraient bien changé. Je ne les imagine pas respectant les accords passés par un précédent gouvernement avec la *sogenannte DDR* [1] et refoulant de malheureux réfugiés.

— Mais pourquoi les Allemands de l'Est seraient-ils les seuls à en profiter ?

— Parce que la République fédérale a toujours reconnu comme citoyens allemands, sans formalités, les réfugiés de l'est d'origine allemande — les *Volksdeutcher* comme ils disent — même quand ils viennent de Pologne, de Tchécoslovaquie ou du fin fond de la Russie. Si elle ne l'avait pas fait que seraient devenus les malheureux Sudètes ou les Prussiens chers à ta mère ?

— À moi aussi, Papa.

— Je suppose que tu sais que le problème des minorités allemandes a été réglé en 1945 par une expulsion totale, *manu militari*. C'était une occasion inespérée d'en finir en toute bonne conscience avec la situation très dangereuse créée par les traités de Saint-Germain et de Trianon où chaque nouvel état avait des minorités de l'état voisin. Ce n'est pas parce que Hitler a utilisé le cas des Sudètes comme prétexte pour déclencher la guerre que les Sudètes avaient tort de se plaindre du traitement discriminatoire que leur faisait subir l'infâme Benès. Une fois la guerre perdue c'était un jeu d'enfant de s'en débarrasser puisque ceux qu'on expulsait n'étaient que des Allemands, c'est-à-dire à

1 La soi-disant république démocratique allemande. C'est ainsi que les Allemands de l'Ouest appelaient la RDA, le soi-disant portant évidemment sur démocratique.

l'époque de la racaille. Néanmoins il en reste du côté de la Volga et, bien entendu, en Allemagne de l'Est. Si Honecker ne se dépêche pas de supprimer à ses ressortissants les visas pour la Hongrie, voire pour la Tchécoslovaquie, nous assisterons à un joli spectacle de gens votant avec leurs pieds et qui n'auront pas le statut précaire de réfugiés. Tout compte fait je crois que je vais venir, en touriste bien sûr, pour voir ma fille Hilda. C'est quand même malheureux d'avoir occupé ce poste tant d'années pour…

— Oui Papa, je sais. Paléologue, Petersbourg… Vous n'avez vraiment pas de chance mais Melitta sera contente de vous voir.

Évidemment, comme l'avait prévu le père d'Héloïse, les Allemands de l'Est ne pouvaient pas laisser sans réagir leurs ressortissants passer à l'ouest en contournant le mur. Le « truc », si l'on peut dire, avait d'ailleurs été plusieurs fois tenté et parfois réussi au bon vieux temps où le rideau de fer était à sa place. Certains Allemands, au même titre que certains Tchèques ou certains Polonais, avaient sauté sur les mines du lac de Neusiedl ; d'autres, avec la complicité des cheminots, s'étaient accrochés sous les wagons du « rapide de Vienne », comme les habitants de Sopron appelaient ironiquement le petit tortillard qui allait de cette ville à la frontière autrichienne toute proche. Les échecs étaient innombrables mais il y avait quelques réussites que la télévision ouest-allemande s'empressait de saluer pour faire comprendre aux *Ossis* qu'il ne fallait pas désespérer. Désormais la situation était nouvelle et Honecker, à coup sûr, devait maudire les Hongrois qui avaient choisi le début de l'été pour cisailler et déminer la frontière, comme s'ils voulaient aider les vacanciers à ne jamais revenir. Il ferma donc sa propre frontière avec la Tchécoslovaquie jugée peu sûre et demanda aux Tchèques d'en faire autant avec la Hongrie. Ceux-ci s'empressèrent d'accepter, ce qui conforta Melitta dans son mépris séculaire pour ce peuple qui « laissait toujours les Hongrois aller au casse-pipe avant de réclamer en pleurnichant les avantages que ces derniers avaient obtenus en versant leur sang ». Dans sa bouche Bratislava redevint Pozsony et un grand nombre de villes tchèques ou slovaques retrouvèrent leur nom hongrois quand elles en avaient un. L'ambassadeur était aux anges. Il avait toujours eu un faible pour Melitta, non seulement parce qu'elle l'amusait mais parce qu'il savait qu'elle faisait partie depuis des années d'un réseau qui, pour l'essentiel, fabriquait de faux passeports autrichiens à l'usage des Hongrois. Ils n'en avaient jamais parlé ouvertement mais chacun savait que l'autre savait. À deux ou trois reprises il lui avait suggéré discrètement de ne pas aller à Budapest pendant un certain temps, puis il l'avait informée qu'elle pouvait y retourner. Inutile de lui donner des conseils de prudence : elle savait ce qu'elle faisait et elle en acceptait les risques. Mme de Marèges se doutait également du but de ces petits voyages et n'ignorait pas que son mari en savait plus long qu'elle à ce sujet, mais elle se taisait.

Pour les Allemands qui avaient réussi à parvenir jusqu'en Hongrie il n'y eut pas de problème, mais d'autres restèrent bloqués à Prague et se réfugièrent à l'ambassade d'Allemagne de l'Ouest qui se transforma en camp de réfugiés. Parmi eux il s'en trouva qui bénéficièrent de la complicité de réseaux tchèques ou slovaques et entrèrent grâce à eux en Hongrie ou en Autriche. Melitta dut reconnaître qu'il y avait des gens courageux partout. D'autres Allemands jugèrent plus astucieux de passer par la Pologne et de se rassembler à leur ambassade à Varsovie. L'été s'écoulait et tous les jours, à Tauberg, Erika, Héloïse et les enfants regardaient la télévision allemande qui montrait la foule entassée à Prague dans des conditions jugées scandaleuses. Le chancelier Kohl menaça Honecker de lui couper les vivres s'il ne réglait pas ce problème. À leur retour à Paris Erika acheta une énorme antenne parabolique pour capter la télévision allemande et programma son magnétoscope de manière à ne pas rater la moindre information. Héloïse, réconciliée pour la circonstance avec le progrès, changeait les cassettes chaque fois qu'elle passait à la maison. Le blocus économique — ou sa menace — produisit l'effet habituel. Honecker autorisa des trains spéciaux chargés de réfugiés provenant de Varsovie ou de Prague à traverser l'Allemagne de l'Est sans s'arrêter. Mais comment garder le secret, puisque la télévision ouest-allemande ne parlait que de ça ? Dans certaines gares, en particulier à Leipzig, la foule tenta en vain d'arrêter ces trains ou de les prendre en marche. Melitta téléphonait régulièrement et disait à Erika que ces Allemands devaient leur liberté à la Hongrie.

— Tu oublies la Pologne, lui fit remarquer Erika.

— Pas du tout. Mais comme ils n'ont pas de frontière commune avec le monde libre ils ont été moins utiles à tes compatriotes.

— De toute façon je n'accepterai de leur dire merci que quand ils nous auront rendu la Poméranie, la Prusse-Occidentale et la Silésie.

— La Silésie est à nous.

— Quoi ? !

— C'est votre Frédéric II qui l'a volée à Marie-Thérèse.

Héloïse intervint :

— C'était un bien de la couronne bohémienne. Étant donné ce que tu penses des Bohémiens tu es gonflée de la revendiquer.

— Je la revendique pour l'Empire des Habsbourg.

— Mon Dieu, gémit Héloïse, si vous commencez à vous disputer pour des territoires contestés vous n'allez pas tarder à regretter Staline et Brejnev. Eux, au moins, maintenaient l'ordre. Est-ce que vous souhaitez refaire la guerre de Trente Ans chère à mes filles ?

— Oui, dit Melitta cynique, mais avec des moyens modernes.

Le samedi 4 octobre on fêta les sept ans de Boris, les seize ans des jumelles et les quarante ans d'Héloïse. En réalité les filles étaient nées le 2 et leur mère le 6, mais c'était réellement l'anniversaire de Boris et Manuela s'était décidée à rentrer d'Autriche pour ce grand jour et parce qu'elle allait mieux. Mais le matin de l'anniversaire Boris, en pyjama, entra dans sa chambre en pleurant. À son réveil il s'était aperçu qu'il était le même petit garçon que la veille et que l'âge de raison ne l'avait pas changé. Manuela eut beaucoup de mal à lui faire expliquer sa déception. Elle ne lui avait jamais présenté cet âge-là comme un âge exceptionnel mais, sans doute à l'école, d'autres s'en étaient chargé. Il finit par avouer que son meilleur ami, Fabrice, qui avait eu sept ans en juillet, lui avait dit que cela l'avait fait grandir d'un seul coup. Boris, qui était né à six heures, avait réglé son réveil sur six heures moins cinq pour se voir grandir d'un seul coup. À six heures dix il avait dû se rendre à l'évidence et constater qu'il était toujours aussi petit. Manuela eut du mal à ne pas rire :

— Voyons, Boris Pavlovitch, comment as-tu pu croire un mensonge pareil ? Fabrice a grandi pendant tout l'été, comme toi. Tous les enfants grandissent en été. Veux-tu devenir un échalas ?

— Oui !

— Moi je te trouve beaucoup plus mignon comme ça. D'ailleurs tu n'es pas petit, tu es moyen. C'est nous, ton frère et moi, qui sommes beaucoup trop grands. As-tu envie de baisser la tête pour franchir certaines portes comme Wolf ?

— Oui ! D'abord Sven aussi il est grand.

— Mais ton père ne l'est pas.

— Alors ta fille elle va être grande ?

— C'est probable et je la plains.

— Bon, ben si elle est triste je la consolerai.

En l'accompagnant à l'école Manuela lui expliqua qu'il y avait des âges symboliques, sans doute pour des raisons historiques. À sept ans les petits garçons d'autrefois quittaient les femmes pour aller chez les hommes. De nos jours on entrait à la grande école à six ans, c'était donc cet âge-là qu'il fallait considérer désormais comme l'âge de raison.

— Même l'âge de la majorité a changé. De mon temps c'était à vingt et un ans et maintenant c'est à dix-huit ans.

— Parce qu'on est plus en avance !

— Ça c'est la chose la plus fausse que j'aie entendu dire à ce sujet ! Les petits enfants de sept ans qui roulaient des wagonnets dans les mines étaient certainement bien plus mûrs que toi même s'ils ne savaient pas lire. C'est pareil pour les petites filles qui faisaient tous les travaux ménagers et s'occupaient d'une ribambelle de frères et sœurs. Serais-tu capable de courir les chemins comme Rémi avec Vitalis ?

— Ben oui, et même sans Vitalis s'il le fallait. Marie-

Thérèse dit que les enfants s'adaptent à tout.

Ça c'était tout à fait Boris : raisonneur, logique, toujours heureux d'avoir le dernier mot. Manuela le lui laissa parce que c'était son anniversaire et qu'elle pensait, au fond, qu'il avait raison. Cependant, arrivé devant son école, il ajouta :

— Je dis ça mais je n'en suis pas sûr et je préfère vivre comme je vis. En tout cas le Fabrice je vais lui dire ce que je pense de lui !

— Quel effet ça vous fait d'avoir quarante ans ? demanda Boris à Héloïse le soir même.

— Aucun. Le calendrier est quelque chose de très arbitraire et si l'on comptait autrement, comme les Chinois par exemple, j'aurais quarante et un ans.

— Ah bon ?

— Oui. Ils comptent à partir de la conception. Pour eux ta sœur a six mois et pour nous elle a moins trois mois.

— C'est pas bête.

— Si on veut, sauf que l'âge de la conception est moins précis que l'âge de la naissance et que je suis sûre que les Chinois ne le connaissaient pas très bien.

Il interrogea les jumelles :

— Quel effet ça vous fait d'avoir seize ans ?

Suzanne, qui ne les avait pourtant pas entendus, répéta les propos de sa mère sur l'arbitraire du calendrier. Mélanie répondit que c'était un âge idiot, moins intéressant que quinze ans, et qu'elle pourrait répondre à cette question quand elle saurait enfin ce qu'elle avait fait de ses seize ans. Pour le moment elle attendait.

— Quoi, demanda Boris, d'avoir ton bac ?

— Nous attendons aussi le prince charmant, dit Suzanne.

— Je ne te crois pas.

— Pourquoi ?

— T'as pas une tête à attendre le prince charmant.

— Mais si, dit Mélanie, chaque fois qu'elle croise un crapaud elle l'embrasse pour qu'il se transforme en prince charmant. Ça finira par marcher, Boris Pavlovitch, tu verras.

— Et toi ?

— Moi aussi.

Elle n'allait quand même pas dire à ce gosse qu'elle aurait plutôt embrassé les grenouilles ! Et en y pensant elle comprit tout à coup le silence de sa mère. Quand les enfants sont trop jeunes on hésite à leur expliquer les réalités marginales de l'existence. Plus tard ce n'est peut-être pas plus facile. Un jour elle ferait comprendre à sa mère et à Erika qu'elle savait. Mais il y avait plus urgent : passer à l'acte. Et avec qui ? Suzanne disait :

— Ne t'en préoccupe pas, attends… tout arrive en son temps.

Mais Mélanie, qui n'aimait ni ne désirait personne en particulier, voulait « savoir ». Sur ce point elle ressemblait à la plupart des filles de seize ans et elle en avait conscience, mais elle estimait que son problème était bien plus difficile à résoudre que le leur. Raison de plus pour se dépêcher car si à seize ans l'innocence est encore acceptable, à vingt ans elle devient ridicule.

Elle s'était mise à classer les femmes en deux catégories : celles avec qui ce serait possible et les autres. Les possibles étaient rares et de toute façon elle n'était pas du tout sûre de sa méthode de détection. Elle relisait régulièrement la copie du journal de Suzanne Lacombe qui, justement, évoquait ce genre de difficultés. Mais elle ne fournissait pas de solutions utilisables. D'ailleurs Lacombe avait commencé par refuser de faire quoi que ce soit avec des femmes qui lui plaisaient ou qu'elle aimait, et ça aurait pu durer longtemps si la mystérieuse « femme de l'exode » n'était pas intervenue comme une fée dans un conte de Perrault. Après leur séparation à Bordeaux il est bien probable que la Bugatti s'était retransformée en citrouille et que la fée Florence était redevenue Germaine Michu, une demi-mondaine comme Nana qui faisait payer les hommes et aimait les femmes. Mélanie aurait donné cher pour croiser une femme de ce genre mais la Légion d'honneur n'était pas le lieu où l'on fait cette sorte de rencontre.

Quant à Erika, elle était absolument inimitable. Que l'on pût avoir le culot, à quinze ans, d'aller voir son prof d'histoire pour lui dire : « Je vous aime », c'était inconcevable ! Évidemment cet amour était réel, ce qui l'avait probablement rendue plus audacieuse. Elle, elle ne pouvait certainement pas aller trouver Erika pour lui dire la même chose, fût-ce d'une manière détournée. Elle imaginait la scène : « *Pourquoi trop jeune encor… non… Pourquoi pas née encore, aux bords du Vieux Danube, N'ai-je pu…* encore neuf syllabes à placer et une rime en ube ! Tube ? Trop prosaïque. Succube ? Non, on n'est pas dans Baudelaire. Incube ? Pas mal : l'amour c'est comme une maladie, ça s'incube. Sauf que ce n'est pas très poétique. Peu importe. En tout cas, tôt ou tard, Erika prend l'air outrée et moi je recule, puis je craque : *Ah ! cruelle, tu m'as trop entendue.* Il y a un e muet en trop, c'est dommage. Tant pis, je continue et j'arrive à *Les dieux m'en sont témoins, ces dieux qui dans mon flanc — ont allumé ce feu fatal à tout mon sang…*, ce qui signifie que ce n'est quand même pas de ma faute si c'est héréditaire. »

De toute façon elle n'aimait pas Erika de cette manière. Ce qu'elle éprouvait pour elle n'était pas très clair et comportait autant d'affection filiale que d'admiration éblouie, de trouble physique léger que de tendresse très pure. Maintenant qu'elle était au courant elle détectait tous les minuscules indices qui prouvaient qu'Erika aimait sa mère et que c'était réciproque. Mais ces indices n'étaient pas apparus d'un seul coup et ils avaient créé dans la maison une ambiance qu'elle avait toujours sentie avant de savoir la vérité. Suzanne, d'ailleurs, en convenait. Et même si cela avait été vrai, elle ne serait pas allée trouver Erika pour lui dire : « Je vous aime. »

Il était hors de question d'aller trouver son propre professeur d'histoire, Mlle Milan, pour lui faire un aveu de ce genre. Blanche d'Eygurande n'était pas la seule à prétendre que les mœurs de Milan étaient douteuses et Mélanie avait appris dans certains livres que les apparences ne sont pas, dans ce domaine, si trompeuses que ça. Milan était hommasse, ce qui ne signifiait rien, mais elle s'habillait d'une manière à la fois virile et démodée. Ses chaussures, en particulier, étaient des « richelieu » à semelle épaisse que d'Eygurande, en bonne fille de militaire, appelait des « écrase-merde ». C'était d'autant plus ridicule que Milan avait des pieds plutôt petits (37 ou 38 au maximum) et que des mocassins lui auraient mieux convenu. L'ennui c'est que Mélanie aimait les femmes, les vraies, et pas les caricatures. Après tout tant mieux ! Ça l'empêchait de fantasmer sur Milan et de risquer de commettre l'irréparable, en admettant qu'elle se montrât aussi audacieuse qu'Erika.

En dehors de sa pension et de sa famille elle ne connaissait pas grand monde. C'était en partie de sa faute, parce qu'elle ne s'était liée avec personne quand sa mère l'avait envoyée passer quelques semaines en Angleterre, puis aux États-Unis, loin de Suzanne bien entendu. Les Anglaises lui avaient paru xénophobes et les Américaines incultes. Avec les autres Français du groupe elle n'avait entretenu que des rapports superficiels. Il faut dire que tout était organisé de manière qu'ils se rencontrassent le moins souvent possible pour éviter de parler français entre eux. Malgré tout, ces séjours à l'étranger étaient une piste et elle décida de demander à sa mère de l'envoyer quelque part l'été prochain, de préférence dans une université puisqu'elle aurait son bac — du moins elle l'espérait.

Tous les lundis Héloïse, Erika, Lise et Jenning regardaient la manifestation rituelle des Saxons à la télévision allemande. Après celle du 16 octobre, qui fut la plus importante et reprit de plus belle le lendemain, Honecker démissionna, ce qui ne calma personne puisque son remplaçant suivait la même ligne que lui. On passa donc de 100 000 manifestants à 300 000, surtout quand Krentz le remplaçant, visiblement dépassé, se rendit à Moscou pour demander ce qu'il devait faire. Rien ne filtra de l'entretien qu'il eut avec Gorbatchev mais à son retour le bureau politique et le gouvernement démissionnèrent en bloc et le nouveau gouvernement, confié à un homme qui passait pour réformateur, annonça qu'on ouvrirait la frontière le 9 novembre.

— Allons-y, dit Erika, je ne manquerai pas ce spectacle pour un empire !

— Où ça ? demanda Héloïse, à Berlin ?

— Non, dit Lise. À mon avis il faut aller au poste frontière des autoroutes Berlin-Hambourg ou Berlin-Hanovre. Moi j'opte pour l'endroit le plus proche de Celle, comme ça je pourrai confier Jenning à ma mère.

— Mais je veux TOUT voir ! protesta le petit garçon.

— Tu verras tout, mais il faut bien que tu dormes quelque part et d'ailleurs moi aussi, lui répondit Héloïse. Ta mère et Erika sont capables de veiller toute la nuit mais pas nous. Puisque samedi est un jour férié on emmènera aussi les enfants s'ils en ont envie.

C'était quand même paradoxal de fêter le 11 novembre, une date qui représentait pour l'Allemagne le début d'une longue suite de catastrophes, à Helmstedt. Les enfants ne connaissaient pas ce poste frontière, qui d'ailleurs n'avait rien de particulier sauf que pour une fois les barrières étaient largement levées. Lise les emmena sur des chemins plus petits qui conduisaient aussi à la frontière. On n'avait évidemment pas coupé les barbelés ni déminé. Toutes les petites routes étaient brutalement interrompues et les Allemands de l'Ouest avaient posé devant les barbelés un panneau aux couleurs du drapeau allemand et un autre où on lisait : *Dort auch ist Deutschland* [1]. Derrière il y avait le *no man's land* et de nombreux miradors. Anne, Mélanie et Suzanne avaient déjà vu des impasses semblables dans la région de Ratzeburg, mais pour Boris et pour Jenning c'était un spectacle nouveau.

— Regarde de tous tes yeux, regarde, Boris Pavlovitch ! dit Mélanie en plagiant *Michel Strogoff*, parce que tu ne le verras jamais plus.

— Pourquoi ?

— Puisque la frontière est ouverte on va couper ces barbelés et l'Allemagne sera réunifiée.

— Pas si vite, dit Héloïse.

— Vous n'y croyez pas ?

— Si, bien sûr… mais j'ai connu tellement de déceptions, déjà.

1 Là-bas, c'est aussi l'Allemagne.

— Maintenant, dit Lise, je vais vous montrer un carrefour dont je n'ai jamais parlé à personne quand je l'ai découvert.

Ils revinrent sur leur pas, roulèrent pendant quelques kilomètres vers le sud sans s'éloigner beaucoup de la frontière de zone. Le carrefour avait sans doute été important autrefois, mais il ne menait plus nulle part. Un très vieux panneau en bois marron indiquait plusieurs directions : Magdeburg, Berlin, Breslau, Stettin, Danzig, Königsberg. Il était soigneusement verni pour résister aux intempéries.

— Quand je l'ai découvert, dit Lise, je devais avoir vingt ans. Je suis allée interroger la municipalité qui m'a confirmé qu'elle l'entretenait et qu'elle le considérait comme un symbole qui valait bien le *Dort auch ist Deutschland*. Il paraît que de nombreux Prussiens ou Silésiens viennent le voir. J'espère qu'on ne l'enlèvera pas. Je n'ai jamais osé en parler à ma mère, bien sûr.

À Helmstedt même le spectacle était intéressant. Les « *Ossis* » arrivaient en grand nombre dans de curieuses petites voitures dont le moteur faisait un drôle de bruit. Néanmoins ça roulait. Les « *Wessis* » se précipitaient pour les accueillir, leur demander s'ils connaissaient un tel ou un tel, leur faire des cadeaux. Certaines familles se retrouvaient.

— Je me demande combien vont retourner chez eux à la fin du week-end, demanda Mélanie.

— Tu n'as qu'à regarder ce qu'ils ont dans leur voiture, dit Suzanne. Ceux qui ont plein de valises ne reviendront pas.

— Ils n'ont pas confiance ?

— Moi, à leur place, je me méfierais aussi. On verra.

— Mais ils ont prévu une nouvelle ouverture la semaine prochaine !

— Il peut se passer tellement de choses d'ici là !

— S'ils rouvrent la semaine prochaine, dit Héloïse, vous sécherez les cours du samedi et on ira à Berlin.

Mélanie songea à l'agonie de Nana et à la foule qui criait : « À Berlin… à Berlin. » Elle n'y était jamais allée, n'avait jamais vu le mur. Fallait-il que sa mère crût en sa disparition, malgré son scepticisme apparent, pour proposer de sécher les cours !

Ni Mélanie ni Suzanne n'avaient jamais suivi les cours d'allemand à la Légion d'honneur mais tout le monde savait qu'elles le parlaient couramment et que leur mère les obligeait à converser quelques heures dans cette langue le samedi et le dimanche. Le professeur d'allemand des classes multicolores les invita à venir faire un exposé sur ce qu'elles avaient vu après le voyage à Berlin. Suzanne raconta Helmstedt, les petites routes en impasse, montra les photos qu'elles avaient prises de la frontière de zone et du panneau qui montrait la direction des villes passées sous contrôle polonais ou soviétique. Mélanie parla de Berlin, du mur qu'elle avait vu pour la première fois et que l'on commençait à démolir. Elle raconta Berlin-Est, ses maisons tristes et mal entretenues, sa pauvreté qui contrastait d'une manière choquante avec la richesse affichée de Berlin-Ouest. Elle parla aussi de quartiers autrefois prospères que le mur avait transformé en impasses et qui étaient devenus des refuges pour les marginaux et pour les immigrés turcs. Mme Salabert les félicita pour leur allemand presque parfait et expliqua que la tristesse des habitants de Berlin-Est l'avait toujours beaucoup plus frappée que leur pauvreté. Pourtant de chaque côté du mur c'était les mêmes Prussiens.

— En tout cas dimanche dernier ils étaient très gais, dit Mélanie sans relever que les Berlinois n'étaient pas réellement des Prussiens. Mais mon grand-père pense qu'ils auront de très gros problèmes d'adaptation en cas de réunification.

— Votre grand-père a raison. L'oubli vient vite et certains ne tarderont pas à dire qu'autrefois, en somme, ce n'était pas si mal. Et bien sûr chez nous on fera beaucoup trop de publicité à ces inévitables déceptions. C'est pourquoi vous ne devez jamais oublier ce que vous avez eu la chance de voir et vous devez aussi en parler autour de vous.

— As-tu rapporté des morceaux de mur, demanda plus tard Blanche d'Eygurande à Mélanie ?

— Non. Tu devrais savoir que les gens de la Religion ne collectionnent pas les reliques.

— Oh toi ! Tu es de la Religion quand ça t'arrange, hein !

Maintenant elles étaient toutes dans la classe dite multicolore, dont Mélanie détestait la nouvelle ceinture qui, au lieu de se porter comme des bretelles, se portait en biais comme un baudrier. Elle avait de nouveau des difficultés à l'ajuster et affirma à sa mère qu'il s'agissait d'un complot contre « les filles bien foutues, c'est-à-dire les vraies femmes qui ne ressemblent pas à des limandes. » Héloïse comprenait et compatissait. Elle fit néanmoins remarquer à sa fille que ce n'était qu'un mauvais moment à passer et que l'année prochaine elle s'habillerait comme elle voudrait. L'essentiel était de se plaire à soi-même et si Mélanie n'enviait pas les limandes tout allait bien. Elle faillit ajouter que les hommes n'aimaient guère les femmes trop plates mais une sorte d'intuition l'arrêta. Ce n'était pas une chose à dire. Pourquoi ? Mélanie la regarda droit dans les yeux et dit :

— En réalité je ne sais pas ce que je préfère.

— Tu n'as pas le choix. Passé les premières années on doit s'habituer à son corps et l'aimer, surtout quand on a la chance de n'avoir aucune disgrâce.

— Je parle des autres femmes.

Le regard était encore plus direct, bleu glacier comme celui d'Anne de Marèges quand elle cherchait à savoir si sa fille Héloïse avait fait une bêtise. Devant ce regard Héloïse eut de nouveau trois ou quatre ans et rougit comme elle le faisait à cette époque. Mélanie ne baissa pas les yeux et ajouta :

— Comment les préférez-vous ?

— Je ne sais pas.

Sa voix était un souffle et Mélanie perdit son aplomb devant cette mère toujours sûre d'elle qui, sous ses yeux, s'était transformée en petite fille coupable. Elle rougit à son tour et murmura :

— Excusez-moi.

— Donc tu sais.

— Oui, Maman.

Le « Maman » était exceptionnel car Mélanie appelait rarement les gens par leur nom. Héloïse y sentit une marque de sympathie et reprit contenance :

— Depuis longtemps ?

— À peu près deux ans.

— Et comment…

C'était le moment de mentir :

— À cause du rasoir d'Ockham. On a pensé, Suzanne et moi, que c'était la seule explication logique de votre vie avec Erika. Et puis vous aviez dit que vous n'aviez pas aimé Papa. Et puis j'avais dit à Suzanne que j'étais attirée par les filles et pas par les garçons. Et puis… c'est tout.

Héloïse sourit. Cette fois-ci c'était Mélanie qui redevenait une enfant, avec ses « et puis qui rappelaient les « et pis » dont elle ponctuait ses récits de petite fille. Néanmoins l'enfant venait d'avouer avec beaucoup de courage qu'elle partageait les goûts de sa mère avant même de les connaître. Cela méritait une réponse :

— Tu es certaine de cette préférence ?

— Oh oui, Maman.

— Tu l'as fait ?

— Non.

— Alors…

— Je suis quand même sûre.

— Bien. Je ne te dirai pas que tu es trop jeune. Je te crois. Néanmoins on peut changer.

— Non.

— Mais si ! Ça ne t'arrivera peut-être pas à toi mais c'est arrivé à d'autres. Tu l'admets ?

— Oui.

— Tu es différente de moi. J'ai connu Erika il y a vingt-cinq ans, c'est donc bien plus ancien que tu ne le penses, mais avant de la rencontrer je n'avais pas de préférences particulières ou je ne m'en rendais pas compte. Je ne sais pas ce que tu deviendras mais tout peut arriver. Erika prétend avoir toujours su et il est certain qu'elle n'a jamais changé. Tout existe et tout est possible.

— D'accord.

— Et ta sœur ?

— Oh, elle est très normale !

— Je n'aime pas que tu te croies anormale.

Mélanie se mit à rire :

— Mais Maman, je disais ça comme Marie-Thérèse, voyons ! Au sens statistique !

Manuela von Tauberg et Sven Larsen
Wolfgang, Inger et Boris
sont heureux de vous annoncer
la naissance de
Thaïs
à Paris, le 29 décembre 1989

1990

Après la naissance de Thaïs, Manuela et Sven se marièrent parce que c'était quand même bien plus commode quand l'un des deux est étranger. Le quatuor Larsen continua ses tournées, souvent avec Hilda, et ils commencèrent également à enregistrer ensemble ce qui donna aux Larsen une notoriété qu'ils n'avaient eue, jusqu'à présent, que dans leur pays. Inger progressait et Anne, qui jouait beaucoup avec elle, l'enviait car il savait qu'elle deviendrait une grande violoniste. Dans un sens elle l'était déjà. Lui avait renoncé à être autre chose qu'un honnête pianiste. Il entrerait au conservatoire, ses professeurs en étaient sûrs, mais il avait décidé de se tourner vers la direction d'orchestre parce qu'il était désormais certain de ses limites. Ces limites n'étaient pas techniques, elles tenaient au fait qu'il ne parvenait pas à faire passer dans ses doigts la musique comme il l'entendait vraiment. Avec un orchestre il pensait avoir une chance d'y arriver. Il ferait aussi de la chorégraphie et de la mise en scène, serait en somme un touche-à-tout comme il l'avait craint autrefois mais désormais cela ne le gênait plus. Sa mère, à qui il avait fait part de ses projets, l'avait approuvé et lui avait dit qu'il n'était pas déshonorant d'être un touche-à-tout, surtout quand on avait reçu une aussi solide formation.

Il allait voir Bonne-Maman de temps en temps mais ils ne se faisaient plus la guerre. Quand elle l'informa que c'est lui qui hériterait de son château dans le Finistère, où il n'avait jamais mis les pieds, il ne dit rien mais se jura de renoncer à cet héritage le moment venu. Kerivin, en toute justice, appartenait à sa tante Marie-Thérèse qui y avait passé toutes ses vacances d'enfant. Il se rendit compte à ce moment-là qu'il était heureux d'être un noble sans château, un gueux, comme disait son grand-père. Non seulement il resterait gueux mais il deviendrait saltimbanque, d'ailleurs il l'était déjà.

Bonne-Maman apprit, par un bavardage de Camille, que Suzanne avait décidé d'entrer dans l'armée. Anne fut surpris de sa réaction favorable. Il croyait qu'elle avait des idées toutes faites sur les rôles des filles et des garçons mais elle avait dû conserver un ferment de rancune contre ses parents qui l'avaient considérée comme quantité négligeable. Elle approuva le projet, dit que tous ces changements, après tout, n'étaient pas si mauvais. Elle demanda presque timidement si elle pourrait rencontrer Suzanne.

— Je pense qu'elle ne voudra pas, dit Anne, parce que…

— Bien sûr. Elle a seize ans, n'est-ce pas ?

Anne n'osa pas lui répondre que même à huit ou neuf ans Suzanne n'aurait pas accepté de rencontrer une bonne-maman qui s'était toujours désintéressée d'elle. Il est vrai qu'à cette époque Héloïse aurait probablement obligé ses filles à obtempérer. Il ajouta :

— Je le lui demanderai quand même.

— Si elle ne veut pas maintenant peut-être acceptera-t-elle plus tard ?

— Peut-être.

— Et Mélanie ? Je suppose que l'une ne va pas sans l'autre ?

— C'est vrai.

— Les jumeaux ont toujours une grande complicité. Tu ne t'es jamais senti exclu ?

— Si, autrefois… il y a très longtemps.

— Ça m'est arrivé aussi avec mes propres enfants.

Elle ne dit rien de plus à ce sujet mais Anne avait compris instantanément qu'il s'agissait d'un aveu très grave qui se suffisait à lui-même. Elle avait idolâtré son fils et, non contente de mépriser sa fille parce qu'elle n'était qu'une fille, elle en avait été jalouse. Cela expliquait bien des choses à commencer par la pension. Anne parla de cette conversation à sa mère le soir même et ils furent du même avis.

— Il lui aurait fallu d'autres enfants, dit Héloïse, et de préférence d'autres garçons. Je me demande si ta tante s'est rendu compte de tout ça.

— Je ne pense pas.

— C'est dommage. Elle aurait mieux accepté son éloignement. Mais c'est trop tard et je ne sais pas s'il faut lui en parler. Quant à tes sœurs… Suzanne fera ce qu'elle voudra mais je n'enverrai jamais Mélanie là-bas parce qu'elle me ressemble trop. Ça ne ferait de bien à personne, c'est évident.

— Oui, dit Anne qui n'avait pas pensé à ce détail, il vaut mieux l'éviter.

Au début du mois de janvier, après avoir passé dix jours au Cernix avec Claire, Héloïse alla renouveler son inscription au Gymnase club de la rue du Débarcadère qu'elle fréquentait depuis son retour de Reichenau. L'année précédente c'est Lise qui s'était chargée pour elle de cette démarche car elle n'était pas encore rentrée d'Autriche. Mais Héloïse ignorait qu'on était obligé d'accomplir cette formalité dans le club où l'on s'était inscrit à l'origine, d'autant plus qu'elle bénéficiait d'une réduction par l'intermédiaire du comité d'entreprise de Tauberg SA qui acceptait, pour faire nombre, les personnes extérieures à la société. Son dossier se trouvait donc rue de Ponthieu et elle n'avait pas le choix. Elle pouvait le faire transférer, certes, mais pour ça elle devait y aller. Qui, à part Manuela ou Claire, pouvait le faire à sa place sans poser de questions indiscrètes ? Mais Manuela était à peine sortie de la maternité, Claire était obligée de rester allongée au Cernix pour aller jusqu'au bout de sa propre grossesse, bref Héloïse était seule au monde pour affronter la rue de Ponthieu. Elle se résigna donc à y aller un dimanche matin, jour où la probabilité de croiser Fédora était quand même très réduite… mais non nulle, car Fédora, quand elle n'avait pas correctement accompli son programme de la semaine, se rattrapait parfois le dimanche.

Elle dut attendre assez longtemps, jetant parfois un regard furtif derrière elle pour voir si Fédora n'entrait pas, mais tout se passa bien et on lui promit de transférer son dossier à la porte Maillot. En face il n'y avait personne dans les bureaux mais la plaque BARBIERI & MILANOV était toujours vissée sur la porte. Elle haussa les épaules en se demandant pourquoi diable elle avait pu imaginer que la plaque aurait peut-être disparu. « Tout est en ordre, pensa-t-elle en entrant dans la galerie des Champs-Elysées pour regarder si la vitrine des animaux en peluche qu'elle aimait tant était toujours là, tout est en ordre et je lui souhaite beaucoup de bonheur. Un bonheur bourgeois en charentaises, mais elle ne l'a pas volé ! Tout de même… est-ce qu'elle me donnerait signe de vie si ça n'avait pas marché avec l'autre ? Pas sûr. Ô Fédora Vassilievna ! Je souhaite que tu aies parfois la nostalgie de moi de toute ton âme prétendument slave ! »

Cette nostalgie Fédora la ressentait parfois mais elle ne la cultivait pas. Elle était reconnaissante à Chantal de l'avoir sortie de cette impasse et elle aimait sa nouvelle vie. Partout elles étaient deux. On les invitait ensemble, elles invitaient d'autres couples. Sa grande maison était désormais habitée ; elles avaient deux chats officiels et quelques chats errants qui squattaient le jardin. Chantal, sous prétexte de sécurité, faisait campagne pour avoir un chien. Fédora n'appréciait guère les chiens mais savait qu'elle céderait tôt ou tard. Elle qui avait toujours aimé que son jardin fût légèrement en friche laissait désormais Chantal le cultiver et y faire pousser des fleurs dont elle ignorait obstinément le nom. Apparemment leurs amies aimaient ça et complimentaient Chantal pour la beauté de ses impatiences ou de ses roses. Seuls les géraniums étaient interdits de séjour car, avait dit Fédora :

— C'est une fleur de concierge et j'ai passé mon enfance dans une loge de concierge, sauf que ma mère refusait d'y mettre des géraniums pour se distinguer de ses collègues.
Chantal n'avait pas insisté, estimant que les blocages de Fédora, si absurdes fussent-ils, devaient être respectés.

Quelques mois après avoir quitté Héloïse elle avait vu sur une colonne Morris le portrait d'Hilda. La petite sœur avait les cheveux plus courts, les yeux plus clairs, mais c'était le même sourire un peu énigmatique, hésitant entre l'ironie et la gentillesse, la même forme de visage et la même manière de placer ses mains un peu trop osseuses sous le menton. Elle avait repensé à la fille d'Héloïse, cette adolescente aperçue dans la pharmacie qui ressemblait, pour autant qu'elle s'en souvînt, davantage à sa tante Hilda qu'à sa mère. Était-il raisonnable d'aller à ce concert ? Non. Il faudrait en parler à Chantal, qui n'aimait pas beaucoup la musique classique, et elle risquait d'y rencontrer des membres de la famille. Tant pis. Elle se consola en allant chez Virgin et en y achetant tout ce qu'Hilda avait enregistré mais ces disques ne quittèrent pas son bureau où elle avait une minuscule platine laser. De temps en temps elle invitait sa cousine à les écouter en buvant un verre de vodka ou de genepi, ce tord-boyaux piémontais qui leur rappelait leurs vacances dans le Val d'Aoste, à quelques kilomètres des ruines du château de Marèges qu'Héloïse n'avait jamais eu la curiosité d'aller voir sous prétexte que ses aïeux l'avaient quitté définitivement entre le règne de Charles III et celui d'Emmanuel-Philibert.

— Quand je pense, disait Dominique, que nos ancêtres ont été les serfs de ces gens-là ! Tu n'as vraiment aucune conscience de classe ! Il est vrai qu'ils ont peut-être engrossé nos aïeules, avec ce droit de cuissage…

— Le droit de cuissage c'est de la blague ! C'est nos aïeux qui ont engrossé toutes ces comtesses pendant que les comtes étaient aux croisades. Au fond ça revient au même. Je bois aux Marèges et aux Barbieri.

— Et moi je bois aux Milanov.

Et Dominique buvait cul sec et jetait son verre derrière elle d'un geste élégant que lui avait appris Fédora. Le verre était en plastique et tombait sur une moquette épaisse, mais tant pis !

Claire et Hugo de Marèges,
Hécube, Hélène, Héraclès,
Horace et Hermione
sont heureux de vous annoncer la naissance de
HOMÈRE
à Albertville, le 1er avril 1990

Claire avait envoyé ce faire-part à son ancienne gynécologue sans commentaire. Ce simple carton blanc signifiait clairement : « Ksss, ksss ! bisque, bisque, rage ! » et se suffisait à lui-même. Le même encart très sobre était passé dans *le Figaro* parce qu'il le fallait bien. Pour leur septième enfant Victor et Claire n'étaient pas d'accord. Claire, obstinée, voulait tenter sa chance, prête à repasser sept mois allongée pour que le petit Homère ne fût pas… pire qu'un enfant unique, un enfant choyé par des frères et sœurs bien plus âgés que lui. Victor lui faisait remarquer que dès le début ils avaient su que ce risque existait. S'ils décidaient qu'Homère serait élevé sévèrement comme les autres et s'ils obligeaient Horace et Hermione à respecter cette décision, tout irait bien. Son jeune frère Holger, quoi qu'on ait pu en penser, était un garçon très bien qu'on avait un peu trop vite traité d'enfant gâté sous prétexte que ses parents avaient quarante-quatre ans à sa naissance. D'ailleurs, s'il y avait eu du favoritisme dans sa famille, il ne s'était jamais exercé en faveur d'Holger mais en faveur d'Héloïse qui avait toujours été la préférée de ses parents.

— Ça par exemple, avait dit Claire, je n'ai jamais entendu parler de ça ! Aurais-tu été jaloux ?

— Oui, absolument, et Hippolyte aussi. Mais on ne lui en voulait pas. La pauvre gosse ne s'en rendait même pas compte !

— Mais je croyais que tes parents étaient justes.

— Ils l'étaient mais quand elle entrait dans la pièce où ils se trouvaient leur regard changeait. Ne ris pas. Les enfants voient et sentent ces choses-là.

— Je n'en doute pas. Je me demande si les nôtres…

— Les nôtres c'est moins grave puisque nous n'avons pas le même chouchou. Cela dit j'ai un peu de mal à comprendre cette phobie, que tu partages d'ailleurs avec ma sœur, des enfants uniques.

— Héloïse est mon amie d'enfance, il est donc normal que nous ayons les mêmes idées. Et puis « phobie » est un grand mot. À vrai dire j'aime être enceinte. Même quand je suis condamnée à ne rien faire ça me rend euphorique et créative.

Victor soupira. La femme d'Hippolyte disait exactement la même chose mais son excuse, à elle, c'était qu'elle était réellement chercheuse. Claire avait passé ses premières grossesses à préparer ses examens ; les suivantes… il ne se souvenait pas mais c'est vrai qu'elle était très en forme et très gaie ; pendant la dernière elle s'était mise à écrire des nouvelles et à peindre des aquarelles, sans compter les innombrables discussions, écrites ou orales, avec Hélène sur le système philosophique idéal qui remplacerait tous les autres.

— *Tota mulier in utero*, dit-il, tu es libre. Mais ne sois pas trop désespérée si tu n'y arrives pas.

— Victor ! Je sais que mes chances sont devenues très faibles. Nous essaierons naturellement et sans le moindre acharnement thérapeutique. N'aimes-tu pas essayer naturellement ?

— Oh, que si !

Au mois de juin Emmanuel de Puyferrand, le frère aîné d'Anne de Marèges, organisa une immense réunion de famille pour fêter ses noces d'or et — mais avec quelques mois d'avance — celles de sa sœur et d'Hector. Devant sa mère Héloïse fit un peu d'ironie sur ces huguenots qui commémoraient comme de vulgaires papistes et Anne la traita d'insolente, ce qui n'était pas nouveau.

— Emmanuel profite de l'occasion pour tenter de réunir une famille très dispersée. J'espère que tu ne feras pas ta mauvaise tête et que tu viendras.

— Mais bien sûr, Maman. Vous savez bien que j'aime beaucoup Emmanuel. Toutefois la date est très mal choisie parce que j'ai trois enfants qui passent leur bac. Pourquoi n'a-t-il pas attendu… je ne sais pas… disons le 14 juillet ?

— Parce que c'est encore plus difficile de réunir tout le monde à cette époque. Je ne pense pas qu'un week-end dans les Cévennes compromettra les chances de tes enfants. Je comprends en revanche qu'ils aient peur. Ils ne sont d'ailleurs pas obligés de venir et Héraclès non plus.

— Mais vous, Maman, vous vous êtes mariée en décembre 1940 à Paris, n'est-ce pas ?

Anne se mit à rire :

— Ça c'est la version officielle et la seule qu'Emmanuel connaît. En réalité j'ai réussi à convaincre ton père de coucher avec moi dans la nuit du 15 au 16 juin. C'était l'exode… il était venu me rejoindre avec tout un groupe de réfugiés… bref je peux t'assurer que c'est la date secrète de notre mariage et la seule qui compte pour nous deux.

— L'homme de l'exode, dit Héloïse qui avait été renseignée par Suzanne.

— J'oubliais que Suzanne te l'avait raconté. Mais pour moi l'homme de l'exode n'a pas été une aventure.

— Et si je venais avec Erika ?

— J'ai tenté de convaincre Élisabeth de venir avec Nathalie mais je n'exclus pas qu'elle se dégonfle.

— Vous avez fait ÇA ?

— Ma petite fille, j'ai presque soixante-dix ans et, mon ambassadeur de mari étant à la retraite, je n'ai plus la moindre raison de ne pas afficher mes idées. Cela dit je comprends parfaitement qu'Erika ou Nathalie ne soient pas très à l'aise dans des circonstances de ce genre. Mais Emmanuel est bon et hospitalier, comme tu le sais.

— Je sais. J'y réfléchirai.

Les enfants, bien entendu, poussèrent de hauts cris, même Suzanne qu'on aurait crue plus sûre d'elle. Héloïse, qui se souvenait de sa propre angoisse l'année du bac, n'insista pas. Elle se contenta de leur signaler qu'ils pouvaient changer d'avis à la dernière minute. Les épreuves obligatoires avaient lieu avant ce fameux week-end et ils étaient certainement capables de juger par eux-mêmes s'ils les avaient réussies ou non. Erika dit qu'elle viendrait si les enfants venaient, ou du moins l'un d'entre eux.

— Vous êtes vraiment impossibles tous les quatre, affirma Héloïse, et vous me décevez. Puisque c'est comme ça j'emmènerai mon petit Jenning qui ne me refuse jamais rien.

— Quand le Prussien passera son bac on en reparlera, dit Mélanie, parce que ce n'est plus l'âge de la docilité.

— Oui, ajouta Suzanne, sauf qu'au train où ça va il se présentera à dix ans complètement inconscient de l'importance de l'enjeu. Passons un accord, Maman : si je suis admise en hypotaupe je viens avec vous. Est-ce que je pourrai aller aussi au bal du Prytanée ?

— Évidemment, si tu es invitée et si ce n'est pas le même jour.

— Elle est invitée par Brice d'Eygurande, dit Anne. Il est amoureux d'elle.

Suzanne haussa les épaules et répondit à son frère que ses relations avec Brice étaient parfaitement convenables et qu'elle n'allait pas se précipiter sur le premier garçon venu avant de bien connaître la vie. Que voulait-elle dire par là ? Héloïse, au fond, ne se faisait pas de soucis pour elle : en hypotaupe Suzanne rencontrerait des garçons beaucoup moins… comment dire ? « chics types », disaient ses propres parents avec ironie, « signe de piste », disait Claire. Elle choisirait à ce moment-là. La seule chose certaine c'est que le garçon devrait être très intelligent pour tenir la distance.

Elle n'alla à Puyferrand qu'avec Erika et Mélanie. Anne était persuadé qu'il avait raté son écrit et Suzanne avait décidé de rester avec lui pour l'aider. Mélanie n'était pas non plus très sûre d'elle mais elle pensait qu'un week-end à la campagne n'y changerait pas grand chose et, au contraire, la distrairait de ses préoccupations. Anne avait réussi le concours du conservatoire, ce qui était quand même l'essentiel ; Suzanne était admise à Louis le Grand ; Mélanie seule était dans l'incertitude et elle avait besoin d'une mention pour entrer en fac de pharmacie. Ce n'était pas dans la poche. Toute l'année elle avait travaillé les matières scientifiques jusqu'à s'en dégoûter. Elle n'avait pas écrit une nouvelle, pas un poème, juste son journal où elle notait ses états d'âme qui étaient nombreux mais pouvaient se résumer à deux préoccupations : comment entrer en fac de pharmacie, comment coucher. C'était banal, bien sûr, sauf que, pour reprendre une expression lucide de Suzanne, elle se plaçait sur un marché étroit. Certaines, comme sa sœur, n'avaient qu'à tenter d'intégrer une grande école scientifique pour se trouver au milieu de plus de garçons qu'il ne leur en fallait. D'autres, comme son frère, n'avaient qu'à fréquenter des cours de danse pour être pourchassés par une nuée de filles ravissantes. Sa chanceuse de mère n'avait eu qu'à se présenter en maillot de bain sur les bords du Vieux Danube pour attirer l'attention d'Erika, qu'elle imaginait parfois les yeux exorbités comme le loup de Tex Avery devant une sirène minaudante. Suzanne Lacombe s'était offert le luxe de faire la difficile avant de se faire bousculer dans une Bugatti par la première venue. Dieux que c'était injuste ! Allait-elle attendre longtemps… même pas la femme de sa vie mais une simple initiatrice ?

Avant de partir, pendant qu'Erika et sa mère rangeaient les bagages dans la voiture, elle écrivit :

— Il me faudrait une bonne guerre avec un bon exode. Hélas, à qui ferons-nous la guerre, désormais ?

Élisabeth était venue avec Nathalie et Mélanie surprit sa grand-mère qui félicitait sa sœur de se montrer enfin telle qu'elle était. Et ces deux-là, comment s'étaient-elles rendu compte ? Comment avaient-elles fait ? Comment même s'étaient-elles rencontrées ? Elle posa la question à sa mère qui lui rétorqua qu'elle l'ignorait mais qu'il n'était pas interdit de le leur demander. En faisant cette réponse elle eut tout à coup conscience de sa légèreté. Comment une fille de seize ans à qui l'on avait appris à ne pas interroger les adultes oserait-elle poser ce genre de question ? Mélanie et elle avaient certes beaucoup parlé mais leur intimité était récente et, malgré tout, limitée. Parfois le couple que formaient Élisabeth et Nathalie la troublait parce qu'il durait depuis des années malgré leur différence d'âge. Quand elle y pensait elle ressentait une souffrance violente mais brève parce qu'elle la repoussait aussitôt. Suzanne, si elle avait vécu, n'aurait eu que trois ans de plus qu'Élisabeth. Elle-même en avait sept de plus que Nathalie. Donc ça aurait pu durer et Suzanne s'était gâché la fin de sa vie en pensant à cet écart qui les séparerait. Élisabeth lui avait dit un jour qu'elle était consciente de la précarité de sa situation mais qu'elle pratiquait le *carpe diem*. De jour en jour elle avait réussi à cueillir onze années !

Après le dîner, alors qu'elle se promenait devant les bâtiments de la ferme avec Nathalie et Élisabeth, cette dernière dit :

— Vous voyez cette grange ? C'est là que j'ai fait l'amour pour la première fois.

— Ah, c'est donc celle-là ? demanda Nathalie qui semblait au courant du reste.

Héloïse les interrompit :

— Est-ce que je peux appeler Mélanie pour qu'elle entende cette histoire ?

Élisabeth regarda sa nièce, qui haussa les épaules d'un air désabusé en disant :

— Ben oui, on est complètement taré dans cette famille !

— Je vais la chercher, dit Nathalie.

Elle revint avec Mélanie, et Élisabeth les fit entrer toutes les trois dans la grange en disant :

— J'ai l'impression d'être Shéhérazade mais vous allez être déçues parce que c'est une histoire très banale. C'était il y a cinquante ans, pendant l'exode…

— Oh non ! Pas encore l'exode, gémit Héloïse.

— Mais si. Ton père était arrivé avec une troupe de réfugiés à qui il avait promis notre hospitalité. Ce soir-là il a réussi successivement à séduire Maman en citant un passage du *Deutéronome* sur l'émigré et l'orphelin et à entraîner ta mère dans la grange voisine où ils ont passé la nuit.

— D'après ce que je sais c'est Maman qui l'a entraîné.

— C'est possible, en effet. Quant à moi j'ai séduit une violoniste belge nommée Cornélia Verriest qui cherchait à gagner les États-Unis pour rejoindre ce qu'elle appelait une

« amie ». Elle parlait de cette « amie » d'une telle manière que j'ai compris ce qu'elle voulait dire et que j'ai décidé qu'elle ne quitterait pas cette maison tant qu'elle ne m'aurait pas… euh… appris les rudiments.

— Vous l'avez utilisée comme un objet ? Ce n'est pas très kantien !

— Il y a un temps pour Kant et un temps pour la vraie vie. Je ne l'aurais jamais avoué à mes étudiants mais ils l'ont, j'espère, découvert tout seuls.

— Cette nuit-là vous avez choisi Horace, dit Mélanie : *Carpe diem* !

Héloïse regarda sa fille, frappée par la coïncidence de leur pensée. Il est vrai que *Le Cercle des poètes disparus* avait mis le *carpe diem* à la mode, mais Mélanie n'avait certainement pas attendu ce film pour citer Horace. Mélanie continua :

— Qu'est-elle devenue ?

— Elle est partie et je n'en ai plus jamais entendu parler. J'ai regardé les programmes des concerts en cherchant son nom mais elle doit faire partie de cette cohorte d'étudiants en musique qui n'ont jamais accédé à la notoriété. À moins qu'elle ne soit morte sur les routes mais ça m'étonnerait parce que le vieux Pétain a fait son discours le lendemain. Quand je l'ai entendu dire « C'est le cœur serré que je vous dis qu'il faut cesser le combat » je me suis mise à pleurer sans pouvoir m'arrêter. J'avais si peu dormi… elle était partie… on était vaincus… et je n'avais même pas dix-sept ans !

— Si on demandait à Hilda ? suggéra Mélanie.

— Tu n'es pas bête. Je vais la chercher, répondit Nathalie.

Hilda pouvait effectivement fournir le renseignement :

— Cornélia Verriest ? Mais oui, je la connais. Elle est belge ? Je la croyais américaine et même descendante des premiers colons de la Nouvelle Amsterdam. En tout cas elle était prof à la Juilliard School il y a une dizaine d'années et elle avait la réputation d'une vieille goudou… oh pardon !

— Hilda ! Pourrais-tu parler avec respect de ma femme de l'exode ?

Le lendemain Élisabeth et Mélanie eurent une longue conversation. Ce qu'elles se racontèrent exactement, Héloïse ne le sut jamais. Mélanie lui dit simplement :

— Ça n'a pas été facile pour elle. Moi j'ai de la chance parce que j'ai eu de bons exemples. Je ferais mieux de cesser de trépigner d'impatience comme une enfant gâtée.

— J'ignorais que tu trépignais. Si je te disais que tu as toute la vie devant toi ?

— Je répondrais que c'est un de ces lieux communs que vous détestez. Vous l'avez dit exprès ?

— Évidemment !

Élisabeth et Nathalie vinrent à Paris au mois d'octobre. Erika était à Francfort mais Héloïse, fidèle à la tradition, les emmena prendre un verre non pas au Kat, qui était fermé, mais à la Champmeslé. Elles buvaient leurs cocktails quand Fédora entra, seule. Elle ne vit pas tout de suite Héloïse à cause de l'obscurité. Quand leurs regards se croisèrent elle se troubla légèrement, hésita. Après tout l'essentiel était qu'Erika ne fût pas là. C'est exactement ce que pensait Héloïse au même moment. Elle fit les présentations et elles bavardèrent une dizaine de minutes jusqu'à ce que la personne avec qui Fédora avait rendez-vous les eût rejointes. Cette femme, qu'Héloïse connaissait de vue, était beaucoup trop âgée pour être sa remplaçante et Fédora avait d'ailleurs dit, d'un ton faussement détaché, que son rendez-vous était professionnel. Néanmoins il valait mieux s'en aller. Dans la rue elle expliqua que Fédora était une de ses « ex » et Élisabeth, tout comme Nathalie, affirmèrent qu'elles s'en étaient douté. On n'en parla plus. Héloïse but beaucoup au dîner, ce que sa tante remarqua sans rien dire. Elle dormit mal et regretta amèrement l'absence d'Erika dans son lit. Pourquoi ne pouvait-elle pas apercevoir cette maudite femme sans la désirer désespérément ? Pendant ce temps Fédora pestait contre cette sorcière au mauvais œil qu'elle ne réussirait jamais à oublier. Elle se demanda ce qu'elle allait faire, décida qu'elle ne ferait rien, changea et rechangea d'avis et, pour finir, alla chercher un somnifère en pensant, non sans une certaine complaisance, qu'elle était envoûtée et qu'elle n'y pouvait rien. Après tout si Héloïse avait été capable de mener une double vie, pourquoi pas elle ? On verrait bien.

Du côté d'Héloïse

- Hector de MARÈGES, né en 1920, épouse en 1940 Anne de PUYFERRAND, née en 1920, 5 enfants
  - Hugo de MARÈGES (dit Victor), né en 1946, épouse en 1968 Claire ROCHAZ, née en 1949, 6 enfants
    - Hécube de MARÈGES, née en 1969
    - Hélène de MARÈGES, née en 1970
    - Héraclès de MARÈGES, né en 1971
    - Horace de MARÈGES, né en 1979
    - Hermione de MARÈGES, née en 1980
    - Homère de MARÈGES, né en 1990
  - Héloïse de MARÈGES, née en 1949, épouse en 1971 François-Xavier de CHAILLANT d'ENNECOUR (1948-1973), 3 enfants
    - Anne de CHAILLANT d'ENNECOUR, né en 1972
    - Mélanie de CHAILLANT d'ENNECOUR, née en 1973
    - Suzanne de CHAILLANT d'ENNECOUR, née en 1973
  - Hippolyte de MARÈGES, né en 1953, épouse en 1980 Ulrike von TAUBERG, née en 1955, 4 enfants
    - Hermann de MARÈGES, né en 1981
    - Helmut de MARÈGES, né en 1983
    - Hans de MARÈGES, né en 1984
    - Helga de MARÈGES, née en 1986
  - Hilda de MARÈGES, née en 1958
  - Holger de MARÈGES, né en 1964

Du côté d'Erika

- Christian von TAUBERG (1820-1900) épouse en 1848 Augusta WESEL (1830-1925) 3 enfants
  - Frederik von TAUBERG (1850-1920) épouse en 1910 Luise WESEL (1892-1914) 1 enfant
    - Anneliese von TAUBERG (née en 1914) épouse en 1949 Ernst von TAUBERG (voir à ce nom)
  - Franz von TAUBERG (1860-1918) épouse en 1890 Inge LINDGREN (1871-1892) 2 enfants
    - Christian von TAUBERG (1891-1918) sans postérité
    - Frederik von TAUBERG (1892-1917) sans postérité
  - Emil von TAUBERG (1870-1939) épouse en 1899 Wilhelmina von LAKEN (1870-1939) 2 enfants
    - Otto von TAUBERG (1894-1918) épouse en 1914 Olga WALLENBERG (1894-1934) 1 enfant
      - Ernst von TAUBERG (1915-1987) épouse en 1949 Anneliese von TAUBERG née en 1914 2 enfants
        - Ulrike von TAUBERG née en 1955 épouse en 1980 Hippolyte de MARÈGES né en 1953 4 enfants
          - Hermann de MARÈGES né en 1981
          - Helmut de MARÈGES né en 1983
          - Hans de MARÈGES né en 1984
          - Helga de MARÈGES née en 1986
        - Kai-Uwe von TAUBERG né en 1950
    - Erich von TAUBERG (1900-1974) épouse en 1933 Élisabeth WESTERMANN (1910-1980) et en 1946 Monique LOUVIER née en 1925 2 enfants
      - Erika von TAUBERG née en 1935 sans postérité
      - Manuela von TAUBERG née en 1947 épouse en 1969 Jean-Michel THÉVENET né en 1945 et en 1989 Sven LARSEN né en 1947 3 enfants
        - Wolfgang THÉVENET né en 1970
        - Boris von TAUBERG né en 1982
        - Thaïs LARSEN née en 1989

Chez le même éditeur :

Catherine Bourassin
Gais Matins

Anne-Laure Mahé
360, rue des Degrés

Anne Auboneuil, Léa Duffy, Nathalie Epron,
Céline Germann, Geneviève Martorella,
Hélène de Monferrand, Brigitte Ourlin et Élula Perrin
Histoires qui fondent sous la langue…

Cet ouvrage a été imprimé
par l'iumprimerie SAGIM•CANALE
à Courtry (Seine-et-Marne)
pour le compte des Éditions de La Cerisaie
en juin 2002.

Imprimé en France

Dépôt légal : juin 2002
N° d'impression :5946